江姐真实家族史

丁少颖 ○ 著

武汉大学出版社

图书在版编目(CIP)数据

江姐真实家族史/丁少颖著.—武汉：武汉大学出版社,2011.1(2024.5重印)
红岩姐妹篇
ISBN 978-7-307-08385-1

Ⅰ.江… Ⅱ.丁… Ⅲ.传记文学—中国—当代 Ⅳ.I25

中国版本图书馆 CIP 数据核字(2010)第 250085 号

责任编辑:郭园园　　责任校对:刘　欣　　装帧设计:胡　博

出版发行：武汉大学出版社　(430072　武昌　珞珈山)
(电子邮箱:cbs22@whu.edu.cn　网址:www.wdp.com.cn)
印刷：武汉中科兴业印务有限公司
开本:720×1000　1/16　印张:26.5　字数:456 千字　插页:1
版次:2011 年 1 月第 1 版　2024 年 5 月第 3 次印刷
ISBN 978-7-307-08385-1/I・418　　定价:58.00 元

版权所有，不得翻印；凡购我社的图书，如有质量问题，请与当地图书销售部门联系调换。

《红岩》姐妹篇
长篇传记《江姐真实家族史》简介

2010年，是红岩女英雄江姐——江竹筠诞辰90周年、牺牲61周年。

江姐的英名在我国虽然家喻户晓，但人们通过小说《红岩》、《在烈火中永生》、戏剧《江姐》以及影视剧而对她的了解，其实非常粗浅。尤其是知道她及其家人完整的真实生平的人，更是很少很少。即使如此，因为小说和影视剧演义的成分太多，讹传错漏也就诸多。至于江姐的婚姻感情生活，人们大略知道的只是：江姐的丈夫是曾经与她假扮过夫妻的川东游击纵队政委彭咏梧烈士，夫妇俩有唯一的儿子彭云。而事实上，彭咏梧与江姐结婚之时，他不仅早已在乡下老家娶了糟糠之妻谭正伦（1948年前名为谭政烈），而且已有年长彭云7岁的长子彭炳忠！

数十年来，我们的党史界和宣传界囿于历史和政治的禁区，一直讳莫如深地回避、淡化乃至极力掩饰着江姐、彭咏梧、谭正伦他们三人间"说不清楚"、也"说不得"的特殊复杂关系及其家族史，以至于善意地、人为地设置了数十年来都没能完全解开的诸多谜团：江姐、彭咏梧、谭正伦三人的真实身世与经历如何？已知的传闻中到底存在哪些讹传错漏？他们三人在这种重叠的婚姻之中，其情感纠葛到底复杂到何种程度，以致长期以来不能公开？他们的后人及其家人亲友的经历和现状怎样呢？……

这部传记的作者丁少颖，受彭咏梧的儿子之托，历时十余年，先后寻访了散布全国各地的三人生前的数十位战友、亲友和同学，收集、整理了大量丰富翔实的第一手材料和从未披露过的上百幅珍贵历史照片，对他们家史及经历中的诸多讹误错漏进行了甄别，真实而不忌讳地解答了上述谜团。

这部长篇传记，冲破了历史的迷雾和禁区，首次全面披露了江姐、彭咏梧、谭正伦及其家人鲜为人知、扑朔迷离的革命与情感、姻缘纠葛的真实内情，甄别了传闻与史料中存在的许多讹误错漏，还了事实的本来真相，填补了英雄传记中重要的空白。正如江姐、彭咏梧、谭正伦之子在序言中所说："《红岩》是艺术的创作，《江姐真实家族史》是真实的写照。书中所写的事情，特别是父母三人的特殊关系，写得真实、准确。唯因其真实准确，所以会有更强的说服力和感染力。""《江姐真实家族史》是《红岩》的姐妹篇……凡是读过《红岩》的人，都会有读《江姐真实家族史》的期望，凡是读了《江姐真实家族史》的人，都不会感到失望。"

目　　录

序……………………………………………彭炳忠　彭　云　1

绪言　江姐的家族及其姻缘谜团……………………………… 1

第一章　假扮夫妻时有爱不能言……………………………… 1
　　　认识彭咏梧之前，江竹筠面临了一次婚姻的严峻考验；他俩虽然共同负责着一个地区党的地下工作，却一直阴差阳错地失之交臂；尽管最终假扮夫妻共同生活，然而心里有爱不能言啊——谁让彭咏梧已有了妻儿呢？

第二章　投奔阔舅舅就能改变苦运吗……………………… 17
　　　母亲贤淑仁慈，父亲却陋习缠身，江竹筠家世窘困；所幸的是三舅发达了，成了重庆最大的慈善家之一，把她拉出了苦海乡村；然而，既然三舅并非像世人传说的那般吝啬心狠，10岁的她干嘛还要做饱受压榨的童工呢？

第三章　首次婚姻从中学时开始……………………………… 33
　　　五岁丧父，彭咏梧成了这个贫苦农家的一根独苗。偏偏他的心"野"了，惹祸了。插香娶亲，能拴住这娃儿吗？还在上初中的他，就这样开始了第一次婚姻生活……

第四章　小女孩居然会"用心思"……………………………… 45
　　　孤儿院小学里，小小年纪的江竹筠怎么已经如此会"用心思"？说她文静嘛，她怎么又那么活泼？说她寡言嘛，她怎么又得了"地胡椒"这样厉害的绰号？一个小学生能懂什么政治？可进步教师的猝然被捕，对她的人生竟然产生了那么强烈的影响……

第五章　引火上身时有好女人援手……………………………… 55
　　　彭咏梧又引火上身了，幸亏危难之时有贤妻援手相救。清寒至极的她独自供夫上学，默忍着怎样的生活煎熬？年仅20岁的糟糠之妻是个好女人哪！

第六章　想跟您走却找不着您 …………………………… 67

少女江竹筠那么孝敬摆小摊度日的苦母，怎么偏偏把最高荣誉的奖金献给了另一个人？江竹筠那么珍惜得之不易的上学机会，怎么事到临头还是心有旁骛？她太想跟丁老师那样的人走了，可这样的人在哪里？

第七章　贫贱夫妻执手携爱 …………………………… 79

穷啊，家徒四壁得饱受断炊之虞，彭咏梧凭什么还能继续求学革命？苦啊，初为人父人母的这对贫贱夫妻，凭什么还能如此"浪漫"传书、男教女学？哟，只要有爱，茅屋寒窑也能琴瑟和鸣吗？

第八章　最沉得住心气的人 …………………………… 89

终于成为您的人了，可您怎么让热血澎湃、跃跃欲试的江竹筠隐蔽在最不起眼的角落？她有足够的耐心沉得住心气吗？连最信任最要好的挚友也都得别样对待吗？这样的岁月就是这样造就着人！

第九章　奔波在腥风苦雨里 …………………………… 107

真是大胆，组织了罢工，逃脱了追捕，彭庆邦居然还武装劫狱！到处是危险，到处是他的脚步，腥风苦雨里，"生意客"和他的娘子如何相濡以沫？

第十章　邦哥啊，你在哪里 …………………………… 119

丈夫一别居然六载杳无音讯！谭政烈怎么渡过这忧心如焚的漫长日夜？弟弟好不容易打听到了姐夫的下落，然而，伤心痛苦莫名的他却不能告诉望眼欲穿的姐姐：幺姐啊，邦哥已经与另一个女人另组家庭了！

第十一章　大学生·彭太太·云儿妈 ………………… 131

隐匿在学运的幕后，江竹筠做了些什么？真的与彭咏梧结成夫妻了，她是满心欢喜还是矛盾不安？生下彭云时，她怎么执意要做绝育手术？从离别到聚首，从假夫妻到真爱人，从大学生到云儿妈……跌宕的角色转换蕴含着她怎样复杂的生活与心路历程？

第十二章　窘迫的团聚啊，紧迫的学潮 ……………… 149

夫妻团聚了，该怎么对待这个错综复杂的家？戏剧性地邂逅幺姐的弟弟了，又该如何处理这场窘迫的特殊姻缘？暂且把这缠人的家事烦扰搁一边吧！将重庆这最大的学潮闹起来了，然而家危国散的紧张局势却降临了……

第十三章　腥风血雨的风口浪尖上……………… 163

一片腥风血雨时，挺身而出战斗在最前沿的江竹筠如何重建地下党组织？大逮捕开始了，她能化险为夷吗？柔弱的她，负责得了这个时刻的这危险地带的学运吗？

第十四章　办张威震敌特的《挺进报》…………… 181

小说《红岩》中的《挺进报》使陈然英名远播，然而有多少人知道这《挺进报》是彭咏梧领导并创办的？又有多少人知道它的发行是江竹筠负责的呢？一次次的秘密策划，一次次的惊险投递……历史的本来真相告诉我们的是这样令人感叹的故事！

第十五章　出征前把孩子托付给谁……………… 195

把1岁的孩子托付给人，夫妻相携搞暴动去！然而，他俩怎么居然想到请谭政裂？托孤前后，变故常生，江竹筠的心啊，竟是这样地豁达坚忍，又是如此地俳恻莫名、柔情缱绻！

第十六章　潜赴川东一路风云…………………… 213

秘密的行程，一路惊险；神圣的使命，一呼百应；大胆地筹谋，紧张地发动；寻机公开组织抗税，孤胆收编绿林……暴动就要开始了，夫妻却一别竟成永诀！

第十七章　腊月天里没有喜讯…………………… 231

历尽艰险潜回重庆，江竹筠真是困惑：这两个身居要职的地下党领导人，怎么不是叶公好龙就是出尔反尔？儿子的托养问题依然是个难题。幺姐到底能不能大度地来重庆？有惊有险地带着新战友重潜川东，半路上又痛悉丈夫遇害的噩耗……腊月天里竟然没有喜讯！

第十八章　暴动，悲壮惊魂的暴动……………… 245

风云突变，暴动被迫猝然举行；一天三捷，却仍身陷重围。内部起分歧，这支队伍何去何从？悲壮大突围，一路侠气一路柔情；生死攸关时，身首异处，血染英魂！

第十九章　险途，不要退路的险途·················· 261

就这样把所有的退路都自己堵死？就这样在惹出的误解中离亲别子奔赴险途？就这样情爱揪心却又视死如归？而谭政烈呢，也就这样忍怨含悲地变卖家财去带"夺夫"女人的孩子吗？两个女人啊，同一个丈夫，同一种情怀！

第二十章　大逮捕，叛徒特务出动了·················· 281

特务们怎么这样侥幸地破获了《挺进报》？地下党领导人怎么偏偏成了叛徒？大逮捕就这样一波三折地发生了……大浪淘沙，人格分明，叛徒和特务们，瞧瞧江竹筠这种英豪的威武不屈吧！

第二十一章　监牢考验得了谁·················· 299

改名示志，脚镣巧脱，"江姐"这一尊称诞生了。任你酷刑拷打，任你威逼利诱，该笑还是笑，该唱依旧唱，生孩子照样生，监牢里祭悼烈士一样撼天动地……江姐和难友们啊，凭什么如此坚强乐观地与叛徒特务周旋较量？

第二十二章　幺姐虎口育彭云·················· 319

无缘相见一面，幺姐怎么已对江姐尽释前嫌？虎口里带着彭云东藏西躲逃避追捕，饱受了怎样的危难？精心地呵护着彭云，怎么对亲儿子那般怠慢？……有苦难言的幺姐啊，善良仁慈的幺姐！

第二十三章　就义前的生命最后岁月·················· 337

前所未闻，搞了一场狱中春节大联欢？反其道而行之，成功地进行了对敌特的策反？替看守做针线，算不算屈服变节？神机妙算，怎么建立了与狱外党组织的联络线？越狱计划，就这样意外流产？馈书赠物，柔情仁爱还是如此缠绵。就义前的生命最后岁月里，江姐的故事鲜为人知而又令人怦然心动！

第二十四章　您的嘱托幺姐我一定完成·················· 357

江姐的遗体，居然是幺姐遍山寻觅到的？对彭云呵护有加，怎么把亲儿子送进孤儿院？妈妈对弟弟如此偏爱，病重都无人陪护的炳忠会埋怨吗？为了完成英烈亲人生前的嘱托，为了一双儿子的成长，幺姐的良苦用心啊，世间鲜见！

第二十五章　劫难过后有悲终有喜·················· 379

天理不公，幺姐没受到烈属荣耀的惠泽，反倒横遭诬陷；祸福倒错，弟弟惹出重案侥幸躲过大劫，却牵连哥哥长期受难……苦尽甘来，两子成家立业结婚生子了，幺姐却猝然长辞人世。苍天终究开眼，让英烈的传人有了自豪无悔的今天。

后记　重要的是学习做人……………………………丁少颖　400

跋　文学传记创作的突破性启示………………陈美兰　406

序

列宁说过，以革命的名义想想过去，忘记就意味着背叛。正是带着这样的感受，我一口气读完了作者丁少颖同志寄给我们的《江姐真实家族史》清样稿，就像当年读小说《红岩》一样。虽然《江姐真实家族史》讲述的主要是我们家庭的故事，读起来是那么亲切，但那又是我们国家、我们民族的一段历史，读起来是那么凝重。但是《江姐真实家族史》又不是《红岩》。《红岩》是小说，《江姐真实家族史》是传记；《红岩》是故事，《江姐真实家族史》是历史；《红岩》是艺术的创作，《江姐真实家族史》是真实的写照。书中所写的事情，特别是父母三人的特殊关系，写得真实、准确。惟因其真实准确，所以会有更强的说服力和感染力。因为，许多读过《红岩》的人，都问过我"某某到底是谁？某某后来怎么样了"之类的问题。可见人们更关心真实生活中的英雄和英雄们的真实生活，而不仅仅满足于艺术的创造。《江姐真实家族史》因此应运而生。

记得当我们年轻的时候，甚至当我们的父辈年轻的时候，影响他们和我们一生生活走向的，除了革命理论外，很重要的就是一批优秀的文学作品。记得我读中学的时候，我们班是马特洛索夫班。马特洛索夫是苏联的黄继光，或者说黄继光就是中国的马特洛索夫。记述他成长过程的小说《普通一兵》大概是我读的第一本小说。其中的"丹科的故事"、"罂粟花为什么这样红"以及马特洛索夫的人生格言"一个人活着，是为了使别人生活得更好"奠定了我一生生活走向的基础。以后读的《钢铁是怎样炼成的》、《卓娅和苏拉的故事》以及《红岩》、《青春之歌》、《野火春风斗古城》、《林海雪原》等一批优秀作品强化了这个基础。我这一生就这样走过来了，我们这一代的许多人也都这样走过来了。如果没有这些优秀作品熏陶和鼓舞,我会走得这样踏实吗？我不知道。

相比之下,今天,这样的作品是太少了；同时,在社会主义市场经济的大环境下,社会对这样的作品的需求是更多了。正是在这样的社会大背景下,《江姐真实家族史》应运而生了！作为教师,我们殷切地希望,我们的灵魂工程师们,能像丁少颖同志那样,为我们的青年写更多的优秀作品,让他们能够在这些作品中吸取丰富的营养,滋润他们健康成长。

可以说,《江姐真实家族史》是《红岩》的姐妹篇——不但内容上是姐妹篇,而且,在时代意义上也是姐妹篇。我相信,凡是读过《红岩》的人,都会有读《江姐真实家族史》的期望,凡是读了《江姐真实家族史》的人,都不会感到失望。我期望,像《红岩》曾经教育了几代中国人一样,几代中国人都能从《江姐真实家族史》中得到某些启迪。

作为江竹筠、彭咏梧、谭正伦的儿子,我们要特别感谢作者丁少颖同志。是他不辞辛劳,不远千里,不怕疾病,不避寒暑,走访了我们父母的数十位战友、亲友、同志、同事,搜集整理了如此丰富翔实的材料,写出了那么一本好书来。这也是对两位有名英雄牺牲61周年,一位无名英雄逝世35周年最好的纪念。

记得在一百多年前,匈牙利的革命诗人裴多菲的著名诗篇"生命诚可贵,爱情价更高,若为自由故,二者皆可抛"传遍世界。一百多年后,父母三人为它作了最生动的注释。这也是此书最具特色的地方。我们想,读了《江姐真实家族史》的读者,会有与我们同样的感受。

彭炳忠　彭　云
于四川大学竹林村

(彭炳忠：彭咏梧与谭正伦之子,四川大学原党委副书记、教授、国家特殊津贴专家。彭云：彭咏梧与江姐之子,现为美国马里兰大学终身教授、博士生导师、计算机专家。)

绪言　江姐的家族及其姻缘谜团

在我们共和国的女英雄谱里，红岩女烈士江姐——江竹筠，几乎是家喻户晓的。人们敬慕英雄，尤其敬慕江竹筠（原名江竹君）这样的女英雄。

但是，关于江竹筠的事迹，人们普遍是通过小说《红岩》、电影《烈火中永生》、戏剧《江姐》以及课本、展览而了解的。这种了解，事实上非常粗浅，不过是一种浅尝辄止的归纳印象式的了解，或者说是被艺术升华塑造了的、被演义了的了解而已。知道她的完整的真实生平的人，实际上很少很少；即使如此，关于她的传说，还存在着诸多的讹误错漏。

关于她的情感生活，人们自然更是知之甚少。人们大略知道的只是：江竹筠的丈夫是曾经与她假扮过夫妻的川东游击纵队政委彭咏梧烈士，夫妇俩拥有"唯一"的儿子彭云——这里把"唯一"两字打上引号，是因为事实上，彭咏梧在与江竹筠相识之前，早已在乡下老家娶了糟糠之妻谭正伦，而且有了一个年长彭云7岁的、名叫彭炳忠的儿子。那么，相关的诸多谜团长期未能解开——

江竹筠、彭咏梧、谭正伦的真实身世到底如何？

鲜有人知的是，江竹筠其实有一个大富翁舅舅！那么，既然有这样的富舅舅，她为何从小当童工？她与这个富舅舅有着怎么的感情或纠葛？与这个富舅舅的子女们又是一种什么样的关系？

她的父亲是当地有名的"浪子"——游手好闲、遗弃亲人、四处流浪，可她为何那么存悲悯之心，抱救国济民之志？

她是一个坚定的革命者,可怎么又有着一个为国民党军统服务的亲弟弟?

已知的江竹筠的经历中存在哪些讹传错漏?……

传说中,彭咏梧风流倜傥,出手阔绰,进出舞场,宛如公子;那么,他到底成长在一个什么样的家庭?

彭咏梧是在什么背景下与原配妻子谭正伦结婚的?认识江竹筠之前,他和谭正伦的感情如何?

明明知道谭正伦在老家的地址,彭咏梧到重庆后为何长期不与之联系?

明明知道彭咏梧已有妻儿,江竹筠与彭咏梧假扮夫妻后,为何还是弄假成真,正式结婚?

革命需要固然是原因,但是共产党人难道不需要维护传统婚姻伦理上的美德?在这样的婚姻关系里,江竹筠和彭咏梧是心安理得,还是也有矛盾不安?潜赴川东老家组织武装暴动时,他俩又以什么样的心态托人请谭正伦从川东老家西上重庆,带养他们的儿子彭云?……

谭正伦到底是一个什么样的妇女?是粗俗无知、不懂革命道理,而导致彭咏梧不能携她从事地下工作吗?明知丈夫彭咏梧另组了家庭,明知江竹筠"夺"去了她的丈夫,她为何最终还是西上虎口重庆,带养彭咏梧和江竹筠的儿子?是封建家庭观念使然吗?她难道不忌恨彭咏梧和江竹筠?江竹筠生前为何称从未谋面的她为"不能忘怀的人物"?她为何一定要亲自满山寻觅江竹筠的遗体?又为何在亲儿子彭炳忠和江竹筠之子彭云之间固执地偏护后者,把彭云须臾不离地带在身边,却把亲儿子炳忠送进孤儿院呢?……

江竹筠、彭咏梧、谭正伦三人在这种重叠的婚姻之中,其情感纠葛到底复杂到何种程度,以致长期以来不能公开?

中华人民共和国成立后,江竹筠一直是公认的英烈,可彭咏梧的烈士称号为何一波三折,直到20世纪80年代还不能盖棺定论?谭正伦、彭炳忠、彭云母子三人及其亲人为何还经历了那么多的磨难?……

的确一言难尽。江竹筠的家族史,尤其是江竹筠、彭咏梧、谭正伦三人之间的关系，的确特殊复杂得扑朔迷离。

历史的谜团就这样遗留了下来，直到今天。

今天，历史应该还事实的本来真相了。

英雄是人，英雄有他们的丰功伟绩，也有他们无异于普通人的情感困惑和儿女情长。透过江竹筠复杂的家族史，透过江竹筠、彭咏梧和谭正伦之间在革命信念与个人情爱、豁达宽容与冷漠狭隘、豪放慨然与庸碌世俗的冲突和抉择中所呈现出的胶着状态，我们其实豁然发现：

他们三人间的"私人生活"并非"说不清楚"，并非"说不得"，并非有损他们的英杰形象；恰恰相反，他们在"私人生活"上所体现出的"革命第一、工作第一、他人第一"的高尚情操，与他们革命的英雄事迹密不可分、交相辉映，同样是那么可歌可泣，可亲可敬，启迪后人。

人们敬慕江竹筠，尊称她为江姐；人们缅怀彭咏梧，敬称他为彭政委或彭四哥；知道谭正伦的人们同样爱戴谭正伦，都爱称她为幺姐。这，才是历史的公正评断。

公道自在人心。英魂虽已逝，然而，他们的红岩恋歌却将永远长唱不落。

第一章 假扮夫妻时有爱不能言

认识彭咏梧之前,江竹筠面临了一次婚姻的严峻考验;他俩虽然共同负责着一个地区党的地下工作,却一直阴差阳错地失之交臂;尽管最终假扮夫妻共同生活,然而心里有爱不能言啊——谁让彭咏梧已有了妻儿呢?

1

1941年夏末，21岁的江竹筠离开重庆中华职校后，被地下党组织安插到重庆妇女慰劳总会工作。刚刚踏入社会，她就猝然面临着事业与婚姻的双重考验。

这年春节前后，重庆地下党组织在国民党发动的第二次反共高潮中遭受到了严重破坏。中共中央南方局按照中央"隐蔽精干，长期埋伏，积蓄力量，以待时机"的十六字方针，再次作出调整重庆地下党组织、紧缩党员数量的决定，有些党员暂时停止了组织生活，失掉了关系的党员也暂不恢复组织关系，让他们以个人身份与重庆八路军办事处、新华日报社保持秘密的工作关系，只留下少数骨干单线联系一部分党员。

江竹筠荣幸地成为这少数骨干中的一个。由于地下党新的重庆市委尚未重整完好，江竹筠被川东特委指派担任重庆市新市区区委委员，负责单线联系沙坪坝一些高校的党员和新市区内的女党员。

这无疑是白色恐怖时期的一项极光荣又极危险的任务，江竹筠按照指示，秘密地与川东特委的宋林同志见面，接受宋林传授一整套在这反共高潮时期地下工作的方法。残酷的地下斗争就这样开始考验着江竹筠了。没想到，个人的婚姻大事这时竟然也凑热闹般地降临到了她的头上。

据江竹筠的表兄表弟、表姐表妹们回忆，江竹筠的母亲李舜华最疼爱她这个女儿。他们家穷，江竹筠的父亲江上林很少顾这个家，一直是李舜华独自把江竹筠姐弟拉扯大。江上林病死后，李舜华眼看着女儿长大成人，早已在为女儿操心婚事。她一直想给女儿找一个可靠的殷实之家，不再让女儿像她这样一生贫寒，至今仍靠三哥李义铭的帮助住在这简陋的破吊脚楼里。

女儿竹筠如今总算从职校毕业了，有了工作，女儿的婚事更加让她感到再不能拖延了，恰好这时有个姓刘的青年看上了文静的江竹筠，托了媒人来向她求亲。

这个小刘长得风流倜傥，能说会道，出手阔绰，会献殷勤，显得很和气，嘴巴很甜。

心地善良的李舜华被这个小刘的甜言蜜语说动了心。

江竹筠每天早晨步行到曾家岩的重庆妇女慰劳总会上班，晚上才回观音岩的吊脚楼家里。那天晚上，她一回家，母亲就向她说了这事，说是已同意这门好亲事了。

江竹筠满脑子考虑的都是地下工作的事，压根不想现在就谈婚论嫁。即使考虑，她也一定要找一个志同道合的人。但她理解母亲的心思，母亲是为她好。自己已经21岁了，也的确到了谈婚论嫁的年龄，自己不急，可母亲急啊！

重庆市新市区区委委员江竹筠

那几天，那个小刘天天来向李舜华献殷勤，李舜华就天天向女儿竹筠提这婚事。江竹筠只得抽暇认真地去打听这个小刘的真实情况。

打听的结果却使江竹筠原本有的一点迁就母亲的想法烟消云散了。这个小刘不仅身在国民党机关，而且说的做的都完全是国民党那一套。两个人完全是两股道上的车，江竹筠哪能嫁给这么个人？

那天晚上，江竹筠从曾家岩回到家，直率地对母亲回绝了这门亲事。

母亲好说歹说，江竹筠就是不同意。母亲终于第一次对女儿发了火。江竹筠见劝说不好母亲，禁不住也发了脾气。

母女俩就这样第一次吵翻了脸。

接连几天，她没有回家。白天忙工作，晚上与慰劳总会的女同事挤睡在一起。这件婚事完全没有考虑的余地。地下工作那么紧张那么危险，她不想再在这件事上分神了。她想给几天时间让母亲好好考虑自己的意见。

谁知，等她再回到家，母亲依然故我。母亲说话的口气缓和一些，但苦口婆心都仍是说那个小刘好，说答应这门亲事完全是为女儿好。江竹筠也不再意气用事地与母亲争执，而是耐心地给母亲讲道理。

过了十多天，母亲终于依从了她，叹口气说："竹呀，妈倔不过你，妈不再提这件事了。你说的也对。你有知识了，时兴找一个志同道合的，妈妈也理解。可是，你也要理解妈，早点……"

江竹筠高兴地搂着母亲说："妈，你真好，你放心，我一定给你找一个顶好顶好的女婿！"

夏末秋初的这个夜晚,"火炉"重庆炎热异常。吊脚楼前的街上不时响起警笛声。吊脚楼下的垃圾堆熏出阵阵臭气。母女俩睡在楼板上铺就的篾席上,暂时忘记了这恐怖和这气味,说了大半夜的体己话。

她们都不可能意识到,江竹筠以后的婚恋生活中唯一的伴侣,这时已经来到了白色恐怖中的重庆。

2

这个后来影响了江竹筠终生的男人,名叫彭庆邦,来自下川东,以前的身份是中共地下党四川万县中心县委书记兼云阳县委书记。

据卢光特、谭重威等人回忆,那是1941年仲夏的一天,彭庆邦改名彭咏梧,一身粗布衣衫,一副穷酸的乡下教书先生模样,从云阳奉调乘船抵达了重庆朝天门码头。

随着熙熙攘攘的人流上了石阶,抹了抹脖子上的汗水,趁势机警地回顾,见没有可疑的人跟踪,彭咏梧按照组织上事先提供的联络地址和暗号,很顺利地与川东特委的领导人王致中接上了头。

沏了茶,寒暄了几句,王致中就向彭咏梧通报了组织上的决定:"老彭同志,特委决定调你担任正在重建的重庆市委第一委员,由你全面负责市委的工作。你将单线联系七八十个党员骨干,特委里就直接与我联系。"

重庆市委第一委员彭咏梧

彭咏梧其实年纪并不大,也就26岁。但这个万县师范学校毕业、三年前就参加过中共中央南方局在重庆红岩村举办的由董必武同志主持的党训班的年轻人,稳沉老练,积累了丰富的地下工作领导经验,上上下下的同志们都已习惯尊敬地称他"老彭"了。

组织上把这么重的担子交给自己,让彭咏梧还是感到有些意外。然而,面对组织上的信任,他唯有无条件地接受。何况,他喜欢接受恶劣环境下的新挑战。

王致中向他详细介绍了遭到严重破坏后的重庆地下党的组织和现状后,语气沉重地说:"各级组织已经作了调整收缩,党员数量也紧缩了,白色恐怖的局势对我们非常不利,要打开新的局面很艰难。你比较有经验,所以把你调来了,特委相信你能克服困难。"

彭咏梧没有过多的言语,静静地听着特委的指示,只说了一句:"我会尽一切努力!"王致中自然很放心。交谈之后,他就把彭咏梧直接介绍给在国民党中央信托局任人事处副主任的中共地下党员何文奎,指示说:"特委决定何文奎同志任重庆市委第二委员,协助彭咏梧同志工作。老何,请你负责给老彭安置一个恰当的社会职业,掩护工作,隐蔽起来。"

何文奎把彭咏梧领到重庆太平门顷城街六号的中信局集体宿舍安顿下来。接着他就琢磨着如何帮彭咏梧安全隐蔽下来。

第二天,何文奎领了不少有身份的同事来宿舍替彭咏梧接风。彭咏梧不再是普通的乡下教书匠的打扮了,他穿了一件雪白的丝绸短袖衫,灰白色的西装裤,白色的尖头皮鞋,热情大方、彬彬有礼地给客人们递烟敬茶,完全是一副派头十足的知识分子模样。

"诸位,这位是我弟弟文举在中央大学的同学,姓彭,名咏梧。"何文奎一手拍着彭咏梧的肩介绍,一手摆了一下,又向彭咏梧介绍客人,"这些都是我的同事,以后,大家互相关照啰!"

"彭先生!"客人们纷纷欠身向彭咏梧致意。

一位客人接下彭咏梧敬来的香烟时,礼貌地问:"先生在何处高就?"

彭咏梧微笑着刚要回答,何文奎抢着说:"我这老弟原在北平银行供职,北平沦陷后,又到南京、武汉;南京、武汉沦陷后,又到宜昌、成都等地。国运不佳,时运不济,一肚子的学识没有好地方施展啰。现在刚来重庆,眼下还没有职业呢!"

有个客人立即接话说:"你是人事处的头,给彭先生介绍个职业还用愁闷?"

"光靠我这个副主任哪能给这老弟找个相称的事做?还得请诸位多多关照啰。"何文奎笑呵呵地说,"诸位不会不援手相助吧?"

"好说好说,像彭先生这样的人,一看就是能干的信得过的朋友,谁不愿要?"一个客人捧着茶杯说:"彭先生不是在北平银行干过吗?我看就在我们中信局找份差事正对路,大家说怎么样?"

"好说好说!大家都帮彭先生说几句好话!"大家都热切地呼应。

屋子里气氛热烈。大家说说笑笑,被何文奎和彭咏梧请到附近的一家饭馆,吃了一顿饭。

中信局是蒋宋孔陈四大家族直接掌握的金融机构，理事长是孔祥熙，前后几任局长都是国民党重要的买办官僚。该局1935年在上海成立，抗战后迁到重庆小什字街。这个机构录用人员控制特严，连一个练习生都要经理事长孔祥熙亲自批准。何文奎虽然极想把彭咏梧安置在这里共事，然而毕竟不是那么简单。

几天后，何文奎先给彭咏梧找了个公开的职业，让这个地下党重庆市委新的第一把手到重庆南岸海棠溪大陆运输行当了一名会计。分别前，两人把重庆市委的重建工作进行了详细的分工。彭咏梧除了全面负责市委的工作外，因为在万县成功地领导过学潮，因此还具体负责建立和领导重庆沙磁区、新市区一带的地下党组织和学生运动。

江竹筠是新市区区委委员，负责单线联系的党员正是在彭咏梧具体负责的这一地区，两个人的工作是那么神秘地交叉着。然而，她暂时还无法直接与彭咏梧相识并共同工作。她单线联系的直接领导是新市区区委书记魏兴学，而魏兴学单线联系的领导就是彭咏梧。

3

特殊岁月里特别的单线联系的地下工作方法，像一圈紧紧相扣转动的链条，仅仅因为魏兴学这一个"链环"的相隔，暂且将江竹筠和彭咏梧这对未来革命伴侣的相识机会保留着。

艰难地拒绝了母亲曾执拗许配的婚事后，江竹筠一门心思地扑到了危险的地下工作中。

她单线联系的党员那么多，地点又很分散，一个一个地去接头本来已很是艰难危险，偏偏那时日军的飞机频繁地空袭重庆，防空的警报声不时在山城响起，大街小巷里走动的行人稀少起来，江竹筠也只有躲避。她并不怕空袭的危险，然而，这种时候，若是还在大街小巷里奔走，岂不是很轻易地就暴露了自己，让狗一样到处乱嗅的特务怀疑？自己被捕倒还是小事，若是连累了战友，或者接头的人万一被捕后叛变，那将给革命带来多大的损失？后来，她想出了一个办法，干脆利用防空袭的机会，约定与一些有联系的同志接头。

最危险的是，她工作的慰劳总会在曾家岩．不远处就是国民党军统局的特务机关，说不准附近的什么人就是特务。她因此进出都得特别小心，而且还必须避免少在这个地段露面,以免引起特务的注意。

与区委书记魏兴学接头的次数最多,她尤其注意保护这样的领导人,深恐有一点闪失。接了两次头后,她想出了一个最周全的办法,对魏兴学说:"我们不能再在曾家岩附近见面了,那里特务多。我每天都要从观音岩家里出门步行上班。我看接头的时间,最好在拂晓天亮的时候,那时特务们大都还没起床。地点哩,也最好选在我上班途中的某个地方。只是,这么办,累着你了,不过……"

"这却是最安全地保护我魏兴学的办法,对吧?"魏兴学笑了笑说,"与人方便,自己也方便嘛。这办法好!我看就按你说的办。接头地点以后就定在南区公园或者求精中学,那里清晨就有不少人锻炼身体,我们也凑凑份子,借口也好。"

江竹筠这样与魏兴学接头近一年时间,每次都准时到达地点,向魏兴学汇报工作并接受指示。

江竹筠如此谨慎而艰难地躲避着危险,没曾想一些身陷险境的同志竟找到她寻求帮助了。1942年春天,她在工作中结识了一个正被追捕的女青年谢若英。两个人虽然没有工作上的关系,她却还是挺身而出将小谢领到自己家里躲避了一个多月。那时,她的母亲李舜华身体不好,患着高血压病,为了维持生计仍摆着小摊,江竹筠忙完了外面的工作,回家还要帮助母亲干活。弟弟江正榜仍在中央无线电总台工作,她劝了弟弟许多次,对弟弟说:"你最好赶快离开电台,你虽然没做什么反动的事,可那里毕竟是反动的地方。你回家跟妈摆摊子都可以,别在那里混了!"弟弟却舍不得放弃这份待遇优厚的工作,也不想多听姐姐的训导,很少回家了。如今,把躲避追捕的小谢接到了家,她把没有很好地引导弟弟的遗憾隐在心里,待小谢就像亲妹妹一样关心、指导。工作再忙,家务活再多,她依然时常与小谢促膝谈心。两个人建立了亲姐妹般的感情。

4

这时,来重庆半年的彭咏梧已知道江竹筠这位年轻能干的新市区区委委员了。

1942年春的一天清晨,彭咏梧正准备出门去运输行上班,顺路吃早点,市委第二委员何文奎突然来到了他的住处。彭咏梧有些惊讶，以为有什么特别重要的急事。何文奎却一副兴高采烈的模样，进门就说："好机会来了！中信局要开办一项保险业务，准备办个训练班，结业考试合格就可以录取为正式练习生。"

"机会是好。进了层层设防的中信局，我就跟你一样有个好护身符了，就方便了。不过，时间呢，要学多久？"

"半年。"何文奎说出这时间时，不免有些气馁了。

彭咏梧自然也陷入了沉思。这半年，他和何文奎配合得相当好。遭到破坏的重庆地下党组织已基本调整就绪，逐渐走上正轨，他与上级党组织的联系也由川东特委王致中、孙敬文同志那里转到了南方局，直接由荣高棠同志领导。这个运输行的会计职业虽然隐蔽，可终日困在那里，总感到难以大展拳脚，若是能进中信局当然好了。但是，若进这个训练班一学就是半年，时间未免太长了。最近，重庆《新华日报》发表了毛泽东主席和党中央关于开展整风学习运动的决定，他预感到正式的有关文件和报告很快就会发下来，将会有新的精神指导今后一段时间内党内工作的重点任务。这在时间上会不会有冲突呢？思来想去，他又觉得这是打进中信局的机会不应该错过。

彭咏梧向荣高棠同志汇报了此事，南方局果然没有反对。于是，他辞了南岸海棠溪大陆运输行的会计职业，进了中信局保险业务训练班。

半年的学习时间真是漫长。尽管全市的地下党工作有经验丰富的何文奎这样的战友配合，出不了什么岔子；尽管他所具体负责的新市区、沙磁区一带的党组织建设和学运，有魏兴学这样的区委书记交叉顶着，没有什么不放心的。但是，5月30日，南方局书记周恩来已经指示《新华日报》将整风学习运动的有关文件印发给了南方局各位同志以及像彭咏梧这种职务的地方领导人，并且开始分批举办地方领导人的整风学习班。很想快点参加南方局学习班的彭咏梧，哪能不心急早点从中信局训练班脱身呢？

也正是在这段时间里，彭咏梧听说了江竹筠这个名字。新市区区委书记魏兴学向他汇报说，新市区年轻的女区委委员江竹筠这个姑娘，温文尔雅却稳重、可靠、干练，不仅把新市区的女党员联系得很成功，而且把他彭咏梧交叉负责的沙坪坝一带高校的工作领导得隐蔽而特有成效。彭咏梧开始关注这位年轻的优秀女党员骨干，希望有机会相见，鼓励鼓励。

这年的8月14日，中情局保险业务训练班终于结束，彭咏梧考试合格结业，被孔祥熙批准录取为中信局正式练习生，并参加了该局的群众团体消费合作社。

终于成功地打进了国民党四大家族的金融机构,成了这里身份隐蔽而工作方便的正式职员。彭咏梧的领导工作开始进入新的阶段。

然而,时势却迫使彭咏梧这时暂时不能与江竹筠交叉负责同一个地段的工作,阴差阳错地推迟了他俩真正相识相知的机缘的到来。

5

彭咏梧刚刚成功地打进中信局的时候,江竹筠却平生第一次真正遭遇了差点被捕的危险。

这个夏天里,江竹筠与魏兴学接头时,连续两次发现被人监视。幸亏他俩发现及时,相互配合成功地摆脱了跟踪。彭咏梧知道后大吃一惊,从谨慎和保护同志安全出发,市委和区委决定立即安排江竹筠撤出重庆妇女慰劳总会,指示她考入綦江铁矿当会计,临时权宜性地避险。

这一次的临危脱险,使江竹筠终身难忘。她因此对地下工作的隐蔽性的自律要求更加严格,对党更加忠诚。这次转移到铁矿,按照秘密工作铁的纪律,她不仅对母亲这样的亲人保密着,甚至连最信任最要好的挚友也一个都没有告诉。

那段时间,国民党的法西斯统治日益疯狂,公开聚集进步力量开展群众运动已不可能了,中共南方局便提出了"勤学、勤业、勤交友"的口号,要求地下工作者在自己站稳脚跟、隐蔽好自己的基础上,积极以"交友"的形式争取群众,发展进步力量,尤其是在青少年中选择可靠的人教育培养。江竹筠很善于做这样的工作,不仅在社会上,而且在亲友里。她成功地影响了杨蜀翘、颜蠹、李秀清这几个表弟表妹参加了秘密的党的外围组织,还着重做了教育亲弟弟江正榜的工作,江正榜终于又被她影响,由只单纯注重技术到也关心时事政治和国家命运上了。她知道江正榜年轻幼稚,会有反复,但她相信弟弟至少不会倾向反动,不会出卖她这个姐姐。她渴望正榜在革命的考验中逐渐成熟起来。

岂料,考验果真很快就降临到了江正榜身上。江正榜意气用事,居然又订了《新华日报》,电台很快就发现了,加上两年前那件同样因为订《新华日报》惹出的麻烦,当局虽然明知他不是什么共产党人,却还是决定将他调离电台总台,"充军"发配西北边远地区。年少的他再次经受这样的打击,他动摇了,害怕了,虽然不干反动事,却再也不敢靠近姐姐这样的革命者了。江竹筠悲伤不已,一直刚强的她,面对这样的弟弟,她仍禁不住痛哭了一场。

1943年初,组织上见江竹筠的临时避险成功,决定安排她到国民党政治部第三厅所属的合作社工作。那是一个更危险更考验人的地方。

合作社果然一开始就给了江竹筠等同来的三个女同志一个下马威般的考验。合作社规定:所有的工作人员必须加入国民党。江竹筠拖延着,她说:"这可是件大事哩,我才刚走出校门不久呢,我得先回去问问我妈妈同意不同意。"

这份工作是党组织安排的,她不能随随便便就赌气撤离。她已是一个成熟的具有崇高党性的人了。党组织就是"妈妈",她必须无条件地服从党组织的安排。

1943年4月底,得到党组织的答复后,江竹筠她们这才告诉合作社:"妈妈不同意我们女孩子参加这党派那组织哩!"

江竹筠又回到了重庆。没过几天,党组织给了一个新鲜得令她惊诧而羞涩不已的任务——给中共重庆市委第一委员彭咏梧做"妻子"。

6

彭咏梧也许没有料到与他所欣赏的江竹筠共事,竟然一开始就是一起共同生活。他也许并不相信缘分,但缘分的确在他俩之间存在着。

彭咏梧也已经不是刚来重庆时的那种模样了。即便是刚进中信局时,他还对中信局的拉帮结派、吃喝玩乐的现象很看不上眼。但是,他明白,要在中信局站稳脚跟,深深地把自己隐蔽起来,更好地便于工作,就必须尽快适应这种环境。于是,他终日穿着笔挺的西装,很快学会了打麻将、跳舞、泡饭局,下班后就与局里的官僚、买办、同事混在一起,还有意识地与重庆教育局的头头脑脑建立了交情。很快,他在中信局就被提升为助理员,做起了会计工作,成了有头有脸的中级职员。

时间游走到1943年春天,江竹筠重回重庆到赖家桥合作社工作时,彭咏梧参加了中共南方局举办的整风学习班,系统学习了《改造我们的学习》、《整顿党的作风》、《中共中央关于增强党性的决定》、《反对党八股》、《一个极其重要的政策》等22篇整风文件，经过自我检查批评和总结经验教训，彭咏梧进一步提高了理论水平。从南方局回来后，他决定在地下党组织中也开展整风运动，要求每个党员秘密阅读整风文件，联系实际写出书面总结，逐层转到他的手中，由他弄清每个党员的情况并与市委研究向南方局汇报后再销毁材料。

然而，彭咏梧因为还是单身职员，依然住在中信局太平门顺城街的集体宿舍里，十多个人住一个房间，哪里利于他领导整风学习？而且，已经28岁的他老是单身一人，很不利于隐蔽。市委第二委员何文奎等同志觉得急需给彭咏梧安排一个可以自由活动的住处和一位可靠的负责市委通联工作的助手，而这个助手最好是位稳重的年轻的女同志，与彭咏梧假扮夫妻，组成一个"家"。市委研究后，选中了江竹筠。

这个决定，对于彭咏梧来说，也许是意外，也许正是他心之所愿，只是人们无法推断了。他已经了解和欣赏江竹筠的沉稳、可靠、和善和出色的工作经验与成绩了，他已经间接地与江竹筠在同一个区域共同负责领导同样的高校学生运动了。到底是谁提议让江竹筠与他假扮夫妻、配合他工作的，已经不重要了。重要的是，这的确如所有以后文献中记载的那样是组织的决定，的确是工作的急需，而且也的确是彭咏梧所赞同的。

江竹筠接受这样一个特殊的任务时，却是另外一种心情。她也许早已见过并了解彭咏梧的身份，也许并不是"间接地"而是"直接地"与彭咏梧一同在新市区领导过那里的高校工作和学生运动，因为一份后人的回忆材料曾经明确地记载说："组织上决定她到妇女慰劳会工作，由彭咏梧领导进行党的地下工作。"真正的情况如何，在那个实行单线联系的特殊岁月里，唯有他们这两个当事人才知道。尽管如此，23岁的江竹筠猝然得知安排自己去给重庆市地下党组织的最高领导人彭咏梧做名义上的夫人掩护工作时，从来还没有真正谈过恋爱的大姑娘的她，还是惊愕不已，羞涩万分。朝夕与一位男同志在同一间屋里共同生活，白天是一套，晚上是另一套，又要使旁人看不出是假的，说起来容易做起来难啊！万一露了馅暴露了怎么办？万一自己真的因此爱上了彭委员，而彭委员若是已有了家室呢？难道自己的"婚恋生活"就这样开始了吗？她不可能没有顾虑。然而，当她明白这的确是革命的需要、党交给的重任时，她还是毅然地"走马上任"，由彭咏梧迎进了"洞房"。

7

彭咏梧的"新家"由顺城街迁到了机房街。当天,他就把"太太"江竹筠接来了,并有意放出了风声。

据何理立回忆,那天晚上,中信局爱凑热闹的同事与太太们,得到消息,蜂拥而至,嚷着要一睹"彭太太"的容貌。而何文奎、何理立等朋友则也赶来添一份喜气。

"欢迎欢迎!请坐请坐!诸位光临寒舍,鄙人不胜荣幸!"彭咏梧热情地招呼着客人,转身就向卧室里大声呼喊,"竹,来客人啰!"

这一声从未听过的亲热的呼唤,叫得江竹筠心里骤然发颤发慌。她应答了一声,羞红着脸出来了。

客室里的客人一齐把目光投向江竹筠。她的齐耳短发烫得蓬松,弯弯的眉毛修了,身着合体的蓝旗袍,外套一件白毛线网眼披肩,着一双乳白色的高级绣花鞋,微红的圆脸上绽着笑容,显得文静而又高雅。

"哎呀,彭先生,你可真会金屋藏娇呀!"彭咏梧的一位同事嬉笑着说。

你一言,我一语,屋子里霎时就充满了笑闹声。

江竹筠羞红着脸,却依然托着果盘大方地往客人们面前送:"请吃糖!请吃糖!"

果盘送到好友何理立面前时,何理立凑近她的耳朵小声说:"你真像新娘子呢!彭太太!"

江竹筠的脸更红了,娇嗔地瞪了何理立一眼。

屋子里的太太们和小伙子们见江竹筠与何理立不知嘀咕了什么,脸红成这样,立即起哄,妙语如珠,惹得他们自己笑得前俯后仰。

江竹筠很不习惯这样的场合,但很快地警觉起来,想到了不能露出破绽。男客人要她点烟,她就大方地点;太太们要她剥糖纸,她就殷勤地剥,不再羞涩了。她甚至亲热地当着客人的面对彭咏梧说:"四哥,帮我添茶水……"

有位太太立即笑道:"彭太太,'四哥'是你过去对彭先生的称呼吧?要改哟,叫'达琳'才亲热哩!"

屋子里顿时又是一番笑闹。

很晚,客人们走了,独自剩下他俩,他们的"夫妻"生活开始了。两个人自然分床而居。可为了谁睡卧室,谁睡客厅,两个人小心地争执了很久。后来,争执不下,这个"洞房"之夜,两个人干脆没睡,谈论起时局以及如何共同生活、工作,直到天明。

8

特殊的假扮夫妻的生活考验着彭咏梧,也考验着才23岁的大姑娘江竹筠。

刚开始时,她是那么不习惯。邻居称呼她"彭太太"时,她差一点忘了自己已"为人妻",以为不是叫她。她立即警觉起来,时时刻刻提醒自己要有强烈的掩护组织领导的责任感。她很快就大方地和人们周旋,强化自己的"彭太太"身份。终于,平时来了客人、邻里和同事,他们能像真的夫妻那样招待自如,不露任何假扮的痕迹了。只是来人一离去,只剩下他俩时,两人总有那么一些拘谨,她总也难免存在几分羞涩。尤其是到晚上,两人各自忙了自己的工作、学习,分床而居的时候,她心里总是那么别扭。后来,她终于想到了一个办法,等彭咏梧睡熟之后,她再休息,那种别扭感就渐渐淡然了。

只是在中信局和机房街与彭咏梧装扮夫妻自然是不够的。江竹筠毅然决定把彭咏梧以她的"丈夫"的身份介绍给自己所有的亲朋好友。她领着彭咏梧去见自己的母亲李舜华,去拜访三舅李义铭那个大家庭,稍闲时还招亲朋好友约到一起团聚。她亲热地叫彭咏梧"四哥",亲友们也跟着她这么称呼,而彭咏梧则也始终像"新婚之夜"那样一口一声地叫她"竹"。人们都以为他俩是一对真的夫妻了,就连她的母亲也一直以为彭咏梧就是自己的真女婿。

而他俩,在这样"强化"的关系中和亲密相处的共同生活与战斗中,相互扮演掩护得自如起来,没露出过一点破绽。

江竹筠终于习惯自己的"太太"身份了。那时,彭咏梧正患着肺病,她便每天清晨提着篮子上街去买些富有营养的菜,弄给彭咏梧吃,给他补充营养。工作到深夜,她还每天给他煮点莲米汤或银耳汤送到他的桌上。她把这个"家"布置得简朴而雅致,把彭咏梧的生活安排得很有条理,"夫妻"俩和睦谐调。彭咏梧的病体很快好转了,每天进进出出都精神百倍。邻居们都互相传赞开了:"这对年轻人真有教养,没听见吵半句嘴哩!这个彭先生啷个这么有福气,找了这么个又和气又贤惠的好太太哩!"

江竹筠穿得比较阔气了，她的穿着不能不符合彭咏梧这个中信局中级职员的"太太"身份，但她还是非常注重节俭，只是对彭咏梧身体的调养花钱会非常大方。

她很珍惜这做彭咏梧的"太太"的机会。在这个"家"里，她关起门来就能自由地阅读党的文件，不懂的地方就可以随时得到彭四哥的指点，这样的机会从哪里找呢？整风学习运动开始后，她一面帮助彭四哥工作，一面联系实际扎实地学习22个整风文件，尤其是毛泽东同志的文章，理论水平提高很快。彭四哥的经验那么丰富，地下工作干得那么隐蔽成功，耳濡目染中，她一天天地更加成熟，对彭四哥敬慕有加。在这个"家庭"的和睦谐调的共同生活与相濡以沫的共同战斗中，彭咏梧与江竹筠的感情升华了，"假扮"之中渐渐萌生了两情相悦却又不好意思挑明的爱情。

然而，就在这个时候，一个意外的突发性的变故，使这个纯洁无瑕、温馨惬意而又充满戏剧色彩的"小家庭"猝然不得不暂时"离散"了。

9

1944年春节前，南方局决定重新清理组织关系。江竹筠非常高兴。挚友何理立的组织关系已经搁置5年了呢！这5年里，何理立心中的苦楚她一清二楚，她了解理立，也信任理立，可她不能违背组织纪律，只能在这个问题上一直对理立避而不谈。如今时机成熟了，她这才赶紧帮助何理立恢复了党的组织关系。

据何理立接受采访时回忆，她当时的高兴不言而喻。一天上午，她俩兴冲冲地一起去巷坪街的新华日报社营业部，买了一本刚到的苏联小说《虹》。从营业部出来，突然发现有特务跟踪！

两个人对视了一眼，顿时紧张起来。幸运的是，江竹筠已有了这方面的经验。她立即镇定下来，低声对何理立说："自然点，装做没啥子事，逛人多的商店，甩掉他们！"

江竹筠对这一带非常熟悉。她俩便有说有笑地逛了这家店，又穿进那个铺子，左弯右拐，穿了许多条街，终于到了打铜街。机警地回头瞥了一眼，见特务还尾随着，江竹筠指了一下何理立的一头长长的烫发说："你这头烫发太招眼了。莫慌，我们进重庆银行去，那里有我们的同志，银行又有两个门，一个在打铜街这边，一个在陕西路那边，想办法甩掉这尾巴！"

走进重庆银行，江竹筠赶紧找到这里的地下党员庞佑宗。这庞佑宗的一个朋友罗扬，是江竹筠在中国公学时的入党介绍人戴克宇的同学。因为这层关系，他们已经相识三四年了。江竹筠把庞佑宗拉到一边，悄悄说了紧急情况，庞佑宗立即把江竹筠和何理立带到楼上的一间单身宿舍隐蔽起来，说："我去两个大门看看，尾巴没有了，你们才能走！"

一会儿，庞佑宗回来说："你们俩看来一下走不脱啰，两个门都有可疑的人守着呢，怎么办？"

江竹筠说："怎么办？我的脚都走酸了，趁机睡一觉哩！"

庞佑宗和何理立都吃了一惊。数十年后，他俩接受采访时，都说，当时他们都没料到事情到这种程度，江竹筠居然还这么沉着，这么幽默。

天都快黑了，庞佑宗到银行楼下两个大门细细地打量，见没有了特务，这才上楼来喊醒江竹筠和何理立。

小心翼翼地回到"家"，江竹筠立即告诉了彭咏梧。彭咏梧大吃一惊，断然决定，要庞佑宗、何理立立即撤往成都。要江竹筠把手里的事办完，也到成都去！

庞佑宗和何理立很快就撤避到成都去了。江竹筠却不得不停留了一段时间。交接完手上的工作，真正离别的时间终于到了，江竹筠和彭咏梧顿感依依难舍。

彭咏梧觉得江竹筠是那么精干优秀，又是那么体贴贤惠，他已经不知不觉地依恋上了她。这难舍的分离，让他顿生难以言说的失落感。

最后的一晚，就像开始时的那个"洞房之夜"那样，两个人又是彻夜没有合眼地长谈。第一次，彭咏梧主动向江竹筠深谈了自己过去的生活与情感经历，江竹筠也在惊讶和欣慰中谈起了自己的过去。

这样的深谈意味着什么？这分离前夕的进一步的相互了解，使他俩心灵深处潜存着的爱意缱绻起来。

虽然都依旧没有捅破感情上的最后一层薄纸，但从彭四哥抑制着感情的深沉叙述里，江竹筠听懂了彭四哥的话外音：他在深深地爱着她，克制地爱着她……

这是一种爱不能言的复杂情感啊！

江竹筠何尝不是如此呢？她明白自己人虽离去，却并不能就此扼断对彭四哥的这份已然生根萌芽但尚未破土的爱情。像彭四哥一样，她已经是一个成熟、稳重、不轻易冲动地暴露个人情感的革命者了。心里有爱说不得，但是她心里涌动着沸腾难抑的情愫和难以言状的酸楚。因为，彭四哥原来已是一个有妻儿的人了啊！

第二章 投奔阔舅舅就能改变苦运吗

母亲贤淑仁慈,父亲却陋习缠身,江竹筠家世窘困;所幸的是三舅发达了,成了重庆最大的慈善家之一,把她拉出了苦海乡村;然而,既然三舅并非像世人传说的那般吝啬心狠,10岁的她干嘛还要做饱受压榨的童工呢?

1

我们先根据江竹筠的表弟表妹李维礼、李思礼、杨蜀翘等的回忆,回头看看江竹筠小时候的经历以及对她后来的生活产生了什么样的影响。

江竹筠出生在四川省自流井(今自贡市)大山铺一个仅有十几户人家的普通山乡村落,这个小小的村落名叫朱家沟江家湾。

江竹筠的出生地——四川自贡大山铺朱家沟江家湾

朱家沟重峦叠嶂,森林茂密,一条清澈见底的小溪蜿蜒其间。沟中的江家湾三面掩映着郁郁葱葱的翠竹,一面是开阔的田野,一条田坝弯弯曲曲地把生息在这里的乡民的脚步朝夕牵进引出。然而,这个称得上山清水秀的小小村落,却有一片拥挤不堪、参差不齐、筚门圭窦的简陋泥屋,其中最苦的一户人家居住的仅仅只是两间破旧的草房。

这是一个世居于斯的贫苦农家。可是,这农家的少妇李舜华却来自自流井城一个已经开始发达的家庭，而且知书识礼，勤勉贤淑。村人为李舜华能屈尊下嫁感到新奇而敬重，却又为这个少妇的遭遇愤愤不平——李舜华总是孤寂地守护着这个贫家哩！

李舜华的丈夫名叫江上林，他虽然生长在这个乡村，却没有理由地舍弃继承父亲勤劳耕作田间的美德和乡民们偏安一隅的传统，反倒养成了流浪人世的习性。荣幸地把城市姑娘李舜华娶进草房之后，他就闹着与老人分家，随后又双脚一抬，流浪去了重庆，把妻子近乎遗弃在乡村。偶尔突然地回来一次，也相隔一年半载甚至两三个春秋，空手而归，没住上几天，就对妻子说一句："我走了！"就真的走了。

年轻的李舜华已经习惯了这种被丈夫遗忘的生活。在白昼，她默默地勤扒苦作，夜深人静做着针线活儿，聆听着房前屋后蟋蟀作响。她孝敬公婆，公婆也喜欢她，然而她孤寂。她曾经生过两胎，遗憾的是都夭折了。她渴望有一个孩子能幸存地活下来，让自己的日子鲜活起来。

1920年8月20日，25岁的李舜华在这草房里生下了一个女婴。女婴的降世，让少妇李舜华欣喜不已。一日一日抱着女儿张望环绕村落的翠竹，一夜一夜搂紧女儿细听轻柔悦耳的竹鸣，她渴望女儿像翠竹一样挺拔成长，具有竹一般的高风亮节。

因此，她给女儿起了一个期冀满怀的名字——江竹君。

这个名字的确深蕴寓意。女儿江竹君的确在后来的岁月里养成并操守着翠竹一般的气节。只是，女儿在生命最后岁月的狱中化名——江竹筠，和人们给予女儿的尊称——江姐，后来竟然意外地替代了江竹君这个本名，并永恒地嵌入了中国革命历史的红岩！

这，是做母亲的李舜华当年怎么也没有预想过的。

2

江竹筠的童年是颠沛苦难的童年。

江竹筠一岁多的时候，父亲江上林不知从哪里突然回到江家湾这贫困的家。父亲长得瘦瘦的，一副弱不禁风的模样，却端着大老爷们的架子，每天衣来伸手，饭来张口，既不帮妻子操持家务，又不侍弄田地，还终日无精打采，哈欠连天。村里人都说这江上林怕是流浪习性未改，又染上抽大烟的陋习了。

然而，即便如此，还没等小竹筠完全叫熟对父亲的称呼，体味到父爱是什么，父亲的脚板就发痒了，又消失在这个草房之外。

父亲这次归家的唯一纪念是，江竹筠因此有了一个比自己小两岁的可以做伴的弟弟江正榜。

没有父爱的江竹筠幸运地拥有浓浓的母爱。

母亲李舜华只上过两年旧学，不过念完了《女儿经》。但《女儿经》和娘家的家教，却使她在深谙妇道的同时，心气甚高。她对丈夫改掉流浪汉习气早已不抱任何幻想了，把所有对未来的希望寄托在儿女身上。她对一双儿女呵护有加，冷暖病痛，吃穿玩耍，样样精心，却又管教甚严，不准调皮，教导孩子从小养成勤快耐劳的品行。

也许是有其母必有其女，小竹筠从小就是个听话懂事的孩子。眼看着母亲终日独自操持着这个家，她便一点一点地模仿。五六岁时，她就跟着母亲下地除草、摘菜、打猪草。家里养了兔子，她欢喜得不得了，把兔子喂养得不让母亲多操一点心。田地里收割了，已经知道什么叫勤俭的她，挽着个小篮子到地里去捡胡豆、豌豆，到田里去捡麦穗。有一天，母亲从地里回家，奇怪地闻到家里飘溢着饭香。呀，小竹筠学会煮饭了。母亲疼爱地摸摸女儿的头发，千言万语的欣慰都流露在脸上。

然而，小孩子哪个不贪玩呢？朱家沟里那条清澈的小溪就是孩子们最喜欢的地方。有一天，湾里的小伙伴们相约到小溪去捞虾子、捉小鱼、逮螃蟹，撩拨得小竹筠心里痒痒的。家里一年四季吃着咸菜淡饭，捉点小鱼小虾回来，母亲一定高兴呢！瞒着母亲，她兴冲冲地随伙伴们一块去了。

拎着一串小鱼小虾回家，小竹筠得意地对母亲说："妈，看呐，有好吃的啦！"

到处找不见女儿的母亲正心焦，见竹筠一身湿漉漉地回来了，没有半点表扬，一把拎起竹筠就是一顿狠揍："我叫你瞎跑？我叫你乱下河？我平时哪个教你的，你都当耳边风了？"

打完，母亲却又搂紧竹筠哭了："竹啊，妈知道你是好心，可你这样，叫妈担惊受怕呀！要是有个三长两短，你叫妈朝哪个哭啊！"

生命中这是母亲对她仅有的一次打骂，让竹筠铭记在心。她从此知道了做母亲的辛酸，也明白了什么是真正的母爱。母亲这种近乎苛刻的要求和呵护，让她在这苦难的童年就开始懂得如何约束自己了。

江竹筠从此不再与别的孩子打闹了。在乡亲们的眼里，小小的竹筠是一个文静得从不多言多语的逗人喜爱的乖孩子。人们不知道的是，柔顺的竹筠，其实内心里却很刚强，她连玩心都能按捺下来。

毕竟，母亲知道孩子的心事。在江竹筠的童年里，母亲给了她另外一种让湾子里伙伴们羡慕的快乐——到城里的外婆家走亲戚去。

那是一种后来影响了江竹筠一生的走亲戚。那个城里的外婆家，把幼小的竹筠带入了令她受益终生的新天地。

3

江竹筠的外婆家在自流井城里的关刀石。那是一个贫民聚居的地方。然而这时的外婆家在当地却已是个小康之家了。

这个家庭曾经像乡下江家湾的江家一样贫寒。江竹筠的外公李焕章早年只是一个木匠，养育了八个儿女，大大小小这么多张嘴吃饭，猴年马月有出头之日呢？没有人幻想过。自然而然地，一家老老少少全都为生计日夜辛苦劳作着。

江竹筠的母亲李舜华，在这八个孩子中排行第六，女孩中的老三。她从小就与兄弟姐妹一起拾炭花和烂菜叶，帮助家里苦挨着清贫的日子。而她最佩服的三哥李义铭，则终日手提着竹篮，昂着青筋暴突的干瘦脖子，嗓音嘶哑地沿街叫卖："卖麻杆糖呐，卖麻杆糖呐，又甜又脆的麻杆糖呐……"

孩子们这样的叫卖声在关刀石持续了许多年后，木匠老汉李焕章意外地时来运转。清朝末年，就像李劼人在《死水微澜》里描述的那样，洋人来到自流井城传授基督教，兴修起教堂来了。李焕章走进教堂做木匠活，终日里只知流汗埋头苦做，不知道什么叫歇歇似的，洋牧师用夹生的中国话叫他休息休息，他也只知谦恭地躬腰点点头，笑一笑，依旧干他的活儿。这种少有的勤劳朴实，竟然让他突然赢得了摆脱贫寒日子的转机。

洋牧师相中了他，教堂留下了他，先是打杂，尔后看门，继而做了采购日常生活物品的管事。家里的日子刚刚好过一点了，谁也没有想到，老实木匠李焕章居然勒紧腰带把孩子们送进了学堂。

这无疑是一个具有先见之明的举措，这个举措使世代贫寒的李家有了日后腾达的基础。像李舜华这样的女孩子尚且都多少念起了旧学，从此知书识礼，而像李义铭这样天资聪颖的男孩从此有了"书中自有黄金屋"的美妙前程。

李义铭这个从小品尝了劳苦的孩子，深知读书机会的来之不易，尽管时常不能吃顿午饭，饭量极大的他还是忍饥挨饿地用功读完了中学。基督教会的社会福音派见他勤奋而聪慧，便资助他上了华西大学。他是华西大学外科专业第一届仅有的3名毕业生之一，毕业后在重庆教会开办的宽仁医院当了月收入约60个银元的医生。这可是一笔可观的月薪啊！然而，尝够了贫苦滋味的李义铭居然想放弃这份工作，自己单独开家医院！

教会怎么会轻易让自己培养的人才外流呢？按照教会的规定，离开教会医院的李义铭必须偿还两千多块银元的学习培养费。这天文数字般的巨款让人听得头皮发炸。然而，敢作敢为的李义铭毅然筹措了这笔款子交了上去，独自在重庆打铁街办起了医务训练班，又在小什字街开设了义林医院。那时的四川军阀混战，伤兵很多，义林医院一开张，便不仅生意兴隆，而且李义铭据此结识了不少上层人物，连冯玉祥将军和大军阀刘湘委派的重庆市市长张必果都成了他的座上客了。

李义铭就这样阔起来了。他不仅从此改变了世代清贫的李家的命运，让远在自流井城贫民窟中的那个家异样地令邻里街坊瞩目；而且，他也因此成了改变他的外甥女江竹筠少女时代命运的最重要的亲人。

4

8岁之前的江竹筠几乎有一半的时间是在自流井城关刀石的外婆家度过的。那个时候，走外婆家这个亲戚，是她最快乐最神往的事情。

老外婆没有文化，但是心地善良。母亲李舜华带着竹筠一到娘家，老外婆就乐得合不拢嘴。李舜华要回乡下去了，老外婆仍舍不得竹筠这个她老人家最喜欢的外孙女离开。小竹筠在外婆家一住往往就是几个月。

江竹筠喜欢在外婆家住下来，自然不仅仅是因为外婆特疼爱自己。她还有一个很自然的原因：可以由幺姨李泽华牵着她的小手去逛街，可以缠着幺姨李泽华讲许许多多令她听得身子一动不动、眼睛一眨不眨的故事。

在江竹筠的一生中，母亲李舜华是她最敬重的最早的人生教师，而幺姨则称得上是她对当时置身的社会观察与思考的启蒙者。上过旧学和教会小学的幺姨向她讲的故事总是那么新鲜。她在老外婆和母亲嘴里听到的故事总是与猫呀狗呀小白兔呀有关，幺姨的故事却大多是幺姨耳闻目睹的清代末年和民国初年的事儿。幺姨说得眉飞色舞，小小的竹筠听罢，若有所思地点头说："哦，我晓得了，皇帝也没啥子了不起，我们一'吃大户'，他就垮了！"

"吃大户"是那个年代饥饿的农民成群结队扛锄拖扁担到地主家强行吃饭的一种反抗行动。小竹筠把农民的"吃大户"与国民革命军的起义居然联想到了一起，惹得幺姨一愣之后，禁不住搂着外甥女哈哈大笑。

小竹筠还特别喜欢让幺姨牵着她的小手去逛街。街上的景观总是让她感到新奇而不解。

街上的叫花子真多，丈把远就是一个。褴褛的衣衫遮不住身，还伸着一只脏不忍睹的手逢人凄凄地哀讨："行行好，行行好……"卖猪崽的市场闹哄哄的，边上就是卖人的市场，一个又一个的姑娘和小子头上插着一根草，被人瞧过来看过去。推着木车的盐工上坡时头都快抵到地上了，还被穿得绸光缎闪的人大声斥叱。挑盐的农民就在路边垒几块石头生火煮饭，湿柴燃起的浓烟呛得这些人不住地眯着眼，吭吭地抹着流泪冒汗的黑脸。然而，在街道的两旁，鸦片烟馆和赌博的摊摊随处可见，数一数比饭馆还多，进进出出的人真多，叫喊的声音不绝于耳。有些人上坡还不用走路，坐在两人抬的滑竿上安逸地晃悠。一副四个人抬的轿子吆喝着过来了，人群慌不择路地躲着，小竹筠看见轿子里坐着一个神气活现、肥头大耳的洋人……小竹筠昂起头，不停地问幺姨："啷个这么多叫花子？啷个这些人在路边煮饭不进馆子？啷个那些小娃子自个卖自个，他们的爹妈那么狠心？啷个这么多人穷得没饭吃，又有这么多人富得走路还要人抬呀？"幺姨也解答不清，小竹筠不满意地嘟起嘴巴了。

回到老外婆家里，小竹筠又问起外婆，外婆也回答不出。

然而，疑惑毕竟在小竹筠的脑海里再也难以抹去。

在乡下的草房与城中的外婆家之间频繁地来来往往，让江竹筠的童年像白昼与黑夜一样交替经受着乡村与城市的场景转换与影响。她既不像纯粹的乡村女娃儿，也不像大方的城市孩子。她保持着乡村女娃儿的淳朴，也有了城市女孩子的机警。她已经是一个习惯默默地在内心深处常问个为什么的孩子了。

5

江竹筠猝然间失去了到外婆家走亲戚的快乐。

1928年，外婆被三舅李义铭接到了重庆，幺姨也随之前往。走着走着就可以常去的自流井城的外婆家突然一下子搬到了那么远的地方，小竹筠就想，城里的"西洋镜"是再也难以看到了，能说会道的幺姨的故事是再也难以听到了。她小小的心灵里不由得生出难以言说的失落感。

偏偏这一年乡下朱家沟一带发生了罕见的大旱灾。那条清澈的小溪成了一条铺满小石子的干河，田地里几乎颗粒无收，山上能吃的树叶被搞得精光。昨天还见到过的乡邻隔夜就令人难以置信地因吃多了观音土死了。乡里时常看到饿殍路上无人收尸的穷人。

李舜华一个柔弱的女子独自带着两个孩子，愁苦得想不到一点度饥荒的办法。的确是能想的办法都想了啊！能够暂且保住自己和两个孩子的命，多亏了她平时节俭、早有防范，也多亏了竹筠这孩子的懂事和聪明。旱灾刚有个苗头的时候，这个家就比别人早早地过上了吃树叶拌瓜藤的日子，而小竹筠则摘了不少的红苕叶梗和竹笋之类的东西腌了起来留着以防万一。可是如今，所有贮存的能吃能喝的东西也都光了啊！

直到这个时候，李舜华这才想起了自己的丈夫，小竹筠这才记起自己的父亲。她们都渴盼江上林能奇迹般地记起家庭的责任，带些吃的东西突然出现。然而，望穿秋水，哪里有江上林的影子？

李舜华家和乡民们一样走投无路了。女辈一个的李舜华只有终日以泪洗面，可饿绿了双眼的乡民们绝处生胆，酝酿起了大规模的"吃大户"行动。邻居们对李舜华说："上林嫂，带上娃儿跟我们一块去吧。怕啥子？我们人多势众，他地主龟儿要是不给我们吃的，我们就砸他的屋，开他的仓，抢他的粮！走吧，一起去吧，热闹着哩！"

李舜华没有开腔。一旁的小竹筠却听得惊心动魄，她想，这大概是母亲带着自己和弟弟闯过这个灾年难关的唯一出路了。

"吃大户"，真是个热热闹闹闯关求生的好办法呢！

然而，外婆和三舅李义铭的一封来信，让跃跃欲试"吃大户"的小竹筠一下子失去了体验"热闹一回"滋味的机会。终究是灾难面前见亲情，李义铭让三妹李舜华带上孩子干脆落户重庆。李舜华不再依恋这个江家湾了，她决定依信带上两个孩子去重庆投靠三哥，执意再不返回。

那天，李舜华肩上挽着一个土布花包裹，一手牵着一个孩子出发了。小竹筠出了草房，走过湾前曲曲弯弯的那条田间泥坝，一步一回头回顾从前青翠而此时枯黄的房前屋后的竹林，告别了山清水秀却食难果腹的故乡之地。

从此，江竹筠开始了她生命中另一种真正"吃大户"的悲壮城市生涯。

6

1928年初冬,8岁的江竹筠随母亲李舜华逃荒投亲,从乡下来到重庆,住进了三舅李义铭位于打铜街(今小什字街)的家里。进城的路上,母亲不时地对小竹筠说:"竹呀,三舅现在有钱了,这一去,他说让你和弟弟上学呢!"天真的竹筠听了心里说不出的高兴。

幼年时在自流井城沿街跑喝"卖麻杆糖呐"的李义铭,这时在重庆城里的确已经财大气粗,声名卓著。他不仅独自开办着红火的私营义林医院,而且成了蜀通轮船公司董事、精益中学校长、重庆红十字医院院长。作为重庆强调办社会福利事业的基督教社会福音派的重要成员,作为华西大学第一届仅有的3名外科专业毕业生之一和重庆年轻的外科专家,从社会最低层起家的他已经与重庆上流社会结交甚广。他不仅参加了冯玉祥将军组织的"利他社",成为重庆的负责人之一,而且与重庆市市长张必果等组织了一个"田园会",拥有可观的基金。这时的他,为了扩展事业,看中了城郊观音岩那一大片只有棚户的荒地,正贷款收购,准备兴办孤儿院和学校,经营房地产,筹建一栋大楼把义林医院迁往那里。

30年代,三舅李义铭开办的重庆义林医院及住宅。江竹筠少女时期在这里断断续续居住过。

富了的李义铭没有忘记穷亲戚，主动邀请饥荒中的三妹李舜华携一双儿女举家迁来，怎能不让李舜华和他的两个孩子——江竹筠、江正榜心存感激且憧憬起美好的未来呢？

然而，到了三舅李义铭的家，小竹筠这才发现，投奔而来的穷亲戚并不仅仅是自己这一家。大舅伯、二舅伯两家来了！小舅一家来了；成家后却被丈夫抛弃的幺姨带着小表弟颜矗来了；连二姑婆——母亲和三舅的堂姑，也带上没有了妈妈的三岁小表妹杨蜀翘来了……几乎所有自流井的穷苦亲戚都来投靠三舅李义铭。一时间，三舅的家成了几世同堂的大家，每餐吃饭桌子都不够用，开起了流水席哩！

立业的李义铭也早已结婚。1919年，他就已与自流井一个盐商的女儿郑蕴瑛结婚。郑蕴瑛毕业于师范学校，先前当过小学教师，后来又当过一阵子小学校长，是当时重庆知名的知识女性。如今丈夫的工作太忙，孩子又多，她只得弃教在家当起了典型的贤妻良母。日子本来过得殷实富足，突然一下拥来这么多的穷亲戚，素来开明贤良的郑蕴瑛这个主妇也不得不精打细算了。

一大帮穷亲戚在李义铭家过着救济的生活，弄得李义铭夫妇有苦难言。穷亲戚们大多是他们夫妇主动请来的，原本是想帮助大家度过这暂时的荒年灾难，不曾想，大家这一住就住下来了。这自讨的苦头只好暗自隐忍。让大家离开的话自然有违骨肉亲情，说不出口，便想法让男人们做点别的事，比如出钱给大哥、二哥弄个铺面开餐馆、茶馆，可其他的老弱妇孺，却只有依然照旧。

过惯了穷日子的李舜华不忍白吃三哥三嫂的救济，勤劳的她一到这里就把平常佣人干的活儿揽到了自己身上。三哥三嫂已经有几个孩子，隔两年一个像一串小萝卜头，她就在干活的同时帮哺乳中的三嫂带着大一点的孩子。每天没个空闲，忙得腰酸背疼，她没一声幽怨，可夜深人静拥着竹筠和正榜两个孩子入被，心头还是免不了暗自叹气，因为总不见三哥提起两个孩子上学的事。

三舅终究没有提让竹筠上学的事儿。小竹筠一直在三舅宽敞的家里扫地、摘菜、递茶、抹桌、端尿罐。日子一长，娘俩心底难言的失望痛苦日甚一日。让小竹筠没料到的是，更难接受的更深重的痛苦接踵而至了。

7

年幼的江竹筠惊诧地看到，众多穷亲戚聚集在三舅家里，骨肉之间的亲情关系亦变得一日一日紧张起来了。而且，城门失火，殃及池鱼——母亲李舜华和三舅妈郑蕴瑛这对原本和睦的姑嫂也有了隔膜。

俗话说三个女人一台戏，更何况这个家里有这么多的老少姑嫂与妯娌呢？

大舅妈、小舅妈向郑外婆嘀咕。郑外婆又向女儿——三舅妈郑蕴瑛唠叨。说来说去，竟说起了李舜华和小竹筠的坏话。已经被这么多穷亲戚的吃喝住行问题弄得焦头烂额的三舅妈，听来听去，渐渐居然真的对小竹筠母女的一些言行看不惯了。

李家的穷亲戚实在是太多了。已经来了一大帮，竟然还有接二连三来的。三舅和三舅妈应接不暇，苦不堪言，渐渐对后来者冷淡地谢绝。偏偏善良而热忱的李舜华、江竹筠母女一时察觉不到，对家乡来的穷亲戚仍一往情深地接待、照顾。遇上有病的，母女俩不仅送粥送饭，还将三舅妈郑蕴瑛给的买菜钱拿去买药、煎好送去。你一对尚且吃救济的母女，凭什么越过主人这样做呢？一次也罢，三次五次，身为主妇的郑蕴瑛自然皱起了眉头。

矛盾终于日益激化。家里吃饭的人太多，常常为谁多吃了谁吃少了、谁的梳子怎么出现在另一个人那里这类小事，闹得郑蕴瑛听了耳朵疼。有一天吃饭时，不懂事的竹筠弟弟小正榜不小心把饭粒掉在桌上却用手拨弄着玩，郑蕴瑛见了打了小正榜一巴掌，拎着小正榜的耳朵说："小娃子，这是粮食！你不心疼舅妈心疼呢！"小竹筠对三舅妈说："舅妈，他还小，不懂道理，你别打……"正在火头上的郑蕴瑛一听，气转移到了竹筠身上："你懂道理？你也别吃了！"说罢，一下夺过了竹筠的碗筷。

小竹筠可不是能这样教训的。她想，我也没白吃你的饭，你做啥子夺我的碗筷？倔强的她，没有像小弟弟那样啼哭，瞥了三舅妈一眼，就愤然抽身而去。

哪个做母亲的不疼孩子呢？尤其是竹筠这样懂事勤快的女儿。李舜华也没有长久依靠三哥三嫂的打算，见三嫂对孩子这样子，就着手自寻谋生的门路。她对女儿竹筠说："好娃子，我们穷，可穷要穷得有志气！"

事情闹到这样，二姑婆连忙两面劝解。李义铭责怪妻子，又向妹妹赔礼。年迈多病的老外婆对女儿李舜华说："你嫂也有她的难处，这么大个家要她操持不容易，你也体谅点。再说，你妈我也一身病，活不了几年了，你一走，哪个能像你照顾我这样周细哟……"

李舜华终于没有硬气离开。小竹筠也依然留在这个穷亲戚聚集的纷杂的大家庭里，帮母亲做着家务。然而，矛盾毕竟公开了，就像受了伤的地方，医治得再好也留着疤。

8

老外婆病逝了。

办完了丧事,李舜华说什么也不愿再在这个矛盾暗生的大家庭寄住了。李义铭挽留不住,只好帮这硬气的三妹在不远处的东水门租了一间房子。于是,李舜华带着小竹筠、小正榜开始了没有依靠的独自谋生的日子。

幸运的是,江竹筠的父亲江上林终于记起了自己还有妻子儿女,流浪到了这里。身为蜀通轮船公司董事的李义铭,赶紧为妹夫江上林在这家公司谋了一份伙房的工作。江上林暂时不再流浪了,这个家终于也有了一点家的气息。李舜华虽然并不对丈夫存什么浪子回头的幻想,但丈夫在身边,多少能给这个贫寒之家壮一点胆气,能给一双儿女弥补一点罕有的父爱,况且,丈夫多少能拿几个铜板回家补贴。

李舜华的人缘极好,周围的人也都熟识她了,亲热地叫她"江三娘"。依靠这份人缘,她接下了不少的针线活和洗衣活,没日没夜地穿针走线缝呀补呀,搓衣晒裤洗被子,生活终于能够维持,尽管拮据。

想起带小竹筠、正榜投奔重庆三哥这里,最大的愿望原本是可以让一对儿女能上学读书,可这个指望一落空就是两年,李舜华不禁感到很对不起孩子。硬气的她把丈夫第一次交回家的一点工钱和自己攒下的几块钱凑在一起,执意把两个孩子都送进了道门口的一所教会小学。

竹筠和正榜惊诧极了,也高兴极了。有钱的三舅没有及时兑现的诺言,如今却让母亲兑现了,小竹筠感到辛酸,却也同时感到母亲多么伟大。

第一次走进学堂的江竹筠,被一种争气的念头激励着。课堂上,她是最认真勤奋的学生,下课了,她都不走出教室,同学们找她说话,她也只是嗯嗯两声就算作答,依然埋头做着作业或复诵着课文。

放学回家,已经做完作业的江竹筠搁下书包就帮着母亲干活。不会做针线活,她就帮母亲洗衣服或收叠晒干的衣服;若是发现还没做饭,她就替母亲做饭。

第一个学期过去了,江竹筠门门功课优秀,还得了奖状。母亲把奖状贴在墙上,瞧了又瞧,脸上洋溢着抹不去的笑容。

然而，江竹筠的读书梦却没能持续到第二个学期。蜀通轮船公司这时猝然破产，她的父亲失业了。流浪且不顾家的江上林，再次抛却妻子儿女，独自走了。几年以后关于他的消息再次从自流井的家乡朱家沟迟迟传来，却已是病死的噩耗。

猝然失去了父亲那几块工钱的补贴，江竹筠家的生活又一下坠入了无助的窘境。靠做针线活和洗衣哪能再供一双儿女上学呢？母亲李舜华想方设法找事干，甚至到曾是大盐商的开明富商曾子唯家做"帮大梁"（保姆），可还是凑不够让一双儿女新学期上学的费用。她只有找一份固定的工作挣钱了。幸亏东家曾子唯心善，帮她在南岸大同袜厂找到一份工作，可这份工作的工钱也不够他们三人的生活费用啊！

竹筠懂事极了，她知道母亲的难处，主动向母亲求情说："妈，我不读书了，我晓得袜厂还要人，就让我跟你一起去做工吧！能让弟弟一个人上学，不也是我们家的一件喜事么？"

做母亲的李舜华流泪了，一下把小竹筠搂紧在怀里。女儿还只有10岁，她怎么能忍心让女儿这么小就去做童工、浇灭女儿刚刚升腾起的读书热望啊！

然而，生活是这么无情。除了这一种谋生的办法，还有另外的选择吗？

9

1930年仲夏，江竹筠的弟弟江正榜在李义铭和曾子唯的帮助下，改入重庆市私立孤儿院小学继续读书，而江竹筠自己却毅然随母亲一道到南岸大同袜厂当了一名童工。那时，她刚刚过完10周岁的生日。

江竹筠的活儿是"倒玉儿"（线筒）。与同龄的孩子相比，她的身体矮小多了。这样年龄的童工，只有在那样的年代才会出现，而且厂家欢迎极了。饭吃得最少，工钱又开得最低，可活儿干得不比大人少，只顾赚钱的老板何乐而不为呢？

但是，江竹筠的身材还是太小了，她连机器上的线筒都够不着。老板的聪明才智这时惊人地展现出来，他们居然想到了一个办法：特制一个高脚凳，让这个矮娃儿坐着倒线筒！

勤劳惯了的小竹筠让老板满意极了。她居然一点都不懂得偷懒，坐上高脚凳就不知道休息。这个心灵手快的小女孩不仅技术学得格外认真，提高得飞快，而且还暗暗地与大人较劲，产量很快地赶上了熟练的成年工人。年仅10岁的她满以为干了与阿姨婶婶们一样多的活儿，就能拿一样多的工钱，岂料老板不仅还是给她开童工的工资，而且再也不允许她减少产量。一颗纯净的童心就这样被残酷蹂躏了，小小年纪的江竹筠从此知道了什么叫欺诈剥削，心里充满了悲怆。

那时，因为弟弟正榜被送进孤儿院，住在那里半工半读，她和母亲就索性搬离了东水门的那间租房，一道搬进了袜厂的集体工会。满以为可以省几个房租钱，再靠做工攒一点钱，以后好再勒紧腰带去重上学堂，哪知勤奋做工，结局竟然是这样：工种熟练了，工钱却没涨，10岁的江竹筠竟还被要求每天工作12个小时！

这样的童工生涯一过就是两年，幼小的江竹筠哪里能承受一年四季连续每天12小时的繁重体力劳动呢？终于，江竹筠的身体拖垮了，病倒了。没有料到的是，老板居然心黑得不仅不给做工病倒的江竹筠开工钱，而且还得倒缴房钱、伙食钱。

谁知屋漏偏遭连绵雨。弟弟正榜在孤儿院小学半工半读，竟然患上了软骨病！

幸亏竹筠的病有了好转。竹筠对母亲说："妈，我来照顾弟弟吧，你放心去袜厂。"母亲却想：我哪能还让娃儿你再去做童工啊！她找到厂里，提出让竹筠退工。岂料，厂里居然说："竹君比你差吗？为啥子你不退要她退？要退，你和她一起退！"

母亲李舜华气极了。天下哪有这样蛮横无理呀！下了班，她恨恨地回到工舍照料两个孩子，欲哭已然无泪。偏偏苍天无眼，祸不单行，身心俱累的李舜华竟然也染上了伤寒，一病难起。

无奈，李舜华在袜厂的逼迫下辞去了工作。她和儿子正榜都只得依赖身体没完全复元的小竹筠照料。小竹筠已是个很硬气的孩子，她不愿回头去求三舅家里，也不把母亲和弟弟病了的消息告诉三舅。她自己当家做主，给人洗衣挣钱，又典当了衣服，加上袜厂补的一点工钱，请医生、煎中药，不仅硬是治好了母亲的病，弟弟的身体也大有好转，而且还付清了欠下袜厂的房租。

但是，母女俩终究失业了。穷愁潦倒的这个家又猝然回到了四年前从自流井故乡逃荒出来时的窘境。

10

水深火热中的江竹筠家还能在重庆这个都市立足么？

人生的转机从来不以人的意志为转移，却又往往是必然的。

江竹筠家第一次走投无路时，是三舅李义铭把他们母子三人从无奈的荒灾之中解脱出来的。如今面对这又一次困境，他们人穷志不穷，不想再回到三舅那个家，又卷入那似乎亲不如邻的饱尝失望痛苦且矛盾丛生的漩涡里了。然而，亲情毕竟永恒。危难之际，还是三舅李义铭再次向他们伸出了援手。

李义铭终究得知了三妹李舜华母子三人的境况，赶紧把他们再度接进了他的家。

这时李义铭的家比两年前更加阔绰了。他新建的观音岩义林医院新楼已经落成，家也搬进了楼里。那是紧挨着的两栋木地板、宽楼梯的西式洋楼。一栋用作医院门诊和病房，一栋用作办公和家居。江竹筠随着西装革履的三舅走进洋楼，完全是一副刘姥姥进大观园般的心境，脚踩木地板时发出的声响让她好一阵心惊。

初进三舅这样的家里，江竹筠和母亲都一时难以适应，连走路都格外小心，生怕弄出响声。她心里很清楚，母亲和她一样都不打算在这里长住，他们只想通过三舅介绍找到新的谋生的工作。让他们没有想到的是，三舅和三舅妈这次却是真心想把李舜华留下来的。

三舅妈郑蕴瑛这时又生了一个孩子，而大儿子李维礼也已两岁，都需要人照管和教育。那时，社会上还没有托儿所，李义铭和郑蕴瑛还在考虑像其他有钱人一样雇保姆兼家庭教师。眼下，三妹李舜华正失业潦倒，而她为人纯朴勤快，既是至亲令人放心，又粗识文字可教孩子，还给孤儿院的董事、商贾曾子唯家做过一段保姆，多少有些经验，把三妹留在家里，岂不是既解了三妹的难处，又方便了自己，两全其美？

尽管有这样的考虑，李义铭和郑蕴瑛却依然不敢轻易向三妹李舜华道明。经过了两年前的那场亲戚矛盾风波，他们都领教了李舜华、江竹筠这母女的刚硬心气。李舜华拥有典型的仁慈母爱，不把竹筠、正榜这两个孩子读书的事落实好，她一定宁愿独自带着两个孩子去谋生，也不会轻易答应留下来的。

这两年，素来心善看重亲情的李义铭，一直对没有及时兑现让江竹筠上学的诺言暗存内疚。他决定先弥补这个可能始终让三妹和外甥女失望的过失。他找到一起合办孤儿院的基督教同仁刘子如、曾子唯等商量,以"无父为孤"的理由,要求保送江竹筠进孤儿院附设小学读书。开明的刘子如、曾子唯一听,自然慷慨接纳。

事情落实到这一步,李义铭和郑蕴瑛觉得已是仁至义尽,三妹李舜华还能不满意吗?

果然,李舜华在意外的惊喜中,终于答应了再次留在三哥李义铭的家里,带侄儿侄女,教他们识字,还洗衣煮饭。从此心甘情愿成为三哥三嫂家身兼三职,却不拿一分工钱的新的一员。

而12岁的江竹筠几乎是一阵狂喜。三舅李义铭这一份亲情与善爱,不仅满足了她出生以来最大的心愿——上学读书,而且孤儿院小学这块天地从此成了生命中矢志不渝的信仰的发源地。

第三章 首次婚姻从中学时开始

五岁丧父,彭咏梧成了这个贫苦农家的一根独苗。偏偏他的心"野"了,惹祸了。插香娶亲,能拴住这娃儿吗?还在上初中的他,就这样开始了第一次婚姻生活……

1

12岁的江竹筠进入重庆市私立孤儿院小学读书的时候,她还浑然不懂爱情是什么,婚姻是何物。可远在大巴山区云阳县立初级中学上学的、那位她后来生命中注定的革命伴侣彭咏梧,此时,他的母亲任氏正在为他谋划一桩婚事。

这是1932年的冬天,当时名叫彭庆邦的彭咏梧刚刚在学校里惹出一场风波,差一点被开除学籍。他的母亲任氏正日夜为儿子担心,不少人在她的耳边嘀咕,说庆邦这娃儿长大了可不得了,他的心野了,以后不知还会闹出什么惊人的事。任氏听了,更加忐忑不安。

这时,邻居给任氏出主意说:"彭家嫂,你不如趁早给庆邦说个媳妇,把他的心拴住。娃儿成了家,心就不那么野了。"

任氏听进了这番话。她守寡12年了,含辛茹苦把庆邦这根独苗苗拉扯到17岁,可不能让娃儿有什么闪失啊!家里没个男人做主心骨,她便托人带口信把董家坝娘家的老母和故陵沱的小姑请来商量。

任氏问小姑:"有没有合适的姑娘可以说给庆邦娃儿?"

小姑想了想说:"我们龙洞故陵沱谭家有个幺姑娘,名叫政烈(1948年改名谭正伦)。他家父母老实厚道,对这姑娘管教很严,看起的这名字你们就晓得。这姑娘小时候寄养在她有钱的姨妈家读过两年私塾,认得字,看得了书呢。人品也好,又勤快,又能干,又温顺,一手针线活好得没话说。"

听小姑说得越来越起劲,任氏忙问:"长得可好?安南子(庆邦的小名)这娃儿心劲很高哩。"

"我常看见这姑娘,出落得眉清目秀,楚楚动人,年纪跟庆邦这娃儿也差不多,庆邦保证看得上。"小姑蛮有把握地说,"我们两家关系很好。如果妈和嫂子都同意,这门亲事我一说准成!"

事情就这样定下来了。可这几个女流之辈,毕竟不敢不跟脾气倔强的庆邦征求意见,就轻易大包大揽地去求亲。她们只有耐着性子等待庆邦回家再说。

寒假很快就到了。彭庆邦浑然不知自己就要有媳妇了，他急匆匆地回家看望一直病怏怏的祖母和母亲，从县城回到故乡红狮坝彭家湾。

2

出云阳县城，往东行30公里，有条大溪沟，沿沟上山8公里处有一块较平坦的斜坝，因传说早年间这里有一对红色石头狮子而叫红狮坝。红狮坝背靠一座陡峭的高山。山上有个深不见底的大岩洞，因为老熊等野兽时常出没这里，此山便称之为老熊洞山。山下有个溪水顺流的山弯弯，垂柳沿岸轻扬，一片葱郁的翠竹掩映着几间房屋。因为屋主姓彭，人称彭家湾。

彭家湾就是彭庆邦的家乡。这种地理环境，与千里之外的江竹筠的家乡自流井大山铺朱家沟江家湾太相似了。汩汩的溪水和茂密的翠竹的环绕和掩映，是否也预兆着彭庆邦、江竹筠这两个具有翠竹一般气节的革命志士后来的缘分？只是，在他俩之间缘分首先绕上了另外一个女人，就像溪水顺流必然要绕过山弯弯一般。

彭庆邦的祖父彭绘图和父亲彭成强，都在当地教私塾养家糊口，当地人因此都尊称这对父子为"私塾先生"。彭成强长大成人后娶了本县董家坝的任家姑娘。任家岳母娘家在县城，出嫁到山高谷深的董家坝时，娘家陪嫁较好，在董家坝就买了几块坡地种着，家境自然比彭家要好。但彭家父子都是私塾先生，远近知名，任家就乐意把姑娘嫁了过来。从此两家人都殷切地盼望着彭成强这对夫妇早点生儿得子，替彭家传下香火。

1915年2月的一天傍晚，彭成强教书回家，冒着溪沟春临乍冷的寒意，走过含苞鼓芽的溪岸柳丛，刚到家前的石梯，正翘首相望的母亲就高兴地大喊："成强，你屋里的生了，是个儿娃子！"

彭成强一高兴，快步就跑，不料绊了一跤。他爬起来，跑进屋里，就去看刚出生的儿子，乐得手都不知如何摆放。他是家里的独苗，如今有了儿子，高兴异常的岂止是他呢？

媳妇任氏让他给孩子起个名字，懂礼教的他却把这个权利转交给了孩子的爷爷。彭绘图也没推辞，吸了两口旱烟，说："起个吉利的名字吧。我就盼这娃儿平平安安地长大，小名就叫安南子吧！学名呢咱家添男添帮手，还得望这娃儿长大了有志向，能救民安邦；娃儿是庆字辈，我看就叫他庆邦吧！"

小庆邦在彭家大人的格外疼爱中长到两岁，母亲任氏就把他送到家境较好的董家坝的外婆家去抚养。外婆家的人自然很喜欢这个聪明伶俐的孩子。只是小庆邦并不像他的爷爷和父亲那样文质彬彬，在外婆家长到四五岁，居然就成"孩子王"了。

董家坝山高林密，村里人都喜欢打猎。小庆邦模仿着大人，用砍柴刀砍来竹子，锯成竹筒，装上竹片，做成了竹枪，然后，一声"号令"，孩子们就跟着他上山打猎去！有一天，他们在山林里真的碰到了野兽，吓得孩子们大叫着拼命往坝里跑。外婆也吓怕了，骂了外孙一通，再也不让小庆邦上山入林了。可是，小庆邦仍领着一群孩子在田野里"玩龙"、"打仗"。外婆兴奋地对来看望孩子的女儿说："这娃儿日后有出息呢，你看哟，细娃儿都听他的，跟着他的屁股转哩！"

让外婆更吃惊更欣慰的事还在后面。严冬到了，小庆邦穿上外婆做的新棉袄依旧带着一群孩子往溪沟里去玩耍，回来时却只穿着一件单衣和棉背心，冷得上牙不住地磕下牙。他的新棉袄哪去了？外婆一遍遍地问，小庆邦就是东扯西拉不回答。外婆终于生气了，从灶门口的柴堆里扯出一根荆条就要打他："疯玩，把袄子都玩掉了，快说，掉哪里了？"小庆邦居然昂首挺胸地回答；"我没掉！""那啷个不穿？藏哪里了？""我送人了！三娃子在沟边不小心滚水里头去了，衣服全打湿了，冻得直打哆嗦，我就把我的袄子送给他穿了！"外婆愣了，一时不知该如何责怪外孙了。这个娃儿，就这样慷慨地把唯一的棉袄拱手送人了？小庆邦这时以为外婆仍要责骂自己，便依然理直气壮地说："外婆，你不是说别人有难要相帮么？三娃子冻成那个样，我脱给他穿，不该么？"

"该！该！"外婆把外孙搂在怀里，抚摸着他冻得发乌的小脸，心想：我这娃儿这么小，就懂得行侠仗义了哩！

3

彭庆邦5岁时的那个夏天，他身患痨病的父亲彭成强从县城把一位病死的亲戚抬回后，自己竟然也一病不起，吐血身亡。

彭庆邦从董家坝外婆家回到红狮坝彭家湾替父压棺奔丧，岂料，祖父彭绘图不久也相继病故。从此，他开始了与体弱多病的母亲、祖母相依为命的苦难生活。

母亲任氏勤劳善良,她自己身体不好,还要照顾婆母和年幼的小庆邦,艰难地挑着持家养口的重担。彭家附近有个粉坊,她就天天去担那粉水回家喂猪,时常累得直不起腰。小小的庆邦看着心疼,便琢磨如何帮助母亲。他捧着个瓦盆悄悄地跟在母亲的身后。母亲挑着一担粉水在前面走,他端着一盆粉水在后面蹒跚地跟,累得气喘吁吁。母亲知道后,鼻子一酸,泪水直流。她不让儿子这样累这样做,她勤扒苦做,还不是为了儿子?儿子却一抹脸上的汗,大人似地说:"我能端!我是男人!我端一盆,你就少挑一盆嘛!"

穷人家的孩子早懂事呀!母亲不再阻止儿子跟着她做力所能及的活儿了。小庆邦就跟着母亲背着背篓上山打猪草,挖地种菜,烧火做饭,啥子家务活都能干了。

一晃,小庆邦7岁了,到了上学的年龄。母亲任氏对庆邦说:"安南子,妈要送你念书。妈就是吞糠咽菜,也要送你上学,让你像你爷爷你爸爸那样读出个人样儿!"第二天一早,她就让小庆邦背着亡夫彭成强小时候读书用过的竹编书夹子,穿着她用土布缝的一件长衫,母子俩牵着手走田埂,翻山梁,过陡坡,过河沟,走进了学堂堡私塾。

小庆邦知道自己能够读书,全靠了母亲的坚强。他的身上,寄托着清贫而劳累的母亲的所有希望啊!他因此尤其发奋。那时,学堂里的先生信奉"黄荆条下出秀才",谁不听话,谁的成绩不好,男生就被打屁股,女生就被打掌心。可庆邦的成绩在学堂里是最好的,居然一次也没挨过打。

1930年夏天,彭庆邦读完了小学。在穷乡僻壤的红狮坝,他成了乡邻们个个称道的"小秀才"了。令乡邻们更加惊喜的是,这个失去了父亲的乖娃儿庆邦,次年8月竟然又考取了"洋学堂"——云阳县立初级中学。

这是一所名校,建于1902年,辛亥革命后规模扩大,年年招生,课程不仅开设有国文、化学、物理、数学等,还开设了英文!

置身在这"洋学堂"里,大山沟里来的彭庆邦一身粗布衣衫,与那些有钱人家的孩子相比,是个道道地地的土包子。然而,彭庆邦一点都不自卑,他自信要让那些纨绔子弟们一个个地不敢小瞧自己这个穷山沟来的学生。

他像读小学时那样发奋苦读。他不仅理科、文科成绩都好,能写一手漂亮的毛笔字,而且课余还看了大量的书籍,《三国演义》、《水浒》等名著,他都能从头到尾地讲给同学们听。在这所学校学习期间,他的国文、英文、数学、历史、物理、化学等12门功课,平均成绩达到了87.88分。同学们没有不佩服他的。他在同学间常常一呼百应,小时候他在山沟里是"孩子王",如今在这县城的"洋学堂"里,他依然是众所跟随的"学生头"。

4

彭庆邦很庆幸,他遇上了两个令人敬佩的好老师——萧老师和黄老师。他是这两个老师都很器重的学生。两个老师常与他和几个进步学生摆龙门阵,给他们讲列宁、斯大林如何领导苏联革命的故事,讲苏联已经没有剥削和压迫,是人人有饭吃有衣穿的美好社会,甚至告诉他们,在中国已经有人在为创造这样的美好社会而革命、而奋斗了。

彭庆邦被老师这些新鲜的故事和道理吸引住了。他不知道这两个老师已是中共地下党员,但他朦胧地意识到这两个老师正是为这样美好社会奋斗着的人。他因此经常独自去找萧老师聊天,从萧老师借给他的进步书籍里逐渐弄懂一些革命的道理。

有一段时间,同学们都说他是一个"书虫"。他为了看到想看的书,居然啥子地方都敢去搜借。学校图书馆和县图书馆里时常见到他的身影不说,他还直接跑到女师、云中的一些教师家里去借。他被借到的进步书籍迷住了,读起来经常忘了吃饭、睡觉,有些同学问他什么,他嗯嗯两声,到头来却像没听见似的。假期里,他又总是背着一背包的书回乡下的家里,帮母亲做完家务,就在暗淡的桐油灯下一读就是一个又一个通宵。回到学校,同学们发现,"士别三日,当刮目相看"。庆邦向大家讲起苏联农庄、马克思主义理论、中国五四运动、鲁迅等人的著作等,一套一套的。进步的同学"呼啦啦"地全都被吸引到他的周围了。

"九一八"事变爆发了。东北三省沦陷,三千万同胞沦入了日军的铁蹄之下。全国各大中小城市的工人、学生纷纷罢工罢课游行示威。云阳县城里一队队青年学生走上街头,贴标语、撒传单、搞讲演、游行集会。少年彭庆邦走在队伍的最前面,挥动着小旗,领着同学们满街高呼抗日救亡的口号,要求国民党政府枪口对外、出兵抗日、收复失地,呼吁群众一致抵制日货、抗日救国。

在云阳县城的大街上,17岁的彭咏梧甚至召集群众集会,慷慨激昂地当街发表长时间的讲演:"父老兄弟们,同学师长们,日本帝国主义妄图亡我中华,政府竟然下了不准抵抗的命令!短短的两个月,日本人就占了东三省,三千万同胞被奴役，一百多万平方公里的国土被践踏了啊！每一个有良心的中国人能容忍这样吗？不服！不能！同胞们，我们不能任人宰割，我们不能当亡国奴！我们只有抗日才能救国！全国有良心的人们行动起来了，罢工、罢课、罢市，要求政府枪口对外出兵抗日收复失地！我们也是有良心的人，我们也应该行动起来，我们也应该勇敢地投入到这场伟大的抗日救亡运动之中。谁不抵抗，谁不抗日，谁就是中华民族的罪人，同胞们，我们就打倒谁！"

彭庆邦的集会演讲，轰动了云阳街头，轰动了云阳中学。同学们簇拥着他回到学校。岂料，学校当局立即传唤了他，蛮横地要开除他的学籍！

彭庆邦惊愕了。他进校读书多么艰难，这是母亲在家带病劳作供读的，母亲对他寄予了多大的厚望，何况他的求知欲是如此的强烈。他怎么能承受如此严酷的令母亲伤心也令自己失学的打击呢？

彭庆邦愤怒了。他不能囿于这样的威胁和压制，他不能在国家危亡的时候畏缩。他凛然质问学校当局："我宣传抗日救亡有什么罪过？国家兴亡，匹夫有责，你们凭我这样的爱国志向就要开除我吗？你们有没有中国人应有的良心？你们如何为人师表？你们开除了我的学籍，就能开除得了我抗日救国的决心吗？就能压制得了学校的抗日激情，以做效尤吗？我想不能，只能是激起学校爱国师生更大的义愤！"

学校当局惊讶了。他们没有料到这个进校才一年的初中生如此地伶牙俐齿，敢于如此演讲般地怒斥"领导"。简直是无法无天了！

消息很快地传到了红狮坝。彭庆邦的母亲焦急万分，顾不得病重，立即赶到娘家董家坝，请庆邦的外婆解救。外婆自然也心急如焚，赶到娘家云阳城里，四处奔波；她的幺女——庆邦的幺姨赶紧托关系，给学校当局送礼说情。

庆邦的学籍终于保住了。然而庆邦母亲的心再也难以轻松地放下。终于，她和庆邦的外婆、小姑策划想出了一个拴住庆邦的"妙主意"——给庆邦定一门亲事。

5

彭庆邦寒假急匆匆地回到红狮坝彭家湾的家，本想好好照顾身体不好的母亲和祖母，给两辈大人压压惊，没料到母亲和祖母竟然想好了给他说亲娶媳妇这么个主意，要拴住他"野了"的心。

他皱着眉头断然拒绝："我刚进中学就说媳妇，读书要分心的哩！你们还想不想我读好书呢？再说，全国正在掀起抗日救国的浪潮，我倒考虑起啥子说媳妇的事儿，说出去，我有么子脸面见人嘛。"

母亲和祖母却不依不饶，天天围着他唠叨。

隔两天，小姑也来劝说庆邦了，说："那可是个打着灯笼也难找的好女娃哩，要相貌有相貌，要人品有人品，要贤惠有贤惠，还知书达理，配你安南子还有多的呢。你还不赶快答应？我还怕人家谭家不答应哩！"

彭庆邦终于拗不过去了，被说动心了。他是一个孝子。他是一个理应撑持这个只有他这一个男人的家的人。自己上学在外，撇下身体不好的祖母和母亲在家，他本来就时常惦记不安。如今家里大人们这样入情入理地好说歹说，他哪能狠心反对下去？只能点头答应订婚了。

订婚都要"插香"，这是当地的风俗。可是，彭家如今清贫得家徒四壁，哪有钱去置办"插香"的聘礼呢？

幸亏穷人有穷人的热情善良。亲戚朋友们得知消息，凑着钱赶来帮助张罗，好歹终于凑齐了"插香"用的衣服、猪肉、面条、油条、糖等礼品。

这年大年三十那天，彭庆邦在叔伯堂弟的陪同下，请人挑了礼品，荡悠悠地走过湾前的河溪柳丛，渡过长江，来到南岸的云阳县龙洞乡故陵沱谭家"插香"。交换了两人的生辰八字，正式同谭家姑娘谭政烈定了亲。

谭政烈生于1917年6月30日，比彭庆邦小两岁。她上有一个姐姐、一个哥哥，下有一个弟弟。哥哥谭策安很小就在店铺里做学徒，弟弟谭竹安正在上小学。谭家父母都非常和善，都很喜欢彭庆邦这个正上"洋学堂"的女婿，谭政烈的哥哥弟弟自然也十分敬重他这个妹夫姐夫。16岁的谭政烈与彭庆邦羞羞答答地见了面，就忙着做家务，偶尔偷偷地看一眼英俊帅气的未来夫婿。

彭庆邦的心释然欣然。谭政烈健康的身姿、俏丽的面容、端庄的仪态、勤快的举止，都是那么令他心仪。虽然是出于孝心答应这门亲事的，然而看到了谭家的情况和谭政烈得体的言行举止相貌，他开始由衷地庆幸母亲、祖母、小姑替他选了个一见倾心的媳妇。

6

1933年春节过后，彭庆邦带着订亲后的喜悦回到云阳中学。他满足了母亲和祖母的心愿，家里有什么急事，未过门的媳妇谭政裂可以过江来红狮坝帮他照料了。他以为这样就可以完全放心地投入学校的进步活动了。

刚到学校，云阳县城就遍传着红军的消息。徐向前、陈昌浩领导的红四方面军主力，年前的12月转移到川陕边境，建立了川陕革命根据地，成立了苏维埃政府。红军所到之处，打土豪、分田地，专打不抗日的武装，专替老百姓办事。传说有一支部队已经打到云阳的邻县了。

消息不胫而走，消息鼓舞着彭庆邦。他从学校的萧老师、黄老师等令人敬重的老师那里，得知了什么是红军，什么是共产党。有些道理他一时还不明白，但他很欣慰这么一点：红军到处都宣传抗日救国！

然而红军逼近的消息却吓得云阳县政府和学校当局惶恐一片。诬蔑红军的谣言随之传开来。"红军共产共妻，杀人如麻，要血洗云阳"的谣言弄得满城人心惶惶。而城里到处增加岗哨，如临大敌，驻扎的两团国民党部队还招摇着开拔前去围剿。云阳中学的一部分学生害怕了，想离校回家了。

但是，他们信赖彭庆邦，一个个地找他商量，向他们觉得"啥子事都晓得"的彭庆邦讨准信。

同学们信任彭庆邦。经过彭庆邦的一番鼓励，同学们释然，又聚集在彭庆邦周围。

过了两个星期，从云阳县城开拔去围剿红军的国民党军的两个团撤回了。当局把云阳中学和女师的师生召集到广场上，听两个团长的"报告"。学校的萧老师与彭庆邦边走边悄悄地摆谈了几句，彭庆邦心领神会地点了点头。

"报告会"开始了，两个团长中的一个开始在台上讲话。台下的学生却搭肩挽臂地谈笑，有的甚至追逐打闹，会场顿时乱起来。当局的主持人在台上大声训斥维持"纪律"，台下又忽然响起尖厉的口哨声，随即哄笑声、口哨声、打闹声一片。两个团长气急败坏，拍桌子，吼叫着，依然无济于事，只好把主持人一通责骂，灰溜溜地"到此结束"。

彭庆邦等成功地破坏了这场"剿匪"报告，学生们更加拥戴他了。彭庆邦呢，却开始真正地接受中共地下党员萧老师等的进步教育。他敬佩共产党，倾向共产党，赞同他所知道的共产党的主张。他渴盼着共产党领导的红军早点打到云阳，吓跑那些欺压百姓的土豪劣绅军阀，亲自投身到共产党领导的解救穷苦百姓的革命之中。

岂料，没过几天，彭庆邦上午正在上课，堂侄彭松亭急匆匆地从乡下赶到学校，说是他母亲病重，要他立即回家。彭庆邦深感事情不妙，当即请假随彭松亭回红狮坝。这一去，年前侥幸没有被开除学籍的他，就此被家事拴住了，辍学了，遗憾地没能亲自投身马上就开始酝酿的云阳县的第一次暴动。

7

刚刚18岁的彭庆邦心急如焚地赶了七八十华里的山路溪沟，一回到彭家湾的家里，一幅惨景就震慑了他。

老祖母瘫痪在床。母亲也病倒了，躺着，发着高烧，昏迷中一声声地呼唤着他的乳名。

彭庆邦悲不能抑，一下扑倒在母亲的病床边，连声唤妈，呜咽不已。母亲终于听清了儿子的哭唤，尽力睁开眼，挤出一丝笑容，然而泪水迅疾夺眶而出。她艰难地挤出两句模糊不清的话："安南子……政烮……"

彭庆邦明白了母亲的心思。他拜托陪同到家的堂侄松亭送信过江，把他未过门的媳妇谭政烮从故陵沱喊来。

他就此辍学了，挑起了全家生活的重担。这是1933年的春天，溪水清流，柳树吐绿，竹笋破土，然而清寒的彭家却看不到生活的新机。彭庆邦抱柴做饭，借钱请乡医给母亲看病，熬药喂水，母亲的病却依然一天天加重。

未婚媳妇谭政烮来了，麻利地做活，照料婆母，没有一点少女的矜持。传统的教育，朴素的品格，特殊的背景，使这个只有16岁的女娃儿那么懂事，那么贤淑，那么会持家。彭庆邦看在眼里，爱在心上，而他的奄奄一息的母亲竟也因此欣慰得似乎清醒了两天。

母亲在病床前紧紧地把捏着谭政烮的手，含泪说："政烮哟，早点过门好不？我死后，这彭家的门户要靠你支撑了哩。安南子……莫让他老守在家里头，那不是正路，再苦再累，也要让他把书读完，图个出息，记住了吗？政烮，妈拜托你了。"

"妈，你放心，我记住了。你莫这样担心，你会好的，你会好的……"谭政烮答着，禁不住泣不成声。

母亲的病终于还是没能好转，两天后就离开了人世。

谭政烮和彭庆邦悲不能抑。彭庆邦到红狮坝的远房亲戚地主易家借了笔债，操办了母亲的丧事。谭政烮记着婆母临终前的嘱托，在父母过江赶来奔丧时说服善良的父母同意，就在婆母的灵前与庆邦一起磕了头，做了彭庆邦的媳妇。

然而，真是应了"屋漏偏遭连绵雨"的古话，红事竟然没能冲走白事，母亲任氏的丧事刚办完，这对少年夫妻的新婚生活刚刚开始，老祖母竟然就跟着辞世了。

彭庆邦只得又去易家借债。他好话说尽，跑了一趟又一趟，总算借了点钱安葬了祖母。

然而，易家的借债还期跟着就到了。彭家仅有的几亩田因此被诈走了。种田没地，下锅无米，还债无门，18岁的彭庆邦和16岁的谭政裂这小两口在接二连三的灾祸打击面前，哪有新婚的甜蜜？

糊口是唯一紧迫的任务了。彭庆邦只得重蹈祖父和父亲的旧路，去瓦房沟当了私塾先生。

1949年后的谭政裂（正伦）

8

私塾是一家私人办的旧学，有30多个学生，却只聘了他一个先生。既要备课上课，又要自己生火做饭，山洪暴发，他还得接送学生们上学放学越山过河。他的课讲得新颖有方，他待学生细心周到，学生和家长们都敬他爱他，可他自己却是一个刚辍学的中学生哩！

彭庆邦不可能不苦恼，不可能不留恋那云阳中学的生活，不可能不向往云阳县城那酝酿着的革命潮头。然而，他却只能把这苦恼、这留恋、这向往深深地埋在心底了。他是一个有媳妇的男人了，他是一个有责任的一家之主了。他唯一开心的事，就是在教完书回到家与新婚的妻子共同忙完家务后，拥着新妻，向新妻讲述他在云阳中学读书时的故事和读书中懂得的改造这社会的道理。

年轻的谭政裂是一个善解人意的好妻子。她哪里不明白丈夫心里深藏的苦恼和向往呢？她哪里会忘记婆母临终前的嘱托呢？

1935年春节刚过，谭政裂就决定独自承担持家的重任，供养丈夫庆邦继续读书。这个想法让彭庆邦大吃一惊。他是一个"大男人"了，天下哪有让妻子供丈夫上学的道理？他不能不犹豫。

然而，谭政烈主意已定，毅然决然地说："庆邦，我们还分啥子你我哩！你继续念书，是妈临终前的嘱咐呢！你不去念好书，妈在九泉之下哪能瞑目？我又哪能心安？你念好了书，有个好出息，我也光彩呀！"

彭庆邦感动了，一下把妻子搂得紧紧的。春节过后，他惜别妻子，离开了清苦然而温馨的家，再次进入云阳中学插班学习，像此时正在重庆的江竹筠一样，从此开始了真正寻找革命真理的历程。

第四章 小女孩居然会"用心思"

孤儿院小学里,小小年纪的江竹筠怎么已经如此会"用心思"?说她文静嘛,她怎么又那么活泼?说她寡言嘛,她怎么又得了"地胡椒"这样厉害的绰号?一个小学生能懂什么政治?可进步教师的猝然被捕,对她的人生竟然产生了那么强烈的影响……

1

1932年秋天，刚满12周岁的江竹筠和小她两岁的弟弟江正榜，一起进了重庆市私立孤儿院小学，而且是免费。

终于再次得到上学的机会了！那个时候，少女江竹筠还不可能意识到这次命运的转机对她以后的人生意味着什么，她只是伤感而又惊喜得几乎落泪。

这个得之不易的命运转机，与其说是三舅李义铭奉送的，不如说是母亲李舜华无偿给三舅家当佣人换来的。饱尝了两年惨痛童工生活的江竹筠，已经知道了这样思索的道理。但是，她还是对三舅深怀感激，以前对三舅和三舅妈的那一点幽怨，随之一下烟消云散。

孤儿院建在观音岩下的张家花园，是刘子如、三舅李义铭、曾子唯等人依靠上层社会势力，廉价弄到这一大片土地办起的私营基督教社会福音派慈善事业。孤儿院的主办人刘子如，这个早年的刻字匠曾在教会资助下留学加拿大，回国后成为一个很有事业心的教师。他不仅合办了这孤儿院，而且还像李义铭办义林医院一样，独自开设了一个胜家缝纫机公司，在重庆商界是妇孺皆知的人物。在他的主持下，孤儿院里附设的这所全日制寄宿小学，学生分公费和自费两种。公费由教会和所办的企事业单位保送孤苦无依的儿童读书；自费则是由于院规校规都极严格，又有一批进步的共产党地下党员充任教师执教，教学质量很高，使得许多富贾官绅纷纷争着送自己的少爷小姐来这里上学。刚开始时，小学实行半工半读，补贴经费，后来自费生学费收入比较丰裕，收支有盈，并且原来用于工读的一些土地被军阀占用，学校就取消了工读。

江竹筠穿着母亲新做的阴丹士林蓝布衣和黑布裙，穿着一双白袜子和一双青白相间的提兜绊绊鞋，第一次兴奋地走进了孤儿院。她惊诧得双眼不知看什么好。

孤儿院真大呀！有好几个花园，四通八达的各种花间路的远处，通着足球场、网球场、男生部宿舍、女生部宿舍，宿舍之间还建着长长的之字形的木长廊呢！还有那么漂亮的一座图书馆和教堂、食堂。只是，大门口的那座被称为孤儿育婴堂的地方，让她感到神奇莫测，好奇却不敢走近。

江竹筠几乎不敢相信自己已经免费成为这儿的学生了。她暗暗地想，我一定要用功读书，不拿班上甚至学校的第一名，我怎么对得起辛劳的母亲，又怎么对得起三舅给的这个机会呢？

江竹筠一入学便就读初小四级。她不是一个天资特别聪颖的女孩，但是她太向往读书了。经历了太多艰难困苦日子的她太像母亲一样硬气了。刚一入学，她就对母亲说："妈，我要一学期连跳几级，早点毕业，早点找份好工作，不让你这么辛苦地做事，像当佣人似的！"母亲一笑："傻娃儿，哪有读书一学期连跳几级的？莫好高骛远，好好读书。娃儿你有这份心，妈就满意了……"

做母亲的一点也没有想到，女儿竹筠居然一点也没有戏言。学校实行的是灵活的升降级办法，一学期举行三次考试，特优者升级，特劣者降级。不是特别聪明的江竹筠用特别的勤奋和刻苦弥补自身的缺陷，第一个学期参加三次考试，她居然真的门门功课特优，连升三级，一下跳到了四年级，而且跳级以后成绩总分依然是全年级第一名。

谁都对这个矮矮的并不很漂亮的女孩刮目相看了。做母亲的感到欣慰，而做学生的开始聚集在她的周围，做老师的则发现了别的东西：这个表面文静的女孩其实内心泼辣，很有主见，没见过这么小的女孩就这么会"用心思"呢！

会"用心思"是重庆人对早熟的女孩的一种评判说法，这意思是说：江竹筠这个文静而内向的小女孩，若是认准了什么，就一定要想方设法达到，没有什么能让她轻易改变。

2

第一学期连跳三级的江竹筠，被分到小学第十八班。她有了几个很要好的学友：女同学中的何理立（当时叫何淑凤）、贺珏若，男同学中的刘既明（当时叫刘济民）、卜毅、王文中。何理立与她一同跳级，又同坐在第一排，两个人就成了须臾难离的挚友。这些当年江竹筠的亲密学友，在接受作者的采访时，回忆那个时期的生活，记忆依然那么清晰，感慨良多。

强烈的求知欲望使江竹筠自己给自己拟定了一个非常苛刻的要求：各门功课成绩不仅要保持全班第一，而且要力争全校之冠。对于一般的小学生来说，这也许是一种好胜心的表现，可在江竹筠身上却不尽然。她并没有女孩子那种常见的攀比心理，她只是想把实现这种目标作为珍惜这不易得到的上学机会和报答母亲的辛劳的一种自我认定。

刚跳级时，算术课的成绩最难提高，她就与何理立等好友立下一条约定：当天的作业不做完，有疑难的地方不弄通弄懂，决不走出教室门！

这个法子真是管用呢！很快，她和何理立、贺珏若的算术成绩长期在全班名列前茅。

不光是对功课认真，对其他的方面，江竹筠也总是一丝不苟，要学就要成为最好的。男同学卜毅的作文和书法都很好，她也不怕同学们笑话她，公然把卜毅的作文和书法当蓝本。女友对她说："你是第一名呢，哪个这样？掉我们女生部的底子哩！"江竹筠却说："人家的就是好嘛，我只要能学得一样好，怕啥子掉底子咧。"后来，她的作文和书法也得到了老师的赞扬。

江竹筠自己一直有自知之明。她清楚自己不是个天资特聪颖的人，连女友何理立和贺珏若都不如；可她懂得不耻下问、勤能补拙的道理。不懂的只有勤问才能弄懂，不精通的只有勤练才能稔熟。

偏偏她的问法与别的女同学大不相同，简直是公然张扬。平时她从不多言多语，文静得同学们几乎疏忽了她的存在。可要是什么问题没弄清弄明白，她就会问个不休，你若是不耐烦了，她还会跟你讲道理、批评你。有一次，她向卜毅和刘既明请教史地课上的一个问题，七问八问弄得卜毅都烦了，说："你有完没完呀，这是下课时间！"岂料，平时少说话的江竹筠实际上口才好极了，求教的道理讲得头头是道，不依不饶的话说得就像放机关炮："你这样对我是蔑视我！你这样对待向你求教的同学是放弃同学对你的尊重！同学之间应该仁慈博爱、互相帮助，你这样不耐烦，是不是忘了做同学的根本？是不是不想让我这个同学像你一样成绩好，你好有骄傲的资本？我想不是！人都有对什么不懂的时候，人都有为难的时候，人应该将心比心。你想一想，你要是有不懂、为难的时候，能够帮你的人却不向你伸出帮助的手，你难不难过，伤不伤心？好卜毅，还是快告诉我吧，告诉我吧……"卜毅还能不告诉她么？见识了江竹筠的这番口才这番泼辣，刘既明和卜毅对江竹筠刮目相看，与江竹筠的友谊更加深挚。卜毅后来找准了江竹筠遇事认理又泼辣的特点，总是有意逗她，好再欣赏江竹筠的"演讲"和发急的模样。他对江竹筠说："你怎么这么厉害？简直是颗地胡椒！"

地胡椒比普通胡椒辣多了。不曾想，江竹筠的"地胡椒"这个绰号竟然从此在班里叫开了。

3

地胡椒江竹筠的厉害，同学们算是领教了。但是，江竹筠平常从不惹是生非，内向文静得像是另外一个人。同学们之间的打打闹闹、叽叽喳喳她一概不参与，课外游戏也很少参加，她几乎把所有精力都投入到了学习上。

孤儿院小学的条件非常好，学生都是住校，电灯、自来水、电话都有，平常的伙食不差，一个星期还打一次"牙祭"——加餐。可是，校规严极了。每天早上6点钟起床早操，三百多学生在学生乐队的演奏中升了国旗，这才上早自习。上午8点钟准时上课，下午2点钟开课。中午有2个小时午休。下午下课后，日头西沉，全校学生还得举行降旗仪式，然后一边唱着歌，一边绕整个学校一周，让学生拥有自豪的学校荣誉感。一日三餐，男生部、女生部各站一排，唱着歌列队进入食堂。晚上还有7点到9点钟的晚自习。一天到晚管得这么严，学生们最多的课余活动时间，只有下午降旗仪式后的那段时间了。

苦孩子出身的江竹筠，几乎是啬啬地珍惜一刻一分的上学时光。课余，教室里总是热热闹闹，无法安心温习功课和看书。江竹筠就和何理立等好友走出教室，想在院里找个安静的地方。然而，院里到处是玩耍或活动的学生和教师、校董。

网球场上，校董们在打网球。足球场上，学生们在踢足球，要好的同学卜毅、刘既明、王文中都参加了，谁输了，就把每周一次打"牙祭"——加餐的那一大盆回锅肉奖给赢的一方。另外的场地上，还有一些同学在排练演剧，准备半学期一次邀学生家长参加的"同聚会"。还有一堆一帮的准备演讲比赛的学生。在这所有的活动中，江竹筠比较感兴趣的是演讲，因为这是她敬重的学校教务主任游动斯（中共地下党员）组织的，同学们曾力举她参加，但她怕耽误太多的学习时间。后来卜毅参加了，并在全市小学的演讲比赛中进入了前三名，得回一大堆好玩的奖品如乒乓球、球拍什么的。

在这样课余时间如此热闹的院子里，哪里能找到一个安静看书的地方？江竹筠和几个女友正在院里找着，那边踢足球的卜毅一眼发现了，大声喊道："地胡椒，快来给我们加油呀！"

这热热闹闹的地方，哪能让人安下心来看书呢？赶紧逃跑吧！

终于，她们来到一个较僻静地方的一棵枝繁叶茂的大树下，江竹筠眉头一皱，计上心头，说："哎，爬上树去看书吧，哪个也看不到！"几个人爬上去一试，还真是的哩！

从此，只要有空，江竹筠就领头爬上那棵大树。岂料，有一次，他们正在树上看着书，树下突然传来一声大喝："谁在上面？快给我下来！"

江竹筠和好友赶紧溜下来，一看树下的人，心里大惊：糟了！是校长哩！

校长见是几个女孩，惊诧过后更加恼怒，劈头就是一通训斥："没读过《女儿经》吗？不知道校规校纪吗？不怕从树上摔下来吗？简直不成体统！伤风化！捣蛋！你们几个女娃儿给我听着：我要处分你们！检讨不好，开除你们的学籍！老实告诉我，你叫什么？你叫什么？"

江竹筠和几个女友一片惶恐。一会儿后，她们忐忑不安地站在级任老师面前。江竹筠委屈地嘟哝："我们不是捣蛋，我们是看书。到处闹哄哄的，找不到地方……"问明情况，级任老师赶紧拉上开明的教务主任游动斯一起去向校长解释，江竹筠几个这才免受处分。虽然检讨是无论如何也逃避不掉，可江竹筠毕竟有躲过了大祸的心悸：若是开除了学籍，我可怎么对得起母亲和三舅啊！

借着这样一种学习方法与精神，江竹筠给自己拟定的目标果然达到了：直到小学毕业，学业成绩一直稳居班上第一名，总成绩也居全校之冠；而且，"会用心思"的她，成了学校里"最具叛逆精神"的名副其实的"地胡椒"。

4

江竹筠明白了：这个社会的确是个"人吃人"的社会。她非常庆幸，孤儿院小学几位正直而进步的教师的循循善诱，让自己明辨了是非，不再浑浑噩噩了。

江竹筠刚刚读四年级时的1933年秋天，共产党领导的红军旗帜从大别山飘扬到了大巴山上，在那儿建立了让四川军阀和国民党一派惊恐的红色根据地。曾经为争地盘不断火并、一片混战的各派军阀，这时一面四处制造共产党的谣言，一面与蒋军联合"围剿"红四方面军。重庆市里也闹得沸沸扬扬。

教会办的孤儿院小学里深受影响，一些守旧或反动的教员跟着闹腾，散布的谣言耸人听闻。

"共产党共产还共妻哩……"

"红军个个都长红眉毛、绿眼睛,杀人放火,凶残极了哩……"

"晓得为啥子长红眉毛、绿眼睛吗?吃人哩:那个红军的总指挥徐向前,一天要吃三个小孩才饱肚子哩……"

孤儿院小学里年幼无知的学生们,听了这些老师的谣言,被欺骗得诚惶诚恐。

"会用心思"的江竹筠却不盲目轻信。她只是纯朴地想:这些有钱有势的人嘴里吐出的话,有多少是真的呢?

进入五年级了,细心的江竹筠发现老师中有几个很例外。像教务主任游动斯老师、教英语的龚淑渊老师、教地理的谢老师,尤其是级任老师丁尧夫,从不跟着瞎闹腾。丁老师不公开说国民党的坏话,也不谈污蔑共产党的事,但在上历史课时,他深入浅出地以讲故事的形式,从鸦片战争到"九一八",把列强侵华的国耻大事,讲得江竹筠这些学生都义愤填膺;尔后,他又绘声绘色地讲起了太平天国起义、辛亥革命、"五四"及"五卅"等爱国运动;接着,还声泪俱下地讲秋瑾、林祥谦、刘和珍等烈士的故事。

"风萧萧兮易水寒,壮士一去兮不复还!"丁尧夫老师动情复诵的这两句诗,使江竹筠这些学生热泪盈眶,悲怆难抑。江竹筠悄悄地对挚友何理立说:"以后我们也要做秋瑾这样的女杰,为追求真理而死,为拯救中华民族而死!"

有一次,丁老师讲着讲着,悲愤地说:"同学们,现在国家正是多难之秋,我们今后的国家,我们今后的民族,可能在很长时期内还要走像德国希特勒那样的独裁道路啊!"

同学们眼睛一眨不眨地看着老师,默声无语。岂料,矮小的江竹筠"地胡椒"的辣劲骤发,"腾"地站起来说:"老师,谁要搞独裁,我们就要反对!"

同学们的目光倏地集中在江竹筠身上。丁老师也很惊诧。他从此喜欢上这个女孩了,对常与江竹筠聚在一起的何理立、卜毅、刘既明这几个跳级生尤其关爱。在严格要求这些学生学好功课的同时,他经常辅导他们读一些文艺书籍,把他的书刊借给他们传看。

江竹筠他们对这些《太阳》、《创造》等新颖的书刊爱不释手。他们尤其喜欢郭沫若的《匪徒颂》、《奔流》和蒋光慈的《鸭绿江上》,而《太阳》月刊上一篇文章的开头一句,从此成了他们的口头禅:"朋友们,我们向着太阳的方向走!"

渐渐，老师那里的书刊他们看遍了，他们开始"用心思"去思索社会、鉴别真伪美丑。

后来，老师又把北新书局等处出版印刷的活页文选做了学生的课外教材，那上面有鲁迅、刘半农等人的文章，江竹筠他们看得如痴如醉。可渐渐地，他们不满足只看这些文章了。有一天课后，刘既明悄悄告诉江竹筠："竹君，我养父那里有《创造》合订本哩！"江竹筠知道，刘既明的养父李冰如是个开明的老师、学者、诗人，他的很多朋友都是知名的作家、艺术家，她那时不知道的后来成为共产党军队将领的张爱萍、魏传统等，还曾经是李冰如先生在达县中学时要好的同事。江竹筠听后，立即兴奋而急切地说："那你赶快回去拿啊！有多少拿多少，可莫小气啊！"第二天，刘既明果然悄悄拿来了三卷《创造》合订本。"拿来拿来！"江竹筠急迫地抢过去，埋头就看起来，良久，这才记起似地抬头说："既明，谢谢啰！"

江竹筠如饥似渴地读着进步的书刊，她喜欢那些文字激越、故事悲壮的文章，却不怎么喜欢成仿吾等人的文风。对鲁迅的文章，她尤其偏爱，《祝福》尚且能看懂，《阿Q正传》和《狂人日记》却还不能完全理解。他们去找丁尧夫老师，丁老师耐心地向他们讲解后，直率地说：旧中国几千年的历史归结起来就是"吃人"两字。在吃人的社会里，有直截了当、青面獠牙的吃人者，也有鬼鬼祟祟、满面笑容的吃人者，他们都具有"狮子的凶狠、兔子的怯懦、狐狸的狡猾"，可他们并没有什么让我们真正可怕的，这人吃人的社会也是可以改造的，鲁迅的思想就是号召人们向这人吃人的社会宣战，向古久先生那样的人斗争！

老师的启发，让江竹筠他们茅塞顿开。他们不仅开始把书本上读到的与面临的社会现实对照思索，而且把控制着这种人吃人社会的国民党官僚军阀的反共谎言反过来思考。像丁老师这样的正直而学识渊博的人，为什么不说共产党和红军的坏话呢？江竹筠朦朦胧胧地意识到：没准，共产党的主张正是要推翻这人吃人的社会，所以才让这些官僚军阀富人惊恐害怕？

"会用心思"的江竹筠突然想：何不效仿那些学者、作家，也办一个刊物交流心得？她一倡议，何理立、卜毅、刘既明、王文中、贺珏若等几个喜欢文学的好友一拍即合。想到班级是第十八班，周刊的名字就形象地定为《三六周刊》，以壁报的形式出版，地点就选在连接男生部宿舍与女生部宿舍的长长的木廊，影响既大，下雨也淋不着。文章大家写，抄誊哩，就由毛笔字写得最好的卜毅、刘既明和自己轮流坐庄！

壁报周刊一出,学校里一片喝彩。游动斯、丁尧夫等进步老师欣慰不已,不时地指导,周刊办得更加出色。

江竹筠、何理立等好友的进步思想,就这样在丁尧夫、游动斯等老师的循循善诱中初步形成了。他们不再是少不更事的小学生了,他们有了不再被人随便欺骗的属于自己的头脑了,他们的身上拥有了改造人吃人社会的懵懵懂懂的叛逆精神。他们明白,这种成长变化,是丁尧夫、游动斯这样的老师培育的。

5

丁尧夫、游动斯这两个身边最令人敬重的老师,居然就是共产党员!

1935年初冬,上了小学六年级的江竹筠,突然发现难以见到教务主任游动斯老师的身影了。隐隐约约地听说,游老师是共产党人,被国民党中央军别动队抓走了。江竹筠将信将疑:不是一直说共产党杀人放火、青面獠牙、凶残吃人么?游老师亲切着哩,哪是那样的人呢?

然而,紧接着发生在面前的一件事,证实了一切。一天中午,江竹筠和同学们一边唱着歌一边排队进食堂吃饭,突然看见几个便衣警察把丁尧夫抓了起来,扭绑着押出了学校。学生们不唱歌了,不吃饭了,一片惊呼。当局这时宣布说:丁尧夫是共产党嫌疑犯,逮捕审查!

宛如晴天霹雳,江竹筠和同学们都震惊了!

学校里议论纷纷。江竹筠和何理立几个好友聚在一起,想念着丁老师,悄悄议论着。有个好友说:"丁老师怎么是共产党呢?不是说共产党都是红眉毛、绿眼睛,杀人放火、凶残可怕么?"何理立也说:"像丁老师这样的人都是共产党,那共产党有啥子可怕嘛!"大家都说丁老师是最好的人,说着说着,有的还哭了起来,最后目光集中到江竹筠身上。有人推搡了一下满脸悲伤、皱眉思索的江竹筠:"你这地胡椒,想啥子心思,你怎么不吭声呀?"江竹筠这才说:"是哩,丁老师是最好的人。丁老师是共产党,共产党也一定是最好的人,抓共产党的人、杀共产党的人才是最坏的人!"

突然想起了丁老师教他们唱的一首歌,江竹筠这个平常最不喜欢唱歌的人,这时禁不住哼了两句,大家也随之唱起来:

清清流水水滔滔,

> 流过滩头流过桥；
> 滩头的流水……
> 这个年头实在不大好；
> 穿的是破裤子披破袄，
> 吃的是大饼夹油条，
> 忍一忍咧熬一熬！
> ……

江竹筠不禁悲从中来。

默默地吃了几口饭，回到女生部宿舍，她洗起了衣服和被子。在孤儿院的这三年，她一直这样自己动手。洗完了自己的，她又抓过女友的脏衣服继续洗，把所有的悲伤和愤懑都发泄在对肮脏的东西的仇视里。

江竹筠不禁想起了这时也许正在靠帮别人洗衣谋生的穷苦的母亲李舜华。那时，母亲已经从三舅李义铭那阔绰的洋楼里搬出来了。虽然与三舅和三舅妈是至亲，三舅他们对母亲也很信任，但那里毕竟不是自己的家，母亲不想永远过这种寄人篱下的尴尬日子。母亲带教的三舅的孩子渐渐长大了，只是粗识文字的她难以再教下去，便向三舅提出另谋生路，搬到了临华街四号一间破陋的吊脚楼住下了。三舅李义铭阻拦不住，就给这硬气的妹妹一些援助，让她在自己的义林医院附近的观音岩车坝摆了一个小摊子。那是一个兑换铜元的钱笼子，上面摆着一些零杆杆纸烟叫卖，哪算什么摊子啊！白天摆着这个小摊赚几分钱，晚上就帮一些拉黄包车、抬滑竿、做苦力的人洗衣服。在这灯红酒绿的重庆，这是最贫困的穷人维持最低生活的迫不得已的办法啊！

江竹筠一阵心酸，随之却是满腔的愤懑。为啥子那么多人不劳而获、欺压剥削百姓，而更多的像母亲这样的穷人一年四季辛劳却仍衣不暖食不饱饥寒交迫呢？想到自己那两年惨极的童工生活和老板的残忍压榨，一腔不平的怒火油然而生。

这是一个人吃人的社会哩！丁尧夫老师这样的共产党人不怕杀头闹革命，不正是要改造这样的社会吗？想起丁老师这样的人，江竹筠就由衷地敬佩；想起自己开始上学时发奋读书，只是想早点找份好工作以帮助母亲早日摆脱寄人篱下的困境，江竹筠就感到汗颜。

她的心中这时萌发出一个大胆的念头：做一个像丁尧夫老师那样的人！

第五章 引火上身时有好女人援手

彭咏梧又引火上身了,幸亏危难之时有贤妻援手相救。清寒至极的她独自供夫上学,默忍着怎样的生活煎熬?年仅20岁的糟糠之妻是个好女人哪!

1

1935年的春天，江竹筠在重庆刚刚听说共产党的时候，彭庆邦在云阳县城已经目睹了共产党领导的著名的"云阳暴动"。

彭庆邦辍学的这一年间，在红军的影响下，云阳县各地的地下党组织发展得很快。云阳县城、农坝乡、云安厂、盘沱等地的很多工人、农民、进步师生乃至民团部队，都被发动起来。1935年1月19日晚，云阳县地下党根据上级指示，不失时机地在云阳县城组织了武装暴动，打响了川东人民反抗国民党反动统治的第一枪。

彭庆邦重返云阳中学时，暴动的浪潮正席卷云阳。他激动不已，兴奋得与好友王先群来到学校背后的山坡上聊个没完。他们从前总是听萧老师、黄老师给他们讲革命的道理和共产党的主张，没想到革命真的就在身边发生，共产党就在这云阳！

然而，这次暴动却很快失败了。由于个别同志急躁地提前行动了3个小时，致使国民党的云阳县县长邹光、团务委员长马仲云听到枪声就从阴沟里逃跑。这两个反动头子组织所有反动武装反扑，起义队伍寡不敌众，被迫撤退，很多暴露了身份的共产党员和进步人士因此转移。

彭庆邦熟悉的萧老师、黄老师、县图书馆馆长等先后离开了云阳。城里一片白色恐怖，反动派嚣张地大肆逮捕、镇压革命者。地下党员蔡明典、谭端生不幸被捕后、宁死不屈，在被绑赴刑场的路上，他们大声责骂国民党．高呼口号："中国共产党万岁！红军万岁！"

沿途观看的百姓无不为之动容。彭庆邦和王先群崇敬地目送着英雄，当一阵枪声传来，他们禁不住热泪奔涌。

清明节那天，人们去给亲人上坟，彭庆邦却邀约王先群等好友来到了革命者英勇就义的南门河坝，哀悼烈士。他们沿着河边沉痛地漫步，缅怀着共产党勇士的业绩。

这以后，他俩常在一起议论一起探讨。彭庆邦暗暗选定了目标：找共产党去。

这年冬天，彭庆邦径直前往暴动前后地下党最活跃的农坝乡公所窄口子附近的村落。可从早晨问到天黑，悄悄问了很多人"哪里有共产党"，却没有一个人正面回答，不是躲开，就是回避。直到深夜，他才从一个农民那里知道了打听不到的原因。

暴动失败后，国民党对农坝乡进行了残酷的"清剿"，发现谁家窝藏共产党就绑打乃至枪毙。地下党活动更隐蔽了，群众的防范更细心了。彭庆邦这个陌生人哪里能寻问得到呢？

没有在农坝乡找到共产党的彭庆邦，只好暂且回到红狮坝彭家湾与翘首相盼的妻子谭政娶团聚。然而，他没有失掉信心。他暗暗地打算把家事理好，然后再次去寻找。

2

1936年夏天，中学毕业的彭庆邦成了红狮坝远近小有名气的"秀才"了，许多人慕名来请他去任职。他家的远房亲戚、那个曾经借债又催还钱的大地主易家，居然派人送来大红请柬，请他去赴宴，延揽他到"易氏族学"去任教；而他在云阳中学时的一个同学，就任国民党县参议员、联保主任后，竟然也写信来请他去供职。

彭庆邦都一一回绝了。他早已有了不可动摇的秘不告人的寻找共产党的决心。只是，妻子勤扒苦作地供他上学，累得流产，身体虚弱，他一时不能放心远离。

转眼到了秋天，一天，他去找族房兄弟彭庆言借点钱，想买点东西给妻子谭政娶补补身子。庆言刚从县城买东西回来，关心着县城动态的彭庆邦就问："有啥子新闻没有？"

"哪个没有？"庆言说，"我在大街上看到一群人围成堆，不晓得看啥子，就挤拢去看热闹。我踮着脚往里瞄，原来墙上贴着一张招生文告，是武汉办的一所职业技术学校在云阳招生，报考的条件是有初中文化程度的爱国青年，免费入学，六个月毕业就工作哩……"

彭庆邦心中暗喜。免费入学，半年就毕业工作，这条件诱惑着他。在这里暂时难以找到共产党，可武汉早就是革命的中心，找共产党岂不是更方便？一举两得。回到家，他就把这想法向妻子说了。谭政娶一听就泪水涟涟："我不是不让你走。可这兵荒马乱的年月，走那么远……"谭政烈说着，用手背擦了擦泪水，又坚强起来，"你走吧，男儿志在四方，这道理我懂。屋里头的事你莫担心，只是，去了……得空就打个信回来……"

彭庆邦第二天赶到云阳县城，一考即中。

3

轮船载着一批年轻人上路起锚时，码头上，许多亲朋好友拉着上学的青年依依话别。彭庆邦想着独自在红狮坝家中的孤独无助的妻子，心里涌起一股说不出的辛酸。

轮船行至宜昌，带队招生的人训了一通话：我们学校其实是一所抗日救国的军校，同学们从现在起就是军校学员了，学习训练半年就是军官了，大家应该引以为傲！但是，抗日必须先安内，只有消灭共产党才能抗好日！大家毕业后，首先就将奔赴"剿共"前线，效忠党国……

彭庆邦愣了，骗局！自己千方百计寻找共产党投身革命，怎么被骗到企图"剿灭"共产党的国民党军校来了？

感到受骗的人并不只彭庆邦一个人，大家纷纷责问抗议："哪个要骗我们？抗日啷个要打共产党不打鬼子？"

带队的人顿时露出了狰狞的面目："我们是军校，吵什么吵？！谁敢反抗，谁敢当逃兵，军法从事！"

彭庆邦可不管什么"军法从事"的威吓。轮船夜间停泊时，在一个船工的帮助下，他斗胆悄悄溜下船，潜上了岸。

掏出身上仅有的钱，寻了一个最简陋的客栈躲住着，他立即给远在云阳红狮坝的妻子谭政烈拍了一封电报，请她一定设法寄路费救他回家。

谭政烈接到电报，大惊失色，失声痛哭。电文太简洁，她不知丈夫到底身置如何的险境。她只知道心急如火地四方奔走借钱，赶快救丈夫平安回家。

然而，那些平时把彭庆邦捧得肉麻的地主财主，临到他的妻子来借钱却是另一副面孔。有的故意装穷不借，有的乘人之危敲诈，有的要得高高的利息。谭政烈急了，不管条件多么苛刻，她都一概先应答下来。终于，那个远房亲戚大地主易家答应借了，可借给她的不是现钱，而是桐子。她赶紧请人打成桐油，担进城里卖了10块钱，急忙给彭庆邦寄去。

彭庆邦终于回到了云阳。可追捕他这"逃兵"的公文随即就到了,他只好又躲到董家坝的外婆家里。外婆和谭政裂、幺姨等又是一番上下花钱、左右托人,才平息了这桩灾祸。

这段寻找党的曲折经历,给了彭庆邦受益无穷的教训。以后,他时常拿这段经历教育同志:革命不同情鲁莽。

4

家中负债累累的彭庆邦,不得不到附近的保教小学教书糊口了。谁知教了不久,以高利贷借债给谭政裂的易家,找上门来"请"彭庆邦去他的"易氏族学"教书,软硬兼施。彭庆邦很是无奈,只得忍气吞声到了"易氏族学"。

不久,西安事变爆发。彭庆邦很高兴,在家里向谭政裂讲道理,在学校与进步教师讨论,甚至还在课堂上对学生说:"共产党促成了西安事变的和平解决,促成了全面统一抗战,这样的胸怀和远见,只有共产党才有呢!"

话一传出,人们便说:"彭先生思想激进得很呢,到处散布共产党的言论。"办这所学校的地主就来规劝、威胁彭庆邦。

彭庆邦忍无可忍,1937年夏天,他以要继续读书为由,毅然离开了"易氏族学"。他想继续去寻找共产党组织,以求学的名义与妻子商量。妻子哪能不同意呢?有婆母的遗言在先,况且丈夫志存高远,她哪能不支持呢?

这年秋天,彭庆邦考入了省立万县师范学校。这所学校始建于清朝,是川东地区的最高学府。20年代改校后,招入的学生按年级编班,彭庆邦被编入第七班。彭庆邦知道,这是一所有着光荣革命传统的学校。五四运动给这里影响很大,共产党的著名人物萧楚女在1923年曾在这里任教播撒革命火种,如今抗战开始了,这里会没有地下党组织吗?

果然,万县师范成立了读书会、抗日救国会和中华民族解放先锋队(简称"民先")等进步组织,组织成员们探索着抗日救亡的道路。彭庆邦入学不久,就参加了读书会。学校图书馆藏有不少进步书籍,有马、恩、列、斯的著作,自然还有共产党的《新华日报》、《群众》等报刊。彭庆邦一有空就钻进图书馆,如饥似渴地读,专心致志地做笔记。万县城的新知书店里也可以买到不少的进步书刊,他看得眼热,很想买几本给妻子谭政裂和妻弟谭竹安寄去。他实在太穷了,他没钱买啊!

这个学期的12月9日，学校在地下党的领导下以多种形式隆重纪念"一二·九"运动两周年，学校出现了新的热烈的学潮。就在这天，彭庆邦秘密加入了党的外围组织"民先"。

这天晚上，同学王夔喊上他沿着学校的篮球场一边散步，一边谈心。王夔是他加入"民先"的介绍人，他揣测这个同学不仅是共产党员，而且还可能是学校地下党组织的负责人之一。两个人推心置腹地低声谈着，彭庆邦突然停下步子，紧握着王夔的手，激动地说："你说得对，加入'民先'对我来说意义重大，可这只是我的第一个目标。我还想你能引导我找到共产党，加入共产党！行吗？"

"行！怎么不行！革命的路还长，只要你意志坚定！"王夔也紧握着彭庆邦的手说。

师范建在乡间，离万县城有十多里路，周围的山上树木葱茏。这以后，彭庆邦常拉着王夔这个他革命的引路人到周围山上的树林里谈话、请教，谈自己对革命的认识，讲自己曾经寻找党组织的曲折。他渴望着能够早一天成为一名真正的共产党员。

5

彭庆邦坚定地参加革命，没有人能够动摇他这铁石般的志向和信仰；然而，他也同时是一个侠骨柔肠的汉子。虽然安排好了妻子谭政烈在家里的生活，又拜托堂侄彭松亭代为照顾，可毕竟身体不好的妻子在家里独自操劳着，供养着他上学。他感激这样的好妻子，也特别惦念着妻子，时常给妻子写去深情的信。

到校的第一个中秋节的夜晚，他尤其挂念妻子，禁不住又写了一封长信——

烈妹：

光阴逝得真快啊！曾几何时，不觉中秋节又光临了，这时，一丝丝的情潮，匆匆地涌上我的心坎。因我受环境的支配，使我俩自开始共同生活以后，到现在已有四个中秋了，唉！中秋虽有四个，无缘共赏一回，实在万分不幸，因为中秋夜里，月明一年所未有，加上秋高气爽，凉风徐徐，如果在这个时候,携手并肩,漫游草地,是多么的有趣,多么的爽心啊!

  裂妹,这是我辜负了你!但是有一点值得原谅,因兄乃外出求学,实在是为时代所驱使,因为不学无术的人实在容(不得)他生存在弱肉强食、优胜劣汰的现在世界。因此原(缘)故,使我不能不远离了你,以图我们将来生活有园(圆)满的希望!所以今日虽然别了你,但来日相聚的时候过着美满的生活,那不是很好吗?在那时的中秋来了,我俩在月下蹴着谈一谈我们一生的事业,想来比较有趣得多啊!

  前周里我们这儿下了一整周的雨,天气几乎与冬天一样,你那儿也是一样吗?旧同学说这里的天气很冷,因为我们学校在离城很远的一个山寨上,自然比较冷得多。所以请你把大衣早点带来,出街虽不许穿,但在校里可以穿,前日我说给我打件毛线衣,也请早些打来,如果实在来不及,那么请你把旧棉衣早点带来,虽然小了不可以穿,但是也可将就将就!

  我们学校里体育课很重,所以特别坏鞋子,买鞋穿又贵又不经穿,你看这是多么不划算啊!你若有闲,请你给我做双鞋来穿,也得省点钱,但是你实在不空,也只好算了。

  到校时寄回来的一封信你收到了没有?明天就是第四周了,因为我很忙,今日才写信给你,请你原谅罢!好!电灯要熄了,下次再会罢。

兄 庆邦 写于中秋之夜

  人非草木,孰能无情?分离使这对年轻夫妻双方的思念更强烈。身在异地的彭庆邦忍受着离别之苦,清贫异常地求学求知,向往革命,他唯一能安抚和报答贤惠妻的只有这些深情的信。

  学校里,大概没有比彭庆邦更清苦的学生了。不只是这个时候,在以后的3年学校生活里,他始终连床上的垫絮和床单都没有,仅有一床薄薄的盖被和一张灯草席子。在学校,他要愁自己的生活费用,一分一厘地节省,还想方设法欲挤出一点钱买书刊,送给妻子和妻弟看;对家里,他又愁妻子身体不好,没有吃的,还要带病艰辛地劳作,供他学习和生活。他穿的衣服总是补了又补,每每开口向妻子要点实在缺少不得的钱物,总是犹豫了又犹豫。

  幸亏妻子谭政裂那么贤惠,又有一双巧手。她把对彭庆邦的挚爱和思念,以最传统的方式表现出来。彭庆邦穿的长衫、棉衣、鞋袜,都是她伴着孤灯亲手缝制的;彭庆邦的所有费用,都是她咬紧牙关一年到头勤扒苦做、省吃俭用

1937年，彭庆邦（咏梧）给妻子谭政烈（正伦）的书信

地供给。彭庆邦无论有什么要求，她都有求必应地想方设法去满足，而她自己则默默地忍受着生活的煎熬。

彭庆邦的这封信刚一收到，她就卖了喂的猪，新做了冬衣和鞋袜，赶快寄去，生怕庆邦冻着。隔了一个月，收到庆邦的下一封信，得知庆邦的肺病又犯却无钱医治，而且学校催买公债5元，庆邦想以退饭粮钱的办法解决，她又立即咬着牙向人借了10元钱高利贷寄去了。

彭庆邦哪能不倾心这样的好妻子啊！他尽可能地减轻妻子的负担。在学校，他人长高了，长衫短了，就把长衫中间剪断，接上一段，在外面套上一件背心，遮住接补的那段。同学们都觉得奇怪：庆邦怎么这样穿长衫？他们不知道，彭庆邦这件背心掩盖着如此拮据的秘密。

1937年,彭庆邦(咏梧)给妻子谭政烈(正伦)的书信

清苦的生活,让这对夫妻更加相恋相爱。清贫的岁月里,彭庆邦更加如饥似渴地求知,更加执著地投身共产党救国救民的革命,更加向往创造"美满的生活"!

6

彭庆邦终于不再只是一个进步青年了,他寻寻觅觅几年的心愿终于实现了。

1938年秋天的一个晚上,按照介绍他加入了"民先"组织的六班同学王夑的约定,他来到学校附近一所院子孔家店。路上,他格外兴奋,又尤其谨慎。他意识到王夑把他约到这个神秘的地方来"约会",将意味着什么。

孔家店因为主人姓孔才有这么个称呼。这里住着一位老太婆和她的两个女儿。按照联络暗号,彭庆邦被接进屋里。屋里除了王夑和学校的两个高年级同学,还有两三位不认识的人。经王夑介绍,他才愕然知道,这些不认识的人就是中共地下党万县中心县委的负责同志,而王夑居然是万县师范地下

党总支书记!

屋里的同志们显然已商量或讨论了一会儿了。这时,讨论正转到彭庆邦的入党问题上。彭庆邦一听,顿时热血沸腾,神情庄严。

王夔把彭庆邦介绍给同志们,说了庆邦的情况,然后说:"根据彭庆邦同志的要求和表现,我认为他已具备条件并经受了考验。我愿意介绍他加入中国共产党!"

当着彭庆邦的面,万县中心县委的这些同志随即一致通过吸收彭庆邦入党。

彭庆邦的眼眶顿时湿润了。这几年,他为寻找党走了多少曲折的路啊!如今党组织以这样的形式接纳了自己,对自己是多么大的信任和鼓励,他顿时激动得不知说什么好了。

王夔这时紧握着他的手表示祝贺。中心县委负责人则说:"庆邦同志,从现在起,你就是一名共产党员了。希望你用党章严格要求自己,为了党的事业和人类的解放事业——共产主义,坚守秘密,遵守纪律,不怕吃苦,不怕牺牲掉脑壳,奋斗终生,永不变心!"

彭庆邦一个劲地点头。他此刻对党有千言万语要说,却一时不知从何说起。

就在这个夜晚,在这个特殊的隐秘的地方,彭庆邦捧着油印的党章,在入党介绍人王夔的领誓下,举起右手庄严地向党宣誓了。

这天夜里,彭庆邦毫无倦意。虽然肺病折磨着他,但他觉得自己陡然浑身都是力量。回校时,站在校侧的山坡上,遥望着茫茫夜色中万家灯火的万县城,远眺着奔腾不息的江水,他禁不住心中涌起一股要为党的事业赴汤蹈火的豪情。

这时的万县师范,在万县中心县委领导下,已经建立了地下党总支部,各班建立了分支部。彭庆邦刚刚入党,就担任了分支部书记,负责着他所在的第七班和1938年入学的新生班以及八班一部分地下党员的领导工作。

但是,按照校党总支的安排,学校成立的新文学会、新哲学会、歌咏队、宣传队、同乡会、抗日后援会等团体,彭庆邦都不公开参与,尽可能地隐蔽。学校党组织的领导都是即将毕业的六班同学,希望他能在这些同志离校后把党的工作继续坚持下去。

彭庆邦认真执行着组织上的指示。他的成绩优良,刻苦勤奋,作风正派,办事老练,威信甚高。学校组织进步活动都喜欢向他讨主意,然而,他却明白自己的责任，从不招摇，只甘当学运的一个幕后策划者、组织者。

7

1938年冬天，万县师范的学运救亡活动非常活跃。国民党政府紧张了，特地派来了新校长、训导主任和军事教官，开始破坏和压制学运了。

彭庆邦和王夔等商量，以改善学生的照明条件等实际问题为导火索，巧妙地开展新的学运，打击了反动当局的嚣张气焰。身为万县三青团宣传部长的学校训导主任，伪装进步，公开组织欺骗学生的活动团体，他们又将计就计地夺取了领导权，粉碎了当局企图以此侦察学生领袖的阴谋。

接着，国民党中宣部的高级官员叶青从重庆乘船往汉口路过万县时，学校当局又邀请叶青到学校给学生作"报告"。这个叶青原名任启彰，早年曾是共产党的一位领导干部，大革命失败后公开叛变投敌。这个显赫人物的历史与现况，学校的进步师生都十分了解。得知这消息，同志们都气愤极了，纷纷建议举行罢课把这叛徒撵出去，懒得听他胡说八道。

彭庆邦却说："我看还是让他讲。打蛇就要让蛇出洞嘛！他胡说八道的时候，我们再驳斥他，叫他收不了场，下不了台，他自动就溜了，学生们也受了教育，学校当局也没什么把柄好抓了。"

叶青穿着笔挺的西装，挽着披狐皮大衣的老婆来了。在万县师范礼堂的讲台上，他大放厥词，说："一个国家只能有一个政党、一个领袖、一个主义。这个政党就是国民党，这个领袖就是蒋先生，这个主义就是三民主义！共产党另立政权，就是搞封建割据，破坏统一，破坏抗战……"

叶青讲着，台下的条子却一张接一张地递上来，摆满了讲桌。他的额头开始冒汗了。这时，彭庆邦在台下稍稍一号召，学生们要求叶青念条子并解答问题的吼声平地而起。

——"叶先生，国共已经合作，政府都承认共产党合法了，你为什么还攻击共产党？"

——"叶先生，这是不是说明贵党言行不一，破坏统一抗战？"

——"叶先生，你说共产党破坏统一，可明明是共产党主张建立统一战线、枪口一致对外的，你是不是张冠李戴了？"

——"叶先生，共产党明明在抗战，平型关大捷谁个不知哪个不晓？你却用谣言中伤共产党破坏抗战,这是不是说明你同日本鬼子穿了一条裤子、一个腔调?"

会场哄堂大笑,秩序大乱,问题越提越尖锐。叶青无言以对,不停地擦着汗水。

"叶先生,你啷个不回答呀?是不是胆子小呀?"有学生以更大的声音喊道,"同学们,听说叶先生原来是共产党的一个大官呢,后来,看到当共产党有掉脑壳的危险,就叛变了,就倒向国民党了。同学们,让叶先生讲一讲他是怎么胆小的,好不好?"

"好!"台下立即响起满场的大叫和掌声。

叶青怎么还能讲下去?叶青下台溜了。

这次智轰叛徒的活动,使彭庆邦在同学们中的威望更高。

那时,日军的飞机经常空袭重庆、万县,学校不得不时常停课躲避空袭。不久的一天,数架日机轰炸万县城时,鲁班庙短期小学的六七十个小学生和校长一起被炸死。彭庆邦和同志们据此在学校又领导了新一轮的抗日救亡学潮。

学运的成功鼓舞着彭庆邦。他不由得想起了远在家中那支持着自己革命的好妻子谭政烈。他多想妻子能与自己一起这样战斗,然而组织纪律却约束他连一点秘密都不能告诉妻子。在空袭灾难发生的第二天,他禁不住提笔给妻子写信,详细地告诉她空难发生的经过,然后对妻子说——

> 炸弹不幸光临了,可怜六七十个天真烂漫的小生命以及校长先生们都一同牺牲了。政烈,你看这是何等惨痛的事情!日本鬼子同是人类,为什么干出这种惨无人道禽兽一样的行为?这个问题回家来时替你解答……

学校规定师生都吃包伙,因事误餐可以退款。彭庆邦就用节省下的误餐退款,给妻子谭政烈买了两本新小说。他数着放寒假的日期,预备到时带回家中,试着教妻子看懂,增长一些见识,明白一些世间的道理。

他心里憧憬着这样的一个美好事实:努力把贤惠的妻子谭政烈,帮助成为一个与自己志同道合的携手革命的伴侣!

第六章 | 想跟您走却找不着您

少女江竹筠那么孝敬摆小摊度日的苦母，怎么偏偏把最高荣誉的奖盒献给了另一个人？江竹筠那么珍惜得之不易的上学机会，怎么事到临头还是心有旁骛？她太想跟丁老师那样的人走了，可这样的人在哪里？

1

彭庆邦在大巴山区寻找共产党的时候，年小他5岁的江竹筠在重庆也开始了寻求革命真理的历程。

1936年夏天，16岁的江竹筠从孤儿院小学毕业了。她很想就此找一份好一点的工作，改善自己和母亲的生活困境，但又特别想继续求学，将来有资格做一个像丁尧夫、游动斯老师那样的人。在这人生的岔路口，江竹筠一时难以抉择。

母亲李舜华依然住在观音岩街口的那个吊脚楼里，依旧靠摆小摊和洗衣维持生计。小摊摆在三舅李义铭资助大舅开的一个小茶面馆的门口，卖一些零杆杆纸烟和棒棒糖，最大的买主不过是三舅的几个孩子。表弟维礼、思礼要吃棒棒糖，爱孩子又顾手足亲情的李义铭就只到硬气的亲妹妹的这摊上来买，怜悯地多给几个铜板。这样的小摊哪能赚多少钱呢？哪能供养得起竹筠去上中学呢？

这时，在南温泉仙女洞小学上学的表妹杨蜀翘回三舅这儿度暑假来了。杨蜀翘在接受作者采访时，多次深情地说，竹筠姐和她这个小5岁的表妹很玩得来，蜀翘就常与她一起帮母亲摆小摊。竹筠总是给表妹蜀翘讲孤儿院小学的事，听得小蜀翘非常羡慕，竹筠就鼓励蜀翘说："三舅喜欢你，你就叫三舅帮你转过来呀。"

蜀翘就真的通过从小带她又溺爱她的老祖母向三舅说了。三舅哪里会拂老姑的这份心意呢？当即就答应了。得知竹筠这外甥女正不知找活干还是考中学，三舅就给竹筠传话说："哪能不读书，考！考南岸中学！"

这年秋天，竹筠以优异成绩考入了重庆市南岸中学。中学就设在三舅李义铭的义林医院里边，又是三舅等人办的，有三舅的关照与资助，竹筠因此得以上学，还免缴学费。

但是，竹筠哪能心安理得地上学呢？她太爱母亲了，太惦记母亲的辛劳了，心里总觉得没有去工作而读书，像是欠着母亲什么似的。她能够补偿的一点是，只要一放学就赶紧回家帮母亲做各种家务，晚上又和母亲一起帮别人洗衣服，尽量多挣几个铜板补贴家用。唯有这样做，她心里才得一些自慰。

南岸中学为鼓励学生好学上进，每学期都设立了奖学金。竹筠得知这一点，高兴极了。她想，我都16岁了，不能白吃母亲的辛劳饭了，我要每学期都拿奖学金回家，报答母亲。

这个知恩图报的少女，学习起来比在小学时还争分夺秒。放学回家，还没进门，她就对母亲喊道："妈，有啥子事要做，快说，快说！"看到女儿匆忙样子，母亲知道不让女儿做女儿也不依，就说："帮我把菜洗好就行了。"勤快的竹筠很快洗好了菜，又把柴火搬到灶口，扫了地，这才说："没事了吧？我看书了。"正看得起劲，母亲开始做饭了，竹筠又赶紧拿着书坐到灶前，一边帮母亲烧火，一边看书。门外有人喊："江三娘，我拿几根烟！"母亲赶紧出门去，边走边嘱咐："竹，小心看火啊！"竹筠"嗯"了一声。过了一会儿，母亲还未进门就闻到了糊味，进门一看，一个劲摇头，哎，竹筠正看书看得入迷呢！

这样的事发生了好多回，母亲李舜华哭笑不得，斥责也不是，不让竹筠看火竹筠又不依。然而，就靠着这种钻劲，竹筠果然期期都拿回了奖学金。

竹筠当然也记住了三舅李义铭的恩情。没有三舅，我哪能上学呢？竹筠常这样想，自然也想报答三舅。闲时，尤其是周末和假期，除了帮母亲摆摊、洗衣、做家务，她还去帮三舅抄写文书。有一次，她在学校得了最高的奖励，奖品是一个玻璃盒，里面是个黑色盾牌，上面镀银嵌着两排字——"奖给江竹君同学：品学兼优"。她把这奖品双手捧着献给了三舅李义铭。

外甥女的这件奖品，从此成了李义铭一生中最挚爱的礼物。据江竹筠的表弟李维礼、李思礼回忆说，父亲李义铭一直把它摆在书房书桌的正中央，天天看着，为有江竹筠这样一个孩子感到骄傲。

一些人在后来描述江竹筠的事迹时，总是习惯以阶级斗争的观点和眼光，把李义铭摆到江竹筠的对立面来衬托江竹筠，事实上并非如此。多年以后，江竹筠被捕后，重庆城中风声鹤唳，许多人唯恐与共产党有什么干系，避之不及，可能够进入李义铭书房的人，却发现这件奖品始终依然没有改变地摆在他的书桌中央的正上方。

有这样一种事实，谁也不能否认：在李义铭所开办的那么多实业单位以及包括中小学在内的社会福利慈善机构里，即便是革命处于最低潮时期，中共地下党组织，活动一直活跃，也保护得很好。

南岸中学自然如此。在这所学校里，渴望成为一个能够改造社会的像丁尧夫老师那样的人的江竹筠，终于卷进了前所未有的进步浪潮。

2

抗日救亡运动风起云涌，席卷了山城重庆，席卷了南岸中学。一进这所中学，16岁的江竹筠不禁热血澎湃。

年前的"一二·九"运动热潮，还在这南岸中学沸腾着。那时，日本占领了东北，又向华北窥视逼进，可蒋介石推行"攘外必先安内"的政策，不仅命令东北军放弃抵抗日本，而且将东北军调往西北，"围剿"抗日北上刚刚进入陕北的共产党军队。南岸中学像全国各地一样，群情愤慨，声援抗战。

感受着这种热浪，江竹筠和一同进入这所中学的挚友何理立跃跃欲试。几十年后，何理立回忆起当时的情形时仍显得很激动。她说，有一天，曾丝竹老师等和她们都唱起了一首歌："枪口对外，齐步前进，不杀老百姓，不打自己人……"江竹筠、何理立两个挚友唱得满怀激奋，不禁又想起了孤儿院小学里丁尧夫老师被抓走时的情景。

那时，丁尧夫老师虽然已经出狱，却还是她们心灵深处崇拜的偶像。看着眼前一样正直而勇敢的新老师，感受着这种抗日救亡的热潮，她俩突然觉得自己长大了，毫不犹豫地参加了进去。从前，江竹筠只是心里默默发誓要做丁尧夫老师式的人，如今，她付诸行动了。

这年年底，西安事变的消息突然传来，报上也公开了张学良、杨虎城将军"停止内战，实行民主，坚决抗日"的主张。江竹筠和何理立兴奋雀跃。

何理立感慨地对江竹筠说："张学良、杨虎城将军真有胆量，为了抗日，他们敢兵谏呢！"

"有啥子不敢？国家兴亡，匹夫有责，谁叫他蒋介石不抗日，只打内战？"江竹筠愤然答道，"他们这样做，是顺应民心哩！"

"也是哩，张学良的家乡都被日本人占领了，他啷个不想打回老家去呢？"何理立说着，又有些疑问，可杨虎城将军……"

"你是说杨虎城将军家乡不在东北是吧，可东北也是中国的，再不抗日，就要当亡国奴了，日本人也要打到他的家乡西北了哩！"江竹筠说，"我想杨虎城一定是个热血将军，他只想抗日，可蒋介石偏偏要逼着他去打主张抗日的共产党！要是我，我也忍无可忍了！听说，杨虎城将军跟陕北的共产党一条心呢！"

"真的？"何理立说，"你呀，好像是杨虎城将军的亲戚，啥子都晓得似的……"

"是又怎么样？我就感觉跟杨虎城将军有啥子联系似的哩。"江竹筠自豪地说。她没有料到。10多年后，这句话居然真的应验，与杨虎城将军只相隔3个月牺牲在同一个地方。

"哎，江竹（江竹筠的好友都喜欢这样称呼她），你说，他们该不会杀了蒋介石吧？"何理立问。

"杀就杀了。蒋介石该杀！谁叫他不抗日，只打内战打主张抗日的共产党？"江竹筠解恨地说，"杀了他，抗日就有希望了，像丁老师那样的共产党人就会放出来了，中国就有救了……"

岂料，刚刚兴奋了半个月，与进步老师和同学们庆祝没几天，12月27日，报纸上突然刊登消息：蒋介石被释放，由张学良护送回南京了！

江竹筠震惊不已，失望不已。只有16岁的她与何理立等又聚在一起议论，怎么也理解不了。

第二天，重庆市当局要求群众举行集会，庆祝西安事变和平解决和"蒋委员长平安回首都"。南岸中学竟然也要求全体师生去参加庆祝大会。

"不去！不去！坚决不去！"江竹筠和何理立等挚友，相约拒不参加，以示抗议。在他们年少冲动的感觉里，蒋介石死有余辜，张学良和杨虎城的"心软"无异于放虎归山。

他们的心里一片迷惘：国家还有明天吗？民族还有前途吗？抗日救亡还有希望吗？

3

1937年7月7日，卢沟桥事变发生，全国性的抗日战争爆发了。中共中央在次日通电全国，呼吁组成民族统一战线，团结一致抗日。蒋介石迫于压力，终于采纳了共产党的主张，国民党对学校和社会团体的爱国活动也随之放松。重庆南岸中学的抗日活动像全国各地一样迅速高涨。

江竹筠高兴极了，却也担忧极了。国民党军队节节败退的消息不时令人沮丧地传来，江竹筠和同学们心急如焚。在这民族存亡的紧要关头，谁还愿坐下来读死书呢？平生第一次，面对学年期考，江竹筠心有旁骛。

向来文静、不爱出风头的江竹筠坐不住了。暑期到了，她也不能像过去那样潜心帮助母亲谋生了。她和同学们组织了歌咏队、宣传队，走上街头宣传抗日，演活报剧，唱救亡歌曲，贴标语。她平时不爱唱歌，可她的嗓子很好，这时就时常领着一帮挚友、同学走街串巷高唱：

> 向前走，别后退，生死已到最后关头；
> 同胞被屠杀，
> 土地被强占，
> 我们再也不能忍受……

歌声里，民众被唤起了，随着他们一起唱，连刚刚小学毕业的小表妹杨蜀翘也一天到晚跟着他们。他们的口号喊到哪里，哪里就是一片相同的怒吼；他们的活报剧演到哪里，哪里就是群情激奋。那声音多么悲愤，那歌声多么悲怆，那场面多么悲壮！那时，江竹筠觉得自己就是一个斗士了！

"要做斗士，不做装饰！"这是那时江竹筠听到的最流行的一句话，也是她和挚友何理立最能传达自己豪情和决心的一句话。

新学期一开学，江竹筠就和何理立等在学校和街头办起了墙报。她们在孤儿院小学时已经积累了经验，她们已经有了明确的志向，她们已经有了鲜明的观点，她们的墙报因此办得得心应手，效果超常。

这年8月底的一天，江竹筠拿到一张《新蜀报》一看，兴奋地拉着何理立的手差点跳起来："瞧，我看到红军了！"那是一篇刊登红军的文章，江竹筠念了起来："陕北红军改编为国民革命军第八路军，正副总司令朱德、彭德怀就职！"

这是江竹筠第一次见到报纸公开刊载共产党领导的红军的消息。也不管当局高不高兴，江竹筠急切地把这消息抄到了墙报上。顿时，墙报前围满了同学，议论纷纷，绝大多数人像她和何理立一样兴奋。

过了几天，报上又登载了中共中央发布的《国共合作宣言》和《抗日救国十大纲领》。不久，又刊登了八路军115师取得首战平型关大捷的消息。江竹筠又把这些全抄在墙报上。她兴奋地对何理立说："共产党和八路军这才叫真正的抗日，真叫人敬佩！"

江竹筠有了一个明确的思想：找到共产党，加入共产党！

然而，共产党在哪里呢？

4

其实，南岸中学里就有中共地下党。只是，那时的江竹筠怎么可能轻易发现？

南岸中学里，江竹筠很佩服的曾丝竹老师就是一名中共地下党员。他领导着学生们高涨的爱国活动。然而，他隐蔽得太好了，江竹筠只以为他是一个很好很进步的老师而已。

但是，曾老师却注意上了江竹筠这个不好出风头，但立场鲜明、作风踏实的女学生。

冬天快到时，曾丝竹老师在学校发起了给前方将士捐募寒衣的活动。他看到，江竹筠二话没说，就和学生们一起随着他和一些老师走上街头义卖募捐，她的身边居然还跟着一个更小的女孩。一打听，这小女孩是江竹筠刚上文德女中的十一岁的表妹杨蜀翘。文德女中是一所贵族式的教会学校，学生们一般对社会活动关心却很少参加。显然，这小女孩一定是受江竹筠的影响了。

那段时间，学生们在街头演活报剧、唱歌，生动活泼而形象的表演总是引来里三层外三层的观众。江竹筠很少亲自参加演剧，偶尔唱上几支歌，更多的是胸前抱着个募捐箱，向围观的群众苦口婆心地讲述支援前方抗日的道理。她的表妹杨蜀翘总是紧随着她帮腔，清脆的童声一会儿激昂，一会儿悲愤，一会儿哀戚，引得群众纷纷捐款捐衣。那时候，学生们最喜欢的是表演活报剧和唱歌、呼口号，却不太情愿抱着个募捐箱或守着个募捐摊，可江竹筠带着表妹蜀翘却心甘情愿地做这份最不起眼的事儿。

过了些天，江竹筠居然送来了五件新棉衣。曾丝竹老师很是惊讶。谁都知道，江竹筠家是个贫寒之家啊！这个只有母亲的苦孩子哪来这五件新棉衣呢？

这五件新棉衣是江竹筠自己动手一针一线做的！上街义卖募捐后，江竹筠总觉得自己不亲自捐几件新衣就于心不安。回家之后，她给母亲讲了支援前方将士的道理，母亲自然深明大义，可这穷家哪捐得出新衣，而且是棉衣呢？竹筠说："妈，能不能多接点洗衣活，我来洗，赚几个钱专款专用。我过年也不要新衣服了，家里再挤出点钱，买布买絮自己做？"与女儿诚实而热切的目光对视了一会儿，母亲点了点头。母亲心善，乐于帮助他人，与观音岩一带上上下下的人关系都很好。她洗衣特认真特仔细，人们都愿交给她洗。可平常她哪里接得下那么多？如今话一放出，活儿自然接了不少，甚至把三舅李义铭家的都接了过来。竹筠就通宵达旦地和母亲洗衣，赚了点钱，三舅李义铭又故意多给了工钱，母女俩就买了新布新棉絮。做衣服时，竹筠说："我要全部自己做，妈你在一边指导指导就行！"这一做，就是五件！

还是苦孩子淳朴扎实啊！在这个南岸中学里，有几个女学生能像江竹筠这样会做针线活呢？又有几个女学生能像江竹筠这样节衣缩食，靠自己的亲手劳动一下捐献五件新棉衣，还默然地一点不张扬呢？曾丝竹老师后来得知了这棉衣的来历，心里好一阵激动，从此深深地记住了这个女学生。

不久，前方战事吃紧，大批伤病员送到了重庆的一些医院。在前往医院慰问伤病员的人群里，曾丝竹老师等又一次次地看到了江竹筠这个学生，而且，她的身边竟依然时常跟着个小尾巴——表妹杨蜀翘！

江竹筠还是那般作风扎实。慰问的人们大都不是献花，就是问问伤情，或听伤病员讲述前方的战斗故事，江竹筠却总是不声不响，默默地与护士一起给伤病员洗血衣血裤，拧不干水时才轻声唤一声："蜀翘，帮一下忙。"

那个时候，爱国青年遍地都是，可像江竹筠这样踏踏实实的并不多见。曾丝竹老师那时就明白：这个女孩子以后若是走进残酷的革命洪流，一定能经受住考验！

5

1937年冬天，蒋介石虽然因被迫抗战而获得了最高统帅的位置，可他统帅的国民党军队却节节溃败，上海和南京相继失陷于日军，国民政府的战时首都不得不迁入山城重庆。危急啊！一时间，全国各沦陷区和战场前沿地区的各高等院校纷纷迁入重庆；长江沿线三分之一的工厂搬往重庆；成千上万的流离失所的饥民涌入重庆。重庆市的人口一下由战前的40多万猛增到了60多万！重庆市内闹攘攘，人心惶惶！

三舅李义铭的义林医院也被征用，成了重庆卫戍司令部。家住对面那吊脚楼里的江竹筠每天看到：横行霸道的宪兵警察从卫戍司令部——义林医院里进进出出，横冲直撞；几个警察从母亲李舜华的小摊上一人抓了一把纸烟，钱也不给，就大摇大摆地扬长而去；两个宪兵坐着一辆黄包车从山坡下上来了，下车就走，气喘吁吁、黑汗水流的车夫拉着宪兵的衣摆要钱，岂料宪兵反手一掌，接着拳脚相加；一队被抓来的壮丁，被一排军官押着走过门前的山坡，打骂声不绝于耳……这就是自己曾经捐衣、寄托着抗日希望的国民党官兵吗？江竹筠痛苦极了，失望极了。

城里其他的怪现象让江竹筠不忍耳闻目睹。前方的炮声隆隆，这里失陷那里惨败的消息接踵而至。可城里的达官贵人却趁机大发横财，穷奢极欲。这个达官为生日请了上百桌客，那两位贵人为争夺情妇公开决斗，这样那样的丑闻每天都在发生。真的像进步报刊上说的"前方吃紧，后方紧吃"呀！

让江竹筠心寒的事情还多着哩。大街上穷人餐风露宿，衣不遮体，卖儿卖血，沿街乞讨，让江竹筠痛苦地又看到了幼时在自流井城目睹的一幕又一幕。最惊讶而又伤心的是，她家所在的观音岩一带，竟然时常发生新涌来的苦力与原有的车夫为争活路大打出手，而地痞流氓还逢人就敲诈勒索。这民不聊生的社会依靠国民政府能改变吗？

有一天，得知三舅李义铭被气病了，江竹筠放学后小心翼翼地避开宪兵警察、流氓地痞，去看望三舅。三舅所办的慈善福利机构眼下几乎都被征用，住进了国民党军队和政府机构，听说连这南岸中学和孤儿院都难以幸免了。所幸的是，三舅与冯玉祥将军过从甚密，冯将军不仅以自己的名字"敬善"命名与三舅合办了一所敬善学校，还把自己的一枚水晶印章送给三舅，当局因此尚给三舅留了一份情面，暂时没有让三舅的家从义林医院的偏楼搬出。

走进三舅的家，1岁多的二表弟李思礼正在屋里浑然不懂地调皮玩耍，累得三舅妈郑蕴瑛手忙脚乱。竹筠逗了一会儿二表弟，卧室里的三舅一听是自己最疼爱最器重的外甥女来探望自己了，欣慰地连唤竹筠。舅甥俩好一阵寒暄。竹筠也不忌讳，谈起自己对时局的忧虑和看法，三舅竟然也愤懑地说："战时！战时！多少罪恶假汝之名以行啊！这个国民政府，指望不上啊！"

江竹筠心里好一阵感慨。她没有料到三舅李义铭会说出这番话。连三舅这样保守的人都看清了蒋介石的倒行逆施，对国民政府不抱幻想了。国家的希望在哪里呢？

冬天一过，春天来了。江竹筠确信认准了一点：国家的希望在共产党那里，跟共产党走，是这国家存亡危急时刻的惟一方向！

1938年，李义铭一家在家门前合影

6

1938年春的一天，江竹筠走出观音岩吊脚楼简陋的家，来到新开馆的生活书店，想买两本进步书刊看看。突然，眼睛一亮，她看到了共产党主办的一报一刊——《新华日报》和《群众》周刊，以及共产党领导的中华全国文艺界抗敌协会主办的《抗战文艺》。

江竹筠最近刚刚从老师那里听说过这张报纸和两本刊物。《群众》周刊和《新华日报》分别于1937年12月11日和1938年1月11日在汉口创刊，办《抗战文艺》的文协也才于最近成立，国民党当局对这报刊十分害怕和仇视，使尽一切阴谋诡计进行压制和封锁，可它们怎么还是这么快就冲进重庆来了？江竹筠震惊之余，兴奋极了。

用春节时三舅给的压岁钱买下这报纸和刊物，回到家里，饭也不吃，江竹筠就如饥似渴地翻看起来。晚上帮母亲干完了家务、洗完衣服，依然爱不释手地挑灯细读。报上的时事政治新闻让她备觉清新，刊物上的文章让她激情澎湃，看了一遍再看一遍，不觉已是天明。她觉得共产党的这些报刊，犹如这国民党统治下的山城重庆漫漫长夜中的明灯，穿透了国民党制造的层层黑幕，拨开了国民党散布的重重迷雾,照亮了爱国的人们尤其是国统区人民抗日救国的道路。

星期一,她就悄悄地把《新华日报》带到了学校,传给何理立等挚友看。从此,他们逛生活书店更勤,对国内外政治时事更关心。他们从共产党办的进步书报里感受着时代的脉搏,探讨着救国的真经。

"五一"节后的一天,听说新华日报社在重庆苍坪坝69号成立了分馆,江竹筠兴冲冲地进去观看。她探明了一个消息:《新华日报》在重庆发行航空版,能够订阅了!

她想订一份《新华日报》。可是,订报得花钱啊,这钱虽然不很多,可它对于只靠洗衣和摆小摊谋生的穷母亲来说,却是一笔不小的款额呢?回家的路上,她一次次打消订报的念头,不忍心为难母亲。回到家,她不禁遗憾地长吁短叹,帮母亲做事时也不时走神。母亲觉得奇怪,关切地询问,她才对母亲说:"可以订《新华日报》了,看这报纸,能及时准确地了解时事,晓得哪个跟着搞抗战……"知女莫若母,母亲还没听竹筠说完,就明白了竹筠的心思。

终于,清贫的江竹筠家里破天荒地"奢侈"了一次——订了一份《新华日报》。上初一的小表妹蜀翘得知后,时常跑过来,与表姐竹筠争相阅读,不明白时就向表姐问个不休。蜀翘虽然还小,却已经知道了什么是真抗日,什么是假抗战。表姐竹筠若是再参加什么与抗日有关的活动,蜀翘越发起劲地紧随了。

一晃到了暑期,蜀翘和祖母回到故乡自流井去了。竹筠突然感到冷清了,时常想起蜀翘跟着自己去义卖、募捐、集会、慰问伤员的情形,这个刚一生下就一直与祖母二姑婆相依为命的小表妹总是令她牵挂。她觉得关心蜀翘是自己不可推卸的责任,经常去信叮嘱:你可要去掉娇气哩,不要让祖母太娇惯了;不然,以后怎么参加救国运动呢?

这时的重庆已经成了全国抗战的大后方政治、经济、文化中心。10月25日,国民党不战撤出武汉,《新华日报》和八路军办事处也正式从汉口迁到了重庆机房街70号和棉花街30号等处,中共中央南方局书记周恩来和董必武同志也相继来到,重庆也因此成了共产党在国统区的领导中心,吸引了全国大批爱国的学者名流荟萃于此,山城里真正的抗战热浪一阵高过一阵。置身这样的抗战热流,直接听到共产党的抗战救国的声音和主张,江竹筠和挚友何理立"要做斗士,不做装饰"的决心更加坚定了。从前,她俩总是悄悄相约要跟着共产党走,却总是苦恼不知共产党在哪里,如今她俩欢欣雀跃:共产党到身边来了！

　　江竹筠感到遗憾的一点是：表妹杨蜀翘不在重庆，不能分享这份欣喜，不能置身在这种氛围里成长。远在自贡富顺县女中上学的蜀翘怎么样呢？江竹筠立即给蜀翘寄去共产党领袖毛泽东的新著《论新阶段》和一封信，告诉蜀翘："九一八"事变以后，共产党就一直坚决主张团结抗战，发起组织抗日民族统一战线，他们不愧是民族的救星！中共中央领袖毛泽东的这本书和五月间发表的《论持久战》，请你好好学习，因为它们是争取抗战最后胜利、彻底打败日本侵略者、建设一个全新的中国的法宝哩！

　　然而，不久，日军就开始了对重庆的疯狂空袭轰炸，重庆发生了震惊全国的大隧道窒息案，而南边长沙警备司令酆悌执行蒋介石"焦土抗战"战略火焚长沙的消息随之传来，义愤填膺的重庆市民掀起了新的一轮声讨国民政府、要求抗日救国的爱国高潮。江竹筠所在的南岸中学爱国师生风风火火地投入这一活动，不料这竟然引起了国民党当局的恐慌与仇恨。南岸中学就在重庆卫戍司令部的旁边呢！当局以防空疏散为借口，立即要求南岸中学迁往相距重庆两三百里外的江津县！

　　挚友何理立被迫远去偏僻的铜梁县上学了。江竹筠则倔强地留了下来。她怎么愿意这时离开全国抗战的中心重庆呢？重庆城里的革命浪潮高涨，她执著地要在这浪潮里找到敬慕的浪头共产党组织，成为一名像丁老师那样的共产党人！

第七章 贫贱夫妻执手携爱

穷啊,家徒四壁得饱受断炊之虞,彭咏梧凭什么还能继续求学革命?苦啊,初为人父人母的这对贫贱夫妻,凭什么还如此"浪漫"传书、男教女学?哟,只要有爱,茅屋寒窑也能琴瑟和鸣吗?

1

1938年寒冬，江竹筠在重庆寻觅共产党组织的时候，彭庆邦此时已成为万县地下党领导人之一，并且暗暗憧憬着把他的原配妻子谭政烈从一个普通的农家妇女带帮成一个携手革命的妻子。

这个寒假，彭庆邦穿着谭政烈亲手做的冬衣和鞋袜，带着这样的憧憬，从万县师范步行回到云阳红狮坝彭家湾时，惊诧地发现谭政烈已怀孕七个月。这是谭政烈第四次怀上孩子，前三个都因劳碌先后流产，这次能保住吗？

彭庆邦欣喜而又担心：他怕妻子又重蹈覆辙，身体更差。在短短的寒假里，他要妻子静心休养，自己则把所有活儿都承担下来。妻子却操劳惯了，腆着大肚子帮前帮后，怎么也闲不住。两个人在这相互争干活儿的日子里，感情更加深挚缱绻。夜里，他们相偎着看书，谭政烈不懂的地方，他就耐心地教和讲解；白天里干着活儿，谭政烈也不时向他提出一连串的疑难问题，他很乐意地剖析、解答。春节里，两个人像一对新婚夫妇那样挽着手去拜年，一路上话儿不断，聪慧的谭政烈终于听懂了一些革命道理，懂得了什么叫阶级、剥削、压迫，什么叫反抗、自由、救国，心里升起一个念头：以后要跟着庆邦一起干，改变这恶劣的世道！

转眼寒假结束了。分别前，看到家徒四壁，连吃的粮食都维持不了一个月，想想妻子要独自承担分娩时的艰难，彭庆邦忧心忡忡。他很想这段时间留在家里，可学业和革命事业却不允许他这样久留。临走的那天，他建议谭政烈分娩时把她的母亲接来照顾她，又去堂侄彭松亭那里左叮咛右嘱托，请松亭多关照，并在收稻谷时帮助借五斗谷送到家里。依依难舍地别了即将分娩的妻子，上路走到红狮坝，又找人借了五斗稻米，带信给松亭叫帮助送到妻子手上。

到了万县师范的第二天，他就给妻子谭政烈写了封致歉信，告诉借了稻米的事。过了一个星期，他依然难以放心，又写信去问松亭是否把米送到，深情款款地对妻子写道：

近来你的身体如何？甚念。总之须要好好保养，不要过于节省，五斗米自然不能接到新米，但我已早向松亭说过，到放稻谷的时候，再借五斗稻谷，想来可以够吃了。我给你买的书，看完了没有？再隔两周，我想再买两本给你寄来。

这时，彭庆邦的外婆觉得外孙庆邦的祖父、父亲和庆邦三代都是独传，而且外孙媳妇谭政裂的前三胎都没生下来，肯定是彭家湾的风水不好，已经把谭政裂接到董家坝她那里分娩去了。彭庆邦知道后，很是感激外婆解了一大难处和忧虑。妻子在外婆那里分娩，他自然很放心了，却也明白妻子肯定很难适应董家坝的生活。学校的学习和地下党工作虽然很忙，他还是赶紧抽空给妻子写了封长信——

……自然董家坝好像一个死气沉沉的土牢，骤然是难得过惯的。但是你若善于应付，自然还是有相当多的乐趣。这个环境究竟要怎么应付呢？依我想，这个环境对于你有许多便利的条件。你不是爱读旧小说吗？这是一个铲除苦恼的好方法，因为旧小说里面记着许多有趣的事情，一则可以兴奋精神，二则也可以增加一些历史知识；不但如此，更可增进你的读书能力。从前你不是只能看唱书吗？后来你居然能够看懂《金粉世家》了，连《水浒传》也能懂得。这不是一个很好的证明吗？假若你多读些旧小说，你就可以读现代的新小说了。新小说比旧小说更有味，它记载着许多现在的我们少见的稀奇古怪的事情，又有许多科学的常识；你读了它，就知道世界上的一切黑暗，许多人为什么受尽饥寒，少数人却享福太尽；知道中国为什么要打仗，知道哪里是快乐的世界！

政裂：从前你不是常常要我教你吗？但我总想到无从入手，所以难免你的埋怨；但是我并不因为埋怨而恨你，不，决不。反而爱你更深了。因为这是你好学心切的表现！裂：你是我终身的朋友，亲密的同伴，当然是希望你上进啊！我的好妹妹，现在我有办法了，事实告诉我，求学问并不是一定要在学校，完全在自己的努力，既然有这好学的你，自然是很容易成功的。现在第一步就是要多读几本旧小说，其余等我回家来同你当面讨论。

有两张我的相片，请你交一张外祖母吧！说我没有写信问候他（她）

老人家，而他（她）老人家总是常常挂念我的，我只好呈上一张相片问他（她）老人家的安……

这样一封设身处地为妻子着想、不忘帮助妻子进步的信，深情一片，谭政烈看得泪水直流，老外婆听读后也热泪盈眶。她们都想念庆邦，盼望庆邦回来，却又知道庆邦难以回来。谭政烈就按丈夫的建议一边养着身子，一边借来小说看，以此慰藉自己的一颗渴望能与丈夫有更多共同语言和生活的痴心。

几天以后的1939年5月2日（农历三月十二日）深夜，孩子终于顺利地生下来了，是个男孩！老外婆高兴彭家又有传香火的了，欣喜不已地直喊孩子"小和尚"，没曾想，这个称呼居然就此成了孩子的乳名。

然而乐极生悲。也许接生时不卫生，没过两天，不仅做母亲的谭政烈病了，而且"小和尚"竟染上了破伤风。谭政烈痛苦得直落泪，老外婆急得团团转，赶紧着人去请乡下熟悉的草药郎中来看。郎中医术一般，但为人善良，一听说是那个曾经帮过他的教书先生彭庆邦的妻儿病了，当即就赶来了。一看，郎中吃了一惊，说："大人倒没啥子大危险，这孩子……"孩子眼看就不行了，外婆顿时老泪横流。郎中二话没说，连夜去采药来，又是熬又是喂又是针灸。谢天谢地，孩子总算救活了。直到这时，谭政烈才趴在病床上，写信给彭庆邦报告平安。

彭庆邦接信时已是农历四月六日了。他惦记着妻儿，可学校里学业正紧，学运又正在紧要关头，手头又异常拮据，他回不了家啊！心挂两头的他，只得赶紧给妻子回信——

政烈：

　　昨天的深夜接到了你的来信，读了使我忧喜交集。喜的是：你在三月十二日的丑时平安地生了一男；忧的是：现在你母子两人卧病在床，因为地处偏僻，医药不便，至今尚得药不到。兄即欲请假回家，照料医药。但是一则路途太远，往返一次必须花大部分时间和路费，一则因时间过长请假不得（请假不得超过一周），因此不能如愿。此地医药既不方便，好在隔满月不远，你可回到红狮坝或故陵沱去，请医调治；至于医药费用，现在豌豆将要出来了，米松亭既然送来，又借得稻谷五斗，吃的大概不成问题，你可将豌豆出卖作为医药费用，或者托松亭在别处借钱亦可。现在，总要尽量设法请刘宏文或七姑爷来家医治，总之要以身体为重，金钱是可以我得到的……请你也要千万保重，尤其在这个时候……

生活就是这么艰难残酷地考验着人。彭庆邦坚强地忍受着内心的忧虑，在学校领导着学运。他努力争取着学运的成功，也盼望着贤妻良母的谭政裂能在亲友的帮助下撑过这艰难的特殊时期，同时也数着日子等待着暑假的来临。然而，暑假到来时，他却依然不能及时回到妻儿身边？怀着对妻儿的深深歉疚，他苦涩地给孩子取名"彭秉离"，若干年后才正式改名叫彭炳忠。

2

1939年暑假，彭庆邦没能回到病魔缠身的妻儿身边去。成立不久的中共中央南方局举办一期时间两个月的党员训练班，万县中心县委和万县师范党总支研究决定派彭庆邦去学习，地点在重庆中共中央南方局和八路军办事处驻地红岩村。

红岩村原本是著名民主人士饶国模女士的住处。这年5月，日军飞机炸坏了南方局和八路军办事处设在机房街70号和棉花街30号的办公处所，拥护共产党主张的饶女士便主动把红岩村让了出来。这里从此成了世人瞩目的南方地下党工作乃至国统区内统一战线的指挥中心。

彭庆邦兴奋地走进红岩村学习时，南方局和八路军办事处刚搬到这里不久，红岩村里随处可见的标语和笑脸，随时可听到的歌声和问候，让他顿感这的确是一个令人鼓舞的新天地，洋溢的革命气氛就像这炎夏一样火热。

虽然没能回家看望妻儿，但能参加这期受到南方局特别重视的党训班，彭庆邦在遗憾中却又充满了欣喜。这期党训班学员只有20人左右，都是南方局所属各地负责学运工作的党员干部。南方局书记周恩来因事回延安去了，南方局常委兼宣传部长董必武就亲自主持举办了这个党训班，他和秦邦宪、何凯丰、蒋南翔、冯文彬、吴克坚、董人杰、章汉夫等同志亲自授课，训练出一批党的学运工作的地方领导干部。

在党训班里，彭庆邦学到了许多东西。

后来，印度国大党领袖尼赫鲁来重庆访问，要来办事处参观。党训班负责人蒋南翔紧急布置学员们准备欢迎工作。彭庆邦和学员们一起精心准备了一个晚会。晚会上，王明致了欢迎辞，尼赫鲁致了谢辞，学员们演唱了革命歌曲和其他节目，让尼赫鲁看到了共产党人和八路军坚决抗战到底的决心。而这样的欢迎活动，又使彭庆邦积累了如何进行统一抗战的宝贵知识。

两个月的党训班很快结束了。乘船离开重庆朝天门码头后，远眺着迷雾茫茫的山城，想到马上就要把红岩村学到的理论应用到实际的地下工作中，彭庆邦心潮澎湃。他决定直接回到已经开课的万县师范去，而把仍不能与妻儿团聚的遗憾继续深埋心里。

3

又一个寒假到来了，彭庆邦终于回到云阳红狮坝彭家湾，与妻儿团聚。

然而，眼前的情景，却让彭庆邦内疚不已。妻子谭政裂病体没有康复，孩子也有病在身。而且，春节来临，别人家风风火火地置办着年货，他家却缺柴少米几乎断炊。谭政裂却还歉意地对他说："邦哥，都怪我，孩子没带好，自个又病，猪也没喂，种的地呐，又没个收成……"

彭庆邦听得泪水都快流出来了，不知如何安慰妻子。他是一个大男人，他是一家之主，可他为这个家做了什么呢？他在外读书，在外革命，家里的事情全都撂给了妻子不说，还要妻子资助着他呀！

这个寒假和春节里，怀着这种深深的内疚，他细心地照料着妻儿，向红狮坝的善幺叔借了一笔钱，请来乡医七姑爷给妻儿看病。他自己背着妻儿不断咳嗽，知道自己的肺病又开始复发，却也懒得理会。春节里，他的衣衫破了，妻子给补了又补，就此过了个春节。

不知不觉就又到了上学的时候。他赶紧去借了几斗米，给妻子谭政裂留下，免得母子俩在他走后愁吃的。临走时，他抱着儿子亲了又亲，对妻子笑了笑，心里有放心不下的千言万语，却不知说什么好。可妻子谭政裂却变戏法似的拿出赶做出来的新鞋袜递给他……

依依难舍地别了妻儿，回到万县师范，学习和学运工作虽然紧张得叫人无法分心，但他还是挤出时间给妻子写信，嘱咐妻儿保重身体，给妻子讲些认清吃人世道的道理，指导妻子进行"工作"——看他带回去的进步书籍，向周围的穷百姓传播革命的道理。

开学一个月时的农历三月初四，他又给谭政裂写了第三封信——

政烈：

　　时光过得真快，转瞬间不觉又到暮春了。这久的时间，我才给你两封信，又不知你收到了没有？一封信是在上学的时候写的，一封信是在二月十几里写的。

　　秉离要满岁了，不知牛痘种了没有？

　　今天我们是七周的星期四了，正准备月考，因此比较忙。

　　来校要满两个月了，始终没有接到你一封信，不知道你又为病魔所缠，或者是因家里的琐事太多呢？家里的事情我非常挂念。

　　前日我来校的时候，不是叫你在后来借点钱寄来吗？本来这钱是预备缝衣用的，可是现在的布真贵得要命，起码块多钱一尺，一套要花三十多块，听说还要继续的涨呢！因此我想借钱来缝实在太不划算，三十多元再加上利钱，恐怕要四十元以上呢！我想这期将就穿下，下期再来没粮钱大概也可展缓几天，以后再来设法也可能。因此要的钱不借的好，如借得，作为还善么叔的好，总之我这里不必再寄钱来。

　　近来你的身体怎么样？兄非常挂念！你的工作在进行没有？总之，希望你努力奋勉吧。

　　再次祝你

　　进步

　　　　　　　　　　　　　　　　　　兄　庆邦

　　清贫如洗的彭庆邦顽强地坚持着在万县师范的求学和工作。他用这贫寒鞭策着自己，艰难地领导着学校的学运，也始终保持着一个革命者的儿女情操，希望自己的贫妻能身体健康地将来与自己一同走上革命的征途。

4

　　1940年的春天，这时的万县师范已经笼罩在国民党的第一次反共高潮之中，风声鹤唳。

　　学校的三青团分子张牙舞爪起来。训育主任有一天居然把全校师生赶到礼堂听他训话，吹捧三青团，强迫学生们参加："为了把我国建设成为三民主义的国家，每个青年都必须参加三青团！可以个人申请参加，也可以集体登记……"

必须坚决抵制集体参加三青团！可是在这白色恐怖时期，如何领导这场斗争？彭庆邦苦苦思索后，秘密召集学校地下党各分支部负责人紧急商量。他决定先从打击与他同班的那个姓高的三青团骨干分子入手。高某本是一个穷苦出身的学生，为了升官发财而投靠三青团，横行霸道，经常告黑状，七班有7位进步同学就是因为他的告密而被学校"默退"的。彭庆邦这个主意一出，大家岂有不赞同的？

高某的这样一个故事被大家抓住了"辫子"：高某考上师范以后，每次从忠县来学校，总要坐轿子。没钱雇轿夫，他就喊一个轿夫抬一头，让自己的父亲抬另一头。父亲心善，居然答应了。可是上坡时，高某却依然不下轿，轿夫劝他体谅老父亲，他仍稳稳地坐着，跷着二郎腿优哉游哉。父亲两腿被压得直打战，实在爬不动坡了，气终于上来了，把轿子一撂，对儿子就是一顿大骂，说什么也不再抬儿子了。后来，父亲到学校来给儿子送东西，同学问："这是你家的啥子人呀？"姓高的居然说："这是我家雇的长工！"

大家决定把姓高的这丑事抖出来。

姓高的进教室来了，同学们立即围上去嘲讽他；姓高的进食堂吃饭来了，同学们一个又一个地吐着口水问他："高老爷，你啷个不坐轿子来呀？让你爹给抬着嘛！快回去，快回去，你家雇的长工又送东西来了？啊，错了？你家雇的长工就是你爹呀！"

姓高的顿时威风扫地。彭庆邦暗地里趁机组织大家在学生中传话："三青团是啥子呀？啷个都和这姓高的是一丘之貉呢！"

三青团的名声就此在万县师范臭了。地下党领导的抵制集体加入三青团的学潮成功了。

彭庆邦的威望在学生中一天天地提高。有些进步学生遇上什么难事，都喜欢来找他讨主意。彭庆邦知道这样会暴露自己，但他怎么能拂了这些进步学生的信任？又怎么能放弃引导这些进步学生投身革命的责任？他勇敢而又谨慎地隐蔽在学生中间，领导着学运。然而，学校当局终究还是"嗅"出了彭庆邦的身份。

1940年4月末的一天夜里，几个便衣特务敲响了彭庆邦所在的宿舍房门，一拥而入，寻找着彭庆邦。彭庆邦一看情势不妙，机警地趁着夜色，爬上窗户逃了出去。半夜里，他摸到学校附近的八班地下党支部宣传委员小谭的家，把随身带出的党内文件交给小谭，凑近小谭的耳边说："组织上决定我离开学校,学校以后的工作由你负责了。"然后,告诉了小谭与万县中心县委联络的地址和暗号。

彭庆邦从此真正步入社会,成了一个职业地下革命工作者。在这白色恐怖的大巴山区,等待着他的新任务是什么呢?

第八章 最沉得住心气的人

终于成为您的人了,可您怎么让热血澎湃、跃跃欲试的江竹筠隐蔽在最不起眼的角落?她有足够的耐心沉得住心气吗?连最信任最要好的挚友也都得别样对待吗?这样的岁月就是这样造就着人!

1

1939年春天，江竹筠考入中国公学附属中学，成了高中部甲班的学生。

中学其实并不在重庆。校址在重庆远郊的巴县兴隆场，离北碚都有好几十公里。虽然离开了重庆，离开了母亲和弟弟，但学校就在重庆的郊县，又是著名爱国教育家何鲁办的，连教务长都是著名的进步人士蒋召麟，那里的民主气氛一定很浓，而且，说不定就能找到共产党的地下组织呢！

已是十八九岁大姑娘的江竹筠，已经有能力思考和选择自己的明天了。带着秘不可言的期盼和憧憬，她兴冲冲地来到兴隆场上学，细心而机敏地观察着这所新学校的一切。

兴隆场不是个真空地带，这小小的场镇里也驻扎着气势汹汹的国民党警察部队；附属中学也不是铁板一块，明显存在着进步团体与反动三青团组织的对抗。学校的学生来源主要有两部分，一部分是各地的流亡学生，一部分是重庆本地各中学的学生。刚开学，三青团分子就挑拨离间，煽动外地流亡学生与本地学生发生冲突与纠纷，但学校的进步团体一开始就显得生气勃勃，富于凝聚力和号召力。

从小就会用心思的江竹筠很快就明白了：如果没有共产党地下党员的暗中领导，学校的进步团体哪能这么快就形成并表现得如此有力量？

她为自己的这个发现暗中雀跃，恨不得马上能与人探讨。然而，知无不言的挚友何理立远在铜梁县哩！她只有频繁地与何理立通信，谈各自的新学校，讲新学校的各种新鲜事，交流各自对时局的新看法与体会。令她欣慰的是，挚友何理立所在的新学校居然也像她所在的这中学一样，进步的抗日救亡活动充满了生机。

可是，缺乏挚友倾诉的日子毕竟存在遗憾。开学那一阵子，她只有把这遗憾埋在心里。也许真正长大成人了，她比过去显得更加沉静了，平时很少讲话，即便开口也是和言细语。对任何人，她都暂时一视同仁，与同学间建立起很和睦的关系。学校的进步活动她都参加，热心然而理智，保持着不显山不露水的朴实，那种"地胡椒"的泼辣劲暂且深藏不露。当个别反动的教员授课时讲起反动而庸俗的内容时，她内心里很是生气，却不再像往常那样直露地反对，而是巧妙地提出疑问，引起同学们的深思。成熟起来的她，已经学会了什么是做人的策略了。

这难得的学习机会，她依然那么珍视。刚开学那一阵子，同学们的心还未收到学习上来，总喜欢到场镇上和附近的山林小溪玩耍，她却已经安之若素，只是到场镇上作抗日宣传时，她才一次不拉地紧随着。然而，她最大的一个特点还是很快被同学们尤其是同甲班的几个女同学发现了：江竹筠太喜欢阅读课外书籍报刊了！只要发现哪个同学有她没看过的书刊，她都会毫不迟疑地开口借读。借到一本好的进步书刊，她就爱不释手，教室里看，路上读，宿舍里做笔记，看得那么仔细，读得那么痴迷，沉思起来废寝忘食。

这个喜好和特点，让同班的女友戴克宇暗暗心仪，不时地与她议论对时事的看法，探讨读书中的问题。江竹筠也渐渐地从观察中有了一些令她惊喜地发现：怎么这个戴克宇总能借给自己一些难以见到的书报，《新华日报》和《群众》杂志期期有，而且还有毛泽东的著作和共产党的书籍？

有心的观察和相同的兴趣，很快使她再没有开学初时的那种无处交谈倾诉的遗憾。她终于有了一个新的时常能解开心中疑问的挚友戴克宇。

2

戴克宇比江竹筠小整整两岁，然而两人的生日只相差8天，这一个发现很自然地把两个人的关系由相互间的喜欢变得更加亲近。

几十年后，戴克宇在接受作者采访时说，她们做什么事都在一起，相互间的投契有时让她们都感到惊喜。她们开始一起办墙报。江竹筠的字写得漂亮，戴克宇的画画得出色。两个人就某个时局问题写出文章，拿出来一看，观点竟然那样地不谋而合。每看完一本书，她们总要一起谈谈自己的感想。从前，与挚友何理立一起探讨时，她的疑问经常也是何理立的疑问。可现在情况居然不一样了，她有什么难解的疑问，比她还小两岁的新挚友戴克宇居然常常能替她解答！她既惊讶又高兴，对戴克宇的喜欢中夹杂了一种由衷的敬佩。

有一次，戴克宇给她借来了高尔基的《母亲》和绥拉菲莫维支的《铁流》。这两部苏联小说让她看得热血沸腾，小说中的女英雄的事迹让她体味到了什么是榜样。然而，她还是有一时难明白的疑问，她问戴克宇："你说，是啥子力量支持着她们那样？"

戴克宇严肃而简洁地回答："信仰！"

江竹筠恍然大悟。有信仰的人，是不会囿于个人命运的，也不会害怕困难和牺牲。他们将个人的命运和生死与全民族乃至全世界的命运都联系在一起。江竹筠产生了一种崇高的奋斗理想，她不由想起了孤儿院小学时的丁老师和游老师，记起了读过的屠格涅夫的那篇著名的散文《门槛》。那种"俄罗斯女人式"的信仰的确能产生巨大的力量啊！

她把自己这种想法告诉了戴克宇。戴克宇微微地惊诧，她没料到江竹筠已经能思考得这么深刻。

两个人来到学校附近的山林小溪边散步，自然而然地从苏联革命谈到了中国革命。戴克宇居然知道那么多共产党的事，她向江竹筠谈起中国共产党如何进行土地革命战争，如何领导红军进行二万五千里长征北上抗日，如何正确地处理西安事变与国民党联合一致抗日救国等。江竹筠听得那么入神，不时地点头，也不时地打量着身边这个比自己年纪小却似乎啥子事都晓得的女友。

戴克宇后来坦率地对她说："中国革命有中国革命的实际情况，不能照搬苏联革命的模式，实践也证明那样是错误的。"

江竹筠说："中国革命应该走从农村包围城市的道路，对吧？我记得毛泽东专门写过这方面的文章。毛泽东这个人真伟大，你看他写的《论持久战》，把这抗日战争的任务和目标概括得多么英明！"

戴克宇微微笑着点头："是哩，中国共产党有毛泽东这样的领导，就会少走弯路，共产党人就能百折不挠地把革命进行到底，实现他们崇高的理想。"

江竹筠兴奋了："啊，我明白了，有什么样的信仰，就会有什么样的行动。共产党的信仰就像是《门槛》里那种'俄罗斯女人式'的信仰，他们才能够那样不怕困难、不怕牺牲，那样坚强勇敢、坚忍不拔地要把革命进行到底。对不对？我真想成为这样的人！"

她说着，又试探性地问戴克宇："哎，你说，到哪里能找到共产党的组织？不会非要到延安不可吧？"

戴克宇认真地看着江竹筠，微微笑了，却没有回答。

江竹筠有点失望。她一直暗暗地猜测着，以为戴克宇就是一个共产党员呢。她想，连戴克宇这样在学校风风火火地组织进步活动、对共产党那么了解的人都还没有成为共产党员，可见成为一个共产党人的标准的确严格哩！

3

江竹筠其实不应该怀疑自己的推测。她的新挚友戴克宇的确已经是一名中共地下党员了。

江竹筠那时觉得戴克宇若是一个共产党员,一定不会瞒着她了。两个人的感情已经那么深挚,两人间已经是无话不谈了。戴克宇是从巴县女中考入中国公学附属中学的,在巴县女中时,像江竹筠有何理立那样的挚友一样,戴克宇也有陈为珍、张岚星等特别要好的女友。江竹筠毫无保留地向戴克宇讲她的童工生活、孤儿院小学和南岸中学时的日子,连丁尧夫老师的故事都说了。戴克宇则似乎一样坦诚,讲自己和挚友陈为珍一起如何在1937年底参加救国会,1938年又加入青年自强读书会。戴克宇的这些中学经历让江竹筠听了是那么羡慕:"想不到你们巴县女中抗日团体这么多,活动这么热烈。我还以为我们南岸中学是最活跃的地方呢,可其实连个正式的团体组织也没发现。"

尽管以为戴克宇还不是一个共产党员,但江竹筠还是觉得这个新挚友是那么有思想那么神秘。学校的进步活动,她总觉得戴克宇次次都参与了组织似的;国内的抗日政治时局,她总觉得戴克宇都能那么奇怪地了解和分析透彻。这个身材高挑又漂亮的女挚友,还总是与高中乙班那个同样长得高大帅气的男同学李培根神秘地约会商讨着什么。她以为戴克宇谈恋爱了,有一次背地里直率地问戴克宇:"你和那个李培根怎么回事?老实坦白,是不是要朋友了?"戴克宇脸马上红了,四下里顾盼,说:"你可莫乱嚼舌根!我真要朋友了,还能瞒着你?"

江竹筠迷惑了。她不可能未卜先知,戴克宇虽然后来果真与李培根结成了一对革命伴侣,但这时的确还只是纯洁的学友。她也不可能明白,戴克宇虽然1938年在巴县女中时就入了党,但两个人的友谊再深挚,戴克宇暂时也不可能违背组织原则轻易暴露自己的身份。她自然也无法知道,这时的中国公学附属中学其实已成立了共产党的地下北碚区兴隆特支,戴克宇就是特支委员,而那个乙班的男同学李培根就是特支书记。

那时,一个地方有3名地下党员就可以成立党小组,有5名党员就可以成立特支,特支可以直接考察并发展新党员,而中国公学当时已有了十几个地下党员了!

江竹筠无法知道这些。江竹筠所能看到所能知道的是：时至初夏，国民党开始制造新的摩擦和反共浪潮，校内的三青团分子对进步师生进行监视和恐吓，对共产党进行恶毒污蔑，许多人对现状失望对社会不满，苦闷而彷徨，有些原来进步的学生甚至开始动摇。

江竹筠愤慨了。江竹筠等待不下去了。她悄悄对挚友戴克宇说："克宇，这几年，我不过是在这抗日救亡运动中随潮流动动嘴巴子，老这样下去哪行呀！我看不起那些一到困难关头就动摇的人！我不想读这书了！我想到社会上去，找共产党的组织去，直接参加斗争去！"

戴克宇一惊，连忙劝解说："天下乌鸦一般黑，在这国统区，到处不是一样？你不离开学校，不是一样可参加斗争？"

江竹筠执拗地说："不！我不能再待在这里了。找不到共产党的组织，总像夜里摸瞎一样。"

戴克宇一时没有说什么。两个挚友对视着。良久，戴克宇这才说："你要找党组织，学校就有。"

江竹筠一愣，惊喜地一下搂紧了戴克宇，说："你瞒我！你就是共产党，是不是？你快说，可不可以接受我入党？"

戴克宇赶紧捂住江竹筠的嘴巴。两个挚友四顾无人，江竹筠微笑着向戴克宇伸了一下舌头。

4

1939年的夏天很炎热。江竹筠真正火热的革命生涯开始了。

戴克宇兴奋地找到地下特支书记李培根，告诉他："江竹明确地提出要加入党组织了。"

"好嘛！"李培根回答说，"江竹很有觉悟，根据她的一贯表现，我也觉得她符合一个党员的标准了。接收发展新党员，是我们的一项主要工作任务。但是，一切都必须按组织原则办事。"

在接受作者采访时，李培根回忆说，按照当时的组织原则，要求入党的人必须自己写出书面志愿书；填一张表格，由一个以上的党员介绍，然后提交特支以上的党组织开会审批。

戴克宇很高兴，立即回宿舍秘密通知江竹筠说："你写个正式的申请吧，然后填个表，我做你的入党介绍人。至于组织上能不能批准，请你经受住考验！"

江竹筠激动不已。两个挚友无声然而严肃认真地紧紧握了一会儿手。

江竹筠的志愿书和入党表格很快送到了李培根的手上。当天深夜，戴克宇对激动不安、久久不能入睡的江竹筠说："江竹，我们去散散步吧！"

两个人在月夜里散着步，谈着心，淡忘了蛙声蝉鸣。走到一个僻静处时，江竹筠发现李培根居然就等在那里。江竹筠朝戴克宇笑了笑，说："你约我出来，是想叫我陪你约会呀？"岂料，戴克宇严肃地介绍说："这是特支书记李培根同志，是他安排约你出来谈话的。你们俩谈吧！"江竹筠愕然，这才知道了李培根的真正身份。

这时，悄悄离开的自然不是她，而是戴克宇了。

江竹筠带着一种从未有过的庄严的心境走向李培根。握了一下手，李培根说："江竹筠同志，欢迎你！"

这一声"同志"，叫得江竹筠热血沸腾。

她已经明白，这是组织上考察自己的一次很重要的谈话，不等李培根多问，她就主动而激动地谈起了自己潜存心底已久的对共产党的尊崇和向往以及迫切要求入党的愿望、投身革命的想法。

李培根知道江竹筠已经是深思熟虑了，但还是问道："如果组织上批准你加入中国共产党，你就不再是一个普通的热血青年了。你必须明白，今后随时会遇到各种难以预料的困难和危险，随时都会有牺牲的可能。成为一个共产党人，真正的考验是在那种时候。你能够做到永远保守党的秘密，遵守党的纪律，永不叛党，为革命献出一切吗？你考虑过这些问题吗？"

江竹筠毫不犹豫地回答："我都考虑过了。要革命就会有牺牲！我既然这么迫切要求入党，自然是希望能真正投身革命暴风雨的最前线，自然已决定从此把自己的一切都贡献给党的事业，这一切自然就包括了个人的生命！入了党，我的生命就属于党了，党的崇高信仰就是我的信仰了！屠格涅夫的《门槛》中所写的那种'俄罗斯女人式'的坚定信仰，就是我应该引为榜样的！"

夜深了，江竹筠心里却一派光明。推心置腹地接受了党组织负责人的谈话后，她终于懂得了什么叫一吐为快，心中充满了一种即将奔赴疆场般的豪情。结束与李培根的谈话后，在返回宿舍的路上，一股夜风吹来，拂动着她的一头短发和裙子，让她顿时备觉精神抖擞。一双穿着普通塑料凉鞋的脚，踩在坎坷不平的地上也尤感踏实。她知道，前方等待着自己的，不仅仅是志同道合的入党介绍人加挚友戴克宇了。

第二天就是星期天，天气特别晴朗，艳阳高照，晒得人心暖暖。李培根、戴克宇和特支的另外一名委员约上江竹筠，佯装游玩，来到学校附近的丛林里。置身在像故乡江家湾那样苍翠的山竹林中，特支的三个委员庄重地向江竹筠宣布了特支接纳她为中国共产党党员的决定。虽然没有悬挂鲜红的党旗，然而面对着高悬的太阳和苍天、大地、山林，她激动地举起了右手，庄严地向党宣誓了！

5

江竹筠成为一名秘密的真正的共产党员了。在风雨欲来的时候，她觉得自己的人生突然间地改变了意义，胸中澎湃着为党献身的壮志豪情。

那种找到了党组织并且成了一名党员的喜悦由衷地鼓舞了她，让她的生活变得空前的充实。喜悦之中，她不禁想起了远在铜梁县读书的挚友何理立。从小学同学到初中，两个人是那样渴望找到党组织，如今自己的夙愿实现了，何理立呢？她立即给何理立写信。她多想把自己的荣幸明白地告诉挚友。然而，她不能够，她必须遵守党的纪律。她只能动情地向挚友抒发自己隐秘地找到了今后的奋斗目标的喜悦之情，畅谈自己的革命理想与信仰。

很快，何理立回信了。她兴奋地展读着挚友的信。挚友似乎猜测到了她"找到了奋斗目标"意味着什么，但却在分享她的喜悦的同时，"自暴自弃"地悲叹只能"浑浑噩噩过日子"。

江竹筠惊诧了，气愤极了。她怎么也没想到挚友会"变成"这样！她立即又给何理立复信，一通劝告，又一通责备，生气地质问何理立：你的热血流到哪里去了？你还记得我们的丁老师吗？

自从在孤儿院小学知道被捕的丁尧夫老师是共产党员后，她俩从此不轻易地提到丁老师。她俩都把"要做丁老师那样的人"的志向深埋在心里，只有遇到严肃的问题时才会提起丁老师，相互勉励。

何理立的回信很快到了。打开一看，何理立在信中说："条条大路通罗马。"

江竹筠再一次惊诧了。然而，这一次却是说不出的欣慰。她明白了，何理立在铜梁也参加共产党了！

两个闺中密友的通信从此更加频繁。她俩的激情和理想，都由过去简单的争自由、争平等、抗日救亡上升到了为祖国的命运、党的信仰而献身的高度，两个人的关系也因此升华为志同道合的战友了。

　　转眼间就到了假期。两个挚友终于见面了。江竹筠在重庆观音岩路口的那个吊脚楼房子的家，虽然楼板一走动就震抖，从楼板缝里可以看到下面的一个个垃圾堆，但江竹筠待人素来热情，她的母亲又和气善良，这个家就成了中国公学附属中学一些进步学生在市区里的落脚点。有的家在郊县的同学生了病，就住在她的家里，由她照料着，陪着看病。何理立等过去的好友也常来这里。一来二往，何理立也就因此结识了她在中国公学附属中学的进步同学戴克宇、邓于诗等人。她的家就像一个聚合点，把那时的一些热血青年滚雪球般地会合到了一起。

　　这是一种有着辐射效应的会合。它不仅使江竹筠与何理立的友情进一步加深，也给她们后来的人生增加了变幻莫测的内容。

6

　　江竹筠不再随心所欲地生活了。成为一个共产党员的她，很想能像入党介绍人戴克宇他们那样风风火火地近乎公开地投身学校乃至社会的进步活动，但是，组织上却交给她一种事与愿违的并不新鲜刺激的任务：隐蔽。

　　隐蔽意味着生活的平常无奇，然而却考验着人的意志与自律。那个时代的热血青年谁甘愿这样默默无闻地等同于一般群众呢？然而，江竹筠能够做到。这是考验一个人的党性啊！

　　学校有3个党员住在附近的群众家里，是党组织的一个半公开的联络点。地下党员和进步学生都经常去那里，在那里商讨革命活动，交流各自的看法。那里的气氛是那么浓烈、那么诱人，江竹筠心里痒痒的，却只有尽量少去，避免引起人们的注意。

　　李培根、戴克宇等已是学校进步活动的组织者，是进步团体与学生眼中的领路人。他们把活动组织得非常火热，团结着周围一切能够吸引的力量，一片生机。然而，江竹筠却只有静心地充当一个近乎"随波逐流"的角色，甚至连"凑热闹者"都算不上。

　　党组织策划约定好了开会地点，江竹筠虽然准时到达，却只能坐在某个角落里，心中虽有着慷慨放言的冲动，却只能抑制自己默不作声。

江竹筠似乎还是没有秘密入党前的那个"江竹"。文静、平易、乐于助人，从不多话。党内外的同学都乐于接近她，都觉得她是一个不惹事的人。其实，她心里燃着一团闭着炉门的火焰啊！

李培根这个1938年参加过地下党干部训练班的特支书记，把江竹筠这个新党员的一切都看在心里，尤其欣赏和佩服。他和支委戴克宇都很了解江竹筠，知道江竹筠能够做到这样全凭了党性。也明白江竹筠这样认真地执行特支的任务表现出了多么巨大的耐心。从党的长远利益出发，他们唯有时常鼓励她、安抚她。

江竹筠的自律没有白白付出。这种"隐蔽"的锻炼，即使她在以后的地下工作中受益匪浅，成了一个优秀的地下党员；又使她养成了严守党的纪律和秘密的风格。而且，这种"隐蔽"的作用，很快就充分地显示了出来。

1939年底，寒假到来前，国民党制造的第一次反共高潮波及了中国公学附中，三青团分子公开地反对共产党，四处探查谁是共产党员。气氛顿时紧张起来，满眼是山雨欲来风满楼的景象。学校的进步活动是公开的，但地下党员却是秘密的。然而，李培根、戴克宇等党员毕竟太引人注目，身份有些暴露，随时都处在被捕的危险中。

国民党这倒行逆施的行径，使越来越多的青年觉醒了。那些进步的青年乃至一些新党员不愿再待在这黑暗的国统区了，许多人相约秘密奔赴延安。

何理立和江竹筠在附中的同班同学邓于诗相约要去延安了。得知这个消息，对延安向往已久的江竹筠终于按捺不住了。她找到特支书记李培根和委员戴克宇，提出了去延安的请求。李培根却对她说："江竹，原来安排你隐蔽下来，就是为了以防万一。现在形势这么紧张，你在这里留下来，对党的工作更有利。你说对不对？我们继续一起战斗吧，考验我们的时候真正到了呢！"

然而，李培根、戴克宇等党员的身份毕竟有些暴露，上级组织很快安排他们撤走了。李培根去了川师，戴克宇进了重庆市小龙坝的树人职业学校，何理立起程赴延安，而江竹筠则留了下来，成为白色恐怖时期领导中国公学附中学生运动中最坚定最隐蔽的中共地下党员。

真正考验江竹筠这个新共产党人意志与品格的时刻到来了。

7

国民党制造的第一次反共高潮,让入党还只有半年的江竹筠,猝然遭遇了她革命生涯中第一次严酷危急的斗争形势。

1939年12月,蒋介石命令他的嫡系部队胡宗南部,向共产党的陕甘宁边区发动进攻,侵占了淳化、栒邑、正宁、宁县、镇原五座县城,并结集大量兵力准备进攻延安;而阎锡山部又突然袭击了正出击日军的共产党领导的晋山决死二纵队。次年春天到来的时候,朱怀冰部居然在日军的配合下,进犯太行山区的八路军。而在国统区,国民党则制造了一次次血案,一方面在政治上诬陷共产党及八路军、新四军,一方面疯狂地逮捕共产党人和进步人士。

国共合作结成的抗日统一战线,曾经使全国掀起了那么高涨的抗日浪潮,许多地方的共产党地下组织活跃异常进入半公开状态,爱国的人们似乎看到了救国的曙光。然而,突然的变故,顿时使得人们失望而且人心惶惶。

重庆地下党工作者,一些被安排撤离了,一些因躲避追捕而失掉组织联系,还有一些则遭受了迫害。中共南方局因此作出了收缩党组织的决定。

江竹筠没有离开原来的战斗岗位。她庆幸自己接受了党组织原来的"隐蔽"安排,庆幸自己少了像某些失掉关系的党员暂时不能恢复组织关系的那种深切的痛苦,庆幸自己能依旧在党的直接领导下勇敢地与敌人斗争。然而,没有了李培根、戴克宇那样的挚友与领导,第一次独自地继续指导着中国公学附属中学的学生运动,她是那么真切地感受到了自己肩上担子的沉重。她与中学的其他党员一起,带领着同学们谨慎而机智地和三青团分子周旋斗争,抵制随意传讯或借故开除进步学生的行为。她依然那么沉着和文静,同学们一遇到难题,都喜欢来找她商量对策。谁也没想到这个平时少说话、不爱出风头的女同学那么有主见,谁也没想到这个身材不高的朴素的女同学是一个真正的共产党人。

然而,暑假到来前,江竹筠怎么也没想到国民党的白色恐怖居然降临到了她的弟弟江正榜身上。

江正榜初中都没有上完,身体不好,成绩也差。但是,当姐姐江竹筠走进中国公学附中后,他却侥幸地找到了一份待遇优厚的工作,进了国民党中央无线电总台。姐弟俩的见面机会很少,做姐姐的总担心年少的弟弟会身在染缸满身黑,一有机会就向弟弟讲些进步的道理,教育弟弟要分清是非,正直做人。江正榜在姐姐的影响下果然倾向革命,拿了薪水,他居然订了一份《新华日报》。这在他工作的无线电总台可是一件少见的事情,这个懵懵懂懂的少年一点也不知道大祸因此会惹至身上。有一天,同事们在一起议论时局,有人说:"共产党员做表面文章,嘴巴说得冠冕堂皇,不真正去前线打日本鬼子,反倒给党国制造不少麻烦,还到处抢占地盘。不先平定内乱,国军哪能全心抗日?这次国军在陕北、太行山狠狠地教训他们,大得人心,大快人心!"少年气盛的江正榜沉不住气了,竟然说:"我看了《新华日报》,其实是另一回事。人家八路军还打了个平型关大捷呢,怎么能说人家只有张嘴巴子?人家的决死队在向同蒲路的日军出击,你阎锡山乘机袭击,这样哪能得人心?"同事们惊愕了。上司听说了这件事,立即将江正榜抓了起来。

江竹筠听说弟弟惹火烧身要送入监狱,一方面为弟弟有这样的见识而欣慰,觉得弟弟还真的可以引导和塑造;一方面又焦急不安。毕竟,这是她唯一的弟弟啊!

暑假一放,她立即从兴隆场返回重庆。回到吊脚楼房子的家,母亲告诉她,正榜有一个比较正直而且资历较深的师傅,怕徒弟的入狱影响自己,竭力为徒弟正榜辩护,又全力担保,正榜终于幸免于难,仍然留在无线电总台。

心中的一块石头落了地。等到弟弟正榜回家来看她时,她安慰着弟弟,鼓励着弟弟。弟弟却默不作声,只说了一句:"我长大了,我不会再干傻事了。"

正榜没有在家里过夜,见了姐姐一面,立即就回了电台。江竹筠心里很是不安,她问自己:弟弟也像有些人那样吓怕了吗?

这时,隐蔽到树人职校的挚友戴克宇来看她了。两人相见,如隔三秋,说不完的话。江竹筠欣喜中又是那么痛惜,几个月前还漂亮健壮的克宇正打着"摆子"(疟疾),消瘦不堪。她把克宇留在自己家里,精心照料,每天扶着克宇去医院看病。那时,药品奇缺,连奎宁丸都难弄到,她就去向三舅李义铭求助,给克宇弄来一些稀罕的药品治疗。克宇这一住就是一个多星期,身体稍好才到江北人和场的姐姐家里疗养。

暑期结束,江竹筠重返兴隆场中国公学附中,憋足了劲准备投入新学期的学习和工作,突然得到消息:学校要停办了!

新的战斗岗位会在哪里呢?江竹筠是那么留恋这入党所在地。她又穿上去年夏天时的那套连衣裙,一双白袜,一双塑料凉鞋,在校园附近照下了一张以后遗留给亲友的唯一的单人相片。她的身后是一段坚硬的石岩,脚下是遍布的红花地;她的右手撑靠着那石岩,左手有力地撑在腰间,一头短发映衬的圆脸神情平和而乐观,明亮的双眼直视着前方。

前方等待着她的是什么呢?

8

江竹筠的沉稳很荣幸地得到了上级党组织的赞赏。她很快得到指示:考入黄炎培创办的重庆中华职业学校。她因此有了生平中的第一个党内职务——中华职校和附近地下党组织的负责人。

中华职校设在重庆江北县寸滩。考进该校会计训练班的江竹筠欣喜地看到,这所公费学校虽然生活艰苦,但学校当局开明。更令她惊喜的是挚友何理立居然也考进了这同一所学校的同一个训练班。

又一次成了同学,又一次成了朝夕相处并肩战斗的战友,江竹筠和何理立惊喜不已。

"你不是去了延安吗?我当时真羡慕你们呢,你怎么又回来了?怎么回事?"江竹筠把何理立拉到僻静的地方,关切地小声问道。

"你幸亏没有去。我们走到广安,就再也难以前行,只得回来了。这一去一回,弄得失掉了组织关系。真是急人呢!"何理立很难过,神情显得十分落寞。

1939年夏天,刚刚入党的江竹筠在中国公学摄影留念

江竹筠一愣,她没料到挚友居然遭遇上了这时许多地下党员碰上的伤感事。她扶着挚友的肩安慰说:"莫急莫急,这不过是暂时的一个难题。只要心中始终有党,信仰坚定,还不是一样?"

"你可要帮我。一天不恢复组织关系,这心里就像失了爹娘似的。哪能不急?"何理立依然急切地说,"江竹,你说,怎么样才能快点恢复关系?"

江竹筠同情地看看挚友,迟疑了一下,说:"我做什么,你就跟着做什么吧。"

她不能告诉挚友南方局在这特别时期的决定：对失掉关系的党员，一般暂不恢复组织关系，只可保持工作关系。她也不能告诉挚友，她就是这学校及附近地下党组织的负责人，主要任务就是领导这周围的学生运动。她不能违背组织纪律和原则啊！她只能避而不谈组织关系的问题，她所能做的只是与这挚友保持工作上最密切的联系而已，尽管，她是如此怜悯同情这挚友的遭遇，又是如此了解和信任这挚友。

江竹筠的回答，让何理立有些失望。但是，江竹筠的回答毕竟让她明白了江竹筠还在党内。她终究入党一年了，她懂得组织的纪律与原则，她了解江竹筠，也理解江竹筠的这种回答。能够与竹筠朝夕相处，能够与依然在党内的挚友竹筠一起为党工作，她还是感到庆幸，那种失掉联系的孤雁般的切肤隐痛和难过，顿时减轻了。

在以后的日子里，两个挚友的工作配合默契。中华职校里的政治空气很浓郁，各种政治立场的人都有，社会上发生的每一件大点的事情，都能在这里引起不同然而敏感的反响，众说纷纭。学校里潜在的进步力量不小，然而三青团分子活动也很猖獗，两派的斗争结果直接影响着更多的中间立场的人。

江竹筠肩上的担子重啊！刚一开学，她就着手领导学校和附近的地下党员策动进步活动，但她必须谨慎而细心。她的工作还是那么踏实稳重，她与进步同学一起办壁报，暗中策划进步活动，与三青团分子唱开了对台戏。

不久，新的白色恐怖，把这两个挚友都推到了真正的风口浪尖上。

9

1941年1月9日，国民党制造了皖南事变，在安徽南部泾县茂林地区突然背信弃义地袭击从江南向江北转移的新四军。新四军军部损失惨重，政委项英等领导人牺牲，军长叶挺被俘。10天后，蒋介石又悍然宣布取消新四军番号，向大江南北的新四军部队发动进攻。第二次反共高潮开始了！

陪都重庆随之一片白色恐怖，人心惶惶。国民党当局严密封锁消息，迫使《新华日报》常常"开天窗"。中共南方局为让群众了解真相，粉碎国民党的新闻封锁，周恩来毅然在《新华日报》"开天窗"处题词"为江南死国难者志哀"，并题诗："千古奇冤，江南一叶，同室操戈，相煎何急！"国民党害怕这样的报纸发行到民间，疯狂地抓捕殴打报童，禁售并没收报纸，竭力利用

《中央日报》、《扫荡报》捏造"异党暴乱"的新闻。一方面欺骗蒙蔽群众，一方面抓捕打击进步人士。山城上空顿时乌云密布。

江竹筠接受了上级党组织指示揭露事实真相的任务。然而，中华职校里三青团活动猖獗，怎样才能使学校师生弄清真相呢？

江竹筠弄来了一批传单和《新华日报》。传单上印刷了八路军以及宋庆龄、何香凝、柳亚子等就皖南事变发表的声明，《新华日报》上还刊登了周恩来的题词题诗。形势是那么恐怖，江竹筠决定亲自与挚友何理立把这批传单和报纸秘密散发出去。

两个挚友牵着手在校园里散步，观察着地形，以便晚上好散发传单。想到寒风会把传单吹得四散，有些教室办公室会遗漏，江竹筠悄悄向何理立耳语："走，我们到校外去转转，拣些小石头回来！"何理立一听就明白了，轻轻地跟着挚友走出了校门。

她们装了满口袋的小石子回到职校的宿舍，已是黄昏时分了。宿舍很大，挤了20多个同学，学校条件不好，大家都挤在地板上睡觉，夜里起来，不是一下就惊醒了室友？岂不暴露了？

一个难题。

她俩只得又走出宿舍，悄悄商量办法。竹筠说："得想个办法让他们睡得死死的！"何理立也说："是呀，想个啥子办法，让他们弄都弄不醒呢？"两个人商量来商量去，办法想了一个又一个，后来两个人几乎异口同声地说："跳舞！"一拍即合。

宿舍的女同学们都爱跳舞。何理立出面一鼓动，室友们欢声雷动。舞场就设在她们的宿舍里，地铺一展就是很宽敞的地方。舞会从傍晚时就开始，一直跳到晚上9点多钟，大家很是疲倦又特别尽兴。学校的熄灯时间一到，室友们躺下就睡得万事不知。江竹筠和何理立试着推了推身边的室友，室友翻了一下身依然睡得深沉。

子夜时分，她俩从被子底下抽出卷成一筒的传单和报纸，把小石子揣在衣袋里，蹑手蹑脚地出了宿舍。

她俩先去了学校的教室和办公室。岂料，这些地方居然都锁着门。怎么忘了这一点呢？幸亏带了小石子。两个人就把传单轻放在走道上，用小石子压住。然后又分头小心翼翼地到各寝室门前散发。回到宿舍，室友们也没有一个人知晓，干净利索哩。

第二天一早，学校里一片轰动。闹闹嚷嚷的声音把她俩吵醒了，与室友们一起惊呼大叫。这些传单和报纸被学校的师生们争相传阅争论着。传单从何而来？谁也不知道。

学校的国民党和三青团分子恼羞成怒，到处收缴传单，追查散发者。可师生们不是把传单藏起来，就是面对威胁仍聚在一起大声朗读，有的干脆揣着传单出了校门，传到了社会上。

学校的三青团分子仍然用那些"异党暴乱"的言论评论皖南事变，然而许多曾对国民党抱有幻想的中间师生，这时却已明白了真相，甚至一些富有正义感的人，还当面与三青团分子辩论，为新四军打抱不平。三青团分子在事实面前尴尬不堪，一副灰溜溜的模样，他们暗中追查，明里威胁恐吓，可哪能找到这从天而降的传单散发者？

江竹筠和何理立没有参加那些辩论。她们已经明白隐蔽自己的重要性，已经知道不需要挺身而出的张扬，国民党封锁皖南事变真相的阴谋已至少在中华职校一带被粉碎了。

10

1941年1月底，春节到了。江竹筠带着在中华职校成功揭露了皖南事变真相的喜悦，回到了观音岩路口简陋的家。

三舅李义铭的义林医院被重庆卫戍司令部征用后，他的家就搬到了医院的朝岩方向的底楼。他已经很少行医了，主要在观音岩下的张家花园一带经营地产，自己设计，监修房屋，用来出租或出售。他与冯玉祥将军的关系依然密切。作为一个开明人士，他很敬佩冯玉祥将军在国民党制造的反共高潮中尽力营救被捕的共产党员、进步人士的高风亮节。冯玉祥过生日时，他召集朋友为冯玉祥祝寿，想尽办法定做了一个三层大蛋糕。

江竹筠很了解三舅的为人。他开明，同情进步，然而谨小慎微。她知道三舅特喜欢自己这个外甥女，她也很敬重这个给了她的清贫之家很多扶助的三舅。平时到了假期，她时常去看望三舅。如今春节到了，她自然去得更多了。

三舅家里聚集了渐渐长大的姑舅表哥表弟表妹们，连幺姨李泽华的独子颜蠡（作者寻访调查时，颜蠡已改名颜绍寅——作者注）表弟都长期寄住在这里。江竹筠最喜欢的是正上中学的表弟颜蠡和三舅的女儿李秀清。这一对年龄相仿、青梅竹马的表兄妹，已经朦胧地产生了爱情，又都很佩服她这个表姐，很虔诚地愿听她讲一些革命道理。她频繁地去三舅家，除了看望三舅，自然带着另外一个目的：把这对表兄妹培养成爱国的有革命理想的热血青年。她经常与他俩谈心，帮他俩抄写语文复习资料，辅导他俩学习，给他俩带一些进步的课外书报。她的言传身教果然有了效果，这对表弟表妹倾向革命，都成了学生运动中的活跃分子。

然而，三舅家里聚集的这帮同龄表弟，毕竟思想意识各不相同。虽然这里并没有人参加反动的团体，但讨论起国家大事，却是各执一词，时常争执。眼下皖南事变震惊全国，重庆一片恐怖，这个家里关起门来便是不时地激烈辩论。颜蠹和秀清总是拿《新华日报》的观点据理直言，还不时地用他们敬佩的表姐竹筠的话作为佐证。竹筠很少插言，静静地听着，偶尔在关键时刻毫不起眼地引导那么一句两句。三舅李义铭很为孩子们这样的争执担心，隔壁就是卫戍司令部呢！然而，他拿出家长的威严却依然制止不了，只得慨叹："我们家有小共产党了！"

他是有见识的长辈，他明白这种局面是外甥女竹筠带来的。他爱这个外甥女，却也替这个外甥女担心。他知道自己不可能改变这个从小就硬气有主意的外甥女，他唯一能做的就是把自己所明白的一切深藏在心里。

春节后，江竹筠又有了新的惊喜。那个从小在她的影响下思想进步的表妹杨蜀翘，从自贡回了重庆，考进了精益中学。她已经不再担心蜀翘被老二姑婆惯坏了，蜀翘在富顺县女中上初中时就参加了进步团体读书会，与一些同学的大哥大姐们一起下乡宣传抗日。知道这些情况后，江竹筠欣喜地拍着蜀翘的小脸蛋说："你有进步了！"

在三舅的家里，江竹筠是明显的进步分子，然而到了社会上，到了中华职校，却又是最不起眼的稳重而文静的似乎与世无争的普通学生模样。在那黑云压城的恐怖日子里，重庆江北县的党组织，有的暴露了，有的被破坏了，连江北县委也不得不搬离了，然而，年仅21岁的江竹筠却以她独到的隐蔽的工作方法，不仅把她所负责的学生运动策动得如火如荼，而且她所领导的党组织奇迹般地没有暴露没有被破坏。她的卓有成效的地下工作，引起了上级党组织的欣慰和关注。

这年夏天，江竹筠从中华职校会计训练班毕业了。她和挚友何理立都掌握了一门专业知识，能够找到一份不起眼的隐蔽的社会职业了。何理立被党组织介绍到地下党在大后方的文化阵地三联书店工作，虽然她的组织关系仍然按当时的组织纪律和原则没有恢复。上级党组织安排江竹筠进入由宋庆龄、邓颖超领导的重庆妇女慰劳总会工作。她担任了地下党重庆市新市区区委委员，利用社会职业作掩护，负责单线联系重庆沙坪坝一些高等学校的党员和新市区的女党员。

　　江竹筠不再是一个学生了，她从此真正踏入了社会。然而，她义无反顾地赴任了，尽管明知等待着自己的是白色恐怖中随时都会牺牲的危险。

第九章 奔波在腥风苦雨里

真是大胆,组织了罢工,逃脱了追捕,彭庆邦居然还武装劫狱!到处是危险,到处是他的脚步,腥风苦雨里,"生意客"和他的娘子如何相濡以沫?

1

1940年5月，离开万县师范后的彭庆邦担任了万县中心县委副书记，负责云阳、奉节、开县、巫溪等县的地下工作。他和中心县委书记凌霄从万县出发，乘坐一条木船抵达云阳码头，越过汤溪河畔的崎岖山路，来到南溪附近的魏家大院。他们决定在这里组织云阳县委的同志召开一次紧要的秘密会议。

魏家是当地较大的地主，但儿子是地下党云阳县委委员。在这个有钱有权的大户人家召开党的会议，自然不易引起外人注意。

主持会议的凌霄同志把彭庆邦向大家作了介绍后，彭庆邦向大家传达了党中央最近关于党在国统区"发展进步势力，争取中间势力，孤立顽固势力，克服投降危险，争取时局好转"的基本工作方针，以及南方局关于"隐蔽精干，长期埋伏，积蓄力量，以待时机"的十六字指示，提醒大家准备应付可能发生的任何突发事变。

云阳县委的同志们得知彭庆邦前不久从南方局红岩付学习归来，都对彭庆邦十分尊敬。在大家的要求下，会议延长了，由彭庆邦详细地讲授了在白色恐怖情况下如何隐蔽地做好地下工作、巩固党组织的方法、经验和策略。

"形势急转直下，今后我们地下党的工作方式必须按上级的方针和指示迅速转变。"彭庆邦对大家说，"我们这里是国民党统治最黑暗的地区之一，敌人正在加紧搜捕我们，我们所处的环境更加险峻。云阳的党组织发展很快，但半公开的活动暴露了很多同志，现在必须完全转入地下活动。凡是暴露了的和引起敌人注意了的同志，都必须尽快转移；凡是横的联系，都必须坚决割断；以后接头时一定不能冒冒失失，必须严格对暗号；发现有人盯梢，必须果断地放弃接头，摆脱尾巴，万万不要心存侥幸；万一被捕，一定要保守党的秘密，要有誓死不屈的革命气节，宁可站着死，决不跪着生！"

彭庆邦的讲授使大家学到了不少地下工作的秘密方法，也解决了不少疑难问题。

然而，会议进行到第九天，突然传来了缺席会议的云阳县委委员冉贞淳叛党投敌的消息。凌霄同志果断地对云阳县委书记说:"你迅速撤离,县委的所有同志以及处境危险的其他同志也马上转移。庆邦同志,云阳县委的工作就移交给你了,转移的事你具体负责,时间要快,一点也不要迟疑……"

彭庆邦就这样留在了家乡云阳,兼任了云阳县委书记。

2

彭庆邦安排了云阳县委暴露的同志转移后,离开南溪的魏家大院,走过汤溪河上的石桥,来到云安盐厂子弟学校——河北小学,着手组建云安地下党区委。

他设法从万县调来一位叫谭悌生的同志到盐厂河北小学当教师,组建了云安区委。然后,又依靠盐厂地下党员刘子俊等成立了盐厂党支部。接着,便策划从盐厂资方手中夺回盐工会的领导权。

云安盐厂坐落在云阳县北乡的汤溪河畔,离城30多公里。这个已有二千多年历史的盐厂,眼下有工人万余人,是下川东较大的盐厂。1937年,工人们在地下党领导下经过多次罢工斗争,终于成立了自己的组织——盐工会,但是工会的理事长和监事长等职务被资方盐广署把持,一直形同虚设。于是,彭庆邦便指示谭悌生和刘子俊,利用国民党政府所颁布的"工会法"中关于资方不能做工会主要骨干的明文规定,与盐厂署进行一场有理有节的合法斗争,夺取盐工会的领导权。

几天后,盐工们就成群结队涌向盐厂署,搬出"工会法"条款,要求选举工人自己的盐工会理事长和监事长。厂方拿出"工会法"一看,理屈词穷。工人们就此选举了两名地下党员领导自己的工会,顿时扬眉吐气。

然而,国民党云阳县社会部很快给盐工会调来了一个姓陈的指导员。陈某一到盐厂,就召开职工大会,一口一声"我们工人兄弟",表示工会要为大家谋福利。很快,他就成立了工人俱乐部、盐工识字班、临时工待雇处、理发室、开水房等。工人们罢工要求增加工资,陈某居然又挺身而出,慷慨激昂地与盐厂署争执。工人的工资虽然没有增加,但是陈某却赢得了工人们的好感,他顺势就把自己的一个亲信扶上了盐工会理事长的位置。

盐厂地下党组织困惑了。这个陈某到底是个什么样的人?问题反映到彭庆邦那里。彭庆邦一了解,大吃一惊:陈某是一个特务,来盐厂的目的就是要破坏盐厂的中共地下党组织和盐工会！

"组织工人以物价天天上涨为理由，锲而不舍地要求盐厂署增加工资！"彭庆邦在召集盐厂地下党秘密会议时布置说，"斗争要坚决，但也要理智，必须耐心地向工人们讲要求增加工资的理由，把工人们真正发动起来。只要工人们坚决咬住增加工资不放，他姓陈的这条狐狸再狡猾，尾巴也要露出来！"

彭庆邦不走了，就住在刘子俊家里坐镇指挥。盐厂的地下党员们按照部署，到井下去发动，工人斗争很快开展起来。

果然，陈某换了面孔了。他哪能真的让工人们增加工资，使盐厂署遭受损失？他终于跳出来劝说工人们："工人兄弟们，我们不要被异党分子利用，跟着瞎闹。盐厂已经很对得起我们兄弟了，哪个还要难为盐厂呢？"

彭庆邦见陈某尾巴已经露出来，又指示盐厂地下党发动工人罢工。陈某又出面劝说："兄弟们，罢啥子工呀？工资没增加，这么一罢工，盐厂更开不出工资了，兄弟们拿啥子养活老婆娃儿呀？复工吧，复工吧，从长计议吧！"

"时机到了，造舆论吧！"彭庆邦看到工人们已逐渐看清了陈某的面目，又向地下党组织布置驱逐陈某的活动。

很快，盐厂的井下井上，盐工们到处议论说：这陈某，增加工资是他叫我们提出的，罢工也是他叫我们干的；可他又这样出尔反尔，搞得我们昏头晕脑的！

"陈某这小子！当了工人的官，就成了工人的娃儿了，背地里发动人搞我们呀！"盐厂署的资本家听到工人们的议论，对陈某顿时火冒三丈。他们向云阳县党部一状告过去，陈某就走人了。

陈某刚走，盐厂工人就在地下党组织下向国民党云阳县党部请愿，要求改组盐工会。国民党县党部无奈，只得同意。一场选举下来，一个地下党员又被选为盐工会理事长，成功地夺回了工会领导权。

3

彭庆邦正紧张地领导着云安盐厂的斗争，无暇顾及回红狮坝看望妻儿，突然又接到消息：党内出了叛徒，新任奉节县地下党特支书记王庸同志不幸被捕！

心急如焚，彭庆邦立即乘船赶赴古城奉节，营救王庸。得知王庸在狱中坚守党的秘密，拒不承认自己是共产党员，彭庆邦冒着生命危险，连忙以家属身份去探监。王庸一见到彭庆邦，惊诧得不敢相信自己的眼睛。当他从彭庆邦递过的钱中，看到夹着的一张小纸片上写着"致礼"两字，顿时热泪盈眶。这是党组织对他的信任啊！他明白了，中心县委负责人彭庆邦的冒险探监，是向他同时传达一个信息：党组织在营救自己！

彭庆邦出了监狱，又赶往王庸的家，与王庸的家人详细商量了营救的办法。王庸的家人按他的布置，设法多方奔走打通关系，王庸终于出狱了。

彭庆邦心上的一块石头终于落地。他马上又从奉节回到云阳云安盐厂，这里的盐工会斗争正处在关键时刻。但没过几天，汤溪特支派刘守星同志深夜来盐厂，向他汇报了一个紧急情况：驻扎在汤溪一带的国民党军队李团长，把地下党汤溪特支的陈作仪抓起来了，陈作仪在酷刑下英勇不屈，敌人准备枪杀陈作仪！

又是一个同志被捕，赶快营救！彭庆邦立即随刘守星赶往汤溪，决定亲自组织营救陈作仪。

汤溪特支的同志们一见到彭庆邦，顿时一片抽泣。彭庆邦安慰了一下大家，问明了情况，当即提出了两套营救方案：一方面通过统战人员争取用钱赎出陈作仪，一方面做好武装营救的准备！

拂晓时分，彭庆邦布置了措施，大家分头去营救。同志们从龚保长那儿借到了枪。统战人员按彭庆邦的办法去做统战工作也收到一定成效。那位李团长的副官答应，交三百块银元可以取保，但陈作仪必须住在街上随传随到。这不是真要钱假释放吗？汤溪特支的一些同志不同意交钱，主张武装营救。彭庆邦思考了一下，再次耐心说服了大家。

一百块银元先交了上去，敌人这才摘了陈作仪的重镣，将他转到一所小学的收发室监禁着。

"时机到了！"彭庆邦这时果断地说，"按第二套方案，武装营救！"

这天晚上正巧下着大雨，漆黑一片。彭庆邦亲自指挥，把同志们分成两组，摸到学校附近，先占了有利地形，然后由涂练白、包海清同志用钢钎打通墙壁，在鸡叫头遍时成功地把陈作仪救了出来。干净利索！同志们兴奋不已。

彭庆邦却非常冷静地连夜让借枪的同志把枪还给了龚保长，然后安排有可能暴露的同志立即转移。

第二天，敌人果然恼羞成怒，出动大批军警，到处搜捕。然而，哪里找得到陈作仪和营救他的人呢？

4

1941年2月，已经接任万县中心县委书记的彭庆邦，决定把县委机关迁到云阳双江区木古坝一带。

双江区处于长江与澎溪河的交汇处，位于万县和云阳的中心点。长江北岸的澎溪河口的小江又是万县和云阳之间最大的古老场镇。这一带盛产蚕丝，交通方便，来往做丝生意的人很多。彭庆邦化名"吴先生"，扮成做丝生意的商贩，由一位姓余的同志介绍给当地党组织的负责人老程。老程则把彭庆邦直接带到了他在苦水沱的家里。

在苦水沱住了四五天，摆谈了一些双江地区的情况，彭庆邦来到刘家坝找一位姓王的同志接头。一见面，两个人都愣了。姓王的同志原来就是他中学时的好友王先群！彭庆邦立即抢先自我介绍：我姓吴……王先群心领神会，就按当地"吴"字只读上半截的习惯，叫彭庆邦"口先生"。

在刘家坝开了三四天会，进一步了解了当地的情况后，在竹溪小学当教师、担任着木古坝地下党支部负责人的王先群对彭庆邦说："你的住处我已经安排好了，就在木古坝'陈屠夫'家里，那里很可靠。"

"陈屠夫"名叫陈德云，家里很穷，人也诚实，家里的房屋宽敞，周围的人也都是老实的庄稼人。得知这个情况，为了掩护好工作，彭庆邦决定把妻子谭政裂和快两岁的儿子炳忠接到木古坝。

王先群领着彭庆邦一家搬到木古坝陈家时，陈德云看这一家子的穿着不像庄稼人，有些疑心。王先群连忙解释这是他的同学"口先生"，来这里做丝生意的，陈德云这才释然。

彭庆邦向来为人热情，文质彬彬的他既不喝酒又不抽烟，但却很能与人摆谈，没过几天就与陈德云一家和周围的庄稼人打得火热。

谭政裂已经明白了丈夫彭庆邦在干着秘密的地下工作。本来就是农村媳妇的她，很快就和周围的人相处融洽，她主动地帮左邻右舍打桑叶、喂蚕、种菜，有意无意地向人介绍丈夫的"丝生意"，大家都亲切地称她为"口先生娘子"。

在陈家，谭政裂贤惠地忙前忙后做家务，同陈家人处得就像一家人，大家都很喜欢她。两家人很亲密地相处，连吃的东西都相互端来送去。她与彭庆邦一商量，干脆与陈家做了亲家，将儿子彭炳忠寄拜给陈德云夫妇做了干儿子。

陈德云高兴极了。他是当地的袍哥，很重义气，见彭庆邦、谭政娶这对有学问、懂道理的"丝生意客"这样瞧得起自己，就经常带着小炳忠跟他一起串门走亲戚或者外出去杀猪，让周围的人都知道彭庆邦夫妇是他的亲戚。在家里，只要彭庆邦"做生意"回来，两个男子汉就有摆谈不完的话。摆谈之中，陈德云潜移默化地接受了彭庆邦讲的一些道理，自觉不自觉地成了彭庆邦了解周围社会动态的好帮手。

彭庆邦就这样在妻子谭政娶的出色配合下，很快在双江木古坝站稳了脚，建立了很好的群众基础，成功地领导着万县地区党的地下工作。

5

然而，彭庆邦这个"丝生意客"，却从未做过生意卖过丝线。他常常出门时拿着两盘丝线，回家时还是带着那两盘丝线。谭政娶很为他担心，提醒他道："你这样子，小心点呢！"彭庆邦乐呵呵地说："没事，应付得了。有人问我价钱时，我故意把价喊高一点，他们就不缠我了，我也省了口舌。"嘴上虽这样说，但他还是多了一个心眼，每次出门，他总是把所带丝线换种颜色，始终没引起人们的怀疑。

他的工作太多，不能只在双江一带呆着，他得经常到各地走动，好在"丝生意客"这份"职业"给他提供了不少方便。

但是，彭庆邦转到农坝乡时，还是谨慎地变换了身份。来到农坝地下党员陈恒之家里时，他变成了教书先生"王志白"。

陈恒之接受采访调查时，激动地说，彭庆邦到陈恒之家的当天下午，他就脱下长衫，和陈家人一起挑粪、打洋芋窝，一边干活，一边拉家常，一下子就得到陈恒之全家的信任。晚上，他和陈恒之转到后山的一块石头上坐下，摆谈得非常投契。时近初春的半夜，寒气逼人，彭庆邦禁不住冻得打起哆嗦。陈恒之这才发现彭庆邦只穿了两条单裤，上身也只穿了件夹衣。陈恒之家里也缺吃少穿，就回家拿来两件蓑衣，一人披了一件，又继续谈了下去。

彭庆邦就这样以"王先生"的身份在陈恒之家里住了一段时间。白天和陈家一道干活，晚上找同志们开会，研究工作，发动群众。陈恒之的父亲也因此懂得了许多革命道理。

马麓溪附近的小伙子刘挺柱家穷得揭不开锅，进煤笼子去挖煤时被塌下来的煤块压死了。彭庆邦和陈恒之听说后很是难受，发动穷乡亲们，一家有难大家相帮，去刘家"坐夜"，安慰刘家。他俩动员陈父去向乡亲们讲刘家的苦难史，讲大家贫穷和苦难的根源。陈父很爽快地去了，照着彭庆邦教的话说："柱子表弟不是煤块压死的，是这吃人的世道把他压死的啊！"

乡亲们相帮着把刘挺柱送上山刚安葬，附近的冯先福又被压死在煤炭笼子里。冯家大儿子是地下党员，地下党常在偏僻的冯家开会，彭庆邦也在冯家住过。彭庆邦心情沉痛地亲自去冯家吊丧。"坐夜"时，陈恒之父亲按照彭庆邦教的道理，又向大家讲起了冯家的苦难家史和改造这吃人社会的道理。

从此以后，附近只要死了人，"坐夜"时就请陈父去讲"苦经"。附近的穷乡亲们因此明白了天下穷人是一家的道理，一家有难家家相帮，一家有险家家掩护。后来，国民党大肆镇压地下党时，就连陈恒之的父亲这样普通的群众，宁愿被敌人打断了手臂也不暴露在这一带的地下党员。

农坝乡附近一带，这个几年前地下党组织就很活跃的地区，就这样在彭庆邦和同志们的努力下，在白色恐怖时期再次焕发了生机。

6

皖南事变后，云阳一带又是一片白色恐怖，国民党四处搜捕共产党员，车站码头、交通要道、路口村头，暗哨林立，盘查森严。明明知道随时有被捕的危险，彭庆邦却依然走街串村，布置万县地区的地下党工作。

1941年春的一天，彭庆邦从木古坝再次去农坝乡传达中心县委的指示，不巧在快到农坝的路上，被两个乡丁当成疑犯抓住，要强行送往乡公所。

送到乡公所可就麻烦了。彭庆邦灵机一动赶紧摸出衣袋里的纸烟，向乡丁敬烟"讨好"。两个乡丁一把抢过纸烟坐在地上吸起来。彭庆邦机警地把带着的一纸文件捻成烟卷，送给乡丁吸了，长吐一口气，就与乡丁摆起龙门阵来。尔后，又从兜里掏出钱来，两个乡丁终于把他放了。

从农坝乡办完事，彭庆邦和陈恒之、沈凯三人约定在云阳城里碰头。三个人在河边刚见面，彭庆邦却对他们一指河边租马的场子说："走，赛马去！"陈恒之和沈凯莫名其妙，也不知彭庆邦弄什么玄虚，跟着去了租马场。彭庆邦急急地付了钱，三个人跳上三匹马，彭庆邦就说："抓稳笼头，跟着我快跑！"

彭庆邦说完，策马就奔，两个人也二话不说地紧跟。三个人骑马直向东门跑出，一口气跑了十多公里，到了罗文坝，刚过河去，陈恒之和沈凯这才发现：北岸追来一帮国民党特务，正朝他们举枪射击！

彭庆邦喘了口气，对陈、沈两人说："你们刚一来，我就看到有尾巴跟着，你们两个还不晓得？"

陈恒之和沈凯这才知道"赛马"的原委，心中顿时对彭庆邦的机智勇敢敬佩有加。

彭庆邦回到木古坝，木古坝党支部的王先群就来了。两个人来到江边的六岗石，一人一根渔竿，一边钓鱼，一边摆谈木古坝最近的变化。王先群说："这里最近在搞合保，三个保合成一个保。也不知到底谁当保长，对我们是不是有利。"

"谁当保长好？由我们的人当最好！"彭庆邦甩了一下渔竿，笑着对王先群这个初中同学说，"我看呀，你当这个保长最好了。"

"我？"王先群一听笑了，"我跟你谈正事呢，老同学，你啷个涮起我的坛子（开玩笑）来了呢？"

"不是涮坛子，是正儿八经的话。"彭庆邦这才严肃地说，"你想想，你当了保长有多少好处？你可以隐蔽得更好，可以掩护同志，可以随便开路条，可以探听到好多的消息，可以……"

王先群一听兴奋了，收起渔竿说："不钓鱼了！走，回去活动当保长去！"

地下党按彭庆邦的嘱咐一活动，王先群果然当上了国民党的保长。他兴冲冲地来向彭庆邦报喜，彭庆邦笑道："王保长大人，你就再开开恩，把这一片的甲长弄给我儿子的干爹当嘛。"王先群心领神会，不仅把彭庆邦的房东陈德云推上了甲长的位置，而且把这一带的甲长都控制在地下党手里。

小江一带的地下党组织因此有了屏障。

7

谭政娶随丈夫彭庆邦来到双江区木古坝后，一直带着儿子彭炳忠住在这里，掩护着彭庆邦从事党的秘密工作。她已经不再只是那个单纯而贤惠的农村少妇了，她已经明白了自己的责任，自觉地把自己的生命与丈夫从事的秘密工作紧紧地联系在一起。

当时，她和丈夫所寄住的陈德云的家实际上就是万县中心县委的秘密机关。云阳、万县、奉节、开县、忠县、巫山、巫溪等县的地下党组织，频繁地派人前来这里接头联系。接头或开会的地点，虽然常在附近的大河边、山坡上、岩洞里，但更多的时候则是在他们家中。每当这时，她就主动地替同志们"望风"。她带着两岁左右的儿子炳忠在屋外玩耍，有时搬出一张小板凳做着针线活，警惕地注视着周围的动静，一旦发现异常情况，立即用暗号通知屋里的同志。

谭政烈与周围群众的关系处得相当融洽，"口先生娘子"的身份和彭庆邦"生意客"的身份又隐蔽得始终没露破绽，附近的保甲长又被地下党员王先群等可靠的同志"取而代之"，县委机关因此一直处在安全的环境中。

然而，天长日久，木古坝不断有操不同口音的陌生人出现的消息，还是引起了国民党云阳县党部双江区分部的注意和怀疑。1941年夏的一天，他们事先没通知木古坝的保甲长，突然袭击，派一支保安警察队对木古坝进行严密搜查。正巧，这天彭庆邦正与几位外地来的同志在家里接头。放哨的谭政烈远远看见一队穿警服的人马走来，警觉地感到事情不妙，立即用暗语通知屋里的彭庆邦："嚄斥，要死的公鸡，想啄人呀？走开，快走开！"

彭庆邦一听，明白事情紧急，当机立断吩咐同志们赶快从后门向后山转移。

好险！同志们刚一离开，保警队就堵住了大门。

谭政烈牵着小炳忠，镇定地与保警队周旋，若无其事地回答保警队的盘诘。保警队问不出什么，到屋里也只搜到彭庆邦做"生意"的丝线，就转到别的地方搜查去了。

事后，同志们感慨地对谭政烈说："口先生娘子，你是我们的眼睛哩！"

万县中心县委机关从1941年2月迁来木古坝到撤走的半年间，因有谭政烈出色的掩护，一直没有露出破绽。

1941年8月的一天，中共中央南方局突然通知他立即奔赴更危险的地方——国民党战时统治的中心重庆，负责重建在白色恐怖中遇到严重破坏的重庆市地下党组织，而且，根据新形势下紧缩党组织的要求，决定在彭庆邦离开后暂时不再派专人领导万县云阳地区的地下党工作。

彭庆邦当即召集当地地下党负责人，通报了这一情况，并给大家紧急布置了近期的工作，要求大家主动地独立工作，并留下"余焕然带青布"的暗号，作为大家今后与万县地区地下党接头的联络依据。

这突然的分别，使彭庆邦夫妇与房东陈德云、"保长同学"王先群等依依难舍。夫妇俩送了半坛猪油给王先群，又把一些他们的衣物送给陈德云家做纪念。房东陈德云，这个后来也参加了地下党并担任了云阳县城关镇负责人的精明汉子，直到此时居然还不知"吴先生夫妇"的真实身份！（新中国成立以后，经当年常来常往他家的地下党员说明后，陈德云一家才恍然大悟。）陈德云拉着彭庆邦的手直摇晃，动情地说："老口呀，我们这两亲家，以后可得常走动啊！"

　　最依依难舍的自然是谭政烈了。丈夫这一走，却不能带着她和儿子炳忠，她得独自返回红狮坝或娘家故陵沱了。夫妻俩深情地相拥着，良久没有说话。她明白，丈夫这一别，生死难料。但是她怎么也没料到，这次分手竟成永别！

第十章 邦哥啊，你在哪里

丈夫一别居然六载杳无音讯！谭政娶怎么渡过这忧心如焚的漫长日夜？弟弟好不容易打听到了姐夫的下落，然而，伤心痛苦莫名的他却不能告诉望眼欲穿的姐姐：幺姐啊，邦哥已经与另一个女人另组家庭了！

1

1941年8月，丈夫彭庆邦匆匆奔赴重庆后，幺姐谭政烈带着刚满两岁的儿子彭炳忠，离开了木古坝。她没有回到已空无一人的红狮坝彭家湾的家里，而是到了故陵沱的娘家。

她不知道丈夫到达重庆后担任了地下党重庆市委第一委员的职务，负责重建遭到严重破坏的重庆市委及地下党组织的艰巨任务，而且已改名叫彭咏梧了。她只知道丈夫这次所去的重庆比云阳更为艰险，时刻都可能被捕牺牲。从分别的那天起，她就替丈夫担惊受怕，翘盼着丈夫平安的消息。

她盼望着丈夫早点找到好的掩护职业，来信将她和儿子炳忠接去一同生活。在重庆的生活虽然艰苦而危险，但毕竟能常常见到丈夫，比这分居两地、什么安危消息都不知道要强，也少了日日夜夜的提心吊胆。

本来，她是准备回红狮坝等待丈夫的消息的，但她不得不回娘家。原因一是红狮坝的家里暂时什么都没有，而娘家里还有爹娘哥弟照应，丈夫庆邦的来信也方便收到；二是为了逃避债务。与丈夫结婚近9年来，为供助丈夫上学和工作，她已借了太多人的太多债了，万一红狮坝一带的债主都上门索债，她怎么应付呢？

然而，她回到娘家故陵沱暂居的消息一传开，找不到彭庆邦的债主还是陆续寻来找她了。她无法还债又无法回避，又不能说出丈夫的行踪，只能一个个地求情缓还，一个个地耐心解释：有借有还，自然是天经地义的道理。可庆邦的生意刚刚开始做，忙得一年四季落不了家。你们急，他和我更急哩！借你们的债，利滚利息归息，我们一个子儿也不会少，只是，请你们宽限一些日子了！

每次送走债主，谭政烈都要长叹一口气，当时的那个愁啊，有谁能说得出、道得明。她不得不寻思挣钱还债的门路，也好为丈夫搞革命筹措一些经费。

谭政烈的弟弟谭竹安接受作者采访时，讲述了这样一段往事——

有一天，哥哥谭策安从外面做生意回到家，热得满身大汗，见妹妹愣着神，就问她："又在想么样挣钱还债呀？"

谭政烈点点头，说："哥哥，帮我想点办法吧！你见多识广，想想有啥子好门路？"

谭策安想了想，说："门路倒是有。现在布市行情看好，到处都缺纱，要是能办个纺纱厂肯定能赚钱。可哪儿有钱办厂呢？"

"反正总是欠了债，就再借吧！"谭政烈咬着牙说，"哥，我们就合伙办个纺纱作坊！"

看起来那么柔弱的妹妹居然有这样的胆量，让谭策安大吃一惊。他不置可否地笑了笑，什么也没回答，只顾拿一把破芭蕉扇扇着汗。他不知道，此时的谭政烈已横下心有了一个明确的打算。

谭政烈回了一趟红狮坝。她把彭家剩余的一点田地卖了，筹得了一笔小款子；又去沾点亲的人家，好说歹说借了一笔新债。当她再回到娘家故陵沱，把钱放在哥哥谭策安面前时，哥哥惊诧得不敢相信："我只是说说而已，你真想干呀？"

"亏你是个男人，哪能说话不算话？"谭政烈笑眯眯地说，"哥，我也不想把厂子办得蛮大，就开个家庭纺纱作坊。地点也要开在云阳城里头，好卖些。你也得和我一起办，合伙办。说不定哪天庆邦来信要接我和炳忠去，我就得去，你就得把作坊办下去！"

有一句话，她不便向哥哥直说：办厂还债一身轻，还筹一笔钱资助丈夫，随丈夫庆邦一同去革命，打天下！

2

谭政烈和哥哥办的家庭纺纱作坊真的就建在云阳城里。他们买了几台木头纺纱机，在故陵沱和红狮坝请了几个沾亲带故的女孩子。可作坊刚一开张，彭庆邦的信就来了。

彭庆邦到了重庆，住在中央信托局的集体宿舍，在一个运输行找了个会计职位，很安全，收入也说得过去。他来信说："请政烈你带上炳忠速来重庆！"

谭政烈接读了丈夫的信，喜极而泣。庆邦很安全！庆邦守信用！庆邦没有忘记我们娘儿俩！她差一点当着哥哥谭策安和正上中学的弟弟谭竹安的面兴奋地叫起来。结婚9年来,她和庆邦虽然恩恩爱爱,却总是如蜻蜓点水般聚离。即使在木古坝的那半年,庆邦也总是奔走在外。如今,庆邦来信让她带着儿子去重庆长期一起生活了,这终日企盼的消息怎不令她欣喜若狂?用一句最普通的话形容,她恨不得插上翅膀,一下子飞到丈夫的身边!

哥哥看她高兴得这样,对她说:"你去吧!你和庆邦老这样不在一块儿也不是事。这作坊,你放心,有我呢!"

"有你,你知道料唧个选?纱条唧个验收法?"谭政烈问,"你是个大外行哩!"

"实在不行,就卖了再搞别的……"哥哥有点气馁地说。

"哥,刚开张就半途而废?你说得轻巧哩!"谭政烈皱着眉头说,"屋里债台高筑,拿啥子还?这不是债洞越搞越大了?这可不行,我还想还了债,攒点钱带去哩!"

"那你说唧个办?你未必不去不成?"上学回家的弟弟谭竹安也迷惑地问。

谭政烈一下被问住了。她自言自语地说:"唧个办?重庆生活花费又高,庆邦一个人的薪水哪里能养活我们娘俩?我带着炳忠一去,这作坊泡汤了不说,不是又越发拖累庆邦了,他还怎样工作?"

哥哥和弟弟都回答不了。谭政烈犹豫了,冷静地思忖起来。

偏偏这时炳忠又出起了麻疹,高烧不退,又哭又闹。这可是那时做父母的最怕孩子患的"痘麻关"啊!谭政烈一点也不敢怠慢,昼夜不敢合眼。

她担心儿子炳忠不能轻易渡过这个病关,又担心丈夫庆邦惦记着她和儿子去重庆的行程。时间一到,庆邦没有接到她和炳忠,岂不是要担惊受怕?就这样抱着出麻疹的炳忠去重庆,岂不是把炳忠往死里整?办这个作坊的初衷岂不是全都泡汤了?

心一横,谭政烈一边守护着儿子,一边流着泪,含悲忍痛地给远在重庆的丈夫彭庆邦写了一封托人转递的回信:我在云阳办了一个家庭纺织作坊,刚刚开张,炳忠儿又正出麻疹,都丢不下手,不能来重庆与你团聚了;我想在云阳再待一段时日,赚点钱还清债务,再攒点钱,好来重庆后补贴你我的生活……

信发出后的那天晚上,谭政烈整整哭了一夜。她爱自己的丈夫,她内心里渴望与丈夫天天在一起,她天天都惦记着丈夫的安危啊!从这天起,她天天盼着丈夫彭庆邦新的来信。

然而,她怎么也没料到,她这暂不上重庆的决定,竟然改变了她今后的人生,从此一晃6年没得到丈夫的任何音讯,从此失去了合家团聚的天伦之乐,再也没看到丈夫的身影！

3

彭庆邦大概也没料到，他催妻子谭政娶携儿到重庆的这封信，竟然成了他俩的最后一次通信。

本来，他接谭政娶和儿子来重庆的事，是掩护白色恐怖中的重庆地下党工作的急需，也经过了重庆市委几个同志的同意。然而，谭政娶没有来，来的只是一封回信。

这封回信引起了市委同志的担心和警惕。这时的重庆，形势极其险恶，国民党特务正四处搜捕地下党组织，不少同志被抓被杀，而且还出现了叛徒。市委第二委员何文奎对已改名彭咏梧的彭庆邦说："你是市委的一把手，是特务最想抓的人了，你的安全实际上是市委的安全。我当初到处介绍你，说你是中央大学的毕业生，又是北平银行的职员，都觉得你很有本事。可是，要是特务截获了你们的通信，得知你在云阳农村还有一个负债累累的妻子，不是马上怀疑你了？我建议你马上中断与下川东的一切联系，包括与你妻子的。这尽管很绝情，但也是从安全——你和同志们的安全出发，你看怎么样？"

其他的市委委员也都赞同何文奎的意见。

何文奎同时又安慰彭咏梧说："信是不能再通了，不过，我们可以通过其他途径，在需要的时候，再设法把你妻子和孩子接来……"

彭咏梧还能说什么呢？

然而，到了急需有一个家庭以便掩护彭咏梧工作的时候，有的同志却不赞成把他的农村妻儿接来重庆了："老彭的工作件件都是党的机密，一个普通的家庭是不能起到帮助老彭工作的作用的。我们当然不怀疑老彭的夫人拥护党，不怀疑她能保守秘密，但只有这些显然是不够的。以老彭公开的社会形象，掩护老彭的夫人，应该也是一个既稳健而又有学识的、能应付各种环境的女同志，而且是一个党内有经验的女同志……"

从云阳接彭咏梧的妻儿来重庆的事就这样搁下了。彭咏梧很是无奈，但是，同志们所说的都有道理。他虽然是市委第一委员，但他必须尊重同志们的意见。他不能感情用事。

他想念妻子谭政娶。结婚九载，他亏欠谭政娶的太多了。那是一个多好的妻子啊！他长年在外，她不仅独自支撑着这个家，而且一直负重劳作资助着甚至可以说是供养着他啊！何况，知妻莫若夫，他明白谭政烈已经懂得了初步的革命道理，渴盼着与他团聚、与他共同革命。而那一次没有应允爽快地来重庆，也是为了替他还债，替组织上积攒经费啊！

深深的苦恼折磨着他，沉甸甸的革命担子又考验着他。在革命与家庭、理智与情感的夹缝里，他承受着日复一日的煎熬。最痛苦的是，他明明知道谭政烈在家乡日夜担心着他的安危，可他竟然无法再给她一点消息；而他自己，明明从谭政烈的那封回信里知道了唯一的儿子炳忠正渡着危险的"痘麻关"，却竟然也无法探明儿子的生死！

他拖延着与另一个女同志假扮夫妻的做法，宁愿在险境中更谨慎地工作。他甚至想，即便万不得已必须与谭政烈以外的女同志按地下工作的惯例组成一个"家"，也要以最坚强的理智守护住对谭政烈这样一个好妻子的忠贞。

然而，时间是那么的无情，革命的需要是那么的冷酷，岁月的力量尚且能使奔腾不息的滔滔大江移河改道，何况他后来"碰"到的是一个世间少有的优秀的志同道合的女同志——江竹筠。

4

一直没有丈夫的消息，谭政烈心焦如焚。那时，不时传来重庆遭受日军飞机空袭、死了多少多少人的消息，又不时在报上看到哪个"共党"在重庆被抓，哪个"共党分子"自首的报道，她哪能不担惊受怕呢？她执著地按原来的地址给丈夫寄钱、发出一封又一封的信，然而都石沉大海，"只见飞鸿去，不见雁归来"。难道丈夫出了意外？她不敢相信，也不愿相信。她一遍遍地在心里呼唤：庆邦呀，你在哪里？给我一点消息吧！

1941年年底，弟弟谭竹安终于考进了重庆中央工业专科学校。那是一所免交学费的学校。这消息，令全家高兴不已，更让姐姐激动万分。谭竹安临行时，她紧紧抓着弟弟的手，泪水止不住地流，一遍遍地叮嘱：竹安，你一定要寻访到姐夫的下落，一定啊！

据谭竹安生前对作者回忆，他那时凝视着姐姐憔悴脸上的一双泪眼，重重地点头。他从小就得到姐夫的爱护和教育，姐夫常给他讲故事，给他买想看的书。他明白姐夫是一个能像韩信那样忍辱钻胯却心有大志的人，是姐夫让他接受了革命道理的启蒙啊！他也看到了姐姐像个男人似的勤扒苦作、忍饥撑病支持姐夫的学习和事业的全部过程。他怜悯姐姐的遭遇，更敬慕姐姐和姐夫是一对少见的患难与共的好夫妻。如今，姐姐的这个嘱咐，其实也是暗存在他心底的强烈愿望啊！

谭正伦的弟弟谭竹安

一到重庆，谭竹安除了读书，假日时间几乎都用在寻找姐夫的事情上。他四处托关系打听姐夫的下落。可是，在这偌大的重庆，人海茫茫，要寻找一个人，真是大海捞针。

然而，家里的信不断地写来，询问着他寻访姐夫彭庆邦的进程。尤其是姐姐谭政烈的信，字里行间传达的都是令他不忍卒读的恋夫思夫、担心生死、挂念冷暖的深情啊！

有一天，读着报纸上的分类广告，看到那些寻人启事，他突然生出也登一则启事的念头。然而，他是一个穷学生，在学校虽然免交学费，可生活费用全靠清贫的哥哥姐姐资助，每个月精打细算也只勉强维持吃用，平时想买一本书都挤不出分毫，哪有钱去报馆登广告？

但是，除了在报上登寻人启事外，还有更好的寻找姐夫的办法吗？想到姐姐的忧心如焚，想到自己离开家乡来重庆前姐姐那满怀期冀的叮嘱，想到姐姐在他放假回家时那黯然失望的痛苦表情，他心一横，典当了两件像样点的衣服，又忍了两个星期的饿，每天只吃一顿半饭，终于节俭下了登广告的费用。他立即到一家发行量较大的报馆，把寻人广告刊登了出来。

以后的日子里，他一天天地等待着广告的反馈。每天送信的时间一到，他就跑去看有没有写给自己的信；每次有信来，他都把心提到了嗓子眼上，期盼着意外的欣喜到来；每回一听到有人喊他，他就想是不是姐夫找我来了？每天都是希望，可每天又都是失望，如此周而复始。

但是，在专科学校学习的两年里，他终究没能给姐一个满意的消息。是姐夫没有看到寻人广告，还是看到了广告却因为别的什么原因不便与自己联系，抑或是姐夫已遇难不在人世了呢？

5

一晃两年多过去了，没有得到丈夫彭庆邦的一点消息，谭政烈渐渐绝望……

儿子炳忠已经4岁多了，懂事了，常常拉着她问个不休："我爸呢？哪个一走就不回呀？哪个不管我们了？他长得哪个模样？这高这大吗？是不是也有很粗很粗的胡子，像大舅那样扎我？扎过我吗？他真的、真的喜欢我吗？"

面对儿子的提问，谭政烈开始时还能耐心地回答，后来问题多了，她哪里回答得出来？只能潮红着双眼，茫然地看着儿子。在心底里，她相信只要庆邦还活着，就一定不会忘了自己和儿子。这么长时间没有一点消息，庆邦也许……她不敢再往下设想那最可怕的后果了。

儿子已经会自己玩耍了，如果不生病，花费不了她太多的精力。她只能把所剩的精力全都扑到纺纱作坊的繁重事务里去，尽量少去想丈夫的下落。作坊前场和后场的管理，像原材料的进出，纱条的验收、过秤、入库，每天的来往账清理，等等，事无巨细，她几乎一个人管了下来，哥哥几乎插不进手，只管销售。没日没夜的劳作，作坊的生意渐渐红火起来。她把原来那几台手摇的木头纺纱机改成了脚踏的，还新买了一台脚踏的轧花机，规模相应地扩大了。她又招了新工人，还请了两个技工。赚的钱，已把高筑的积年老债还得只剩下一半了。

作坊办成这样，她心里很是欢喜，可一想起不能与丈夫庆邦在一起，她就深探地懊悔那次没有听从庆邦的来信去重庆，以至于现在连丈夫的下落都半点不知。作坊办得再好，就算债都还清了，攒了很多的钱，可没有了丈夫的消息，不能帮丈夫半点忙，又有什么用啊！

谭政烈的情感变得极其脆弱。听到芝麻大的一点事，她都会联想起丈夫。这份痛苦是那样残酷地蚀磨着她的神经，不可言喻。每天夜里，在煤油灯下清理着账本，灯花一闪，她就会失神地想起庆邦。都说灯花传信呢，灯花的每一种情状，都会让她产生不同的联想，浮想联翩，一会儿欣喜，一会儿沮丧，一会儿让她充满希望，一会儿却又让她坠入绝望的深渊。

夜深人静，儿子炳忠安睡了，她却常常失眠。有时半夜里一个囫囵觉中惊醒，再也睡不着了，就披衣点燃油灯，坐在床上一遍又一遍地看丈夫庆邦在万县师范时写给她的近10封信，回想着从前与丈夫在一起时的岁月，禁不住泪水涟涟。她常常在心里重复着两年前那样的呼唤：庆邦，你在哪里呀！你可千万不要有啥子闪失，丢下妻儿不管呀！

丈夫下落不明的种种原因，谭政烈都设想过了。她甚至按照在木古坝多次遇险时的经验，设想了彭庆邦种种不测的细节，乃至被捕时的种种情景。她只是不愿去细想庆邦可能牺牲的惨状，尽管她也设想了这种可能。她唯一没有设想的是，她的丈夫会与另外一个女人共同生活。

6

谭政烈唯一没有设想的事情，偏偏在这1943年发生了。

这年冬天，谭政烈的弟弟谭竹安从中央工业专科学校学成毕业，考进了社址在校场口附近的《大公报》做资料工作。考这家报社，一个原因是他早已经过姐夫彭庆邦的影响倾向革命，渴望成为一个像姐夫那样的革命者，另一个原因则是秘不示人的想因此完成姐姐的嘱托，寻找到姐夫。

进大公报社不久，谭竹安就与报社内外的进步人士有了频繁的接触，参加了党的外围组织"中国职业青年社"，而且有幸结识了著名经济学家许涤新的夫人、地下党员方卓芬。有一次与方卓芬碰头时，他悄悄地问："你是共产党员吗？我有个亲戚是的，还是个负责的，可失去下落两三年了，到处找也找不着，真是急死人。"方卓芬一听严肃地说："小谭，这样的话可不要瞎问瞎说，危险呢！听说共产党内纪律很严，联系也是单线接头，通过一般的关系根本就打听不到的。你是一个要求进步的青年，以后要严格地要求自己，不该说的话不要轻易说，不该打听的事更不要轻易去打听，知道吗？"谭竹安连连点头。

然而，谭竹安哪能放弃打听姐夫的念头。回到宿舍，他整整想了一夜，明白了个道理：共产党的纪律那么严，只有通过地下党内部的同志才能找得到姐夫。方卓芬是地下党员吗？他仔细地回想与方卓芬接触的情形，心里有了一个肯定的回答。

又一个星期天，与方卓芬碰头时，他把方卓芬请到一个极隐蔽的地方，说："对不起，大姐，我还是忍不住要向你重提上次跟你说的事。我的那个亲戚，其实就是我的姐夫，他叫彭庆邦，我们一家都受他的影响，也都支持他。他上学到后来，都是我姐姐独自种田种地喂猪、补衣服借债资助他的，一个女的做到这样不容易啊！我姐夫是万县师范毕业的，后来到我们云阳小江附近秘密工作，我姐姐带着孩子去掩护他半年，后来他突然接到通知到重庆来了。在云阳时，从那么多人找他接头的情况看，他在那里时就肯定是地下党的一个负责人。可如今两年多一点下落都没有，我姐姐担心得天天哭，托我打听了两年也没一点消息，也不知是死是活，真是急死人啊！大姐，你能不能帮助打听打听？我是一点办法都没有了……"

谭竹安说着，几乎哭了起来。方卓芬听得也很感动，她安慰说："小谭，莫急莫急，我帮你打听打听就是。只是，两年多没音讯，也许出了意外，你可要有点心理准备。"

谭竹安听到方卓芬答应帮助打听，欣喜得不知说什么好。

再一个星期天，与方卓芬碰头时，方卓芬对他说："我打听到了，你姐夫还在，不过，他已经改名叫彭咏梧了……"

"啊！"谭竹安一听，惊喜万分，紧握了一下方卓芬的手，说："谢谢你，谢谢你，大姐！我这就去给我幺姐写信！"

谭竹安说罢转身就要走，方卓芬却一把拉住了他的衣角："小谭，莫忙走，我的话还没说完呢！"

谭竹安等待着，不知方大姐还要说什么。

方卓芬凝视了谭竹安好一会儿，这才说："彭咏梧同志因工作需要，已同另外一位女同志结婚了……"

谭竹安愣了，吃惊地忙问："什么？他与另外的女同志结婚了？不会不会，我姐夫不会的。大姐，你是不是搞错了？这个彭咏梧肯定是我姐夫彭庆邦吗？"

他不相信这是事实。然而，虽然方卓芬没再说什么，可从她那不容置疑的神情里，谭竹安不得不确信这是事实。

7

彭庆邦的确改名彭咏梧，也的确与另外一个女同志"结婚"了。这另外一个女同志就是江竹筠。

但是，方卓芬告知谭竹安的这一消息，此时也不能说是"的确"准确。因为这个时候，中共地下党重庆市委第一委员彭咏梧，与江竹筠的"结婚"还只处在假扮夫妻的阶段，一切都只是服从党在特殊时期的工作掩护需要而已。这种假扮夫妻在当时非常普遍，工作结束大都各奔东西去新的岗位，真正弄假成真的很少。不过，除了个别人了解内情，许多人包括党内的一般同志却无法知道事情的真伪。方卓芬在当时自然也是蒙在鼓里。

然而，方卓芬不可能不相信这是真的结婚。江竹筠在那时装扮得太像了。

这个消息像一个晴天霹雳震惊了谭竹安。

他不可能不愤怒。姐夫的作为跟陈世美有什么两样？他拥护共产党，他敬佩姐夫革命的信仰，然而他觉得姐夫这样"抛弃"幺姐的做法不是一个革命者的风范。

他不可能不伤心。幺姐为姐夫作了多么大的牺牲啊，可如今姐夫就这样"丢下"了幺姐和小炳忠！

但他已经懂得了革命的道理，那一段时日，他想过来想过去，他想姐夫的苦衷一定是难以言喻，他甚至为开始知道这件事时对姐夫的那种愤懑感到羞愧了。但是，他却不可能不为幺姐的遭遇感到深深的同情和难过。幺姐正望眼欲穿地盼着丈夫的消息啊！如果幺姐知道了这件事，她会怎么想、怎么对待呢？她能不能承受得起这种打击呢？

谭竹安痛苦极了，昼夜难眠。他决定对幺姐瞒下这件事情。他依然像往常那样给幺姐写信，然而，只字不提姐夫的下落。

日子一天天地艰难地向前游走。半年以后，江竹筠遇险后撤离了重庆，结束了与彭咏梧假扮夫妻的共同生活。

谭竹安遗憾地不知道这种变故，否则，他们这家人后来的故事就可能不会那么复杂。他没有机会见到姐夫彭咏梧，甚至连姐夫具体在这个城市的什么地方都无从知道，他唯一知道的只是姐夫与他都生活在这座充满恐怖的山城。他依然囿于姐夫与另一个他不知道姓名的女同志"结婚"的消息里，替幺姐感到遗憾和不安，始终独自苦涩难言地保守着这个提及不得的秘密。而彭咏梧在幺姐的心里，也依然是她日思夜想的、身在危险世界里的、下落不明的丈夫。

第十一章 | 大学生·彭太太·云儿妈

　　隐匿在学运的幕后，江竹筠做了些什么？真的与彭咏梧结成夫妻了，她是满心欢喜还是矛盾不安？生下彭云时，她怎么执意要做绝育手术？从离别到聚首，从假夫妻到真爱人，从大学生到云儿妈……跌宕的角色转换蕴含着她怎样复杂的生活与心路历程？

1

1944年5月的一天，江竹筠告别了暗暗爱慕着的假扮了一年夫妻的彭咏梧，从重庆乘车撤往成都。这是组织上安排的一次临时性的转移，连组织关系都没迁转，她就上了路。

路途上，江竹筠没有一点闲情观看窗外旖旎的风光和名胜古迹，只是不时反省着这次逼迫转移的教训。江竹筠心里十分内疚，虽然她知道这次只是临时性的转移，但她一路都在想：怎么样才能不做一个消极的避难者呢？怎么样才能继续在成都投身如火如荼的地下工作呢？

车到成都，她径直前往城郊西北角的金牛坝四川省驿运管理处。挚友何理立眼下就在这里工作。她想先在何理立这里立下脚，尽快找到一份掩护身份的社会职业。

可是，这天是周末，偏偏何理立进城到亲戚家去了。从与何理立同宿舍的一个戴眼镜、留着一头披肩发的女青年口中得知这个消息，她一下子愣住了。这可怎么办？住哪里？找先来的庞佑宗吗，可小庞眼下在哪里呢？这时，那个女青年却热情地说："莫愁，有我哩！"两个人聊了一会，江竹筠得知，这女青年名叫王珍如，老家在四川金堂县，年纪长她1岁，她便叫王珍如"珍姐"了。王珍如大包大揽，立即安排好了她的食宿。

王珍如在长沙接受作者采访时，回忆说，这一夜，她俩谈得十分投契。王珍如觉得江竹筠十分平易亲和，敞开心扉谈了自己对国民党反动统治的愤懑和周围进步同志对自己不能理解的苦闷。江竹筠觉得王珍如的思想进步，可能只是性格上的一些缺点才使得自己遭受了冷落，就给王珍如讲了一些为人处世的道理。王珍如听得直点头，爽快地说："你比我小，说的却句句在理。你叫我珍姐，还不如我叫你江姐呢！"

世间的缘分往往就是这么偶然间建立的。一天两夜的接触和深谈，她俩相互间就被一种共同的东西吸引着，都意识到了对方是共产党员的身份，只是没有道明而已。从这时起，她俩就成了终生不渝的挚友，与何理立一起成了最要好的三姐妹。

江竹筠、何理立、王珍如（左起）三个最要好的战友摄于成都

第三天，何理立回来了。俩人一见面，高兴得又捶又打。过了两天，寻了个机会，何理立就带江竹筠进城去找庞佑宗。

庞佑宗正月初五躲避到成都后，观察了一段时间，见一切正常，就到成都的重庆银行，被安排在九眼桥附近的芷泉街办事处工作。这芷泉街不长，很隐蔽，也很方便，出门就是东门大桥，二三百米远就是九眼桥四川大学的望江楼。办事处也只有五六个人，庞佑宗在这里工作，掩护得非常好。

江竹筠随何理立来到庞佑宗这里，商量着如何让江竹筠在成都立足展开工作。商量来商量去，三个人都感到一筹莫展。那时的成都经济不景气，他们又刚到不久，没有过硬的上层人事关系，到哪里找一个好的掩护职业呢？

"我看这样吧，工作一边找找看，实在不行，江竹筠也可以考考对面的四川大学。"庞佑宗想了想说，"只是暑期快到了，过两个月就要举行考试，时间是不是太紧了点？"

庞佑宗的这个想法让江竹筠大吃一惊。她只读过一年半高中和一年会计学校，而且还丢了三四年，考得上大学吗？但是，川大规模影响这么大，要是真能考进去，就可以很方便地搞学运了，组织上也一定支持。

"小庞，你这想法太大胆了，可也真好哩！这当然是个最好的办法，只是我考得上吗？"江竹筠既兴奋又担心地说，"管它考不考得上，我先问问上边同意不同意吧！"

怎么与重庆的彭咏梧联系呢？信自然是不能贸然投寄了，只得通过可靠的交通员转交。从此，江竹筠天天翘盼着。

一晃到了6月初，彭咏梧的回信终于送来了。她高兴地对何理立和庞佑宗说：“四哥同意了，说我们正需要争取这种阵地呢！拼了这条小命，我也要考上川大！”

2

考川大的艰难，自然只有江竹筠自己最清楚了。两个月里，要复习和补习完高中三年的全部功课，谈何容易？

她不能再住在金牛坝何理立和王珍加那里了。金牛坝在城郊，太不方便，不利于补习。庞佑宗把她接到了川大附近的莒泉街重庆银行办事处，在他那里住了下来。

庞佑宗有一个中学同学叫廖荣震，这时正在川大读法律。廖荣震为人忠厚，是宜汉人，与老家在达县的庞佑宗是"半边老乡"，庞佑宗就请廖荣震来帮江竹筠补习功课。廖荣震又请来了从沦陷区安徽来的姓杨和姓于的两个同学；这两个同学又请来了同籍的一个川大老师。庞佑宗搬来这么强大阵容的补习老师队伍，让江竹筠感激不已。她笑着问庞佑宗：“喂，你说，我这叫赶鸭子上架，还是叫逼上梁山？”

庞佑宗答：“都不是。你这叫临阵磨刀，赴汤蹈火，不占领阵地，誓不罢休！”

江竹筠的毅力的确让庞佑宗吃惊。她寄住的他那间宿舍既窄又小，通风又不好，夏日里热得人又燥又闷。她却除了晨运和吃饭，很少离开这间房子，夜以继日地攻读。庞佑宗去送茶水时，看她连汗都不擦，就说：“歇歇吧，这么闷着，脑子哪里好使唤呢？”她却说：“你呀，搬来这么多人帮我，我要还考不取，岂不只有跳进门前的这锦江河里？我可不敢偷懒哩！”

两个月下来，江竹筠瘦了一大截。原本身材矮胖的她，乐哈哈地对来看她的何理立说："这下我可快和你一样苗条了！"

幸亏有一副健康的体魄，还有磨炼出来的超常的记忆力，江竹筠令人惊诧地居然在短时间里补习完了所有高中的课程。临到报名时，她又图保险报了个冷门——农学院植物病虫害专业。

填了表，却发现自己没有高中毕业证书和登记照。庞佑宗赶紧带着江竹筠去东门桥外的城守东大街一家照相馆去照相，次日又陪着她去取相片。在这儿住了两个月，她上街居然还分不清东西南北。取了照片，江竹筠送了一张给庞佑宗，笑着说："做个纪念吧。万一我考不取，跳了河呢？"

庞佑宗从江竹筠的玩笑话里听出了她要考上川大的决心。他赶紧找川大的同学廖荣震等商量，给她弄了一个名叫"江志伟"的女孩子的高中文凭报了考，又请来了川大的那位安徽籍老师，帮她出模拟考题，教她一些应考的捷径办法。

考完了笔试考口试。等待口试时，江竹筠遇上了一个个子矮胖、皮肤微黑的显得有些土气的女考生。见这女考生言语不多、很朴实的样子，她就主动与这考生摆谈起来。相互一介绍，这个来自郫县农村的名叫董绛云的女孩，居然与她考的是同一个系同一个专业，两个人顿时亲热起来。

考榜终于下来了，"江志伟"榜上有名。从此，江竹筠成了一个改变了名字、年龄、籍贯的大学生。四川大学学生注册档案中便有了这样的记载："江志伟，性别女，年龄二十三岁，四川巴县人，于一九四四年九月，在农学院植物病虫害系一年级注册入学。学号三三一〇四四。"

3

终于成了四川大学的学生了，终于实现了彭四哥代表党组织向江竹筠布置的新任务了，江竹筠兴奋不已。到川大报到后，第一件事就是赶紧向彭四哥写信：我要按"妈妈"的要求读好书，取得优异的成绩……

"妈妈"自然是对党的代称，"优异成绩"自然不仅指学业成绩好，而且指要做好在川大的学运工作。可是，信写好了，她却不敢邮寄。那时国民党根本不保护通信自由，信可以随便拆开。信虽然写得隐晦，但若是平邮被特务察觉，岂不影响了彭四哥和重庆市委的安全？江竹筠感到万分的遗憾。她只有严格遵循党组织的规定，耐心地等待地下联络员来时取走这信。

她从庞佑宗的银行办事处宿舍里搬了出来，住进了川大的女生宿舍。不久，彭四哥的回信通过交通员从重庆秘密送来了。她兴奋而急切地展开捧读，突然间脸色苍白，悲痛的泪水夺眶而出。四哥的回信带给了她一个噩耗——

她的勤劳一生、清贫一世的母亲李舜华，居然已在两个多月前病逝了！

原来，5月间，江竹筠离开重庆时，匆匆去观音岩口的吊脚楼家里向母亲李舜华告别。她不能告诉母亲她将撤往何处，她只能说是到外地去工作一段时间。母亲一听，泪水就不断线地流。她知道母亲疼爱自己。她放心不下母亲独自在这吊脚楼里生活，却只能拜托四哥彭咏梧以"女婿"的身份常去照看母亲。

彭咏梧自然忘不了江竹筠的嘱咐。江竹筠一走，他就隔天绕到观音岩去看"岳母"，问寒问暖，还送去一些钱、粮、纸烟。李舜华很喜欢这个"女婿"，可一想起女儿竹筠就落泪不止。

彭咏梧的工作本来就很忙，当时正在安排把地下党的同志挤进重庆《商务日报》并争取控制这张报纸，有几天没去看"岳母"。岂料，就在这几天，李舜华思念儿女心切，竟然忧郁不已，高血压病陡然加重了。

6月下旬的一天早上，一位人力车夫照例来到观音岩口的李舜华的烟摊处买烟，却不见李舜华的人影和摊踪。他和李舜华是老熟人了，就到李舜华的吊脚楼房去，在门外一阵大喊："江三娘！江三娘，给我两包烟！"喊了一阵却不见回音。推了一下门，虚掩着的门开了，一幅惨景骤然入目：江三娘死了，死在一张破床上！

车夫知道附近的义林医院的李义铭是江三娘的三哥，慌不迭地去告诉了噩耗。李义铭大吃一惊，很不相信："她昨天不是还在摆摊么？会不会是高血压突发了？"急匆匆地赶去一看，李舜华哪里还有一口气呢？

外甥女竹筠不知去了哪里，外甥江正榜被调到了贵阳防空学校，想到"外甥女婿"彭咏梧，李义铭赶紧派人去通知，却又没有找到。李义铭悲不能抑。重庆这时已是暑天，热得难耐，妹妹的遗体哪能久放啊！李义铭只得赶紧张罗，收殓、安葬了妹妹李舜华。

彭咏梧在"岳母"下葬几天后赶到吊脚楼，不料已是人亡楼空。他感到对不起"岳母"，更对不起江竹筠。想通知她，可又不知她在成都安栖何处；他想亲自到成都一趟，可组织纪律又不允许他这样只为"私事"而贸然前往。直到接到江竹筠考取川大后的这封信，他才得以告诉她这个噩耗……他对江竹筠说：你要好好节哀，化悲痛为力量，像你说的那样，按妈妈的要求读好书，取得优异的成绩，慰藉妈妈……

江竹筠怎么也没料到，就这样与敬爱的母亲永诀了！她多想回重庆去祭奠母亲，多想向敬慕的彭四哥倾诉自己满腔的悲痛！可是，不能，不能啊！她只能把这深切的痛苦和思念压抑在心底，默默地像彭四哥嘱咐的那样去做，去"慰藉妈妈"呀！

这时的国际国内形势发生了根本性的转变。国际上，苏联红军把德军赶出了国境，英美盟军开辟了第二战场，希特勒败局已成；国内，共产党领导的八路军、新四军向日军展开了反攻，可国民党军队却在日军的进攻中望风而逃，全线崩溃，日军如入无人之境，一直打到了贵州独山。中共代表在重庆的国民参政会上，要求立即召开紧急国事会议，废除国民党一党专制，成立民主联合政府，挽救危急局势，全国一片响应。成都的进步力量在地下共产党组织下，重新活跃起来，公开和秘密的进步团体如雨后春笋般涌现出来。1944年10月4日，成都五所大学七个学术团体联合在华西坝体育馆举行了有两千多名各界人士参加的国事座谈会，喊出了"结束一党专政，组织联合政府"的口号。

四川大学的师生在地下党总支的领导下，开始了新的学生运动热潮。江竹筠忍着丧母的悲痛，参加了川大的"中国青年民主救亡协会"（简称"民协"）这个党的外围组织，渴望站到斗争的风口浪尖上。

然而，川东地下党组织却决定继续不转江竹筠的组织关系，给她的任务只是"隐蔽"两字，指示她：以普通学生的身份出现，只做群众性的学生工作，尽量避免在学运中抛头露面居显眼位置；不发展党员，但可以主动地配合当地党组织的秘密工作。

江竹筠对这种任务很感意外，但她只能服从组织上的决定。从此，她在川大的学运中开始扮演一个最隐蔽的幕后策划参谋者。

4

1944年10月以后，四川大学学生在地下党和"民协"的领导下，建立了二十多个进步团体，其中较大的就有"文学笔会"、"文艺研究会"、"女声社"、"自由读书会"、"时事研导社"、"自然科学研究会"等。然而，江竹筠这个在重庆已有了较丰富的学运领导经验的地下党员，却在"隐蔽"的任务中只先后参加了"女声社"和"文学笔会"，而且只能充当一般成员。

据江竹筠的川大同学陈为珍、黄芬姐妹、赵锡骅等人回忆说，那时，按照校规，川大的进步团体都必须办理登记手续，可以公开活动，但团体的负责人也必须登记。江竹筠哪能充分展示自己的才华，去做某个进步团体的组织者呢？

但是，江竹筠虽然不是"民协"的领导成员，可她密切地注视着学运的进展和各团体领导成员的长处和不足，在关键时刻进行指导和谋划。

这年冬天，成都进步报纸《华西晚报》披露了四川大学先修班存在的问题，学校的特务头目马云声、段兴典煽动川大先修班的几个军阀子弟去捣打了《华西晚报》营业部。川大"文学笔会"等进步团体的负责人达凤德、赵锡骅、李实育、陈为珍等，就组织了几个团体，又临时把一些系级学生会、中学同学会拉上壮大声势，以"十七学术团体"的名义声援、慰问了《华西晚报》。岂料，特务一边策动其中的一些人出面反水，声明"十七学术团体"不能代表他们，一边以维护校誉为由，组织"护校团"，指责进步团体盗用四川大学名义，马云声、段兴典还拿着一张黑名单，在望江楼茶园聚众说："看哪，所谓'十七学术团体'，不过就是达凤德、赵锡骅、李实育、陈为珍这七八个人而已！"反动势力这么一围攻，弄得进步团体非常被动。

江竹筠马上看到了问题的症结所在。看到李实育遭受了打击，焦虑不安，她就约李实育从望江楼散步到图书馆，开导说："他们'护校团'利用的是同学们爱护川大校誉的心理，蒙蔽了许多学生，所以占了优势。他们的目的是打击进步报纸，扼杀言论自由。我们只要揭穿他们的阴谋，向同学们讲清不能笼统地讲校誉，而必须分清是非，把不明真相的中间同学争取过来，不就把他们嚣张一时的气焰打下去了？我们不就能反败为胜了？"李实育一听，顿时精神抖擞起来，与几个进步团体的负责人一商量，按江竹筠的办法去宣传校誉与社会是非的关系，把中间同学争取了过来，"护校团"顿时蔫了。

"文学笔会"从此成了川大影响最大的团体之一。这个团体因此取消了原来只吸取有文学修养的人参加的限制，一时间，许多更适合参加其他团体的同学纷纷加入。江竹筠从这可喜的局面中却发现了不良的苗头，赶紧对"文学笔会"的负责同学赵锡骅等提醒说："把同学都吸引到了'文学笔会'，影响了兄弟团体的发展，特务们就可能又像《华西晚报》那件事那样藐视我们，孤立我们了。我们不能只是单单发展一个'文学笔会'，还是要团结兄弟团体，使兄弟团体一起壮大起来，这样，我们进步阵营才会有力量，遇事不惊，你们说是不是这样？"这样轻轻一点拨，赵锡骅等就明白了道理。"民协"也因此重视起来，要求各团体自觉维护团体间的团结。川大的这些进步团体在学运中协调一致，还打破了院系和性别的界限，活动形式多种多样，均衡发展，把中间同学都吸引了过来。

江竹筠循循善诱，使川大进步团体的骨干同学日益成熟。大家虽然不知道她是地下党员，但她的沉着老练，让大家都非常佩服、尊重、信赖，遇到什么难题都喜欢向她讨主意。从延安来川大的地下党员黄立群，是徐特立的外甥女，又是川大"民协"干事会干事、"民协"女生组组长、"女声社"负责人，在同学中的威望很高；而在幕后参谋学运的江竹筠，却以她独特的方式，与黄立群一样成了进步同学的主心骨。

5

江竹筠没有忘记党组织对她的要求：以一个普通的学生身份隐蔽在群众之中工作。她的谦和，她的朴实，她的诚恳，她的好学，她的不出风头，把周围的群众合拢在一起，她与学生们处得水乳交融，无形地感染着同学们，大家不是亲切地叫她"志伟"，就是尊敬地称她"江姐"。

相处得最亲密的自然是同班的女同学和同宿舍的姐妹了。她所在的班里只有3名女同学，除了她，还有入学口试考场外结识的来自郫县农村的董绛云，以及家在成都、没有住校的工读生王云先。她和董绛云以及农化系的黄芬、陈光明住在川大女生院的一间宿舍里。睡的是双层高低床。她的年纪最长，可没有一点大姐姐的架子，在言谈举止和生活习惯上从不强求别人，事事细心地关照大家，大家很快就与她相处得融洽而亲密。

她和董绛云一认识就非常投契。考场上的相识本来就是一种"缘分"，两个人性格又相近，都言语不多，不爱与人争长短，朴实诚恳，因此一开学就形影不离。难得的是，董绛云不仅学业很扎实，而且很有正义感。那时，何理立经常在周末从郊外金牛坝穿城赶来川大看她，夜里就挤在她的床上，两个从孤儿院就同学起的挚友一见面就没完没了地亲密交谈，用她俩心明的暗语谈工作，还时常提起"彭四哥"，从不回避董绛云。这种信任让董绛云更加珍视与"志伟姐"的姐妹友谊。

同寝室的黄芬年龄最小，单纯而聪慧，江竹筠特别喜欢她，亲热地叫她"妹妹"。江竹筠知道黄芬的父亲黄仲伟是国民党九十五军参谋长，家境优越，就经常在假日、饭后约她去锦江河畔的林荫道上散步交谈，潜移默化地帮助她进步。

黄芬的姐姐黄芳也考入了川大园艺系，三个人的关系很密切。黄家姐妹经常拉上她去她们在小关庙街61号的宽绰的家里玩耍。黄家姐妹的父亲黄仲伟（又名黄述钧）这位同情进步力量的爱国将军，见一双女儿与江竹筠这样文静识理而又有主见的同学来往，非常高兴。江竹筠觉得若是能争取黄家姐妹思想稳定进步，影响黄将军倾向共产党，以后就可能给党的工作带来估计不到的便利。她因此更频繁地以散步、看电影、闲谈等方式影响黄家姐妹，随黄家姐妹去黄家看望黄将军，摆谈起国事时，她就有意识地讲些这家人能接受的进步主张。果然，黄家姐妹不仅加入了自由读书会等进步团体，在她离校后又参加了"民协"。1947年成都发生"六二三"逮捕事件时，黄将军在女儿黄芬鼓动下出面保释了入狱的进步学生兰季芬，1949年又毅然率部起义。

同班的工读女生王云先，一边在邮局工作，一边在川大上学，难免缺课。江竹筠主动把老师讲授的要点告诉她，又把自己记得很工整的笔记借给她，有时还把她邀到自己寝室自修。遇上雨天，难以回家了，江竹筠就留她跟自己挤在窄小的床上同睡。这一切都让王云先感动不已。

王云先在江竹筠的影响下终于倾向革命了。但这个文静、善良、传统的姑娘，却非常腼腆，不敢参加活动，与男同学往来更少。可是，进步团体"森林学会"主席李实育同学，却和她同在邮局工作，也是工读生，时常找她。有一天，李实育到女生院门口请传事叫她出去，她顿时脸红了，迟疑着不想去见。老传事见状，就说："那我就说你不在，好不好？"江竹筠连忙说："不，你说她跟着就出来。"老传事一走，江竹筠就直率地对羞怯的她鼓励说："人家没有啥子不好嘛。人家找你，总有啥子事嘛。怕啥子，大胆地去，主动一点！"王云先终于大胆地去会见了李实育。渐渐地，李实育成了川大学生领袖，她终于也敢于参加一些活动了。

江竹筠对进步同学极重友谊，周围团结了一大批同学。即使政治观点不怎么一致的，只要不是反动分子，她都保持友好往来，建立必要的私人感情联系。因此一天到晚找她的同学很多，以致有些进步同学很不理解，觉得她有点像不分进步还是落后的"老好人"似的。

川大的进步团体在地下党的领导下，很快成熟壮大起来，并且与成都各大学的进步团体步调一致地迅猛发展。1945年5月4日，川大和成都各大学的108个进步团体，在华西坝草坪发起举行了数千人参加的"营火晚会"。学生们倡导发扬"五四"精神，呼吁停止一党专政、成立联合政府，"特务滚出学校去"的高声呐喊也随之响彻夜空。

置身在这样的活动里，江竹筠真为学运的成效感到高兴。就在这时她个人的情感生活竟也喜讯临门。她突然得到一个秘密通知：南方局和重庆市委鉴于工作需要，批准她与彭咏梧正式结婚！

6

暑假很快到了。就要回重庆与彭四哥结成真正的夫妻了，江竹筠有说不出的惊喜，又有说不出的忧虑。

她已经快满25周岁了，婚姻问题的确需要解决。从内心里，她是那么爱着彭四哥。能够与彭四哥结成真正的夫妻，是她心里早已期望的。但是，这一年多来，她却一直把这视为一种奢望，常常一想到这个问题就痛苦莫名。

彭四哥已经有了妻儿，况且他的妻子幺姐谭政烈又是一个那么贤淑、对他帮助那么大、牺牲那么多的好女人。彭四哥那么传统、那么理智，虽然她明白他也爱着自己，但他能否认对幺姐还存有依恋吗？能忍心抛弃糟糠之妻吗？而她江竹筠自己又怎能夺人之爱？

如今，组织上真的批准她和彭四哥结婚了。这梦里的事情变成了事实，她怎能不惊喜万分？

她明白，组织上这样决定，一定是因为自己与彭四哥那段假夫妻扮得太真，以至于彭四哥在重庆再也难以在周围的人们中间道明事情的真相。彭四哥能够解除与自己的"夫妻"身份，唯一的办法就是离开重庆，到别的地方去工作。可重庆的地下工作仍需要他继续留下来，这就必须把他和自己的这"夫妻"关系巩固下去，否则就会暴露身份。但是，他和自己现在又分居两地，他不便来成都，自己又不便回重庆，长期这样，彭四哥周围的人一定起疑心了。巩固的办法，自然最好是让他和自己正式结婚，大大方方地在一起往来和生活了。

虽然工作上的需要成全了她和彭四哥的爱情，令她又惊又喜，但她同时却也坠入了另一种矛盾和痛苦：幺姐怎么办？幺姐若是知道彭四哥另外结婚了，她会怎么样？自己的快慰岂不是建立在幺姐的痛苦之上了？

7月中旬的一天，她和在成都的姑婆杨韵贤约上庞佑宗，一起乘车回重庆。就要与彭四哥一起度真正的蜜月了，她一会儿欢欣喜悦，一会儿又落寞沉思，反反复复地想着上面的问题。姑婆和小庞哪里了解她的心思，在她愣神的时候，总是爱问她是不是想彭四哥了。她能回答吗？她只能淡淡地一笑。

车到自流井，江竹筠让小庞独自回了重庆，她随姑婆先在自流井看了几个亲友，又专程赶往江家湾。父亲江上林的坟头很小，淹没在芳草萋萋的山坡上，若不是湾里的亲友们指点，谁也察觉不出那是一座坟墓。虽然父亲一生浪迹各地，很少给过她父爱，可她心里仍然十分悲痛。她默默地对着父亲的坟墓说：爸爸，你虽然对不住妈妈和一双儿女，妈妈也不能与你合棺，可女儿已经有归宿了，你的女婿是一个很了不起的在改变穷人苦日子的好汉子，妈妈很满意，请你也为女儿祝福吧！

回到重庆，终于见到了分别一年的彭四哥了，他俩都万分激动。他们的家已经搬到了中信大厦，四哥的同事们听说彭太太回来了，都跑来热闹了一番。这久违了的一声"彭太太"的称呼，叫得她仍一阵阵心慌，竟然有了那假扮夫妻时日少有的羞涩和脸红。

这迟来的蜜月让彭咏梧和江竹筠都沉浸在无比的幸福之中，但在他俩的心中又都深藏着另一份复杂情感——对幺姐深深的歉疚。

7

转眼暑假就过去了。亲历了重庆人民庆祝抗战胜利的狂欢盛况，带着新婚蜜月的喜悦，1945年8月下旬，江竹筠回到了成都四川大学。

这新学年里，川大的院系作了一些调整，江竹筠从植物病虫害系转到了农艺系。刚开学，她正以新的饱满的热忱投入学运，却突然发现自己已经怀孕。她欣喜不已，恨不能快点告诉远在重庆的丈夫。可是，信不能邮寄，等交通员又不知何时才能等来，怎样才能快点告诉丈夫呢？

自然，她最先想到的是通过认识彭四哥的挚友何理立和庞佑宗。可是，庞佑宗暑假时随她到重庆后，就被重庆银行分派到万县去了。何理立呢？她暑假在重庆见过何理立，那时何理立脱离危险后也回重庆与三联书店经理、地下党员仲秋元结婚了。现在，何理立回成都了吗？

被喜悦包围着的江竹筠，抑制不住地在周末兴冲冲地赶往市郊金牛坝的四川省驿运管理处，她要让挚友何理立和王珍如分享自己的快乐，并设法通过她们转告在重庆的彭四哥。

王珍如1997年在长沙接受作者采访时回忆说，江竹筠从东门外的川大步行十多公里路，赶到西北郊的驿运处，却见只有王珍如留在这里。得知何理立不再回成都了，她不免有些失望。但两姐妹多日不见，自然有说不完的话。江竹筠向王珍如讲了一些时局形势，使王珍如深受启发。直到临别时，她才抑制不住地说出了自己怀孕的消息。王珍如一听，惊喜地说："哎呀，你怎么不早说呀！还走这么远的路呀！这哪行呢？以后再来，千万要搭车，不准你走着来了！"

可是，下次再来时，江竹筠却依然只是步行，回去时，又是如此。王珍如见劝不住她，就说自己以后去川大看她，不让她走到市郊来了。她却不让，说那样会引起人的怀疑，弄得王珍如没有一点办法。王珍如生气地说："那你就不要老走着来！你不顾自己的身体，总得为肚子里的孩子着想吧？"江竹筠一笑说："我又没到走不得路的时候，哪个非要搭车不可？少花两个钱就少花两个嘛！"

看着竹筠步履蹒跚地渐渐消失在黑幕中的身影，王珍如禁不住鼻酸眼润，大声喊道："江竹，注意保重身子！千万坐一段黄包车啊！"

8

王珍如当时还不知道，挚友江竹筠在川大的生活比她想象的还要艰苦、清贫得多。

川大学生伙食很差，一日三餐都是萝卜白菜腌菜泡菜糙米饭。江竹筠却一直在女生伙食团吃饭，从不加菜，有时错过了吃饭时间，她也只是到女生院围墙外的小棚里去吃一碗酸辣面。即使是到了怀孕期间最需要营养的时候，她依然如此。

平日里，学校的进步女同学时兴梳双毛根头发，穿平跟布鞋。江竹筠的打扮却更朴素，连头发都是齐耳的短发。可是，到了初冬，局势紧张起来时，川大里的特务分子却放出言论说："大学生中，穿草鞋的男学生，梳双毛根的女学生，就是共匪分子！"幼稚的同学们为了表示坚强，依然故我，江竹筠却警觉起来。她带头把短发的梢子微微烫卷一点，略抹一点口红，再穿上一双半高跟鞋，显得既朴素大方，又合乎时尚。然后，对要好的黄芬、黄芳、陈为珍、陈光明等进步女同学说："改变一点点算不了啥子嘛，还能迷惑迷惑特务，是不是？隐蔽自己是目前我们的任务之一，做啥子要逞性子呢？保存自己，才能更好地对付敌人，是不是？当然，打扮也应适可而止，不能搞得花里胡哨，不能矫枉过正啰！"

这样打扮着，江竹筠走出宿舍，在校园里迎面碰上了"文学笔会"的负责同学赵锡骅。看到赵锡骅注意到了她这细微的改变，她不禁也顾盼了一下自身的打扮，然后与赵锡骅一起会心地笑了。

这样一来，学校的特务更加不注意江竹筠了。可是，她不可能不与赵锡骅、陈为珍等这样的有些公开的进步学生来往。那时，祠堂街的《新华日报》成都营业处，是城内最吸引他们的地方。那里不但有《新华日报》，还有其他进步书刊，书架上陈列了不少俄文的书籍。他们分散着离开川大，进城后又聚拢一起到祠堂街营业处买书报，对俄文书籍爱不释手，可都看不懂。已经是二年级学生的他们，可以选修三个学分的第二外国语了，但学校却只开了法、德、日三种第二外国语。于是，有人就提议学点俄文。赵锡骅就去请会俄文的一个姓徐的东北籍女同学教他们，小徐欣然应允。江竹筠、赵锡骅等几位同学便悄悄约到一块，从望江楼前过河，到河边街八号一位同学的姐姐家里去学俄语。可小徐是川大话剧团的学生演员，剧团又是特务控制的团体，特务看到小徐与他们往来，警告她说："你少和那些人伙在一起！"江竹筠听到这种情况，建议说："隐蔽一点吧，俄文是不是暂且不学了？我们不能太张扬，因小失大就不好了！"

无形之中，朴素得最不起眼的江竹筠，把学校一些进步学生和团体的活动引导得隐蔽而又有成效。

9

1945年11月11日，川大的进步团体"文学笔会"成立一周年了。那天正好是星期天，江竹筠和"文学笔会"的负责人赵锡骅同学等带着一些进步成员去郊游庆祝。虽然已怀孕4个月，妊娠反应还很厉害，但江竹筠仍不能放弃这种鼓舞大家斗志的好机会。

真正考验大家斗争意志的时候随即就到了。

12月1日，昆明发生了国民党残害西南联大进步师生的惨案。消息传到成都，四川大学的地下党组织迅速组织学生，于6日在书库三楼举行公开的"声援昆明'一二·一'惨案反对内战大会"。川大的特务组织闻讯百般阻挠、恐吓，但会议还是如期召开了。特务们便聚集在会场后面，伺机破坏。江竹筠和进步学生领袖发现后，策划着对付特务的办法。

地下党领导人李相符老师看到特务们如此嚣张，义愤填膺，果敢地走上讲台，声讨国民党暴徒的罪行，揭露特务的阴谋，讲得声泪俱下。他猛然一掌拍在讲桌上，愤怒地泣喊："抗战胜利了，我们不能笑，难道连哭的自由都没有了吗?！"

会场上随之哗然。江竹筠抹了一把泪水，和同学们一起愤慨地呼喊："严惩凶手！反对内战！"

西南联大在成都的校友代表和川大师生一个接一个地走上讲台，义正词严地痛斥国民党政府的法西斯统治。川大的学生领袖李实育甚至在台上公开地点着川大特务头子训导长丁作韶的名说："有胆量，请你拿出良心来说话！"

大会开得悲壮激越，群情激愤。面对如此的场面，川大特务组织终于没敢贸然镇压。

两天后，成都的各大中学又在华西坝举行了昆明"一二·一"死难烈士追悼大会，成立了"一二·一惨案后援会"，组织了声势浩大的示威游行。江竹筠身怀有孕仍置身于游行的队伍里，引导着她周围的进步学生。

特务们在大会和游行时不敢破坏，之后便开始"秋后算账"了，居然公开陷害川大的进步学生领袖李实育，法院还以"危害国民罪"审判李实育。

江竹筠了解李实育这个同学，一直暗中支持、帮助着李实育。如今见李实育身陷险境，她立即组织进步同学去法院旁听，给李实育出谋划策撑腰。法庭上，李实育据理反驳，弄得假证人狼狈逃席，法官无言以对，江竹筠领着同学们尽情地鼓掌，打击了反动派的张狂气焰。

时近年底，斗争形势一天比一天严峻，重庆的局面比成都更加令人心焦。接到重庆方面地下党联络员的信息后，江竹筠在一个下午，又腆着肚子走到市郊的金牛坝，找到挚友王珍如拿了新的募捐救济款，对王珍如说："形势恶劣了，重庆很需要人。你赶快把现在的工作辞掉，马上到重庆三联书店报到……"

这个寒假，江竹筠自己却没有返回重庆与丈夫彭咏梧团聚，留在了成都。

10

1946年春天，江竹筠要生孩子了。她借住到川大附近文庙街一个半节小巷的姓丁的中学女同学家里。可学校的学运仍使她放心不下。

川大女生院伙食团每月要选两个女同学轮流当经理，同学们准备选与她同寝室的"女声社"同学陈光明。陈光明受江竹筠的影响很深，精明干练，善于与学校当局打交道，在同学中已很有威信。可陈光明怕因此耽误学习，有些不情愿。江竹筠就耐心地对陈光明说："伙食关系到大家的切身利益，我们不仅要多做服务大家的工作，而且要把它做好，使同学们相信我们是真正关心大家的，这样才能使我们更有凝聚力哩！"陈光明听了江竹筠的话，乐意地当选了经理，把女生院的伙食管理得很好，博得一片称赞。江竹筠很高兴地说："光明，干得不错！就这样干，争取到时再选上学生会理事长吧！"

4月初的一天，江竹筠难产了。黄芬、黄芳和董绛云三个女同学赶紧找了一辆黄包车，把她送到华西医科大学协和医院妇产科住了下来。产科在楼上，条件不错，几个女同学天天在医院陪护着。

几天后就临产了。50多年后，黄芳在接受作者采访时回忆说，当时，江竹筠决定做剖腹手术，而且对医生说："大夫，做手术时，请一起给我做绝育手术吧！"

医生大吃一惊："你这是头胎呢，这怎么成！哪有生头胎就做绝育手术的，我还没碰到这样的事呢！"

陪护的黄芬、董绛云更是纳闷："现在的社会风气都是生得越多越好越有福气，你哪个生一个就不想要了？"

江竹筠笑了笑说："生一个就够了，免得生多了拖累哩！"

她口里这么说，心里其实还有更多的话。谁不想多生孩子呢？可是如今斗争越来越残酷，一个地下革命工作者随时都面临着牺牲的危险，哪能那么儿女情长啊！

江竹筠仍然要求绝育，缠得医生没了办法，只得说："你实在要绝育，就得你家属签字！"

黄芬也劝她："你何必这么固执？你这样，你先生知道吗？"

"他不知道，可是，他会同意的。"江竹筠说。

其实，连生孩子的消息，彭咏梧都不知道呢！她多想这时丈夫能在身边，能在这时帮助自己，可她哪能这样奢望啊！

终于进了手术室了。她还是这么坚持着。医生要家属签字。黄芬一直被江竹筠叫做妹妹，这时黄芬一咬牙说："我是她妹妹，我来签！"

医生摇摇头，不得不同意在剖宫产的同时给江竹筠做绝育手术。

孩子平安地降生了，是一个胖胖的男孩。做母亲的江竹筠幸福地笑了。黄芬、黄芳、董绛云几个同学高兴得合不拢嘴。

在医院住了几天，董绛云和黄芬等同宿舍的女同学就把江竹筠和孩子接回到文庙街借住的那间屋子里。丁婆婆帮她照料着小孩，用旧衣裳改制了婴儿的衣裳；董绛云帮她去买了一床小棉絮，一剖为二，盖的垫的都有了。同学们不时地去看她和孩子，带着鸡蛋、水果，给她送去了友谊和温暖。

半个月后，彭咏梧才闻讯匆匆赶来。得知竹筠做了绝育手术，彭咏梧很难过，却还是称赞说："竹，你是个有独到见解的好母亲！我明白你做啥子要这样。我在场，也会同意你这样做的！"江竹筠笑笑说："四哥，我知道你不会责怪我。孩子还没取名呢，你想好了吗？"彭咏梧看了看一旁的董绛云，说："孩子是云阳人，又出生在这风云变幻的年代，又是在董绛云她们帮助下生的，就叫彭云吧！"

彭咏梧不能久留，很快回了重庆。坐月子的江竹筠也坐不住了。听说学校正在举行第三届学生自治会选举，酝酿的候选人中有同寝室的陈光明同学，她高兴自己暗中的精心扶持有了好希望。如果能够让进步同学担任学生会理事长，这是学运的一个多大的成果呀！大选的前一天，她也顾不得坐月子期间不能下床的忌讳，赶到城里找到黄芬，说："光明这次一定能选上。你明天动员相好的同学都投她的票，千万别忘了！"黄芬见江竹筠这时仍然这样了解、关注学校的情况，很是感动。果然，川大的"民协"与江竹筠想到了一块，积极运作，陈光明在普选中一举当选了，占领了学生自治会这个阵地。

这时，经她安排到重庆三联书店工作的挚友王珍如突然来看望她了。比以前瘦多了的王珍如抱起胖乎乎的小彭云，爱不释手地逗着："快叫！快叫我！"江竹筠乐了，说："他刚刚会笑，叫你啥子呢？"两个挚友聊起别后的情况，江竹筠这才知道另一个挚友何理立也刚生了一个儿子，而王珍如因为染上恶性疟疾，被组织上安排暂回金堂县老家一边休养一边秘密工作。临别，王珍如说："等我病好了，你可得想办法再把我弄到跟你一起啊！"江竹筠点了点头。生下彭云40天后，江竹筠就回校上课了。小彭云有丁婆婆带着，她很放心。学校的课程拉下了很多，她抓紧时间赶着课程，让黄芬和董绛云帮她补习。学校进步团体的活动，她也一如既往地参加，她甚至还抱着小云儿去参加了一次"文学笔会"的活动。

暑假到了。就要带着儿子去重庆见彭四哥了，江竹筠内心兴奋不已。她意识到这次一回重庆，说不定就难以再继续大学学业了。她把贴着自己照片的借书证和一本《辩证法》留赠给了同班的工读女友王云先。

　　此时，国民党已经发动了全面内战，重庆已经成了国统区最黑暗的心脏地带。那里，等待着江竹筠的是怎样残酷的地下斗争呢？

第十二章 | 窘迫的团聚啊，紧迫的学潮

夫妻团聚了，该怎么对待这个错综复杂的家？戏剧性地邂逅幺姐的弟弟了，又该如何处理这场窘迫的特殊姻缘？暂且把这缠人的家事烦扰搁一边吧！将重庆这最大的学潮闹起来了，然而家危国散的紧张局势却降临了……

1

1946年7月中旬，江竹筠带着出生才3个月的儿子彭云，从成都回到了重庆的丈夫彭咏梧身边。她揣猜，自己也许再也难以重返四川大学继续大学生涯了，这并不是因为孩子的拖累，而是因为形势的严峻和丈夫秘密领导工作的需要。

年初，党在重庆成立了以吴玉章为书记、王维舟为副书记的公开的四川省委，对内称重庆分局，管辖着川康云贵四省的地下党工作。3月间，省委组织部长于江震召集王璞、彭咏梧、涂孝文等人到南方局所在地红岩村召开了一个重要会议，决定建立新的重庆市委，清理和恢复重庆以及川东各地的地下党组织，并根据南方局钱瑛同志的意见，由王璞担任市委书记，彭咏梧继续任市委委员。地下重庆市委终于结束了长达5年没有书记的状况。彭咏梧虽然不再是地下重庆市委的"第一把手"，但他还是非常高兴，也很能理解上级党组的这种安排，因为地下重庆市委的管辖地域不再只是局限于重庆了；他分工继续负责市委的宣传、学运以及川东一部分地区党组织的领导工作，肩上的担子不仅没有减轻，地域反倒扩大了。到了4月份，国民政府迁都南京，中共中央南方局随之迁往，可重庆仍然是共产党在西南各省的领导中心，重庆市委的工作范围又扩大到了几乎整个川东地区。宣传和学运历来是都市党的地下斗争最激烈的前沿阵地，彭咏梧看望妻儿回重庆后，他所分管的工作也就成了当时重庆市委最活跃最敏感最繁重也最危险的工作。江竹筠明白这些，而且分析目前的斗争形势，她预感到国民党终究会彻底破坏第二次国共合作。山雨欲来风满楼啊，更加残酷的地下斗争一到来，四哥的工作肯定迫切需要她这做妻子和战友的细致掩护了。

果然没有料错。江竹筠暑假一回重庆，局势就恶化了。国民党已经向共产党的解放区发动了全面内战，中共中央在7月20日不得不向全党发出了《以自卫战粉碎蒋介石的进攻》的指示。雾都重庆一直是国民党特务组织经营得最完备的地方，此时更是风声鹤唳，地下党的工作更加艰险起来。这时，市委负责人果然找江竹筠谈话了:"市委决定你不再去川大了,就留在重庆做老彭的助手。你的任务是:给老彭建一个安全的家,负责布置好市委的机关,协助老彭负责搞好市委的宣传和学运工作。"

能够再次与丈夫彭咏梧一起共同生活战斗了,而且不再像两年前那样假扮夫妻了,江竹筠非常兴奋,严肃而愉快地接受了组织上这早已料想到的新安排。

自然,江竹筠心里也隐隐地潜藏着一丝遗憾——不能顺利完成川大的学业了。她知道在残酷的斗争中自己随时有被捕牺牲的可能,完成大学学业的愿望也许是一个奢望。要不要向川大办一个休学手续呢?几乎没有更多的思考,江竹筠给成都川大的一位女同学写了一封信,说是孩子太小,请帮助办理休学一年的手续。细心而且一贯严谨的她,觉得这样就既免去了因没继续上学所引起的猜疑,又为以后一旦在重庆工作暴露时多一个掩护躲避的退路。何况,在内心深处,她的确渴望以后有朝一日能重返川大复学呢!

就这样,江竹筠中断了川大的联系,把用了两年的"江志伟"这个化名留在了四川大学的学生档案中和同学们的回忆中。她留在了重庆这座险恶的城市里,从此与成都、与母校、与同学们生离死别。

2

7月的重庆已是一座火炉,早到的炎热激越着江竹筠一颗火热的心。她雷厉风行,立即谨慎地着手给市委机关布置一个安全而方便的新"家"。

继续住在中信大厦显然不方便,这里鱼龙混杂。观音岩口的那个吊脚楼的娘家里,母亲已经病逝,弟弟江正榜也远离重庆去了贵阳国民党防空学校,那里充其量只能考虑作为过往同志临时落脚的"招待所"。四哥是中信局的中级职员,表面上也是有头有脸的人了,这家必须布置得让人看得过去,又让市委机关工作起来不致招人耳目。想了想,江竹筠以丈夫彭咏梧的名义,在大梁子青年会的三楼租了一套住房。

这是一套有两间一大一小的卧房和一间厨房、一个小餐厅的房子,随房附租的有一张大木床和一张三屉桌。江竹筠也不想把这新家布置得怎么奢侈,一切从节俭出发,她只买来了一个用来装衣物的黑漆柜,把从前的两口箱子和锅碗瓢盆搬过来,就算弄全了所有家当。那间大的卧室自然是他们夫妻俩住了,把桌子和柜子摆在房门对面的两个墙角，那张大木床放在房子的中间，显得明快而方便，更适合小彭云在房子里活动。彭云太小，夫妻俩的工作很忙很紧张，江竹筠就把可靠又熟悉的李四娘请来帮助带彭云，并帮着做些家务，安排住在进楼梯口小餐厅边的小卧房里。这个家终于安置好了。

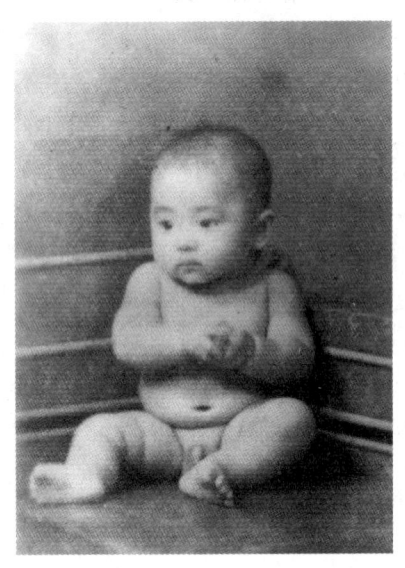

1946年夏，襁褓中的彭云摄于重庆

一切都布置完毕，江竹筠和彭咏梧还仔仔细细地在屋里欣赏了一番，夫妻俩相视一笑，都很满意。最惬意的还不是这个家的布置和隐蔽的地理人际环境，而是终于请来了李四娘这个称意的"好管家"。李四娘身材矮矮胖胖的，一天到晚笑，像个笑罗汉，脾气好先不说，还特别勤劳敏捷，忠实可信赖，大家都知根知底。有李四娘守着这个家，他俩最放心了。

家刚刚搬过来，江竹筠最疼爱的表妹杨蜀翘就来看望他们了。聪明活泼的蜀翘完全是江竹筠这表姐引导走上革命道路的，姐妹相见亲热得令彭咏梧和李四娘默默地笑，几个月大的小彭云则一点不认生地在表姨怀里笑哈哈地闹。这温馨的气氛在这夏日里就像和风一样让大家感到特别地甜蜜安逸。

两年前，江竹筠从重庆撤退避难到成都四川大学上学时，杨蜀翘刚好高中毕业，就到表姐竹筠工作过的重庆妇女慰劳总会工作。次年春天，她又参加新华日报社组织的知识分子下乡活动，回到老家自贡搞了一年的农村工作。现在，听说新华日报社要撤回延安，蜀翘兴冲冲地赶回重庆，想随报社一起去向往已久的党中央所在地。谁知回到重庆，报社却依然坚持留在重庆，蜀翘只得在石板坡小学找到一份教师工作，住在观音岩的三舅李义铭家里。表姐竹筠那时还在川大上学，却一直惦记着她这表妹的进步，令她遗憾的是既难见到表姐，又不能互相通信，这份揪心的想念令她遗憾不已。终于，有一天，表姐夫彭咏梧到三舅家专门来找她，对她说："你每星期都到我那里去一次，可不要误啊！"蜀翘心领神会，明白这一定是表姐和表姐夫商量好了的，要对自己开小灶指导哩。对于一直向往党组织的她来说，这是多么难得的近水楼台！她知道表姐夫在重庆地下党里是个重要人物，她因此每个星期都盼望着到中信局大厦去看表姐夫的那一天。每次一去，一身西装的表姐夫就给她"上课"，讲国际国内的形势，教她学习政治经济学，自然还有一餐真正的小灶：给她弄一顿好吃的，打一次牙祭。这近半年时间里，她从表姐夫那里学到了不少知识，懂得了更多的革命道理，内心深处对表姐和表姐夫的关爱感激不已，更加热切地盼望着与表姐的重逢团聚——想一想，已有两年多没见到表姐了，已经做妈妈了的表姐会是一种什么样子呢？

如今表姐回重庆了，再不去成都了，又可以随着表姐一起干革命了，杨蜀翘哪能不心花怒放呢？可见到表姐的那一刻，蜀翘还是惊诧地愣了一下：表姐变了！打扮改变了，穿得漂亮了，头发也微微地烫了，还抹了点烟脂粉。表姐的气质也变得高雅起来，说起话来快乐中也那么轻言细语！

那一晚，江竹筠兴奋之余却与丈夫陷入沉思。家是安顿好了，可单纯以家庭妇女身份作掩护，哪能便于外出活动呢？商量了一阵子，江竹筠决定次日带着丈夫彭咏梧和孩子去看望开办义林医院和慈善事业的三舅李义铭。也许，通过三舅，江竹筠可以找到一份最好的掩护职业。

李义铭向来很看重竹筠这个外甥女。如今，他这个民族工商业者和知识分子在这几年国民党的腐败统治中更加倾向进步了，见外甥女竹筠带着甥婿彭咏梧和孩子彭云一同来看他，自然很是高兴，与他喜爱的竹筠和风度翩翩的彭咏梧说个没完。看到竹筠刚回重庆，还没有职业，他就提议让竹筠在他和冯玉祥先生开办的敬善中学做兼职会计。这个提议正合江竹筠的心意。

从此，有了一个新家的江竹筠，又有了一个很好的掩护身份的社会职业。成了敬善中学挂名职员的她，不仅有了一定的收入，而且行动自由，秘密工作起来得心应手。彭咏梧又常随着她进出与上层社会交往较密切的三舅李义铭家，成了李家常来常往的座上宾。8月25日那天，十多岁的李维礼、李思礼兄弟俩还抱着才4个月的小表侄彭云，一路张扬着去照相馆照相，让许多人都知道这个殷实富家有这样一门亲戚……彭咏梧和江竹筠的身份就这样掩护得更好，没有引起任何人的怀疑。

3

彭咏梧的工作越来越忙，江竹筠的党内工作范围也随之变化扩大了。开始时，她还只是守护她的这个"家"——地下党重庆市委的机关，很快又接管了两年前的老本行——负责对市外的通信联络。

然而，新的形势却要求她不得直接收信，而必须通过几个秘密通信站联系。

在新民报社做校对工作的女青年唐永梅，是她手下联络点的一个负责人，专门收转合川方面的来信。唐永梅住在李子坝，离市中心较远，很好掩护，江竹筠还是要求唐永梅尽量不与其他同志接触，不参加进步活动，尽量少上街，从报社下班后尽量留在宿舍里。唐永梅在窗前挂一个安全标志，像扫帚什么的，表示没什么意外，随时等着江竹筠来取信。有一段时间，唐永梅很想直接参加党的工作，江竹筠很理解她的这种心情，亲切地对她说："我也有过你这样的想法。刚开始，老觉得太简单，不过瘾，可后来，我才明白我们这种通信联络工作，看似平常，实际上都是党的纽带呢！稍有差池，就会让很多同志失去与上级党组织的联系和领导呢！而且，这种工作实际上是最前沿的工作，你的地址掌握在很多同志手里，如果其中有一个人出了问题叛党，首当其冲的就是你！你是一团绳子中间的一个结，你顶住了，上级和其他联系着的同志和组织就安全了。你看，党组织把你安排在这样重要的岗位上，是不是最信任你？你这工作是不是最危险、也最实际的工作？"

江竹筠这一番话，使唐永梅茅塞顿开，认识到了岗位的重要性，学到了很好的地下工作的经验和联络方法。

看到唐永梅要负担母亲的生活，江竹筠常关切地问她："你按月寄钱回家了吗？要是缺钱用，就告诉我，组织上可以帮助你。"

江竹筠待同志总是这么一副热心肠。那时，常有同志从外地来找她和彭咏梧，她尽心竭力地把这些同志的食宿照顾得细致周到。这些同志多半是从农村来的，穿着往往不合都市潮流，她总是拿出自己家的衣服给这些同志穿，以免暴露身份。帮她带彭云的四娘看了很是奇怪，见她的幺姨李泽华来了，就向李泽华说："竹君才怪气哩，新衣裳自个舍不得穿，来了乡下的就送给别人了；屋里这么挤，还总是设铺招待客人……"李泽华听了就笑："你还不晓得呀？她从小就这个样子的，心肠慈得很，像她妈一个样。"

这时，李泽华守寡带大的独子颜蠹考上了东北大学。有人对李泽华说："东北共产党多，你一个独子，二天赤化了，不是被抓去杀头，就是回来革你这当妈的当舅舅的命，你咋个得了！"李泽华被这话吓坏了，赶紧找侄女江竹筠问："竹君，你说这咋个办呀！"八表弟颜蠹正是江竹筠引导走上革命道路的，她一听禁不住乐哈哈地笑了，说："幺姨，你在哪里听来这些鬼话？让八表弟去东北吧，哪天他真的回来了，不仅不会杀你，你的日子还会不再这么穷了哩！"李泽华听了将信将疑，但她信任竹筠这侄女，还是让儿子去了东北。

八表弟颜蠹走了，江竹筠常来看望幺姨。每次来，她总要给幺姨几块钱。幺姨说："你也不宽裕，我不能要你的钱。竹筠说："八表弟走了嘛，该我孝敬你了嘛，这一点心意，你哪能不收呢？"

对同志和同志的亲属，江竹筠都是这么关心和爱护，可工作上，她却严守着纪律。在负责市外的通讯联络时，不该她接头的关系和接谈的问题，她总是按规定迅速转给有关的同志。市委的同志都对彭咏梧笑说："你太太啥子事都办得叫我们没话说，你啷个这么有福气呀！"

其实，江竹筠和彭咏梧也常有无奈的时候。作为中信局的中级职员，彭咏梧常常不得不带着江竹筠去应付许多无聊的社会应酬，有一段时间，夫妻俩常在下午去"颐之时餐厅"的舞厅跳舞应酬，他俩便带上二舅李义铭的两个儿子维礼和思礼去，既作掩护，又促进与李义铭的亲戚关系。有一次，刚11岁的思礼不吃奶油蛋糕，彭咏梧就给钱让思礼自己去买冰糕，思礼出门买了冰糕回来时，从舞池中央猴子一般地跑过时滑倒了，顿时引起哄堂大笑，彭咏梧走上前去扶起思礼，在众人的注目中哈哈笑着说："怎么啦，小表弟，想跳舞了？"他拉过旁边的一位小姐说："小姐，请你教教我这表弟跳舞，如何？"小姐大方地牵起小思礼的手，思礼顿时很不好意思，脸红得像关公。舞厅里顿时又是一片热闹的笑声。

就这样，彭咏梧和江竹筠在人们的眼中，成了一对大方潇洒、爱玩会玩的年轻夫妇，谁也不知道他俩其实是地下党重庆市委里举足轻重的人物。

4

江竹筠和彭咏梧这对年轻夫妇，在共同的生活和秘密工作中相濡以沫，身份越来越隐蔽，成效越来越高，感情也一天天深厚。虽然形势极其恶劣，工作极其艰险，但他俩都在心底里牵挂着另外两个常叫他俩揪心的人——彭咏梧的原配妻子和大孩子炳忠。多年来没有一点音信，可地下工作这么紧张忙碌，又哪里顾得上？又哪里能违背组织纪律擅自去打听？

然而，一次偶然的机会，彭咏梧却知道了谭政烈和大儿子炳忠的下落。

据谭竹安回忆，那是1946年11月7日晚，公开的中共四川省委和地下重庆市委在重庆国泰电影院举办了一场庆祝俄国十月革命胜利29周年的电影晚会。电影快开映时，彭咏梧西装革履地匆匆走上电影院前的台阶，突然听到身边有人惊喜地轻唤了他一声："邦哥！"

彭咏梧惊诧地侧身一看，竟然是多年没见的谭政烈的弟弟谭竹安！

"竹安？是你？"彭咏梧惊喜地一把揽住内弟竹安的肩，走到偏僻的地方，警惕地四顾了一下，问道："你怎么到重庆来了？"

"我来重庆已经5年了，一直都在找你呢！"竹安激动地说。

"今天人多复杂，不好细说。这样，星期六晚上这个时候，你到颐之时餐厅舞场去，我们好好聊聊吧！"彭咏梧轻声说道，紧握了握竹安的手，就匆匆进了影院。

周六晚上，两个人在约定的舞场寻了个无人灯暗的地方坐下，彭咏梧就急切地问竹安："你姐姐和炳忠好吗？"

"还好，幺姐还在搞那个纺织作坊，炳忠也上学了。"谭竹安回答。上次偶遇姐夫时，见姐夫一点都没问起妻儿，他还心里很是生气，如今见姐夫这么急迫地问起，这才欣慰一些，"只是，他娘俩至今一点都不晓得你的消息，天天都担心着你，盼着跟你团聚。"

"我对不起他们娘俩。"彭咏梧声音哽塞地说，"在重庆天天都处在危险之中，我不能违背纪律，连信都不能跟你姐姐写了……而且……"

"你跟另一个女人结婚了，是吧？"竹安心存芥蒂地说。

"你怎么知道？"彭咏梧有些惊诧。

"我3年前就知道了。"竹安回答。他向姐夫说起了自己这几年在重庆的经历和寻找姐夫的过程，以及幺姐在云阳苦等着丈夫的辛酸岁月，"我一直都没告诉她。我不忍心啊，邦哥！"

"难为你和政烈了……"彭咏梧像竹安一样难过得热泪盈眶。得知竹安已参加了党的外围组织"中国职业青年社"，他也就没有太多的忌讳了。他向竹安详细介绍了在特殊环境中因为工作需要与江竹筠先是假扮夫妻、最后又结合生子的经过，说明了一直不能与谭政烈通信的原因，"竹安，请你代我向你姐姐转告我的歉意……其实，我对他们娘俩……也是日思夜念啊！"

谭竹安没有多说什么了。他心里虽然理解姐夫彭咏梧，可他毕竟可怜自己的亲姐姐，替姐姐的遭遇难过而不平，甚至对姐夫彭咏梧的做法不能完全释怀。

5

也许与谭竹安的见面，加剧了彭咏梧的歉疚感，让机敏而善良的江竹筠也感受到了，于是她决定寻找机会与谭竹安接触，争取得到竹安的真正谅解，也消除丈夫彭咏梧内心深藏的对幺姐的歉疚和不安。

机会终于来了。不久后的一天，《大公报》党的外围组织派一个青年来重庆青年会找江竹筠联系工作。江竹筠热情地接待，温和地与这位青年交谈，细心而又简练地布置任务。当得知这青年就是谭竹安时，她心里一惊，随之一喜。她立刻明白这是党组织暗中的善意安排，她因此更加热忱。谭竹安却不知道眼前的这个温和的大姐姐就是姐夫彭咏梧的新妻子，可这位大姐姐的热情、干练却让他十分佩服。当这位大姐姐亲切地问起他的生活工作以及家庭情况后，他很是感动，禁不住冲动地把心里话说了出来："我知道你们共产党人都是为百姓谋福利的，都是好人，我也正在争取做这样的人。不过，有些人的一些做法我并不赞同，比方说我的姐夫，他以前啥子事都是靠我姐姐资助过来的，可一到大城市，就移情别恋，不仅不跟我姐姐通一点信息，还跟一个也姓江叫"竹君"的城市姑娘结了婚，让我姐姐至今还蒙在鼓里呢！他重新结婚可能是因为革命需要，我也不怀疑这一点，也能理解；可是，我就是不明白，难道真的不能给我姐姐写信吗？我姐姐又不是一个没跟他一起革过命的人！还有，难道非要跟另一个女的结婚不可吗？我姐姐就不能掩护他工作？那个叫江竹君的真的比我姐姐强一百倍吗？"

江竹筠一直面带微笑地听着谭竹安的倾诉。听罢,她这才轻轻地说:"我就是江竹君……"

谭竹安顿时惊愕万分,怔怔地看着面前这个依然微笑着的大姐姐。

"竹安弟,你是不是很恨你姐夫这样抛弃了你姐姐,也恨我这么狠心地夺走了你姐夫?"江竹筠依然微笑着温和地说,"其实,我和你姐夫也都不愿这样,我和四哥假扮夫妻一两年,我们都一直克制着感情,一直没有做过对不起你姐姐的事。你姐夫对你姐姐的这种忠贞,一直让我敬佩,说实在的,这一点,也让我更倾慕他了。要不是组织上根据工作需要,让我跟他真正结婚,我想都不敢想。为这种情感,我和你姐夫都承受了很长时间的煎熬。地下工作太复杂了,它的特殊性你慢慢就能理解。你姐夫没有给你姐姐联系,也是迫不得已,这是纪律啊。你想一想,这重庆多么艰险,万一信丢失,暴露了身份,你姐夫被捕牺牲还是小事,影响了整个市委的工作,损失就大了。你能理解我和你姐夫从同志到战友、到夫妻这种情感经历吗?我也觉得对不起你姐姐,其实,你姐夫在这件事上的不安比我比你还要深呢。但全都是为了革命,竹安弟,你能谅解吗?革命总要有牺牲,我和你姐夫说不定什么时候就有被杀头的危险。如果革命胜利了,我们都还活着,到时候才能真正考虑怎样理清这种关系,需要的话,我会把你姐夫还给你姐姐。你能理解我这种想法吗?竹安弟,我们互相谅解,好好为革命工作,以后就姐弟相称,好吗?我们其实已是一家子了,是吧?"

谭竹安听着,禁不住地点头。他想不到江竹筠如此亲切又如此直率,一点也不回避自己的真情实感,心里感慨万千。这么好的一个女人,连自己都一见生敬,难怪姐夫邦哥动情啊!何况邦哥与江姐的确是这么般配的一对,又是因革命的需要走到一起的。而且,有江姐这样优秀、干练的女同志做姐夫邦哥的助手,对党和革命工作多么有利。

从江竹筠那里离开后,谭竹安久久不能平静。当晚,他在灯下铺开信纸给远在云阳县城的姐姐谭政烈写信。他冲动地很想把这件事告诉姐姐,说说自己对江竹筠以及这件事的新看法,请姐姐跟自己一样能够理解。但是,写了几张纸却又撕掉。他还是不能忍心让姐姐承受这种情感的刺激。他决定以后在给姐姐的信中,继续只字不提姐夫邦哥的下落,既暂时不给姐姐造成精神上的打击,又信守组织上的纪律,以免给邦哥和江竹筠带来危险。他想:邦哥、江竹筠和姐姐的关系,就像江竹筠所说的那样,等到革命胜利后再说吧!

江竹筠的人格力量,终于化解了谭竹安心中潜存的幽怨。随着以后接触增多，他对江竹筠更加敬佩，不仅建立了相互十分信赖的姐弟深情，一直姐弟相称，而且日益坚定了他对党的事业的信仰。

江竹筠和彭咏梧终于有了一点安慰，他们没有精力沉浸于情感纠葛，日益恶化的斗争局势已经呈现在他们面前了。

6

1946年圣诞节前夕的12月24日，北平发生了美军强奸北大女学生沈崇的事件。消息传开，全国激愤。一个月前，国民党政府签订了《中美商约》等一系列卖国条约，以换取美国的军事援助进行内战，一时间美货充斥市场，美军横行全国，人们怨声载道。如今的这"沈崇事件"自然成了全国人民反美反蒋反内战的导火索，山城重庆人民像全国各地人民一样随之震怒了。

彭咏梧按照市委的分工，迅速组织和领导重庆的"抗暴"运动。那些天，彭咏梧、江竹筠夫妇日以继夜地忙碌，他俩和四川省委的张友渔、南方局青委化名刘敏的兰健、《新华日报》负责学运的齐亮等同志，常常在地下党员陈作仪的家里秘密开会筹划，决定首先发动重庆大学等校学生声援平津等地的学生运动，同时通电号召西南学生和全国青年学生一致奋战，要求美军严惩祸首，呼吁国民政府维护民族尊严。"抗暴"运动的口号定为："把美军赶出中国去！""停止内战，和平建国！"

1947年1月3日，重庆的地下党学运负责人召集重庆大学、川东师院等31所学校的百余名代表，在彭咏梧、江竹筠家所在的重庆市青年会举行联席会议。成立了"重庆市学生抗议美军暴行联合会"（简称"抗联"），组成了"抗联"主席团，下面分设宣传、联络、总务三个大组，总务组下面还分设了稽查、文书、事务、卫生、会计、出纳等六个部，建立了非常严密的组织机构，同时决定：从4日起全市连续罢课3天；5日中午由彭咏梧亲自出面以"抗联"主席团名义举行各报记者招待会；6日举行全市学生示威游行！

负责这场"抗暴"运动的彭咏梧在会上强调说："这次示威游行，一定要广泛发动，把社会职业青年、民主党派和各界人士都发动起来，把老年人、小学生都组织起来，同全市爱国学生组成强大的游行示威队伍，向国民党政府施加强大的压力！"

当天，31所学校的代表就开始紧张运作，又有乡村建设学院、南开大学、市立师范、造纸学校等十多所学校和一批社会单位参加进来了。

次日上午，彭咏梧一到重庆大学理学院记者招待会会场，一群记者就蜂拥而至，把他这位发言人团团围住。

"今天，我以'抗联'主席团的名义，向各位宣布：1月6日，也就是明天，重庆市将举行'抗暴'大游行！"身着西装的彭咏梧气宇轩昂，一开始就宣布了这个消息，顿时全场震惊。

会场里群情振奋，记者们竞相提问。彭咏梧就"抗暴"运动的发起人和"抗联"的组织机构、宣言、行动宗旨等作了说明，申明罢课、游行期间将具体发出《告全国同胞书》、《致杜鲁门总统书》、《致国民政府书》、《告世界青年书》、《告美国人士书》、《致受害人沈崇小姐慰问电》、《向美军当局抗议书》、《电美驻华使馆抗议书》、《响应平、津、沪、杭、汉等各地同学游行运动书》等9个文件。组织如此迅速、机构如此严密、行动宗旨如此具体，记者们预感到这将是重庆市有史以来规模最大的一场学生运动，他们的兴趣越来越浓，而彭咏梧却有问必答，原来预计的一次短暂的招待会竟然持续了3个多小时。记者们在兴奋之余，心中都萦绕着一个一时难以解开的疑问：这个发言人这么敏锐、这么成熟、这么有魅力，以前怎么从没公开露面过？藏龙卧虎的学界怎么突然冒出这么一个学生领袖？他们怎么也没有料到，这位发言人居然就是过去5年来重庆地下共产党组织的市委第一委员、最高领导人——彭咏梧！

在人们敬佩的注视中，彭咏梧环视了一下全场的人们，激昂地说："美军的丑恶行径，是我们中华民族所绝对不能容忍的！美军一天不退出中国，这种丑行就会存在一天，中国的内战就一天不能停止，和平建国就一天难以成功！这种丑行存在一天，我们的反抗也就一天绝不停止，直至把美军逐出我们中国，和平建设我们的中国！"

第二天一早，《新华日报》等报纸都在显著位置报道了招待会的消息和内容，重庆学生罢课示威游行的消息在全城迅速传播。

报童在大街小巷叫卖着报纸，而由63所大中学校15000多人组成的游行大军，则高喊着雷鸣般的口号，浩浩荡荡地出发了。队伍行至美国领事馆，代表递交了抗议书，顿时呼声一片："美国佬，滚出中国！"经过重庆行辕时，队列中喊起了啦啦词："中美商约不平等/认贼作父真无能/美帝送点洋枪炮/豢养一群美国兵/掠夺财富欺压人/辱我女性罪难容！"随之，又喊起了震耳欲聋的口号："要吃饭！要民主！要自由！要和平！中华民族不愿做奴隶！"行至红岩村，虽然中共中央南方局撤离了，但游行队伍依然群情激昂，面对国民党军警荷枪实弹的逼视，人们手挽手居然唱起了嘹亮的歌："向着法西斯开火，让一切不民主的制度死亡。"

山城沸腾了！

工人、市民自动加入游行队伍了！

妇女界开起慰问游行学生大会了！

重庆16个民主团体发表支持的联合宣言了！

《新华日报》发表社论《高举爱国主义大旗挺进》了！

"抗暴"运动一天天扩大，由抗议美军暴行发展到反对内战了！

1月20日，"抗联"举行了第二次代表大会，根据彭咏梧等地下党负责人的指示，决定组织宣传队深入工厂、农村去。

1月28日起，重庆市开始了声势浩大的爱国宣传周活动，抗议美军，反对内战，广泛揭露蒋介石政府卖国、独裁、内战的不得人心的反动政策。

敌人惊恐了。为了镇压日益壮大的重庆"抗暴"运动，重庆国民党当局派出大批军警和流氓打手，先后在2月5日和8日，在江北公园和大同路袭击赤手空拳的宣传队员，制造了4人失踪、10余人重伤的两次血案。

然而，镇压却使"抗暴"运动更加步调一致，声势如潮。彭咏梧、张友渔、兰健、齐亮、江竹筠、刘国鋕等领导着"抗联"，一面慰问受伤学生家属，一面发表控告书，呼吁全国声援，同时一次次向重庆国民政府和行辕请愿，提出严惩凶手，取消特务组织，保障人身自由，保证不再发生类似事件。

2月11日，重庆学生再次举行了总罢课，使"抗暴"运动掀起了又一个高潮，形成了重庆历史上空前的规模最大、持续最久、影响最深的一次学潮，吴玉章因此代表中共四川省委在党内表彰了这次"抗暴"运动。

转眼到了2月，内战风声日紧。一天，身为国民党重庆行辕代参谋长的农工民主党成员刘宗宽将军赫然接到蒋介石来电：立即封闭八路军办事处，强制送走中共人员。这可是国民党将很快对国统区的中共组织采取行动的紧急信号！刘将军赶紧向农工民主党驻渝负责人郭则沉报告，郭又立即报告中共四川省委书记吴玉章，从容做好策应准备。然而，"二二七"事件还是不可避免地发生了。

2月27日清晨，淹没在雾海的山城警车嘶鸣，犬吠声声，国民党军警特务包围了八路军办事处和新华日报社，勒令立即撤回延安。八路军办事处、中共四川省委和新华日报社被迫撤走了，西南各地中共地下党组织顿时失去了与党中央的联系，山城人民从此再也难以听到共产党中央的声音，难以听到来自解放战争真正的战场消息了。中共地下党重庆市委的担子顿时加重了。

彭咏梧的工作更忙更危险了，除了他以前负责的宣传和学运外，对川东一些地区地下党组织的联系和领导、筹备下川东武装暴动，就显得尤其重要。因此，重庆市委这时指派江竹筠直接负责领导重庆国立女子师院、西南学院、重庆育才学校等学校党的地下工作，以减轻彭咏梧的担子。

一片腥风血雨之中，江竹筠从市委机关的幕后挺身而出，勇敢地站到了残酷的实际斗争最前沿。

第十三章 | 腥风血雨的风口浪尖上

一片腥风血雨时,挺身而出战斗在最前沿的江竹筠如何重建地下党组织?大逮捕开始了,她能化险为夷吗?柔弱的她,负责得了这个时刻的这危险地带的学运吗?

1

一下走到了学运的前台，江竹筠内心里充满了春天到来时跃跃欲试的兴奋。学运对于她来说虽不是陌生的暗路，却也不是完全驾轻就熟的通途。就像经过了一场倒春寒般的较量后，天地万木百草的元气终究有了损伤，摆在她面前的任务亦如化冻催生般的艰难。

然而，信仰如磐的人往往越是艰难越能激发斗志。27岁的年轻而老练的女共产党员江竹筠此时正是这样。

刚刚过去的1947年的头两个月的重庆学运，就像经历着一场伤寒。1月初开始的"抗暴"运动热潮持续，如火如荼；然而"二二七"事件猝然发生，公开的中共四川省委和八路军办事处、新华日报社被迫撤走，国民党的暴行肆虐山城，学运就像在倒春寒里骤然降温，疲软乏力了。怎么会发生这种病症？如何才能祛除这种"伤寒"？

隐蔽的重庆市委在思考，领导学运的彭咏梧在深省，协助丈夫的江竹筠也在紧急寻思对策。在2月底这黑云压城的日子里，这对负责重庆学运的夫妇镇定之余又显得那么焦急。彭咏梧素来善于统筹全局，但在这突然到来的变故面前，似乎也一时间感到惘然而不知所措。

但毕竟他们都是坚定而成熟的革命者，面对艰难，并未退却。他们仔细地分析着当时的严峻形势，终于找到了问题所在。"二二七"事件这突如其来的变故，使重庆的学运失去了重庆市委的领导，而重庆市委也失去了与学运的直接联系，失去了对群众的直接领导，两方面不能呼应。而之所以出现这种情况，是因为没有建立起可以上传下达的基层党组织，这正是他们组织和领导轰轰烈烈的"抗暴"运动过程中的一大疏忽。

这一发现，令他们兴奋不已。彭咏梧当即认为要尽快纠正那种消极隐蔽的偏见，重新开始和加强基层党组织建设，并决定尽快在市委碰头会上将这个问题提出来。

"二二七"事件之前，重庆国立女子师范学院、西南学院、育才学校等地的学运工作是江竹筠直接参与和负责的，她觉得应首先把这些学校的党组织尽快重建起来，要求彭咏梧将这些学校的进步学生告诉她。彭咏梧随即依妻子的要求，介绍了这些学校的主要情况，以及几个仅存的重点联系人。同时告诫她千万要将工作做得细致些，发展党员、建立党支部都要慎而又慎，千万不能性急。成熟一个发展一个，要看准，勉强不得，激进不得。哪怕有一个人遇险变节，就会前功尽弃、损失巨大。由于局势险恶，彭咏梧还告诫江竹筠要保重，不要暴露自己，尤其要避免被捕牺牲。这不仅是为自己，而且是为了革命。

江竹筠一边将丈夫彭咏梧的指示和告诫铭记在心，一边也暗暗做好了万一被捕和牺牲的准备。

2

3月初，江竹筠新烫了头发，一身知识妇女的典雅打扮，从市区徒步数十里到南温泉的西南学院去。

西南学院是位姓周的国民党参议员创建不久的私立大学。学院学生人数不多，名气也不是很响，创办时名叫实用工商专科学校，直到1947年的春天才扩大为学院。但是，西南学院的周参议和校长潘大逵以及一些教师都是知名的民主人士，提倡民主自由办学，很多进步学生报考这里，因此学院的学生思想基础好，进步学生不仅占优势，而且反蒋情绪很高，在前一段的"抗暴"运动中表现得非常突出，学生们甚至到各大中学发动联络，成为运动中最活跃的一支队伍。江竹筠觉得选择这里作为突破口最适合了，因为除了上面这些因素，她还熟悉这里眼下唯一的地下党员学生罗永晖。

罗永晖是抗战时期著名的中共四川省委书记、八路军驻成都办事处主任兼《新华日报》成都营业处负责人罗世文烈士的侄子，曾在南方局青委领导下工作过较长时间。上一年秋天，西南学院开学不久，刚刚开始协助彭咏梧负责重庆学运的江竹筠就去学院与罗永晖建立了联系。接触中，她发现罗永晖不仅政治热情高，而且精明能干，因此很器重这个学生党员，两个人也建立了很信任的关系。罗永晖有次胃病发作，她还特地将他接到自己家里精心调养和治疗。在前两个月的"抗暴"运动中，彭咏梧和江竹筠正是通过罗永晖秘密而成功地将西南学院的进步学生发动和组织起来的。

这天，江竹筠来到西南学院出现在罗永晔面前时，罗永晔惊诧得几乎不敢相认。局势如此紧张，江竹筠怎么亲自来这里？两个人佯装轻松地说笑着出了操场，到了僻静无人的河边草坝上，这才转入正题。得知以后江竹筠直接领导西南学院的学运工作，罗永晔不由得更加欣喜。江竹筠分析了一会儿形势后，对罗永晔说：“眼下，我们的首要任务是在学院建立党的支部，以便更好地进行工作。你们这里基础不错，依你看有哪几个更可靠，可以接纳到党的组织里来？”罗永晔简要地介绍了学校的几位学生骨干的情况后说：“胡振兴、陈家俊、秦志如这三个人是学校学生进步组织的领袖人物，他们都很可靠，而且都在学生中有一定的号召力。陈家俊虽然是个女同学，但在上次的'抗暴'运动中表现得尤其出色，比男生都能干。依我看，这三个人都可以发展。"江竹筠边听边微微点着头，尔后指示说：“你抓紧时间与他们谈谈，好好审查一下，谨慎第一。如果没问题，下次我再来时，你把他们召集在一块，我们见见，争取尽快地把学院的地下党支部成立起来。”

3月8日，江竹筠再次来到南温泉村，罗永晔已经按她的要求发展胡振兴、陈家俊、秦志如加入了党组织。几个人在一起相聚后，江竹筠宣布西南学院的第一个党支部就此成立，决定由罗永晔担任支部书记。交谈中，胡振兴说：“今天学校又来了一个很不错的学生，是从达县来的，名叫杨禄章（杨建成）……”他介绍了一下杨建成在达县参加进步活动的情况，又说：“我觉得以后也可以把他发展进来。"江竹筠点点头回答说：“你们注意观察，好好引导他，帮助他早日成熟起来……”

西南学院的地下党支部建立后，学校的学运很快有组织地恢复起来。对党支部的这几个成员，她很快有了详尽的了解，因此进行了扬长避短的使用，把这个支部作为周围的第一个战斗堡垒向附近的各个学校辐射发展。罗永晔精明而又有经验，她就派他去做学联组织内各校学生代表的参谋，信任地放手让他协助自己开创局面；陈家俊这个女孩泼辣，长于社交，她就特派陈家俊到幕前竞选为西南学院的学生代表，发挥特长去与其他院校联络；胡振兴沉着稳重老练，她就安排他坚守在本校，指挥本校的学运；杨建成虽然还没见过，但听支部的介绍与胡振兴几乎相同的长处，就指示支部着力培养，协助胡振兴工作。这样一安排，不仅使西南学院的学运正常运转，而且带动了周围的学校。

3

时间进入4月份以后，江竹筠开始着手建设重庆国立女子师范学院党组织的工作。市委通过彭咏梧指派她直接去女师院与一位名叫赖松的女学生接头联系。

女师院以前政治空气淡薄，进步势力很弱。去年进步人士劳君展当了院长后，在秋季招了一批政治热情较高的新生，当时的南方局青委趁机委派与党有联系的进步女青年赖松考进该校，以便党组织能依托她开拓这里的学运工作。赖松果然没有辜负党组织的期望，这个从1941年起就开始接受地下党教育和影响的女学生已有了一定的学运经验，一入女师院，她便行动起来，首先在新生中结识了汪盛荣等几个进步同学，抱成一团，推销进步报刊，酝酿民主运动的新气氛。1946年12月底，北平传来女大学生沈崇被美军强奸的消息后，南方局青委的兰健化名刘敏配合重庆市委的彭咏梧和江竹筠等寻机在全市展开声势浩大的抗议美军暴行、反对内战运动。在兰健的直接领导下，赖松在女师院迅速组织进步同学进行宣传鼓动，率先在全校掀起"抗暴"的浪潮，成为全市整个运动的"火车头"，女师院也因此在运动中涌现出了大批倾向进步的学生，一扫从前政治空气淡薄的阴霾。

江竹筠是前段那场"抗暴"运动的组织者之一，况且有兰健这亲密如姐妹的同志的介绍，因此对女师院的这些情况了如指掌。但是，眼下党组织虽然把赖松的工作关系在2月下旬直接转到了重庆，但赖松还不是党员，而且兰健又不幸落入魔掌了，时势又因"二二七"事件落入低潮，女师院的进步学生们的热情受到了挫折，连赖松本人也有月余与党组织失了联系，江竹筠预感到女师院的学运可能要重新开始。

进了女师院，她巧妙地探听到了赖松的住址。两人一见面，见周围无人，江竹筠对赖松说："刘敏姐姐问候你。"赖松听了一愣：刘敏就是兰健的化名，可兰健姐姐已失去自由了呀，她从何问候自己？江竹筠接着说了接头暗号，赖松还是不敢轻信。江竹筠和蔼地问一些问题，她依然顾左右而言他，推诿着，深恐落入敌人的圈套。江竹筠由此看到了赖松的谨慎，对赖松更加信任了。

过了几天，江竹筠觉得已给了时间让赖松思考和猜测自己，没必要再等了，就又一次去了九龙坡的女师院。找到赖松，把赖松引到一处僻静无人的地方。这一回，她径直介绍了新华日报社撤走后重庆党组织的恢复情况，对赖松说："2月27日的突然袭击，是蒋介石搞全面内战阴谋的公开显示，我们党也早已有了准备。但是，党的公开机关被逼走，的确给我们的工作造成了不便。好在隐蔽的地下党组织完整地保存下来了，这一个月来各级组织的关系都相继接上了。现在，党中央传来了迎接革命高潮的指示，我们再不能坐等了，得做好准备，把学运持之以恒地进行下去，以实际行动迎接胜利。"

自从上次相见后，赖松并未察觉到自己有被暴露的危险，眼下江竹筠的话，进一步消除了她的疑虑。她顿时有了一种找到亲人般的喜悦，详细向江竹筠汇报了女师院的情况。江竹筠听后说："女师院的学运工作的确在全市起到了'火车头'的作用。新生在学校的影响一般是较小的，但你们却依靠新生在短期内打开了局面，连学生自治会也掌握在手里了，这很了不起。你把工作做得这么有成绩，党组织非常高兴。从这次与你的联系看，你表现出的沉着稳重，同样令我觉得你成熟了。这些，可要好好保持发扬哩。"赖松听了有些不好意思。江竹筠见了微微一笑，就说："现在，除了继续发挥进步新生的作用，我们还必须重视争取更多的持中间立场的教师和高年级学生。这是个新课题，完成好这个课题，我们必须依靠坚强的组织。从你介绍的情况看，学校的进步势力还不够坚强，也缺乏严密的地下核心组织，只有公开的临时领导机构，可是一旦这仅有的临时机构遭到破坏，我们的工作就会被动甚至瘫痪。你觉得是不是这样？"

赖松信服地连连点头。

"你想过该怎样完善吗？"江竹筠和气地问着赖松。

赖松思索了一会答："想过，总觉得学校没有直接的党组织指导，像没有底气似的。"

江竹筠高兴地抓紧了赖松的手，说："有头脑！我来找你，就是想跟你商量呢。这么大个女师院，没有党的组织哪个行呢？"

赖松一听顿时兴奋地急问："是不是要很快派人来？"

江竹筠又笑了，说；"没有派的，我们就不能自己建么？跟我谈谈你对党的看法、认识和你的经历，可以吗？"

赖松一听，霎时激动起来。她意识到了江竹筠这样说话的含义。

不久，两人再次接头时，江竹筠慎重地对赖松说："赖松同志，我们虽然相处时间不长，但党组织考验你已经很久了。我现在正式通知你：上级批准了你的入党要求，而且不要候补期，是正式党员。我做了你的入党介绍人。赖松同志，祝贺你！"那一刻，赖松的激动无以言表，只觉得喉咙发哽，热泪盈眶。两个人紧紧地握了一会儿手，江竹筠又说："只你自己入党还不够，我们还要在女师院吸收其他成熟的好同志加入党组织。女师的进步同志不少，建立党组织的条件已经成熟了。考察这些同志的任务就交给你了，这项工作既要放得开手，也要谨慎从事，明白吗？"

从这以后，赖松更经常地与江竹筠接头谈心，研究工作。江竹筠常用在川大时的经验，指导赖松如何在学生中做工作，嘱咐赖松保持沉着的特点，注意与群众的关系，教她如何保护学生领袖，既有效地发动学运又隐蔽自己。赖松既沉稳又机敏，在江竹筠的悉心指导下，她通过完善学校的核心进步组织认真考察和考验了几个积极分子，陆续吸收他们加入了党组织，终于成功地建立了女师院党支部。

从此，女师院的学运有了一个隐蔽于学生群众中的极富战斗力的领导核心。

4

彭咏梧、江竹筠夫妇成了一对大忙人了，忙得两人常常到深夜才见面。家里的儿子彭云虽然有李四娘悉心照料，可做爸爸妈妈回到家时云儿往往已经熟睡，次日清晨离家时云儿却还没有醒来，夫妇俩只是那么看上儿子一眼，心里不免生出一些歉疚来。于是，找了一个星期天，夫妇俩挤出半天时间带着儿子去观音岩的三舅李义铭那儿走亲戚。

可这走亲戚也不过是个幌子而已。三舅家里还住着江竹筠在水上警察局干事的表哥李学成和倾向革命的李奎礼，还有他俩一直悉心培养着的目前在石坂坡小学教书的表妹杨蜀翘。汀竹筠在重庆高校忙着重建党组织和开展学运的同时，还在三舅开办的敬善中学兼做会计作为掩护职业，自然与这些亲戚常有见面；而彭咏梧在领导重庆学运的同时，更多的是忙着选择一些可靠的同志到下川东的万县、云阳、开县、奉节、巫溪、巫山、石柱等地的农村工作，筹备那儿武装斗争，加之要应付各方面的无聊应酬，到三舅家一趟就显得非常难得。

到了三舅家，见着了一大帮亲戚，大家的亲热劲就不言而喻。夫妻俩见过了三舅李义铭，彭咏梧就抓紧时间与奎礼、学成说些共同感兴趣的话，消除多时未见产生的矜持或生疏感。说到对国民党政府腐败的看法，就特别注意两个表亲戚的真实态度。他在做着准备，以便将来好通过他们的特殊关系，为下川东的武装斗争秘密弄到一些枪支。竹筠在这个亲戚家里，始终是最受欢迎的人，她那温文尔雅的笑容和善解人意的话语总是引得老的少的尤其是一帮小表弟小表妹高兴地围着她攀谈，何况还有个牙牙学语的小彭云。这种团聚的机会，对于从小跟着她参加各种革命活动的表妹杨蜀翘来说，显得最为宝贵，以至于表姐竹筠抱着云儿要回自己的青年会的家时，蜀翘索性跟着就走。

没有了旁人，很自然地，江竹筠就向蜀翘问起了近况：看了些什么书？参加了些啥子活动？对将来有些什么打算？蜀翘说老在小学呆着很觉得闭塞，老想到更有用武之地的地方投入革命的热潮。竹筠就说："也对。你就抓紧时间复习复习功课，秋天就争取考进川大，我把那儿的朋友都介绍给你。那儿可是藏龙卧虎的地方呢，你有几多本事就能用几多。"蜀翘一听表姐建议她考大学，就有些犹豫："我已有两年没摸那些书本，功课都丢光了，啷个考呀？"竹筠一笑，说："那啷个办？总不能这山望着那山高吧？"蜀翘就缠着表姐说："好好好，我听你的，先复习着看。可眼下，你就不能带我做点具体的事么？"竹筠一摸蜀翘的头发说："鬼妹子，心急样！具体事，有你干的哩！"

江竹筠拿了只板凳，从房子顶棚上面取下一叠报纸来。打开一看，见是《挺进报》和《中国学生导报》，蜀翘很是惊讶："你啷个有这么多这些东西哟，都是给我看的?"竹筠一笑说："你倒想得简单，不是给你看的，是给那些达官贵人看的!"

《挺进报》其实是彭咏梧领导秘密印刷的市委机关报，刚刚创办不久，其内容多是来自延安、解放区以及战场上的消息，他经常谨慎地带一些回家，让竹筠帮助散发出去。竹筠对蜀翘讲了这些报纸的作用，表姐妹俩就动手把报纸卷成一个个小筒筒，写上一些机关、学校、工厂、单位或人名。把小彭云交给了李四娘带着，表姐妹俩就用书包装着报纸说笑着上街。将报纸丢进一个又一个邮筒里，从上半城一直秘密地投递出去，有时在邮政局看到有取信的信箱，就趁人不注意放了进去。

杨蜀翘起先感到紧张，顺利地完成了任务又有说不出的激动、刺激、兴奋。想想把这样的报纸散发出去，国民党重庆行辕的官僚特务们突然看到时会如何惊诧如何恼羞成怒，就感到无比开心。这以后，蜀翘就经常地来表姐家领受这份工作，随表姐一起去各个院校办事。她觉得表姐的活动既神秘又极有意义，一天比一天强烈地渴望成为表姐一样的人。

5

江竹筠除了应付好敬善中学的会计事务,陪彭咏梧掩护身份与一些各界的名流打打麻将跳跳舞,其余时间便是频繁地往各院校跑,指导那些学校的党组织或骨干开展学生运动。她是一个很随和的人,与人接触自然得就像在校学生一样,跟学生们很谈得来,既不引人注意,又及时掌握了各校的学生工作状况,逐渐把学运引向新的高潮。

进入5月份后,地下重庆市委发起了新的群众运动,"反饥饿、反内战"的口号响彻山城,各校的进步学生在彭咏梧、江竹筠这些幕后党的组织者的指导下组织起来,出校宣传,学校之间又联络了起来,反蒋斗争迅猛发展,比年初的"抗暴"运动更加深入,与全国几十个大中城市的此起彼伏、持续不断的罢课或示威运动遥相呼应。5月18日,国民党政府颁发了《维持社会秩序临时办法》,禁止罢工、罢课、游行示威,但各地的斗争却是越压制越激烈。5月20日,国民党政府恼羞成怒,武力镇压南京抗议反动法令的学生示威游行,酿成血案,一时间激怒全国。重庆市委适时贯彻周恩来为中央起草的策略指示,乘势掀起了新的反蒋浪潮。

江竹筠适时来到女师院、指导学院党支部通过积极分子,组成许多宣传队,浩浩荡荡进行宣传。她们在街头义卖、擦皮鞋,为挨饿的教师募捐,这个举措深得人心,霎时震动全市。江竹筠遵照市委指示,又适时指导女师院党支部组织骨干去联络其他大学,发起组织全市学生联合会,以便代替原来的抗暴联合会,争取合法地位,行动一致地把运动推向新的高度。南温泉的西南学院虽小,她信赖那儿的党支部而去得少了,但她此时仍不疏忽,频繁地去南温泉邮局学生自取的信箱与骨干联络,间或与党支书罗永晔等约会,指示他们配合全市的新的学运。

这时,北平学联号召全国学生6月2日举行"反饥饿、反内战、反迫害"总罢课和大游行。为研究部署这次大游行,彭咏梧白天上班,晚上四处奔波,终于积劳成疾,原有的肺病一天天严重,以致常咳出血来。江竹筠看得心焦心疼,除了精心照料,就是自己多出外联络,协助丈夫,很快将各市学界完全发动起来了。

然而,月底的斗争形势变得十分严峻起来,学生和市民的群众运动如此高涨，使得敌人极为惊慌，他们指使学生中的三青团员、职业特务以群众面目阻挠破坏，军警宪兵特务也大量出动，大有黑云压城城欲摧之势。一场残酷的较量再所难免了。

江竹筠机警地注视着事态的发展，她频繁地与女师、西南学院的党支部联系，分析敌人的动向。在女师院，她与赖松等人研究着对策，估计谁上了敌人的黑名单，怎样转移，谁接替最合适，如果敌人真的冒天下之大不韪下毒手，又该怎样自卫……一切都从最坏的可能性着眼，进行周密的部署。与西南学院的罗永晔、胡振兴、陈家俊几个党员联系时，江竹筠也是叮嘱了又叮嘱。见陈家俊平时社交广，最引人注目，她要求陈家俊一遇事态恶化，务必立即隐蔽起来，千万不要莽撞。

果然，5月21日，重庆市委和彭咏梧等同志通过内线惊骇地得悉情报：国民党"中央党政军联系会报"（又称"甲种会报"）组织，决定于6月1日在全国各大城市对进步学生和民主人士进行一次大逮捕，镇压这次全国规模的"六二"大游行；"重庆党政军会报"（又称"乙种会报"）组织接到通知，立即由市行辕参谋长召集市长张笃伦、空军司令晏玉琼、市警察局长唐毅、行辕二处处长兼保密局西南特区区长徐远举等会商，决定由"乙种会报"秘书周开庆与警备司令部参谋部情报科负责筹划，按黑名单实施逮捕行动！

6

残酷的大逮捕眼看无可避免地就要发生了！虽然已有准备，但事情如此火烧眉睫，重庆市委和彭咏梧、江竹筠等不禁心急如焚，立即作出妥善安排，迅速通知有关同志马上转移，尽量使重庆地下党组织在这次血腥的大逮捕中减少损失。

彭咏梧、江竹筠夫妇是市委直接负责全市学运的领导者和组织者，此时自然更加紧张忙碌。彭咏梧负责的地方很多，立即派人通知各学校可能暴露了的地下党员和进步民主人士紧急隐蔽防范；江竹筠则除了通知直接负责的西南学院、女师院及南岸区的部分学校，还得协助彭咏梧布置全市学界在这危急时刻的行动。

南岸区的各学校离市区太远、太分散了，在这5月最后的几天里如何跑得过来呢？何况在这国民党军警特务即将全市戒严的时刻，自己又怎么能从容地各处奔波？自己一旦暴露被捕事小，可耽误了通知同志们造成损失就事大了。事件眼看就要发生了，虽然这两天已向女师院、西南学院这些学校通报了两三次敌情，布置得很周密了，但江竹筠还是不能放心，害怕这些地方的党组织在紧急情况发生时出现意外。情急之中，她镇定地想着办法，脑子里适时地出现了西南学院女党员陈家俊的身影。

陈家俊活泼、交际广，机灵能干，通知了她就等于通知了其他与她有联系的同志，何况陈家俊肯定会是敌人重点注意的对象，务必让她防范。可是，自己又不能亲自去找陈家俊，自己还有这么多的紧急事要协助彭咏梧，让谁去通知陈家俊？

江竹筠由陈家俊很自然地想到了表妹杨蜀翘，家俊和蜀翘身上都有很相似的机灵干练、胆大心细的特点。对，让蜀翘去！

这一天，天很阴沉，下着毛毛雨。中午吃饭时，江竹筠一身湿透地跑到了石板坡小学，一见表妹杨蜀翘，就把她赶紧拉到僻静处，低声说："蜀翘，你赶紧替我到南林学院跑一趟，找西南学院一个叫陈家俊的女生。今晚，敌人可能就要搞全市大逮捕了，要她通知一些人赶快撤离！"蜀翘从表姐紧张而严肃的神态中看到了事情的严重，忙不迭地点着头。江竹筠立即向蜀翘介绍了陈家俊的长相特征、具体的住址，教授了告诉陈家俊的谈话内容。蜀翘听罢抓了把纸伞就走，江竹筠却把她拉了回来，说："你别急，把我交代的内容背给我听听，这事疏忽不得！"蜀翘就背起来，江竹筠还不时地纠正，直到蜀翘背得分毫无差，蜀翘就要走了，江竹筠仍认真细致地叮嘱她如何观察环境见机行事，路上如何谈话不暴露自己，万一与陈家俊联系不上又如何补救。听了表姐教的各种办法，看到表姐如此慎重，蜀翘既对表姐更加敬重，又更明了这件事的紧迫和重要，心里也同时涌起被信任的自豪感和使命感。

南林学院原是国民党中央政治学校，后来迁往南京，此时与西南学院同在南温泉，离市区有几十里路。杨蜀翘回忆当时的情形说，那天，天下着雨，又没有车，事情还如此紧急，杨蜀翘几乎是一路没歇气地跑着去的。到了南温泉天已经黑了。想到大逮捕可能很快就会发生，杨蜀翘急得身上的汗比雨水还多。在街上经过时，偏偏又遇到熟人，那人问她："丫头，你来干啥，天下雨，又黑了，你急着去啥子地方呀？"蜀翘扯谎说："我去看个亲戚，他病重，我不赶路不行呢，再见啊！"赶到南林学院，找到陈家俊，杨蜀翘几乎累得要瘫了。

通知了陈家俊，如同找到了防止意外的关键一环。在陈家俊和杨蜀翘的紧急奔走通报下，不仅陈家俊自己脱险了，在当晚开始的大逮捕中，江竹筠直接负责的西南学院、女师院及南岸区的部分学校的党组织都没遭到破坏，党员一个也没抓到，学生组织的领导核心也都保存了下来。

7

然而，百密终有一疏，世事难免意外。5月31日深夜，重庆军警特务发出戒严布告的同时，进行了一场疯狂的大逮捕，抓走了大批的进步学生、民主人士甚至一些记者。

这天深夜，国民党特务趁学生们酣睡之际，冲进重庆大学高年级学生宿舍里，抓走了一批学生，其中有学运中的骨干和积极分子。随后，天快亮时，特务们又去重庆大学旁边的中央工校抓人，中央工校的师生奋力抗争，与军警特务发生冲突。这时，发现本校有人被捕的重庆大学学生闻讯赶来支持，学生们围住特务，高呼："不许抓人！""特务滚出学校去！""打倒独裁！"特务们穷凶极恶，竟然开枪射击打伤学生。当晚，曾在重庆大学与同志们商讨过组织游行示威问题的负责此地学运的地下党员刘国鋕闻讯后，立即派人迅速查清重庆大学被捕人数与姓名，紧急赶回城内向上级彭咏梧报告，商讨营救对策。

彭咏梧和江竹筠得悉重庆大学血案后，正焦急地设法营救，突然又传来了女师院发生变故的消息。原来，敌人先后两次武装包围了女师院，可学生们在地下党支部和学生自治会的领导下已有防范，紧守校门，用鞋子和石头还击敌人，保护"黑名单"上的进步同学，并且一怒之下推翻了敌人的吉普车。敌人哪里料到这帮女学生会如此齐心如此勇敢？他们害怕缠不过这些大学生，慌慌张张抓走13名学生。女师院学运的领导核心保留下来了，但遗憾的是学院学运发言人、市学联核心成员之一的汪盛荣同学却不幸在这被抓走的学生之中。

这时，全国各地传来的消息证实，这次逮捕不仅发生在重庆，而且是一次全国性的大逮捕，酿成了震惊各地的"六一"事件。地下党重庆市委立即指示，必须揭露国民党的暴行，用一切有效办法营救被捕同志。那几天，负责学运的彭咏梧显得尤其忙碌，不时有同志来找他谈情况，研究营救办法。把同志们派了出去，他自己也经常四处活动，利用自己平时建立的各种社会关系，营救出一个又一个被捕同志。江竹筠和刘国鋕等则忧心如焚地终日奔跑在市区和各自负责的郊区的各校之间，设法营救，布置事件发生后的应急对策。这时，国民党的戒严令已经实行，6月1日零时以后每晚11时至翌晨6时禁止通行，可他们哪里顾得上这条禁令会给他们自身带来什么样的危险？他们只恨自己不能分出一个身子来。

刘国鋕在重庆大学率先组织成立了"六一事件后援会"。在女师院，敌人下令取消学生自治会，江竹筠便指示女师院党支部在危难时刻组织成立科系联席会，及时提出反迫害口号，针锋相对地宣布罢课，像重庆大学一样成立事件后援会，采取请愿、记者招待会等形式，争取教师和社会力量的共同声援。

在重庆大学、女师院营救方法的基础上，重庆市委组织各校联合成立了"重庆市大中学校六一事件后援会"，将指挥部设在号召力最强的重庆大学。彭咏梧和江竹筠、刘国鋕等成了这个组织的当然的幕后领导人。他们迅速以后援会的名义，组织重庆市各界代表、各校师生纷纷到行辕请愿，强烈要求释放被捕的记者和学生。迫于强大的社会舆论压力，国民党终于释放了大部分被捕人员。特务们虽然抓了那么多人，可最后审查认为只有两个人可能是地下党员，而且还找不到证据，只得把少数民主人士、记者和重庆大学的一个学生关到渣滓洞监狱。在十多天内，地下党领导的这次营救成功了，学运也有条不紊地由进攻转入了防守。

女师院包括学生领袖汪盛荣在内的13名被捕同学全部出狱了。江竹筠长吁了一口气。按照市委对时局的分析，她及时向所负责的学校传达，提出暂时不要与敌人硬碰，撤出暴露的同志，避开锋芒，保存力量。但是，暴露的同志撤离后，重庆的学运如何不致陷入沉寂呢？

这时，市委决定把保存下来的进步学生组织起来。按照这个指示，彭咏梧领导江竹筠、刘国鋕等人，选择觉悟较高的学运骨干和积极分子，成立了党的外围组织。这个外围组织该取一个什么样的名称？开始，有的叫"民主青年联合会"（简称"民青"）等，后来，彭咏梧、江竹筠等考虑这些名称都有明显的政治色彩，容易引起敌人的注意，便决定统一以"六一运动"命名，改称为"六一社"。

"六一社"的建立，使重庆学界真正有了上下统一的领导核心。刚刚沉寂了几天的重庆学运很快又能东山再起了。

8

女师院在"六一"事件后的斗争形势同样严峻。进步的劳君展院长被撤职了,国民党政府准备派来新院长张邦珍,学校中反动分子的气焰猖獗起来;学校的地下党员和进步骨干被迫撤走了,只有党支部书记赖松成功地隐蔽留下来,可是孤掌难鸣。进步的势力得不到张扬,中间势力自然一片沉寂。怎么改变这种局面呢?

江竹筠苦苦地动着脑筋,觉得最好的办法是借鉴女师院前一段的成功经验,利用即将到来的秋季招生给女师院补充可靠而进步的学生,尽快重建党组织。自然,她又想到了表妹杨蜀翘。又赶紧去了一趟石板坡小学。一见面,她就问表妹:"你复习得啷个样?"蜀翘嘟着嘴说:"丢得太久,力不从心呢。"江竹筠一听有些急了:"这怎么行,你这次无论如何也要考到女师院去!"蜀翘听得一愣:"你……你不是叫我考四川大学么?"江竹筠说:"那是上次,现在是女师院急需要补充我们的人,你得把这当成一个任务完成。"听表姐这么一激,蜀翘来了精神,可转念一想离考试只有不到一个月的时间,她又茫然地望着表姐。江竹筠一看这表情就明白表妹在畏难什么,说:"这样,你干脆去女师院好好补习……记住啊,只许成功!"蜀翘于是按照表姐的嘱咐,临时赶到女师院去补习功课。考试结束后,她忐忑不安地去看榜,看到榜上公布自己考上了史地系,开始还不敢相信,后来就一跃而起,转身就往市区里跑。她要尽快告诉表姐这个大好的消息呢!

杨蜀翘从此心焦地等着入学,恨不能快点到女师院去投身学运。到了8月15那天,表姐竹筠带信让她去过中秋节。到了青年会表姐的家,表姐问她:"你想不想加入共产党?"她听得一愣又一喜,明明猜测表姐早就是共产党员,可她不能直问,就说:"想,早就想,可我……不知道共产党在哪里。"表姐搂着她在卧室中央宽大的床上坐下来,说:"我介绍你入党行不行?"蜀翘高兴得跳起来:"好啊!"表姐拉她坐下:"你晓不晓得,入党要求严格,要遵守纪律,保守秘密,永不变节叛党……"就在表姐的家里,杨蜀翘表了决心,向着介绍人江竹筠这个领她投身革命的引路人宣了誓,成了一名共产党员。

女师院还未开学,杨蜀翘就按表姐的指示与赖松接上了关系。两个人同江竹筠分析了一下学校可靠的进步学生的情况,后来又发展董世芝加入了党组织。这样，女师院的党支部终于重建了。

支部刚成立，就立即着手让学校的学运活跃起来。与赖松和杨蜀翘约会时，得知反动的张邦珍很快要来接任院长，江竹筠就同她俩商量说："我们必须争取阻止张邦珍接任，否则我们就很难有一个宽松的环境开展工作。当然这可能很难做到，但是我们也不能坐等鱼肉，至少要打掉她的气焰。只是，"六一"事件刚过，我们不能直接以政治理由阻止她接任。你们看有没有其他让中间师生都能产生共鸣的理由？"赖松想了想说："听说她只读过中学……"蜀翘接话说："只上过中学，哪能当大学的校长！"江竹筠听了眼睛一亮："你们这一说倒提醒了我。张邦珍的确只上过中学，是个不学无术的家伙，而且她还是一个大军阀的姘头。我们就抓住这些，申明她没有资格当大学校长，趁她还未到任，抓紧时间大张旗鼓地揭她的老底，拒绝她到任。估计这法子能得到学生们的支持，而且这样斗争也合法，让特务们抓不着把柄！你们就这么干吧！记住两点：第一，打击他们的反动气焰；第二，争取中间师生，壮大我们的力量。这是我们的目的。"

党支部立即组织学生开展"拒张"活动，一时间校内校外到处是对张邦珍不屑的舆论，以各种形式传播有关她的丑闻，全校师生对当局派这样个人来当院长都怨声载道。大家正高兴着，没想到张邦珍居然还是厚着脸皮上任了。

那天，张邦珍道貌岸然地在全校师生见面大会上讲着话，党支部指定人突然发难，要求张邦珍公布治校方针，学生们群起呼应。张邦珍被整得措手不及，狼狈不堪。

江竹筠表扬了赖松她们的对策，得知张邦珍带来的秘书比张更反动更阴险，完全是个政客，就指示说："这人肯定是张邦珍的狗头军师！你们趁热打铁，设法打击这个秘书，断她的臂膀。"蜀翘乐了："这叫打蛇打七寸！好，就这么干！"她们立即依计行事，果然弄得这秘书灰溜溜地走了，张邦珍几乎威风扫地。

江竹筠那段时间常来女师院，听党支部汇报说学校当局克扣公费，总务人员贪污盗窃，搞得学生伙食极坏，就又指示她们："你们就抓住这点，组织学生们与学校当局开展改善生活福利的斗争。这是一个得人心的行动，可以把中间同学真正拉到我们这边来，进而形成凝聚力。"赖松说："好！我们就这么办！"蜀翘也建议："我看不光要揭露他们，最好是把伙食团的领导权夺过来！"江竹筠满意地点头："不错，为同学们干实事，才能真正取得同学们的信任。蜀翘，我看，你就争取竞选伙食团的主任委员，如何？"

江竹筠在重庆女师院培养的地下党员或"六一社"成员：表妹杨蜀翘（左一）和刘德新（左三）、刘晓岚（右一）

杨蜀翘竞选成功了。党支部和"六一社"的骨干成员都很高兴。蜀翘的才能充分地展示出来了，在伙食团建立了严密的管理制度，杜绝了贪污、盗窃和浪费现象，精打细算地用好仅有的公费，很快不仅把伙食办好了，而且月终能给同学分点节余。这一招像江竹筠预料的那样深得人心，中间同学信任地向"六一社"靠拢，进步骨干又进一步团结在党支部周围。向江竹筠汇报后，党支部又发展甘梅先、王端常两位同学入了党，壮大了力量。紧接着竞选学生自治会主席时，党支部支持的候选人王端常顺利当选。学校当局推翻这次选举并取缔学生自治会时，党支部又针锋相对组织成立科系联席会，代行学生自治会的权力，不仅使党员甘梅先当选为科系联席会主席，而且各科系班的主席也基本上是"六一社"成员。

到了初秋,江竹筠渐渐往女师院跑得少一些了。女师院不仅有了一个由五六个党员组成的有力的党支部,而且"六一社"也壮大起来,有了黄通玉、戴敦佑、王兰芳、车光旭、刘德新、刘晓岚等一大批骨干。她显然已对这里的同志和工作很信任很放心了,而这时市委又给江竹筠增加了新的担子:当好彭咏梧的助手,协助搞好市委机关报《挺进报》的工作……

第十四章 办张威震敌特的《挺进报》

小说《红岩》中的《挺进报》使陈然英名远播,然而有多少人知道这《挺进报》是彭咏梧领导并创办的?又有多少人知道它的发行是江竹筠负责的呢?一次次的秘密策划,一次次的惊险投递……历史的本来真相告诉我们的是这样令人感叹的故事!

1

《挺进报》正式出报已经两三个月了。其实，它的诞生可以追溯到更早时候——暮春的两份地下油印小报。江竹筠清楚地知道这些，作为重庆市委主要负责人之一的彭咏梧的妻子和助手，她明白《挺进报》自始至终凝结着丈夫的心血。

"二二七"事件后，新华日报社、八路军办事处、中共四川省委刚刚从重庆被迫撤走，国民党就向解放区发动了全面进攻，并在3月19日侵入了革命圣地——延安。一时间，反动报纸、电台甚嚣尘上，大肆渲染他们的"胜利"，宣扬蒋介石吹嘘的"3个月即可击破共军主力"。山城乌云满天，地下党员和一切要求进步的人却难以听到党中央的声音和战场的确切消息，人们忧心如焚。夫妻俩相互琢磨着，觉得唯一的办法只有经常翻阅国民党的报纸，从侧面分析出党中央和前线的境况。

有一天，彭咏梧看到了《中央日报》上的一条小消息："国军渡过延河，迅速向瓦窑堡以北转进。"彭咏梧沉思了片刻，终于从字里行间看出了名堂："转进"就是"撤退"，这条消息正说明，国民党在那里吃了败仗，向瓦窑堡以北溃逃，我军已收复延安。他顿时兴奋不已。正巧，新市区区委书记魏兴学这时前来汇报工作，他当即按捺不住地说："小魏，好消息！好消息！你看。"

魏兴学曾是江竹筠的直接上级，江竹筠正是在新市区区委委员任上被派到彭咏梧身边假扮夫妻的，他因此可以说是彭咏梧和江竹筠的媒人和婚恋见证人，在彭咏梧夫妇这里也就比较随便。眼下听彭咏梧这么一说，他一下抢过报纸，仔细地逐字逐句看了几遍，可就是看不出有什么好消息。经彭咏梧点拨，他这才茅塞顿开，高兴得一跳八丈高。

从这天起，彭咏梧和江竹筠以及魏兴学等就利用敌人的报纸研究分析，用这种办法研究掌握党中央和前线战场的情况，通过各种渠道传播到地下党员和群众中去鼓舞斗志。可是，这种办法毕竟宣传面有限，怎样才能扩大传播途径呢？彭咏梧琢磨该秘密建一个收听站，办一张市委机关报。

3月下旬的一天早晨,太阳出山的时候,彭咏梧着一身藏青色西服,来到林森路264号"银耳大王"店铺,找到地下党员陈为敏商量隐蔽原在新华日报社负责学运工作、没来得及撤退的齐亮同志。陈为敏满口答应将齐亮隐蔽到他在城郊的老家去。这时,陈为敏的哥哥、地下党员陈为智和弟弟陈为贤、陈为通陆续回来了,大家一起摆谈起重庆的形势,都为只听到敌人反动叫嚣而难听到党中央的声音和战场实情而焦急。彭咏梧这时提出依靠陈家四兄弟建一个收听站,陈家四兄弟一下来了兴趣。

陈家四兄弟思想都很进步,其中两个是地下党员;而陈为敏的二姐陈为珍在上巴县女中时与江竹筠的入党介绍人戴克宇是同班好友,以后又与江竹筠是四川大学同年级战友。对这样一家子,彭咏梧是非常信任的。何况陈父又是"银耳大王"的经理,可以起很好的掩护作用。加之陈家的这店铺坐落在下半城,比较僻静,楼下做店面,楼上住着家人,外人一般不会到楼上去,在这里收听和抄录新华社广播电台的消息,自然十分安全。

事情一拍即合,大家立即动手,选中很隐蔽的四楼库房作站址,把一些杂物堆放在屋角,拖来一张方桌、一张写字台、一张单人床,收听站基本就算成立了,唯一缺的是一台收音机。

重庆很多做大生意的人,当时鉴于市场物价时涨时落,都买了收音机了解行情和信息,陈家是有名的"银耳大王",买台收音机自然不会引起怀疑。但这毕竟有危险,彭咏梧就要求暂时不要让陈父知道。大家自己七拼八凑了一笔钱,买了一部上等的"飞利浦"牌收音机,指定陈为通负责抄收、整理记录电台消息交给彭咏梧。

这是3月25日的深夜。陈为通紧张地扭动开关,拨动微调旋钮排除干扰声,一个遥远而清晰的声音终于传出来:"新华社3月25日电:我西北人民解放军在青化砭经过一个多小时的激烈战斗,全歼敌军胡宗南部31旅旅部和一个团2900余人……旅长李纪云、副旅长周贵昌、参谋长熊宗继等被生俘……"陈为通一手扭动微调排除干扰电流,一手不停地抄录消息。之后,扬着记录稿兴冲冲地跑下楼说:"好消息!好消息!听到好消息了!"

三兄弟听见了,一下子跑拢过来。四人围着一起,小声地念着。正高兴时,突然传来"咚咚"的敲门声。四兄弟紧张极了,陈为通跑上楼去藏收音机,陈为智赶紧藏好记录稿,陈为敏这才去开门。

进来的却是彭咏梧。他看到四兄弟大惊失色的样子,不禁笑了起来,但又发现他们哥几个神情异常,忙问是不是成功了。

陈为智立即把藏着的记录稿拿出来递过去，一脸的笑容像夜里开放着的月季。彭咏梧接过一看，激动得许久说不出一句话，只是拍了这个的肩膀，又摸那个的头。

这晚，彭咏梧就如何办好接收站作了些具体指示，最后一再嘱咐，要他们千万要注意保密，提高警惕，一点也不能大意。室外的天线用过就要隐蔽好，记录的草稿整理了就得烧掉。

从这天起，四兄弟天天收抄延安、邯郸等地广播的新华社消息。这些消息迅速通过彭咏梧传播到重庆一些地下党员那里，像黑暗里的灯光，让同志们看到了斗争的方向，增添了胜利的信心和力量。可彭咏梧还是觉得这样传播面太小，便在一天晚上又来与四兄弟商量，提出要像"抗暴"运动中游行示威时撒传单一样，把接收的这些消息也印成传单，让更多的同志能传阅。没想到，居然又与四兄弟的想法不谋而合。

老三陈为贤在"义丰钱庄"当学徒，虽然还没有入党，但思想进步，热情很高，还写得一手漂亮的仿宋字。彭咏梧来前已有了慎重而成熟的考虑，就请陈为贤担负刻印工作。陈为贤毫不犹豫地接受了。

但当时他们没有油印机。彭咏梧想，油印机是不能由个人买的，否则不就等于是向敌人说此地无银三百两吗？第二天，彭咏梧亲自跑了十多个店铺，这里买点零件，那里买点机件。店铺问他为啥买这么多零件，他就说自己的油印机坏了，得换些零配件修修。然后，他把凑齐的零配件装进一个手提皮箱，西装革履，一副大商人的派头，走进"银耳大王"的店铺说找陈经理，就径直上了楼。在四楼库房那间密室里，他和陈家四兄弟将买来的零散配件装成油印机，并当即放上陈为贤刻好的蜡纸，成功地试印出了一份小报。

这份油印小报实际上更像传单，而且没有取报名，全部内容都是抄收的来自延安、邯郸的新华社消息，每期只印了百余份，大部分由陈为敏交给彭咏梧后分发给市委同志和有关党员学习，一部分由陈家四兄弟散发给可靠的亲友熟人。小报虽小，但几乎天天都有，及时地传播着党中央的声音和前线的战局，粉碎了敌人的欺骗宣传，鼓舞着山城的地下斗争。

事情发展到这一步，彭咏梧却依旧不满足，他琢磨着在这基础上正式创办一份市委机关报。

2

彭咏梧还不知道,几乎在他筹建新华社消息接收站和无名小报的同时,与党组织暂时失掉联系的陈然、蒋一苇、刘镕铸、吴子见等几位青年同志也在着手办一份同样目的的无名小报。

"二二七"事件前,陈然他们这几个进步青年在南方局何其芳同志秘密领导下,办了一个公开发行的刊物——《彷徨》杂志,用以联系一般社会青年,壮大进步力量。该杂志社与党组织的关系、与《新华日报》的联系都很秘密,但杂志与报社之间的稿件秘密往来却很经常。2月27日,《新华日报》突然被封,人员被迫撤往延安,陈然他们顿时失去了党的领导,内心十分苦闷而焦急,但他们决定还是按照党组织原定的方针,继续把《彷徨》办下去。为防备因《新华日报》被封查而暴露杂志社与党组织的关系,陈然提出把杂志社的所有通联业务都转移到他家里去,并由他负责"读者信箱"。

没想到这个"读者信箱"居然带来了意外的欣喜。杂志社对外通讯处是租用邮局的信箱,有一天陈然去信箱取信时,意外地发现有香港党组织主动寄来的公开刊物《群众周刊》一卷共10份,他将它装在一个胀鼓鼓的黑皮包里,兴冲冲地到杂志社给大家看,几个人兴奋不已。以后每隔几天,他们就收到香港党组织主动寄来的新华社通讯稿,有的是用信封寄的,有的是卷着寄的,有的则是夹在其他香港报纸里面,居然避开了国民党的愚蠢检查!终于听到党的声音了,终于得到党在延安附近青化砭、瓦窑堡、蟠龙镇等地取得的战场胜利消息了——陈然他们几个高兴得无法形容。

几个人不约而同地想到一件应做的事:在公开活动的杂志工作之外开辟一个秘密的第二战场,把这些消息印出来散发出去,把党的声音传播出去,戳穿敌人的欺骗宣传,鼓舞人民必胜的斗志。

还在重庆"和谈"那一阵,陈然就和一些同志做过秘密印刷和散发传单的工作,对这种"买卖"多少有些经验,何况吴子见眼下正在《时事新报》当记者,还创办过《中国学生导报》,刘镕铸又在书店工作,他们都觉得办一份油印小报并不困难。只是,在重庆这国民党的老巢里干这件事其严重性可想而知,这可是有"杀头"危险的举动啊!几个人因此慎重地商量了各种情况,尤其研究了保密纪律和办法,最后决定把油印任务放在陈然那里。

陈然这时是中国粮食公司一个小机器厂的代理厂长。这个规模极小的破旧厂子地点在重庆南岸野猫溪，只有几台破旧机床，没有固定的生产任务，工人大部分走掉了，只剩下几个工人靠自己接点生意维持生活，而这几个工人又与陈然关系很好，亲密无间，很放心。陈然虽说是代理厂长，实际上全厂管理就他一个人，还兼着采购员，工作很自由，可以随便安排自己的时间。厂子里的车间、办公室、工人宿舍都在楼下几间屋里，楼上则住着他一家人，除了妈妈和妹妹以及二姐一家，再没其他人。这样的环境，自然很利于秘密工作了。陈然把油印场所安排在楼上北边一间小屋里，小屋有一排敞窗，面向着长江和嘉陵江的交汇口与野猫溪唯一的小街。夏天已快到了，夜里这小屋会很凉爽，而且工作到十一二点钟，估计也不会引起什么人怀疑。

陈然

就在这间小屋里，陈然他们忙碌开了。蒋一苇他们把蜡版拿来后，陈然就抓紧油印。于是，"五一"节过后不久，又一张无名的八开油印小报诞生了。

几个人高兴极了，刘镕铸拿到小报就着手去秘密发行。陈然搓着沾满油墨的双手，喃喃说道："要是油印小报引起了地下党组织的注意，找来与我们接上关系就好了。"蒋一苇和吴子见也想到了这一点，不禁目光中流露出了美好的憧憬。沉稳老练的刘镕铸却提醒说："要是能这样当然好。可是，眼下一片白色恐怖，特务遍地又极其狡猾，要是谁来试探，我们可要提高警惕，千万不要暴露我们的秘密。我说的大家不要扫兴，哪个能晓得来试探的人是真的地下党还是假的？我们可不要情急之中脑袋瓜儿发热呢！"大家都觉得刘镕铸说得在理，工作更小心了。

3

吴子见与在四川省银行经济研究所资料研究室工作的地下党员刘国鋕是好友。刘国鋕这时担任了刚成立的地下党重庆市委沙磁区特别支部的书记，并协助彭咏梧负责全市"六一社"的工作。彭咏梧很器重刘国鋕这位热情精干又有广泛上层关系的青年下属，找到他询问有没有可靠的有办报经验的同志。刘国鋕推荐了时任《时事新报》记者的吴子见。

一天早晨，吴子见刚到报社，刘国鋕就找来了。刘把他拉到一边，悄悄对他说，重庆地下市委的彭咏梧同志有事要找他谈。吴子见一听，激动得抓紧刘国鋕的手，说不出话来，只是使劲地点头。彭咏梧的名字他早就听说，知道他是地下党重庆市委的主要负责人。这些时，失去了同党的联系的他。一直在苦苦地寻找党的组织，没想到好友刘国鋕也是地下党员，而且带来了这样的好消息。在这白色恐怖笼罩的山城，能够和党重新取得联系，而且是彭咏梧这样重要的领导主动找到他，他哪能不格外激动呢？

在约定的时间，吴子见去了刘国鋕住的地方。其实，刘国鋕就住在他供职的单位所在地白象街的西南实业大厦里。一进大厦门的右侧，是各界人士经常开会的大厦会议厅，人们进出频繁，来几个人不会引起别人注意。会议厅旁边就是供休息和他用的房间，刘国鋕就在这里安排过不少朋友的聚会和临时住宿。吴子见来时，刘国鋕已在这里等着了。什么也没说，刘国鋕就领他从会议厅旁的路往里走，拐过弯，来到一块院坝。在院坝尽头的左边角落上有两间相通的小屋，刘国鋕工作的资料室门与这小屋的门形成直角。进门后下台阶是一段不太亮的路，

刘国鋕

拐弯后才到资料室，而整个资料室又低于外边那个院坝。刘国鋕将这很隐蔽的资料室门旁的两间简陋的小屋作了卧室，里屋摆了一张床、一张小桌子，外屋摆了两把矮矮的藤沙发、一个藤茶几，门边放一张小书桌。经济研究所大门进出的人虽多，但进入里院到资料室来的人却极少，刘国鋕的卧室四周几乎完全与外界隔绝，一般很少有人知道，况且他多数是在会议厅旁的房间与人接触。刘国鋕把这样的卧室作为他与上级会晤的地方，非常安全。

彭咏梧已经在卧室里等着了。时入初夏，重庆的天气已很闷热，彭咏梧却依然穿着一件蓝色西服，系着整整齐齐的领带，气度不凡，庄重严肃。见刘国鋕领着穿着衬衣的吴子见进来，他立即微笑着站起来。刘国鋕把双方介绍了一下，说你们谈吧，就离去了。屋里只剩下初次相见的两个人。因对方又是这样一位重要的领导人，吴子见显得有些拘谨。可彭咏梧几句话就消除了吴子见的紧张感，并说有新的任务要他承担。

坐下来后，彭咏梧给他分析了当时的形势，然后说道："为了适应日益发

展的斗争形势的需要,我们准备尽快办两种报纸。一种是地下党市委机关报,及时把党中央的指示和胜利的消息告诉群众,澄清敌人的欺骗性舆论,鼓舞大家的斗志;另一种是恢复《中国学生导报》,用来指导和推动学运。你在复旦大学是读新闻系的,知道怎么办报,也曾经是《中国学生导报》的创始人,我们准备把这个任务交给你,有困难吗?"

彭咏梧的一席话,让吴子见非常振奋。现在不但找到了党,而且党这么了解自己、信任自己,还给予这样的重任,他真是激动不已。

想到和陈然等办的油印小报,吴子见便向彭咏梧汇报了这张小报的来历以及办报的陈然、蒋一苇、刘镕铸等人的情况,然后建议说:"这小报刚出两三期,也是秘密发行,办报的宗旨与市委的要求也相近;人员都很可靠,通过它找到党组织也是大家的另一个愿望。现在党已找到了我们,你看,是不是请市委把这个小报领导起来,以这做基础,作为市委机关报?"

彭咏梧想了想说:"这个问题我得回去研究了再说,你先考虑一下办这两个报纸还有什么困难,需要些什么,由我来解决,行吗?"

吴子见没想到彭咏梧办事那么干练果断,第二次见面时就告诉他说:"市委已经同意把你们那个小报改为市委机关报,仍然由原来的同志办,由市委直接领导。报纸的名称嘛,刘邓大军不是挺进大别山吗?就定为《挺进报》。你们那个《彷徨》杂志呢,也由市委领导起来,继续公开出版,以社会青年、学生为对象。你们同意吧?"

吴子见一听,高兴极了,当即汇报说:"上次见面后,我把情况告诉了他们三个人,他们三个开头还犹豫呢,怕是假地下党来试探。我也不好把什么都说直了,大家研究了半天,蒋一苇和陈然相信了,都同意接这个关系,只是刘镕铸……"他不好意思地说,"他比较谨慎,不同意接。"彭咏梧笑笑,果断地说:"没关系,他会接的!"

彭咏梧随后亲自找刘镕铸面谈了两次,可谨慎的刘镕铸还是没把关系接上。那时党组织都是采取单线联系,彭咏梧很能理解刘镕铸为什么不轻信自己。这是当时地下工作者秘密工作的纪律性和应有的品质。第三次,彭咏梧带着过去指定与刘镕铸单线联系的一位同志写的条子去见面,刘镕铸这才接上组织关系,既抱歉又特高兴。彭咏梧却更加欣喜,有这样严守纪律的同志办机关报,他才真正放心呢!

彭咏梧与吴子见接头不再到刘国錱那个卧室去了,为了安全,也为了方便,改到位于神仙洞一条僻静小巷里的吴子见家里。彭咏梧对如何办《挺进报》作了一系列的指示和安排，新闻稿除陈然他们原来的来源外，由市委提供陈家四兄弟接收站接收的延安广播的消息，另由市委供给指导性的评论稿，印刷机关仍设在陈然的住处并由陈然负责。市委和《挺进报》之间采取单线联系，由吴子见沟通，市委和彭咏梧的指示、意图、部署也都通过吴子见传达。

地下市委的机关报《挺进报》就这样在两份无名的油印小报基础上，在国民党黑暗统治的中心重庆秘密诞生了。

彭咏梧还在《挺进报》成立了党的地下特支，他自己亲自兼任特支书记。陈然1939年春天满16岁时，就在宜昌的"抗战剧团"加入了共产党，后来关系转到八路军驻重庆办事处，皖南事变后因身份暴露被党组织指示马上离开重庆并暂时断绝组织关系。但失去了组织关系的他时刻记着自己是个共产党员，自觉参加斗争，返重庆后在参加"抗暴"大会和"沧白堂"事件时，他挺身而出阻止特务的破坏活动，曾被特务用铁器击得头部重伤。鉴于陈然的一贯表现，彭咏梧建议党组织即时批准陈然重新入党，并担任《挺进报》特支组织委员。吴子见也一直积极为党工作，经受住了各种考验，彭咏梧和江竹筠夫妇后来亲自介绍他加入了党组织。

有了这样一个坚强的特支领导，《挺进报》这张八开的油印机关报，很快秘密出版发行了。它真实而迅速地传达着党中央和毛主席的声音，报道着解放战争的胜利喜讯，既像一盏明灯从此照耀着黑暗的山城和为自由而斗争前行的人们，又像一把匕首，插在国民党自以为舆论统治最严密的心脏地区，引起了当局军警宪特的极度震惊和恐惧。

4

《挺进报》诞生后，彭咏梧身上的担子越来越重，已经忙得不可开交了。除了组织领导被特务严密查禁搜捕的《挺进报》，他还担负着重庆学运、地下党组织的发展建设工作，尤其是负责选派大批经过锻炼的同志去川东各地、筹备下川东的武装斗争。况且，他还有社会职业，每天都要上班。于是，经过市委同意，彭咏梧指派他的助手、妻子江竹筠加入《挺进报》的工作。

1947年8月中旬，立秋过后的一天下午，彭咏梧领着江竹筠秘密来到神仙洞偏僻小巷的吴子见的住处，先向江竹筠介绍了吴子见，尔后对吴子见介绍说：" 这是江竹君同志，以后和你们一道搞《挺进报》。你们有啥子难题，你直接与她联系。"吴子见一听就明白，江竹筠是作为彭咏梧的助手来领导《挺进报》的，以后他将只与江竹筠单线联系，以后有什么难题找彭咏梧，按照组织原则也必须通过江竹筠。他立即上前一步，紧紧握住了第一次相见的江竹筠的手。

江竹筠穿着一件毛蓝布旗袍，外罩一件棕红色薄呢短外衣，文雅而端庄，目光坚定而敏锐。她用非常朴实的口气向吴子见说："报纸工作有很多困难，这困难是大家的；你们碰到了就尽管提出来，我们共同想法子克服。"

在这次与吴子见见面之前，彭咏梧和江竹筠已经就《挺进报》的工作进行了重新部署。鉴于国民党特务已经盯着搜查《挺进报》了，从安全出发，决定陈然、刘镕铸、蒋一苇不再具体做稿件和发行工作，而只负责出版方面，并增加吕品同志负责刻蜡版；发行网由市委组织，而收录新华社稿件只由成善谋和陈家四兄弟负责，由江竹筠按时送给陈然等人；吴子见也不再直接参加出版事宜，只协助彭咏梧和江竹筠准备稿件和资料，负责《挺进报》与江竹筠的单线联系。

三人谈了工作布置后，彭咏梧向吴子见指示说："以后每期报纸，除了交给刘国鋕一部分外，其余全部交给她（指江竹筠）去安排分发；《挺进报》已经成了敌人的眼中钉肉中刺了，不要同志们再去冒这个险了。"江竹筠也说："新华社广播的收听记录已经另作了安排，你通知陈然他们几个编报印报的同志不要再收听了；特务既然已经很疯狂地进行搜查，同志们就应该慎之又慎，千万不要大意，不要心存侥幸地去冒险……"

过去与彭咏梧这个市委领导人直接联系时，吴子见已领略了彭咏梧的魄力；如今与江竹筠一同工作，使他又进一步感受到了这对革命夫妻的无穷魅力。以前，每次指导《挺进报》的工作，都是彭咏梧来找他；江竹筠接手后，彭咏梧很少亲自来了，即便需要会面，也都是由江竹筠为他俩约定时间和地点。这种联系方式，既说明彭咏梧信任江竹筠和他，又证明连彭咏梧这样的人都严格遵守着地下工作单线联系的原则。而江竹筠严谨的工作态度，更让吴子见由衷佩服，受益匪浅。

吴子见那时常把江竹筠送来的新华社广播收听记录稿和资料带到他的住处，由他整理后送到陈然他们那里。有一天，江竹筠来时细心地检查他放报纸的一只箱子，见他把稿件和资料的底稿放在里面，很不放心。她一边动手清理，一边叮嘱他说："小吴，你可不能大意，我们应该时刻提高警惕，随时准备应付特务的突然袭击呢！"吴子见连连点头，以后再也不敢大意了。

不久的一天，吴子见和江竹筠在街上偶然遇着了。见到江竹筠大姐，他异常高兴，忙向她打招呼，想与她商量事情。可是，江竹筠一看是他，立即扭转脸，掉头而去。再约会见面时，她严肃地叮嘱说："小吴，你违反了秘密工作的纪律哩。记住，以后在外面碰到那样的场合，不是约定了的，就不应该表示相识，对我是这样，对别的同志也一样！明白为什么要这样吗？"

吴子见自然明白这既是秘密工作的纪律，也是为了他本人的安全着想。市委和彭咏梧、江竹筠夫妇决定把《挺进报》的供稿、出版、发行工作分离开来，又叮嘱同志们相互之间尽量避免发生过多的联系，就是从安全上着想的。而让吴子见尤其感动的是，江竹筠自己把最危险的取送稿件和发行工作揽在身上。那段时间，江竹筠一直不顾个人安危地昼出夜行，奔走在马路深巷，亲自到下半城林森路的"银耳大王"店铺的陈为通那里取广播稿，亲自校对和整理、抄写清楚后，这才交给吴子见，由他转交给编辑部的陈然等同志，还三番五次地解决陈然、蒋一苇、刘镕铸他们的生活困难，关心他们的身体健康。身为《挺进报》和市委彭咏梧、江竹筠夫妇之间的联络人，吴子见知道这是对自己的极大信任。

有一天，江竹筠与吴子见接头时通知他说："小吴，老彭要见你，有件重要的事要交给你办。"多时未见老领导彭咏梧了，吴子见一听很是兴奋，却不免又有些紧张，因为不知是怎样一件重要的事。

到了约定的时间，在江竹筠安排的地点，吴子见见到了彭咏梧。彭咏梧用他素来果断的口气说："在新形势下，我们党内有些同志的思想认识和工作方法跟不上形势发展的要求，仍然存在消极隐蔽思想，缩手缩脚，不敢放手发动群众，开展积极的斗争。市委决定针对这个问题发表一篇言论文章，要求同志们提高对形势的认识，改变工作方法，放手发动群众，组织群众起来在国统区内部开展武装斗争，和解放区的斗争连成一体，遥相呼应，相互支持。文章的题目我已想好了，就叫《克服消极隐蔽思想，迎接革命高潮》。我看这个任务就交给你，写好定稿后就在《挺进报》上发表。你看行吗？"吴子见听罢深感这任务的重要，也为把这样的任务交给自己而备觉领导的信任，他慎重地点点头。随后，彭咏梧仔细地讲了文章该如何写，基调如何把握。虽然题目都已由彭咏梧定好了，内容也都有彭咏梧细致的授意，吴子见接受下来后仍紧张得一点都不敢马虎。初稿完成后，通过江竹筠转呈给彭咏梧，最后由彭咏梧亲自修改定稿，这才在《挺进报》发表。这篇文章刊出后，对当时的国统区斗争起到了很好的指导作用，使同志们看清了新形势下的斗争方向。那一段时间，大家争相传看这期《挺进报》，《挺进报》的声誉和威信大增。

在彭咏梧、江竹筠夫妇的领导下，吴子见和《挺进报》的同志们都懂得了秘密工作应严格遵守的纪律，日益成熟而机敏；而他俩卓有成效领导的直接效果是，既开创了《挺进报》的新局面，又确保了《挺进报》在白色恐怖形势下的安全。在相当长的时间里，国民党出动了大批特务，日夜监视和搜查，甚至连马路边的邮筒都不放过，却始终没有查到《挺进报》的蛛丝马迹。相反，这份中共地下党重庆市委的机关报，不仅寄发到了重庆的各个领域乃至部分农村地区，而且居然投递到了国民党重庆西北行辕魁首这样的人物那里，在那特定的时期里发挥了动员群众、打击敌人、开创局面的重大作用。

5

看过小说《红岩》和电影《烈火中永生》的人们，都知道《挺进报》出版发行的危险，都以为《挺进报》只与彭咏梧（彭松涛）和陈然（成岗）关系最大。事实上，除了彭咏梧、陈然、刘镕铸、蒋一苇、吴子见、刘国鋕、吕品、成善谋等同志的出色努力外，在那特殊条件下最危险最艰难的发行工作在一个时期内却是江竹筠领导进行的。

自从作为丈夫彭咏梧的助手接手领导《挺进报》的工作，江竹筠为这份报纸费尽了心血。除了精心组织稿件和出版，最让她投注精力的是报纸的秘密发行。报纸出版后，小部分交给了沙磁区特支书记刘国鋕，其余绝大部分由江竹筠自己组织秘密分发，而分发到市外各地的几乎全都是她领导进行的。在那白色恐怖环境中，这份敌人严查紧搜的报纸既要闯过无数关卡码头，经过无数人的手，又要绝对保证各环节中的人员安全，谈何容易！江竹筠苦苦思索后，采取了邮寄和分头转发的方法，甚至亲自动起手来。

邮寄如何通过国民党严格的邮检呢？江竹筠发动由她领导的在时事新报社做校对的唐永梅同志和在国民党财政局工作的同志，弄来了很多印有这两个单位名称的信封，专门用来邮寄《挺进报》。这一招果然奏效，骗过了特务的搜查关卡。当特务们盯上了邮局邮箱和街头邮筒时，江竹筠又发动联系到了在太平门邮局工作的几位社会大学学生，通过他们从邮局内部投寄，这样就进行得更方便、更隐蔽、更安全了。

另外的一部分则选择可靠的同志分头转发投递。她因此建立了一些秘密的转发站，专门发送《挺进报》。她负责的育才学校有位十五六岁的"六一社"女学生，名叫周毅，与她建立了很深的感情。她设法帮助小周考入了重庆女子师范学校，在小周那里建起了一个转发站，吩咐小周平时只埋头读书，不参加本校的进步活动，绝对掩护好身份。每次需要把《挺进报》分送给沙坪坝各大学时，她都交给周毅去完成。

每次把报纸从吴子见那儿领回来，江竹筠就匿藏在自己家中的天花板顶棚上，自己常常通宵达旦地分装，有的装进信封，有的裹成小卷，有的捆成大捆。有时，在女师院上学的表妹杨蜀翘、在胜利大厦工作的好友何理立等很可靠的地下党员来了，她也让她们与自己一起干这份分装转发的工作。分发投寄时，她十分细致地规定，每次都必须有两个同伴一起进行，以便万一出了问题时，有另一个同伴及时通报组织上，及时制止事态发展和组织营救同志。分发投寄的同志从她那里出发时，她总是不厌其烦地叮嘱：不要只投一个邮局的信箱、邮筒，要变换地方多投一些信箱邮筒。这样虽然麻烦一些，危险也似乎多一些，但实际上万一敌人搜查出来，也不知怀疑哪里，危险性其实就减少了。你们要既胆大心细，又要注意方式方法……

一期报纸出来后，为了更快地投寄分发出去，江竹筠还时常亲自选择一个同伴去做这件危险的工作。这个同伴更多的时候是她的表妹杨蜀翘，有时还有王珍如等信得过的女友。

6

江竹筠与何理立、王珍如是在成都时就建立起无话不说的亲密关系的姐妹战友。

王珍如因病离开重庆三联书店回成都金堂县老家后，在1947年的夏天又接到通知秘密回到了重庆，可因为某种特殊原因一时未能正式接上组织关系。江竹筠不能违背组织原则擅自解决王珍如的组织关系，便设法将她安插到上海银行经理李其猷家里当了一段时间的家庭教师。两人毕竟是知根知底的好姐妹、老战友，王珍如为党工作的热情又一直很高，江竹筠便时常带她一同参加一些秘密活动。8月下旬，江竹筠通过组织上的关系重新将王珍如安排到郊区北碚天府煤矿职工子弟学校白庙子分校任教前，便带上王珍如一同去完成了一次投寄《挺进报》的任务。

几十年后，当作者采访王珍如时，她对当时的情形仍觉历历在目。

那是一个晴朗的星期天的下午。江竹筠和王珍如相约在胜利大厦的何理立的办公室见面。出办公室时，她俩抬着装满《挺进报》的一个绿色帆布大旅行袋，一人提拉着一边的提带，像亲姐妹一般地说笑着，从容镇定地去投寄。第一站便是离胜利大厦不远的民生路邮局，江竹筠一边与王珍如说笑着，眼睛机警地看了看四周，见没有可疑的人，连王珍如还没意识过来，她已把一叠分装好的《挺进报》塞进了邮筒。然后，她俩胆大心细地把上半城的邮筒分投得几乎无一遗漏。这时，王珍如担心地问她："这样寄给敌人，不是也暴露了自己吗？"江竹筠没有回答，只是说："走！"王珍如立时明白了，这样做，既是分化敌人，也是给敌人以威慑，便又提议说："我们是不是还到下半城去？不然，敌人就只查上半城。"江竹筠这时欣慰地对王珍如一笑。于是，她俩又沉着地去下半城，胆大而机智地把《挺进报》投进了许多衙门要员的信箱里。一个大旅行袋空了，任务完成了，姐妹俩就此分手。分别时，她俩只是相视一笑，默契地什么也没有多说。

在那样的白色恐怖中，江竹筠采用不同的方式，通过不同的途径，把《挺进报》准确地投寄分送到不同地方的同志们那里，或者必须警告的敌人那里。而由江竹筠亲手分发的数量最多，每期都达数百份，最多时甚至达到一千六七百份。她与彭咏梧、陈然、刘镕铸、蒋一苇、陈家四兄弟等人一样，对《挺进报》做出了巨大贡献。

进入1947年秋末冬初，彭咏梧、江竹筠夫妇奉命到下川东领导开展武装斗争。他俩对《挺进报》的领导重任虽然移交给了其他同志，但他俩在报社里建立的地下特支和严密而机智的工作方式，却继续影响着留下来的《挺进报》人战斗在敌人的最黑暗的心脏地区……

第十五章 出征前把孩子托付给谁

把一岁的孩子托付给人,夫妻相携搞暴动去!然而,他俩怎么居然想到请谭政烈?托孤前后,变故常生,江竹筠的心啊,竟是这样地豁达坚忍,又是如此地悱恻莫名、柔情缱绻!

1

在江竹筠的心目中,彭咏梧不仅是她志同道合的好丈夫,而且是一位思想敏锐、有胆有识、敢作敢为、能迅速打开局面的好领导。作为彭咏梧的妻子和助手,她早已摸透了彭咏梧的性格,从彭咏梧的一举一动中都能揣摸到他的心思乃至时局的变化。当时光进入到1947年秋天的时候,看到彭咏梧一手抓重庆学运和《挺进报》,一手抓与下川东各地党组织的联系,她敏感地意识到:四哥可能真的很快要到下川东去发动武装斗争了!

早在7月初,有一天彭咏梧与《挺进报》的同志联系回来,兴冲冲地告诉江竹筠说,6月30日,刘伯承、邓小平同志领导的晋冀鲁豫野战军强渡黄河,挺进大别山,揭开了人民解放战争战略反攻的序幕。我们不能再消极隐蔽等待,必须大胆出击,在国统区开辟第二个解放战场,以武装斗争迎接革命高潮的到来!

彭咏梧素来敢想敢干。果然,江竹筠发现他开始频繁地选派一批批经过考验的同志,前往川东各地农村,加强在当地很有群众基础的地下党组织。

有一天,彭咏梧把唐虚谷、李汝为、卢光特、刘孟伉等几位熟悉下川东情况的地下党员约到重庆临江路一家很不起眼的小饭馆里,一边围着热气腾腾的火锅吃着,一边秘密研究筹备下川东武装暴动的问题。

彭咏梧边吃边说:"四川的物资和兵源都很充足,蒋介石一直企图把这里作为反共反人民的基地。我们要尽快在下川东开展武装斗争,配合和支援解放军的前线正面作战,给蒋介石来一个釜底抽薪!"

一听说要到下川东去搞武装斗争,李汝为就来了兴趣,低声说:"嗯,这一招厉害,这等于在蒋该死的背后插上一刀!"

其他几个同志也都点头称是。彭咏梧便分析起在下川东开展武装斗争的有利条件:"下川东那一带是大巴山区,又是几省交界的地方,既距李先念同志的部队很近,敌人又暂时顾不上那里,兵力薄弱。最主要的是,那里群众基础好,红军时期就在那里成功地组织过武装暴动,虽然后来局势险恶,但当地的党组织一直都在坚持活动……"这个话题一开头，大家就产生了共鸣。

彭咏梧见大家情绪高昂，就安排说："我看这样，你们四个人先下去，尽快把当地地下党组织的关系接上。为了工作方便，你们四人成立汤溪特支，由老唐任书记，老李和光特任委员，工作一有进展，我就去同你们一起干，如何？"

当下，大家就作了分工，决定卢光特到奉节、巫溪，刘孟伉则去彭咏梧的故乡云阳。

几日后临行的前一天晚上．彭咏梧又特地把大家找到一起，具体布置了下去如何与当地党组织接头、放手发动群众的方法。

8月上旬，派往下川东各地接关系的同志们陆续回了重庆。不仅李汝为向云阳地下党组织传达了上级准备在下川东开展武装斗争的指示，卢光特在巫溪、奉节等地区与当地地下党组织全部接上了关系，初步打开了局面，而且其他同志的联络工作也进展顺利。那些时日，好消息频频从各个联络点传到重庆市委，彭咏梧回到家常常喜形于色，江竹筠自然也特别高兴，感觉丈夫重返下川东的时间越来越近了。

恰在此时，重庆市委的一个委员到上海与中共中央南方局接上关系后回来了，市委一班人就在彭咏梧、江竹筠的家里开会听取了这个委员传达的上级指示精神。

8月底雾都重庆的天空似乎霎时全都是晴朗的了。江竹筠兴奋地一边积极组织《挺进报》的发行，一边去她所领导的地下党组织传达上级新的精神。同时，她已暗暗下了决心随丈夫一起前往下川东搞武装斗争，甚至把儿子小彭云托付给什么人都在心里思量好了。但有谁会想到，她所想到的这个可以托付云儿的人竟是丈夫彭咏梧的原配妻子——幺姐谭政烈！

2

一天，彭咏梧与江竹筠一起带着云儿前往大公报社去找幺姐的弟弟谭竹安，商量托付云儿的事。

谭竹安在大公报社资料室工作，还是个单身青年，就住在报馆的集体宿舍。

谭竹安生前接受作者电话采访时回忆说，他那时见江姐一家子少见地一起来了，有些惊讶，手忙脚乱地招呼。自从去年11月邂逅姐夫彭咏梧，又与江竹筠建立了工作联系后，虽然内心里为亲姐姐感到惋惜和难过，但江竹筠的风范和直率真诚的解释早已使他理解了彭咏梧和江竹筠的特殊婚姻，不再怨恨姐夫彭咏梧了，反倒与江竹筠建立起了亲姐弟一般的深情。落座之后，彭咏梧这做姐夫的还显得有些尴尬矜持，抱着小彭云的江竹筠倒落落大方，直率地先开口向谭竹安说明了来意："竹安弟，我和你姐夫可能很快就要离开重庆，到很远的地方去工作，可云儿托付给谁却让我们一时作难了。我们想让一些朋友帮助带，可那样又不是长久之计；想到了竹安弟你，可你是个单身汉，也不方便……"江竹筠说到这里，朝彭咏梧看了看。

彭咏梧明白，按他和竹筠来前的商量，请幺姐来重庆自然由他开口最好，既显得尊重原配妻子幺姐政裂，又让竹安这做弟弟的感到是情理之中。彭咏梧便接过话头说："竹安，我们想来想去，还是觉得你姐姐最合适、最放心。你看能不能请你姐姐来重庆？这样炳忠可以在重庆读书，同时也可以照顾云儿……"

江竹筠也补充说："竹安弟，我和你姐夫一直都对幺姐心存内疚，也一直觉得幺姐是个最善良、最通情达理、最深明大义的人，我总感觉这样虽然对幺姐是个委屈，但她要是明白这一切都是为了革命就会接受这个主意的，况且我们终究是一家啊！直说吧，竹安弟，不瞒你，这个主意是我先提出的。我们这一走，还真不知道能不能再回来。依你看，幺姐能不能来呢？"

听姐夫彭咏梧和竹筠姐这么一说，谭竹安愣了一下，接着心里好一阵翻腾，既感意外又觉酸楚。只是咏梧哥和竹筠姐都还不知道，做弟弟的自己至今还一直瞒着幺姐有关这里的一切，一直没有告诉姐姐咏梧哥的下落，一直不忍心让幺姐痛苦呀！想想幺姐在云阳老家苦苦煎熬着，整整6年一直在苦守苦盼着姐夫的下落，若是告诉幺姐这一切，还提出叫她来重庆抚带姐夫和另一个女人的孩子，幺姐会怎么想……

谭竹安神情黯然地想了好一会儿，最后才对翘首等待着答复的彭咏梧和江竹筠肯定地说："幺姐的确是个深明大义的人。邦哥，你离家时，她就已懂得了革命道理，能顾全大局，不计个人恩怨。我相信她会来重庆的。这事儿就由我来办吧，云儿就先留给我，你们放心地走吧！"

彭咏梧和江竹筠都轻呼一口气，为竹安的话好一阵感动。江竹筠摸了摸啥事不知、睁大双眼到处看的小彭云的头，对竹安说："竹安弟，听你这么一说，我们就放心了。只是云儿留给你，肯定不方便。我看还是把云儿托付给别的朋友先带带，等幺姐来重庆了，你再接过来，可以吗？"谭竹安不放心地问打算先托付给谁，江竹筠便说："暂时考虑的是你也认识的王珍如，只是还没有与她商量。等事情商量妥当了，就通知你……"

从谭竹安那里回到家，江竹筠立即给王珍如写了封急信，请她进城来有要事商量。

这时，王珍如已经不在上海银行李其猷经理家里做家庭教师了，刚刚由江竹筠通过地下党组织安排到郊区北碚天府煤矿职工子弟小学白庙子分校任教。王珍如比江竹筠还大一岁，这时还是个没恋爱成家的大姑娘，但王珍如待人热情豪爽，与江竹筠的感情深挚得像亲姐妹，江竹筠一直都叫她"珍姐"，王珍如也一直喊江竹筠"江竹"。江竹筠想，虽然一个大姑娘带着一个孩子会被人说三道四，但事情至此也只有把云儿先托付给王珍如最合适，王珍如了解了情况也肯定愿意帮这个忙的。

信发出去后，彭咏梧和江竹筠便焦急地等待王珍如的到来。虽然去下川东的事情还未最后决定，但夫妇俩却已经开始做着一旦定下马上就奔赴前方的各种准备。他俩悄悄地整理一些东西，又准备抽一个空日带上云儿去千秋照相馆照一张合影。

这时已是9月初，王珍如刚到白庙子分校报到才几天，马上就要开学，突然接到江竹筠的急信，性子急躁的她不知有啥事，立马从北碚赶回了重庆市区内江竹筠的家。

王珍如这么快就来了，彭咏梧和江竹筠都没能料到。他俩正在家里整理一些将要处理的东西，屋子里显然没有以往那么整洁。王珍如一看，就惊讶地问："要搬家呀？哪个这么急叫我赶来？"江竹筠立即示意王珍如小声点，拉着她的衣袖俯耳说："别嚷嚷！隔壁带云儿的四娘还不晓得呢！珍姐，我和四哥可能很快要到农村去了。云儿不能带去，想来想去还是觉得请你或者理立先带着他最合适。可是，理立家的先生仲秋元被捕入狱了，不可能叫她带了；只有拜托你把云儿带到白庙子抚养了。叫你急着来就为这事……"说着，江竹筠不禁眼圈红了，声音哽咽起来，"万一，我和四哥回不来，你就……就当云儿是你的孩子吧！"

王珍如愣了，有些不知所措。刚与江竹筠重逢不过几个月，就这样又要分别了？听竹筠这口气，好像要去的是特别危险的地方。她不便多问，心中却万分辛酸。明知道自己一个大姑娘带着小彭云有说不出的难处，但她也明白这是竹筠和彭咏梧对自己最深挚的信任，更是革命的需要。她一把搂着竹筠的肩头,抑制着快流出的泪水,郑重地点着头。

事情就这样定了。云儿马上就要让王珍如带走,彭咏梧和江竹筠心里一下有了生离死别般的难受。他俩让王珍如在家里等一会儿,夫妇俩一起到附近的街上店铺给云儿买件衣服。一会儿后,江竹筠拿着一件美军毛毯改制的儿童大衣、彭咏梧拎着一顶小军帽回来了。王珍如从江竹筠手里接过儿童大衣看了看,皱了眉头,说:"江竹,这衣服太小了。远不远?换件大点的吧!"江竹筠一听,忙不迭地又跑下楼去。可怜天下父母心啊!望着江竹筠急急下楼的身影,王珍如心里很是酸楚,回头看看彭咏梧,两人都相对无言——还用多说什么呢?江竹筠很快拿着件同样的军毯改制的儿童大衣回来了,满脸是汗气喘吁吁地说:"这一件,三四岁时都能穿了。"

彭咏梧已经从李四娘那里把一岁五个月的小彭云抱过来了。江竹筠细心地为云儿穿好大衣,又戴好帽子。三个大人看着穿了新衣戴了军帽的小彭云的高兴模样,不觉眼睛又一阵发酸。彭咏梧说:"竹,不是说好去千秋照相馆照张合影吗?我们抓紧时间快去照了吧。"于是,王珍如又在家里等着,前思后想,都觉得这事发生得像在梦里一般恍恍惚惚。彭咏梧、江竹筠抱着云儿回来后,彭咏梧把照相馆的底片号码告诉了王珍如,说:"你到时去照相馆洗一张,留着做个纪念吧!"

1947年初秋,彭咏梧、江竹筠夫妇去川东组织武装暴动前,与儿子彭云合影于重庆千秋照相馆

真的就要分别了。江竹筠抱着云儿亲了又亲,彭咏梧默默站在一旁注视,眼眶里滚动着泪水。夫妇俩送抱着云儿的王珍如来到汽车站,上了去郊区的公

共汽车。云儿这时突然"哇"地大哭，张着小手凄厉地哭喊："妈妈——！"王珍如的泪水顿时奔涌而出，搂紧着云儿哭劝："云儿云儿，别哭别哭，我就是你妈妈……"抬起头时，她看见，从来坚强的江竹筠这时紧紧挽着彭咏梧的手，也哭成了一个泪人儿……

3

彭咏梧和江竹筠并没能立即奔赴下川东，但安排好了儿子彭云后，他俩有了争取一同去下川东开展武装斗争的更充足的理由。

就在这个9月里，重庆市委书记王璞决定亲自去上海向南方局汇报川东的工作。彭咏梧抓紧这段时间筹备着下川东的武装暴动，江竹筠则日夜在她所负责的区域继续组织学运、协办好《挺进报》、考察将来可以选择到农村去的青年干部。夫妇俩焦急地等着王璞早日顺利归来，带回上级的指示并作出最后的决定。

他俩都很了解王璞，这个算得上传奇式的人物，1917年农历正月十八日出生在湖南湘乡一个农民家庭，大革命时期哥哥姐姐相继参加了共产党，他也当上了童子团团长。长沙"马日事变"后，嫂嫂被捕，哥哥远去苏联，他便开始效仿同乡革命领袖毛润之（毛泽东）少年时那样如饥似渴地读书，练得一手好字。1929年后，他在《湘乡民报》当了两三年送报工人，以后又做了"民众夜校"和"孙氏祠堂小学"教师，组建过"农村小型图书馆"，倡导"青年读书会"，还在上海茅盾主编的《中国一日》上发表过文章，在当地知识阶层颇有声望。1936年，韶山支部重建时，他首先被接纳入党并担任支部委员。1938年后，他又先后担任湘乡县委委员兼韶山区委书记以及管辖相邻五县的湘宁中心县委委员、常委、组织部长，曾在半年内在韶山发展了60多名党员、新建4个支部。1939年局势恶化，他和妻子贺建修一道转移衡阳，之后妻子带着1岁的女儿回韶山老家，他则经桂林、贵阳来到重庆，在南方局领导下执行一些临时任务。这期间，他认识了重庆江北一家纱厂苦大仇深的小他两岁的青年女工左绍英，培养并介绍她加入了共产党。左绍英文化低，不爱说话，但热情诚实，尤其善于团结群众。王璞转到重庆市委担任领导人之一之后，组织上为掩护他工作，批准他与左绍英结婚，组成一个商人家庭。左绍英对外是老板兼管账，在党内则是他的交通联络员。可他与左绍英结婚时生活很困难，又正值严冬，连床像样的被子都没有，还是彭咏梧从家里抱去一床薄棉被送给他俩算是救了急。彭咏梧与王璞在工作中建立了很亲密的关系，虽然王璞接替彭咏梧负责起重庆市地下党的全面工作，但彭咏梧仍然一直尊重王璞，王璞也很敬重彭咏梧这位年长两岁的工作上的好搭档。而且，也许两个人新组的家庭很相似，这两位重庆市委主要负责人的家庭也一直相处得很融洽。有了这样相知的关系，彭咏梧和江竹筠都相信王璞最终会同意他俩一起到下川东去。

王璞从上海顺利地回到重庆时，正值党中央提出"打倒蒋介石，解放全中国"的任务，解放军号召蒋管区人民"在本军未到之处，则自动拿起武器，实行抗丁抗粮，分田废债，利用敌人空隙，开展游击战争……"王璞在市委会议上传达说：南方局同意把川东党组织的工作重点转向农村武装斗争，建立游击队和根据地，破坏敌人的兵源和粮源，牵制敌人，配合解放军外线作战；城市工作为农村服务，输送干部，提供物资和情报；调整四川地下党组织领导机构。按照南方局钱瑛同志的指示，决定将下川东、上川东、川南、重庆市等地的党组织合并成立相当于省委规模的川东临时工作委员会（简称"临委"），由王璞、涂孝文、彭咏梧、萧泽宽、刘国定等同志组成，王璞和涂孝文分别担任正副书记。川东临委下设重庆市工委、下川东地工委、上川东地工委、川南地工委；王璞兼任上川东地工委书记；涂孝文、彭咏梧分别兼任下川东地工委正副书记，唐虚谷、杨虞裳、江竹筠等同志任委员；刘国定、冉益智为重庆市工委正副书记。

临委的这种组织安排，显然把工作重点首先向下川东地区倾斜了，表明临委将决定首先在这个地区组织武装暴动。得知临委把自己和丈夫彭咏梧都安排在下川东地工委，江竹筠喜出望外。过了几日，为了加强对下川东武装斗争的领导，在大巴山迅速开展武装起义，临委果然决定派彭咏梧到下川东直接领导，江竹筠以地委和临委联络员身份一同前往。愿望终于实现了，江竹筠立即着手移交重庆市的一切工作，准备同丈夫一起奔赴新的战场！

9月30日是中秋节。这天晚上，彭咏梧以欢度佳节为名，召集各地接关系的同志开会，听取大家的汇报。听完汇报，彭咏梧高兴地说："同志们，我现在就决定两件事：第一，下川东的群众基础好，党组织也很有力量，时机已经快要成熟了，请大家立即赶回原来接上关系的所在地区，迅速开展工作，准备举行群众性的武装暴动，搞他个轰轰烈烈，扼断敌人的兵源粮源，牵制住敌人，配合解放军外线作战，尽早解放大巴山人民！第二，我和江竹筠同志将在近期内就赶到下川东，与同志们一道搞好这场武装暴动，真正拉起我们自己的队伍！"

大家一听老领导彭咏梧和江竹筠将重返下川东直接去领导这场斗争，不禁欢欣鼓舞。

4

在下川东各地接上关系的同志们很快都重返下川东了，彭咏梧和江竹筠也渴盼着早日成行。可是，他们各自需要移交给新的重庆市委的工作太多，而且各自单线联系的那么多地下党员需要一个一个地去落实新的联系人，他俩再怎么心急，也难以在十天半月办妥。

《挺进报》是他俩共同负责的单位之一。彭咏梧比江竹筠更忙，她便按照彭咏梧的指示依然通过吴子见先落实报社同志的一些急需解决的问题。彭咏梧就要离开了，《挺进报》特支不能没有负责人，便先安排陈然代理特支书记，使《挺进报》能够继续在一个坚强稳定的党组织领导下正常工作。然后才把《挺进报》的组织关系直接移交给新重庆市委的主要负责人。原来属彭咏梧领导的、与江竹筠一同负责《挺进报》部分发行工作的沙磁区特支书记刘国鋕的关系，也直接移交给了重庆市委副书记冉益智。

10月里的一天，江竹筠从市区走到南温泉，亲自与西南学院党支部书记杨建成接头。

杨建成在成都接受作者采访时，回忆说，当时西南学院已经被国民党当局强行接管，改成陪都工商学院了。在约定的地点，见到了杨建成，江竹筠告诉他说："小杨，我就要离开重庆到农村去了，这是我与你最后一次接头了。我是来与你办移交手续的，你们的工作将由南岸特支负责联络。我们之间，一直相互配合得很好。你的工作开展得很不错，希望你能牢记入党时的誓言，继续把工作开展得更好。"

杨建成一听江竹筠要离开了，不禁很是伤感。江竹筠是他的入党介绍人，工作上一直像大姐姐一样关心他培养他，让他依依难舍。他不便违背组织原则询问江竹筠将去哪里，可得知是去农村，他就猜想可能与武装斗争有关，便恳求江姐带他去。

江竹筠愣了一下，耐心劝慰说："小杨，你的困难我晓得的。可学校的工

1997年8月，杨建成与本书作者丁少颖在成都家中合影

作还需要你留在这里，这是党的工作，有什么困难，先设法克服，好吗？我记着你的这个要求，以后有机会，我会考虑到你的，请你放心。目前，先服从工作需要，行吗？"江竹筠依然这么和蔼，让杨建成感到很是温暖。他相信江竹筠这么说不是搪塞自己，因此郑重地点头（果然，3个月后，江竹筠真的想到了他的这个请求）。

几天后，江竹筠又与接替她领导女师院党支部工作的钱云先一起，来到九龙坡黄桷坪女师院移交工作。把赖松、杨蜀翘、董世芝等党员约到山上，讲了目前的形势，传达了上级党组织新的指示，介绍了钱云先。她深情地兴奋地对这些妹妹说："我接受了新任务，就要与你们分别了。我不好告诉你们我将去哪里，但这新任务是艰巨的，随时都有被捕和牺牲的可能。如果遇到什么意外，请你们放心，我决不会牵连任何同志。我认为这是每一个共产党员都必须做到的。

办好了移交手续，告别了女师院支部的同志姐妹，江竹筠又和钱云先一起步行了30多里回市区去。路上，她俩边走边研究女师院以后的斗争策略。她向钱云先逐一介绍了女师院5个党员各自的长短处和特点，总结了女师院以前开展学运应发扬或吸取教训的地方，尔后语重心长地告诫说："女师院的工作要搞好，在不利的条件下千万避免和敌人硬碰硬，一定要团结更多的中间力量，壮大队伍，不能孤军奋战。"

过了几天，表妹杨蜀翘记挂着表姐江竹筠到底要去哪里，又不放心侄儿彭云怎么安排的，特地从九龙坡女师院赶回市区。到表姐家时已是夜里，恰巧彭咏梧和江竹筠都回来了。杨蜀翘以为自己是表姐一手引导走上革命道路的，表姐什么事都不会瞒着自己，便问："姐姐，你们到底要去哪里，做啥子？去多久？"表姐却没有说去干什么，只是回答："我们回四哥老家去，很快就要走，说不定啥时候回来呢！"蜀翘又问："云儿呢？送给哪个了？"表姐就答："云儿啊，暂时送给王珍如带着了。你和珍姐熟悉，以后代我多关照点，好吗？"说着，表姐找出一张他们三口子的合影照，送给蜀翘："拿着，作个纪念吧，想姐姐和四哥时，就看看。"彭咏梧这时也拿出一件藏青色的西服，送给蜀翘，说："蜀翘，四哥和姐姐要走了，你自己要多保重，好好工作。没有啥子好东西送你，就送你这件西服吧，你改一下，可以穿的。"蜀翘双手接过，只觉鼻子发酸，却佯装喜悦地抖着西服说："这西服要改成一件背心，肯定很时髦哩！"之后，江竹筠不再与她聊家常，一个劲地与她谈起学校的事情来。

巧合的是，江竹筠的到贵阳防空学校工作的弟弟江正榜（以后改名江正之），穿着一身漂亮的美制呢料军装，在这个夜晚也回来了。一见弟弟的这样子，江竹筠就责备弟弟说："看你这一身，穿了人民多少的血汗！你赶快把它脱了，赶快离开刮民党的这空军学校！你去那里，虽然是受惩罚充军去的，只是搞技术的，没做啥子与人民为敌的反动事，但那毕竟是刮民党的军队！前前后后跟你说了多少次，说了多少年，你哪个就不听姐姐的赶紧离开呢？"

江竹筠说着，竟然抑制不住地伤心哭起来。蜀翘还很少看到表姐这么哭泣，不知如何安慰表姐，只是鄙夷地看着江正榜如何反应。江正榜爱这个在患难中一起长大的同胞姐姐，他是在学校要迁往北平时特地赶回重庆看姐姐的，见姐姐这个样子，就委屈地支吾道："我只是个搞普通电信的……"江竹筠听了更加伤心，更加厌烦，连声说："我不听你解释！那是国民党的军队，你最好离开，赶紧离开！正榜，你要听姐姐的，不然，你后悔来不及呀！"江正榜不吱声了，默默地低下了头。

5

转眼已是11月下旬了。经过近两个月的紧张忙碌，彭咏梧和江竹筠终于处理完了在重庆的事宜，办理了各项移交。下川东的暴动准备工作进行得很顺利，那里的同志们都热切期盼着他俩去直接领导。这回真的就要在几天之内告别重庆奔赴大巴山了。这时，江竹筠才又刻骨铭心地想念起儿子彭云，前一段工作忙得顾不上。她与彭咏梧商量后，决定趁彭咏梧向市委汇报暴动具体方案的时候，自己抽空最后去白庙子看看分别快3个月的云儿。

江竹筠这时还无从知道，王珍如带着小彭云虽然欣慰地有了做母亲的感觉，但也已经吃够了苦头。

王珍如已经28岁了，还是一个大姑娘。在来白庙子分校时，校方让她填了一张聘任表，在婚姻那一栏里，她填了"未婚"二字。9月初，学校开课时，她却突然抱着个儿子一同来校生活，人们顿时都惊奇起来：没结婚就有了个儿子？私生子吧？

流言蜚语纷至沓来。王珍如开始还没感觉到，完全沉浸在做一回母亲的新鲜感觉里。白天上课时，她把彭云送到附近一个老太太那儿临时寄看，一下课就赶紧把云儿接回，精心培养，细心呵护，傍晚就带云儿到学校操场或附近山林中去玩耍。云儿也真乖，从不吵闹，白天在老奶奶那儿常常一个人玩得津津有味，晚上依偎在王珍如妈妈怀里很早就睡，让王珍如有时间批改作业和备课。人前人后，云儿都按王珍如教授的那样，一口一声童稚气地亲热地叫着王珍如"妈妈"。做母亲的感觉真的奇妙啊，白天常常心有牵挂，听着云儿一声"妈妈"的叫唤，心里就甜蜜蜜的；夜里一边备课改作业，不时看看云儿酣睡的模样，心里就升腾起做妈妈的无穷乐趣；关了灯，搂着云儿稚嫩的身子睡觉，也被云儿细腻而滑爽的小手臂搂着，那种幸福的感觉更是无法言说。当流言蜚语悄悄传播，从隐约状态发展到公开的舆论时，听着"这个新王老师没结婚就养了私生子"的言论，王珍如这才愕然惊心。可是，她能说什么呢？她能说这个孩子不是自己的么？

要说你们就说个够吧，我王珍如才不在乎哩！

王珍如模样苗条清秀，一头披肩发，戴着一副眼镜，表面上不说话不搭腔时总是给人以文质彬彬、大家闺秀般的清高感觉，但实际上性格却特别豪爽倔强。10月10日那天，她索性抱着云儿到北碚去照合影，学校的同事问她："王老师，带孩子去哪里耍呀？"王珍如哽都不打直率地答："到北碚去，照张相！"此举立时带来了更大的非难，她兴高采烈地抱着云儿回校时，有人竟然公开指着她的背脊指指戳戳："看呐，这大姑娘养了个私生子，还抱着招摇过市照啥子相哩！真不要脸，哪里有一点为人师表的修养！"王珍如一听，顿时气得双目圆瞪，按她的性子差点与人大吵一场。

1947年10月10日，王珍如带养彭云时摄于重庆北碚

可是，她还是不能多说什么。什么也不能解释，什么也不想解释。她唯有把怀里的云儿搂得更紧。她不知道彭咏梧和江竹筠此时仍滞留在重庆，她只是想云儿的生身父母眼下奋战在疆场生死未卜，自己忍受再大的羞辱，也要保护好养育好战友的后代！

事情的发展却是王珍如没有预料到的。

有个星期天，王珍如带着云儿在校园里欢快地嬉戏着，过来一个校方职员，走到云儿的面前，指着王珍如问他："娃儿，你叫她啥子呀？"一岁半的云儿小嘴一咧，开口就响亮地回答："妈——妈！"说着叫着，就奔向王珍如。王珍如开心极了，蹲下身来搂着跑过来的云儿，亲了又亲："好娃儿，好儿子！"不曾想，这居然是校方的试探，有关"私生子"的传言就此被证实为确凿的"事实"。校方恼了，为人师表，哪能容忍这样"行为不轨"？校方立即让一名职员转告王珍如："学校有规定，不准带家属住校。不听劝告者，要被开除解聘哩！"王珍如冷静地看着这职员，一言不答。忍着满腔的愤慨和痛苦、委屈，佯装不知是警告自己，硬着头皮继续带养着云儿……

江竹筠压根儿不知道王珍如遭遇到了这么大的责难，尽管她意识到了王珍如一个大姑娘带着云儿会有难处。

这一天中午，她来到白庙小分校时，只见王珍如正逗着云儿在宿舍前玩耍。云儿明显的胖了，好像也长高一点了，玩耍得很是欢快。江竹筠猛地一下冲到云儿面前，抱起云儿使劲地亲，嘴里一个劲地迭声连连："云儿云儿，我的云儿，我的云儿，想死妈妈了……"脸上霎时已热泪横流。

王珍如见江竹筠突然来了，惊喜不已。可是，云儿呢，一个劲地要挣脱江竹筠的怀抱，他只觉得王珍如是妈妈，乍见到生母江竹筠，竟然不相识了。王珍如一下子愣了，赶紧把这母子俩拉到屋里，关上门，急切地问云儿说："云儿，快叫妈妈呀！"

江竹筠热切地期盼着。但云儿睁着一双大眼，轮换地看着面前的两个妈妈，浑然不解是怎么回事。江竹筠急了："云儿云儿，我是你妈妈呀！"王珍如更急："云儿，快叫呀，她是你妈妈，你的亲妈妈，快叫呀！"云儿却依旧没叫，反倒把一双大眼投向王珍如。

谁能料到，母子分别3个月后的相见竟然是这个样子呢？江竹筠痛苦地再次搂紧云儿，泣不成声地唤着："云儿云儿……"

那一刻，王珍如也不禁潸然泪下。她搀着江竹筠劝慰："江竹，你莫伤心，云儿会叫的，会叫的……"江竹筠抬起头，却凄然一笑说："珍姐，不强求云儿了，不认我也好……你把云儿带得这么好，这么有感情，我心里……高兴呀！"

王珍如听了，不知说什么好，只觉得心里酸酸的，不晓得啥滋味。

江竹筠这时问她："珍姐，让你受累了，带他艰难吧？"

王珍如连忙说："不难不难，云儿很乖很听话哩。"

她向江竹筠讲起如何照料云儿，云儿又怎样乖，讲了云儿一个又一个有趣的故事，只是瞒下了自己遭受的所有责难和正面临被辞退的威胁，最终使江竹筠露出了欣慰的笑容。

姐妹俩兴奋地聊着云儿，一个讲得眉飞色舞．一个听得满心慰藉，云儿却不知何时钻出了妈妈的怀抱，独自与地上的几只蚂蚁玩得兴趣盎然。

她俩意识到时，痴痴地看了一会儿云儿的憨态，又相视一笑。王珍如说："江竹，你看，我说得没错吧，云儿就是这么乖！我都离不开他了，觉得他就是我的儿子似的，你可别笑话我！"

江竹筠笑道："我哪里笑话你？你把云儿带得这么好，我还真是没想到他会是这样子。我是从心底里高兴、放心哩。不过，你带着他，难处你不说我也想得到，最起码影响你的工作吧？等我联系好了更适合的人，就叫人来把他接走，好吗？"

王珍如一听，急得连忙说："别别别，你不是看见了吗？云儿真的很乖，我带着他真的一点不难，你可不要夺人所爱，好不好？"

江竹筠一看这话题才开头就把王珍如急成这样，便笑道："好好好，暂时不说这事……"

王珍如赶紧岔开话题："你这次回来，就在我这里多住几天……"

没想到，这话却使江竹筠站了起来："我也想呀，可是不行。我现在就得走……"

王珍如一惊："现在就要走？"

江竹筠点点头："还有很多事要办。这回一走，就真的……不晓得啥时候能来，云儿就拜托给你了……"

王珍如不禁同样伤感，见江竹筠已走向云儿，忙跑过去对云儿说："云儿，你妈妈要走了，叫声妈妈，好不好？"

云儿看看王珍如，瞅瞅江竹筠，这才很不情愿地低声叫了一下："妈妈。"

江竹筠一听，刹那间心底的母爱像潮水一般奔涌，不禁抱起云儿又是一阵亲吻，再抬起头时已是热泪盈眶："云儿，好好听珍妈妈的话，啊？"

抱着云儿出了宿舍，江竹筠把云儿送进王珍如的怀里，说："珍姐，不用送了，越送，这心里……越不好受。"

王珍如接过云儿，难过地点点头。江竹筠一咬牙，转身低着头快步向校园外走去，回头一望时，只见王珍如抓着云儿的一只小手在使劲地摇……

6

彭咏梧这天的事情办得很顺利，王璞和临委已经同意他提出的下川东武装暴动方案，并决定他和江竹筠在近两三天就去下川东直接指挥。

这一天，临委的几位主要负责人专门听取了他关于筹备下川东暴动的情况介绍与方案设想。会上，介绍情况后，他归纳说："经过半年多的筹备，现在下川东已形成四个暴动区域：赵唯、李汝为等同志在云阳北岸；卢光特、邹于明、王庸等同志在两巫（巫山、巫溪）及奉节北岸；刘孟伉等同志在云奉南岸；陈世仲、温可久等同志在开县。这四个区域的同志们都做了长期的准备工作，不仅把基本的群众组织起来了，而且筹集了枪支。显然，我觉得应该将云、奉、两巫四县作为下川东暴动的重点！"

见大家边听边兴奋地点头，彭咏梧又分析起在这四县举行暴动的其他有利条件："大家都知道，这四县地理环境很好，正位于川陕鄂三省交界处，横跨夔门巫峡和大巴山东南段，山高谷深，关雄道险，按照毛泽东主席的游击战思想，我们在这里是大有英雄用武之地啊！群众基础方面呢？清末以来，这里发生过多次农民起义，我们党在这里也领导过两次暴动，三年前南方局青委还派工作组到这里做过就地抗战的准备，山区人民受够了军阀官僚、土豪劣绅的压迫，怀念红军、相信我们、盼望我们啊！暴动准备方面呢？前面已经讲过了。俗话说得好：农村如干柴，星火即燎原；民愤已填膺，举义成千军！时机已经成熟啊，同志们！只要我们党抓住时机、顺应民心，一声号召，就可以在这里迅速地、成功地发动大规模的武装暴动！"

彭咏梧这有理有据有感染力的分析使大家深受鼓舞，纷纷说：对，就在这里迅速搞他个地覆天翻！彭咏梧听了很高兴，与临委书记王璞交换了一下眼神，便提出了一个较乐观的暴动方案："我个人想了这么一个行动方案：暴动首先在云、奉、两巫拉开，其余地方继起响应，迅速形成大规模的声势！这个方案是否可行，现在提请临委研究审定。"

几乎没有花费过多时间的研究，临委就一致同意了。临委书记王璞最后一锤定音："老彭，就按你的方案行动！下川东的武装暴动，就由你去直接指挥！这两三天，你就和江竹君同志一起出发吧，我们都等着你那里的胜利消息！"

当彭咏梧将临委的最后决定告诉妻子时，江竹筠自然非常兴奋。夫妻俩接下来便是商量去下川东的行程和路线……彭咏梧想起了吴子见。因为与吴子见联系的一个青年在北平被捕，从安全着想，彭咏梧决定带上吴子见一起去下川东。

彭咏梧来到神仙洞那条偏僻小巷里吴子见的家时，吴子见深感意外。

按规定，吴子见早已不能与彭咏梧直接联系了。这时候彭咏梧竟然没有事先约定就径直找来了，他意识到一定有什么重要的急事，否则彭咏梧这样的领导人是不会出人意料地突然到来。他连忙将彭咏梧迎进一间屋子，关上房门。

彭咏梧直率地说明了来意，建议他随同一道转移到下川东去。吴子见哪里会不同意。于是，彭咏梧向他讲起下川东的形势和这次去的任务，对他说："自从解放军南线大反攻后，战争已发展到了蒋管区，特别是刘邓大军打到大别山区后，直接威胁到了国民党的长江中游防线，这样一来就可能截断长江大动脉，进攻到敌人的心腹地带。有迹象表明，到时敌人可能退守四川，凭借大巴山天险和四川的兵力资源负隅顽抗。我们的任务就是要在大巴山区乃至整个川东地区组织武装暴动，发动广泛的游击战争，建立起游击根据地，钳制敌人，减轻正面战场压力，在蒋介石的后院为他挖坟造墓，打破敌人退守四川的梦想!"

吴子见听到这里很是高兴:"好呀!几时出发?"

"后天早上,你到朝天门码头等着。你明天赶紧把《时事新报》的事辞了。"彭咏梧说,"这次到下川东去,你就算参军了。你要割断一切社会联系和家属关系。你的家属仍留在重庆,组织上将作为军属对待,会照顾好他们的。"

说了启程见面时的准确时间地点,彭咏梧便起身告辞。临出门时,他还特地嘱咐吴子见:"小吴,这事对谁也不要张扬,对家里人也一样。报馆那边,找个恰当的理由辞了,不要引起人的怀疑。什么都谨慎一点好。"说着,他又笑着拍了一下吴子见的肩:"以后,见了我和江竹君,就叫我们表姐、表姐夫,别拘谨,亲热大方点!"

第三天清晨,天上飘着蒙蒙细雨,街上行人稀少。在昏黄的路灯下,穿着长袍的彭咏梧拎着一只皮箱,和一如平素穿着蓝色旗袍、外罩一件黑毛衣的江竹筠一起,冒着清冷的雨雾来到朝天门码头,上了一艘轮船。行李和床铺还没安排好,吴子见穿着一身白色西服就来了,一见面就亲热地招呼:"表姐、表姐夫,你们已经上来了呀,我还在岸上等你们哩!"彭咏梧笑着搂过吴子见的肩,低声道:"不错,现炒现卖啊!"

汽笛响过,轮船慢慢启航了。三个人走出船舱,站在寂静的甲板上,扶栏眺望深锁在茫茫雨雾中的山城,内心里都感慨万千⋯⋯

第十六章 潜赴川东一路风云

秘密的行程,一路惊险;神圣的使命,一呼百应;大胆地筹谋,紧张地发动;寻机公开组织抗税,孤胆收编绿林……暴动就要开始了,夫妻却一别竟成永诀!

1

1947年11月下旬的这天清晨，彭咏梧、江竹筠夫妇带着吴子见乘船离开重庆，前往下川东去领导完成开展武装斗争的神圣使命。当天傍晚，轮船抵达万县码头后，他们上岸住进了万安桥东的滴成茶社。

这个时辰的万县城夕阳斜照，景色旖旎。江城东面的都岳峰，巍峨壮丽；长江南岸的翠屏山，倒影迷人；万安桥附近人称"石琴响雪"的瀑布，浪溅如雪；而三国刘备住过的"天子城"和西山太白岩，是这座古城最诱人的风景胜地。

然而，江竹筠和吴子见虽然都是第一次到万县，却都没有闲情逸致去欣赏这些美景。他俩都有同学在这里，吴子见还有亲戚，但为不暴露身份，都没有出门上街，就躲在这茶社客栈里研究下一步的行动。江竹筠自然更是一个有心人，她是作为临委和下川东地工委的联络员来的，因此沿途都思考并细心地设点布线。她已经在民生轮船公司那艘轮船上找了个姓何的同志，让其协助渝万之间的运输。此时住在滴成茶社客栈，她又认真地详细调查这里老板和服务人员的各种情况以及敌人查号的规律，觉得这里安全可靠又方便，就打算把这里作为以后过往同志的一个落脚点。而彭咏梧担负重任，顾不上旅途的疲劳，抓紧时间去与万县县委书记雷震、隐蔽在和成银行当副经理的地下党员李承林以及先期到达这里的下川东地工委委员唐虚谷等负责同志接头会面，检查和研究武装斗争的准备情况，紧紧张张地忙活了两天。

第三天黎明，他们就乘一条小木船顺江而下，于正午时分抵达云阳码头。一行人拿着行李，登上石阶，走进城门，穿过独特的石板街道，住进长发栈房。这长发栈房在云阳颇有名声，而且是彭咏梧的一个亲戚开办的，自然可靠。彭咏梧照例紧张地外出活动，扮成一个颇有来头的商人，江竹筠就以老板娘的身份常常随行，去会见一些同志，给云阳县城的地下党组织布置工作。江竹筠向彭咏梧建议，以后就把万县和成银行的李承林和云阳城内的柳特因，作为她在云万两县的交通站，彭咏梧欣然同意，称赞妻子很有眼光。在见到通过以前就在万县担任过县委书记的唐虚谷的关系而先期到达这里秘密工作的下川东地工委委员杨虞裳后，他们分析了当地的形势和群众基础，决定把云安镇作为在云阳开展暴动工作的重点。

云安镇离云阳城不过20多里路。坐落在北乡汤溪河畔的云安盐厂，已有两千多年的历史，工人万余人，是当时下川东最大的盐厂之一。六七年前，彭咏梧担任云阳县委书记时，曾在这里亲自组建了地下党云安区委和以刘子俊为书记的盐工党支部，还亲自成功地领导了盐工会的夺权斗争。这里的群众基础好，工人斗争性强，又有较健全的地下党组织，显然既是暴动工作便于进行的地方，又是很好的落脚点。

这天上午，彭咏梧、江竹筠、杨虞裳分乘三架滑竿前往云安镇。彭咏梧坐在第一架滑竿里，身穿长衫，头顶博士帽，眼戴宽边墨镜，派头十足；江竹筠身穿平素的蓝色旗袍，一副地道的太太打扮；最后一架滑竿里坐着一身白色西装的杨虞裳，教书出身的他，人称"杨教授"，这副打扮更加衬托出他的学者风范。三架滑竿晃悠着抬进了云安镇狭窄拥挤的小街，来到镇子西侧半山坡上的榨房沟贫民区。下了滑竿，彭咏梧故意对人说："我们是万县来做桐油生意的，先来看看亲戚刘子俊。请问，你晓得他住哪个屋吗？"人们一点也不怀疑这三人的身份。刘子俊在这里的人缘很好，威望又高，有人就热情地指着最高处的一栋矮屋说："喽，他就住在那边。"

其实，彭咏梧哪里不知道刘子俊的家呢？六七年前在这里秘密工作时，他就住在刘子俊家。他领着江竹筠和杨虞裳，大摇大摆、熟门熟路地来到刘家门前，一个小姑娘一蹦一跳地跑进屋里大声通报："爸爸，来客人啦！"刘子俊马上迎了出来。一见是久别六七年的老领导彭咏梧，先是一愣，随即高兴地连忙把三个人迎进屋里。

彭咏梧三人就这样在榨房沟刘子俊家住下了。这榨房沟住的都是云安盐厂最穷的人，位于山坡上，面对汤溪沟，侧傍小溪沟，而刘家又在最高的地方，平时少有人来往，既能俯瞰全镇观察情况，又僻静得便于研究工作，遇上意外情况还能及时转移。可见刘子俊选这么个地点居住多么机智。

彭咏梧一来就忙，天天清晨就出了门。杨虞裳本来就是搞教育出身的，与云安地下党的组织中心盐厂子弟学校——河北小学接触得很自然、很融洽，索性就在这里掩护下来开展工运。江竹筠就到附近盐工生活区和子弟学校去活动，了解一些情况。对待同志，无论初交还是久识，她都问寒问暖；遇上盐工，无论老幼还是壮年，她都是和言细语。平时在刘家，她不是教刘子俊的孩子学习，就是帮刘子俊的妻子做家务，洗衣、扫地、做饭、擦桌，一点不像客人。刘家邻居看到了，对刘妻说："你家来的那个女客，穿得那么洋气，却么子事都干，好勤快哟！"江竹筠的好名声很快在云安盐厂传开了。盐工和农民们都亲热地叫她"彭大嫂"，而不叫"彭太太"。

几天后的傍晚，刘家又来了两个当地打扮的客人。一个叫陈恒之，一个叫沈凯，都是地下党农坝特支的党员，被通知来云安盐厂刘子俊家见"很远来的亲戚"。据陈恒之、沈凯等回忆，刘子俊家，他俩都知道，记得第一次来时是六七年前随当时的老领导"王先生"——彭咏梧一起来的。没想到，这次一进屋，见到的"亲戚"竟然是分别了几年的老领导彭咏梧，两人顿时惊喜得说不出话来。彭咏梧紧握着他俩的手，微笑着打量一番后说："你们，都长高喽！"陈恒之这才晓得开口回答："老领导呀，你一走这么几年，像是过了几十年啊，没一点音讯，想得我们都额头打皱了！"

江竹筠和彭咏梧一直被刘子俊安排在靠溪沟边的楼上住。江竹筠这时闻声下楼，热情地说："站着干啥子嘛！都坐下谈呀！"彭咏梧这时分别向陈恒之和沈凯介绍了江竹筠和杨虞裳，让他俩把江竹筠叫江姐，对杨虞裳就称老杨。

吃晚饭时，大家一边吃着一边讲着过去的趣事，陈恒之和沈凯还谈起几年前那次彭咏梧带着他俩机智地"赛马脱险"的惊险故事，听得江竹筠和杨虞裳这两个初次相聚的人一愣一愣的。饭刚吃完，彭咏梧就笑着一拍陈恒之的肩说："小陈，今晚就不走了，我们一块'打麻将'！"大家都心领神会，这"打麻将"是大家秘密开会的代名词。

"麻将"桌上，陈恒之和沈凯详细汇报了农坝乡的情况，彭咏梧、江竹筠、杨虞裳认真地听着，不时插话问些细节。然后，杨虞裳讲解了《中国人民解放军宣言》的有关内容，江竹筠介绍了当前的形势，彭咏梧传达了党关于开展武装斗争的指示。最后，大家一起研究了如何在当地落实川东临委开展武装斗争指示等问题。

"麻将"打完已是凌晨4点多钟了。陈恒之和沈凯随即告别大家，兴奋地要连夜赶回农坝去尽快向同志们传达这好消息。彭咏梧也没有挽留，与江竹筠一起将陈恒之和沈凯送下山坡的石梯。

2

据当事人吴子见、卢光特、陈恒之、陈祝南等人的回忆和史红军所著的《巴山英魂》所载,那年12月初的一天,彭咏梧扮成万县大有油号的"张经理",带着江竹筠和吴子见专程来到农坝乡找鱼泉商店经理陈恒之"买桐油"。在马麓溪陈恒之家只歇了一天,他们便以考察油源为由,让陈恒之领着他们来到炉塘坪,找到了当地地下党负责人赵唯的家。

农坝这里是当年云阳著名的春荒暴动中心,群众基础较好。彭咏梧果断决定,就在赵唯家里,紧急召开一个"炉塘坪会议",专门研究下川东武装暴动问题。经过紧急通知,彭咏梧原来提请原重庆市委和川东临委指派到下川东各地筹备武装暴动的李汝为、刘孟伉、唐虚谷、卢光特、蒋仁风以及当地地下党负责人等同志,很快赶来了。蒋仁风年长一些,是位有作战经验的同志,虽然视力不好,但彭咏梧期盼他能像临委指示的那样发挥长处,有力地帮助自己。刘孟伉是位50多岁的老党员了,他的儿子刘强伦眼下已是解放军的一位团长,据说已率部队打到安康了,虽然他年纪大,精力有限,但大家都尊敬他,彭咏梧因此期盼他能不负众望。李汝为是1939年入党的重庆人,本来在重庆过着优裕的银行职员生活,可年初彭咏梧指派他到下川东来筹备暴动,他二话没说就带着严重的肺结核病,远来云奉、两巫一带扎根,不仅历尽千难万险接上了各地地下党组织的关系,而且工作开展得很有成效,彭咏梧自然最器重这样的同志。而赵唯呢,在彭咏梧6年前突然离开这里去重庆后,他带领当地的地下党同志在失掉上级党组织直接领导的困难条件下,不仅顽强地主动地把工作继续进行了下来,而且机智勇敢、警惕性高、有勇有谋,彭咏梧特别信任这些战友……

据吴子见、卢光特等人多年后回忆和撰文说,人员到齐后,这次下川东武装斗争历史上重要的会议就开始了。彭咏梧看了看赵唯等在当地坚持斗争的同志,说了这么几句开场白:"同志们,这几年辛苦你们了。你们的工作很有成绩,为迎接革命高潮的到来打下了坚实的基础。你们组织纪律性强,警惕性高,不管什么人,只要忘了带联络暗号都不予接洽,这样做得对呀。今天,我余焕然亲自给你们送青布来了!"后面这句风趣的话,一下子把大家都逗笑了,使会上的气氛顿时热烈起来。彭咏梧这才转入正题:"同志们,我这次回来主要是和大家一起开展武装斗争，今天这个会议的议题也就是这个。请你们先详细谈谈这个地区的情况，特别是群众基础和武装情况，然后我们再研究如何尽快把武装斗争开展起来！"

大家发言都很踊跃，各自把当地的党组织建设、群众工作和武器装备等情况作了介绍。这里早就传说刘邓大军要打入刘伯承、邓小平的故乡开县、广安过春节，李先念的部队要从竹溪、房县入川，刘孟伉的儿子刘强伦的那个团很快要从安康打回家乡云阳，群众的情绪很高涨，同志们都憋足了劲，渴望马上行动，同国民党大干一场，迎接解放军入川。大家都谈得热血沸腾。

彭咏梧听了连连点头，又详细问了统战工作、地方保甲组织、敌人武装以及民间团体、绿林好汉、袍哥组织等方面的情况。大家汇报时说：下川东眼下还没有国民党的正规军，一些保安队也没有什么战斗力，因此慑于解放军反攻节节胜利的声威，争取和团结的政府人员及开明绅士的统战工作进行得比较顺利；长期处在水深火热中的贫苦民众就像干柴一点就燃，已经出现了不少揭竿而起的绿林武装，奉节县青莲乡名气很大的袍哥大爷陈代侯就拉起了一支专门劫富济贫的队伍。彭咏梧听得高兴，却还是问："问题呢？要是拉起我们自己的武装，你们觉得最大的问题有啥子？"有个同志立刻就说："有啥子问题？我看要搞起我们的队伍没啥子难的。要说有问题嘛，就是缺武器，恐怕到时候人多枪少。"

听完汇报，彭咏梧就如何开展这个地区的武装斗争做了中心发言。他说："我同意大家的看法，开展武装斗争的条件已经成熟，应该马上着手建立我们的游击队伍，发动武装暴动！"

可是，这支游击队伍叫什么呢？大家议论纷纷，都把目光投向彭咏梧。

"取什么名号，应该根据川东临委开展武装斗争的方针来决定。这个方针就是，放手发动群众，广泛团结和联合一切反蒋力量，发展和壮大革命队伍，在我们党的领导下开展游击战争，狠狠地孤立和打击国民党反动派！按照这个方针，凡是愿意反对国民党反动派统治的人们，包括各界人士乃至国民党的伪政人员，我们都要团结；凡是愿意反对国民党反动派统治的各种团体和武装，包括绿林好汉、袍哥大爷乃至国民党军队中顺应潮流的进步力量，我们都要争取联合。因此，我们这支队伍的名称要体现这个方针，富于号召性！"彭咏梧情绪激昂地解释了这个观点后，说："根据这个精神，我想了这样一个名称，就叫'川东民主联军'，你们觉得怎么样？"

大家一致赞同。会议最后决定尽快暴动，正式成立川东民主联军，下辖三个支队：云阳北岸为巴北支队（第一支队），南岸齐耀山为齐南支队（第二支队），奉节、大宁（即巫溪）、巫山为奉大巫支队（第三支队）。彭咏梧还决定在各支队分别建立党的组织汤溪工委、齐耀山工委、奉大巫工委，取代原来由唐虚谷、卢光特、李汝为、刘孟伉等四人组成的汤溪特支，以加强党对武装斗争的领导。

下川东地区的第一支革命武装就这样正式诞生了。这支队伍，以后根据形势的发展需要改称为"川东游击纵队"。领导机构上，赵唯任纵队司令员，彭咏梧兼任纵队政委；巴北支队司令员由赵唯兼任，李汝为担任政委和汤溪工委书记；齐南支队司令员为刘孟伉（政委和齐耀山工委书记后来由吴子见担任）；奉大巫支队政委由彭咏梧兼任（司令员和工委书记后来分别由陈代侯、蒋仁风担任）；原汤溪特支书记唐虚谷改任忠（县）丰（都）石（柱）南岸工委书记，同时领导以后将组建的忠县两个游击队和万县的七南支队等游击武装。

会后，彭咏梧便带领江竹筠、蒋仁风、吴子见、卢光特，前往奉节县青莲乡，把那里选择为奉大巫支队的暴动中心。

奉节县位于大巴山区的瞿塘峡口，古有"夔州"、"夔府"之称，有俗话"欲要进四川，必经夔门关"，奉节因此成为四川的咽喉，历来乃兵家必争之地；而青莲乡是奉节、巫溪、云阳三县交界之地，距三县城都只80多公里，地势险要又交通不便，进可攻，退可守。如果在这里建立起游击根据地，岂不是扼制住了咽喉中的咽喉？彭咏梧的思考是：就在这地理环境和群众基础都很好的青莲乡，组建起奉大巫支队，打响下川东武装暴动的第一枪！

唐虚谷

3

到一个陌生的新地方秘密筹建武装根据地首先需要扎下根来，而扎根就必须选准可靠而隐蔽的根子户。彭咏梧在奉节县青莲乡选择怎样的根子户？胆大心细、机智过人的他选择的居然是这里的一户大地主！

这个大地主名叫萧和中，是当地有权有势有威望的人物，家有一千多石的田租收入，买了一百多条枪组织家丁，还办了一所私立学校——青莲中学。促使彭咏梧选择到萧家扎根的原因是：萧和中所办的青莲中学的校长贺德明是1944年南方局青委组织人员到下川东做就地抗战准备时派来的；贺德明经过这三四年的努力，已经在这里建立了很好的统战关系，尤其是得到了萧和中的信任和器重。萧和中家几代人都在外地读书，受到进步思想影响，他本来就比较开明，在贺德明以及前段到这里开辟工作的卢光特等地下党同志的启发引导下，逐渐接受了共产党的主张，赞同走反蒋革命的道路。彭咏梧在云阳农坝炉塘坪会议上听了卢光特的情况介绍后，便决定来这里。于是，卢光特先来与贺德明商量，两人一起找萧和中取得认同，特地以新聘教师的名义将彭咏梧、江竹筠等人聘到青莲中学。

这天，萧和中派了青莲中学的司务员陈祝南牵了马去南溪，将彭咏梧和化名陈邦宇的江竹筠从云阳接到青莲乡他的家里。黄昏时分，彭咏梧和江竹筠抵达时，萧和中和儿子萧克成热情地在庄园外迎接，设宴接风，还坚持留彭咏梧、江竹筠夫妇住在他家里。外人来了，萧和中还很是骄傲地介绍说："这位彭先生是我们克成的同学，他的太太陈老师还恰巧是我女娃儿在四川大学的同学哩！他们两位能屈尊来我们这山旮旯里执教，是我萧某人的荣幸，更是让青莲中学蓬荜生辉喽！"

当晚，彭咏梧、江竹筠等就在萧家客厅里与萧家人亲热地摆谈到深夜。因为事先就各自知道了底细，也就没有啥子客套。彭咏梧的口才向来特好，很有激情地向他们摆谈解决战争的形势、我党的政策以及开展武装斗争的意义，让萧家激情澎湃，连心里原来潜存的一点忧虑都消失殆尽。江竹筠还拿出随身带来的《挺进报》和《彷徨》杂志、《新华日报》给萧克成，萧克成接过时高兴得两眼发亮，连连说："太好了！太好了！"萧和中见彭咏梧、江竹筠这样信赖他们，打心眼里快乐，就对儿子说："克成，你可得好好跟彭老师、陈老师他们学！"彭咏梧趁势亲热地拍着萧克成的肩，请他以后当向导，多带自己到周围的村寨走走，萧克成更加喜不自禁。

第二天天刚亮，彭咏梧、江竹筠就说是出门散散步，来到青莲中学，找到蒋仁风、卢光特、吴子见等同志，研究成立奉大巫工委。根据彭咏梧的提议，大家一致同意蒋仁风任工委书记，卢光特为副书记，吴子见为宣传委员。工委决定，把青莲中学作为临时指挥所，抓紧宣传，发动群众，培养骨干，发展党组织，搞好统战，团结一切反蒋人士，联合绿林好汉和袍哥组织，设法多弄枪支弹药，在做了一个月的准备后，同时奇袭巫溪大宁盐场和云安盐厂、云阳重镇南溪，由此开始大规模的武装暴动。

4

第三天上午，在校长贺德明的安排下，彭咏梧来到青莲中学，由萧克成等陪同与学生们见面，开了个座谈会。

学生们在贺德明、萧克成、陈祝南这些进步教工的影响下思想已经很活跃。如今见了彭咏梧这样从大地方来的新老师，也就没有啥子局促，热烈地要求彭老师给他们讲讲民主和自由。彭咏梧早就有自己的考虑，想借此发动学生成为武装暴动的宣传员，便充分展示自己的口才：讲蒋介石的统治如何独裁，人民群众为何民不聊生；讲国民党政权如何腐败，地主恶霸争权夺利，乡保选举打得不可开交，而解放区普通百姓如何当家做主；谈国统区青年学生如何找不到出路，毕业就意味着失业，而解放区如何吸引着大批的青年知识分子投奔，找到了追求自由的前途。

彭咏梧的话通俗易懂，分析有根有据，举例学生皆知，道理深入浅出，态度真诚恳切，使得会场气氛十分活跃，同学们情绪激昂，一个上午过去了都不知不觉，午饭的铃声响了都舍不得离开。校长贺德明因此问道："彭老师，是不是吃了饭再接着开？"同学们一片欢呼。

下午的座谈比上午的更实在、更随便。同学们见彭老师风度翩翩又没有一点架子，提的问题就更直接大胆，彭咏梧的解释回答也就更明快实在。有个同学说："彭老师，听你这一说，我们都觉得共产党好，是我们穷人的主心骨，解放军是我们穷人自己的军队。可是，有些富人家的同学听说共产党和解放军要来了，他们心里就有些害怕，你说他们该哪个办呢？"

"这个问题提得好！我告诉你们呀，共产党不光是领导我们穷人奔自由解放的，也是领导我们整个中华民族奔幸福生活的，共产党的政策开明得很哩。出身不由己，道路可选择，这是共产党的一贯主张嘛！你们晓不晓得，共产党和解放军里的不少领导人都是富家人出身哩，像大家都知道的毛泽东、周恩来、刘伯承、邓小平家里都不穷呢，可他们的信仰是什么？不为自己，而是为天下人民大众谋幸福！"彭咏梧越说越激动，这时指着身边的萧克成说，"远的不说，你们萧老师家里富不富？他不是照样革命吗？萧老师，干脆你给同学们摆谈摆谈，如何？"

"要得！要得！"同学们一听，一齐喊着鼓起掌来。

萧克成的激动显而易见，在同学们面前红着脸说："我说个啥子嘛，我家的情况大家都晓得，算个大地主吧？有些像我这样家庭的同学，不了解共产党的真正政策和信仰，当然免不了有这样那样的顾虑。可我说呀，这些顾虑是没必要的，只要我们心胸宽广，信仰远大坚强，跟着共产党走，我们的前途就是美好的！"

这次座谈会的情况不胫而走，很快传遍青莲乡的村寨，人们到处都在谈论共产党的好处。青莲中学的学生们普遍被发动起来，走村串寨宣传共产党的主张，连富人家庭出身的学生都回家去劝父母像萧老师家一样走革命的道路。一时间，共产党在青莲乡形成了半公开的活动。

5

奉大巫支队已经初步建立起来了。萧和中慷慨地把他家中的一百多支枪全部贡献给了支队，使这支部队有了一定的装备。但是，身兼支队政委的彭咏梧依然觉得队伍发展不快，又缺乏真正有作战经验的指挥人员。他办事喜欢说干就干，与工委的同志们研究后，决定尽快联合或收编陈代侯等人的绿林武装，壮大支队的力量。

陈代侯是青莲乡附近县花寺名气很大的袍哥大爷，他搞了一些枪支，利用袍哥组织拉起了一批人马，纲领是"路见不平，拔刀相助，劫富济贫"，甚至还打国民党当地政府的伏击。但毕竟是绿林武装，他手下有些兄弟不免干些偷鸡摸狗、劫东抢西的事。国民党因此视他们为"土匪"、"棒老二"，保安队多次围剿却没有得逞，又准备来软的收买陈代侯。彭咏梧听卢光特介绍情况后，觉得这支绿林武装绝大多数是苦大仇深的贫苦农民，应该争取他们，团结他们，甚至收编他们，共同一致反蒋。于是，刚来青莲乡没几天，他就特地委派卢光特去争取这个名震三峡地区的绿林好汉。

可是，两天后卢光特回到青莲中学，彭咏梧急切地问起争取得如何，卢光特却说："陈代侯同意参加武装起义，但有些顾虑。他不熟悉我，怕上当，说是要见到真正的共产党再做决定。"

"你卢光特这个共产党哪个被他认为是假的？"彭咏梧摇头一笑。

"我也拿不出啥子证据叫他相信嘛。"卢光特无奈地苦笑说,"你不晓得,他这个人很固执也很精明的,以前国民党去收买过他几次,他都没干。他对我说:'老子是吃啥子饭的?我可不轻易上这个当!'"

"噢,这倒是个硬汉子。"彭咏梧若有所思地点着头,又问,"会不会有其他的原因,托辞不想与我们一起干?"

"这倒不会,我看他是真的愿意跟我们一起反蒋。"卢光特肯定地说,"我去的第二天,他就说:'我去给真共产党搞点见面礼!'他带着几个兄弟,就去打了云阳的拖板乡公所,放了关在那里的20多个壮丁,缴了乡公所的20来条枪。背着枪雄赳赳地回到昙花寺,他拍着枪对我乐哈哈地说:'你看看,这些东西作为我到时拜见真共产党时的见面礼,啷个样?'"

"好他个陈代侯!这哪是啥子'土匪'、'棒老二'?这是一支自发的革命武装嘛!"彭咏梧兴奋地拍案而起,随后思忖了一会果断地说:"小卢,你领我现在就亲自去走一趟!"

当天夜里,彭咏梧就在卢光特的陪同下,冒着隆冬的寒风赶了50多里山路前往昙花寺。见了面,卢光特分别作了介绍,彭咏梧就豪气地对陈代侯说:"老陈兄弟,你不是要见真共产党吗?我专程登门拜访来喽,你不会像赶遭殃军那样赶我走吧?"

"哪里哪里!彭先生,我这个人啦,在国民党、遭殃军眼里头,是茅坑里又臭又硬的石头嘛。他们想杀我抓我,杀不死又抓不着,就来软的,隔三差五地派人来收买我,叫我跟他们干,说得甜言蜜语、天花乱坠。"陈代侯说着,狠狠地吸了两口杆子烟,"我陈代侯是啥子人?老子才不上他们的当呢!只要是我不知底细的人来游说,老子都要打他二百钱的黑!"

彭咏梧听着笑了:"那你也不晓得我彭咏梧的底细呀,是不是也要打我的黑钱?"

"不不不!"陈代侯立刻双手抱拳,用袍哥礼节拜了拜说,"我陈代侯也不是个不知好歹、不知世事的人嘛。我早就听说共产党里有个原来叫彭庆邦的彭咏梧,专门为我们穷苦人办事,几年没听见你的消息,前些时听说你又回来了,很开心哩。我陈代侯不知天高地厚,烦你专门跑这一趟,见谅见谅!"

彭咏梧忙说:"快莫这样说,老陈兄弟你只要真的肯跟着共产党干革命,别说这一趟,就是十趟八趟,我彭咏梧也乐意啊!"

陈代侯豪爽地大笑,笑罢,不解地问:"嗯,彭先生,你说干革命,啥子叫革命？革哪个的命？哪个革法？"

彭咏梧已经了解陈代侯的身世，笑道："这个嘛，老陈兄弟，你先说说你哪个要跟刮民党、遭殃军过不去？"

"刮民党、遭殃军都他妈的坏透了顶，头上长疮，脚下流脓呀！"陈代侯愤愤地说，"我19岁那年，遇上刮民党的区员欺负穷人，我陈代侯看不过眼，打抱不平，把那个狗日的区员打没了气，闯下祸了，刮民党就到处抓我，我也没法子，就只好带着十来个弟兄跑进这深山老林，跟他刮民党干起来喽！"

"这就叫官逼民反，逼上梁山嘛！"卢光特这时也插话说。

"是这么个理儿。我这10多年呀，一直跟他狗日的刮民党、遭殃军杀过来打过去，结下深仇大恨喽！"陈代侯感慨起来，说，"他们狗日的把我陈代侯逼到这个份上，我陈代侯哪能傻到像宋江那样还去投靠仇人，前车可鉴，那不是明摆着助纣为虐，还自个儿去送死，到头来落个骂名？我陈代侯跟这些狗日的大仇还没报够哩！"

"说得好，老陈兄弟！"彭咏梧一拍大腿说，"不只是你、你的兄弟们跟刮民党反动派有冤仇，这样的冤仇整个中国的贫苦百姓都有！这不是哪个人的私仇，这是千千万万劳苦人民的阶级之仇！他们欺压人民，人民要活命，自然要反抗、要报仇，可我们不能只为个人报仇，我们要为整个像自己这样有冤有仇的贫苦阶级报仇！"

"是这个理，是这个理！"陈代侯抓挠着后脑勺说。

"老陈兄弟，啥子叫革命？这就叫革命！"彭咏梧更加兴奋地说，"革刮民党反动派的命，革一切欺压百姓的坏蛋的命，也革掉我们自个身上的苦命根！大家团结起来，捏成一个拳头，照准反动政府的命脉狠狠一击，打倒它，推翻它，建立一个没有压迫、没有剥削的、我们劳苦大众自个当家做主的新中国！这，就是我们共产党革命的主要目的！"

"好！革命好！共产党这主张好！"陈代侯兴奋地搓着手。

"老陈兄弟，怎么样？愿不愿意一起干？"彭咏梧微笑着问。

"我就等着你这句话！"陈代侯激动地一跃而起，紧抓着彭咏梧的手说，"我陈代侯铁着心，带弟兄们跟你们一块干！"

这天夜里，两个性格直率投缘的汉子兴奋地谈了一整夜。

次日清晨，彭咏梧和卢光特兴冲冲地下山回到青莲乡青莲中学，马上与工委的同志商量了对陈代侯队伍的收编问题，又迅速与纵队司令员赵唯等研究，决定任命陈代侯为奉大巫支队司令员。

有了陈代侯队伍加盟的经验和影响，彭咏梧又很快把云阳、奉节的另外两个绿林队伍都争取了过来，使奉大巫支队的力量迅速壮大起来，威震一方。

乘这种声势，彭咏梧等继续扩大统战工作的成果。奉节县廖参议员，既是青莲乡有名的袍哥大爷，又担任过乡长、联保主任，现任乡长还是他的族弟。他不仅掌握着青莲乡的国民党政权，还拥有一批枪支弹药，是青莲乡真正有实力与支队抗衡的人物。彭咏梧来到青莲乡后曾通过各种关系争取他，但效果始终不明显。这时，彭咏梧便决定带着卢光特、吴子见、贺德明等人，在冬月23日晚上前往乡公所，约见这位廖参议员，亲自谈谈。一番晓以利害、奉劝廖参议员"识时务为俊杰"的耐心说服后，廖参议员不仅献出了19支枪、3200发子弹，还把枪都擦得锃亮，而且积极劝当乡长的族弟对共产党的事睁一只眼、闭一只眼。其族弟果然对彭咏梧等人在本乡的活动既不干涉也不上报，有时还暗地里支持。

终于有一个很好的环境，彭咏梧所领导的武装暴动筹备工作就这样在青莲乡近乎公开地蓬勃开展起来。

6

青莲乡下了一场冬雪，深山老林白雪皑皑，陡峭的山路上更稀有人影。然而，彭咏梧却要求同志们在此时抓紧走村串户宣传发动，他自己也和江竹筠一起在萧克成的陪同下顶风冒雪，爬山越岭，四处奔走。

雪停了，天放晴了。只听一阵锣声响过，男女老少或气愤嚷嚷地或蔫头耷脑地往乡公所前聚去。彭咏梧不解地问抽着叶子烟迎候他的陈代侯："这是在干啥子？"陈代侯说："准是区里又来人收税，每到年关前都这样子。年关年关，富人过年，穷人过关喽！"彭咏梧一听，果断地说；"走，我们去闹他一回抗税！"回头又对陈代侯和贺德明、萧克成说；"老陈，你去组织游击队员；贺德明、萧克成去组织学生。都到乡公所去，把收税的家伙撵走，让老百姓对我们更信任、更有信心！"

乡公所前的坝子上已挤满人了。只见一个家伙正站在门前的石阶上吼叫着："快过年了，都开始杀猪宰羊了。可谁上了税？啊？不上税是违法的，晓不晓得？啊？今天，我们就抓了两个不上税就杀猪的！我告诉你们，补缴税款的，概不追究！抗税不缴纳，不仅罚款，还要像这两个人一样，治罪！"

群众霎时骚动起来。彭咏梧随群众踮起脚望去，只见台上左侧果然反绑着两个乡民。彭咏梧与陈代侯对视了一眼，性子暴烈的陈代侯立即扯起嗓门喊道："龟儿子，你晓不晓得我们的猪税缴到哪一年了？税票年年涨，我们早交过了。照你龟儿子说的，今年卖掉半头猪，还扯不起一张税票哩。龟儿子，你还要不要大爷们活啦？乡亲们，大家说有没得这个理呀？"

乡亲们跟着都吼起来，乱成一团。

台上来收税的区员恼羞成怒，声嘶力竭地嚷叫："反啦？再闹再闹，老子再抓几个绑起来！"

"龟儿子，太嚣张了！来呀，绑呀？"陈代侯也吼着，与彭咏梧交换了一下眼色，突然喊起来："罢免猪税！放我们的人！乡亲们，冲上去，揍这龟儿子呀！"

乡亲们在这样的呼喊中，顿时一齐愤怒地拥向乡公所大门。收税区员一见，吓得慌忙跑进去闩上大门，可是大门被石头瓦块砸得咚咚响，摇摇欲垮，区员赶紧从后门溜之大吉。

这次领导群众抗税的胜利，启发了彭咏梧。他灵机一动，想出一个大胆发动群众参加武装暴动的办法。

第三天，青莲乡附近的乡亲们背伢牵女地赶场子似的，从四面八方一路一路地赶向青莲中学附近的保公所大院参加"保民会"，一时间把个保公所里里外外围得水泄不通。院子里，搭了一个临时讲台。台上坐着萧和中、贺德明等当地颇有名望的人士。彭咏梧在萧和中介绍后，走到台前发表了一次大山深处的乡亲们从来没有见过听过的"保民"演讲。

"乡亲们，为啥子刮民党的遭殃军节节败退，而共产党的解放军乘胜前进有了席卷全中国之势？"讲了一通社会不公平、老百姓受压迫受剥削的原因和解放战场的形势后，彭咏梧激昂地说："这是因为刮民党统治残酷又腐败，遭殃军祸国殃民，失掉了人心，已经像人人喊打的过街老鼠！而共产党领导的解放军是我们老百姓的子弟兵，他们有铁的纪律，制定了《三大纪律，八项注意》，不许拿群众一针一线、不许调戏妇女，不许损害群众利益，宁可露宿街头野地也不许惊动居民百姓。他们是为解放我们老百姓、让我们老百姓过上幸福生活而英勇作战的，因此一呼百应、深得民心！现在，我们在这里成立游击队，就是要迎接解放军入川，打倒所有骑在我们老百姓头上拉屎拉尿、作威作福的坏人，推翻这个不公平不合理的旧世道，消灭压迫，消灭剥削，给老百姓分田地、分房屋、分财产，建立一个'耕者有其田'的公平、太平的新社会！"

台下的人们一听议论纷纷，有人怀疑地问："彭先生，你讲的分田地是不是真的哟？"

"哪个不是真的？"彭咏梧展开手中一直拿着的一张《挺进报》让近台的群众看，说："乡亲们，这就是共产党中央制定的《中国土地法大纲》，规定了实现耕者有其田的土地制度的实施办法，已经在打垮了蒋匪军的地方开始实行啦！将来，我们胜利了，解放军来了，你们东家的田都要分给你们！"

群众都更加热烈地议论起来。彭咏梧这时索性转身问坐在台上的萧和中："萧先生，你说说，到时你的田地分不分给这些乡亲们呀？"萧和中站起身来，扬着手，微笑着大声说："乡亲们，我萧和中到时肯定把田地分给你们！"台下一片欢呼，群情激昂。有个性急的汉子在下面大喊："彭先生，到底啥时候真的分呀？"

"快啦！解放军早一天来打垮蒋该死（四川方言中"介石"与"该死"谐音）、遭殃军，大家就能早一天分田地啊！"彭咏梧接着兴奋地说，"可是，我们不能光等着呀！我们得先组织起来，各乡各保都组织起来，建立农民协会，统一行动，抗丁抗粮，支援解放军，帮助我们游击队作战，争取胜利的一天早日到来！父老乡亲们，兄弟姐妹们，我们翻身的时候到了，大家赶快行动起来，拿起梭镖，扛起大刀，跟着共产党造反，打垮蒋该死，打败遭殃军，翻身得解放，过上好日子，好不好？"

"好啊！跟着共产党造反翻身啦！"台下口号声随之此起彼伏地响起。

"保民会"开成了游击支队的誓师动员大会，乡亲们很快发动起来了。不仅青莲乡的各个保都发展了党员，成立了农民协会，连附近的昙花、公平、大寨、贵坝等乡也先后发展了党员，共产党的影响在奉节各地迅速深入民心，在大巴山麓、梅溪河两岸迅速形成了武装暴动的强大声势。

7

冬月下旬的一天，1948年的新年元旦已经过了，彭咏梧、江竹筠两人的脸上都洋溢着喜悦的神色。他们正和奉大巫支队及工委的负责同志在青莲中学里召开一次暴动计划会议。

负责巫溪暴动准备工作的工委副书记卢光特，兴致勃勃地汇报了对大宁河畔的大宁盐厂税警中队进行策反和船工、盐工发动的情况:"盐厂内驻有一个中队的税警,枪支好,戒备却松得很。通过策反,税警中队有个队长和班长同意与我们里应外合,一同起义。盐厂的盐工和船工呢,也都苦大仇深,觉悟高,一宣传一动员都迫切希望搞暴动哩!"

这个情况对大家的鼓舞不言而喻,彭咏梧显得尤其兴奋。大家汇报后、他详细地分析了云奉巫边境的敌我双方情况,果敢的双手撑着桌子站起来说:"从大家汇报的情况看,大宁盐厂的准备很充分,我们这青莲乡的准备也不错,云阳云安盐厂那边赵唯同志他们的工作也很乐观。而这三县边境地区地势险要,交通不便,敌人在这里还没驻扎正规军,防御薄弱,兵力调动也不容易。我们的暴动组织,经过这段时间的充分准备,党组织建设和武装组织都不错,群众的发动情况大家也都有目共睹,我看正式起义暴动的时机已经成熟了!我的想法是,首先尽快在云安盐厂、大宁盐厂、南溪镇三地同时举行武装起义,在这三县边境地区开辟一个游击区,建立川东革命根据地!这个想法是否可行,大家讨论讨论。"

讨论进行得很热烈。大家的发言很踊跃,最终大多数认为彭咏梧的意见符合下川东尤其是云奉巫三县边境地区的实际情况,也符合川东临委的指示精神,决定尽快在云安盐厂、大宁盐厂、南溪镇同时起义。起义时间,支队司令员陈代侯建议选在冬月28日,既吉利又意味着共产党领导的一个"共"字,但最终定为冬月30日。鉴于支队武器装备现只有长短枪两百多支、子弹几千发,陈代侯又建议把梅溪河两岸有枪有子弹的人召集一起开个借枪大会解决。彭咏梧赞同,并指示干脆把这个会开成附近三县的工农活动分子、武装骨干、统战人员参加的武装暴动宣传大会。

起义的具体安排确定为:工委副书记卢光特、巫溪党组织负责人王庸负责巫溪大宁盐厂起义;中队长谢国茂负责云阳南溪镇起义;由蒋仁风、陈代侯协助彭咏梧坐镇青莲中学,负责全面领导和直接指挥三地起义同时进行。

下川东武装起义的序幕很快就要拉开了。然而,江竹筠却遗憾地不能亲自参加这场翘望已久的揭幕战。她有另一项同样艰巨的任务要去完成。当时下川东地区尤其是奉大巫工委缺少知识分子骨干,暴动开始后势必难以应付复杂的局面。于是,彭咏梧要她回重庆一趟,向临委汇报下川东的情况,并请求尽快派一批知识分子干部来做骨干,同时为游击队筹备些给养,然后也顺便看看云儿。

接着彭咏梧向江竹筠做了进一步交待,当时形势非常险恶,要她争取在一个月内赶回。返回时，如果云安这条路线走不通，就先将派来的同志带到云阳董家坝他外婆家，等他派人去接，并且要她带上他们和云儿的合影照片，以便与外婆相认。

最后，彭咏梧还提醒江竹筠，临走时带上几张青莲中学的聘书，给派来的同志每人填上一张，以便应付检查，返回时安全些。

第二天一早，江竹筠穿上那件她平时最喜欢的蓝旗袍，又罩上来时穿的黑毛衣，行将出发。彭咏梧安排的戴发斌、周厚发这两个即将参加暴动的农民战士，扮成轿夫，抬着一架滑竿，已等候在萧家门前。同志们都依依难舍地赶来送行。

上了滑竿，就要分别了，江竹筠深情地看着同志们，最后目光定在丈夫彭咏梧身上，丈夫的身体一直不好，常常咯血，此去重庆实在有些放心不下。想到这里，竹筠眼眶顿时发红了。与他俩关系最亲近的吴子见看见"表姐、表姐夫"这样子，开玩笑说："表姐，这样舍不得离开姐夫，就快点回来喽！难过啥子嘛！"江竹筠也佯装笑容说："哪个难过了？不就是暂时分开十天半月嘛！"彭咏梧也接过话头："有道是，两情若是长久时，又岂在朝朝暮暮。"

然而，目送着江竹筠乘坐的滑竿远了，看不见了，彭咏梧心里还是隐隐地生出一种失落感。大家都觉察到了，但是，终究彭咏梧没有想到，江竹筠没有想到，大家也没有想到，这竟然是彭咏梧和江竹筠这对受人爱戴的夫妇的永诀！

第十七章 腊月天里没有喜讯

历尽艰险潜回重庆，江竹筠真是困惑：这两个身居要职的地下党领导人，怎么不是叶公好龙就是出尔反尔？儿子的托养问题依然是个难题。么姐到底能不能大度地来重庆？有惊有险地带着新战友重潜川东，半路上又痛悉丈夫遇害的噩耗……腊月天里竟然没有喜讯！

1

1948年1月初的某一天,江竹筠离开奉大巫支队的暴动中心奉节县青莲乡,秘密潜往重庆向川东临委汇报工作并选调干部。这一天的具体日期已经无法准确判断。各种回忆资料都众口一词地说这一天为冬月28日,但这显然是因某一个人的误记而导致讹传。因为阳历新年的1月8日是冬月28日,奉大巫支队的暴动正是从这一天开始,而江竹筠离开前虽然知道起义计划但起义尚未正式打响,并且这一天卢光特等已远赴巫溪、云阳、南溪等地搞暴动,根本不可能与彭咏梧等战友相聚一起为江竹筠送行。我们因此只能大致说这是新年元月初的某一天了。

这一天,江竹筠依依不舍地告别丈夫彭咏梧和战友们,携带着几张青莲中学的聘书,扮成去聘请教师的学校工作人员,坐着滑竿大摇大摆地一路闯关,第二天抵达云阳北岸的水码头,再改乘木船到云阳。以后独自返回重庆的旅程,虽然有万县和成银行的地下党员李承林等人的秘密接送,但她却是必须一路谨慎小心了。

重庆的形势似乎比离开时更加紧张了。一个月前,江竹筠和彭咏梧离开重庆时,重庆大学的进步女学生叶孟君突然失踪,叶孟君在川康警政督导处工作的哥哥以及重庆大学训导长侯枫、沙坪坝警察分所所长等,对叶孟君同寝室的女同学、地下党员宋廉嗣又是逼讯又是搜查,企图利用叶孟君失踪事件,嫁祸于共产党,阴谋破坏学运和地下党组织,因此当时还负责着重庆学运的彭咏梧等同志曾指示沙磁特支书记刘国鋕紧急转移宋廉嗣。离开一个月后这次返回重庆,路上江竹筠获悉这事已在重庆演变为轰动的"叶宋失踪事件",并刚刚引发了一次以重庆大学学生为主体的全市学生游行大示威。受到沉重打击的敌人,眼见重庆学运如此活跃,《挺进报》继续出现在各个地方而一直没有破获,上川东、下川东又传出了共产党要暴动的消息,便更加紧了特务活动,白色恐怖更加沉重地笼罩着山城。

一踏上重庆外围的土地,江竹筠就敏锐地察觉到了这种紧张的气氛。看到各个路口、街角、码头、车站都游弋着贼眉鼠眼的人，她只得选择最不起眼的地方一步步地向市区靠近。她一身脏衣服，不敢贸然回市区青年会的那个锁了很长时间的家，也不便冒险去与同志接头，只好选择先到熟悉的十八梯下面的邱文珍家落脚。

邱文珍是表妹杨蜀翘在女师院的同学，父母已过世，两个哥哥和一个妹妹都是进步青年，与她相熟，住的又是普通的民房，突然来了她这个脏兮兮的妇女也不会引起人注意。到了邱家，邱家大哥一见江竹筠既脏又累的样子，很是惊讶。江竹筠有气无力地倚着门说："你先莫问我啥子，我瞌睡来不及了。哪个地方可以先让我躺一躺？"邱家大哥连忙领她上小阁楼。江竹筠脸没洗，水没喝，饭没吃，倒在床铺上就睡。

恰巧，这天杨蜀翘和邱文珍午饭后结伴去了邱家。邱家大哥连忙神秘地指指小阁楼，对杨蜀翘说："你表姐在楼上！"杨蜀翘知道只有江竹筠表姐熟悉这里，一听既惊又喜，连忙上楼，喊道："竹姐回来了？"江竹筠已惊醒，坐在床上。杨蜀翘一看表姐的模样，霎时震惊得说不出话来。

江竹筠完全是一个农妇的打扮，原来矮矮胖胖的身材瘦了一圈，本来不太白皙的皮肤更加黑了，最让人看不过眼的是一身透着怪味的脏衣服。

蜀翘只觉泪都要流出来了。表姐去了农村，怎么弄成了这模样？她爱怜地伸手去抚摸表姐的头，突然又像被啥子东西咬了似的猛缩回手来，惊异地问："姐姐，你啷个一身这样脏？还这么多虱子？"江竹筠微微一笑说："我沿途住的是鸡毛店，不然啷个回来得了？"表姐妹俩就这样聊了一会儿，江竹筠问明除了"叶宋失踪事件"外，这段时间并未出现其他大的问题，尤其是没相熟的人被捕或叛变，便长松一口气，就要下床。蜀翘要她再休息休息，她却说："刚进门时真是累趴了哩。睡了一觉，有精神了。我得起来，还有好多事要赶紧跑哩！"

邱文珍的个子与江竹筠差不多，安排江竹筠洗了个澡，就让江竹筠换上邱文珍的一套普通的长袍衣服。粗粗吃了几口饭，江竹筠就要走。蜀翘以为表姐是思念彭云心切，想与表姐一道去，就问："你是不是要到北碚珍姐那儿看云儿？"江竹筠点点头，答："还得先去办办正事。"杨蜀翘知道不能陪表姐同去了，她虽然很想与表姐好好叙叙分别这些日子的思念之情，却只能带着这深深的遗憾，与邱文珍一起目送着表姐匆匆远去。1996 年，杨蜀翘在成都再次接受作者采访时，十分伤心地说，她没想到，自己从此再也没有与最爱的表姐相见的机会了。

2

江竹筠的确没有先去北碚白庙子分校王珍如那儿去看望才一岁多的儿子彭云,尽管内心里她是那么的渴望见到儿子,听到儿子叫她一声"妈妈",期望儿子不再像上次那样相见不相识。然而,她是带着下川东党组织和游击纵队的使命回重庆的啊!在接下来的几天里,她强抑着思子之情,紧紧张张地"提着脑壳"到处没日没夜地奔走,办着"正事"。

离开邱家之后,她先是设法按原定的联络方法先后找到了化名石果的临委书记王璞和化名杜谦益的临委副书记兼下川东地工委书记涂孝文,汇报下川东的情况。两位临委领导人听了她的汇报后,都为下川东武装起义的进展速度和情况高兴,赞同彭咏梧制定的暴动计划。王璞还向江竹筠询问彭咏梧的身体如何,肺病是不是好些了。

江竹筠不便告诉他们丈夫身体状况很不好,但王璞的信任和关心的话让她感到心里是那样的温暖。

见到涂孝文,他却是另一种口气:"咏梧同志的工作开展得这样好,这是我没有想到的。他的暴动计划我是赞同的,但应该搞得声势更大一些,不只是先在云奉巫边境搞起来,还应该尽快把万县、南岸一带的暴动也搞起来,最好几个地方都能同时进行,互相呼应。小江,你作为他的妻子,回去以后,叫他以后多与临委通通气,有什么计划先向临委汇报汇报,他一个人在那边领导毕竟不如集思广益的效果好嘛。"

涂孝文完全把自己摆在领导的位置上说话,而且话中之话明显暗示彭咏梧这位副书记应该尊重他这位书记,他才是下川东地区的最高领导人。涂孝文这种居高临下的态度让江竹筠很吃惊。

对这位涂孝文,江竹筠以前只见过两三次面,不是很了解,但她多少知道这位领导人的粗略情况。涂孝文原名涂万鹏,抗战前在成都上学时开始接触进步思想,积极参加过救亡活动;抗战爆发后入党,很快便回川南泸州负责党的领导工作;1929年秋,中共中央南方局决定从四川选派几名代表去延安先学习,然后参加党的第七次代表大会,涂孝文成了白区的党代表之一;1946年,党中央为加强国统区的工作,又将涂孝文派回了四川。对这位党的七大代表,江竹筠一直很尊重,甚至心存敬畏。但是,这一次谈话,使江竹筠不禁对这位临委副书记兼下川东地工委书记的看法有了些改变，甚至有些反感。

向临委负责人汇报了工作并得到指示后，江竹筠又按既定的联络方法找到了化名张德明的新的重庆市委副书记兼组织部部长冉益智，请他帮助选调几位可靠而又精干的青年知识分子干部随她去下川东开展武装斗争。

江竹筠对冉益智要比对涂孝文熟悉一些，也接触得多一些。到下川东之前，负责重庆学运的彭咏梧和江竹筠向新重庆市委移交重庆市各区学运负责人的关系时，就是主要向冉益智移交的，而且都与沙磁区学运特支书记刘国鋕等熟悉。江竹筠虽然不知道冉益智曾在1931年至1936年担任过国民党酉阳县党部干事，主编过县党部机关刊物《党政周刊》，并在1936年加入过国民党这段历史，却知道：冉益智又名冉启熙，是四川酉阳县钟多镇骑龙村人，家里是地主，肄业于成都公学，比彭咏梧大5岁，曾在国民党别动队15中队抓捕酉阳县地方派别头头五子履时入狱重庆，出狱不久便在1937年加入共产党，先后化名张德明、冉毛、萧青等从事地下工作，1938年至1939年担任过合川县工委、北碚中心县委组织委员，1940年春到万县工作了三年多，先后担任万县中心县委组织部部长、书记，既与彭咏梧共过事，又是彭咏梧的继任者，之后调回重庆市又接替彭咏梧在原市委负责学运以及组织工作。因为冉益智与彭咏梧有这些关系，并且比彭咏梧年长，江竹筠开始对他很尊重，但在后来的接触中，她却敏锐地感觉到冉益智这个人有时口是心非，当面说得好，背后另搞一套。

这次见面后，对于江竹筠的要求，冉益智当面答应得很好，说："这是好事呀，向搞武装斗争的下川东输送干部，这是我们责无旁贷的！你要多少，我送多少！你点谁的将，我给谁！"见冉益智答应得如此爽快，江竹筠当时还很是感激，也就直截了当地点了她所熟悉的有过下农村要求的西南学院党支部书记杨建成、女师校"六一社"女学生骨干周毅等近10个知识青年干部的名，尔后还说："老冉，你再帮我物色几个，先定下七八个人，行吗？"冉益智拍着胸脯说："行，没问题，包在我身上了！"可是，直到江竹筠离开重庆时，最终落实下来的却只有杨建成、刘本德、罗曙南、周毅四个人而已。

办完了这两件大事，江竹筠又找到跟上层关系好的沙磁区学运特支书记刘国鋕，请他帮助筹措一些给养以及医药，刘国鋕都很快办理了。接着，她找到了办《挺进报》的蒋一苇，转达了吴子见的问候，告诉了下川东武装斗争的情况和动向，蒋一苇、陈曦夫妇都特别高兴。说到江竹筠的儿子小彭云，蒋一苇告诉说："听何理立说，王珍如带着小云很困难，学校怀疑小云是她的私生子,要解聘她;何理立曾提出设法自己办个托儿所,可以方便许多同志,但没办起来,她为这事很着急。你看要是没有别的好办法,就把小云放我这儿,放不放心?"江竹筠听了很感动,就说:"放心是放心,可是你和陈曦都忙,自己又有两个孩子,带着云儿也不方便呀?"蒋一苇爽快地说:"没啥,加上小云也累不到哪里去嘛!何况我们增加一个孩子也不显眼,不过孩子们多个玩伴而已,陈曦她妈又在这儿,没啥子问题的!"

江竹筠没想到王珍如带着彭云竟遭受人们这样刻薄的诘难,内心既感激又不安。告别了蒋一苇他们,她赶紧去《大公报》找谭竹安,问幺姐到底能不能来重庆带彭云。谭竹安说:"幺姐已来信了,她处理完那边的事,很快就会来的,也许在这几天就来了,你放心吧!"

幺姐果然是个好姐姐啊!江竹筠不禁感慨万千。她渴望幺姐真的就在这几天来重庆,既完满解决了云儿的抚养问题,自己也能见见这个丈夫的"原配夫人",见一见自己一直既觉得对不住,又特别敬重信任的好姐姐。想到这些,多少天来强抑着的思子之情再也按捺不住,一颗忧国忧友又忧家的贤女之心已经如箭飞到了郊区北碚的白庙子王珍如那儿……

3

腊月初五前后的一天,黄昏降临时,江竹筠悄悄来到了郊区北碚天府煤矿子弟小学的白庙子分校。从来前市区的紧张局势、人们的传说和时间的推断看,她估计丈夫彭咏梧他们已在云奉巫边境地区发动起义了。她因此急切地想赶紧把云儿安置好,尽快返回青莲乡去参加武装斗争。

走近学校里王珍如的那间熟悉的宿舍,江竹筠在门外轻轻喊了一声:"珍姐!"王珍如一听是江竹筠的声音,霎时一愣,随即惊喜地打开房门。江竹筠夹着一股刺骨的寒风,一条围巾裹着头脸和脖子闪了进来,只见屋里生着一炉煤火,久别的儿子彭云正玩着不知哪里弄来的草编玩具和木头手枪,抬着头疑惑地看着她这个突然的闯入者。

啊,云儿长高了。江竹筠猛地跑过去,蹲在地上,双手围抱着云儿,抬头痴痴地看着云儿,激动得竟然没有立刻呼唤。

王珍如赶紧对云儿说:"云儿,这就是我给你讲的你亲妈妈呀,记不记得照片上的她?快叫妈妈呀!"王珍如已经按彭咏梧的嘱咐,从市区那家千秋照相馆里取回了一张当初抱云儿来白庙子前彭咏梧、江竹筠、彭云照的那张合影，时常教彭云认照片上的爸爸和亲妈妈。

彭云还不到2岁，但在王珍如悉心地教养下居然已经懂事了，他看着眼前与照片上相同脸相的江竹筠，怯怯地叫了江竹筠一声："妈妈。"

这一声亲切的渴盼着的称呼，刹那间使江竹筠再也抑制不住泪水，她哽咽着说了一声："好云儿，妈妈好想你呀……"便泣不成声。

平静下来后，江竹筠感激地说："珍姐，为云儿，你受了好多委屈，我都知道了，心里真不晓得说啥子好。我想……这次就把云儿接走……"

"啊！"王珍如一听急了，连忙解释说，"江竹，不就是几句烂舌根的话吗，哪个吓得倒人？云儿很乖很听话的，我喜欢他，离不了他呀！我会照看好他的，你和四哥放心，就让他跟我在一块吧……"

"不是这个意思，珍姐。"江竹筠摇摇头说，"实话对你说吧，珍姐，很快也不是啥子秘密了。我和四哥其实是去川东打游击的，敌人不会不知道我们在那里，到时会对我们这些人留在城里的亲属子女下毒手的。你虽然把云儿带得非常好，可你一个姑娘家带着孩子，已经让人怀疑了，迟早会穿帮的。再说，你继续带下去，会丢了饭碗呀！可这儿还需要你留下来工作呢！"

王珍如听了，傻傻的，精神有些恍惚了。见她这种样子，江竹筠只得反过来安慰她："珍姐，我晓得你与云儿有感情了，他都不怎么认我，只觉得你是妈妈了。我把他接走，是对不住你，让你伤心了，可这样做，既是为你着想，也是为我和四哥着想。"

王珍如听了，双眼盈满泪水，迟疑地问："你把他带到哪里去呢？"

"我已经安排好了，把云儿寄养到别处去，你别担心。"江竹筠一手抱着懵懵懂懂地看看这个妈妈又看看那个妈妈的云儿，一手抚着王珍如的肩，说："珍姐，说实在的，你和云儿都留在重庆，迟早会再相见的，比我和四哥还要……"

说服了王珍如，江竹筠就要带云儿回市区。王珍如伤感地嘟哝："这么急呀？天都快黑了，不能一块歇一晚上吗？"江竹筠也很伤心地说："我哪个不想歇？可还有好多事。趁这天还未黑，好赶路……"

王珍如只得同意。她抱着云儿，送江竹筠出学校，并送上去市区的路，送了很远很远。分手时，江竹筠从她手里接过云儿，云儿却舍不得离开，哭着直往王珍如怀里扑，一声声地叫唤："妈妈，妈妈，不走，不走……"王珍如的泪水顿时扑簌簌地直流，哽咽着哄劝云儿："乖乖，不哭，这是你亲妈妈呀，她要带你去一个好玩的地方呢……"

江竹筠抱着云儿回到市区已是深夜。

江竹筠原以为带走云儿，可以解决王珍如的艰难处境，但她料想不到校方事后还是以王珍如养"私生子"为由，解聘了王珍如。

4

回重庆不过一个星期，江竹筠紧张地日夜奔走办完了要办的事，就按捺不住，决定尽快赶回奉节县青莲乡，投身川东游击纵队的战斗。

腊月初七这天，她设法把从重庆市委和冉益智那儿争取、选调过来的杨建成、刘本德、罗曙南、周毅四个青年知识干部，召集到一个地方秘密碰了一个面。这次能够带到下川东去的干部虽然只有4人，让她对冉益智的说话不算数有些反感，但还是对冉益智能设法把杨建成交给她感到满意。因为杨建成在老家达县有同志被捕后，组织上已安排他转移离开了西南学院，而让南岸特支书记周应培接替了他的工作，冉益智能够辗转通知杨建成随她江竹筠去下川东，江竹筠哪能不高兴？杨建成是位她很了解的、很有工作能力的年轻党员呢！

1997年，杨建成等接受作者采访时回忆说，江竹筠与他们四个人碰了面后，讲了这次去下川东的目的，表扬了他们为革命勇于抛头颅、洒热血的精神，又拿出四张青莲中学的聘书让各自填好揣好，然后说："这次我们的目的地是奉节县青莲乡。因为那一带很快要成为游击区，估计敌人已紧张了，加强了防范和检查，所以我们这一路行程肯定充满了艰险，要闯过许多关卡。为了安全地同时到达，请大家务必随时提高警惕。"说到这里，她看了一眼化名杨小妹的周毅说："路上，我和小妹一块，你们3个男同志一块。但是，你们3个务必各扮不同身份的人，同乘一条船，同住一个店，但必须装作互不相识，互不招呼，可暗地里又必须互相照顾。"大家点了点头，江竹筠又说："我们明天清早就动身，乘船去万县；在万县住一晚上，你们3个就住万安桥东的滴成茶社旅馆里；第二天早上，我们就乘船去云阳，你们看见我和小妹上哪条船，你们就跟着上哪条船……都记住了吗？"

第二天清晨，杨建成、刘本德、罗曙南3个男同志互不认识似地随江竹筠、周毅在朝天门码头上了民生轮船公司的一条轮船。江竹筠这次打扮得很有派头，带着十六七岁的周毅径直住进小舱，杨建成3人则住在通舱。当天傍晚，船靠万县码头，杨建成、刘本德、罗曙南3人前后跟着住进滴成茶社。江竹筠和周毅下船后，则跟在身穿西装、手提皮箱的万县和成银行副经理兼营业主任、党的地下交通员李承林的身后，似不相识地随着走。这天夜晚，她俩就住在李承林那里。

次日，江竹筠提着李承林昨天提着的那只皮箱，着一个回乡过节的教师打扮，带着周毅来到码头，上了一条去云阳的木船。杨建成等3人在茶社看见江竹筠上了那条船，就跟着挤上。船抵云阳码头，几个人就陆陆续续地跟着住进彭咏梧的一个舅舅开的长发栈房。

在长发栈房，5个人一住就是两天，大家都依旧按原定的纪律，互相装作不认识，互不说话，又不能轻易离开，憋得非常难受。江竹筠尤其焦急，不能与组织上接上头，得不到奉大巫支队那边暴动的真实情况，她就不能决定带这4个青年同志是通过云安这条路线去青莲乡，还是去董家坝等待彭咏梧派人来接啊！

终于，江竹筠等来了邹开连同志。根据邹开连讲的情况，江竹筠得知彭咏梧他们已经提前起义了，而且这些天大批正规军和保安队在围剿云奉巫边境地区的游击队。江竹筠为彭咏梧和战友们担着心，也明白了不能按原定线路去青莲乡了，便决定赶紧到云阳董家坝去。当即，她便秘密传话给栈房里的杨建成等3人，赶紧上街去买电筒、草鞋、胶鞋等物，以便从陆路赶往董家坝。5个人分头上了街，急急忙忙地买回了东西，一切都准备好了，情况却又起了变化，决定还是走水路。

隔日，5个人还是按原来的行程，乘坐一条木船沿江而下，船靠云阳和奉节间的长江边的云阳龙洞乡，便陆续下了船。天还未黑，5个人找了家小客栈住了下来。客栈里没有其他住客，直到这时，5个人才相互开腔说话，围在一个火炉边摆起了龙门阵。

在龙洞乡住了一晚，次日早晨大家拿着行李去董家坝。江竹筠先去丈夫的外婆家接洽。她向从未见过的外婆说明了自己的身份，老外婆既惊又疑。直到她递上与丈夫和儿子的照片，老外婆将照片凑近眼睛看了又看，这才突然高兴地说："哎呀，你真的是我安南子（彭咏梧的乳名）的媳妇呀！这个安南子咧，一走这么多年，在外边娶了你这么个大地方的好二房，又添了这么好个男伢，彭家又有个接香火的了，哪个不通一点音讯呢？"说着，热情地牵着江竹筠的手往屋里拉："我的伢呐，外头好冷，快进屋，快进呀！"老外婆的不转弯的话，既让江竹筠脸红，又让她心里温暖。她对老外婆说："外婆，我还带来了几个人哩。"老外婆连忙把他们迎进屋里。

外婆家是个贫寒的农家，单门独户，只有两三间小屋，住着老外婆和彭咏梧不满20岁的表弟邱衍伦。老外婆热情，邱老表又从小受表哥彭咏梧的影响，对革命很是热心。江竹筠安排杨建成、刘本德、罗曙南在小木楼上休息，自己和周毅则在楼下与外婆住在一起。

这天已是腊月十三日（阳历1月23日）了，江竹筠回想分别时丈夫彭咏梧的话，估计派来接他们的人也就在这几天到董家坝，便决定就在外婆家住下耐心地等候。这董家坝离城六七十里，靠长江边，交通还算便利，但总的来说比较僻静，外婆家又是单门独户，潜伏下来没啥大的危险。但是，党组织在这里尚未开展活动，群众尚未发动，江竹筠就要求大家一切从保密安全出发，人不出屋，耐心地等候山上来人。

可是，一等四五天，竟然还是没人来接！

5

腊月廿日，江竹筠他们已在董家坝外婆家住了7天了。这些天，他们几乎足不出户，只由表弟邱衍伦替他们忙出忙进。虽然每天都聚在火塘边学习、摆龙门阵，并不是特别寂寞，但等了这么多天还不见山上来人接，大家还是有些沉不住气了。

这天下午，几个人正在摆着龙门阵，突然传来敲门声，一个男人问："这里是邱老表家吗？"江竹筠一听这人的声音，顿时喜出望外。她连忙去拉开大门，一身蓝布紧身棉衣的奉大巫工委副书记卢光特出现在面前。她喜极地说："可把你盼来了！你们那边哪个样了？"

杨建成他们一听江竹筠的口气，就知道卢光特是山上来的人，喜极地拥着他到火塘边坐下烤火，急切地问这问那。卢光特双手伸在火塘上边烤了烤，抬眼望着江竹筠迟疑地说："一言难尽，从哪儿说起呢？起义是提前进行的，开头还打了两三次胜仗；后来敌人的正规军开始围剿，彭政委就决定转移。他和蒋仁风、陈代侯带着主力向鞍子山一带转移，让吴子见和我带着一支队伍向云阳这边游击策应，争取与刘孟伉汇合，建立起齐南支队。这以后，那边的情况我就不大清楚了。不过，吴子见已经跟我约好来这里见面，到时就晓得么样了。"

大家听了，都显得心情沉重。

天黑以后，吃了晚饭，同志们又聚在火塘边摆谈时，卢光特随江竹筠到了另外一间屋子，比较详细地说了青莲乡武装起义的情况后，忧心忡忡地说："江姐，我和吴子见离开时，彭政委的身体很不好，他们的枪支弹药也很有限，敌人的兵力都很大，我们听说彭政委他们作战不顺利，估计是凶多吉少啊！关于彭政委遇难的传说也有，却又得不到证实。我是愿彭政委能逢凶化吉，可这心里……也是急得像猫抓呀。江姐，不管怎么样，我们心里得有些思想准备啊！"

江竹筠神色凝重，点点头说："小卢，你的分析有道理……"

"江姐，你也不要太急。"卢光特见江竹筠的神情出现少见的沉重，便又安慰说："彭政委果敢，他把我和吴子见派到这边来，对工作都做了很具体的安排，指示吴子见到南岸建立齐南支队，担任政委和工委书记。彭政委这步棋下得很及时，他又是那么精明，那边山大又有原始森林，也许情况不会变得像传说中的那样严重。吴子见今天不到明天就会来，我们就耐心地等等他打探到的情况。我还通知了汤溪特支的委员刘德彬明天也来这里，也许他也能带来一点啥子消息……"

第二天上午，刘德彬果然来了。但他带来的一点消息，也都是没经证实的道听途说。不过，他说听这边的农民都在传说南溪那边闹得很凶，共产党领导的游击队打了胜仗，领头的人是穿黑皮袍、镶金牙的姓彭的和有钱的姓赵的；甚至还传说快要在过年时打到龙洞这边来了。这传说，让大家听了都很振奋。关于彭咏梧的特征，传说得很符合，江竹筠听了觉得这不是完全捕风捉影。只有卢光特心知肚明，打南溪镇其实就是他在彭咏梧指示下直接领导的，这不过是起义刚开始时的事情而已。

6

这一天是腊月廿一日，是新年元月的最后一天了。吃罢夜饭，天早黑了，冬天寒冷的空气更加袭人，大家正准备去休息，吴子见来了。

江竹筠迎上去，与吴子见寒暄了几句，见吴子见神情紧张，语调抑制着悲怆，她顿时意识到了情况可能不妙，便对大家说："你们去休息吧！"周毅就去了外婆的房间，杨建成、刘本德、刘德彬、罗曙南4人就上了木楼。

趁这个间歇，吴子见连忙把卢光特拉到一边，急急地低声说："听那边过来的人说，打死了一个穿黑皮袍的，砍下脑壳挂在竹园镇街上示众了好几天，看来彭政委肯定是牺牲无疑了。要不要告诉她？"吴子见说着，瞅了一眼江竹筠，犹豫不决。

卢光特一听，心里猛地咯噔打了一个寒战，但还是回答说："江姐已经知道彭政委那边的大概情况，估计政委可能凶多吉少了。她这人坚强，经得起打击。还是告诉她吧，反正也瞒不了。"

两个人便走近江竹筠，一起在还有些余火的火塘边坐下。吴子见向江竹筠讲了南岸游击支队的活动情况以及关于彭咏梧的种种不幸的传说，江竹筠听到传说彭咏梧牺牲的情节时，抑制不住地"哇"地一声哭起来，但她随即猛地止住抽搐，强作镇定地对还在劝慰她的吴子见、卢光特说："那不是啥子传说了，传说不会说得这样有鼻子有眼的，老彭肯定是牺牲了。我们在这里已经待了七八天，也不宜久留了。我们还是赶紧商量商量下一步哪个办吧！"

江竹筠能够这么坚强地止住哭泣，显然是不想把悲伤传给楼上的同志们，影响大家的情绪；而她又能这么镇定地在这个时刻提出研究工作，更让吴子见和卢光特既惊异又敬佩。

"彭政委带的队伍和那边的情况都不清楚，都还没证实，我看需要进去看看到底是怎么回事。"卢光特说，"我在那边搞得久，人地都热，我去一趟怎么样？"

"不行！"江竹筠斩钉截铁地说，"人熟，过去是个优点；但现在，变成了最大的缺点！你这时去，不是送肉上砧板吗？这是做无谓的牺牲！"

江竹筠和卢光特低声争执起来，吴子见提出他去，江竹筠还是说："你在那边也是属于暴露了的人，再说你在南岸有更重要的使命，你哪个能去？"

卢光特、吴子见相互看看，一时不知说啥子好。江竹筠却断然说："弄清情况，当然有必要，但得另想法子，不但你们两个不能去，所有在那边暴露了的人都不能去。我们已经在那边经受了挫折，不能再作无谓的牺牲。我看，我们现在的首要任务是，要保存力量，减少损失，避敌锋芒，趁虚发展！"

冷静下来，卢光特、吴子见都赞同江竹筠的看法，一起认真地研究起来。

"老彭肯定是牺牲了，那边的情况必然会乱一阵子，这是避免不了的。杨建成他们4个新下来的同志，显然是不能再去青莲乡那边了。汤溪工委李汝为、赵唯他们那儿呢，目前也已处于半暴露状态，他们缺的不是人而是枪！"江竹筠一边分析，一边决策着说，"我看呀，吴子见，你们齐耀山工委那边倒是最需要人，而且活动刚刚开始，风声不大，也便于隐蔽。就这样吧，杨建成、刘本德、罗曙南三个男同志就随你吴子见去南岸；小卢呢，你同我一起回重庆向临委汇报奉大巫工委的情况，听取指示；杨小妹是个女孩子，年纪还小，去南岸还不太适合，也先随我们一起回重庆；刘德彬呢，还是由你卢光特安排，先随我们一起行动。就这样，行吗？"

这样决定下来后，卢光特喊上邱衍伦一道去江边找去云阳的木船了。江竹筠对吴子见说："我去重庆汇报后，肯定还要回下川东的，老彭是在这里牺牲的，我不能放弃他的事业不干！小吴，你们在南岸一定要吸取青莲乡那边的教训，我们在青莲搞得太公开、太性急了。你在南岸千万要谨慎，注意隐蔽，扎扎实实地做群众工作，把暴动的准备工作做得充分些稳固些，不要因一时的冲动而影响大局，留下隐患……"

回到老外婆的房间，江竹筠和衣躺下，想起丈夫彭咏梧，她这才止不住地悲伤啜泣。楼上的杨建成他们，隔着木楼板听到了她这隐隐约约的哭泣，虽然不知道到底发生了什么，但心里还是有些明白。大家都默默地听着，等到卢光特很晚上楼来睡时，想问却又没有开口。

第二天天刚亮，大家匆匆地吃了早饭。由于大家很少开口说话，气氛显得压抑沉闷。直到这时，江竹筠才向大家说马上就离开董家坝。

8个人分头出发到了江边，上了木船，立即就开船溯江而上。前面就是故陵沱了。江竹筠想起故陵沱就是丈夫彭咏梧的"原配夫人"幺姐的娘家，不禁特别地悲怆，撕心裂肺地想念彭咏梧、幺姐和两个孩子炳忠和彭云。虽然估计到彭咏梧已经牺牲，但她心里还是默默地疑问：四哥啊，你真的牺牲了吗？真的就这样撇下我和幺姐还有两个孩子永远地走了吗？

第十八章 | 暴动,悲壮惊魂的暴动

风云突变,暴动被迫猝然举行;一天三捷,却仍身陷重围。内部起分歧,这支队伍何去何从?悲壮大突围,一路侠气一路柔情;生死攸关时,身首异处,血染英魂!

1

江竹筠没有想到新年元月初她刚刚离开奉节青莲乡去重庆,彭咏梧他们的武装暴动就不得不提前举行了。

本来,云奉巫边境地区的暴动准备得虽然不是处处都很充分,但计划得还是比较周密,时机也选择得较好。新年元旦一过,召开了那次确定起义方案和时间的奉大巫工委和支队负责人会议后,鉴于卢光特、王庸已经在巫溪大宁盐厂税警中队做好了里应外合的暴动准备,彭咏梧便当机立断,一方面派人通知赵唯、李汝为率领的巴北支队准备起义攻打云阳的云安盐厂;一方面派奉大巫支队中队长谢国茂带队员侦察交通要道上的云阳商业重镇南溪的敌情;另一方面,指派卢光特、王庸带着30多个船工、煤工组成的起义队伍,从青莲乡向巫溪大宁盐厂秘密进发,计划在这三个地方同时按期起义。

然后,行事雷厉风行的彭咏梧和奉大巫支队司令员陈代侯等人,亲自前往昙花乡的圣母垭,召开了云奉巫三县武装骨干、工农积极分子和统战对象共400多人参加的武装斗争宣传动员大会。彭咏梧充分发挥他的演讲才能宣传了武装斗争的形势和意义,陈代侯则以自己这个原来莽打莽撞的绿林好汉为何要跟着共产党干革命的亲身经历进行了动员,指名道姓的成功地借出了七八十支枪,加强了支队的武器装备。这次大会开得相当成功,影响迅速波及云奉巫三县各个乡保,群众情绪进一步高涨,暴动的呼声回应在大巴山麓。

但是,起义的时机虽然成熟了,但他们的活动和准备毕竟太公开了,终于引起了敌人的警觉。

1月8日,彭咏梧突然得到急报:大宁盐厂税警中队参加起义的风声走漏了,敌人正在那里加强戒备;而云安盐厂方面的敌人也因此警觉起来!

彭咏梧大吃一惊:在他的谋划中,原本觉得大宁盐厂方面有税警中队的从内策应,是这次暴动最有把握成功的地方;可现在情况发生这样的突变,倘若这个税警中队被敌人封杀,本来就不够强大的起义武装力量岂不是要大打折扣?而敌人倘若闻风而来,大兵力围剿,起义又没赶紧进行,整个暴动计划岂不是要胎死腹中、前功尽弃？

必须阻止出现这种被动局面！当天下午，彭咏梧紧急与同他一起坐镇在青莲乡的纵队参谋长、奉大巫工委书记蒋仁风和支队司令员陈代侯商量，最后决定：今晚就提前起义！

当即，陈代侯、蒋仁风率领一个中队的队伍，从青莲乡出发，紧急驰援策应卢光特、王庸负责的巫溪大宁盐厂暴动；彭咏梧继续坐镇青莲乡全面指挥，同时亲自布置云阳南溪起义。

1948年1月8日晚，彭咏梧领导的川东游击纵队就这样提前打响了起义的第一枪！

2

奉大巫支队中队长谢国茂是负责攻打南溪镇的主要负责人，他是彭咏梧来到青莲乡后亲自培养发展的党员武装骨干。这些天，他和吴信壁已经使队员们训练有素，个个摩拳擦掌，只等彭咏梧政委的一声令下了。

"国茂同志，情况有变，因此决定南溪起义提前两天进行，今晚就由你带队去攻打。任务是：袭击南溪镇公所，缴获敌人武器，武装自己！"彭咏梧找来谢国茂指示说，"南溪起义，是我们川东游击纵队的第一次战斗，直接关系到整个下川东武装斗争的成败。有信心拿下来吗？"

"报告政委！我们有信心，早就等着这一天了，你放心吧！"谢国茂昂首挺胸地喜不自禁地回答。

"好！一定把它拿下来！"彭咏梧兴奋地说，"但是，我们也要谨慎。大宁盐厂和云安盐厂两地的暴动，因为情况紧急，又发生变故，不知能否按计划也同时暴动并取得成功。因此，为预防万一，影响他们，请你们拿下南溪镇公所后，务必迅速撤回青莲乡。同时，请你记住，不要亮旗帜，不要贴标语，不要太过张扬！"

1月8日这天傍晚，领受了任务的谢国茂，迅疾和吴信壁带领中队的60多名游击队员，冒着刺骨的寒风，从青莲乡翻山越岭，直扑南溪镇。经过几个小时的急行军，队伍于夜半时分顺利抵达南溪镇西面，隐蔽潜伏在半人深的枯草丛中。

谢国茂安排队伍潜伏后，自己亲自带着几个队员摸进镇里侦察。夜已深，镇子里除了风刮树枝的声音，四处静悄悄的。顺着石板小街往前左跃右腾潜行，远远看见镇公所门前晃动着一个倒背着枪支的哨兵。避开这唯一的哨兵，贴着墙根侧耳细听，镇公所里左厢房响着搓揉麻将牌的声音。而右厢房里则一片鼾声。

好！龟儿子们一点都没有防备！

留下两个队员监视着镇公所里的动静，谢国茂向其他侦察队员一招手，迅速返回镇外西面的草丛。他果断地低声发布命令："三分队迅速控制街头！二分队一部分同志马上拿掉碉堡，控制制高点！其余同志跟着我，包围镇公所，拿下它！立即出发！"

队伍迅速潜行到镇公所前。趁哨兵晃来晃去地转身之机，谢国茂猛地一跃而起，双手紧紧卡着哨兵的脖子，一声不响就将哨兵扑倒在地。他一招手，潜伏的队员们便一拥而上，冲进乡公所，按照预定行动计划，一队直扑麻将声响之地，一队直闯敌军休息的右厢房。

这从天而降的袭击把敌人吓蒙了。左厢房的敌人还在麻将桌上，右厢房的敌军还在被窝里，就同时成了俘虏。唯一意欲反抗的敌镇长，被眼疾手快的谢国茂一枪击毙。

仅仅半小时，战斗就结束了。打扫了战场，共缴获敌人步枪40多支、机枪2挺、短枪4支和一批弹药物资，俘敌一个排，击毙了敌镇长。

首战南溪告捷了！

3

巫溪大宁盐厂方面的暴动，显然被彭咏梧预料到了，即使成功也不可能像南溪一样快捷。

大宁盐厂位于大宁河畔。卢光特和王庸接到提前暴动的紧急通知后，带着30多人的队伍于这天夜半子时赶到盐厂附近，隐蔽在河边巴茅丛中，急忙派人去税警中队联络。

时间一分一秒地过去，夜里气温也越来越低，冷得只穿着单衣单裤的队员们禁不住牙齿磕牙齿。左等右等，去联络的同志带回的消息竟是那么令人心寒："税警参加起义的风声真的走漏了！今天，敌人把原来的税警都调走了，新调来的税警耳朵都竖得像狗崽子似的。"

"龟儿子!"卢光特气得一拍大腿,赶紧与王庸商量:"盐厂的情况既然有变,敌人又有了防备,我们显然不能蛮干了。这一点,彭政委专门叮嘱过的。可我们难道就这样空手而归?你看,我们是不是避实就虚,马上调头去打别的地方?"

王庸对这一带的情况特别熟悉。1940年夏天,他担任奉节县地下党特支书记时,曾因叛徒出卖而被捕入狱,是当时担任万县中心县委负责人的彭咏梧亲自探监,设法把他营救出狱的。此后,他依旧长期在这一带秘密工作,眼下又是巫溪地下党组织负责人,对巫奉的情况了如指掌,自然也明白老领导彭咏梧的灵活机动的一贯作风。他赞成卢光特的这个意见,思忖了片刻说:"就打西陵乡公所吧,那里的敌人最松懈。"

于是,两人带着队伍紧急折向西陵。不料,走到半路,突然下起雪来。好在是急行军,又是首次战斗,队员们都斗志昂扬,求战心切,也就没感到怎么寒冷。拂晓时分,队伍终于抵达目的地,一声令下,队员们冲入乡公所一阵猛打猛攻,打了敌人一个措手不及,很快结束了战斗,一下缴获了20多支枪和一批弹药。

雪这时恰巧停了。刚才还兴高采烈的队员们,此时汗湿单衣,顿时倍觉寒冷,一个个冻得缩脖子跺脚,抱着刚缴获的枪支弹药浑身打哆嗦。不能眼看着这么好的队员们受冻啊!很想将敌人的衣服脱给队员们穿上御寒,可又记着彭咏梧政委要求牢记《三大纪律,八项注意》和"优待俘虏"的谆谆教导。卢光特和王庸商量后,只得向街上的布匹店主打借条,借了些布匹,就此让队员们缠在身上,赶紧向大本营奉节青莲乡撤退。

队伍踏雪翻山越岭,爬上一座石岩陡峭、树木茂密的大山的垭口,来到青莲乡的铜钱垭。这里有一个垭口小店,一条石梯路在店前穿垭而过,南通奉节,北达巫溪。队员们都走得累了,卢光特和王庸便决定先在这小店歇歇。恰巧,陈代侯、蒋仁风率领的策应部队也到了这里,两支队伍会合到了一起,高兴还没来得及,陈代侯就急急地说:"山下有敌人呢!"

4个领导人趴在岩头往山下看去,果然,石梯路上蠕动着一队扛枪的人影,其中还有一架滑竿。陈代侯分析说:"肯定是去青莲乡围剿我们的奉节保安队!这里地形很有利,打他龟儿子一顿吧?"

这里的地形的确利于伏击。垭口两边是陡峭的石岩和密密的树林。4个人一商量,判断敌人不可能想到游击队就在这里,当即让队员们埋伏在垭口两边的岩石后和树林里。陈代侯司令员挥着手里的短枪说:"听我的枪响为号!谁也不要慌着开枪,放近点再打!"

渐渐地,敌人近了,保安中队长坐着滑竿闪悠在最前面,后面跟着保安队员,爬上了铜钱垭口,进入了埋伏区。这时,陈代侯一扣扳机,大喊一声:"打!"霎时,游击队的长枪、短枪一齐开火,手榴弹在敌群中开炸。

保安中队长慌忙从滑竿上滚下来,趴在地下,组织反击。保安队毕竟训练有素,很快有组织地端枪往岩石和树林冲来。游击队员们都是第一次参加战斗,因此枪大都打不准地方,手榴弹也是乱扔。有作战经验的蒋仁风赶紧大喊:"手榴弹往两头扔,封锁敌人前后道路!长枪,给我朝中间瞄准,狠狠地打!"

游击队毕竟居高临下,又马上按照纵队参谋长蒋仁风的命令作战,顿时打得敌人死的死、伤的伤,活着的赶紧丢盔卸甲往山下狼狈逃窜。

伏击战胜利了,击溃了人多枪众、装备精良的奉节县保安中队,缴获机枪1挺、步枪10多支,还生俘了敌首中队长。卢光特高兴得合不拢嘴,对司令员陈代侯说:"哈哈,我们一天打了两个胜仗,赶紧去向彭政委报捷啊!"

4

南溪、巫溪的暴动旗开得胜,双双告捷,然而,身为川东游击纵队最高领导人的彭咏梧,却并没有被这捷报冲昏头脑。根据各路的情报,暴动才开始两天,敌人就已经重兵压境,情况危急啊!

下川东共产党暴动的消息的确震惊了国民党。两天之内,四川各级剿共组织就连续给万县剿共指挥部发来了近40件指令、训令、密令、急电和通缉令,并调集了正规军陆军一〇八军二四一师、陆军整编七十九师和第九区保安大队,与当地的奉节、云阳、巫溪三县保安中队一起,一齐"围剿"下川东共产党的暴动中心奉节青莲乡。一时间,整个下川东的城镇乡保,到处贴满了缉拿游击纵队领导人彭咏梧、赵唯、陈代侯、蒋仁风等人的悬赏布告。11日上午,除当地的保安中队向游击队反扑之外,国民党正规军和保安军的先头部队已经从贵坝、烂沟、竹园坪等地向青莲乡合围。

大雪偏偏这时从天而降。彭咏梧赶紧带着队伍向附近的大梁子山转移。行前,他派人把因患重感冒、发高烧而隐藏到青莲乡附近偏僻山沟的吴子见接了出来,随队上山。

狂风一路呼啸，大雪漫天飞扬，严寒终日肆虐，陡峭泥泞的山路上，每前进一步都是那么艰难，可游击队却必须马不停蹄地在大山上行军转移，穿越一片又一片深林，翻过一座又一座大山。

彭咏梧此时的肺病已日益严重，连续两三天没合眼又使得他的身体更加疲惫虚弱。他一边走一边抑制不住地打着瞌睡，却还强打着精神随处观察着地形，以便以后打游击时能够充分利用。吴子见看他这种样子，心里难受极了，对他说："彭政委，你身子太虚弱了，这样下去不行呀，是不是找架滑竿？"

彭咏梧摇着头说："没啥子大问题的。你呢？能支持得了吗？"

吴子见看彭咏梧这时还关心着自己，心里一片感激，回答说："支持得了。烧已基本退了，只是手脚软一些，这样跑两天，出身汗，就硬朗了。"

两个病怏怏的战友互相关心、搀扶着，侧脸避着大风说着话，都被对方乐观的精神感动着。

"小吴，敌人这样大兵压境，我们的斗争虽然越来越艰苦，可我心里很快乐哩！"彭咏梧又说，"你想，敌人往我们这里多调一个师一个团，解放军前线不就少了一个师一个团的对手吗？我们打游击不就是为了牵制敌人吗？我们的目的正是这样。敌人总之是愚蠢的！"

"彭政委，你说得很对，应该把这些告诉同志们。"吴子见一边喘气一边应答着，"不过，我们也不能乱转移，应该……"

"我们这不是正向老寨子转移吗？"彭咏梧艰难地一笑，接过话头说，"我已经派人通知卢光特他们去了，争取今天就在老寨子会师，把队伍集合起来，形成一个拳头，然后，按照毛主席的游击战思想和方针，找到敌人的薄弱点，寻机狠狠一击，冲出包围圈！"

吴子见知道，老寨子是青莲乡的群峰之冠，山尖上有座远近有名的古庙，游击队到那里就可以得到休整，然后布置突围也较便利。他心里暗暗佩服彭咏梧的安排。

这天傍晚，整个奉大巫支队果然在老寨子的古庙梳梁寺会师了。虽然古庙壁残瓦烂，荒凉破落，但在这特殊的环境里毕竟是个良好的休整之地。虽然游击队且走且战，付出了代价，会师时不过120多人，但这时同志们仍然欢腾起来。不知是谁开了个头，古庙里顿时齐声唱起了《川东游击队之歌》：

月亮弯，月亮黄，
山那边，好地方，

> 农家争自由,
> 人民闹解放!
> 月亮弯,月亮黄,
> 青莲乡,好地方,
> 团结闹革命,
> 武装打老蒋!

5

游击队会师老寨子后,敌军竟然暂时延缓了进犯青莲乡的速度。原来,铜钱垭口的那场伏击战,不仅击溃了奉节县保安中队,而且生俘了敌中队长,震慑了敌军,他们摸不清游击队的实力,居然命令各路进犯的军队后退了三四十里。获悉这一情况,游击队抓紧时间在这老寨子休整了3天。

会师的次日,彭咏梧在古庙梳梁寺里召开了奉大巫工委扩大会议,总结起义工作,查找应吸取的教训,研究下一步的行动计划。在这特殊的时刻,他渴望几个负责人能统一思想,带领部队渡过这最困难的时期。没料到,会议刚开始,他和蒋仁风这两个最重要的负责人竟然就有了分歧和争论。

谈到这次起义应吸取的教训时,纵队参谋长兼工委书记蒋仁风说:"起义之前,我就觉得我们的准备不充分,队伍的力量小,人不多枪支弹药还少;队伍的素质呢,尤其战士们纪律性不强、作战经验缺乏……队伍仓促起义后,果然没出我的预料。大家都看到了,战场上,我们的战士和普通农民有啥子区别?枪一响,就紧张得不知如何是好。就说铜钱垭口伏击战吧,虽然战果不错,但这一仗明明是完全可以一个不漏地全部干掉的,最后呢,却让敌人跑掉了。现在,敌人重兵压境,就凭队伍这样的素质、这样的人枪,哪能战胜敌人?"

"老蒋,现在这个时候,我们不能光抱怨这、埋怨那!"彭咏梧一听就有些火,"对战士们,我们也不要这也看不惯,那也看不顺眼。他们的作战经验是不足,但他们打起仗来勇敢得很啊!我们要看到主流,看到他们的积极性嘛!同志们,抱怨是解决不了问题的,我们目前的主要任务是,统一思想,研究出如何同敌人斗争的办法。俗话说,村看村,户看户,群众看我们领头的啊！"

蒋仁风听彭咏梧这么一说，心里也一阵内疚，赶紧说："我刚才的话的确不够冷静。彭政委说得对，我们应该抓住目前的首要问题研究。老彭，你就直截了当地说说你的看法吧！"

"我们目前的首要问题是如何冲出敌人的重围！"彭咏梧有些感激地看了态度转变的蒋仁风一眼，分析起了眼下的局势说，"目前，敌人已从东、南、西三面向我们合围，他们的兵力超过我们几十倍，显然，他们是想把我们扼杀在萌芽状态之中。我们目前的优势呢，有这么两点：一是敌人还没完全摸清我们的虚实；二是我们背靠着大巴山，有突出重围的地理条件。我的看法是：趁敌人不明虚实，迅速突出重围，由内线作战转到外线休整，而后以统一组织指挥、分散游击的方法，开展游击战争，配合解放军解放下川东这个方针，可以用这么十六个字概括，就是：转移外线，扎下根来，统一指挥，杀回马枪！这个方针，大家同意吗？"

大家讨论了一会儿，都觉得彭咏梧提出的这个方针很符合实际。彭咏梧便说："那么，大家就重点讨论一下部队转移到啥子地方最适合吧！"

这个话题一提出，大家就热烈起来。

蒋仁风说："我想转移到云阳农坝一带最好，那里群众基础是下川东最好的，既有暴动的历史，又可以与赵唯、李汝为他们会合，便于队伍的隐蔽和发展，能够很快扎下根来……"

"可是，那里敌人围剿起来也容易啊！"吴子见发表自己的看法。

"我看到南岸齐耀山一带有利，那里交通便利，可山大，也便于游击，也是我们原定的暴动地点之一。"卢光特说，"而且，刘孟伉同志已经在那里做着暴动准备工作。"

"交通便利，正是我们不利的地方喽，况且那里还驻扎着遭殃军和保安队呢，我看不适合。"陈代侯说，"我看呀，越是偏僻的地方越好，是不是索性转移到城口县去，那里靠近红军当年的根据地万源呢！"

大家争来争去，没有个统一的意见，最后都把目光投向一直默默听着的彭咏梧身上。

"大家提到的地方都不错。但是，农坝也是敌人这次进犯的地方之一，南岸齐耀山又隔着一条长江，城口路途又太遥远，我看呢，最实际的转移地点还是巫溪的红池坝！"彭咏梧逐一看着每个同志，分析说，"为啥子选择红池坝，有这么四个原因：第一，那里同样属于大巴山主际，山地居多，便于游击，偏僻荒凉，交通不便，敌人难以控制。第二，那里有一望无际的原始森林，是川陕鄂三省交界之地，万一敌人进犯，便于退守，便于生存。第三，路途不远，转移方便，让战士们可少吃苦头，能迅速跳出敌人包围圈。第四，也是最重要的一点，那里有一定的群众基础，便于部队扎下根来。大家看，啷个样？"

大家统一认识后，具体转移方案最后仍由彭咏梧一锤定音："我们兵分两路转移。一路由我和蒋仁风、王庸、陈代侯同志率主力，北走鞍子山，向巫溪红池坝转移；一路由卢光特、吴子见同志率偏师，南出云阳，牵制敌人，先向汤溪工委传达这次会议的精神，接应由重庆派来的新同志，然后伺机到南岸，与刘孟伉同志一道建立起齐南支队，与北岸的主力部队呼应行动。至于青莲乡当地的同志，像贺德明、萧克成等同志，都不随部队行动，先暂时避避风头，最后隐蔽起来，秘密发展。就这样定下了，我们14日晚就开始行动！"

6

1948年1月14日傍晚，彭咏梧率领的游击队已分头做好了转移的准备。

晚饭前，彭咏梧派人把青莲中学的贺德明、萧克成、雷老师三位党员找来，亲自布置部队转移后他们的工作。

"明天一早，你派人到钟家坪找一个名叫陈贵云的学生党员，叫他立即送信给赵唯和李汝为，让他们北巴支队迅速起义，掩护部队主力转移。"彭咏梧先向贺德明作了指示，见贺德明点了头，又转向萧克成说："部队一转移，敌人就会清乡的，你赶紧把家里的人送到外地可靠的地方暂时避一避，没有放心的地方，可以送到云阳董家坝我外婆那里去躲一躲。"接着对三位老师说："然后，你们三人都到重庆去，找陈老师（指江竹筠），要是在重庆没找到她，就到董家坝，我到时会派人去联系的。好吗？"

"彭政委，你的指示我们一定完成。"贺德明说着，与萧克成和雷老师交换了一下眼神，又请求道："只是，你还是让我们3个都随队伍一道走吧，我们都想打游击呢！"

"你们的心情我理解。"彭咏梧拍拍这个的肩，又搂搂那个的肩膀，说，"但这是组织谨慎考虑后的决定……"

贺德明3人不好再多说什么了。既然是组织上的决定，他们哪能不服从呢？

队伍吃了萧和中家送来的一锅腊肉和晚饭后，彭咏梧在古庙里集合队伍进行了简短的转移动员。随后，吴子见、卢光特就带着几十人的偏师，顶风冒雪，先行出发了。

彭咏梧的身体已很不好，但他还是亲自在雪地里把偏师队伍送出了很远。他一边咳嗽着，一边单独嘱咐吴子见："小吴，你们带领的这支队伍成分杂些，纪律差些，但都是愿意接受党的领导干革命的，你这一路可要多做思想工作啊！除此之外，你还有两个任务：第一，出云阳把部队带到云、奉南乡齐耀山之后，争取与刘孟伉同志取得联系，在那里建立齐南支队和齐耀山工委，发动起义，接应北岸斗争，支队政委和工委书记都由你担任。第二，把工作安排好后，争取在腊月中旬赶到董家坝，把小江和她带来的干部和物资接上，原来是计划接到这里来的，现在看来不行，就接到你那边去。你觉得有啥子困难吗？"

彭咏梧一边说一边还不停地咳嗽，让吴子见很是心疼，连忙说："没有，我一定努力去完成！只是，现在情况不好，江姐又不在你身边，你要多保重……"

"老毛病，没事的！"彭咏梧笑了笑，抑制住了咳嗽，又详细地向吴子见介绍了刘孟伉的情况以及联络地点、暗号等。

一阵寒风刮来，彭咏梧终于再也抑制不住，猛烈地咳嗽着，一口鲜血咯落在雪地。吴子见大吃一惊，连忙扶住彭咏梧，惊问是不是吐血了。彭咏梧的一双大脚已经踩没了雪地上的那团黑色的血块，连忙说："别瞎说，乱张扬，会影响同志们情绪的……"

两个从重庆一道来下川东的战友就这样在寒风雪地里分别了，都是一样的依依难舍，都是一样难言的心境，但两个人都没料到，这竟然就是最后的生离死别！

远望着吴子见、卢光特率领的队伍在黑夜里转过山坳不见了，彭咏梧回到古庙，又与支队司令员陈代侯忙着落实卖学校的谷子等物作为队伍转移的经费，度过了最后一个不眠之夜。

次日一早，天居然放晴了，一轮太阳升起在远方。彭咏梧带着队伍离开了老寨子，向鞍子山方向进发。路上，他乐观地对陈代侯说："老陈，看这太阳，老天有眼啊！"

然而，老天其实是那么乖张、喜怒无常。太阳只是露了露头，天空就变得阴沉起来，到了下午就狂风大作，雪下得更大更猛，似乎预兆着游击队这一路转移将面临瞬息万变的艰险……

7

天又黑了。在风雪之中翻山越岭急行军了一整天的游击队战士们都累了，走着走着有的竟还打起了盹。病重体弱的彭咏梧步履更加艰难，每迈一步都像要耗尽全身气力似的。他在山上砍了根木棒拄着，尽力支撑着前行。

然而，彭咏梧越来越疲惫，严重的肺病把他折磨得难以喘气，浑身软绵绵的，连着摔了两三跤。陈代侯扶起他，一定要搀着他走，他却顽强地说："没事，我……能自个走……"可是，才走了两步，就掉进了路边的天然溶洞里，陈代侯和战士们一片惊呼。"快！把担东西的绳子解来！"陈代侯心焦地喊道。绳子拿来了，赶紧甩进黑漆漆的溶洞。幸好彭咏梧只是掉落在溶洞的上方，很快就被大家拉了上来。

就这样前行着，到达了巫溪县境的平安槽。从山上望去，群山中的一片瓦房亮着点点灯火。前面侦察的战士赶来汇报："彭政委，那里是大地主龚子英的家！"

陈代侯建议说："同志们都走不动了，是不是就在那里休息休息，弄点东西吃吃？"

彭咏梧思忖了一下，点点头。

到了龚家，彭咏梧亲自与龚子英谈话，讲明共产党的政策。龚子英见是这样一支开明的、尊重人的队伍，既惊讶又佩服。直到这时，彭咏梧才让游击队员们进入龚家休息。

在龚家，战士们烧起了两堆柴火，背靠背地围着坐下来。游击队自己弄了顿饭，大家匆匆地吃了，就此打起盹了。彭咏梧、陈代侯、蒋仁风、王庸逐一给战士们盖好衣服，研究了一会儿以后的行军路线。一切都布置妥当了，彭咏梧才倒在火墙旁睡下，对战士刘景太嘱咐说："睡一会就喊醒我呀，千万不要忘了，误了大事，啊？"

黎明时分，队伍离开龚家，继续向北爬山前行。抵达巫溪县金盆乡大山深处的十王庙时，天已快亮了。彭咏梧与陈代侯商量说："我们就进庙隐蔽休息吧！大白天行军，会引起敌人注意，暴露行踪的。我们应该晓住夜行，谨慎些好呀！"

进庙时，庙里姓叶的和尚正弯腰弓背敲着木鱼，念着佛经。彭咏梧讲明来意，叶和尚闭眼默然片刻，摇着头说："住一日是没啥，可这里昨天来了一营国军，就住在附近的乡民代表许保长家……"

彭咏梧一听大惊，赶紧派侦察队员去侦察。侦察员匆匆而去，急急而归，汇报说："金盆乡的确驻扎着遭殃军，是正规军五八一团三营，营长姓田，他们一路烧杀奸掳，抢光吃光，见可疑的人就杀，到处都贴着悬赏告示，老百姓都骂他们是'吃光队'，骂那个姓田的营长是'田屠夫'。"

"此处不可留了！"彭咏梧对陈代侯、蒋仁风、王庸说，"赶紧带队伍离开，向鞍子山转移！"

游击队紧急向鞍子山撤离了。没料到，叶和尚却趁机下山跑到金盆乡向许保长密告了游击队的行踪。

这时已是1948年1月16日清晨了。国民党营长听了许保长和叶和尚的密报，立即让这两个家伙带路，带着队伍向游击队撤离的方向追扑。

8

彭咏梧带领的游击队的确到了黑沟淌，就暂时宿营在附近的暗洞包偏僻独户农民杨代金家里。他们从农户家里买了些红薯和苞谷面，正煮着红薯苞谷糊糊，准备吃了这顿早饭就继续转移，完全没有发现一个营的敌人已经后随秘密包抄了过来。

突然传来两声枪响！彭咏梧立即丢下饭碗，准备组织突围，敌人密集的火力霎时间已经噼噼啪啪地封锁了屋门。

"代侯、王庸同志，你们带着大部队迅速从屋前突围，那里只有敌人的一个火力点，容易往外冲！只要跑下坡，钻进树林，就安全了！我们就在那边的山林里会合！"彭咏梧听了一下敌人的火力分布状况，果断地命令，"老蒋，我们带着剩下的同志，从左屋突出去！"

屋子左边有两股火力封锁着，突围难度比屋前方向大多了。王庸和陈代侯明白彭咏梧这样决定，显然是把最大的危险留给了自己，是为了吸引敌人，给大部队突围创造条件。哪能让彭政委去冒这最大的风险呢？他俩刚要开口，就被彭咏梧的话顶了回去："还犹豫啥子？赶快行动！"

一阵密集的枪弹从屋子里射了出去。突围开始了！

彭咏梧领着刘景太等几个年轻战士，吼叫着，一齐冲出左屋，突了出去。在枪林弹雨之中，他们奔下了斜坡，跨过了小沟，冲上了通往树林的小路。只要再前奔几步钻进树林，就脱离险境了！

然而，就在这时，彭咏梧突然听到身后传来"哎哟"的一声大喊。回头一看，只见刘景太被流弹击中，负伤滚下了岩坝。

没有一丝犹豫，彭咏梧返身跳下岩坝，扶起刘景太，用全身的力气将刘景太托上岩坝。可是，脚下的石头一滑，两人都又滚下坝来。

这时，敌人的机枪声更猛烈了。彭咏梧微微抬头看去，只见正面突围的陈代侯、王庸他们那支大部队刚刚跑下坡地，被敌人密集的火力压在沟坝里，前面通向山林的路线也被弹雨封锁了。

情况不妙啊，哪个办？必须把敌人的火力吸引过来！必须掩护同志们突出去！必须把负伤的战友营救出去！

明明知道这个时候谁最先跃出沟坝露头谁就成了敌人的枪靶子，彭咏梧却毅然背起负伤的战士刘景太，一跃而起，暴露着迅速向另一片树林跑去。

敌人发现了。火力果然被吸引了过来。彭咏梧背着刘景太刚上了岩坝，几发子弹就击中了他，倒在岩坝上。他吃力地抬起头，向埋伏在沟坝里的大部队望去，只见那里的同志们已趁机迅速跃起，跑进了树林。在生命的最后时刻，他艰难地从身上摸出一张写着党内机密的纸条，塞进嘴里咀嚼，才嚼了几下就再也没有气力，一下扑倒，再也没能抬起头来。

游击队终于化险为夷，可他们的最高领导人彭咏梧却就这样牺牲了，悲壮地为革命献出了他年仅33岁的生命！

没能剿灭游击队，敌军沮丧地向牺牲在岩坝上的彭咏梧等人围过来。看到彭咏梧身上穿着黑皮袍，手上戴着手表，鲜血淋漓的牙关紧咬的嘴边还有纸渣，两个敌军士兵使劲掰开这嘴，只见嘴里镶有一颗金牙，还有嚼烂的碎纸，便向营长田屠夫报告："那个人，肯定是游击队的头头！"

残忍的敌营长凶狠地下令，将牺牲了的彭咏梧、刘景太以及另一个游击队员的头颅砍下，并剥下彭咏梧和刘景太身上的衣服乃至鞋袜。敌人用枪挑着这三颗头颅，押着因视力不好而被俘的蒋仁风，打道回府，去邀功领赏。

1948年1月16日凌晨，彭咏梧率部突围时的牺牲之地——四川省巫溪县金盆乡松涛村黑沟淌暗洞包农民杨代金家前。杨家之屋仍保持原状（图后房屋），左侧和右侧前之房屋为1949年后新建

当天，彭咏梧和其他两位烈士的头颅，就被敌人残忍地悬挂在竹园小学的门楼前示众，随后又被挂到中拱桥的卡门上。敌军端着枪，威逼着附近的群众一批又一批地去看，谩骂着、恐吓着。

巫溪的群众早就有着跟共产党闹革命的传统啊！他们含泪来到卡门下，哪里忍心抬头目睹烈士的惨状？

敌人的暴行并没有吓倒这里的人民，反而更激发了他们内心对国民党反动统治的仇恨。敌军刚刚撤走，当地的农民胡福太就来到了彭咏梧等烈士牺牲的黑沟淌那道荒梁上。看到岩坝上横摆着两具赤身裸体的烈士无首尸体，顿时怆然泪下。他就地挖了一个坑，铺上苞谷秆，掩埋了两具烈士遗体。

而在竹园坪，那三个烈士头颅在中拱桥卡门上挂了一段时间后，开始腐烂变质，面目全非了，凶残的敌人居然还不让拿下来。一天深夜，当地几位群众自发地把头颅偷下来，又凑了点钱，请一位姓黎的老人悄悄地掩埋在红岩山上。

烈士们虽然身首异处，但当地的群众终究冒险把他们的遗骸保护了下来。

彭咏梧的牺牲，给下川东人民带来了巨大的悲痛，也给川东游击纵队带来了莫大的损失。他以自己的牺牲，换来了部队的脱险。王庸和陈代侯带领着余部在巫溪大巴山上潜伏了下来，继承着彭咏梧政委未竟的事业。彭咏梧在下川东播下的武装斗争的火种，经过这严冬酷寒的考验，很快在长江南北两岸燎原起来。

第十九章 | 险途，不要退路的险途

就这样把所有的退路都自己堵死？就这样在惹出的误解中离亲别子奔赴险途？就这样情爱揪心却又视死如归？而谭政裂呢，也就这样忍怨含悲地变卖家财去带"夺夫"女人的孩子吗？两个女人啊，同一个丈夫，同一种情怀！

1

江竹筠判断丈夫彭咏梧已经牺牲了,明白已经不可能再带着从重庆接来的4个年轻干部去云奉巫边境的川东游击纵队总部了。

彭咏梧牺牲半个月后的腊月廿二上午,江竹筠与来接头的吴子见、卢光特带着刘德彬、杨建成、罗曙南、刘本德、周毅,离开潜藏了10天的董家坝外婆家,乘木船前往云阳、万县。船抵故陵沱时,按照行前江竹筠的安排,吴子见带着杨建成、刘本德、罗曙南下船,去云奉南岸齐耀山开辟工作,江竹筠则带着卢光特、刘德彬、周毅继续溯江而上。

幺姐是接谭竹安的信去重庆了,还是仍在娘家?江竹筠一直很敬重从未谋面的幺姐,很想在故陵沱停停,去看看,与幺姐一起为丈夫的英勇牺牲痛哭一场。然而,重任在身,她不能为自己的私事耽误去向川东临委汇报工作的行程。

强忍着内心巨大的悲痛前行,眼看云阳城就快到了,江竹筠对卢光特和刘德彬说:"你们两个跟我和小妹的服装不一样,上岸时遇到盘查,千万要装作偶然同船,都不相识。啥子意外,我们都要考虑到,大家把各自的口供先想好,以防万一。"

卢光特点点头。见船已抵云安镇附近,卢光特建议说:"我们是不是先去云安镇看看,看能不能得到一点可靠的新情况?"

江竹筠想了想,同意了。

一行人隐蔽好了木船,上岸来到云安镇,走到镇西榨房沟地下党员刘子俊家前,看到四周没有什么异样,便推门进去。刘子俊一看江竹筠他们来了,大吃一惊,连忙说,"你们咋这个时候来了?敌人说有大批共产党到云阳来搞暴动了,正在到处搜查,我这里都有暴露的危险呢!不是我不留你们,是留不得!快离开这里吧!云阳城里查得更严,去了那里最好也别留宿,去安全的地方吧!"

刘子俊简单地告诉了他们一些情况后,见形势如此危急,江竹筠和卢光特他们赶紧离开云安镇，回到江边的船上。

回到船舱，江竹筠思考着问题，很少说话。卢光特却沉不住气，常常对她谈一些问题。说到云奉巫边境那边的情况时，江竹筠只是问他："老蒋和老彭后来的关系哪个样？他年长，又有作战经验，临委是指望他能协助好老彭的，没想到他俩一到奉节青莲乡就意见不合，我走后还是那样吗？"卢光特说："你走后，他们的分歧更大了。我跟他们分手时，彭政委已经让蒋书记做纵队参谋长，跟他一起行动了。要是连彭政委都……不晓得蒋书记……"江竹筠担心地说："老蒋眼睛那样不好，他走得脱吗？"随后，卢光特仍想说什么时，她便示意他不要多说了，微微闭上了双眼。她那焦虑而痛苦的表情，让卢光特他们都不忍细看。

可是，船舱里沉默了一会儿，江竹筠忽然睁开眼，低声对卢光特说："小卢，董家坝的邱老表是个好青年，靠得住，已经为我们做过不少事，这样的人，应该吸收入党。你以后给他补办入党手续吧，龙洞的工作就从他开头。这件事别忘了。"

卢光特一听，心里感慨万千。他以为江竹筠还沉浸在对彭咏梧牺牲的痛苦和对蒋仁风的担心里，没想到此时却还这样念念不忘工作。他连忙点头。

船快抵万县了。江竹筠再次细心地对卢光特和刘德彬说："你们俩这身打扮，下船时是不能跟我和小妹同行进城的。这样吧，我和小妹先下船，给你们准备换的衣裳。到时，你们俩到和成银行客房找我吧。"

船靠万县，江竹筠向卢光特嘱咐了接头时间，便带着周毅先下船，去万县和成银行找地下交通员李承林。卢光特和刘德彬按时去时，江竹筠已给他俩准备了衣服，立即领进房内替换，这才把他俩介绍与李承林认识。考虑到路上多一个人就多一分危险，江竹筠决定将周毅暂时留在万县，刘德彬则去垫江联络，她自己与卢光特去重庆向川东临委汇报下川东游击队的情况，听取新的指示。

腊月廿六，江竹筠和卢光特一道上了去重庆的客船。为了省钱和隐蔽方便，他俩当时买的只是统舱船票。看到卢光特不停地咳嗽，江竹筠写好一张纸条塞给他说："你身体很不好，像李汝为……一样，不能太大意。这次回重庆，有机会了，还是治一下。你拿着它去找陈作仪，他会负责给你好好检查治疗的。"

陈作仪是彭咏梧的老下级，1940年在汤溪特支做地下工作被敌人逮捕时，是彭咏梧亲自组织武装劫狱营救出来的。到了重庆后，陈作仪与彭咏梧重逢，又与地下党员林向北的妹妹林梅侠结婚,成了江竹筠的一个秘密联络点。对于彭咏梧和江竹筠的指示,陈作仪(后来与江竹筠一样牺牲于渣滓洞)从来都不打一点折扣。江竹筠从来都信任这个对党忠诚、机智又勇敢的战友。

看到江竹筠这样关心爱护自己,卢光特说了声:"江姐……"就感动得喉咙哽咽说不出话来。

2

陈作仪

腊月廿八傍晚,船靠重庆码头。下了船,江竹筠带着卢光特,径直去了七星岩青年会自己原来的那个家。

"小卢,你先在楼下等着我。"江竹筠神情严肃地说。"老彭牺牲了,估计这里已经被敌人注意上了。如果有啥子意外,你悄悄跟在后面看看是个啥子情况,然后告诉陈作仪,把该转移的同志尽快转移!"

卢光特在楼下隐蔽着紧张地等待。一会儿后,江竹筠提着一只手提箱下楼了。

"看来,老彭的事,重庆这边还不晓得。"江竹筠对卢光特说,"马上就是春节了,可这个春节不好过哩。我自己也不晓得怎么过,只好让你自己去找地方休息休息,真对不住。"

黑夜降临了,两个人握了一下手,就此告别。分手前,江竹筠说:"你住下来后,弄点好吃的。莫太省了,身体要紧。我们后天在都邮街再会面吧,啊?"

当晚,江竹筠便设法与川东临委联系。次日,在约定的地点和时间,她终于见到了临委副书记兼下川东地工委书记涂孝文等领导人。

汇报了下川东武装暴动后的危急情况以及彭咏梧牺牲的传说等情况后,江竹筠说:"老彭肯定是牺牲了。他的牺牲固然让我很难过,但我觉得那边前一段的工作还是有必要认真总结的。作为地委委员,我没有很好地协助他搞好工作,我觉得我们的确犯了轻敌冒进的错误。这个教训应该吸取,我诚恳地请临委对我应负的责任进行批评和处理。我也同时向临委建议:以后在下川东的武装暴动工作应该谨慎从事,稳扎稳打,不要盲动;尚未拉开的地方,暂时不要拉开了，以避免无谓的过早暴露和牺牲……"

彭咏梧牺牲了，这个情况让涂孝文很是震惊，脸色一下苍白了。看到江竹筠在这种时候对工作还是这种态度，涂孝文又不免有些感动，便说："小江，老彭牺牲了，这是我们党的重大损失，请你节哀，化悲痛为力量。关于云奉巫的暴动工作，是不是有错误，我们暂且不要性急地正式下结论，毕竟大家的出发点是好的嘛。马上就是春节了，你先好好休息休息，好不好？"

涂孝文这次的态度与半月前的态度有如天壤之别，这让江竹筠很意外也很感激。她觉得这是组织上对自己的一种关怀，善解人意的她因此对革命更加执著。她急切地说："这时候，哪还有心思休息、过节呀？请临委早点作出新的指示吧！"

"莫急，莫急。"涂孝文又变得慢条斯理了，接着说，"关于以后的工作嘛，我还得与老石（指临委书记王璞）等同志研究了再说……"

从来稳健沉着的江竹筠这时却变得着急起来："老杜（涂孝文此时化名杜益谦），要研究就快点，拖一天就不晓得那边还会发生啥子新情况呀！奉大巫工委的副书记卢光特同志已经随我回重庆了，我建议呀，请临委决定尽快派他去把那边已经暴露的同志全部撤出，掩护下来，伺机再用，同时，由组织上秘密组织下川东来重庆上学的进步学生借春节还乡的机会，到那边去布置有合法掩护的第二条线，以加强当地党的力量。至于我个人呢，如果临委没有别的考虑，请也让我尽快回那边去，好吗？"

"好，你的建议很好，我们尽快决定下来。"涂孝文说，"至于你嘛，你的孩子太小，一直没人照顾，而且如果你再去下川东，很容易暴露的。我们建议呀，你的工作另行安排，你就在重庆留下来！"

"感谢临委对我的关怀。"江竹筠激动地说，"但是，老彭牺牲了，下川东这条线的各种关系就只有我最熟悉了，这是谁也替代不了的。再说，我也不愿意离开那边的战友们，活着也好，牺牲了也好，我和他们已经是一种分割不开的关系了，我应该在老彭倒下的地方继续战斗，完成他未竟的事业！请临委让我回下川东吧！"

"你去不得，再去很危险！"涂孝文再三说着这种话，可江竹筠始终坚持要回下川东去，涂孝文没想到江竹筠如此视死如归，对明摆着的危险全然不顾，他不禁又感动起来，说："我拗不过你，小江，好吧，这事我与其他同志商量一下。"

次日是除夕了，在约定的地点，江竹筠与涂孝文又见了面。涂孝文面对彭咏梧牺牲的意外情况，在这非常时期他也不好意思再置身事外地继续留在重庆了。他对江竹筠说："你的建议，临委都基本上采纳了。你的工作呢，你还是再慎重考虑一下，我们的建议是另作安排。奉大巫那边的事，你就不要管了，就由卢光特同志跟我直接联系。我也打算去万县，布置邻近地区的党组织从侧面渗透进下川东暴动地区，支援那里的斗争！"

"你直接去领导，当然是好事。"江竹筠欣慰地说，"不过，我的决心早就下了，请你和临委还是让我去那边，而且是到第一线去。"

两人不再多谈这个话题，便一起去都邮街的约定地点与卢光特接头。见了面，江竹筠朝卢光特笑了笑，介绍说："这是老杜，小卢，你同他谈吧，我回重庆的任务完成了。"说罢，江竹筠就离开了。

平常地下工作秘密接头时，都是这么见面又如此分手，可这次就此与江竹筠这么分别，卢光特心里却很是难过，竟少有地感到是那么的依依难舍……

3

大年三十除夕夜，家家户户都在吃着团年饭，刚刚忙完工作的江竹筠却是无家可归。丈夫彭咏梧牺牲了，儿子彭云托付在蒋一苇家抚养不能轻易去看，七星岩青年会那个名存实亡的家，既不能贸然栖身，又不忍去目睹，而三舅李义铭那个重庆唯一的亲人家里又不知道有啥子变故。在这个众人喜庆之夜，独自在大街上徘徊或找个旅馆栖身，又会引起敌人怀疑，想了想，江竹筠徒步来到小龙坝，投奔挚友何理立的家。

何理立自己此时也正在危难中哩。她的丈夫仲秋元被捕半年了，不知是否已打听到了下落。江竹筠特别关心这个从小到今的挚友，抑制不住地想去看看，尽管此时何理立也可能正受到特务的监视。

何理立1997年在北京接受作者采访时说，她当时刚好在家，见江竹筠这时来了，很是高兴。江竹筠说，我没地方可去了，就到你这儿过年了。何理立说，我求之不得哩，又问，你刚从下川东回来？

江竹筠避而不答，却问："秋元啷个样了？找到关在哪里了吗？出来了吗？"

见江竹筠一来就这么关心自己，何理立心里油然感动，两眼都红润了，失神地摇摇头。

江竹筠赶紧安慰说:"二妹,一点消息都没有,也许是好事,说明敌人还没有弄清他的真实身份,也没有出啥子意外。只要打听到他的下落,就能营救出来哩!"

何理立一愣,想想,觉得江竹筠的这种分析很对,心里的悲戚也就缓解了许多。可是,向来乐观的江竹筠却从此情绪压抑起来,闷闷不乐,时时失神,答非所问。何理立感到反常,却暂时无法明白江竹筠此时正沉浸在失去丈夫的悲痛里。

晚上,两位挚友难得地睡在一起,都不知说什么好,沉默良久。何理立以为江竹筠因旅途劳顿睡着了,没料想江竹筠突然翻过身来,悄悄问她:"二妹,你说,两三岁的孩子能记得父母吗?"何理立很觉奇怪,便说:"江竹,你在想啥子呀?革命很快就会胜利了,那时你们住在一起,不就熟悉了吗?"江竹筠不做声了,她明白何理立是会错了她的话意,她是想知道小彭云是否还记得他牺牲了的父亲彭咏梧啊!依然蒙在鼓里的何理立,这时继续说:"小云在蒋一苇家很好的,他们一家都把小云当自己亲生的孩子。你呀,明天一定去看看吧,既看看小云,也去拜拜年,给人家道个谢……"江竹筠点点头,转过身去。一直坚强的她,到了这时,面对着挚友,想到自己心里有苦说不出,悲恸更甚,只能咬紧被头,遏止住自己的啜泣。

次日是正月初一,吃过早餐,江竹筠便说要去蒋一苇家。何理立不能陪她同去,为避免特务盯梢,只得告诉她蒋一苇家的地址,很不放心地看着她独自远去。

蒋一苇家在枣子岚垭。这天,蒋一苇仍在忙着《挺进报》的事,很早就出了家门。他的夫人陈曦要去亲戚家拜年,见彭云感冒发烧还没完全好,就特意让母亲留在家里照看小彭云,自己带着两个孩子去了。

江竹筠到了蒋家,对开门的陈婆婆介绍了自己是谁,道了拜年的话。可一进屋见到儿子小彭云,就禁不住悲喜交集,一把搂紧彭云喃喃地说:"云儿,爸爸叫妈妈来看你,可他……"话没说完,便悲不能遏,号啕大哭,大滴大滴的泪珠滴落在儿子的小脸上。小彭云与她分别才半个多月,已经认得她就是把自己从王珍如妈妈那里接出来的那个亲妈妈了,见亲妈妈这样恸哭,他便也瘪着小嘴放声大哭起来。

冷静下来后,江竹筠与云儿逗了一会儿,再也不敢多待了,她怕云儿因此更加依恋自己,既让自己放心不下去下川东,又让蒋家更难带,就与陈婆婆道了谢,一步三回头地告别了。

4

重庆的市民们都在紧张的气氛里过着春节，江竹筠却奔走着做着再次下川东的最后准备。

她去《大公报》宿舍找了谭竹安，一方面催他帮助落实幺姐谭政烈来重庆带彭云的事，一方面向他再讲讲当前对敌斗争的形势和任务。自从弟弟江正榜没能脱离国民党军队投身革命阵营，让她伤心和痛苦后，她就把谭竹安当成亲弟弟一样关心培养，希望能从竹安弟这里得到一些慰藉。

幺姐那边还是没有新的消息。虽然竹安弟解释说幺姐可能要处理完一些事情，确信春节期间她肯定会来重庆，江竹筠还是显得有些心焦，想到彭咏梧的牺牲，神情就显得异常起来。

细心的谭竹安发现了这一点，便说："幺姐会来的，竹姐你莫急。姐夫不是在那边吗？可不可以派人去催催幺姐？或者，我回去一趟？"

江竹筠本来是想瞒着彭咏梧遇难之事的，可是听竹安这样提及，终于抑制不住地双眼潮湿了，哽咽着说："竹安，你还不知道，你姐夫他……他可能已经牺牲了啊！"

谭竹安大吃一惊，脸色刷地变得苍白，急急地问到底是怎么回事。江竹筠大略地说了听到的传闻，谭竹安却不相信地说："不会的，不会的，邦哥不会这样就……要真是这样，国民党的报纸早就要大张旗鼓地炫耀了……"

江竹筠违心地点点头。虽然她已肯定地判断彭咏梧已经牺牲，但此时也不忍完全浇灭竹安弟这良好的侥幸想法，也不愿再多谈这个话题，便说："竹安，我得赶紧再去那边，替四哥完成好那边的武装斗争事业。可幺姐没来，云儿没有完全安顿好，我这心里……"

"竹姐，让我跟你一起去吧！既顺便找幺姐来重庆，又与你们一起搞武装斗争……"谭竹安这时急切地说，"竹姐，你不晓得老是在党的外围组织里活动，我总是觉得有劲施展不开似的，这心里……急哩！你看，能行吗？我合格吗？能介绍我入党吗？"

"竹安，你有这个要求很好，竹姐我心里……高兴哩。可现在的形势下，你还不适合下去。"江竹筠趁势讲了些当前的形势和任务，然后说，"你留在重庆坚持斗争，一样是革命的需要。至于入党嘛，我和你四哥下农村前，你就提过这愿望，我们都没忘，也觉得你符合条件。只是，那时候，我们忙得顾不上帮你落实。现在，你的心情竹姐我很理解。我看这样吧，我向这里的组织上反映一下你的情况，让组织上派人来跟你具体谈这件事，好吗？"

谭竹安很兴奋，腼腆地搓着手。江竹筠看着微微笑了，叮嘱说："竹安，这事你不能因为心急就大意。现在特务满天飞，很卑鄙，要是有谁来找你，你要慎重，不要轻易就相信，可也不要过于谨慎而错过了机会，就看你自己哪个把握了……"

正说着，江竹筠从翻着的谭竹安的书报资料里发现了一本《联共（布）党史简明教程》，惊讶地说："你哪个有这本书？哪个这样放？这是本好书哩，就送给我，好不好？"

"你拿去吧！"谭竹安回答说，"我在报社搞资料，有这个条件！你还要啥子书？我帮你弄，没问题的。"

江竹筠欣喜地拿起这本书，像宝贝似地掖进怀里。姐弟俩说了一些话题，临别时，江竹筠答应再下农村后设法给谭竹安写些信，互通一些信息。

在江竹筠的心里，仿佛只有谭竹安才是她的弟弟，让她特别器重。她很快就找到重庆地下党组织的联系人，谈了自己介绍谭竹安入党的情况，联系人很尊重她的意见，答应尽快派一个化名李清的同志去找谭竹安落实（这位同志的确很快去找了谭竹安，只因谭竹安太过谨慎，遗憾地错过了这次机会，后来由林向北同志介绍才正式入党）。江竹筠备感欣慰，如果能让竹安弟顺利入党，自己的一个心愿就实现了——终于有一个弟弟与自己一起共同为党的事业奋斗啊！

接着，江竹筠再次找到川东临委负责人，表示自己重返下川东的决心。临委拗不过她，也尊重她的意见，鉴于彭咏梧牺牲后的确只有她最熟悉下川东农村这条线上的各种关系，决定让她再去云阳，到汤溪工委帮助李汝为、赵唯工作，那里已成为整个下川东武装斗争的重点地区了。

这是江竹筠在这个非常时期的一次义无反顾、赴汤蹈火的抉择。她知道，这一去，就可能像丈夫彭咏梧一样牺牲，再也难以回重庆了。就像对挚友何理立说的那样，她已有了赴死的决心。

临行前，她在七星岩青年会的那个曾与丈夫彭咏梧朝夕相处的家里住了一晚。睹物伤情，种种难以名状的复杂感受都一股脑地袭来，一种视死如归、不到胜利决不返回的悲壮情怀在她心里弥漫升腾……

次日，她把家里唯一添置的大件家具——结婚时购置的那个衣柜送给了办

《挺进报》的刘镕铸，把其他的小家什也都赠送别人了。就这样，她斩断了自己返回重庆的所有后路，到丈夫献出鲜血和生命的武装斗争第一线去！

1948年2月中旬，春节还没过完，江竹筠就轻装上阵，连被子行李都没带，只怀揣着从竹安弟那儿拿的那本《联共（布）党史简明教程》，离开重庆，乘船去了万县。

然而，人到万县，猝然又听到一个令人伤心欲绝的消息：汤溪工委、巴北支队已于除夕举行了暴动！正月初十，工委书记兼支队政委李汝为同志不幸被俘，随即在龙坝乡英勇就义！游击支队剩余武装在司令员赵唯同志带领下，已化整为零潜伏活动，江竹筠这样的女同志不宜再去汤溪河畔了！

5

江竹筠刚去万县，幺姐谭政烈就带着与彭咏梧所生的儿子彭炳忠到了重庆。阴差阳错，江竹筠一直渴望能见到令她尊敬的彭咏梧的第一个妻子幺姐，没想到竟然这样失之交臂。

幺姐在云阳辗转接到弟弟谭竹安从重庆写来的那封长信，是在去年的冬天。那时，她在云阳已经苦苦地等待丈夫彭庆邦（即彭咏梧）的消息6年多了。这两千多个日日夜夜里，只要门前有喜鹊闹枝，只要夜里的油灯上结花，她就以为丈夫有好消息传来。就这样在期望和失望的两重交错的折磨里苦苦地盼着，以致长久的思念和担心已经把她煎熬得不敢再奢望丈夫能突然出现了。只是，她始终执著地相信，只要丈夫还活着，就决不会忘记自己和孩子炳忠。可是，如今突然接到弟弟竹安的长信，她一下子懵了。

丈夫彭咏梧还活着固然令她惊喜，可她怎么也没料到曾经与她海誓山盟、靠她供养才走上社会的他，竟然在重庆另外结了婚，而且，还让竹安弟向她提出请她去重庆抚养他与这另一个女人生的孩子！这样的打击，这样的要求，怎能不令她格外伤心？

幺姐接信后恸哭了好几天，内心的苦楚随着泪水不时地奔涌而出。哭过了，失眠过了，她终究慢慢地冷静下来。农村里传统的伦理观念和封建的家庭意识以及革命的信念，在那个时候鱼龙混杂地在她的脑海里冲撞着；情感与理智的抉择，家庭与革命的考验，让她在那些天里寝食难安。想一想，就当丈夫彭咏梧另娶了一个妻子吧，这种事当下不是司空见惯吗？何况彭咏梧另外结婚是为了秘密工作的方便，有什么可忌恨的呢？彭咏梧6年间不写一封信，完全断绝了与自己的来往，尽管觉得是有些绝情，但这也是工作的需要呀？如今，彭咏梧要与那个被竹安称为竹姐的新妻子去别的地方闹革命，让自己去带孩子，终究表明彭咏梧和竹姐是没有忘记自己，在最为难的时候想到了自己，没有把自己当做外人啊！何况，那个小彭云毕竟是彭家的后代，我也是彭家的人，哪能坐视不管？那个竹姐能够为革命舍得下孩子，舍得下一切，我谭政烈哪能还去做自私的妒妇呢？

幺姐终于战胜了世俗的偏见，善良的她痛定思痛，表现出了一般农妇少有的豁达胸怀，她很快给重庆的弟弟谭竹安回信，请他转告地下党组织：我虽然文化程度不高，但革命道理我懂，我理解老彭，也理解竹姐，我会很快来重庆……

可是，信发出去了，却一时半刻动身不得。她正办着的家庭纺织作坊，是与亲戚一起合办的，规模虽不大，但办作坊时借了不少钱，财产的归属总得清理；而且，以前供给彭咏梧上学和革命时借下的积债，总得偿还一些，还得把家产变卖后积攒一些钱，以便应付到重庆后的开销。这样，卖家产，还积债，折腾清楚，已是年关了。

1948年春节后的一天，幺姐终于料理完了云阳的事情，带着8岁的儿子炳忠告别故乡，冒着白色恐怖的威胁溯江而上，来到了虎口重庆。当她由弟弟谭竹安和何理立领着，从蒋一苇、陈曦夫妇手中接过才一岁十个月的小彭云时，禁不住紧紧搂着小彭云，苦泪横流。

恰巧这时最先带过小彭云的王珍如，被天府煤矿子弟学校解聘后，被地下党安插在国民党经营的重庆胜利大厦电影部当会计，利用这个合法身份妥善收转各地寄给党组织的经费和信件，就住在七星岩重庆女青年会里。得知幺姐来带小彭云，王珍如便通过关系介绍幺姐也住进了女青年会的宿舍，白天还可以把小彭云寄放在那里的托儿所。

终于有了一个临时的家了，幺姐把两个孩子带在身边，待小彭云视同己出，照料得无微不至。弟弟谭竹安和何理立等常来看他们，接济一些钱粮，日子勉勉强强地过着。

突然有一天，谭竹安从国民党的几家报纸上同时看到了登载的"击毙共匪首领彭咏梧"的消息。谭竹安大惊失色，内心里痛苦不堪。突然想到不能让幺姐看到这噩耗，必须对幺姐继续隐瞒下去。幺姐的心已经是千疮百孔了，哪能再增加她的痛苦呢？他急急地赶到女青年会附近，把周围的有关报纸都买下了,对幺姐封锁住消息。幺姐以后只要问起彭咏梧的情况,他都一概以不知道搪塞过去了。

进入3月份后,谭竹安陆续收到了江竹筠从万县秘密寄来的家信,他赶紧回信至万县邮局的自取信箱,告诉江竹筠幺姐已来重庆,好让她能放心地在万县那边工作。很快,江竹筠的回信就来了,信中由衷地写道:

> 你给了我温馨,给了我鼓励,我把它(指来信)看了两次。的确,我感到非常的愉快!幺姐,也成了我不能忘怀的人物……我知道她会像(爱)亲生的孩子一样爱云儿,就像我对炳忠一样……

竹安拿着这封信念给幺姐听了。幺姐不由对信上自称"竹姐"的江竹筠生出同样的敬佩和亲近感,她更加精心地抚育着小彭云,以对得起江竹筠对她的信任,内心深处甚至期盼着革命早点胜利,与这个"夺走丈夫"却又使自己钦佩的女英豪相见的一天早点到来。

6

江竹筠滞留在万县了。汤溪河畔不能去,临委和下川东地工委准备让她去南岸的齐耀山工委,但那边的风声也很紧,连吴子见、刘孟伉都难以立足,哪能再让江竹筠去呢?这个方案又被取消了。

江竹筠只能天天住在李承林、曾琼英夫妇的万县和成银行的家里。哪里能这么耗在万县呢?她找到已经到万县辅成法学院挂名读书的临委暨地工委负责人涂孝文,向他陈述自己急迫的心情,要求尽快投身工作。涂孝文说:"小江,这样吧,我考虑派你和卢光特一起从宜昌去大别山解放区,向刘邓首长汇报汇报这边的情况,争取引一支部队从两巫(巫溪、巫山)入川……"江竹筠一听非常高兴:"好呀!"可是,涂孝文却又说:"不过,卢光特还在进行撤退暴露同志的工作,必须等他办完后才能去湖北。你耐心地等等吧!"

江竹筠只有耐心地等待了。在万县这等待的时间里,虽然有李承林夫妇的细心掩护与陪伴,虽然她有空就教李承林的三个儿子练"洋操"、唱"童子军歌",但内心里一直难以平静,一种战士出征未成的苦楚无处宣泄,李家人不时看到她暗自垂泪。

在那段时间里，江竹筠几乎每天都耳闻游击队面临着敌军大举清剿的艰难处境的消息，她不由焦急万分。有一天，丈夫彭咏梧牺牲的消息被确切证实了：当地地下党组织送来了彭咏梧牺牲后的血衣！她虽然早有心理准备，那一刻还是禁不住悲泪奔涌。李承林夫妇不知该如何安慰她才好。曾琼英扶着她的肩头，陪着她流泪；李承林则找出一个皮箱，帮江竹筠把彭咏梧的血衣放进里面，藏匿在他家里（这个藏匿的皮箱和彭咏梧的血衣，新中国成立后由曾琼英转交给了谭政烈，现在歌乐山纪念馆展出）。他流着泪，语无伦次地、悲伤难抑地对江竹筠说："老彭……老彭……我和琼英的党籍，还是老彭帮助恢复的啊……"江竹筠竟强忍悲痛，反过来安慰李承林夫妇。

其实，江竹筠恨不能立即就接过枪支，去继续彭咏梧的事业，为死难的烈士复仇。可是，组织上的安排，她不能不服从啊！她只得强抑着烦闷和痛苦，一封接一封地给重庆的谭竹安写家信，委婉地交流自己的感受，得到一些慰藉。

1948年3月19日，她给谭竹安写了这样一封信——

李承林

竹安弟：

我下来已经快一个月了。职业无着，生活也就不安定，乡下总是闹匪（指敌军剿"匪"），又不敢去，真闷得难受。

……四哥，对他不能有任何幻想了。在他身边的人告诉我，他的确已经死了，而且很惨。"他会活着吧？"这个唯一的希望也给我毁了，还有什么想的呢？他是完了，"绝望"了。这个惨痛的袭击你们是不会领悟到的。家里死过很多人，甚至我亲爱的母亲，可是都没有今天这样叫我窒息得透不过气来。

可是，竹安弟，你别为我太难过。我知道，我该怎么样子活着。当然，人总是人，总不能不为这惨痛的死亡而伤心。我记得不知是谁说过："活人可以在活人的心里死去，死人可以在活人的心里活着。"你觉得是吗？所以他是活着的，而且永远地活在我的心里……

竹姐

在万县的日子里，她前后给谭竹安写了7封信，诉说着自己不能到农村武装斗争第一线的苦闷。她在成都上大学时的战友庞佑宗，到万县重庆银行工作半年后，1946年4月又随银行去了南京，她与他也建立了联系，甚至让庞佑宗在南京为她转过两封信到重庆。等待中的她，难以忍耐这不能出征的寂寞，只得以这种方式做些力所能及的秘密工作。

到了3月底，接到谭竹安告诉幺姐已到重庆的信后，江竹筠没有了对儿子小彭云的担心，想尽快投身前线工作的愿望更强烈了。可是，吴子见、刘孟伉、杨建成他们在南岸拉起我党的小型武装以后，敌人空前紧张，对南岸又开始了疯狂的清剿，使得南岸的形势愈来愈危急。到了4月中旬，情况已经表明江竹筠在短期内是不能下农村了。而去大别山解放区迎接解放军部队既不合时宜，更无法成行。临委和下川东地工委因此决定：留江竹筠在万县，暂时与万县县委书记雷震、副书记李青林等一起工作。

不能去丈夫彭咏梧牺牲的地方战斗了，江竹筠内心很是遗憾；但是，留在万县有了较具体的工作任务，毕竟比苦等着有劲使不出要好啊！

初到万县时，江竹筠是和上次随她一起下川东留在万县的周毅（化名杨小妹）一同暂住在和成银行经理李承林家里的。后来，她又带着周毅到万县一所小学执教作掩护，等待着某一天下农村去。如今决定留万县了，江竹筠便把小学的课程让周毅都承担了，自己通过四川大学同学、万县地方法院推事廖威即廖荣震的介绍，再次取用在川大时的名字江志伟，在地方法院会计室收费处做了一名收取讼费的雇员，以便更好地隐蔽下来，与县委书记雷震等一起，暗中联络下川东暴动地区的同志，推动这个地区的革命斗争。

7

万县地方法院在万县城一马路法院街。地下党县委书记雷震此时是该院统计室主任，人称"雷书记官"。他于1943年从川南家乡泸州转移到万县工作后，凭借在法院的公开职业，又在三马路的文光中学兼教，出色地做好了万县上层人士的统战工作，建立了很好的群众基础。江竹筠与雷震同在国民党的专政机关地方法院工作，又都住在该院的两层桥宿舍，既是同事又是邻居，一起商量起工作来，就极其方便了。

为了更好地掩护工作，江竹筠到地方法院后，又立即与检察官龚云奎、会计庞勉组成三人的伙食团，雇了一位姓牟的大娘煮饭洗衣，终日与威风凛凛的法官、检察官在一起，让敌人更加怀疑不上了。

白天忙完了收费处的工作，休息时，她常到雷震家走动，与雷震商量些事情，有时抱着雷震的小儿子换国逗乐。人们都觉得她很平易近人，有着大家闺秀和知识女性的风范，却不知道她内心深藏着暴动失利和丈夫彭咏梧牺牲所带来的深切痛苦。在雷震家，没有外人时，逗着小换国，她有时便抑制不住地想起自己的儿子小彭云；看到雷震和睦团聚的一家人便会联想起自己支离破碎

雷震

的家，刚才还欢愉如常，转背回到自己的寝室便会黯然神伤。雷震的妻子刘毓芳觉察到了这一点，却不知何故，便问起雷震，雷震虽然知道江竹筠的苦衷，可他哪能随便解释？

那时，万县县委副书记李青林也常来雷震家，一来就帮雷震妻子刘毓芳做家务，饭菜针线样样拿手，人们都以为她是雷震在泸州老家的亲戚，她因此与雷震、江竹筠常来常往也不引人注意。江竹筠开始只知道李青林与雷震是老乡，是个比自己年长7岁却还未成家的老姑娘，只觉得她干练而有水平，后来相熟了，知道了李青林的一些经历，两个在婚姻家庭上都遭受了挫折的姐妹在工作与情感上更加投缘了。

李青林

李青林原名方琼，1913年10月19日出生在四川泸县一个富裕家庭，父亲被军阀抓去毒打含愤去世后便家道中落。抗战爆发后，毕业于泸县女子师范后期班文史组的她不顾家庭反对，毅然参加了"全国抗敌后援会泸县分会"，1939年2月加入共产党，次年秋天到"全国抗战将士慰劳总会"工作，之后先后在第二十三兵工厂子弟学校、重庆山洞中心学校、磁器口市立二十三中心学校、南岸马家店分校、江北县莲华小学等学校任教，出色地完成党交给的各项任务。1942年，她再次转移到重庆，在南方局妇运组领导下工作，曾与其他同志共同创办了《四川妇女》杂志。由于一直频繁地转移地方革命，她一直未顾上考虑自

己的婚姻问题，直到这时因常与《新华日报》社采访部主任邵子南接触，两人产生了爱情，这才相约商议结婚。1947年2月28日清晨，已经34岁的她手提大包喜糖，兴冲冲地赶到化龙桥《新华日报》社驻地，准备当晚举行婚礼，哪知却看到大批国民党军警宪特突然袭击包围了《新华日报》社驻地，强迫中共驻渝全体工作人员撤回延安。她眼睁睁地看着邵子南离开重庆，两人却连告别的话都未能说上一句。这年5月，她接受任务担任万县县委副书记，去那里领导农村武装斗争。她独自一人坐船去万县，途中苦思该怎样才能让邵子南知道自己去投身了抛头颅洒热血的武装斗争呢？她突然想到了唯有自己才知道邵子南的一个笔名"青林"。对，就改名叫"李青林"，无论是胜利归来，还是血染沙场，子南都能通过这名字知道自己没有玷污他们的感情和誓言！于是，她从此成了李青林，以在万县郊区清泉乡第六保国民学校执教作掩护。

有了雷震、李青林这样好的搭档，江竹筠失夫的悲痛心情缓解了许多，秘密工作的热情也非常高昂。他们3人很好地协调工作，既利用万县城这个下川东的中心城市联络着各地暴动的同志，又把万县南岸山区的武装斗争紧锣密鼓地发动了起来。江竹筠因此在4月23日给重庆谭竹安的又一封信中写道："最近生活比较安定，但究竟像失掉了什么似的。我想过些时候会好的……"

然而，江竹筠和雷震、李青林浑然不知，此时的重庆已经是风声鹤唳，国民党特务破获了《挺进报》，进而利用叛徒开始抓捕地下党重庆市委及各地地下党员，而且魔爪准备伸向万县……

8

1948年5月的一天，卢光特突然从重庆来到万县，出现在江竹筠面前。

卢光特此时是重庆市委负责人刘国定、冉益智与川东临委及临委副书记涂孝文之间的联络员。4月间，重庆地下党突然遭受破坏，卢光特见市委书记刘国定、副书记冉益智失踪，不知出了啥问题，他估计问题很严重，决定赶紧回万县向涂孝文汇报。可是他身上没有了路费，只得通过关系找到粮食部门开车的熟人，从重庆搭粮车到万县。但是，他不知道涂孝文的住处，便先到地方法院找到了江竹筠。

按照地下工作的纪律，卢光特虽然特别信任江竹筠，却不能向她告知还没得到准确证实重庆方面的重大变故。但是，从卢光特急急忙忙的行踪和紧张的神情及口吻里，经验丰富的江竹筠还是估计到发生了什么严重的情况。她因此立即替卢光特和涂孝文约好了接头的时间和地点。

在万县西山公园里，卢光特向涂孝文详细汇报了重庆的情况。两人分析了一会儿，觉得重庆肯定出了叛徒，刘国定和冉益智不是被捕便是紧急转移了。涂孝文捋着络腮胡子，皱着眉头，对卢光特说："你立即回重庆，迅速转告由下川东各地转移到重庆的同志，水浑了，暂时停航！如果还有什么急事，你以后可以先去找临委在重庆的负责人邓照明同志联系，不用急着来万县找我了。"卢光特点着头，见涂孝文神情格外紧张，便说："老杜，那边如果真出了叛徒，尤其是刘国定和张德明（即冉益智）如果出了问题，你可千万要注意安全，不行的话，就撤离万县。"涂孝文一听有些脸红，佯装爽朗地说："没啥子要紧的，重庆那边没有哪个晓得我在这里的具体地址。"

那几天，江竹筠很渴望卢光特能再来找她，在能够询问的范围内了解一点重庆方面的情况，可是卢光特却再也没能来见她。她不知道，卢光特急匆匆地赶回重庆后，很快就找到邓照明汇报了与涂孝文相见的情况，邓照明要求涂孝文立即赶回重庆召开临委紧急会议研究对策。卢光特又两次来万县向涂孝文转达临委意见，可涂孝文却说："重庆现在的情况复杂呀，乱得很，那么多人认识我，我是决不能再去的了！你晓不晓得，彭咏梧同志牺牲后，敌人已经把下川东的游击武装说成是我'老杜的游击队'了，到处都在抓我！我这时再去重庆，岂不是自投罗网！我在这里掩护得很好，哪个还到重庆去？"卢光特听了涂孝文这席话，见涂孝文两次都不回重庆，很是吃惊，他隐约地感觉到了涂孝文怕危险的一面，却又不好直说，只得又急急地回重庆去向临委书记王璞（化名石果）和邓照明汇报。

江竹筠不知道在这短短的一个多月里，形势已严重恶化了，没有特别的大事又不便去辅成法学院主动找涂孝文，只是内心里隐隐潜藏着一份忧虑。像往常一样，她和雷震、李青林紧紧张张地开展着万县地下党的工作，关注着南岸刘孟伉、吴子见他们领导的齐耀山工委和齐南游击支队的情况。重庆离得毕竟较远，无暇顾及，浑然不知道来自重庆的灭顶之灾已然一天天地逼近。

9

6月上旬的一天，江竹筠正在万县地方法院收费处忙着日常事务，突然看到在南岸工作的罗曙南急急地来找她。没有意外情况，罗曙南哪能直接来找自己？一问，南岸那边果然情况逆转。

原来，吴子见带着杨建成、刘本德、罗曙南到南岸后，很快便与刘孟伉取得了联系，建立了齐耀山工委，组建了齐南游击支队，党的组织迅速调整就绪，游击支队也逐步壮大。然而，时间进入5月份后，情况变得异常不妙起来，敌人抓紧了对南岸的长期清乡，使他们很难立足，不得不做出撤出的决定。吴子见被调到开县工作，齐耀山工委书记由支队司令员刘孟伉接任并坚持当地斗争，而工委组织委员杨建成、宣传委员刘本德和罗曙南则分头撤往万县，寻找下川东地工委或万县党组织接受新的安排。

杨建成到达云阳时，没有找到先行的刘本德和罗曙南，却意外地碰上了刘德彬。杨建成已经不知如何找到涂孝文或地工委的其他同志，很是忧虑。刘德彬说："先到万县隐蔽起来吧。有办法找到江竹君的，她不是留了个和成银行的联络地点给我们吗？"两个人到了万县，住在乡下刘德彬的一个叫萧第西的同学家里，装着钓了一天鱼，冷静地商量了寻找地委委员江竹筠的办法。次日，两人进城去和成银行，转过二马路时，迎面意外地碰到了江竹筠。江竹筠急急地低声问："都撤回来了？"3个人寒暄了几句，杨建成这才知道罗曙南已经先他一步见到了江竹筠，只是临时规定带队的刘本德还没联系上。紧紧张张地碰了个头，江竹筠果断地说："你们先找地方隐蔽起来，把通讯地址留下，以后的工作，等你们的领导人回来了，就通知你们。"

大家都不知道重庆已经出了叛徒，因为涂孝文只顾自己隐蔽，连那边的情况都没有告诉江竹筠、雷震等人。杨建成便决定暂回重庆去找在教育学院读书的未婚妻冉隆娴，临行前把秘密通联地址告诉了刘德彬。

南岸的失利，使江竹筠万分心焦。联想到卢光特上次来见面时谈到重庆敌人疯狂捕人的情况，她感到情势一天天危急了，便立即安排她估计有可能暴露的同志赶紧转移。她最先想到的便是她带到万县来的才十六七岁的小妹妹周毅，亲自为周毅置备行装，又送周毅上船，把她交给在船上当二副的一位"表弟"，临别时还特别地鼓励周毅说："小妹，好好熬过这一阵，只要你坚持革命，党组织一定会找到你的！"

安排同志们转移了，江竹筠自己却依旧留在万县坚守着。转眼就是6月11日的端午节了。节前的晚上，江竹筠想到自己的处境和紧急的情势，尤其惦念儿子小彭云。她特别感激谭竹安和幺姐对彭云的抚养，因此这几个月工作后一领到薪水和津贴就汇点钱去，但还是觉得太拖累竹安和幺姐了，如今虽然情势恶劣，她还是打算必要时把小彭云干脆接到万县。在这一天，她给谭竹安写了她在万县的最后一封家信——

　　……每逢佳节倍思亲……我呢？还是这样不太快活，也不太悲伤。当然有时也不禁凄然为死了的人而流泪。

　　……云儿复原了没有呢？没有加重他的病吧？我惦记着云儿是否拖累你们了……若需要他离开的话，我可以把他接来……

　　直到这时，江竹筠依然还是更多地考虑到他人的难处，唯独忘了自己的危险境地。她渴望着战友们都安全，也盼望着能早日与儿子小彭云团聚，甚至想到有一天能见到心里一直感激敬佩的、从未谋面的幺姐谭政烈。

　　然而，江竹筠再也没有这个机会了。就在端午节发出给谭竹安的信时，重庆的叛徒就带着一批特务到了万县城……

第二十章 大逮捕，叛徒特务出动了

特务们怎么这样侥幸地破获了《挺进报》？地下党领导人怎么偏偏成了叛徒？大逮捕就这样一波三折地发生了……大浪淘沙，人格分明，叛徒和特务们，瞧瞧江竹筠这种英豪的威武不屈吧！

1

重庆的确出了叛徒，而且最大的叛徒竟然就是川东临委委员兼重庆市委书记刘国定和重庆市委副书记冉益智！

事情的变故起因于《挺进报》引起了敌特的极度恐慌和大肆搜查。

1948年春，川东临委根据中共中央南方局委员钱瑛同志关于加强统一战线工作，开展对敌攻心斗争，发展"特别党员"的指示精神，决定《挺进报》改变发行方针，从对内转向对敌，少在内部传看，主要寄送敌方人员，从第十五期起即通过各种渠道寄给敌党政军警宪特大小头目；报纸内容也相应改变，有针对性地增加开导或警告敌特人员的内容，用以攻心瓦解动摇敌人。

《挺进报》从诞生之日起就冒着极大的风险，在彭咏梧和江竹筠领导时已经使敌特花费了很大力量来对付，如今这样动作，自然是火上浇油，强烈地刺激了敌人，一下捅了马蜂窝。

3月的一天上午，国民党西南军政长官公署长官、陆军上将朱绍良走进办公室，拆开一个写着他亲启的信封一看，顿时目瞪口呆：一张粉红色的《挺进报》和一封警告信！他立即打电话招来公署二处少将处长兼侦防处长、保密局西南特区区长徐远举，当头就是一顿痛骂，并严厉地责令他限期破案。恰巧这天公署照例举行甲种汇报，重庆的国民党重要头目都参加了，朱绍良一上来又就《挺进报》问题大训一通。

这朱绍良在大革命时期就是蒋介石的参谋长，江西五次"围剿"红军时无役不从，抗战期间帮盛世才颠覆新疆革命势力，杀害了共产党的重要干部陈潭秋、毛泽民、林基路等，可谓心狠手辣，但平素却以儒将自诩，一向不大熊人。这样一位长官，突然如此大动肝火，怎不令徐远举恐慌不安？

徐远举在朱绍良的授权下，立即统一使用军警宪特力量，以重庆为中心侦骑四出，企图一举侦破《挺进报》，进而破坏地下党核心组织。刚开始，不是处处扑空，就是乱抓一气，还接连闹出狼狈不堪的笑话：在云阳被革命者盛超群戏弄得抓了包括县警察局局长在内的12位国民党组织当地头目，在万县又错抓了何应钦的亲信、高级军官杨秉离的只是个普通中学校长的兄弟杨吉甫……闹得内部怨声连连，徐远举只得尴尬地宴请安抚错抓的同仁，并把手下万县谍报组上校组长熊干城撤职查办囚禁。恼羞成怒之中，狡猾的徐远举抓紧使用狠毒的招法，派遣"红旗特务"想方设法接近进步组织，试图从内线突破。

这招，果然让他侥幸得逞了。

被抓捕后的前国民党保密局西南特区区长徐远举

3月下旬的一天晚上，国民党保密局重庆站副站长吕世琨，带着渝组组长李克昌和年轻的"红旗特务"曾纪纲，一同来到曾家岩戴公馆徐远举的住宅，汇报说：民生路胜利大厦侧面的文城出版社是《挺进报》的一个发行据点，年轻店员陈柏林是中共地下党员；曾纪纲伪装成失业的进步青年接近陈柏林，取得了年仅17岁的缺少经验的陈柏林的信任，不仅住进了文城出版社，发现了陈柏林的上级叫"老顾"，而且使陈柏林愿意介绍他接上地下党组织关系！

徐远举大喜，指示说："不要轻率行动！争取与中共地下党直接发生关系！如果与领导人接头，立即报告！"

几天后，吕世琨就兴冲冲地跑来报告："陈柏林同意介绍曾纪纲与上级老顾见面，约定4月1日上午在观音岩红球坝中央印钞厂碰头！"

徐远举急于破案，深恐错过机会，立即下令："抓！"

4月1日上午，当陈柏林领着曾纪纲来到红球坝与化名老顾的任达哉接头时，蹲伏四周的特务在吕世琨带领下蜂拥而上，抓捕了陈柏林和任达哉。

徐远举非常重视，亲自与二处侦防课长陆坚如一起审讯。受尽了各种酷刑，年轻的陈柏林坚贞不屈。可是，任达哉却经受不住毒刑很快叛变，不仅出卖了由他亲自介绍入党的豫丰纱厂地下党特支书记牛小吾和女友皮晓荣，而且出卖了他的上级、市委工运书记许建业！

两天后的4月4日是星期天，许建业上午来到嘉阳茶馆，正与一个同志交谈着，看见任达哉走来了，身后却跟着几个行踪可疑的人！他机警地立即叫那位同志走开，自己转身上厕所，任达哉却带着特务追了进来……

许建业就这样被捕了，被押到公署二处警卫组。

徐远举和陆坚如又亲自刑讯。但是，48种酷刑用尽，许建业依然拒不投降，吐一口带血的唾沫说："还有多少刑罚都搬出来吧，我要叫一声痛就不算好汉！"

特务们无计可施了，便让看守兵陈远德伪装倾向进步，表示同情。许建业此时虽然坚强如磐，内心却万分焦急，想到宿舍内党的机密文件若是落入敌手，那么后果就不堪设想啊！情急之中，许建业轻信了陈远德，许诺以4000万元法币作酬金并介绍新职业，托陈远德送一封信给他所在的志成公司的董事、地下党支书刘德惠。陈远德拿信后就交给了特务头子徐远举。许建业得知被骗，悲愤至极，以头碰墙，血流如注，然而损失已是不可避免了。

2

许建业的掩护身份是志成公司会计。特务们立即前去搜查他的宿舍，在床下搜出了18份党员自传、一张海棠溪军事略图等机密文件，然后按图索骥大肆抓人。徐远举虽然摸不清许建业的职务，仅由此估计他是地下党的重要人物，因此派特务包围了新华路志成公司，守捕来往人员。

4月6日，特务们终于有了新收获：重庆市委书记刘国定到志成公司找许建业商量工作，一进门就被捕了。

刘国定又名刘仲逸，此时的掩护身份是南岸牛奶场会计主任。他1918年生于四川新都县，1938年入党，1947年10月担任川东临委委员兼重庆市委书记。在长期的地下工作环境里，身居党内高职务的他早已脱离了党和群众的监督，滋长了消极思想和养尊处优的腐化观念。他平时生活阔绰，多方搞钱。为做生意，他曾向川东临委管经济的何忠发借钱，何忠发坚持原则说："组织上有钱不能借；私人没有钱可借嘛！"刘国定因此对何忠发怀恨在心，反诬何忠发经济有问题。临委书记王璞很重视这件事，调查之后却发现是刘国定贪图享受，诬陷同志。做领导的刘国定怎么有这种毛病？王璞因此要调刘国定到农村去工作，可是已经怕过艰苦生活的刘国定以各种借口拒绝下乡……连苦都怕了的人，哪能不怕死呢？

许建业

特务们从刘国定身上搜出的证件表明他叫刘仲逸，可志成公司有人证明说他是常来找许建业的"黄先生"。一看不能自圆其说了，只是看了看面前的刑具，刘国定当即就叛变写了自首书。怀着一种侥幸心理，刚开始时，他只是供认自己是新入党的候补党员，曾经为许建业送过信给年初参加梁山达县大竹边区起义失败后撤回重庆南岸的邓兴鄡和李忠良。这最初的出卖虽然不多，然而却引发了以后一连串的地下党的重大损失。

4月8日，徐远举亲自带着大批特务由刘国定领路，在海棠溪附近永生钱庄经理李量才家，抓捕了大竹边区起义领导人之一的邓兴鄡以及李忠良等人。李忠良随即叛变，供出了起义领导人邓照明、王敏、陈以文等30多位起义干部以及重庆市内负责部分地区学运的刘国鋕等人，抓捕了重庆银行望龙门办事处地下党员余永忠。余永忠随即叛变，但徐远举采取即捕即放的办法，作为诱饵，企图抓到与余永忠有联系的更高一级的地下党领导。

一个星期过去，虽然抓了不少人，但没有抓到一个被肯定认为是地下党负责的重要领导，《挺进报》案仍然悬着，这令徐远举很是不甘。尤其是出身豪门、住在行政院院长张群的大红人——四川建设厅厅长何北衡家的刘国鋕的逃脱，惹得朱绍良、重庆警备司令萧毅肃与何北衡、经济部部长刘航深等高层人士之间内讧起来，甚至闹到了蒋介石、张群那里，让脱不了干系的徐远举几面不讨好，狼狈不堪。然而，山穷水尽之际，4月16日，留在重庆银行潜伏的叛徒余永忠，突然报告了一个令徐远举大喜过望的消息："我的上级来电话了，叫我明天中午到北碚公园碰面。"

原来，得知刘国定、许建业被捕，在重庆主持川东临委日常工作的临委秘书长萧泽宽立即采取紧急应变措施，同时约定市委副书记冉益智、市委常委李维嘉于4月17日中午12时在北碚公园门前碰头，商讨对策。谁料，冉益智却在16日把这最秘密的行踪用电话吐露给了已经叛变的余永忠！

次日上午，冉益智来到北碚街头，就被余永忠带着的特务抓捕。被捕的当晚，在徐远举与陆坚如的刑讯下，冉益智就叛变了。他不仅承认了自己的党内职务，供出了已在狱中的刘国定、许建业的身份，而且帮助特务头子徐远举解了燃眉之急：逮捕了已经脱险到荣昌的刘国鋕和他的未婚妻——由冉益智一个月前亲自监誓入党的曾紫霞。

4月18日，根据冉益智的指认，徐远举陪同国防部保密局二处处长叶翔之，再度分别提审刘国定和许建业。许建业再次经受着酷刑，却仍然横眉冷对，坚不吐实，大骂叛徒。而刘国定贪生怕死，竟然卑鄙无耻地与冉益智竞相出卖组织和同志，向敌人邀功争宠。他俩不仅出卖了所知道的所有党内组织情况和名单，而且，刘国定全盘托出四川地下党与中共中央长江局、南方局的联络方法，冉益智则生怕落后，出卖了正在万县的临委副书记兼下川东地委书记涂孝文和下川东地工委委员、临委与地委以前的联络员江竹筠。

徐远举一听，急问："涂孝文是不是老杜？"

冉益智急忙点头："就是！就是！"

徐远举又问："江竹君很重要吗？"

刘国定赶紧回答："重要！她就是川东游击纵队政委彭咏梧的老婆！现在只有她才知道川东游击纵队的具体情况。"

徐远举大喜过望。年初彭咏梧领导川东游击队起义，使他们大为震动。彭咏梧虽然死了，但是游击队却仍然在这里那里暴动，此起彼伏，大有席卷川东之势，令朱绍良、徐远举他们很是恐慌，称川东游击队为"老杜的游击队"，真是谈"杜"色变。如今知道了"老杜"就是涂孝文，江竹君就是"匪首"彭咏梧之妻，而且知道了他们隐藏的地方，徐远举哪能不高兴？

刘国定和冉益智的叛变，使敌特最终破坏了《挺进报》，重创了重庆地下党组织。随即，6月上旬，徐远举决定将手下特务和叛徒兵分三路破坏中共组织：一路按刘国定、冉益智供出的联系接头地点西上成都等地，破获中共川西工委、川康特委；一路由叛徒刘国定随特务到上海、南京等地，破坏中共的高级领导机关；一路由冉益智随上校特务科长雷天元等大批特务秘密前往万县，争取抓捕涂孝文、江竹筠等下川东地工委成员，进而剿灭川东游击队！

古老的万县城，中共地下党在下川东武装斗争的新中心，由于叛徒的出卖，顿时一片腥风血雨……

3

根据万县、重庆所存的敌伪档案，叛徒冉益智、涂孝文、刘国定和特务徐远举、漆玉麟、高慕超等人的交待，当年参加川东地下斗争的卢光特、邹开连、周毅、刘德彬、杨建成等人的回忆，以及奉节政协杜之样所整理的《1948年的万县地下党的被破坏和江竹筠等被捕的经过》一文，一幕血腥的万县大逮捕场景展现在我们面前。

徐远举毕竟是西南地区的特务头子，狡诈得如同一只狐狸。他对前往万县破获下川东地下党组织的一路人马的行动尤其重视，因此派出了最强的特务力量，而且对行动计划绞尽了脑汁。

临行前，他对带队的亲信、二处特务科长雷天元打气说："你破获《挺进报》有功，我已荐举晋升你为上校了。这次派你带队去万县，自然是把希望寄托在你身上了！你不要胆小怕事，只管放手干，诸事有处里替你做后台！万县那里有无线电台，你随时可以同处里联系，要部队我给你部队，要人我给你人！对冉益智要充分利用！逮人时要秘密，不要打草惊蛇，抓了张三就露了风声吓跑了李四王二麻子……"

雷天元见处座徐远举如此器重自己，已晋升自己为上校了，自然干劲十足。

徐远举接着又专门叮嘱二处警卫组组长漆玉麟："你在万县，除了协助好雷科长，还有一个特别任务：监视好冉益智，但不能公开监视，要发挥好他的作用。你可要负责，不要偷鸡不成倒蚀一把米！知道了吗？"漆玉麟赶紧点头。

然后，除远举让人把冉益智叫来，亲自拿出300万元法币送给这个叛徒，说："这是给你的预支奖赏，希望你为党国多做贡献。"

人格丧尽的冉益智受宠若惊，连忙接过道谢。

徐远举一笑，对特务们说："你们要尊重他，都给我叫他王大爷！"

冉益智一听，更是感恩戴德。漆玉麟想起自己的职责，便低声对冉益智说："王大爷，你可要当心点，这回别叫我们白走一趟喽！"

冉益智立即信誓旦旦地回答："啷个会白跑？我保证我们这一趟有大大的收获！"

6月上旬的这一天，雷天元和中统渝组组长左志良带着叛徒冉益智和十多个特务，秘密直扑万县。船抵万县，雷天元安排冉益智和负责行动的特务漆玉麟、黄声扬、陈林、黄纯清、邱云等人，住在十字街高级的佛兰西旅馆，自己和左志良等头头则住在不远的文明路的高级旅馆福源商栈，包下了商栈三楼的全部房间，不准其他人上楼。他还命令漆玉麟等人："你们不得随便外出，以免走漏风声！一切行动听我安排！"

第二天一早，雷天元亲自去佛兰西旅馆，将冉益智带到福源商栈，与左志良一同研究侦捕事宜。冉益智献计说："捉蛇打七寸，抓贼先擒王嘛。我看还是先抓涂孝文和江竹君！涂是地工委书记，江是地工委委员。江住哪因我不晓得，涂的地址我已经说过了，他就在辅成法学院挂名读书，长相嘛中等身材，三十多岁，络腮胡子，好认得很！抓了涂，再带出江，整个下川东从农村到万县的人都跑不脱你雷科长、左组长的手心啰！"

当即，左志良亲往辅成法学院侦查涂孝文的情况，找到了该院管注册的特务张炽。张炽说："有这么个人，停学了很久，不过这学期又来复学了。"左志良一听很是兴奋，从注册的档案中设法找到了一张涂孝文的照片，立即返回福源商栈。叛徒冉益智一看照片，就说："不错，就是他！"当天下午，冉益智便十分卖力地领着雷天元、左志良等特务去做侦捕工作，表现得尤其主动，只是没能查到涂孝文的准确住址。傍晚，雷天元将冉益智送回佛兰西旅馆时，悄悄对一直还按兵不动的漆玉麟说："我看这冉益智不错，不会发生什么意外的事，你不要这样紧张兮兮的，让他看出你在监视……"

经过几天秘密侦察和策划，雷天元决定在6月11日端午节这天行动。这天早上，雷天元、左志良来到佛兰西旅馆，向特务们布置了秘密去辅成法学院逮捕涂孝文的具体办法。

然而，一行人带着叛徒冉益智到了辅成法学院，学院却因过端午节没有上课，到处都未找到涂孝文！这天过端阳节，长江正划龙舟比赛，涂孝文会不会也去江边看热闹？他们一商量，决定雷天元带一组特务，左志良带冉益智和另一组特务，分头沿长江的南门河坝、胜利路去秘密搜寻涂孝文的踪迹。

涂孝文没有住在法学院。他和地下党员黄绍辉夫妇在三马路一个粮店的楼上临时租赁了三间房子住在一起，以此作为下川东地工委的机关。4月份重庆地下党组织遭到大破坏的消息，涂孝文早就通过新的联络员卢光特知道了，临委多次催他回重庆，他固执地不去，因为他觉得自己在万县隐蔽得非常好，很安全。尽管如此，他还是格外谨慎，从此不仅与江竹筠、雷震等都减少了接头联络，住址也变换了，甚至连到重庆开一次临委会议都坚决推辞不去。可是，这样在万县待着终究太寂寞了，这天端午节江边有龙舟赛，人山人海的，他便按捺不住，以一种侥幸的心理带着黄绍辉前去观看，全然不知特务们正在江边搜捕着他！

左志良和冉益智带着几个特务，这时沿着胜利路到了杨家街口码头。这里地方宽敞，是看龙舟赛的好地方。他们在拥挤的人群中找了好一阵子，正失望时，冉益智突然指着远远走来的两个看热闹的人对左志良说："来了！来了！"特务们大喜，随着冉益智往那边挤过去。冉益智冲着涂孝文高叫了一声："涂孝文！"

涂孝文下意识地抬头寻声望过来，还没有答话，就见冉益智往旁边一闪，左志良带着几个特务已出现在他身边。涂孝文紧张地问："你们要干什么？"左志良阴笑着说："对不起，有点事要找你，请你跟我们走一趟！"涂孝文与随行的黄绍辉就此被捕了。

左志良等特务把涂孝文立即带到福源商栈三楼，关在一间房里，用手铐将他铐在床上。当晚，雷天元等回来后，他们便将涂孝文带到富贵巷四号中统万县区特委会突击审讯。审讯中，涂孝文开始时还不承认自己的身份，叛徒冉益智突然出现在他面前对质，涂孝文立即脸色苍白，低下了头。随即用刑一开始，涂孝文便再也坚持不住，把万县地区党的组织情况从地工委到各县（工）委的同志全部出卖！地委委员杨虞裳、唐虚谷、江竹筠以及万县县委书记雷震、副书记李青林等20多位同志，霎时成了涂孝文向敌人乞求保命、邀功的条件！

可是，特务们哪能就此满足？见涂孝文出卖的只是地、县委负责人和在万县的地下党员，雷天元便继续审讯："还有呢？大家都说川东游击队是你'老杜的游击队'，游击队的组织情况呢？农村的组织情况呢？"

涂孝文此时是有苦难言了。对于游击武装的情况，他原本就知道不多，不过是好大喜功而已，见特务们这样逼问，他怕越说越说不清，影响敌特对自己的信任，想想，便干脆把游击队的一切都推到彭咏梧和江竹筠身上："游击队不归我管嘛，都是彭咏梧搞的嘛。我要是晓得哪个还不说？彭咏梧是临委委员、下川东地工委副书记、川东游击纵队政委，我啥子职都没负责。彭咏梧死了，了解这方面情况的，只有他老婆江竹君。你们不信？问冉益智嘛！"

雷天元侧脸看冉益智，见冉益智点了点头，便问："江竹君在哪里？"

"江竹君现在改名叫江志伟，在万县地方法院做雇员。"涂孝文立即问答，

"跟万县县委书记雷震在一起。"

雷天元、左志良等特务大喜。抓到了江竹筠、雷震,整个川东游击队和万县农村地下党组织岂不就有希望一举破获?但是,江竹筠和雷震都在法院工作,如何抓捕?他们商量后,觉得倘若直接到法院抓捕,可能目标太大而一下走漏风声,使其他中共地下党员趁机紧急撤离,便决定将雷震和江竹筠引到外面秘密逮捕。叛徒冉益智见涂孝文一下供出这么多人,深恐自己落后了,便见机献计说:"我看还是首先把万县县委副书记李青林抓到,乡下的关系是她发展和掌握的;她一个女的,容易打开缺口……"雷天元打量了冉益智一眼,高兴地一拍他的肩说:"王大爷,你说得对!"

深夜里,有了这么大的收获,雷天元立即用无线电台向重庆的处座徐远举报喜和请示。随后,他对冉益智说:"王大爷,让你还住在佛兰西旅馆就委屈你了。这一趟,你表现不错,已经立功了,就跟我一起到福源商栈住吧,也方便一起商量。"

冉益智知道自己已经完全取得了信任。他欣喜若狂地与雷天元、左志良同行,从此天天一起花天酒地,俨然特务中的一位要员。

4

江竹筠、雷震、李青林全然不知道涂孝文已被捕叛变,并且冉益智正带着特务们在万县首先要抓捕他们。江竹筠在端阳节这天还给重庆的谭竹安发了封信,准备把儿子小彭云接到万县来;雷震照常忙着法院的事,在文光中学兼课,很有人缘地在大街上走动;李青林则准备着两天后从清泉乡第二保国民学校到万县地方法院去,照例与雷震、江竹筠接头!

涂孝文被捕叛变后的次日即6月12日是星期六,雷震这天上午去文光中学教完课,返回法院途中碰到了法院同事刘推事和商二分院的彭推事等人,人缘极好的他便随同他们一起到二马路的吟雪餐厅参加了一个宴会,幸运地躲过了第一劫。就在这天上午,特务陈林、邱云和万县特务头子段启高等一起去了一马路的法院找他,打算把他引到外面秘密逮捕。这时,他和这几位朋友正在隔着很近的餐厅参加宴会,特务们与他"失之交臂",正失望地回旅馆去,准备次日再来诱捕他。

这天下午,雷震和几个朋友从餐厅出来,到新生书店看了一会儿书,离开时，天空突然下起了小雨。

几个人犹豫了一下，还是出了书店，一起回法院去。劫难就在这时降临到完全没有一点预料和防范的雷震身上。

此时，特务邱云、段启高等正坐在十字街佛兰西旅馆隔壁一个女老板开的纸烟铺里玩耍，突然看到几个佩带地方法院证章的人从环城路那头往一马路走过去。段启高觉得其中有个人像是雷震，立即跑出来朝他们的背后喊道："雷书记官！雷书记官！"其中一人停下来，回头问："哪个喊我？"

果然是雷震！邱云这时便慢慢地走上前去，说："雷书记官，是兄弟我喊你。你有个朋友在大桥头阅江楼等书记官，想托书记官帮个忙……"

见邱云如此恭敬，人缘一向很好的雷震完全不知这是一个陷阱，当即满口答应，便转过身随段启高和邱云往回走，法院那几个同事也都没有在意。来到不远处的福源商栈门口时，邱云又对雷震说："雷书记官，另外还有一位朋友在楼上，我们约他一道去吧？"雷震毫不怀疑，跟着邱云就进商栈，到了三楼。见到雷天元，邱云便喊道："报告，要犯雷震已带到！"

雷震就这样被捕了。特务们立即对他酷刑审讯，然而雷震始终咬紧牙关，拒不屈服。于是，雷天元便支使涂孝文出面劝降。

一看到涂孝文，雷震什么都明白了。倘若不是涂孝文叛变出卖，自己哪里会暴露？

涂孝文这时佯装无奈地说："雷震，我也是……万不得已啊！不说不行呀！反正他们已经晓得你我的情况，不如顺着说了，把你所知道的交待了，他们不会亏待我们的……"

雷震一听，怒火中烧，打断涂孝文的话，说："你有组织你交！我没有组织，你叫我交啥子？要组织没有，要命有一条！"

在雷震身上捞不到什么，特务们便决定紧急抓捕江竹筠和李青林。次日，特务们便分头出动。对江竹筠，自然还得采取抓雷震一样的秘密方式，暂且不能惊动法院的人。对李青林呢，因为她在郊区清泉乡的第二保国民学校执教，雷天元就少了些顾虑，派了两个特务由万县警察局的李督察带路，直扑而去。然而，这三个家伙到了清泉乡，却忘了李青林到底在哪所学校，闯荡了三个保校，到天黑回到万县城也没抓着李青林的人影。雷天元气得大发雷霆，只得在第二天即 14 日派得力干将漆玉麟带着陈林、高慕超等特务，换了另一个警察，直扑李青林所在的清泉乡贺家院子第二保校。

阴差阳错，李青林这天偏偏回到了虎口。昨天 13 日是星期天，李青林照例进城去法院两层桥宿舍找雷震和江竹筠研究工作，雷震妻子刘毓芳说雷震昨天上午出门后就一直没回来，而江竹筠也不在寝室。李青林暗吃一惊，警惕性高且经验丰富的她从这反常的事情中估计出了问题，走到一马路看到法院前有鬼鬼祟祟的人游荡，李青林更是肯定了自己的猜测。她立即派人送了张"打扫清洁，有客人来"的纸条给清泉乡贺家院子第二保校的女校长、地下党员贺启惠（即贺辉），自己在城里抓紧时间烫了发，改变装扮，在傍晚抓她的特务们返城的时候，她却坐着轿子回了第二保校，紧急布置同志们撤退，只等次日把预存的谷子卖了凑够了路费就离开。没料到，特务们这时已经再次到了贺家院子。

贺家院子很大，有两个门，进正门是贺家住宅，进侧门便是保校。漆玉麟侦察清楚后，自己带着陈林进侧门保校去抓李青林，高慕超和警察则进正门贺家逮捕贺启惠。高慕超进了贺家，见屋里只有一个老太婆和两个20岁上下的姑娘，便问："贺启惠在家吗？"老太太就问："有啥子事？"警察回答："有点事，想找她到警察局去一趟。"老太婆连忙答："她不在家，你们先坐坐吧。"有个姑娘很热情地说："我帮你们去找找启惠吧？"高慕超同意了。那个姑娘便出去了，其实她就是贺启惠。

贺启惠幸运地逃脱了魔掌，李青林却没有这么好的运气了。这天正好是星期一，特务漆玉麟和陈林从侧门进了保校，见学生们在操场上打闹着等待李青林老师来上课，便在学校附近溜达寻机抓捕。不一会儿，李青林果然来了，可两个特务并不认识她。李青林见他俩神情异常，马上警惕起来，就大大方方地顺着教室外的大路一直往前走。不料，学生们见此情景议论开了："李先生哪个还不上课，到哪里去呀？"漆玉麟一听，见附近走路的只有李青林一个女的，便快步追到李青林前面拦住，说："对不起，请你转去一下，到学校去谈几句话。"李青林气愤地说："大白天拦住我做啥子？我是过路的，跟你到学校谈啥子？走开，我要赶路呢！"漆玉麟立即蛮横地说："你不愿转去也要转去！这是大白天，又不是晚上，叫你转去谈几句话，有啥子关系？"李青林机警地找了理由去贺家院子，但还是没能摆脱特务的纠缠。特务押着她出来，经过学校时，学生们一见喊起来："李先生，钟点过了啊，快给我们上课吧！"

多么幼稚的可爱的学生啊！李青林再也无法否认自己了，她深情地回头看了看学生们。

李青林被捕了，被特务们押着由明镜滩搭船，到万县城时已是下午6点多钟了。到了中统万县区特委会，她痛苦地知道，不仅涂孝文、雷震被捕了，而且江竹筠和由她发展入党的车坝德胜镇第二中心学校年轻的女教师黄玉清也已先于她被抓捕到了这里！

5

江竹筠其实是有机会脱险的。6月13日夜里，她回到两层桥宿舍，得知雷震奇怪地连续两天没有回家，她心中一惊，料定雷震被捕了。当时，她便做好了离开万县的准备。

说走就走，自然就逃脱了劫难，也是地下斗争中经常发生的事。然而，江竹筠却从来都是以大局为重。直到这种危急时刻，整整一夜，她还是考虑着不能只顾了自己，而把有可能暴露的同志们丢下不管。

天快亮了，她匆匆给成都四川大学的同学赵锡骅写了一封信，诉说了自己对川大的想念，问当时川大的斗争形势，问自己回川大行不行，若是回校，待不待得下来。然后，她谨慎地来到法院，抓紧时间处理紧要的事宜，并拜托川大的同学、法院推事廖威将写好的信转给川大的赵锡骅。

转眼中午就过去了，还是没有雷震的消息，心中不妙的推测更加肯定了。匆匆吃了午饭，趁同事们午睡了，她悄悄从法院出来，准备去和成银行找地下党交通员李承林给隐蔽在龙驹坝区公所开安普客栈的地工委委员兼忠（县）丰（都）石（柱）南岸工委书记唐虚谷紧急带信，告知近日万县的异常情况，让唐虚谷特别警惕，布置可能暴露的同志们赶紧转移。缓步下完法院街的石梯路，刚踏上一马路，突然听到有人喊她："江竹君！"

那声音熟极了。她回头一看，竟然是重庆市委副书记冉益智！重庆情势正紧张，他怎么突然来了万县？而且，就在大街上这样喊自己的名字？她立时警觉起来，问道："你怎么来了？"

冉益智支支吾吾地说："三哥……嗯……老王他叫我来找你……"

她一听更觉不对劲。"三哥"就是川东临委书记王璞，这冉益智不是个没经验的党员，怎么违背党的纪律在大街闹市谈党的事，而且直接说到王璞？这个冉益智肯定出问题了！

江竹筠不再理睬冉益智，赶紧往前走去，想摆脱这个可能要出卖自己的家伙。谁料，冉益智立即原形毕露地伸开双臂冲到前面拦住了她。她气极地一把推开冉益智，怒斥道："光天化日之下，你想干啥子？"话音未落，两个身穿便衣的特务一拥而上夹住了她:"江小姐,对不起,我们公署二处的雷科长和左组长正四处找你,劳驾你安静地一起去一趟。"

环城路十字街的佛兰西旅馆离得最近,特务们把江竹筠先秘密关在这里。江竹筠紧急分析着:除了冉益智,万县是谁出了问题?自己到万县后,与重庆的联系断得很彻底,虽然与谭竹安通着信,可他并不知道自己住在哪里,信都是通过他人转寄或到邮局自取信箱拿的呀?如果自己是偶然被冉益智这叛徒碰上被捕的,可冉益智并不知道雷震,雷震怎么比自己还先落入了魔掌?是谁叛变出卖了雷震?种种的疑团一起涌到了江竹筠的脑海里。

几个小时后,天黑了。特务们把江竹筠移送到富贵巷中统万县区特务机关特委会。当她被推进一间小屋,看到李青林、黄玉清、陈继贤已被关在这间屋子,她大吃一惊,顿时什么都明白了。她悄悄靠近黄玉清,低声说:"小黄,看来是涂孝文叛变了。你的关系只有我和他知道……考验我们的时候到了!记住,不要承认自己是党员,不能牵连任何人,不要多说话,不管敌人信不信。而且,我们要寻找机会揭穿叛徒,让没被捕的同志们知道是谁变节了,使其余的同志安全……"李青林、黄玉清、陈继贤听了,无声地点头。

黄玉清

他们不知道,此时重庆来的特务在万县特警的配合下,已经全体出动,按照叛徒冉益智、涂孝文出卖的名单,正在万县城进行疯狂的大逮捕。和成银行协理、地下交通员李承林在聚兴诚银行赶场时,与唐慕陶一起被秘密逮捕了;从新四军部队秘密转移到万县准备武装斗争的李明辉,在环城路也落入了魔掌;连从云阳来搞联络的刘德彬也没能幸免……特务们还同时兵分数路,去开县逮捕下川东地工委委员兼开县县委书记杨虞裳和县委组织委员荣世正等;去龙驹坝逮捕地工委委员唐虚谷及夫人张静芳等;去湖北宜昌逮捕宜昌特支书记陶敬之等……涂孝文和冉益智的叛变,使万县地区的党组织遭受极大破坏,所有下川东地工委委员都没能脱险。

然而,乡下的基层党组织却基本上安然无恙,因为叛徒涂孝文平时高高在上,不了解下面的情况。叛徒冉益智此时竟然奴颜媚骨地献计对雷天元说:"涂、雷、李、江都抓到了,下一步只能从李青林、江竹君身上榨油了。江知道武装游击队的情况,李晓得乡下基层的情况。江这人我晓得,臭硬。我看呀，先拿李青林这女人开刀！"

当晚，江竹筠、李青林、黄玉清3个女同志，都在中统万县特委会受了重刑，但特务们什么情况也没得到。审讯李青林时，雷天元一边叫手下用刑，一边逼李青林交待乡下党组织和江竹筠的情况，李青林只是说："我一个教书的，备课上课都忙不赢，哪还有时间跟校外的人来往？我不晓得哪个啥子组织不组织的。哪个姓江的？我不认得她，她也不会认得我……"雷天元恼羞成怒，命令特务陈林、黄纯清把李青林架上了老虎凳，一块一块地加砖。加到第三块时，肥胖的陈林故意使劲，凶残地向李青林的两腿之间狠塞，只听"咔"的一声，李青林的右腿被折断了，顿时昏死过去。尽管如此，李青林仍未吐露半点党的秘密。

关在男室的刘德彬等人，不时听到江竹筠、李青林、黄玉清受刑中的怒骂声。后来，一切平息了，只听特务们边走边无可奈何地说："这几个女人真是硬得很，整死不开腔，那个姓李的家伙腿都撬断了，他妈的还是不说……"几位女战友坚贞不屈的精神，激励了被捕的男战友，面对着特务的酷刑逼讯，他们全都咬紧了牙关。

当天深夜，雷天元向重庆的处座徐远举报告了在万县的重大收获。徐远举原本准备亲自到万县的，一听抓捕到了这么多共党，尤其是涂孝文已招供了，便命令雷天元将已经刑讯了的江竹筠等12位地下党员连夜押解重庆。

6

6月15日凌晨，雷天元等特务按照徐远举的指令，押着江竹筠、雷震、李青林、李承林、李明辉、黄玉清、刘德彬、黄绍辉、陈继贤、唐慕陶、石文均、涂孝文12位被捕的受过刑讯的中共党员，秘密乘船去重庆。

开往重庆的民贵轮停在万县对岸，乘客必须乘小木船渡过河才能上轮船。木船上，江竹筠与刘德彬碰面了。刘德彬因为拒不承认是共产党员，没有什么组织，特务因此把他绑扎得特别紧，痛得他满面流汗。江竹筠一见心疼极了，对押解的警察说："把人绑死了，你们也不好交代！"她摸出匿藏的仅有的一块银元悄悄塞给一位警察，朝刘德彬努努嘴，低声说："给他松松绑吧。"警察得了钱，便去向特务请示，果真给刘德彬松了绑。

看到特务们拖着断腿的李青林走，江竹筠又忍着自己的伤痛过去扶李青林，斥责特务们没有一点人性。同志们看到江竹筠这种时候还如此关心同志，内心都敬佩不已，而特务们更觉得这位姓江的不是个好对付的女人。

　　上了民贵轮，特务们将12位被捕者押到顶层的特舱大餐间，与乘客和船员隔离开来。他们两人一对一对地连拷着，坐在甲板上，你看看我，我看看你，互相鼓励着，个个正气凛然。唯有涂孝文垂着头，做贼心虚地不敢与大家对视。一会儿后，冉益智抱着一条毛毯进来了，按特务的指引睡在餐桌上。江竹筠已经知道冉益智是叛徒，看到涂孝文的模样，她顿时肯定涂孝文是一丘之貉了。这两条疯狗，到了重庆又将咬多少同志？江竹筠心焦地想：该如何把消息传出去，让重庆的党组织晓得出了这两个非同一般的大叛徒？

　　灵机一动，江竹筠向特务提出要解便，要求出舱去卫生间。回来时，她向大家眨了眨眼，大家立即心领神会，纷纷效仿。在船上的两天，他们一对对戴着手铐出特舱走动的次数一多，果然引起了船员和乘客的注意，相互传播、揣测着这些特殊犯人的身份，后来甚至拥挤着设法到窗口来窥视。

　　江竹筠见第一步计划实现了，大餐间舱外有人好奇地在窥探，便果敢地从甲板上站起来，对着一脸络腮胡子的涂孝文怒骂起来："你这条狗！乱咬人呀？平白诬陷别人是共产党！害了这么多人！都说共产党里个个铜头铁脑，哪个偏偏出了你这个有奶就是娘的软骨头的东西？狗！狗！疯狗！你没得好下场的！"

　　"楼上大餐间关着共产党啦"这消息很快传遍民贵轮，更多的船员和乘客找着理由到顶层来看，背地里议论纷纷。6月17日中午船抵重庆千厮门码头，乘客们下船时还在边走边议论：

　　"那个穿蓝旗袍的女人，看着长得文文静静的，可骂那个络腮胡出卖了人时真厉害，骂得络腮胡一声都不敢吭！"

　　"是呐！哪个不恨叛徒呀！你瞧从万县抓来的这十几个共产党，都豪气得很，戴着手铐都满不在乎。共产党真是不怕死呢！"

　　"也有怕死的，你瞧见那个络腮胡了吗？"

　　"哪个没看见？蔫样儿，真像条狗一样。不过，这样的人少，好像也就一两个……"

　　码头上接客人的一个地下共产党员一听，心里咯噔一惊，远远地看着船上最后下来的十几个人果真戴着手铐，被便衣特务们押着，顿时心焦，立即去报告了当时在重庆负责的临委负责人邓照明。

　　"络腮胡"显然是涂孝文，"蓝旗袍"显然是江竹筠！万县出问题了！邓照明马上进行了紧急安排，以防重庆地下党组织继续因出了涂孝文这样的大叛徒而遭受损失。

江竹筠却不知道自己的目的已经达到了，仍在关心着自己的同志和组织的安全。上岸后，他们12人被囚车解送到老街二十二号西南公署二处，稍停便又继续开往"中美合作所"杨家山。

夜色渐渐浓了。解送的特务与监狱特务交接过程中，对被捕的人松弛了看管，趁洗脸之机，江竹筠悄悄靠近刘德彬说："涂坏了。转移到重庆的杨建成他们，你通知了吗?"刘德彬点点头回答："我让刘本德给他带信去了，说商行经理已到别的地方去了，别再回去，就地找亲友，生意暂停。我想他们会明白的……"江竹筠的脸上顿时有了笑意，一颗压着块石头的心终于轻松下来。

傍晚，特务们暂且留下了涂孝文，江竹筠等则全都押往歌乐山渣滓洞监狱。一场持久的生与死、正与邪、硬与软的人格与信念的搏斗，开始了……

第二十一章　监牢考验得了谁

改名示志,脚镣巧脱,"江姐"这一尊称诞生了。任你酷刑拷打,任你威逼利诱,该笑还是笑,该唱依旧唱,生孩子照样生,监牢里祭悼烈士一样撼天动地……江姐和难友们啊,凭什么如此坚强乐观地与叛徒特务周旋较量?

1

歌乐山坐落在重庆西北郊，常年林木苍翠，烟霭浓浓，遇风逢雨便万籁齐鸣，丛林松涛清响，因而得了这样一个美名。然而，就是这样一个美丽的地方，却被国民党经营成了一个鲜血淋淋的魔窟——方圆4平方公里的"中美合作所集中营"。

其实岂止这四平方公里？抗战时期这个合作所近40里的区域都不允许外人进入。4平方公里范围的集中营只是抗战后的一个阴森恐怖的'神秘特区"，里面电网密布，岗哨林立，进出必须有特别通行证，还印制了专供里面使用的钞票，对外壁垒森严，连走错路误入其中的3个中学生都不放出而最终招致杀害！

重庆中美合作所集中营旧址外貌

集中营主要由白公馆、渣滓洞两所监狱和几处秘密旧室构成。白公馆监狱原为四川军阀白驹的别墅，一楼一底的住房改为牢房，地下储藏室改为地牢，防空洞则改为刑讯室，关押的都是属军统认为"案情严重"的政治犯，最多时犯人多达200人，抗日爱国将领黄显声以及共产党人宋绮云和夫人徐林侠、孩子"小萝卜头"等都关押在这里。几处秘密囚室原为地主宅院，关押的都是"重要政治犯"，与世隔绝，重兵把守，其中的黄家院子关押过廖承志，红炉厂关押过叶挺将军，而杨家山秘密囚室则关押着杨虎城将军及夫人谢葆贞。

渣滓洞监狱原为人工采煤的窑工宿舍，因渣多煤少而得名。这里三面环山，一面临沟，地形隐蔽，配有一个连的武装特务看守，一挺机枪就可以封锁整个监狱。这里分成内外两院。内院关押犯人，中间是一个放风坝，进门处是两间平房女牢，对面是一楼一底的16间男牢，关押的主要是1947年"六一"大逮捕要犯和以后华蓥山起义失败后被捕者以及《挺进报》案、万县案、小民革案中的被捕人员，最多时高达300余人。外院则是特务办公和拷打审讯犯人之地。外院墙上写着专供特务们自己看的标语"命令重于生命，工作岗位就是家庭"、"长官看不到想不到听不到做不到的，我们要替长官看到想到听到做到"。内院放风坝墙上写着"迷津无边，回头是岸，宁静忍耐，毋怨毋尤"、"青春一去不复返，细细想想；认明此时与此地，切莫执迷"等标语。

中美合作所集中营渣滓洞监狱旧址

1948年6月17日傍晚，江竹筠等在万县被捕的同志，被特务们押解到了这里。

2

深夜，静极了，只有周围山上的岗亭传出敌特哨兵"梆梆、梆梆"的不时敲打的有规律的竹梆声。江竹筠和从万县一同被捕的李青林、黄玉清、陈继贤被关在女一室，同室的还有3位年纪20岁左右的姑娘曾紫霞和牛小吾、皮晓云。这3位姑娘可靠吗？静夜里，江竹筠暗暗思索着在狱中如何与敌人作斗争，觉得首要的是尽快打探清楚狱中各个难友的可靠程度。

第二天放风时，江竹筠发现了少数熟悉的面孔，最让她惊讶的是看到了川大的女同学李惠明，而且李惠明显然与同室的曾紫霞很熟。瞅准机会，江竹筠和李惠明这两位川大同学凑到了一起，悄声说起了各自的简要情况。李惠明告诉她，自己是与男友、沙磁区学运特支委员张文江去何北衡公馆找上级刘国鋕时，与在何北衡家做家庭英文教师的胡其芬一起被守候在何公馆的特务逮捕的。刘国鋕当时脱险了，但奇怪的是几天后，刘国鋕和他在重庆大学医学院上学的未婚妻曾紫霞却还是被捕了。到渣滓洞后，刘国鋕和曾紫霞表现得都很坚强，刘国鋕受刑最重，是仅有的戴镣铐的两人中的一个。这对情人的关系，狱中难友乃至敌人都知道，受刑后他俩还乐观勇敢地带头大声高唱不怕抛弃头颅的俄罗斯歌曲。后来在一个月前，敌人就把刘国鋕转到山那边的白公馆监狱去了。

据曾紫霞的女儿向作者提供的曾紫霞生前亲笔撰写的独家回忆资料，得知熟悉的战友刘国鋕也被捕了，江竹筠很难过。同室的曾紫霞就是刘国鋕的未婚妻，而且那么坚强，这又让她万分欣慰。放风结束回到女一室，江竹筠就主动与曾紫霞接近，低声而亲切地问候。尽管李惠明已向曾紫霞简单地介绍了江竹筠，曾紫霞也看到了江竹筠与李惠明的接触，但深受被出卖的痛苦的曾紫霞还是习惯性地警惕着。江竹筠微微一笑说："我和国鋕一起做过事，你找了一个好男友哩！"然后，江竹筠讲起了刘国鋕在四川银行经济研究所资料室的那个隐蔽住所的详细情况。那个住所是很少有人知道的，尤其是那间卧室不是上级的同志就不会知道，曾紫霞一听，见江竹筠如此坦率地信任自己，顿时就相信了江竹筠。从此，她与江竹筠建立了不同一般的亲密关系。

"江姐，我就是在那间卧室里，由国鋕介绍、冉益智监誓入党的啊！那时，我只知道冉益智叫张德明，是国鋕的上级，还不晓得他就是市委副书记，

中美合作所集中营白公馆监狱旧址

我对他太信任、太尊敬了，万万没想到在监誓我入党后才一个月，正是这个家伙出卖了国镃和我！"曾紫霞伤心而又极其愤慨地低声说："国镃第一次脱险时，他托六哥到七星岩女青年会找我到成渝铁路局相见，要我无论如何不能失掉组织关系，让我去向上级张德明汇报。我在4月11日下午3点，如约到牛角沱海上居茶馆见到张德明时，他还要我到沙坪坝去通知有关人员转移。我当时还觉得这样的上级真是沉着，心里是那么尊敬他。我在市中区、沙坪坝来回奔跑了两天，发现有特务在我工作的女青年会守候，我就在14日上午9点又到李子坝武汉疗养院跟张德明见了面，他这才要我离开重庆到国镃隐藏的地方去，等候组织派人去通知到底最终转移到哪里。国镃曾告诉我，组织关系比我们的生命和爱情都重要，我怕张德明遗忘了我们的住址，就是荣昌县大东街159号国镃的大姐夫家，还一再要张德明背诵出来，我才放心地离开。江姐，我真是幼稚，我真是傻啊！我哪里料到，才过两天，这个曾深受我信任的领导、入党监誓人，为了苟且偷生、耻辱地活着，就在17日叛变，出卖了已经逃脱虎口的国镃和我，还有那么多同志……"

"我也是这个败类带着特务到万县抓来的，还有一个比他还大的叛徒，就是我的上级、临委副书记兼下川东地委书记涂孝文！"江竹筠气愤地对曾紫霞说，"他们虽然卑鄙无耻地活着，但在我们心里，已经是发臭的僵尸！曾紫，上级叛变,这是对我们事业的最大危害,这是深刻的教训啊!但是,这样的人毕竟是少数,他们不会有好下场的!更多的人是坚强的,我们要团结起来,勇敢机警地跟叛徒斗跟敌人斗,迎接我们的胜利!曾紫,别难过,坚强些!"

见江竹筠这么亲切地称自己"曾紫",曾紫霞深受感动。她是最早入渣滓洞监狱的人之一,情况很熟,经过她的介绍,江竹筠和同室的李青林等很快弄清了狱中难友以及敌特看守的情况。新老难友利用放风等机会消除了相互间的顾虑,并商量着如何与叛徒和敌特周旋、斗争……

3

几天后,敌特开始对新入狱的要犯进行残酷的突击刑讯和"疲劳轰炸"。

涂孝文叛变后,虽然出卖了一些地、县领导人,但对暴动地区的组织领导和乡村基层组织却佯装不知,怕越说越说不清楚反而更脱不了干系,把责任完全推卸在已牺牲的彭咏梧身上。特务头子徐远举知道江竹筠是彭咏梧的妻子和助手,而李青林是负责万县基层组织的副书记后,就特别重视这两个女要犯,命令二处侦防课长陆坚如和司法股股长张界对她俩严加刑讯,妄图从她俩身上打开暴动地区和万县乡村组织的缺口。

女一室最先受刑讯的是李青林。在万县时,她被折磨得断了右腿,肺病又严重复发,已是一副病怏怏的模样。特务们不敢再使用老虎凳、插竹签之类的酷刑,怕弄死了李青林得不到新口供而难以交差,但还是使用了吊打等刑讯。李青林被折磨得昏死了几次,却还是拒不承认自己是万县党组织负责人,甚至连党员也不承认。特务们黔驴技穷,便采取最后一招——把叛徒涂孝文从市区的公署二处带来对质。

一见涂孝文,李青林就横眉怒视。张界指着涂孝文问她:"李青林,你认得他吗?"李青林很干脆地回答:"认得!"张界一喜,立即又问:"你和他是什么关系?"李青林严正地向涂孝文吐了一口浓痰,恨恨地说:"什么关系?仇人!多年以前,我和他在老家泸县教小学时,他追求我,被我拒绝了!这个下流东西,有次还强吻我,被我打了几耳光,他就怀恨在心了。没想到,他现在竟然借你们来报复我!"说着,她逼视着涂孝文问道:"你这个下流东西,说呀,是不是这样!"谁也没料到还未结婚的李青林竟然是这样的回答。涂孝文被她机智的话语和一身凛然正气震慑了,面红耳赤地低头不语,没敢当面证实任何东西……

回到女一室，李青林立即被大家搀扶着躺下，她无力地提醒说："涂孝文来了……对质，大家要……坚强，当心这条狗……"

江竹筠抓紧她的手说："下一个大概就是我了。青林，你放心！"

果然，次日一早，特务们便将江竹筠从女一室提到外院审讯。张界一开始时煞有介事地询问："请问你的姓名？"

"江志伟！"江竹筠鄙夷地瞅一眼答。

"不对吧？我们可是早就弄清了。"张界狡黠地说，"你的真名叫江竹君吧？"

"既然早知道，干吗还要多此一举地问？"江竹筠反诘着，调头看向窗外。正是早晨，初升的太阳俯照着这个阴森的地方，满山层林尽染，依稀有些青翠的竹枝竹叶点缀。这使她不由得想起了故乡自流井屋前屋后的竹林，也想起了另一个字眼"筠"。竹是岁寒三友之一，是她最喜爱的了，而"筠"是竹子的青皮，最具有韧性。那一瞬间，她灵机一动，决定改换自己的名字，以示心志。便说："不错，我叫江竹筠，筠是上面竹头下面平均田地财富的均，你别给我写错了！"

这即兴而改的名字，谁曾料想从此成了一个叱咤后世的英名？

张界见江竹筠这么坦诚，便开始向她作了一番劝降，随之说："今天叫你来，是叫你交代下川东暴动组织的。只要你把组织交了，马上就给你自新……"

"我在万县地方法院当小职员，遵纪守法，不懂啥子组织不组织，暴动不暴动。"江竹筠冷冷地答，"你们不能冤枉人，应该马上放我！"

"你不交组织，怎么会放你？你交出来了，自然就放你了。"张界还是进行套骗劝降，"涂孝文、冉益智、刘国定交了，我们不是很优待他们吗？老实对你说，他们已经交代你的情况了。你还固执啥子？哪个不向他们学学？"

"他们是狗，乱咬人！我是人，学他们做啥子！"江竹筠冷笑着回答。

张界接着一连提了十多个问题，江竹筠一概一问三不知，甚至连彭咏梧都说不认得，后来干脆啥都不回答了。

"你装啥子哑巴？真是敬酒不吃要吃罚酒呀？"张界指着各种刑具说，"你看这些是啥子东西？你到底交不交？"

"我没有组织，你让我交啥子？"江竹筠鄙夷地斜视一眼刑具说，"别说这些东西，你就是马上砍我的头也砍不出啥子组织来的。"

"上刑！给她夹竹筷子！"张界恼羞成怒地喊道。

特务军士一得令，立即拿出一把特备的四棱新筷子，熟练地把筷子塞进江竹筠的几个指叉间，双手紧握筷子两头来回猛夹，等到江竹筠痛得快昏死时就放松，然后慢慢加劲，使人既不能忍受，又不至昏死。其间，张界一边又一遍地逼问，然而江竹筠就是一声不吭。于是，特务军士整了左手又整右手，反复猛夹。

见江竹筠咬紧牙关，痛得满身是汗，张界又逼问："你交不交？"

军士刚一松劲，江竹筠缓过一口气，便痛骂起来："你们这帮狗东西！整断我的手，杀我的头，要命就这一条，要组织，没有！"

"换新筷子！"张界气得大喊。立即，特务军士残酷地在江竹筠的指缝间换上新筷子，一阵猛夹，又一阵转动。

旧伤加上新创，江竹筠终于痛得昏了过去。一阵凉水浇上身，刚一醒来，江竹筠就厉声责骂："你们这群野兽，丧尽天良……你们枉费心机，永远也别想从我这里得到啥子组织！野兽！狗东西！你们得不到，一点也得不到！"

张界气得大喊大叫，又命令军士在江竹筠手指尖上钉起了竹签子……

内院牢房里的难友们，见江竹筠押往刑讯室大半天都没回来，不时还隐隐约约地听见特务们的嚎叫和江竹筠的怒骂声，都撕心裂肺地替江竹筠担心。难友们纷纷议论着，都知道了江竹筠的身份，是川东游击纵队政委彭咏梧烈士的妻子和助手，对她更增了一层敬意和挂念。难友萧中鼎被安排在监狱当贩卖员，可以在走廊和各牢房门外走动，大家就轮流在窗口和签子牢门边守望，翘盼着萧中鼎不时地来报告窃听到的有关江竹筠的情况，焦急不安地担心着她生命的安危。

隐隐地，听到又一阵嚎叫和骂声过去，接着是一阵沉寂。受过酷刑的难友知道，这时的江竹筠肯定又昏死过去了，一颗颗心又提到了嗓子眼上。一会儿后，终于又听见江竹筠的骂声了："你们这些……丧尽天良的野兽！还有啥子……厉害的刑具……统统拿来吧！"听到这骂声的难友禁不住泪水流了出来，却又赫然听到特务在喊："把老虎凳搬来！"隔一会儿，又是江竹筠的痛骂，又是特务凶狠的嚎叫："拿辣椒水……"

整整折磨了一天，各种酷刑用尽，江竹筠却依然视死如归。特务们仍不甘心，最后喊来叛徒涂孝文对质、劝降。哪知，江竹筠一见涂孝文就痛骂："你这条疯狗！乱咬人的疯狗！你还有啥子脸来……你陷害人……你这疯狗！"

涂孝文看着江竹筠被折磨得浑身鲜血淋漓却依然正气凛然，他自惭形秽了，不敢正视江竹筠，说不出一个字来了。张界和陆坚如一个劲地催促，他还是低头不语……

经过一整天的严刑逼供，江竹筠已被折磨得变了形，敌人却没能得到任何有用的口供，只得无奈地收场。黄昏时，江竹筠手上滴着鲜血，溃烂的双脚拖着沉重的铁镣，抖肩撞开特务，艰难地跨过院坝，使尽最后的力气走进内院牢房。18个囚室的难友们早已挤在门口翘望着。一看到她的身影，大家就敬佩地喊起来。

"啊，江姐！"

"江姐"，这个最亲切的称呼，从此成了渣滓洞的难友们对江竹筠的一致的昵称！

4

女一室的牢门被看守一打开，几位女难友就忙不迭地冲出来，将江竹筠抬到室里的床上。断腿的李青林不能走动，着急地说："轻点轻点，别碰着伤口！快给她喂糖水！"

渣滓洞女牢的幸存者牛小吾、曾紫霞（已逝）、李玉钿（已逝）等告诉作者，江竹筠受刑的这一天里，女一室的难友早已想着怎么使她一回来就能减轻一点伤痛，糖水盐水等早已准备了，床也铺得格外精心。曾紫霞抱着她喂糖水，牛小吾、黄玉清赶紧用盐水清洗她脚上手上身上的伤口，陈继贤拿着红药水等待着，李青林爬过来递着已撕好的布条……看着她惨重的伤情和她痛楚而坚毅的神情，年轻的曾紫霞和黄玉清一边照料着一边哽咽泣哭。受刑时都没掉过泪的江竹筠，这时在难友姐妹的怀里却禁不住伤心而感动地哭了，哭着突然骂了一句："特务龟儿子真狠毒！"

几个姐妹为她揩脚时，生怕碰痛她的镣伤，动作轻柔又轻柔。突然间，奇迹出现了。她的脚小得出奇，在角度恰当时，居然可以从上了锁的脚镣中脱了出来！大家一见，顿时惊喜地叫出声来。

从这时起，除了大小便，江竹筠几乎整天都用被子盖在身上，女一室之外的任何人都不知道她在床上时根本没有戴脚镣。当特务进女牢时，早有室友机灵地把她的脚放进铁镣。

当晚，整个牢房里的难友，便自发地秘密展开了慰问江竹筠的活动。男牢的胡春甫、田一平等川西的难友，暗中收集慰问品，连小小的罐头和几滴鱼肝油乃至半个烧饼，都通过萧中鼎转送到了女一室。因为不知道江竹筠的脚已可以脱出铁镣，一位有经验的难友还转来了一件衬衫，附上纸条说明："撕成条，搓成绳，一端至镣，一端挂颈。"……深情的友爱，感动着江竹筠；而江竹筠的坚贞不屈，又一次使整个监狱的难友们无形地有了战胜敌人的巨大凝聚力！

第二天下午，男牢的难友开始轮流放风时，一个个纸团秘密投进了女一室。女难友拆开来，只见全是用竹签子蘸着红药水或自制炭黑写在黄色草纸上的诗和慰问信。

楼二室的男友们写的信最为坦率——

亲爱的江姐：

多次的严刑拷问，并没能使你屈服。我们深深地知道，一切毒刑对那些懦夫和软弱的人，才会有效；对于一个真正的共产党员，它是不会起任何作用的。

当我们被提出审讯的时候，当我们咀嚼着两餐霉米饭的时候，当我们子夜被竹梆声惊醒过来，听着歌乐山上狂风呼啸的时候，我们想起了你，亲爱的江姐！

我们向你保证：在敌人面前，不软弱，不动摇，决不投降，像你一样勇敢、坚强……

读着楼上楼下囚室的难友们秘密送来的慰问信和诗，江竹筠激动得热泪盈眶："同志们太好了，我算不了什么……李青林比我受刑还要重呢……"

她想要给难友们写封回信，可她的十个手指已被酷刑折磨得一动都不能动。她只得自己口述，委托曾紫霞代笔：

……毒刑是太小的考验，筷子是竹做的，共产党员的意志是钢的……

敌人万万没料到，这场酷刑不仅没有令江竹筠屈服，反而让江竹筠以自己的坚贞不屈的榜样力量感染、激励了整个渣滓洞监狱的难友，并且使全体难友坚定了革命意志，形成了空前的凝聚力，在狱中形成了一个互相勉励互相支持的战斗集体。

5

渣滓洞监狱里笼罩着紧张的气氛，不幸的事情令人痛心地接踵而至。

江竹筠刚刚受过重刑，就眼睁睁地从女牢的签子门里看到监狱里新增了一大批难友——下川东地委委员杨虞裳、唐虚谷及夫人张静芳等万县、开县、湖北宜昌党组织中被叛徒涂孝文、冉益智出卖的同志。她和李青林四目相视，恨得紧咬牙关，又都不禁心如刀绞。

此时监狱的男女囚室中，各有一人戴着沉重的镣铐。男牢中住的是重庆市委工运书记许建业，特务们显然把他作为冉益智、刘国定叛变后最重要的男犯，企图从他那里打开破获重庆工运的缺口。女牢里就是江竹筠了，特务们对她施用了酷刑却依然不取掉重镣，显然目的是企图重点从她身上突破，进而破坏彭咏梧直接领导并发动起来的暴动地区的中共组织。

江竹筠清楚特务们的企图。她早已做好了随时接受更重的酷刑考验的准备。她已经不在乎自己的生死了。在牢友们热忱的拥戴和鼓励中，她只是日夜焦急地记挂着下川东危急局势的发展。

渐渐地，虽然看到入狱的新同志不断增加，但陆续入狱的同志中没有熟悉的暴动地区的主要干部，她这才暗暗长吁一口气。根据这种迹象推断，涂孝文、刘国定、冉益智这三个叛徒的危害已被初步遏止了。有那么几天，她和同室的李青林、胡其芬等悄悄地议论分析，心底有了一丝欣慰。

然而，这种欣慰很快被猝然而至的新的不幸一扫而光。7月22日，特务们突然把戴着重镣的许建业和川东梁山农民武装起义领导人李生俊的父亲李大镛，一同押出了渣滓洞。随即，传来的消息是：就在这天，特务头子徐远举和张界把许建业和李大镛押进城里的大坪刑场，公开杀害了！一路上，许建业唱着《国际歌》，高呼着口号，从容就义，感动得万头攒动的山城市民热泪滚滚！

江竹筠和整个监狱的难友们悲痛欲绝，怆然万分。尤其是与江竹筠同囚室的皮晓云、牛小吾两位姑娘，悲伤得近乎呼天抢地。

这两位被难友们亲昵地称为"牛皮"的姑娘，从小至今可谓形影相随。她俩是巴县同乡，同上小学，同在重庆中华女子会计学校肄业，先后同在中央印制厂、沙市纱厂、豫丰纱厂做工，同一天结识许建业，同一天由任达哉介绍入党，同在许建业直接领导下秘密工作，1948年4月6日同时同地被捕，又同日被关押到渣滓洞同一个囚室。而她俩被捕后共产党员身份被特务所掌握又是因为相同的原因：许建业被捕后情急之中出错，敌特设下陷阱在他的住所搜查到了她俩等人的入党自传！

1945年仲春，参加中共中央南方局组织的"民主工人先锋工作队"时的牛小吾（前右一）、皮晓云（后右一），在重庆中央印钞厂与女工、队友合影

偏偏在渣滓洞监狱里，她俩最初与许建业、任达哉被关押在楼上相邻的囚室。许建业坦率地向她俩承认了自己的过失，让她俩很受感动。

可她俩万万没想到，许建业居然是任达哉出卖的！这晴天霹雳般的事实，刹那间击懵了她俩，尤其是皮晓云当即就昏倒了。原来皮晓云已与任达哉恋爱了，并准备结婚。突然间，心目中最敬最爱的男人变成了卑鄙的叛徒，皮晓云哪能接受这样的事实打击？

任达哉不仅出卖了许建业，而且连恋人都出卖了！皮晓云痛苦得没日没夜地哭泣："我啷个没长眼睛？我啷个爱上个叛徒啊！"终于，她病倒了，被送到沙坪坝沙磁医院才抢救过来。当她回到渣滓洞牢房时，曾经长得胖胖的她瘦得让牛小吾不敢相认，一双从前明亮的眼睛也变得失神呆滞了……

许建业的牺牲，激起了难友们暗暗发誓与特务叛徒斗争到底、誓不屈服的决心。然而，心中的创痛犹在，新的不幸又肆虐而至。

时间进入9月份，川东临委书记王璞亲自领导的华蓥山游击队在敌人的重重围剿下，又失败了。王璞壮烈牺牲，像他的好战友彭咏梧一样被敌人割下头颅悬挂在槐树上示众。消息传来，整个渣滓洞监狱的难友沉浸在悲愤之中。想起与王璞的情谊，江竹筠尤其悲伤，刚刚压抑下对丈夫彭咏梧的追思又如潮涌动。在这种悲伤中，她和难友们紧接着就看到一个个华蓥山起义失败中被捕的同志被押解到了这里，而且其中有她特别熟悉的挺着快临产的大肚子的王璞的夫人左绍英、曾经数次危机中脱险过的老战友陈作仪！

一时间，渣滓洞监狱人满为患。仅仅是两间女牢里，就有比江竹筠先进来的牛小吾、皮晓云、曾紫霞、倪俊英、胡其芳、李惠明、熊咏辉、张秀蓉、张秀贞，有与江竹筠同期而来的李青林、陈继贤、黄玉清、李玉钿，如今又不断地添了新难友张静芳、罗娟华、胡芳玉、杨文玉、徐世荣、胡述民、康继英、曾水熙、黄莲生、左绍英、杨汉秀、朱世君、邓惠中、马秀英、彭灿碧、盛国玉等。30多名女同志，拥挤在狭小的两间女囚室里！

这是一个新的集体，一个因相同的奋斗目标而不幸落难的还没有组织起来的集体啊！只有让大家看清黑暗中黎明的曙光，只有让大家拧成一股绳，才有力量与敌人周旋、斗争。已经有丰富斗争经验的江竹筠，这时自觉地意识到了自己在狱中的新的使命。

6

监狱里有任达哉这样的公开的叛徒，也有背景还不清楚的不知意志是否坚定的难友。要分清敌友，判断出中坚分子，无形而有效地把难友们组织团结起来，并不是件容易的事啊！江竹筠很清楚地意识到这一点，她觉得男牢那边固然难以亲自考察布置，就寻机先把女牢发动起来。

狱中，难友间一般都避免谈起相互间的历史和案情，但这并不妨碍大家彼此交流、了解。江竹筠和李青林都经过了残酷毒刑的考验，是女牢中大家最敬佩的人。胡其芬和李玉钿是年龄稍长的女犯，都是重庆妇女运动的领导人，被捕后连党员身份都没承认，尤其是胡其芬曾做过邓颖超的秘书，被捕前是重庆市妇委书记。左绍英是川东临委书记王璞的妻子。张静芳的丈夫是男牢中坚强的下川东地委委员唐虚谷。牛小吾和皮晓云一直很受许建业烈士的信任。李惠明和曾紫霞的男友分别是男牢中大家都很佩服的沙磁特支的张国维和刘国鋕。黄玉清、陈继贤是与江竹筠、李青林一同被捕的战友……女牢里，大家在被捕前不是我了解你，就是你清楚我，像连环套一般。很快，江竹筠就清楚了女难友们各自的可靠程度。

　　重要的是先要让女难友们尽快彼此真诚地相处，消除顾虑，建立起同患难的情谊啊！

　　左绍英的临产成了把大家拧成一股绳的最好契机。大家都知道这个即将在狱中出生的孩子是川东临委书记王璞烈士的遗腹子，尤其关心，关心能否顺利生产，关心产后大人婴儿能否活下来，关心这个烈士的后代能否健康成长。只是为给这孩子取个什么名字的事，大家都很踊跃，各自纷纷发表见解。即将做母亲的左绍英，想起自己和丈夫与彭咏梧、江竹筠夫妇的情谊，就请江竹筠来取。江竹筠想了想，转而对重庆市妇委书记胡其芬说："大胡在邓颖超大姐身边工作过那么长时间，见多识广，我们就请她取名吧，好不好？"性格开朗的胡其芬笑了笑，说："我倒真的想好了两个名字，是男孩呢，叫舒拉，是女孩呢就叫卓娅，怎么样？"舒拉和卓娅是大家都熟悉的、敬佩的两个苏联英雄的名字，大家都一致认同了。

　　江竹筠接着和李青林、胡其芬、张静芳商量，动员难友们设法为左绍英储备食品。风声一放出，难友们又是无一例外地响应。当时，在狱外有点关系的人可以设法送点东西通过西南公署二处转来，可转来的食品，难友们都留下来支持左绍英了。10月份，在张静芳的精心照料下，左绍英顺利地生下了女儿卓娅（即小说《红岩》中的"监狱之花"）。可左绍英虽然很坚强，但情绪终究难好，加上营养极差，奶汁很少。难友们长时间储备的一点食品很快难以为继，连开水都得一次次地向看守讨要，左绍英的奶水没了，卓娅饿得直叫唤……真是心焦啊！女难友们便把各自饭菜中的水和有点营养的东西，一个接一个地自动地送到左绍英面前。

　　卓娅的出生，把难友们的友爱精神空前地激发出来了，再没有了隔阂，再没有了顾虑，大家团结得像一个人似的。江竹筠看在眼里，欣慰在心中。

　　同志间的友爱成了难友们战胜痛苦的一个重要的力量源泉。然而，仅此还远远不够，尤其重要是要让难友们看到生存的希望，满怀热忱地度过这艰难的岁月。江竹筠会打毛线，李青林、张静芳各种针线活都能干，她们就从为小卓娅缝做棉衣裤开始，带动女难友们拆洗翻"新"各自身上又臭又硬的旧军服，教会大家学会了缝缝补补，最后发展到做袜子、织毛衣、绣花，连入狱前什么都没做过的曾紫霞都学会了绣枕头。女难友们一边做着针线，一边在监狱里唱着各种歌曲，情绪高涨时还互帮互教地跳起了舞。歌曲有揭露黑暗统治的《茶馆小调》、《薪水是个大活宝》、《古怪歌》等，有苏联歌曲《囚歌》、《喀秋莎》、《感受不自由莫大痛苦》，有情歌《岂有这样的人不爱他》、《在那遥远的地方》，胡其芬、杨汉秀这两个曾在延安工作的难友还教大家唱起解放区的歌曲《兄妹开荒》、《山那边哟好地方》、《朱大嫂送鸡蛋》等，还自编自唱起了《坐牢怕什么》、文天祥的《正气歌》，并且自己作词谱曲拥有了渣滓洞洞歌：

> 远处有鸡啼报晓，太阳随黎明而到，黑暗已经死灭，这世界已再没有强盗。
>
> 离乡背井的人哪快回家去团圆，被侮辱与损害的人已不再呜咽号啕，艺术家科学家作家教育家，抬起你的头来，为人民的自由幸福而工作和歌唱吧！不再有人捏住你的笔杆、锁住你的嘴巴。
>
> 种过田的总得有饭吃，做过工的总得有福享，挨过饿的不会再挨饿，受过冷的不愁再没有衣裳，坐牢的已不再是革命战士而是那些妖魔鬼怪豺狼虎豹。
>
> 啊……天亮了，远处有鸡啼报晓，太阳随黎明而到，黑夜已经死灭，这世界已再没有强盗！

放风了，女牢的难友们出了牢房进了院坝，江竹筠、李青林、胡其芬3人称病不出，还把曾紫霞、黄玉清留下，几个人一起说着悄悄话。监狱里当时能借阅书籍，女难友们都爱借书看，像《红楼梦》什么的，有人还说过想就此学点文化、懂一点英文。江竹筠就和这几个可靠的信赖的战友相商，决定把女难友们组织起来学习。这个提议当下就获得一致赞同。

学习分了三个方面：古文、英文、政治。胡其芬做过英文教师，虽然身体不好，又没有适合教材，但她仍通过布置作业进行批改的方式，教授曾紫霞等难友。李惠明则充当古文教师，给难友们讲《古文观止》，温文尔雅的她讲解起来不厌其烦，生动活泼。对大家"刁钻"的乃至玩笑般的提问，她也从不着急从不气恼，以至赢得了一个"公主"的昵称。政治学习呢，则分成三个小组，江竹筠与黄玉清、曾紫霞分别做主持人，她们3人拟定具体的学习、讨论内容，请李青林、胡其芬参谋决定。只是没有一本相关的书呢！江竹筠便提出："我们共同回忆，把它默写出来，怎么样？"于是，3个人先把自己记得的东西一块凑出来，用红药水作墨，竹签作笔，写在草纸上，最后请李青林、胡其芬、张静芳等较年长的难友看后补充，然后重抄一遍。江竹筠养成了特殊的记忆力,自然默写得最多,不仅默写出了《土地法大纲》,还默记下了毛泽东的《新民主主义论》和刘少奇的《论共产党员的修养》,令难友们佩服不已。(几十年后,曾紫霞对照《新民主主义论》时,惊讶地发现狱中所忆写出的章节标题竟然完全一样,仅只有一个地方的次序颠倒!)然后,一个组学习时,另一个组就站岗放哨,第三组则做些狱中其他的事,以此循环。学习,不仅提高了女难友们的理论水平和政治素养,而且使女牢的气氛更浓更团结,真正逐渐地组织了起来。

渣滓洞监狱中的数百名难友不再是"各自为政"了,虽然没有建立狱中党组织,但李青林、胡其芬的幕后策划,江竹筠、黄玉清、曾紫霞的前台活动,使男女牢房间形成了一个默契的战斗集体,狱中斗争开始由个别行动发展到有组织的集体规模了。

7

江竹筠一直准备着迎接敌人的再次酷刑考验。然而,她的刑伤痊愈了,敌人竟然迟迟没有再对她下手,反而还把她的脚镣取掉了。江竹筠甚为疑惑:敌人到底要玩什么把戏?

事实上,江竹筠入狱时的坚强已经让敌人对她绝望了。她不知道,在她受到重刑之后,徐远举接到张界的报告,摇头叹息说:"共产党厉害就厉害在这些地方啊!彭咏梧死了,看来江竹筠也死心了,敲不出什么了。"于是,他们放弃了对江竹筠的侦讯,而寄希望于在几个叛徒那里继续扩大战果。

这个时候,叛徒刘国定、冉益智已经成了特务们眼中的红人。刘国定成了军统中校专员,神气活现,带着特务赴上海、南京一带诱捕共产党员,之后又成为川西特侦组长,开始破坏中共成都地下组织,并且编撰《防止中共入川之对策》、《中共在川活动概况》献媚蒋介石。冉益智更加卑鄙、猖獗,被特务组织同样加封为中校专员。他穿着国民党别动队的军服,戴着金板板领章,到处耀武扬威,挖空心思出卖中共组织,效劳国民党,而且为敌特编写《放手政策》、《学生运动》、《乡村工作》、《中共在川活动情况》等反共文件,在特务训练班现身说法,讲授反共课程。这两个重庆市委主要领导人的叛变投敌,不仅直接造成了133名共产党员的被捕,而且给党内包括狱中的同志们心上投下了深深的阴影。

偏偏这时，涂孝文被敌人关进监狱来了。眼见出卖自己和战友的叛徒，江竹筠双眼冒火，与难友们一样恨不得冲过去捏死这个败类。但是，涂孝文是在遭到她和李青林严正责骂后自惭形秽，良心发现，拒绝了保密局给他的"上校专员"的任命，不再出卖组织，被徐远举恼怒地发配入狱的。得知这种情况，江竹筠内心起伏难平。思量过来思量过去，她觉得虽然憎恶涂孝文的变节行为，但徐孝文既然反悔了，从革命的大局出发，为防止地下党组织进一步因叛徒遭到破坏，对涂孝文这样的动摇分子，不应该继续激化矛盾，而应该帮助这种人稳定下来。有一天，罗广斌这个她介绍入党的难友传信到女牢，说与涂孝文谈话，涂表示很难过，很痛苦，很后悔，说错误犯得太大，组织上没法原谅，但他仍愿接受任何处分。罗广斌还问：该如何对待涂孝文？江竹筠深知在狱中通过酷刑考验的不易，便传信表示了自己的观点：欢迎他改过，帮助他，希望他坚守最后防线！

罗广斌与江竹筠有着相同的看法。因此，在后来即便转到白公馆，他和陈然、刘国鋕等一直关心并接济涂孝文，使涂孝文深为感动，再也没有继续出卖别的同志和接受敌特的任务。

8

12月14日突然传来确切的消息：熊咏辉的丈夫、在狱中坚持了七八个月之久的重庆市城区区委书记李文祥叛变了，出卖了6个同志！

李文祥是在刘国定的出卖中，于4月份与妻子一同被捕的，开始关在渣滓洞时表现得很坚强，难友们对他很是敬佩。后来转到白公馆，特务经常把他提到渣滓洞审讯，并让他看望妻子熊咏辉，利用他对妻子的儿女情长不断进行软化，还不时以刘国定、冉益智的"识时务"加以诱降。终于，在坐了8个月的牢后，李文祥叛变了，还在稽押室无耻地表述自己叛变的三大理由："一、我叛变不该我负责，我是上级出卖的；我还坚持了8个月，我交出的名单中的人，他们早该转移了，如果还不走，也不该怪我。二、我只有枪毙和投降两种选择，苦了这么多年，眼看胜利了，自己却得不到享受，太惨了。三、组织已破坏，我只有为自己打算，为妻子着想。"刚一叛变，李文祥就被特务机关任命为上尉。

一个老党员，一个负责干部，已经经受了8个月的考验，怎么最终还是叛变了呢？李文祥的叛变深深地伤害了难友们的心，狱中斗争的热烈气氛霎时变得沉寂，有些人感到特别的丧气。这种情绪笼罩在监狱，使江竹筠等坚强的难友既憎恨叛徒，又特别地心忧。

熊咏辉呢，对丈夫李文祥的叛变从不相信到不得不相信，痛苦得无地可遁。流尽了泪，哭肿了眼，熊咏辉在江竹筠、曾紫霞等人的鼓励中挺直了腰身，给男牢写了一封公开信：

他是他，我是我，他叛变了，我就和他一刀两断，是真是假，同志们看我今后的表现吧！

熊咏辉的态度，立即赢得了难友们的同情、赞扬和鼓励，女难友们围着她劝慰，男牢的鼓励信件和纸条又纷纷传来。熊咏辉感到无比温暖，增添了战胜痛苦的勇气和力量。

然而，祸不单行，前一天刚发生了李文祥叛变的事，次日——1948 年 12 月 15 日深夜，狱中的新四军江汉独立旅三十二团一营三连战士龙光章，受尽酷刑的伤身长期得不到医治，含恨而逝。噩耗迅速传遍全狱，难友们悲痛难抑。江竹筠、李青林、胡其芬等女难友利用各种渠道与男难友商量，决定利用这件事发动一次全狱大规模的斗争，既悼念战友，又振奋士气，狠狠打击特务和叛徒的猖狂气焰，一扫李文祥叛变事件笼罩在难友们心头的阴影！

难友们派出萧中鼎、何雪松等做代表，与看守所长李磊谈判，提出四项条件；一、为龙光章开追悼会，设灵位，会后集体送葬。二、白布裹尸，备棺盛殓。三、改善生活条件，不许虐待政治犯。四、今后重病号一律送医院治疗。

李磊哪能同意犯人的要求？他凶狠地说："这是什么地方？跟我提什么条件！"说罢，不屑一顾地转身就走。难友们被激怒了，当晚在狱中大吵大闹。次日再谈判时，李磊同意了后三条，却怎么也不同意开追悼会。江竹筠等组织者决定发动全体难友使用最后办法：集体绝食！

终于，李磊慌了，怕出乱子了，接受了全部条件。难友们兴奋不已，男牢里准备着悼词，女牢里的江竹筠、曾紫霞等则组织女难友用白布白鞋带制作白花，用树枝、草、桔子皮赶做花圈。

一场监狱史上旷古未有的"狱中追悼会"开始了：难友们抬着早已准备好的花圈从牢房里缓缓来到放风坝。坝正中的祭桌上铺着白布，摆着"龙光章烈士之灵"的灵牌，两边摆放着花圈和楼六室送的挽联："是七尺男儿生为国死，作千秋雄鬼死不还乡"；牛小吾和黄莲生这两位姑娘站在两旁做"殡相"。追悼会上，龙光章的战友致着沉痛的悼词，说到动情处，江竹筠这个最沉稳的幕后策划者也禁不住与难友们一道泣不成声。而看守所长李磊，垂头丧气地不得不也对着灵牌三鞠躬，讲了几句话。当几位难友抬着龙光章烈士的棺木走向渣滓洞外向阳坡安葬时，江竹筠和难友们泪流满面地目送着，唱起了悲壮的狱歌！

烈士的英魂慰藉了，特务的气焰打击了，叛徒造成的沮丧消除了，渣滓洞的难友们胜利了。难友们对这次狱中斗争的策划者之一江竹筠的尊敬和爱戴，又增加了。

追悼会成功了，但叛徒李文祥带给熊咏辉的痛苦却仍在继续——李文祥要接熊咏辉出渣滓洞！

熊咏辉的脸上顿时又满布愁云，焦急地向江竹筠、曾紫霞讨着办法，想留在狱中。江竹筠果敢地劝她："出去一个是一个！哪能因为他留在牢房？只要你自己坚定，什么情况下都能继续革命呀！"曾紫霞也劝道："出去吧！出去总有余地，有机会就离开他跑得远远的，到哪里不能继续干革命工作？"同牢的难友也这样相劝。可江竹筠和曾紫霞耐心地劝导快磨破了嘴皮子，熊咏辉仍然不愿跟着李文祥出狱，她急得哭了："我往哪里躲，往哪里跑？我能去的地方他都知道呀！"

江竹筠和难友们左劝右劝，最后曾紫霞向熊咏辉介绍了一个狱外绝对可靠的同志，她这才同意出狱。可一出狱，她便"下落不明"，连李文祥也无从知道了。

一晃到了1949年1月16日。江竹筠暗暗地记着这个悲痛的日子——丈夫彭咏梧牺牲的祭日。她扎了朵小白花，大清早就默默戴在头上。没想到，男牢中彭咏梧的战友杨虞裳、唐虚谷、陈作仪、刘德彬等同样牢记着这个日子，他们发起全狱难友在这一天停止唱歌，拟出了提纲进行讨论，纪念彭咏梧烈士。甚至连犯过错误、有过变节行为的难友都参加了纪念活动。男楼五室的曾向敌人办过自新手续的袁儒杰，对照着彭咏梧烈士的英雄事迹，热泪纵横地表示愧悔，感激江竹筠、唐虚谷等同志倡议对他这样的人不一律鄙夷排斥，而是真诚地教育、挽救，痛苦地请求大家再拉帮他一把，重做新人。

活动中，男牢的慰问信和颂诗传到女牢了。慰问信写得那么诚挚——

敬爱的江姐：

咏梧同志牺牲整整一年了。人民胜利的消息是令人鼓舞的，这里面有彭咏梧的鲜血。我们将永远不忘。一定化悲痛为力量。祝健康，盼节哀。

何雪松则写了那首著名的《灵魂颂》，代表全体难友献给江竹筠——

　　…………
　　你是丹娘的化身，
　　你是苏菲娅的精灵，
　　不，你就是你——
　　你是中华儿女革命的典型！

得知男牢里举办着这样的悼念活动，接读男难友们这样的慰问信，江竹筠惊诧之余激动不已，立即复信男牢：同志们，我们大家一起来继续烈士未竟的事业！

这一天夜里，江竹筠的心久久难以平静，追忆着丈夫彭咏梧，思念着儿子彭云和幺姐等亲人，盼望着革命胜利的一天早早到来，与曾紫霞说了大半夜的悄悄话。她对曾紫霞掏心地说："我真想云儿呀！不知道他长得啷个样，不知道竹安和幺姐他们是不是娇养他……你说，2岁的他还记得他爸吗？"

她真的不知道，特务们不再刑讯她了，却早已把魔爪伸向了她的儿子彭云，一直企图抓到彭云要挟她交出下川东暴动地区的党组织。狱中的她承受着残酷的煎熬，而狱外的她不能忘怀的人——幺姐，此时带着她的儿子彭云正经受着一次又一次的危难……

第二十二章　幺姐虎口育彭云

无缘相见一面,幺姐怎么已对江姐尽释前嫌?虎口里带着彭云东藏西躲逃避追捕,饱受了怎样的危难?精心地呵护着彭云,怎么对亲儿子那般怠慢?……有苦难言的幺姐啊,善良仁慈的幺姐!

1

幺姐谭政烈独自带着两个孩子——8岁的炳忠和2岁的彭云,在重庆过着艰难的日子。

刚开始时的日子过得还比较安稳。幺姐通过王珍如的帮助,在七星岩女青年会租了间房子,把家安在这里,小彭云也可以白天寄放在女青年会的托儿所。弟弟谭竹安和何理立、王珍如这两个江竹筠最要好的女友常来看望,接济一些钱粮,带彭云上街去玩耍;女青年会的冯万一这些职员又是他们的朋友,对幺姐和孩子也很照顾;加上幺姐自己带来了一些积蓄,生活还勉强过得去。偶尔,幺姐还带着小彭云应邀到夏家山何理立家等地方走走"亲戚",初到大都市的幺姐并不感到怎么紧张和孤独。

善良而深明大义的她,已经理解了丈夫彭咏梧和江竹筠另外结合这件曾令她痛苦莫名的事。自从3月间在弟弟谭竹安那儿看到了江竹筠从万县写来的那封称她为"不能忘怀的人物"的信,她对出生入死的江竹筠更平添了敬佩和亲切感。她因此更加精心地抚育彭云,唯恐对不住江竹筠的信任。

有一天,隐蔽在重庆胜利大厦电影部当会计的王珍如,又来到托儿所看望小彭云,不无发现了一幕令她惊诧的情景:一个5岁多的大孩子正欺负2岁的小彭云!她正焦急地要跑过去劝开,只见小彭云先是一声不吭地嘟着嘴,突然间反抗起来,拳打脚踢嘴咬,硬是把那个大孩子打哭了,然后站在一边乐哈哈地笑……王珍如心惊地赶紧跑过去,板起面孔问他:"云儿,你做啥子打人?"小彭云两眼望着她,倔强地一声不吭。心疼地看着这个已失去了爸爸的孩子,王珍如既怜又爱,便点着彭云的小脑袋亲昵地说:"你呀,还蛮犟呢,像你爸爸妈妈一样勇敢有骨气哩!"

王珍如把这件事告诉幺姐,善良的幺姐连忙拉起小彭云的手问他为什么那样。彭云一昂头:"他打我,是大灰狼!"幺姐连忙给他讲道理:"云儿,人家是小朋友,不是大灰狼。对小朋友要友爱,不要打架。"彭云却还是嘟哝着:"他打我,我都不还手呀?"王珍如一听,心里乐了,嘴里却还是劝导说:"还手可以，但别那么凶嘛！"

哺育小彭云的乐趣，就这样充满了幺姐在重庆最初的生活。然而，这样安逸的日子并没有持续多久。

来到重庆不过两个月，1948年4月，《挺进报》事件发生了，叛徒刘国定、冉益智等人的告密使重庆地下党组织遭到严重破坏。何理立被组织上通知连夜撤离山城，王珍如则接替了何理立没能完成的任务：打探出何理立的丈夫仲秋元等被捕的同志押在何处，并设法营救。

照应着幺姐和孩子们生活的这两个江竹筠最要好的女友，一个突然离开了山城，一个忙得不可开交，使幺姐一下子感到了生活的孤独。而整个重庆此时风声鹤唳，不时传来谁被捕的消息，大街小巷经常游荡着一些贼眉鼠眼的人，幺姐带着两个孩子既担心着同志、亲人的安危，又忐忑不安地提防着厄运会降临到自己和孩子们的身上。

夏天的一个下午，幺姐抱着彭云从张家花园绕大弯回家，刚走到私立孤儿院，忽然里面走出一个女人，凶狠地叫喊："嘿！那不是彭云吗？"幺姐大吃一惊，她认识这个女人，知道这个女人的丈夫是个坏蛋！她忙用草帽将彭云的头一盖，朝前飞奔。那个女人一边喊着，一边在后紧紧追赶。抱着彭云的幺姐跑到一个岔路口，情急之中一下钻进路旁的夹竹桃丛中。小彭云不知发生了什么事，以为妈妈摔倒了，一双小手挥掉草帽，张口就要哭喊，幺姐急忙用手捂住彭云的嘴，一颗心惊悸得怦怦乱跳，两眼一眨不眨地紧盯着追过来的那个女子和随后赶来的特务。终于，特务和那女人朝大路追过去了。幺姐长呼一口气，却依然良久不敢抱着彭云走出夹竹桃丛。

特务做啥子要抓彭云？难道出了什么不幸的事情？

猜测很快就被证实。夜里，弟弟竹安急匆匆地从大公报社赶到女青年会，进门就说："幺姐，竹姐被捕了！出了叛徒！特务们要抓彭云！快清点东西，我领你和炳忠、云儿躲到别的地方去！"

云儿妈妈被捕了？幺姐一听，头皮一炸。她一直渴盼着江竹筠快点回来，把养得白白胖胖的彭云亲手交给江竹筠。情急之中，幺姐惊愕之余来不及细想，胡乱地把要带的衣物用床单一裹，和弟弟谭竹安一人抱起一个孩子，匆匆出门。

从这天起，幺姐带着小炳忠和小彭云这一双儿子，开始了躲避敌人追捕的动荡生活。

2

哪儿才是个安全的隐身之处呢？

幺姐带着两个孩子，先是躲到弟弟竹安的朋友冯万一家里住了一段，随后又在沙坪坝到牛角沱之间的李子坝乡间租住……时而栖身郊外乡野，时而隐藏偏僻小巷。

江竹筠被捕了，特务们做啥子还要抓2岁的彭云呢？难道对小孩子也要斩尽杀绝？刚撤离女青年会时，很少经历过这种残酷情势的幺姐还不明白其中的缘由。

弟弟谭竹安这样向她作了解释："邦哥（彭咏梧）和竹姐是到乡下组织武装暴动的，那里游击队的组织情况只有竹姐这个联络员最清楚。敌人抓到了竹姐，对竹姐用尽了酷刑却得不到啥子有用的口供，就企图抓住云儿，迫使竹姐就范，破获游击队暴动地区的党组织……"

幺姐明白了。惊愤之余，她对江竹筠更加敬佩，同时记挂着没有一点下落的彭咏梧的安危。她还不知道彭咏梧已经牺牲，竹安弟和何理立、王珍如一直向她瞒着这个噩耗。她深知保护、抚育好彭云对党的事业的重要性了。因此，从逃难开始，她把自己的名字改成了谭正伦，带着一双儿子巧妙机智而又提心吊胆地与特务周旋，从这里搬到那里，躲过了说不清次数的劫难。

每躲避搬家一处，上学的小炳忠就跟着换一所学校，每所学校都只上了两三个月。有时撤得急了，幺姐也顾不得上学未归的亲儿子炳忠，抱着小彭云撒腿就跑。幸亏小炳忠已经懂事了，而且机灵，这样的突发事件经历得多了，年仅8岁的他已经懂得如何寻找失散了的妈妈和弟弟。

有一次，小炳忠放学回家，发现妈妈带着弟弟彭云又突然撤走了。他一下傻了眼。想向邻居打听，又不敢。眨巴着眼睛，他想起了妈妈的嘱咐："炳忠，万一妈妈带着弟弟突然走了，一定是发生了啥子不好的事。你要当心点，莫乱向人打听。你就躲在附近，等妈回来找你。要是妈没回来，你就自己去找舅舅。记住了吗？记得舅舅的地方吗？"

小炳忠不再惊慌了。他记得舅舅谭竹安在校场口旁的大公报社上班。于是，他沿途七问八问，一双小脚走得打了不少血泡，天黑时终于找到了舅舅。

幺姐带着彭云隐蔽在弟弟竹安狭窄的单身宿舍，正泪流满面地惊骇无措地想着失散了的炳忠，突然看见竹安推门进来，身后钻出一个小孩子，大叫着"妈"扑过来。幺姐一愣，看清是小炳忠时，一把搂将过来，嘴里唏嘘着："儿呀，你莫忌恨妈只顾着弟弟撇下你没管呀，弟弟的命比你还苦啊！"那一刻，幺姐一声声地唤着儿子，小炳忠和小彭云一声声地喊着"妈"，相拥着哭成一团，让谭竹安看着也跟着潸然泪下。

幺姐就这么把小彭云的安全和成长比亲生儿子的还看得重。对炳忠她可以疏忽一些，对小彭云却是须臾不离照顾得无微不至。江竹筠在狱中那么坚贞不屈，她哪能有丝毫的闪失愧对江竹筠，给革命造成损失呢？

尽管如此，在东躲西藏的动荡生活中，小彭云还是出了麻疹，连续高烧几天，又哭又闹又尿身。那时的孩子最怕最难过的就是"痘麻关"，照料中有个闪失不仅会造成残疾，还会有生命之虞呀！开始的整整三天三夜，幺姐不敢合一下眼，之后又精心地护理了十多天，实在困了，也只是伏在床边打个盹而已。白天里，怕生火烤尿布、晒衣服引起特务注意，幺姐顾不得损伤身体，天天把湿尿布湿衣服贴腰缠上，用体温烘干，再给彭云裹上穿上。结果，幺姐从此染上了严重的风湿病。

小彭云的麻疹终于好了，但留下了后遗症，居然不会说话了。幺姐急得团团转，喊来弟弟竹安相帮把孩子抱去医院诊治，却仍不见好转。想到有一天如果竹筠出狱了，孩子却不能叫"妈妈"，幺姐心中真是痛苦得无以名状。邻居家的孩子活蹦乱跳，大声地又唱又叫，而小彭云在家里问她要个什么东西时，憋红了小脸也说不出个完整的意思。她常常因此搂着小彭云泣不成声。怎么办？怎么办啦？该怎样才能治好小彭云的病啊！

有一天，偶然看见彭云与邻居孩子一起玩耍时，说清了一两个字眼，幺姐的心咯噔一怔，随之大喜。可是，回到家里，一天，两天，小彭云却还是说不出话。欣喜之后却是失望，这种折磨简直让幺姐痛不欲生。

难道云儿说清那一两个字眼只是偶然？也许在与小孩子一起玩耍时能够……不管行不行，有一点点可能，也要试试！

幺姐把邻居孩子天天接到家里与彭云做伴玩耍，试着各种法子逗彭云说话。一天天过去，幺姐耐心地引导着。终于有一天，小彭云恢复了说话的能力！

有惊有险地，幺姐带着两个孩子躲避到了1948年的深冬。有一天，王珍如寻上门来看望。她是通过竹安得知幺姐的新住址的。许久未见，小彭云居然还记得王珍如，亲热地叫"妈妈"。结果，两个做"妈妈"的都异口同声地应答了。幺姐和王珍如相视一笑，都乐了，一齐搂着小彭云亲了又亲。

拉着家常，不知不觉说到狱中的江竹筠了，两个人顿时黯然失神。沉默了好一会儿，王珍如这才对幺姐说："她在牢里，要是知道你这儿这么艰难，还把云儿带得这么好，不知道该多欣慰哩！"幺姐脸上的愁云却还是难以尽散，回答说："难点没得啥子，这里跑那里躲也没得啥子，我就怕孩子生病。要是有个三长两短的，她出来时，我啷个向她交待呀？我真的是天天在盼着她快点平安地出来啊！"

谁不盼望江竹筠能早日出狱团聚呢？王珍如一听，只觉鼻子发酸发胀，泪水在眼眶里涌动。她在心里默默地说：江竹啊江竹，你要是出狱了，能亲眼看看云儿这可爱的样子，能亲耳听听逃难一般艰难带着云儿的幺姐说的这番话，那该多好啊！

3

1949年1月初，幺姐带着两个孩子又躲回了七星岩女青年会。越是危险的地方也许越安全，何况女青年会里不少职员都很进步，暂时躲在这里一时不会发生什么意外。

突然有一天，马上就要临产的林梅侠来到这里，与幺姐碰上了面。林梅侠是陈作仪的妻子，陈作仪与彭咏梧多年前在云阳、奉节时就是好战友，而林梅侠的哥哥、地下党员林向北又与谭竹安相熟，是谭竹安的入党介绍人，因此大家都是彼此知根知底，何况陈作仪给江竹筠、彭咏梧做过长时间的交通员，感情非常深厚。这种关系的两个女人一相见，自然特别地欣喜。

1997年6月，林梅侠、周西平以及林向北、谭竹安先后接受了作者采访，据他们回忆，当时林梅侠是从华蓥山下来的。重庆《挺进报》事件发生后，林向北、林梅侠兄妹和陈作仪都跟着川东临委书记王璞，去上川东搞武装暴动了。华蓥山游击队起义失败，陈作仪不幸再次被捕，被关进了江竹筠所在的渣滓洞监狱，林向北回重庆负责接应起义失败撤回的同志的组织工作，林梅侠也就从巴县马北坪幼儿园教师的掩护岗位上撤了回来。马上就要生孩子了，却还没个安全的隐蔽住处，林梅侠挺着大肚子，脸上是掩饰不住的痛苦和焦虑。

见到了幺姐，林梅侠便问道："我快要生了，就在这几天。不晓得在这青年会能不能住，安全不安全？"

幺姐一听，很是焦急："你还没个落脚铺呀？这里可能不行，我都没打算多住哩！我给竹安打个电话，看他有没得好办法。"

这天是1月9日。谭竹安接信马上就来了，对她俩说："这里不能住！梅侠，我明天带你去一个地方！"次日，谭竹安果然来到女青年会，让林梅侠先不要带行李，马上跟他走。幺姐很不放心，问他要把梅侠带哪里去，竹安说："你们两个挤在一起，多一天多一分危险，目标太大。我先把梅侠带到冯万一家里，让她跟冯妈妈暂时住一晚……"幺姐还是不放心，焦急地说："我看梅侠这几天要生了哩，竹安你可要安排好呀！要是坐月子没得人照料，就让我跟着去吧？"林梅侠听了，感激得不知说什么好。

第三天早晨，谭竹安来到冯家，将林梅侠接到了小龙坝聂家山何理立家。何理立撤离重庆后，家里只有何母和她弟弟。何家并不宽敞，也不富裕，不过有两间正房和一间厨房。虽然早已与何母相熟，但谭竹安仍不便向何母讲明林梅侠的真实身份，毕竟何母老人家的思想还不是像她女儿何理立那么进步开明，他只能对何母说："她是我好朋友的爱人，在城里教书，没得房子住。这两天就要生孩子了，偏偏我那朋友又在外地。就想在你老这里租间房子住，也想请你老帮助照应照应。"说着，谭竹安给了何母一块银元。何母收下了，也就同意了。

两天后，林梅侠快要生了。观念比较传统的何母怕邪气，林梅侠也理解，就搬进了厨房。厨房里灰尘那么多，又啥子都没带，林梅侠一想起狱中的丈夫陈作仪和腹中的孩子，就悲从中来。

1月13日，在何母的照料下，林梅侠顺利地生下了婴儿。哥哥林向北在谭竹安的陪同下来了，在何家挂了红布，又给了妹妹10块银元，请邻居吃了顿喜事饭。

让林梅侠惊喜且感激的是，次日幺姐竟然真的来照料她坐月子了。幺姐的心是那么细，不仅找了个工人从女青年会搬来了林梅侠的行李，而且还不知从哪儿弄来了管用的药品，居然还有云南楚雄的白药哩。她是带着彭云一起来的，就和何母住在一起。刚一放下东西，她就忙开了，帮林梅侠母婴洗擦、敷药，包孩子，煮吃的，娴熟而又细心，没一刻闲着。小彭云在屋里跑来跑去。竟然还帮着妈妈递尿布，不时跑到厨房床前看看婴儿，用稚嫩的声音喊着"弟弟，弟弟"，让这个临时之家充满了乐趣。

谁料，在何家刚刚住了10天，机警的谭竹安突然发现了一个意外的危急情况：隔壁屋最近几天住进的一个女人是一个特务的三姨太，这特务明天就要回来了!

这特务是偶然住到这里的,还是来盯梢的?幺姐很焦急,梅侠正在坐月子,没有满月按规矩是不能挪窝的。竹安急急忙忙去找以做生意作掩护的林向北商量对策去了,幺姐留在何家心急如焚,还一点都不敢把这事儿吐露给梅侠知道。

终于,林向北派人来接抹妹林梅侠了。听到大家马上要走,何母很是惊诧:"啷个说走就走?还没坐满月子呢!是不是怨我让她住厨房?我也不讲啥子规矩了,让她母子住到正房来,不走总可以了吧?"幺姐连忙解释:"老婶子,你莫多心了。她是在城里找到房子了,照应起来方便些……"

就这样,林梅侠母婴只得就此与幺姐分别,冒险到了哥哥林向北所隐蔽的住处歌乐山,与后来成为林向北岳母的"双枪老太婆"陈联生住在一起,尔后,在南岸弹子石大石坝租了一间房,隐蔽下来。

幺姐呢,带着炳忠和彭云又回到了女青年会。她不忍再把小彭云送到托儿所了,时时刻刻带在身边。炳忠和彭云长得很相像,牵着手进进出出很亲热,都一口一声地叫着幺姐"妈妈",人们又总是看到幺姐对小彭云格外地疼爱,谁也看不出这两个孩子不是一娘所生。可是住了一段时间,幺姐还是发现了不对头的征兆:有陌生的人探头探脑,询问小彭云的妈妈到底是谁。

只得再次急急忙忙地搬家了。

4

1949年春天,蒋介石下野后,李宗仁任了代总统,国共两党恢复了和谈。重庆地下党利用时机,开始设法营救被捕在狱的同志。幺姐虽然只是初通文墨,但在艰难地四处躲避追捕的同时,也关注着形势的发展,渴盼着这恐怖的岁月早点结束,狱中的同志能一个个地被营救,彭云妈妈江竹筠能早日出狱回来。

有一天,碰见了王珍如。王珍如兴奋地悄悄对她说:"我已经打探到何理立的爱人仲秋元的下落了!我还到行辕二处去探望过秋元了呢。我们正在设法营救,也许能把秋元和江竹他们救出来哩!"幺姐一听,高兴得几天都睡不着觉。

王珍如不可能把事情的进展都清楚地告诉幺姐。何理立撤离重庆后,受托的王珍如便从地下党的掩护处——安平人寿保险公司拿了几封介绍信,到处打探仲秋元的消息。仲秋元既是地下党员,又是民盟成员。他先在重庆生活书店工作,1941年第二次反共高潮中生活书店遭到严重摧残,周恩来便决定对生活书店作三线安排,仲秋元等人就来到中华职业教育社创建了国讯书店,领导这里的地下工作。不幸的是,在抗战胜利后的国民党新的反共高潮中,仲秋元被捕入狱,长时间下落不明。通过各种努力,王珍如不仅打探到仲秋元被关押在西南公署二处,而且居然争取到去二处探视仲秋元。那一天,她带着一盒凤尾鱼来到公署二处,看望了仲秋元。此后,仲秋元被关进了渣滓洞监狱,与江竹筠成了狱中难友。于是,每隔半个月,王珍如便通过关系转送给仲秋元一些吃的用的东西,希望能改善一些仲秋元和江竹筠的狱中生活。这时,国共新开和谈,民盟中央积极营救狱中同志,已经使入川主持西南军政的张群同意释放一批民盟成员。王珍加参加了这次大营救,事情的进展使她喜不自胜,碰见幺姐,她就忍不住吐露一点人们正在众说纷纭的好消息。

1949年3月30日黄昏,仲秋元等21名民盟成员离开了渣滓洞监狱,幸运地得到了营救。幺姐从报纸上看到这消息,打心眼里替江竹筠的好友何理立高兴。那一晚,她在小炳忠和小彭云面前一反常态地乐呵呵的,隔一会儿就自言自语:"江竹啊江竹,你也快回来了吧!"两个孩子不明白地问江竹是谁,幺姐就说:"是你们的一个亲人呢!"

幺姐很想能再见到王珍如,打听点有关江竹筠何时能出狱的情况。遗憾的是,王珍如突然从她和谭竹安的视线中消失了。

原来,仲秋元虽然出狱了,住到了他哥哥家调养身体,但两面三刀的国民党并没有放松对他们这些出狱的人的暗中监视,而且限制他们离开重庆。到了4月20日,国共和谈破裂,形势再度吃紧,国民党特务又开始大肆抓人,地下党组织便想方设法尽快使这些出狱的同志撤离,以免再受牢狱之灾。王珍如领受了新的任务后,找到她曾做过家庭教师的上海银行经理李其猷家,通过李其猷为仲秋元买到了从重庆到上海的飞机票。5月初的一天,仲秋元终于乘飞机离开了重庆,借道上海,与夫人何理立一同到了香港。为防止仲秋元的离开使王珍如受到特务的迫害,组织上决定王珍如同时撤离。仲秋元离开的次日,王珍如便也从重庆去了广州,再转到香港,在三联书店与仲秋元、何理立夫妇会合了。

幺姐哪能知道发生了这样的变故呢?她担心着王珍如的安危,更记挂着江竹筠,日甚一日地期盼江竹筠也能像仲秋元一样出狱归来。可是,随着重庆局势的再度紧张，她明白江竹筠出狱的机会越来越少了。但是，她心里还是常常虔诚地祈祷：江竹啊江竹，你在牢里可要坚强地活着，等到解放军打过来把你从牢里放出来呀。云儿不能没有你这个亲妈妈，他还不记得有你这个亲妈妈呀。幺姐我真的也好想能见到你，等解放了跟你一起和到现在也没得一点下落的庆邦团聚啊！

5

特务们仍不死心地在继续搜捕江竹筠的儿子小彭云。东藏西躲没地方可去了，幺姐只有带着两个孩子搬进重庆中山公园里的培才小学。

这是所私立学校，校长喻斯骏和谭竹安一样，是地下党外围组织——中国职业青年社社员，学校的民主进步气氛不错。虽然住在地下室很窄的楼角里，雨天外面下大雨，屋里下小雨，嘀嘀嗒嗒地漏个不停，但住在这里毕竟相对安全，至少会少些被人出卖的危险。

炳忠就在培才小学里上学，幺姐可以一门心思地照料彭云了。她不能外出做工，生活费用暂时全靠弟弟竹安接济，日子虽然过得紧巴巴的，但也苦中有乐。吃饭就在学校伙食团打饭，她想着法子弄了个小煤油炉，隔三差五给小彭云开点小灶，把个小彭云养得胖墩墩的，而亲儿子炳忠却长得精瘦精瘦。洗的衣服就晒在阳台坝上，这阳台很大，可容二三十个学生做操。小彭云常常跟样学着做，惹得大家忍俊不禁，学校的进步老师常常怜爱地揪着他胖乎乎的脸颊逗耍。幺姐看着，心里充满着说不尽的快乐。

但是，有一天，小彭云在阳台坝上玩耍着，突然跑进屋来，一个劲地向她嚷着要爸爸，童稚的声音急迫而带着哭调："妈妈，我的爸爸哩？哪个别的小朋友都有爸爸，我就没得呢？爸爸在哪里？在哪里？妈妈，你快叫爸爸回来嘛！我要爸爸！我要爸爸！"

幺姐听得一愣，随即泪水就涌出了眼眶。她何尝不希望彭咏梧快点回来，出现在自己和孩子们身边啊！从1941年那云阳的一别，她就再也没见过彭咏梧了。她只知道彭咏梧搞武装暴动去了，可这么长时间没有一点音讯。她一直惦记着彭咏梧的安危，常常担心得夜不能寐。向弟弟竹安问起，竹安总是一问三不知。她想竹安肯定向自己瞒着什么，想咏梧打游击随时随地都有生命危险，就曾逼着竹安问："竹安，你不要瞒我！你邦哥是不是有了三长两短……"竹安被问得急了，有些生气地回答说；"幺姐，你啷个老是这样问？我真的不晓得呀！邦哥要是遇难牺牲了，组织上不是早通知我们了？你莫老是往坏处想，好不好呀？"幺姐听了，终于相信了，心里就一直存着彭咏梧有一天胜利归来团聚的希望。她压根儿就没想到，弟弟竹安怕她听到噩耗承受不住打击，真的是隐忍着难言的巨大悲痛一直瞒着她啊！

如今，小彭云这样问起爸爸，她该如何回答？到重庆这一年多时间，她带着两个孩子这样东藏西躲，身边没有个丈夫，唯恐人们怀疑，就编造了这样那样的假情况隐瞒丈夫的真实背景。刚开始，人们问起时，她说自己的丈夫被日本人的飞机炸死了。这么一说出口，她马上就后悔了，觉得这个借口很不吉利，况且小彭云明摆着是抗战胜利后出生的。她一直对任何知道内情以外的人说彭云是自己亲生的小儿呢。于是，她便又改口，说自己的丈夫做生意，不晓得做到啥子地方去了，不晓得是找不到自己人，还是不想管自己和孩子了。小炳忠也曾像彭云一样这么问过她，刚开始她还像上面那样搪塞，后来就对懂事而内向的炳忠说："炳忠，妈晓得你很懂事。以后，莫再向妈问这样的事，好不好？妈心里……苦呀！"

这会儿，听着小彭云急迫的询问，看着小彭云渴盼的眼神，她不禁悲从中来，又一次牵动了心里一直强压着的苦楚：庆邦，你在哪里？啷个还没有一点消息？幺妹我心里苦，小云儿的命更苦，你晓不晓得他妈妈江竹身陷牢狱啊？

"小云儿，你有爸爸，你爸爸是一个很勇敢的人，是一个在想办法让我们过好日子的人。"幺姐泪流满面地对小彭云说，"只是，你爸爸他走了很远很远，我们又老是搬地方，一下子，他找不到我们啊！"

小彭云却仰着小脸问："那啷个小朋友说我没爸爸，我爸爸死了呢？"

刚巧，这时小炳忠回来了，听到了弟弟的话。他懂事地牵起弟弟的手，说："云儿，你不要老是缠着妈问七问八的。你这样问，这样说，搞得妈心里不好过，都哭了哩！"

幺姐一听，百感交集，一下搂着两个孩子，忍不住号啕大哭。她心里的悲苦承受得太重大久，再也压抑不住了。

炳忠虽然懂事了，小云儿却还在懵懂之中，他要是晓得我不是他的亲妈妈，他还会问出什么样令人难以回答的话呀！江竹啊江竹，原谅幺姐我不能向你的亲儿子提到你，我把小云儿当我的亲儿子看待，不会让他受一丁点委屈的，可你也快点从牢里出来呀！不管那时我啷个样和你说清和庆邦的事，那都不重要，要紧的是我把小云儿完完整整地好好地还给你……幺姐恸哭着，苦想着，真想此时此刻能找个人痛诉一番。

其实幺姐不用哭诉，弟弟谭竹安完全清楚她的苦楚。姐夫彭咏梧已经牺牲，他的牺牲固然令人悲痛万分，但也让谭竹安曾经觉得到时难以处理的彭咏梧、江竹姐、幺姐这三个亲人间的关系不再成问题了。如今，解放军到处都打着胜仗，谭竹安最关心的是江竹筠在狱中能坚强地活着，活到解放，活到顺利地出狱，与幺姐和孩子们团聚，一起过上平安幸福的日子。只有到那个时候，姐夫彭咏梧的噩耗才能向幺姐和孩子们公开啊！

6

9月的一天上午，谭竹安正独自在大公报社资料室里清理资料，突然推门进来一个陌生的面色苍白的年轻姑娘。问明谭竹安的真实身份，姑娘对他说："我叫曾紫霞，刚从渣滓洞狱中出来。江姐给你写了一封信，我把它缝在号衣袖子的棉花中带出来了！"

谭竹安大吃一惊，继而欣喜不已，连忙从曾紫霞手中接过信，迫不及待地读起来——

竹安弟：

友人告知我你的近况，我感到非常难受。

两个孩子给你的负担的确是太重了，尤其是现在的物价情况下，以你仅有的收入，不知把你拖成什么样子。除了伤心而外，就只有恨了……我想你决不会抱怨孩子的爸爸和我吧！苦难的日子快完了，除了这希望的日子快点到来而外，我什么都不能兑现。安弟，的确太辛苦你了。

我有必胜和必活的信心，自入狱日起（去年6月被捕），我就下了两年坐牢的决心，现在时局变化的情况，年底有出牢的可能。蒋王八的来渝，固然不是一件好事。但是不管他如何顽固，现在战事已近川边，这是事实，重庆再强也不能和平、津、穗相比，因此大方的给它三四月的活命就会完蛋的。我们在牢里也不白坐，我们一直是不断地在学习。希望我俩见面时你更有惊人的进步。这点我们当然及不上外面的朋友。

话又得说回来，我们到底还是虎口里的人，生死未定。万一他作破坏到底的孤注一掷，一个炸弹两三百人的看守所就完了。这种可能性我们估计的确很少,但是并不等于没有。假如不幸的话,云儿就送你了,盼教以踏着父母之足迹,以建设新中国为志,为共产主义事业奋斗到底。

孩子们决不要娇养,粗服淡饭足矣。幺姐是否仍在重庆?若在,云儿可以不必送托儿所,可节省一笔费用,你以为如何?就这样吧,愿我们早日见面。握别。愿你们都健康!

来人是我很好的朋友,不用怕,盼能坦白相谈。

竹姐

八月廿七日

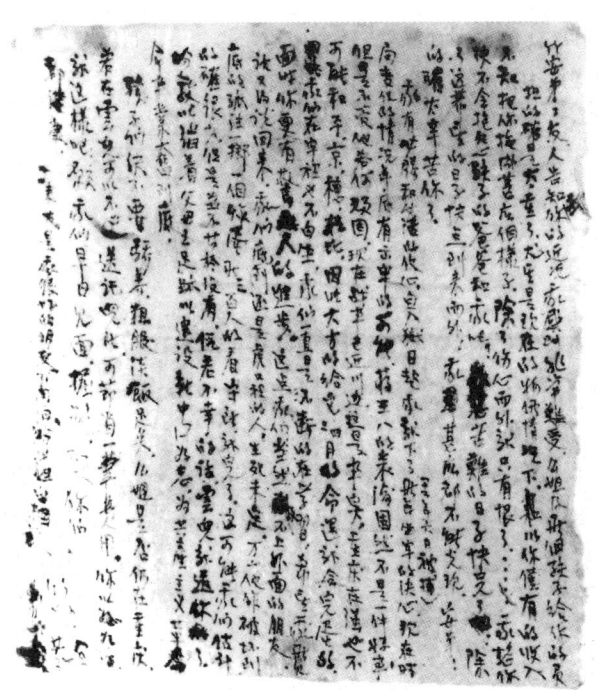

1949年8月27日,江竹筠在渣滓洞监狱由女友曾紫霞带出的用竹签蘸棉灰水写就的《狱中致谭竹安书》。

谭竹安一边读一边流泪。

"竹姐哪个晓得我们的情况呢?"谭竹安抬起泪脸,问曾紫霞,"她在狱中……好吗?"

"她在牢里很好。特务没有再对她用刑审讯了,她的身体没病,很坚强。

她把我们都暗地组织起来了,一边学习,一边跟特务和叛徒做斗争。我们还争取了看守呢,所以能通过一些渠道沟通牢里牢外的消息。"曾紫霞见资料室里没有别人,很信任地对谭竹安说,"现在,牢里牢外都在配合营救他们的工作,你有啥子消息要带进去,我能设法办到。大家都很敬重、爱戴江姐,都晓得她和老彭有个叫云儿的孩子。她在牢里很想念云儿……云儿好吗?是你带着,还是幺姐?"

竹安素来谨慎,但看曾紫霞这么坦率,江竹筠信中又那么说"来人是我很好的朋友",就毫无顾虑地向曾紫霞介绍了自己和幺姐带养彭云的情况,两个人推心置腹地谈了很久很久。

曾紫霞离开后,谭竹安心情久久难以平静,把江竹筠的狱中来信看了一遍又一遍。身在狱中,竹姐仍然那么乐观,那么坚强,那么像以往一样关心着自己的进步,这让谭竹安感慨万千:做人就要做竹姐这样的人啊!

思量良久,谭竹安觉得应该把这件事告诉幺姐,让幺姐高兴高兴。他立即去培才小学。一进那楼角屋,他就兴冲冲地对幺姐说:"幺姐,竹姐还活着!她托人带回一封信呢!"

"真的?信呢?"幺姐迫切地问。

竹安把紧藏在内衣袋里的信掏出递过来。幺姐接过急切地看着,看一段就抹一下泪眼。看到信上说"年底有出牢的可能"这句话,她自言自语道:"年底就能出牢,好哩,好哩!"可看到"假如不幸的话,云儿就送你了",又不禁泣不成声……这封信,让她看清了江竹筠高尚的人格和坚强的革命意志,看到了这个革命者纯洁的儿女情怀,内心里对江竹筠又增添了新的敬意。

幺姐和竹安一起,带着彭云去照了张相,让竹安托曾紫霞设法带给狱中的江竹筠。

7

到了10月间,解放军在前线节节胜利的好消息通过各种渠道一个接一个地传来,都说很快就要打到重庆来了。幺姐眼见重庆的气氛一天天紧张,物价飞一般地上涨,大街上人们行色惶恐,特务们四处疯狂地活动,就知道那些传闻的消息不是假的,越发精心地守护着彭云。

这时,林梅侠在南岸大石坝那边又暴露了,带着半岁的孩子投奔过来,和幺姐一起大小5个人挤在一间楼角屋里。狭窄的小屋里顿时没个转身的地方。但是，林梅侠的到来，毕竟有了个说知心话的人，幺姐很是高兴。

白天里，幺姐和林梅侠都不敢轻易出门，怕遇上什么意外，就待在屋里悉心待弄孩子，拉些家常。她俩共同的话题总是那么多，谈彭咏梧、江竹筠、陈作仪三个革命者的情谊，谈怎么把同在渣滓洞狱中的江竹筠和陈作仪营救出来，谈两个不幸的孩子，憧憬江竹筠和陈作仪有一天出狱归来时看到不认识他们的亲儿子时是个什么样的情景。不能出门，要买什么东西时，就只有让谭竹安买好送来。到了晚上，林梅侠常要出去做营救活动，跟着哥哥林向北一同离开学校。刚开始时，林梅侠还带着孩子，后来幺姐知道了她出门做啥子，就主动提出给她带着，好让她没有后顾之忧。

让林梅侠最感叹的是，幺姐那么节俭，自己和炳忠连一点荤菜都舍不得沾，却常常在小煤油炉上弄些好吃的单独给小彭云吃。有一回，幺姐弄了一小碗肉片汤，彭云没有吃完，剩下的她以为幺姐会给炳忠吃的，可到了炳忠放学回家，餐桌上却仍是泡菜。到了第二天，那剩下的肉片汤，幺姐还是热好了给彭云吃。林梅侠感叹着对幺姐说："幺姐，你对云儿真是太好了！江姐要是晓得你这样，她不会同意你对云儿这么偏心哩！"幺姐回答说："这哪叫偏心？云儿底子薄，该补一补。你想，江竹要是回来，看到云儿瘦猴子似的，我哪有脸面见她呢？"

不光是林梅侠亲眼目睹了幺姐对彭云的特别呵护，这时，谭竹安已经交了女朋友，叫李熙明，一个很清秀的姑娘，在郊区黄沙溪小学教书。只要是星期六，李熙明这个未来的舅妈就来培才小学看两个小外甥，教炳忠做作业，逗小彭云玩，常常夜里就跟幺姐和两个孩子挤在一起睡。两个孩子总是缠着她问东问西，亲热地甜蜜蜜地提前喊她"舅妈"，让她乐不可支。幺姐也特别喜欢这个未来的弟媳妇，每到星期六下午，总是和两个孩子一样翘盼着李熙明的出现。来得多了，来得经常了，李熙明越来越明显地看到幺姐偏爱小彭云。只要小彭云一眨眼不在幺姐身边，幺姐就慌慌张张地喊叫；"云儿！云儿！"谭竹安很沉稳，一直没向李熙明详细地介绍过家景，以致李熙明一直不知道彭云的真实身份，长时间蒙在鼓里，以为两个孩子都是幺姐亲生的呢！所以她只是以为，幺姐跟许多普通人一样偏心最小的孩子。

后来，李熙明看不过眼了，替小炳忠打抱不平，就对幺姐说："幺姐，你啷个老对云儿偏心眼哩！炳忠懂事了哩！"这一问，没想到把幺姐问得陷入了沉思，愣怔了好一会儿，自言自语地说："不晓得小云儿妈妈何时出得来……"李熙明听得一头雾水,不解地问:"你说啥子?小云妈妈?小云不是你生的?"幺姐喃喃地回答:"竹安没告诉你呀?反正迟早你要晓得的,小云儿不是我亲生的,他是你们姐夫后来的爱人生的。云儿妈妈是个可敬的人呢!"李熙明大吃一惊,忙问:"云儿这个妈妈在哪里?云儿晓得吗?"幺姐长叹一口气,说:"不晓得……"

李熙明没有再细问了。

40多年后,李熙明在重庆接受作者采访时,她的丈夫谭竹安刚刚去世不久,她深情而伤感地说,那时,她想竹安和幺姐没有告诉她详情,定有不便细说的缘由。她出神地望着啥事不知、在一边快乐地玩耍的小彭云,心想:幺姐这么偏爱云儿,一定不只是因为善良仁爱,云儿的那个亲妈妈肯定是个令这一家人特别敬重的好女人!

她回头看幺姐时,只见幺姐仍怔怔地看着云儿,两眼已涌出了泪水……

不久,轰隆隆的枪炮声中,一个具有历史意义的日子——1949年11月29日来到了,重庆解放了!大街上,人们敲着锣,打着鼓,放着鞭炮,唱着歌,跳着舞。培才小学里,幺姐搂着虎口余生的小彭云兴奋地说:"云儿,我们出头了!你妈妈就要回来了!"

小彭云惊奇地偏着脑袋问:"妈妈,你不就是妈妈吗?我哪儿还有一个妈妈呀?"

"傻孩子,我不是你亲妈妈。你的亲妈妈叫江竹筠,她是一个女英雄呢!"幺姐怜爱地抚摸着彭云的头说,"走,我们找你亲妈妈去!"

幺姐背起彭云上了街。新生的重庆街头,到处是红旗和鲜花,到处是欢庆的人群。3岁多的小彭云从没见过这样欢庆的场面,到处东张西望,伏在幺姐的背上又喊又叫:"妈妈,我那个妈妈在哪里呀?像那个女解放军一样吗?好神气呀!她会唱歌吗?会跳这样的舞吗?"

"会!会!那叫秧歌舞。"幺姐兴奋地说,"你亲妈妈看到你时,不晓得多高兴呢,她会抱着你跳舞呢!她认得你,她手上有你的相片呢!"

听说歌乐山的监狱里跑出不少人,幺姐特别兴奋。她背着彭云,到红岩村,到几个"脱险同志登记处",甚至到磁器口……到处找江竹筠,逢人就打听。她多么希望没有见过面的江竹筠突然出现,从她背上亲手抱过彭云啊!可是,这第一天,却没打听到江竹筠的一点消息。夜里回到培才小学时,幺姐累得瘫一样地跌进屋里,见弟弟正焦急不安地等着他们,她劈头就问:"竹安,你有江竹的消息了?"竹安说:"没有。你带彭云哪里去了?让我好一阵急……"幺姐瘫在床上，已经没有力气多回答什么了。

一连3天，幺姐都背着彭云上街去寻找、打听江竹筠。她从街上带回好多好吃的食品，回到家时又把江竹筠留下的衣服找出来，洗晒得干干净净，预备着江竹筠回来时好好团聚。她一直期盼着江竹筠突然间出现。然而，苦苦地寻找了3天，仍然没有江竹筠的消息。幺姐急了，一遍遍地在心里呐喊："江竹啊江竹，你在哪里？我把你的衣服都洗好了，我把好吃的东西都准备好了，都胜利了，你啷个还不回来呀！"

第二十三章 | 就义前的生命最后岁月

前所未闻,搞了一场狱中春节大联欢?反其道而行之,成功地进行了对敌特的策反?替看守做针线,算不算屈服变节?神机妙算,怎么建立了与狱外党组织的联络线?越狱计划,就这样意外流产?馈书赠物,柔情仁爱还是如此缱绻。就义前的生命最后岁月里,江姐的故事鲜为人知而又令人怦然心动!

1

"我们在牢里也不白坐!"

这是江竹筠在托转给谭竹安的信中所说的一句话。这句话意味深长地很准确地概括了江竹筠和难友们的狱中生活和精神状态。

1949年的春节很快就要到了。难中作乐的江竹筠和难友们,通过一系列的暗中组织学习、联络、做针线和唱歌跳舞等活动,已经形成了超常的凝聚力。元旦前后成功举行的"龙光章烈士狱中追悼会"和"彭咏梧同志牺牲一周年悼念活动",更使难友们备受鼓舞。在这春节降临之机,是否再组织一次活动,既震慑特务们,又激励难友们呢?

江竹筠和狱中几个组织者正暗中积极策划时,两件令人振奋的事情发生了:第一件事是,解放战场上国民党军队节节败退,蒋介石下野,代总统李宗仁要求与共产党和谈;第二件事是,皮晓云的堂兄有一个同学在特刑庭任法官,通过关系在1月下旬将皮晓云和牛小吾这两个渣滓洞的"未决政治犯"提到特刑庭审讯,随即在2月初交保释放了!

两个大家信任的难友出狱,和谈又开始了,难友们获得营救的希望岂不是增加了?一时间,渣滓洞监狱里,难友们欢欣一片。江竹筠、李青林、曾紫霞等女牢的难友与男牢的难友组织者迅速联络,决定趁势组织一次狱中春节大联欢!

据狱中幸存下来的曾紫霞、李玉钿、胡春甫、张坤碧、牛小吾、刘德彬、屈武和黄茂才等人回忆说,那几天,一张张秘密联络的纸条,迅速通过女牢传到各囚室,难友们很快准备起来。男牢各室的难友开始拟写各种春联,赶制各种相互赠送的礼品如黄泥精制的围棋、象棋、跳棋、纸壳扑克牌等,有的用香烟纸盒制出贺年卡,有的用罐头上的广告牌纸写上贺词,楼二室的余祖胜甚至做出了雅致的五角星、纸箭、小红心。江竹筠、曾紫霞、胡其芬等则在女牢里赶紧排练起扭秧歌来。

1949年2月10日——新春正月初一终于来到了。清晨,渣滓洞牢门外15

瓦的狱灯还闪着微弱的灯光，岗亭上响着"梆梆梆梆"的竹梆声，男牢一室突然响起嘹亮的《国际歌》，女牢男牢的其他三百多难友随即合唱起来，顿时汇成一股不可遏止的洪流。平时很少唱歌的江竹筠，这时也忘情地和大家一起唱了一首又一首，唱得是那么兴奋，那么酣畅淋漓。歌声在狱中整整持续了一个早晨。

紧接着，各个囚室开始了互赠新年礼物，女牢里接到的特别多，让江竹筠和女友们都爱不释手。当一排排热气腾腾的稀饭桶排到了放风的院坝、狱卒打开各个牢门时，各牢室的难友们便忙个不停地用稀粥将零星的草纸粘成长条春联，等吃罢饭，在值日看守开门提饭桶的那一瞬间，大家就迅速地把春联牢牢地贴在签子牢门的两边。

吃罢午饭，看守所长李磊回家中团年去了，看守长徐贵林也带着妻儿进了城，当班的正好是江竹筠、曾紫霞、李青林已经暗中争取倾向革命的少尉看守黄茂才。江竹筠与曾紫霞悄悄一阵耳语后，曾紫霞和胡其芬、杨汉秀便大胆地向走到牢门外的黄茂才提出："黄值日官，今天是新年初一，我们想表演文娱节目联欢，请你行个方便，开门大放风吧！"

黄茂才见两个上司不在，顺势答应了。顿时，女牢一片欢呼。虽然狱中看守和警卫连在大门外增加了岗哨，高墙的铁丝网上架着子弹上膛的机枪，但难友们的大联欢还是热热闹闹地开始了。

男牢女牢的牢门都打开了，楼下八间囚室前的台阶上坐满了人，楼上的人围着栏杆，表演则在下边的院坝中。最先表演的是男牢的难友们。牢四室表演了精彩的"空心筋斗"，表演者翻身腾空旋转360度，一个筋斗又一个筋斗，形成一个长长的抛物线形队，从院坝这边翻到院坝那头。接着楼五室的七八个人围拢来站成一个大圆圈，五六个人踩着别人的肩膀叠起了罗汉，一层又一层，最上面的难友手执自制的红旗，舞得哗啦啦作响，借此侦察到了墙头上特务架设的电网设施情况……精彩的节目一个接一个。

最后，女牢的表演终于开始。在延安学习和战斗过的杨汉秀穿着褪色的列宁服，抱着"监狱之花"卓娅，先绕着院坝向大家拜年；随即，合着欢快的歌声，踏着轻盈的舞步，一群浓妆艳抹的女难友登场了。江竹筠平时苍白的脸上这时布满红云，曾紫霞在脖子上围了一条鲜红的小围巾（并非像一些史料以小说《红岩》为依据记述的那样"头上扎了一团火一般的红蝴蝶结"）——这是男友刘国鋕留给她的唯一纪念物——跳舞，受刑拐了腿的李青林喜气洋洋，连年过半百的邓惠中也手里提着个空豆瓣筒当成了腰鼓……她们把狱中所有最耀眼、最漂亮的东西如花衣服、绸被面等都当做道具、服装拿了出来，在院坝里跳起了排练了多次的整齐、优美、动人的秧歌舞，整个院坝里爆发了激情的大合唱："正月里来是新春，赶着猪羊出了门，猪呀羊呀送到哪里去，送给那英勇的解放军……"

谁能看得出他们是囚犯呢？欢乐使女犯们全都成了天使，使男犯们全都成了王子，春节大联欢把整个狱中的难友的战斗豪情空前地激发出来。

难友们欢欣，敌特却万分惊恐。李磊和徐贵林回到渣滓洞得知囚犯举行了春节大联欢后，感到女犯们与男牢的联系太危险，恼怒地封闭了女牢牢门，在女牢后边另开了一扇新牢门，在这新牢门外一块几平方米的土坡坝上放个尿罐，再也不让女犯进渣滓洞院坝了。

然而，这怎么就能完全卡断女牢与男牢的联系？看守们正封着牢门时，江竹筠和曾紫霞等人悄悄一商量，在看守还没堵完门时，机智地在一个地方用小木块垫上；看守堵完门一离开，她们就把木块取出，将这个小洞作为男女牢联络的孔道。而且，她们还在靠天花板顶的墙边留了一条钉着交叉木板条的两尺高的通气带，有什么事儿要与男牢通气，她们就站在双人铺上同在墙外台阶上散步的男难友悄悄地通话。

你有魔招，我有对策，一堵墙哪能阻碍难友们在狱中联络斗争呢？江竹筠、李青林、曾紫霞等女难友，不但继续联络着男牢的难友们，而且大胆地把狱中斗争开展到了一个新的领域：策反敌特，与狱外党组织联系！

2

特务们千方百计地引诱软化囚犯，还在为使李文祥这样的共产党要犯终于叛变高兴的时候，万万没想到，狱中的江竹筠等居然反其道而行之，早就暗暗地进行着策反敌特的工作，而且卓有成效。

最早策反成功的是狱医刘石人。还在曾紫霞、胡其芬、江竹筠她们没有来到渣滓洞前，中校医官刘石人就来到了这里。他医术不高明，对人态度也不好，但这人却有点人道主义精神。渣滓洞的第一个女犯人周香泉怀孕而且身体不好，刘石人曾代她送信出狱，并接济她。胡其芬、曾紫霞、李惠明入狱不久，周香泉就获释出狱了，临行前向曾紫霞她们介绍了刘石人的情况。曾紫霞和胡其芬一商量，胡其芬便试探性地请刘石人代为转信给狱外的姐姐胡永芬和观音岩济民医院的朱宝粹，刘石人竟然都办到了。这使胡其芬她们万分惊喜。江竹筠等人入狱后，她们便经常地通过看病等形式与刘石人接触，影响刘石人，不仅安排胡其芬长期与刘石人联系，而且看出刘石人对女难友小张很有好感，就鼓励小张装作对刘石人也有好感，经常往来，使刘石人更加乐意帮助她们。利用医官的便利条件，刘石人不仅给多位难友送过信，而且把带入狱中的药品如维生素、鱼肝油等全部发给了有病的难友，利用职权为难友们开出一些应出狱就医或出狱生产的证明。

但是，刘医官毕竟只能做些这方面的事情，能不能把策反工作做到特务和看守身上呢？江竹筠、李青林、曾紫霞等同牢的女难友通过观察分析，大胆地把目光盯到了看守所的第三号人物——少尉看守黄茂才身上。

黄茂才是1948年4月几乎和曾紫霞她们那一批女犯同时来渣滓洞的，之前在成都绥靖公署，既不是老牌特务，又不是重庆敌特亲信，而且他家在农村，是穷人出身。最重要的是，曾紫霞的老家内江白马紧挨着江竹筠的老家自流井大山铺，而黄茂才的家距江竹筠的老家仅20多公里，3个人可以扯上老乡关系。江竹筠和曾紫霞仔细地分析研究了黄茂才的情况后，认为有可能把他从顽固分子中分化策反过来。

有一天，女一室放风时，黄茂才也到了狱中院坝里。江竹筠和曾紫霞趁机跟黄茂才拉老乡关系，没想到黄茂才一听3人的老家相距那么近，很是高兴。曾紫霞借机试探性地拿出一封准备好的极普通的信，请黄茂才帮助转寄给狱外的亲朋，黄茂才答应了。过了些时候，这次试探居然成功了，黄茂才带出去的信有了回音。这件事在女犯中悄悄传开了，有的请他带信出去告知亲属自己被捕的消息，有的请他带点东西进来，有的甚至要求他把东西按某个地址亲自送去。黄茂才不仅都悄悄办到了，而且对女犯们诉说的冤情表现出同情。陆续试探的结果，很让江竹筠和曾紫霞高兴，她俩商量后决定进一步地请黄茂才办一件危险的事——帮助找点近期的报纸来。黄茂才犹豫了一会儿，没有点头。但是，第二天他来到女一室门前时，竟然悄悄地把一卷报纸塞进了女牢。

江竹筠和曾紫霞兴奋地在女牢里搂成一团。从这时起，她俩决定正式对黄茂才进行策反教育。

平常，黄茂才对女犯态度好，对男犯却比较差。有一天，男牢的难友们不知做了件什么犯规的事，黄茂才站在牢门外大声地训斥。当他走回到女牢门前时，江竹筠迎近牢门，对他说："黄值日官，我们这些人并不是什么坏人，有的家里有钱有地位，你照顾些，态度好些，对大家有些照应，如果放出去了，你有什么难处时大家肯定也会帮助你的。俗话说，我为人人，人人为我，有些道理哩。对男牢的人，莫再那么凶了。我这做大姐的老乡，说的是真心话哩！"黄茂才听了，很是感激的模样。这以后，他果真对男牢难友的态度好多了。

黄茂才能听进我们的话了？江竹筠、李青林、曾紫霞三个人一分析，研究起如何把策反工作做得更深入。江竹筠对李青林说："我们反正已经坐牢了，大不了把牢底坐穿。青林，我看可以对他正面宣传了。不这样，局面就难以打开，你看呢？"李青林赞同地点点头。曾紫霞就自告奋勇地说："我先来吧！我和他更熟一些，可以说些道理给他听。"

有一天，还是利用放风的机会，曾紫霞对黄茂才讲起了革命的道理："小黄，你是不是很不明白我这样家里并不很穷的人怎么闹起革命来了？其实，这牢里有许多人家里都是有钱人呢！为啥子呢？因为共产党是为穷人谋幸福的。你家里又不是有钱人，做啥子要去为别人做伤天害理的事呢？这么多有志向的有钱人都在为天下穷人闹革命，你这个没钱没势的人哪个反而还帮着害他们？做人，首先要把道理想清楚，你说是不是？我看你这人其实很不错的，所以才斗胆说这些别人不敢说的话，你不会觉得很不中听吧？"黄茂才连忙说："我晓得，你是为我好，我也正在想这些哩！"

曾紫霞回牢后对江竹筠一说，江竹筠微笑着点头："看来，局面有希望打开了！"过了些天，见曾紫霞与黄茂才接触得越来越经常，黄茂才的表现越来越开明了，寻了个机会，江竹筠也推心置腹地与黄茂才进行了交谈，对他讲起了当前共产党必胜的形势，劝导他："小黄，国民党是垮台定了的，你该好好地为人民做些好事，不然，老这样下去，罪责哪个清除得了。不说跟我们一样闹革命，起码你该认清局势，利用你的条件配合我们做些事，到时自己的前途也宽广些。你说对吧？"黄茂才见狱中最著名的共产党员江竹筠这样真诚地开导自己，很是激动，竟然连声向江竹筠道谢，之后有些担心地说："江姐，我记着你的话。只是，我也不晓得，到时，像我这种身份的人，你们共产党是不是真的能网开一面……"江竹筠连忙向他讲明党的政策，对他说："我们有一句话，叫做既往不咎。你看，连涂孝文这样叛变后又反悔了、不再出卖组织的人，我们不是都不再排斥了吗？你真心为我们做事，我们怎么会不记着你的功劳？你放心，到时解放了，我和曾紫霞亲自介绍你参加新的工作！"黄茂才听了，一激动，居然连手都不知如何放了。

终于，黄茂才这个狱中少尉看守被完全争取过来了。

当时，罗广斌还关在渣滓洞。对于这个自己亲自在西南学院介绍入党的难友，江竹筠很信任，但难友们对罗广斌却并不完全放心。因为，罗广斌的哥哥罗广文此时是国民党第十五兵团中将司令，反共态度极其死硬。罗广斌入狱后，其父罗宇涵曾到狱中亲自劝他悔过；哥哥罗广文不便亲自出面，便让妻子叶尧华来探监、送日用品，摆明向狱中特务暗示对弟弟罗广斌客气些。因此，在狱中，看守所长李磊和看守长徐贵林都对罗广斌另眼相看。在这样一种情况下，难友们哪能一下子完全解除对罗广斌的怀疑和警惕呢？

黄茂才也关注着罗广斌的狱中表现。发现罗广斌其实十分坚强，他对父亲罗宇涵断然说："我决不会写悔过书的，请转告母亲，我如果有什么不幸，就当她没生我这个儿子吧！"

罗广斌的表现使黄茂才十分敬佩，他立即悄悄告诉了江竹筠。江竹筠因此长吁一口气。难友们不再担忧罗广斌经受不住考验了。

也许是为了证实自己的清白，也许是倚仗着有个中将司令哥哥做挡箭牌，罗广斌在狱中利用自己的"身份"大干违反狱规的事，鼓励难友们同特务作斗争，写纸条，传消息，越闹越大胆，还经常带头闹事，公开抗议特务打人。终于，徐贵林恼火了，向看守们下令："你们好生给我盯着他！他再闹，老子就整他，看他能咋的！"

徐贵林这个猫头鹰说得出就做得到。黄茂才清楚这个家伙的凶狠，暗暗为罗广斌捏着把汗，在轮值时悄悄靠近女一室，把这情况告诉了江竹筠。江竹筠急了，对黄茂才说："你赶快通知罗广斌，让他提防一点！"黄茂才照办了。

但是，罗广斌哪里沉得住气？有一天，轮到黄茂才值日时，罗广斌又传递起了纸条，不巧被看守班长俞德新发现了，一把将纸条抢到了手。俞德新正要去向徐贵林汇报，黄茂才抢步过去询问情况后，要过纸条，把俞德新拉到一边问："你打算咋办？"俞德新说："报告徐看守长呀？他打了招呼的。"黄茂才叹口气，关照似地说："你哪个这样没脑筋呐？你想想，如果你报告了，让罗广斌吃了看守长的亏，他姓罗的不恨死你？万一今后他被他哥哥弄出去了，告你一状，你不定会丢了小命呢！我说老弟呀，咱们吃这碗饭也就求个一天三顿饱，求个后路安稳吧！"俞德新听着发了一会怔，随之连连点头："是这个道理，那就放他一马算了！"

黄茂才把纸条捏成一团，趁人不注意扔进了厕所。罗广斌终于躲过了这一劫难。

江竹筠知道这件事后，很是欣慰。看来黄茂才是比较可靠了。她和李青林、胡其芬、曾紫霞一起商量：能不能通过黄茂才取得与狱外党组织的联系呢？能不能依照成功争取黄茂才的经验，把策反工作的对象在狱中扩大呢？

3

渣滓洞监狱严格禁止通信、探监、会客——不管是在狱中还是狱外，而且狱外转来的食品、衣被、药品、现金等一切生活用品，也全都必须经由监狱特务检查转交。自从江竹筠、曾紫霞这些女难友逐步将少尉看守黄茂才争取过来，监狱的这些禁令基本上只剩下探监和会客没有被突破了。但是，仅仅只争取了黄茂才和医官刘石人显然不够。其他特务和看守对难友的管束仍然非常苛刻。江竹筠和女牢的姐妹们一直在思索：怎样才能扩大策反对象，改善难友们狱中的生存与生活环境呢？

突破竟然是从女难友做针线活开始的。

女牢里开始时并没有针线，只是在迫不得已要钉个扣子、补块衣疤时向值日看守借用一下，用过后随即就被看守索还了。针呀线呀剪刀呀这些东西，都是犯人有可能用来反抗或自戕的东西，倘若出了什么乱子可就无法向上司交差了，特务和看守岂能让犯人轻易掌握？

后来，左绍英要生孩子了，女难友们要给婴儿缝制衣裤，借机合法地储存了一些针线，偶尔也能借用剪刀并留用一两天了。趁这个良机，女难友们拆洗翻补了自己身上的破旧军用囚服，还相机给有病的男难友做了几件棉背心。没想到，值日看守见借出了针线剪刀并没有惹出乱子，且本身收入微薄，他们便陆续让女犯给他们缝补点衣物，给新袜子上袜底，乐得占个不给钱的便宜。

特务和看守可是我们的敌人呢，能替他们干活吗？女难友们便向江竹筠、李青林、胡其芬讨主意，问："要是答应下来，算不算变节、为敌特服务呀？"江竹筠很果断地回答姐妹们说："这算啥子变节？这些值日看守不过是普通的看守，而且大都也是穷苦人出身，替他们做这点事没得啥子的。何况，这样一来，我们还可以影响他们、争取他们呢！"

女难友们没有顾虑了，接下了这些普通看守的针线活。果然如江竹筠所料，这些普通看守此后对她们的态度和气了，上司不逼他们时，他们还能随和通融地容忍她们一些犯禁的事。有一个值日看守平时不像其他看守善待她们，来找她们做针线活时态度也很傲慢，丢下衣袜就走。女难友们很气愤，这看守一走，大家就嚷起来："不给他做！反正他找我们干活也是不合法的，看他能哪个凶法！"姐妹们议论纷纷时，江竹筠和李青林交换了一下眼神，李青林就笑着对姐妹们说："治治这家伙也好，但我们也用不着太刺激他。我们也不说不做，可就是拖着不做，煞煞他的凶劲！"结果，这看守来了一次又一次，针线活却老是没做完，他终于明白了是为什么，便找与女犯关系较好的一个看守帮忙通融。江竹筠见火候到了，对接下这活的张静芳笑道："大姐，给他做了吧？"那看守拿到了补好的衣袜，咧嘴乐了，从此对女犯的态度也好了。

替普通看守做针线活，使女难友们与看守的交往多起来，相互之间的关系不再像以往那么僵持生硬了，这些普通看守常能给她们提供一些方便。渐渐地，她们在女牢做针线、打毛线之类的活成了很少有人干涉的事儿，而且活路花样不时翻新，从缝补、上袜底、打毛衣发展到绣花之类。女难友们纷纷向张静芳、李青林、江竹筠这些能干的大姐求教，一时做针线活蔚然成风，连入狱前从没摸过针线的曾紫霞都向李青林求教学会了绣花，为未婚夫刘国鋕绣了一个枕套。这件事最有意义的是，女难友们不仅从普通看守那里争取到了较宽松的狱中活动的方便条件，而且发现了江竹筠、李青林这些最坚强、最受爱戴的共产党人多才多艺的另一面，更加自觉地团结在她们周围了。

令女难友们诧异的是，监狱里仅有的带着家眷住在附近的两个头目李磊和徐贵林知道了这种事后，非但没有制止，反而亲自登门求她们做针线活来了。李磊是偕同老婆一块来女牢的，居然客客气气地说："请你们做这个，也不让你们白做，给你们点报酬。"徐贵林的老婆则来求女犯给她绣一对枕套。

能不能给这两个监狱的特务头目干这活？干了算不算变节投降？惊诧之余，女难友们像上次一样又议论纷纷，却拿不定主意。没有人不憎恨这两个家伙，大多数姐妹都觉得不能给这两个家伙干活儿，应该保持"革命气节"。尤其是对徐贵林老婆相求绣枕套的事，女牢里会绣花的人本来就少，谁也没有答应。

"我看这事不是完全没有考虑的余地哩。不答应，这两个人肯定对我们的态度更加恶劣，我们在牢里的处境肯定更艰难，已经争取到的目前较宽松的条件会马上丧失。从这点上考虑，答应下来呢，对我们肯定是有利的。"江竹筠向姐妹们分析着，转头看看她素来敬重的年长的李青林，说："我看可以考虑答应下来。我们这样做，是从大局出发，并不叫软弱，并不叫投降变节。不过是针线活这点小事儿，不能"左倾"到上纲上线。党中央不是都在跟国民党和谈么。在新背景下我们不能死搬教条，置我们的大局于不利。何况，李磊和徐贵林提出了要给报酬，我们可以借此向他们提出解决我们急需的草纸呀盐巴呀这些生活物品，调养大家的身体，以健康的体魄和充沛的精力与他们周旋、斗争，争取最后的胜利。我看，这件事儿，我们可以当做争取生活用品和对敌特们策反的一个手段，应承下来……"

女难友都觉得江竹筠的话很有道理，向她投来敬佩的目光。李青林与江竹筠一样，认为不应放过这个增加宽松条件、争取敌特、取得改善生活物品的机会，说："这件事上不了纲上不了线。我们不指望他李磊和徐贵林因此对我们的态度转变好到啥子程度，但吃了别人的拿了别人的总会嘴软一点吧？至少，我们做针线活这类的活动会被认同下来，还能交换来需要的东西。"她亲自出面承担了替徐贵林老婆绣枕套的活儿。

谁出面都行，哪能让李青林大姐亲自干呢？曾紫霞很关心地说："你身体不好，这绣花费眼费神又费时间，你啷个能做？"女难友们也都反对。李青林却执拗地说："你们哪个比我的手艺还要好呀？你们别争了，这件事就由我来干啦！"

女牢里做针线活从此成了完全公开合法、无人干涉的活动。她们不仅借此使敌特看守对她们的看管有了些许放松，而且从敌特看守那里交换来了很宝贵的药品、盐巴、草纸等生活物品，使男牢的难友们都"沾了光"。尤其是赢得了相对宽松的环境后，她们能够开始进行新的狱中斗争——与狱外党组织寻求联络！

4

江竹筠和曾紫霞对少尉看守黄茂才的策反成效越来越明显了。黄茂才经常为男牢女牢传递消息，还主动告诉狱中情况，秘密买报纸进来，替20多个难友送信到狱外，而且明确地向她俩表示愿意投靠共产党。鉴于黄茂才确实醒悟可靠了，江竹筠把这情况告诉了男牢里做事沉稳的战友陈作仪，以便他在男牢更方便接触。

一条通往狱外的秘密渠道通过黄茂才已经打开了。1949年3月30日，渣滓洞监狱的仲秋元、屈武等21名民盟成员，在民盟中央的营救下出狱了，这消息鼓舞了难友们。趁此良机，江竹筠、曾紫霞和李青林、胡其芬暗暗商量，决定派黄茂才与狱外党组织联系，里应外合通过各种渠道营救狱中同志，出去一个就多保留一份革命的财富。

与狱外的谁联系呢？几个人相商时，江竹筠说："这个人，第一当然要绝对安全可靠；第二要便于联系，就是说黄茂才和这个人彼此都容易找到；第三呢，这个人必须是有组织关系的，能够将我们的情况向组织上反映。"

4个人都赞同江竹筠定的人选标准，可讨论来讨论去，一时难以提出狱外可靠的人选。最后，曾紫霞说："你们几个都是树大招风的人，有联系的可靠的同志没被捕也转移了。物色人选的事，就由我来考虑吧。"

江竹筠听了，想了想，点着头说："好，这件事就由曾紫霞你负责了。不过，这件事既然这样确定下来，我们就必须保护好黄茂才。我觉得，我们该马上通知男牢的陈作仪他们，分头说服牢里的难友们，以后尽量不找或少找黄茂才办生活上的事，没有特殊情况一概不再让他向牢外送信。同时，也不让黄茂才再多做容易使敌人发现的好事，以免暴露了他！"

然而，让黄茂才去与狱外党组织联系的事只能限于她们这几个人知道，难友们并不知道不再找黄茂才办事的真正目的，虽然大多数人很服从江竹筠她们的劝说，但个别难友还是很不理解，甚至很有意见："哪个只许你们找他办事呀？"偏偏黄茂才开始也不清楚江竹筠她们几个人的这个决定，他依然主动地为难友捎信办事，当有难友们阻止他时，他还丈二金刚摸不着头脑，以为江竹筠、曾紫霞信不过他了哩。

这个时候，曾紫霞正苦苦地在选择让黄茂才联系的可靠人选，最终想到了重庆大学医学院同年级同班同寝室的好友况淑华。她与况淑华曾一块办墙报，一同先后参加抗暴、反饥饿、反内战等活动，并由她介绍况淑华参加了"六一社"，估计况淑华也同自己一样暗中加入了党组织。她想，我们一块入校、一块搞学生运动的一批人，除我由叛徒冉益智出卖被捕外，其他的都没有暴露，况淑华肯定绝对可靠。只要与况淑华联系上了，就一定能与党组织取得联系；而且，况淑华的家在市中区比较热闹的七星岩协和里，她家所处的地方又是闹中带静的小巷，家中情况比较单纯，黄茂才去联系既方便找到，又不会被人注意。

选准了况淑华后，曾紫霞写了一封一般内容的信交给黄茂才，要黄茂才去与况淑华联系。利用星期天进城的机会，黄茂才很容易地找到了况淑华转交了信件，并介绍了狱中情况尤其是江竹筠、曾紫霞的情况。况淑华立即把这一情况向领导自己的沙磁北碚区领导小组长刘康同志作了汇报和请示。当黄茂才再次进城联络时，况淑华便把写着暗示党组织已了解狱中同志情况、会相机营救他们、请他们好好保重的信件交给了黄茂才。

接到况淑华的信,听了黄茂才的介绍,曾紫霞立即高兴地悄悄对江竹筠、李青林、胡其芬说:"小黄与我选的人接上头了……"

江竹筠、李青林、胡其芳兴奋不已。按照地下工作的惯例,她们都没向曾紫霞打听选准的地下党组织接头人是谁。她们共同保守着与党组织联络的秘密,相约以后写信联系时共同化名"吉祥",给黄茂才化名"蓝先生",并把对黄茂才的保护措施做得更加细致。

直到此时,黄茂才才知道了江竹筠她们让他少做好事、以免被人注意的用意。他心里正感激着她们的信任和保护,突然碰上一件他内心乐意却已不能贸然答应的事:女牢中共产党员李玉钿的哥哥李深润在西南公署二处任职,正通过关系营救妹妹李玉钿,活动有了些眉目了,李深润找到他,请他帮助安排与妹妹在狱中会面统一有关口径。

这可是一件最危险、最容易露馅的事情。事关重大,黄茂才没有向李深润当场表态。他想能不能办这事,现在已不能只凭自己乐意不乐意了,自己的行动已关乎江竹筠他们的大局。他觉得还是向江竹筠他们请示请示。此时,为了减少不必要的接触,江竹筠已通知他有什么事尽量先找方便接触的男牢的陈作仪。黄茂才牢记着这种安排,将这件事告诉了陈作仪,询问该怎么办。陈作仪想了想说:"不管是啥子关系,只要不变节不写悔过书,能出去一个就增加一分革命力量。李玉钿是个原则性很强的同志,身份也没完全暴露,你可以设法安排他们兄妹见面。不过,你可要特别注意安全"

有了这样的指示,黄茂才这才去找李深润,对他说:"你做好准备吧。最好是星期天去,那时李磊回家了,徐贵林也不上班。你以我朋友的身份去找我,我在寝室安排你们偷偷见面。"就这样,在一个星期天,黄茂才巧妙地安排李深润、李玉钿兄妹见了面。不久,李玉钿就成功地获保出狱了。

这件事,让黄茂才很受启发:能不能在渣滓洞自己的寝室里,也安排江竹筠、曾紫霞、陈作仪他们同狱外党组织的同志见一次面,详细交换一下情况呢?

利用一次放风的机会,黄茂才把这个大胆的设想告诉了曾紫霞。曾紫霞暗吃一惊,随之慎重地对他说:"你容我想想……"回头,曾紫霞把黄茂才的建议告诉了江竹筠和李青林,3个人进行了一番讨论。曾紫霞说:"这个建议很大胆,但我觉得有条件实现。要是能直接跟党组织洽谈一次,那真是再好不过的!"江竹筠和李青林都赞同曾紫霞的意见,但江竹筠还是说:"不过,按照纪律,这事还是必须经过牢外党组织批准才行。"

曾紫霞向黄茂才谈了她们的想法，叮嘱黄茂才把这想法告诉况淑华，让况淑华向狱外党组织请示。于是，星期天，黄茂才再度进城与况淑华联络，并提出自己的计划，说："你可以去渣滓洞，就说是我的同学去看望我。地点就选在我的寝室，时间呢安排在星期天，这一天李磊和徐贵林一般都不在看守所，很安全的。"

黄茂才再次进城时，况淑华已经向上级党组织请示了意见。她对黄茂才说："组织上很关心牢里的同志们，一直在策划选择适当时机营救。但是，眼下，为了保护你的安全，确保不造成新的损失，组织上暂时不同意在渣滓洞狱中接头，并请你千万注意保护自己，在公开场合的言行尽量与看守身份相应，不要使我们这条联络渠道暴露了……"

得到这样的答复，黄茂才很是激动：地下党组织的考虑真是细致周到长远啊，连我这样的人的安全都看得这么重！

江竹筠、曾紫霞她们知道了狱外党组织的指示后，不再冒险寻求与党组织的直接接头了。按照党组织的指示，他们在狱中更精心地保护黄茂才，努力把渣滓洞监狱这唯一正式与狱外党组织的联系渠道建设得更巩固，也更秘密。

5

渣滓洞监狱三面环绕的山林中，蝉鸣声渐渐稀薄了。难友们都在议论说：夏天一过，秋天一到，国民党兔崽子的尾巴长不了啰！

江竹筠心里暖暖的。狱外解放战场的好消息不断通过黄茂才传递进来，极大地鼓舞了难友们的斗志。尤其是黄茂才帮助与狱外党组织取得联系后，难友们不再感到孤立无助，狱中斗争进行得有声有色。江竹筠想：多亏把黄茂才成功地策反过来呀！

有一天，江竹筠对曾紫霞说："小黄这人很不错，给我们帮助这么大，算得上是我们的同志了。我看我们也应该像关心同志一样关心他，不光是在政治觉悟上，生活上也应该关心，让他感到同志间的温暖。你看，我们还能替他做点啥子？"

江竹筠这么关心体贴人，让曾紫霞内心甚为感叹。她想了想，回答说："再过两三个月，天气就冷了。这样吧，我们一起给他织件毛线衣吧，反正在这牢里待着也有时间。"

江竹筠很赞同。到了黄茂才值日这一天，她向黄茂才招招手，把他叫到女牢里，微笑着什么也没说就给他量身材。黄茂才顿时被弄得不知怎么回事。曾紫霞"嗤嗤"地一笑，说："小黄，江姐说要给你织一件毛衣过冬。不过，这是我们的集体劳动。青林大姐负责设计，江姐和我来织。你去买毛线回来吧！"一旁的李青林这时说："哎，要买"蜜蜂"牌的毛线才好。既然分工我管设计，就得听我的喽！你就认准这牌子买，颜色要买蓝色的，另外，你去找一块竹片削几根签子送来……"

一股暖流顿时涌上黄茂才的心头。看着面前这3个满面笑容的女共产党人，他禁不住双眼红润了。"嗯"了一声立即转身就走，深恐控制不住自己的情绪落泪，让其他看守看出了破绽。

黄茂才进城与况淑华再次接头时，顺便买回了"蜜蜂"牌蓝色毛线。他并不想劳累江竹筠她们，可一想到江竹筠她们随时都有被杀害的危险仍这么关心着自己，他就由衷地敬佩，感到特别的温暖。不管将来的生死如何，就权当这是永远把共产党人给予的温暖留在身上的一件荣幸的事吧！

毛线交给江竹筠了。从这天起，江竹筠、曾紫霞和难友们像接力赛似的，在牢里你织会儿、我织会儿，白天里几乎没有停下这件送温暖的活计。

仅仅过了一个星期，黄茂才值班时到了女牢门前，江竹筠就笑着把他叫进了牢里。刚一进门，曾紫霞就抖着已经打好的毛衣送给了他。他惊诧了，哪个这么快就打好了？他捧着织得密密实实的花色雅致的毛衣，看着江竹筠、曾紫霞和李青林，激动得半天说不出话。江竹筠她们相互笑着看了看，一齐深情地凝视着他，庄重地点点头。黄茂才在她们的注视下，把毛衣穿在了身上。他觉得，她们的眼神分明是在鼓励自己、告诉自己：小黄，你穿上这件我们共产党人共同织的毛衣，体会着党组织的温暖，请一定别忘了党组织对你的信任和希望！

黄茂才没有想到，江竹筠、曾紫霞、李青林也没有想到，这件毛衣居然真的成了她们共同送给黄茂才的最后的珍贵纪念物。

时间很快就到了1949年的8月下旬。曾紫霞和未婚夫刘国鋕被叛徒冉益智出卖被捕后，冉益智也许把注意力集中在刘国鋕身上，觉得曾紫霞不过是个刚入党的毛头姑娘，居然疏忽地没有招供曾紫霞是共产党员，曾紫霞也始终没有承认自己真实的身份。经过刘国鋕的上层关系深厚的家庭的大力营救，徐远举虽然始终不同意释放刘国鋕，却同意放曾紫霞出狱了。

黄茂才欣喜地提前把这消息告诉了曾紫霞。曾紫霞把这意外的消息告诉江竹筠时，两人禁不住喜极而泣。曾紫霞知道江竹筠在狱中一直特别地思念儿子彭云，就对江竹筠说："江姐，你写封信，我带出去吧，问到了小彭云的情况，我再通过小黄传进来……"

于是，在这天夜里，曾紫霞用棉花烧成灰调成墨汁，江竹筠用竹签子笔沾着，在一张草纸上写上著名的《狱中致谭竹安书》。江竹筠一边写一边落泪，想着牺牲了的丈夫彭咏梧，想着不知长得如何了得的儿子小彭云，想着艰难地带着彭云的幺姐和谭竹安，想着自己的生死未卜和快要解放的局势以及彭云的前途，她的心情哪能片刻宁静？李青林、何其芬和难友们围着曾紫霞话别，不时地看看正在写信的江竹筠，都不愿轻易地打扰她的思绪。信终于写好了，江竹筠却又犹豫着是不是让曾紫霞带出去，她对曾紫霞说："曾紫，我看还是算了吧。特务是要检查的，你哪个带得出去？万一搜到了，啷个办？你能出去，已是万幸，要是影响到他们改变了主意，不放你出牢了，损失就大了。你记着竹安的地址，去找找他就行了，好吗？"曾紫霞却果敢地回答说："江姐，你莫担心带不出牢，我早想好了法子哩！"曾紫霞说着，把一只棉衣袖子撕开来，将信用棉花裹好，塞进袖子，再用针线缝好，拍了拍藏信处，问道："这样还带不出去么？"

曾紫霞临出狱前，江竹筠、李青林、胡其芬还与她一同专门研究了以后狱内外的联络事宜，觉得除了保留黄茂才与况淑华这个渠道外，可以增加曾紫霞通过黄茂才与江竹筠联系这个新的途径。曾紫霞出狱后，将住在刘国錤家——大溪别墅八号，凭借着国錤家优裕的家庭上层关系，也许能相机做好这份联络工作呢！

农历八月十五日，曾紫霞真的出狱了。黄茂才和看守来带她出狱时，江竹筠和难友们挤在牢门前，深情地目送着，双方都挥着手，互道着无言的珍重。

曾紫霞出狱不久，黄茂才就带回了彭云的照片交给江竹筠。女难友们争相传看。看着相片上胖乎乎的神气的小彭云，江竹筠泪流满面地呢喃："云儿，你是共产党人的后代，万一见不到妈妈了，你一定要继承爸爸妈妈的遗志，好好听党的话啊！"

6

江竹筠在《狱中致谭竹安书》中的分析不幸很快就应验了：蒋介石反动

集团果然开始做"破坏到底的孤注一掷"!

1949年初秋,人民解放军已经逼近西南。重庆及西南的国民党反动派一边负隅顽抗,一边疯狂镇压人民,连蒋介石都亲自两次带着特务头子毛人凤到重庆布置杀害狱中的革命志士。一场大屠杀的血雨腥风已经笼罩在歌乐山上空!

江竹筠和难友们无法预知敌人大屠杀的密谋,但他们清楚敌人穷凶极恶的残暴本性,认定敌人很快会对狱中的革命志士下毒手了。虽然早已视死如归,可哪能就这样束手听凭敌特的杀害呢?

怎样才能使狱中难友们临危得救?江竹筠、李青林、胡其芬一面加紧同狱外党组织联络营救办法,一面与男牢的陈作仪、何雪松、韩子重等同志商量,开始谋求越狱之策。

要越狱,必须有武装接应,否则赤手空拳哪能冲破敌人的层层防线?他们相信狱外党组织肯定会设法营救,却一时还不知道狱外的川东特委的林向北等同志已经有了布置:指派张平河、杜文举、陈立洪3位同志,寻机打入了负责警戒渣滓洞的国民党交警一旅,并侦察绘制了营救狱中同志的地形图。无法知道这一情况的江竹筠、陈作仪他们,主动在狱中行动起来了。

黄茂才与渣滓洞警卫连连长邬治声关系很好,邬治声经常到他的寝室串门摆龙门阵,言谈举止中流露出对国民党的不满和对前途的忧虑。黄茂才一介绍,陈作仪、何雪松、韩子重顿时喜上眉梢:策划邬治声起义,让他解决看守所的特务,掩护狱中难友越狱。

黄茂才按照狱中党组织的计划,先对邬治声进行试探,侧面做着工作。邬治声了解了共产党的政策后似有心动,只是顾及家属安全,怕时机不到走漏风声祸及家人。于是,何雪松、陈作仪、韩子重与江竹筠等人商量后,决定正面与邬治声接触。秘密而紧张的策动终于有了满意的结果:邬治声坦诚地表示"好好想一想"。

然而,敌人开始大屠杀前,意外发生了:邬治声突然被西南长官公署警卫团调职!这突然的变故,使眼见已快成功的争取邬治声率警卫连起义的计划流产了!

黄茂才懊丧不已,江竹筠、陈作仪、何雪松这些越狱策动者也万分遗憾。所幸的是,这时传来了新中国于10月1日在北京成立的特大喜讯,难友们雀跃欢呼,暂时顾不上担心敌人是否要下毒手了。

到了10月下旬,黄茂才接到了母亲病重的家情,看守所让他回老家荣县看望。没料到，黄茂才刚一离开渣滓洞，敌人残暴的大屠杀就猝然开始了！

10月27日这天深夜，敌人以审讯为名，从白公馆看守所提出了重庆地下党《挺进报》特支代理书记陈然和重庆地下党北区工委委员王朴，又从渣滓洞看守所提出梁（平）大（竹）工委书记蓝蒂裕、华蓥山游击队挺进大队长楼阅强、重庆地下党电台特支委员成善谋、川康特委委员华健、万县中心县委书记雷震以及曾经变节的涂孝文、蒲华辅、袁儒杰，将他们10人带到市区老街32号西南长官公署情报处，次日上午公开杀害在大坪刑场。几天后，消息传到渣滓洞，江竹筠和难友们悲愤难抑。他们都明白，为革命献身的时刻随时会降临到自己身上。

牺牲于渣滓洞监狱和白公馆监狱的江竹筠、彭咏梧的战友

1949年11月14日，是个大晴天。上午9时，急促的"梆梆"声突然响起，监狱外面的炭坪上，汽车嘶鸣。牢里的难友们都心中一紧：又要提人了！果然，一会儿后，一群武装特务凶神恶煞地直扑各个牢房，有两个特务在女牢门口高喊："江竹筠、李青林，赶快收拾行李，马上转移！"

听见喊到自己和李青林的名字，江竹筠一点没有惊慌，她先是镇定地把以前默写出来的《新民主主义论》和《论共产党党员的修养》塞给在万县一同被捕的黄玉清，然后脱下背后和胸前画着"×"记的草黄色旧棉军服囚衣，换上自己带进狱中的阴丹士林布旗袍，外面罩上红色的毛衣，细心地梳理好头发，上前搀扶着受刑瘸了腿的李青林，一起目光坚毅地向女难友们点头告别，跨出牢门。

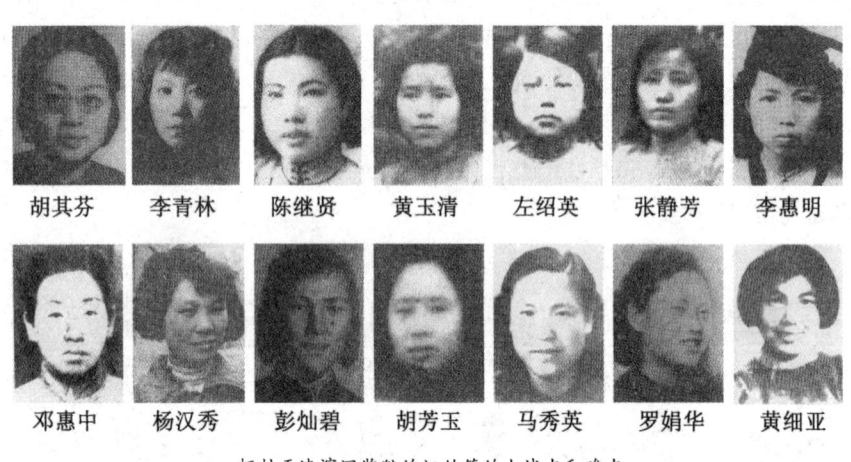

牺牲于渣滓洞监狱的江竹筠的女战友和难友

这时，男牢的齐亮正在大声地向难友们告别："再见了，同志们！我们先走一步。胜利最终是属于我们的！"经过女牢门口时，他突然止住了步。女牢签子门口，他的妻子马秀英一见到他，立即流泪了，她伸出双手，隔着签子门紧紧地抓着他。她的嘴唇颤动着，想要说什么又说不出，禁不住突然哭出声来。

女牢里顿时哭声一片。她们哪里舍得与她们爱戴的江竹筠、李青林和这一大批难友分别啊，况且这"转移"的不祥预兆是如此的令人悲痛不安！江竹筠听着姐妹们的哭声，回过头来，最后一次向站在风门口凝望目送的难友们挥了挥手……

突然，男牢里响起了《天快亮了》这首难友们自写自谱的洞歌："远处有鸡啼报晓，太阳随黎明来到……"霎时，监狱里激昂的歌声响彻晴空，送别从容步出牢院的战友。

这一次，敌人从渣滓洞分三批先后提出了下川东地工委委员江竹筠、杨虞裳、唐虚谷，万县中心县委副书记李青林，重庆北区工委书记齐亮，下川东地工委湖北宜昌特支书记陶敬之，上川东第一工委委员陈以文和第七工委委员蒋可然等29位身份明确的难友以及白公馆监狱里的华蓥山起义领导人之一的邓兴鄷。

敌人佯称"转移",先把江竹筠等30人用刑车羁押到"中美合作所"礼堂,傍晚又分批押赴电台岚垭。"转移"途中,敌人还装模作样地为受刑瘸了脚的李青林弄了一架滑竿。

电台岚垭曾经是"中美合作所"内的军统电台,1946年电台迁移后,这里仅剩几幢土墙平房,大部分已经坍塌,仅余残壁,无人居住,通往这里的道路杂草丛生。敌人选准了这荒凉之地作为屠杀地点,早已在那废墟上挖了大坑。

江竹筠等30位烈士的就义处——歌乐山松林坡电台岚垭

江竹筠和29位难友被逐一捆绑着,由刽子手雷天元、龙学渊、漆玉麟、熊祥、李磊、徐贵林、王少山及有关特务押着,徒步走向电台岚垭。走上一条人迹罕至的荒凉小道时,他们完全明白为革命献身的时刻真的到了。江竹筠把积攒在心中的千言万语凝成两句响亮的口号,高声呼喊起来:"中国共产党万岁!打倒反动派!"

同行的难友们也一齐高声呼喊口号,声震两里外的居民。

特务们被吓慌了。尚未到达预定的刑场,熊祥、徐贵林、王少山等七八个刽子手就慌忙扳动了手中的卡宾枪。

在一片口号声和枪声之中,江竹筠、李青林等30位中国共产党的优秀党员倒在了血泊里!

歌乐山松涛呼啸,嘉陵江流水呜咽。江竹筠等英烈们在黎明前的黑暗里,生如闪电之耀亮,死如彗星之惊世,永生在千千万万革命者的心中!

这一年,江竹筠年仅29岁!

第二十四章 您的嘱托幺姐我一定完成

江姐的遗体,居然是幺姐遍山寻觅到的?对彭云呵护有加,怎么把亲儿子送进孤儿院?妈妈对弟弟如此偏爱,病重都无人陪护的炳忠会埋怨吗?为了完成英烈亲人生前的嘱托,为了一双儿子的成长,幺姐的良苦用心啊,世间鲜见!

1

幺姐谭正伦不知道江竹筠已经在狱中被杀害了。

1949年11月29日重庆刚一解放，听说牢里逃出不少人，幺姐便背上小彭云到处寻找着江竹筠，期望江竹筠能突然出现，认出她背上的小彭云，两个有着同一个好男人的姐妹能惊喜地邂逅相识。每天疲惫地回到培才小学的家，幺姐就带回一些好吃的东西；到家了，她又把江竹筠留下的衣服找出一件件地洗晒干净。她虔诚地预备着，等待着江竹筠随时降临，与她和弟弟谭竹安以及小彭云团聚，一起欢庆劫后余生的胜利。

然而，这样朝出晚归地接连寻找、盼望了三四天，居然一点也没有打探到江竹筠的消息。刚刚知道了自己有个叫江竹筠的亲妈妈的小彭云总是稚气地问着："妈妈，啷个我亲妈妈老也找不到？她自个会不会找来呀？"焦急的幺姐心中却始终充满着与江竹筠相逢的自信，总是微笑着抚着小彭云的头回答："会的！会的！你亲妈妈会找到的！她会回来的！"

12月初的这天晚上，小彭云睡下后，幺姐正凝视着准备好的饭菜以及江竹筠的衣物出神，弟弟竹安来了。她迫不及待地问弟弟："竹安，有你竹姐的下落了吗？"

谭竹安神情落寞，嘴唇嚅动着，泪水突然奔涌而出，哽咽着说："幺姐，你不用再找了，竹姐她……十多天前，竹姐就被特务杀害了……"

"你说啥子？"幺姐下意识地问了这么一句，便震惊得愣愣地跌坐在床沿。

她不能相信这是真的。自从听说了江竹筠在狱中坚贞不屈、大义凛然的英勇事迹后，她就盼望着能早日同江竹筠这小彭云的亲妈妈相见，姐妹俩好好叙谈叙谈。托人把小彭云的照片带进狱中后，她更是渴盼着这一天。虽然还不知彭咏梧的生死，虽然自己和江竹筠的关系也许尴尬，但她早已理解江竹筠和彭咏梧在特殊环境下的另外结合了，早已把江竹筠视为敬佩的好妹妹了，早已觉得3个人之间的婚姻关系如何处理都不重要了，重要的是江竹筠和彭咏梧都好好地活着回来团聚啊！谁能相信，就在这解放的前夕，特务们居然丧心病狂地杀害了好妹妹江竹筠，让小彭云没有了亲妈妈呀！

"幺姐，这消息是牢里逃出来的同志说的。"谭竹安流着泪说，"他们说，就在解放前这些时，特务在牢里搞了两三次大屠杀……"

绝望和悲痛的泪水霎时模糊了幺姐的双眼。她不能不相信弟弟竹安的话。谁会拿这样的话随便乱说呢？她一手抚摸着熟睡的小彭云的头，两眼失神地望着墙壁，默默地落着泪，良久良久，也不知竹安接着说了些什么。

"晓得你竹姐……在啥子地方被杀的吗？"过了不知多长时间，幺姐唏嘘着问道。

"听说……是在歌乐山上……"竹安答道。

"活要找人，死要寻尸。"幺姐呢喃着说，"天明后，你带我上山去找她吧……"

据谭竹安、李熙明夫妇在重庆接受作者采访时回忆：第二天一大早，把小彭云和小炳忠托付给竹安的未婚妻李熙明，幺姐就让弟弟谭竹安陪同着赶往歌乐山。这歌乐山方圆十多里，何处是江竹筠就义之处呢？白公馆监狱里到处都是血迹，渣滓洞监狱已被特务最后大屠杀时放的一场大火烧得面目全非……姐弟俩找了许多地方，询问了数不清的人，走得两腿像灌了铅都迈不动步了，仍然没能找到江竹筠的遗体。

哪能就这样放弃呢？幺姐锲而不舍地让竹安继续陪着寻找。他俩开始往人迹稀少的地方寻觅。在松林坡附近，他俩遇上了一个当地的农民，听这农民说，有一天下午，太阳落山的时候，突然喊戒严，家家户户关上门不准出来。不久，从门缝里看到一行人从山上走下来，有三四十人呢！有的人穿着西装，有的人穿着呢子衣裳，像旅行又不像旅行。后来，看到有丘八兵押起的，才晓得是被关押的人……

"中间有女的吗？"幺姐急切地问。

"有，其中有两个女的。一个坐着滑竿，一个穿旗袍和红毛线衣……"农民回答。

穿旗袍和红毛线衣？莫非就是竹姐？谭竹安见过江竹筠这么一身打扮，又听出狱的曾紫霞说过。莫非坐滑竿的另一个女的就是受刑瘸了腿不能走路的李青林？谭竹安一听，焦急地问："你看见他们朝哪里去了？后来啷个样了？"

"后来呀，这行人就朝电台岚垭那边去了。"农民回答说，"不久就听到一阵机枪声，还听到喊口号。天快黑的时候，这些当兵的就枪挑着衣服、提着鞋子转来了……"。

幺姐和谭竹安不再问了,急急地赶往电台岚垭寻找。在一片荒凉的杂草灌木丛中,赫然惊心的场面出现在姐弟俩的眼前:二三十具尸体乱七八糟地倒在那里,其中一人身着红毛衣。

谭竹安一下奔过去,跪在了红毛衣人的身边,号啕大哭。幺姐知道了:这就是从未谋面的江竹筠的遗体啊!她愣愣地看着,突然一下也跪倒在遗体旁,泣不成声地恸哭起来:"好竹妹啊,幺姐我……想你敬你呀!幺姐我……我一点都没怪你恨你呀!幺姐我……把云儿带得……好好的,把你的衣裳……洗得干干净净的,把好吃的……都替你留着,就盼着……盼着你回来呀!盼你回来……你娘儿俩团圆……我们姐妹团聚呀!你……你啷个没挺过来,特务就……就这样把你……幺姐我天天盼着见你,啷个晓得是……是这样见啊……"

姐弟俩就这样哭泣哀诉着,长跪不起,许久许久。他俩想把已经牺牲了十多天的江竹筠等烈士面目全非的遗体掩埋了,却没有挖墓的工具,也不知这样掩埋了是否适合。谭竹安说还是通知组织上看怎么办吧,幺姐泪流满面地点着头。在弟弟的搀扶下,幺姐一步三回头,步履沉重地走下歌乐山……

两天后,重庆市军管会在原三青团青年馆召开了隆重的受难烈士追悼会。幺姐、谭竹安、李熙明带着小彭云和小炳忠,去参加了追悼会。在回家的路途上,幺姐搂着两个孩子不停地哭泣,不停地哀诉:"云儿,你亲妈妈回不来了,只剩下我这个妈妈了呀!可怜的你们两个孩子呀,你们的爸爸也不晓得在哪里,解放了,他该回来了啊……"

幺姐的哭诉,让谭竹安禁不住号啕大哭起来,边哭边说:"幺姐,我不能再瞒你了。你不晓得,邦哥他……他早在去年春上掩护战友突围时……就牺牲了啊!"

这噩耗如雷轰顶,幺姐一听,顿时悲痛欲绝,昏厥了过去。

彭咏梧牺牲了,江竹筠也壮烈地献身了,遗留下两个幼小的孩子。哭干了眼泪,幺姐终于刚强起来。她默默地发誓:

"庆邦、江竹,我一定把两个孩子抚养成才,让他们兄弟俩像江竹在信中嘱托的那样——'踏着父母的足迹,以建设新中国为志,为共产主义事业奋斗到底!'"

2

重庆刚解放,政府就将幺姐和小炳忠、小彭云从培才小学接到临江门军管会招待所居住了。住在这里的都是烈属和从监狱中逃出来的同志,他们都等待着新政府给他们安排相应的工作。

陈作仪烈士的妻子林梅侠被安排在重庆市妇联从事组织工作。她早已熟悉、信赖幺姐和李熙明,正好妇联需要新的干部,1950年4月便推荐将李熙明从黄沙溪小学校长的岗位上调进了妇联。这时,幺姐接到了毛泽东主席给彭咏梧、江竹筠签发的烈士证书,她不由热泪奔涌。人们知道后,都极其敬佩彭咏梧和江竹筠这对烈士,对幺姐这个烈属自然非常敬重。初通文墨的幺姐本来也可以进妇联或其他机关工作,令人意外的是她竟然主动要求到重庆市委第一托儿所当了一名极其辛苦的保育员,因为小彭云被安排在这里入托。

托儿所的娃娃们,不是烈士遗孤,就是双双在前线出生入死剿匪的同志的孩子。幺姐执拗地向主管分配的领导说:"我喜爱、心疼这些娃儿,敬重这些娃儿的父母,何况我带娃儿有经验呢。再说,带这些娃儿,能寄托我对咏梧和竹筠的哀思啊!"

主管分配的领导只得同意了。其实,他们不知道,幺姐这么选择工作还有一个没说出的更重要的原因:能够终日把仅3岁多的小彭云带在身边精心抚育!

那时,幺姐半夜一睁眼,总是想起在歌乐山电台岚垭看到江竹筠等烈士遗体时的场景,总是想起江竹筠给谭竹安信中对小彭云的期望和对自己的嘱托。她总是觉得:今生今世,她最大的责任就是要抚育好彭云,对得起竹筠的信任!

1950年6月28日,杀害江竹筠等烈士的特务刽子手、渣滓洞看守长徐贵林,被重庆市警备司令部公开判处死刑。这天上午,在精神堡垒(即解放碑)参加群众公判大会归来,幺姐的心久久难以平静。想起没能与生前的江竹筠见面团聚,想到1941年与彭咏梧在云阳一别就再也没有重逢过,她就对敌特和叛徒恨得咬牙切齿。要把还不知世事的小彭云和小炳忠带大成人、继承咏梧和竹筠的遗志,自己的责任真是重啊!既要带好托儿所的娃娃们,又要管好炳忠和彭云,自己再劳累也没啥子,可老是这样管了这个顾不了那个,啷个能完满地完成竹筠的嘱托呢？

天下大概很少有幺姐这样特殊的母亲了。对于亲儿子炳忠和江竹筠的儿子彭云，幺姐母爱的天平异乎寻常地偏向了后者。为了悉心地带好彭云，幺姐居然一咬牙，硬着心肠把亲儿子炳忠送进了歌乐山孤儿院。

托儿所与孤儿院的生活待遇，真是一个天上一个地下。那时，托儿所不仅条件好，一日三餐伙食好，早晨有牛奶喝，平时有饼干吃，而且娃儿们有一点点病痛就能看医生。孤儿院呢，不仅离城几十里，而且在当时艰苦的环境里一日三餐只是喝稀饭，连拌饭的胡豆都寥寥无几。幺姐不是不知道这样做委屈了小炳忠，可善良的她为了有精力带好彭云和托儿所的烈士遗孤，她只有暂时对亲儿子炳忠硬硬心肠了！

幺姐的这种举动，让许多人既敬佩又纳闷。有些人就在一起嘀咕："这个幺姐心肠真怪，说好嘛又太不可理喻，啷个颠倒了，对彭云疼爱得那样，反倒待亲娃儿像是后娘养的？"有人则干脆当面对幺姐提了出来。幺姐心里一阵阵酸楚，却还是没有把小炳忠从孤儿院接回来。

小彭云在幺姐的身边长得胖墩墩的，可怜的小炳忠在孤儿院营养跟不上，不仅长得瘦里巴几，而且衣服总是补丁叠补丁。冬天来了，小炳忠长了一身的疥疮，又没有棉衣和手套，两只手冻疮溃烂，肿痛难忍，可妈妈却舍不得花钱买一双手套给他。他心里也觉得委屈，虽然小小年纪，但他已能理解妈妈的难处。他只能在背地里偷偷地落泪，在孤儿院里用一双长满冻疮的手自己学着洗衣服。可他毕竟只有10岁呀，他是那么的想念妈妈和弟弟。于是，常常在假日里，他迈着一双小脚走几十里路进城回家，领略一下母爱亲情，几乎次次脚上都打起大大小小的血泡。

有一次，江竹筠的表妹杨蜀翘从成都出差重庆，顺便到幺姐家看望幺姐和两个侄儿，刚好碰上小炳忠一瘸一拐地从孤儿院回来。杨蜀翘捧起炳忠满是血泡的脚，心里难受极了，忍不住责备幺姐："幺姐，你对彭云不要太溺爱……对炳忠，你也太苛刻了！"

幺姐苦涩地一笑，说："云儿小，炳忠大嘛。再说，炳忠吃点苦也有好处。炳忠，是这样吧？你没怪妈妈吧？"

炳忠点点头，又摇摇头，然后亲热地牵起弟弟彭云的手去玩耍了。杨蜀翘听着看着，笑也不是，哭又不能。但是，她心里对幺姐的敬重更深更浓了。

炳忠一直在歌乐山孤儿院上小学，直到一年半后以优异的成绩考上了城里的巴蜀中学。巴蜀中学离家很近，炳忠心想这下可以天天与妈妈和弟弟在一起了，没想到妈妈却另有打算。1951年2月初，罪大恶极的叛徒、特务刘国定、冉益智，被法院判处极刑，执行了枪决。幺姐向已经懂事的儿子炳忠讲这两个叛徒是如何在艰苦的环境里经受不住考验、贪图享受而堕落的，讲他爸爸彭咏梧从小如何艰辛地求学、闹革命的故事，讲竹筠妈妈如何在狱中坚贞不屈以及与叛徒冉益智等斗争的事迹，最后对炳忠说："炳忠呀，妈妈工作忙，还要带好你弟弟，没有太多的精力管你，你要自己学会争气啊！小时候不多吃点苦，长大了哪个吸取像刘国定、冉益智这样败类的教训？哪个能继承好你爸爸和江妈妈的遗志，做一个有用的人呢？"

炳忠终于还是没有住在家里。妈妈谭正伦把他又送进了近在咫尺的巴蜀中学寄宿部，只把弟弟彭云带在身边。

3

幺姐谭正伦对两个儿子，一个严格要求，一个精心呵护，对托儿所的娃儿们一样地倾注着全部的热忱和爱心。无论是男女老幼，都十分地尊敬她，亲切地不是称她"幺姐"，就是喊她"谭正伦妈妈"。

在托儿所里，幺姐担心年轻姑娘带娃儿们没有经验，就主动争取到最苦最累的小班。白天，她精心地看护着娃儿们；晚上，不管该不该自己值班，她都习惯性地披衣起床，一张床一张床地巡视几遍，看娃儿们睡得香不香、甜不甜，是不是蹬了被子。

雾都重庆，冬天里晾的衣服、尿布，有时几天都干不了。刚解放不久的重庆，生活还是那么艰苦，托儿所的条件还不是很好，娃儿们的伙食虽然相对不错，但冬天里还是没有火烤。衣服、尿布没有完全干透，哪能给娃儿们用呀穿呀？幺姐就像照顾彭云那样，不顾自己已经患了严重的风湿关节炎等多种疾病，常将没有晾干透的尿布、衣服贴腰缠上，用自己的体温烘干烘暖，再给娃儿们换上。星期天里，她也把托儿所里的尿布、衣服带回家里来。炳忠见妈妈佝偻着腰这样暖干尿布和衣服，懂事了的他很是心疼，说："妈妈，你给两件我，我也试试。"幺姐欣慰地拍拍儿子头，说："那哪能行呢？妈妈顶得住。难为你有这片心，好儿子，你还小呢！"炳忠只得说："那……妈妈，我给你捶捶腰！"弟弟彭云见哥哥怎么做就怎么学，一双小手也随哥哥一样轻轻地在妈妈腰上背上捶起来。母子3人就这样亲情缱绻地生活着。

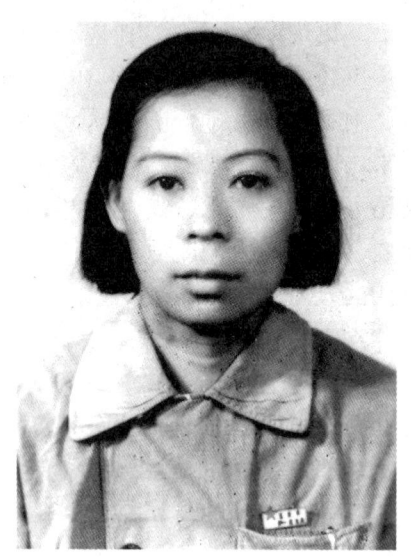
中华人民共和国成立初期的谭正伦

幺姐的好名声一天天地传开了。附近一些学校聘请她去做辅导员，文化程度不高的她却很乐意做这种培育孩子们的工作，把托儿所的事情忙到很晚了，她依然精心地挑灯准备讲稿，以便到学校去给孩子们进行革命传统教育。托儿所的娃娃们的家长，没有一个不佩服幺姐的，都想把自己的娃儿送给幺姐亲自带教。烈士单本善的遗孤单去恶，身体差又很调皮，他妈妈无可奈何之中亲自把去恶领到了幺姐这里。幺姐最看重别人信任自己了，她对小去恶呵护有加，循循善诱，硬是很快就把这小调皮带教得又健康又听话了。

这时已是1952年了。托儿所的不少娃儿们突然患了伤寒。娃儿们不是烈士遗孤，就是父母不在身边，这令幺姐心焦如焚。她主动要求到隔离病房担负照料病孩的重任，唯恐有一个病孩不能尽早康复。

偏偏这时上初中的亲儿子炳忠也患了伤寒，而且严重得生命垂危，住进了医院的抢救病房。该顾哪一头呢？幺姐急得一时手足无措。可是，在医院只陪护了炳忠一两天，待炳忠刚一过病危期，她就流着泪对炳忠说："炳忠，妈妈不能在医院照顾你了。托儿所有好多小朋友也跟你一样得了伤寒，他们不是没有爸爸妈妈，就是爸爸妈妈去了前线，妈妈该去好好照料他们呀！而且，你弟弟也要靠妈妈看着哩。你在医院，有医生和护士阿姨照料，妈妈就不常来了，啊？"

炳忠在医院一住就是近3个月，不得不休学半年。在医院这么长的时间里，他多想妈妈能像其他小病友的家长一样天天在病床边呵护自己啊！可是，妈妈却只是偶尔来看看就走了，哪里谈得上陪护？他幼小的心灵早已品透了什么叫寂寞，什么叫凄苦，却也早已理解了妈妈的无奈、辛酸以及良苦的用心。他知道妈妈这样对待自己不是狠心，而是迫不得已，妈妈其实是天底下最善良的人！

医院的护士们见小炳忠总是孤独地在病房里，常来看望的不过是他的舅舅谭竹安和舅妈李熙明，他们都特别地怜爱、同情这孩子，毫不忌讳地当着小炳忠的面说："这孩子真是懂事，真是可怜。他妈妈啷个这么狠心？"小炳忠一听，立即反驳说："你们瞎说，我妈妈是最心善的人！她不是狠心！托儿所的小朋友们像我一样得了这病哩，我妈妈要照护他们，还要照护我弟弟，她啷个能丢下别人的孩子不管，只来照护我呢？那不是太自私了？"

护士们听得一愣一愣的，待弄清了幺姐为何丢下亲儿子在医院不能管的真相，她们对幺姐无不肃然起敬。

幺姐单位的联合支部书记何韵华，是位在延安工作过、从东北野战军回川的女干部。她在重庆接受作者采访时，深情地说，那时，她把幺姐的一言一行都看在眼里，对幺姐的为人很是敬佩。但看到幺姐一心扑在托儿所的娃儿们和小彭云身上，倒把亲儿子炳忠"忘"在医院里"不管"，就找到幺姐说："幺姐，你这样做是不是并不完全对呀？这样大公无私，我们啷个能提倡？不说炳忠是你的亲儿子，他还是烈士的儿子吧？托儿所的娃儿们，我们会安排人精心照料的，你到医院去陪护陪护儿子吧！"

幺姐却微微一笑，说："感谢组织上关心我和炳忠。可是，我这样只去照护炳忠，托儿所里只有这些年轻的做姑娘的同事，我实在是放心不下呀！万一有个闪失，啷个对得起娃儿们的父母？而且，云儿也在托儿所里，我就算去医院了，云儿又啷个带着看着呢？再说，炳忠在医院里有医生护士治疗看护，我哪能不放心呢？炳忠也懂事了，他不会怪我的呢，不信，你去问问他看？"

何韵华没话可说了。看着眼前如此舍己为人的幺姐，她不知该是敬佩地点头称道，还是遗憾地摇头。

小炳忠在医院里孤独地住着治疗，妈妈偶尔来看望一次，他就特别地满足，甚至还催促妈妈回托儿所去照顾小朋友们和弟弟彭云。他由衷地佩服自己这样的一个好妈妈。他从小在妈妈那里听多了爸爸和江妈妈的英雄事迹，明白妈妈为何要格外精心地庇护弟弟彭云和其他托儿所的烈士遗孤小朋友们。因此他小小年纪一直学着像妈妈一样不论什么事都先想到弟弟和别人，无论妈妈怎么精心待弟弟和其他烈士遗孤而疏忽着自己，他都没有怨言。

这年的秋天，幺姐谭正伦光荣地加入了中国共产党。她搂着儿子炳忠、彭云说："妈妈终于也完全成了党的人了，妈妈要像你们的爸爸和江妈妈一样去实践自己的入党誓言！你们兄弟俩长大以后，也要做这样的人啊！"

4

幺姐谭正伦成为一名共产党员了，因此她比以往更加勤奋地工作，更加无私地待人。当组织上给她颁发由毛泽东主席亲笔签发的烈属证书时，她悲喜交集，对两个孩子说："炳忠、小云，这是你们的爸爸和妈妈用生命换来的荣誉啊，我们娘儿仨可不能玷污了它，要把它作为鼓励和鞭策，认认真真地做人，老老实实地为党和国家着想，不要辜负了你们的烈士爸爸妈妈的在天之灵啊！"

不久，新政府由供给制转为薪给制，幺姐的工资被定为30多元。组织上这时对她说："你的工资不高，抚养两个孩子有困难。按照优抚政策规定，你的两个孩子都属烈士子女，都应由国家负责抚养。我们已经按规定上报了。"

幺姐心里对组织上的照顾充满了感激，但她此时又想，眼下新中国刚从一穷二白的废墟上建立，又正在进行艰苦的抗美援朝，困难如此之多，我啷个能不为国分忧呢？她因此一次次地向组织上提出炳忠就由自己负担生活学习费用，只让彭云一人享受优抚，组织上最终只得接受她的意见。

其实，每月只有三十几元钱工资的幺姐，这样为国家分忧，实在是勉为其难啊！可她宁可把自己和炳忠的生活水平维持在最低限度，也不愿给国家增加哪怕是一分钱的负担。她的生活因此变得更加俭朴，吃的常常只是烧辣椒、泡咸菜，长年累月穿的是补了又补的衣服、鞋袜。即便是这样，她还省吃俭用节省下一些钱，除了补贴小彭云的生活外，其余毫不吝啬地捐给志愿军和像邢台发生地震后那样的灾民。同事李汉光子女多，爱人又没有工作，幺姐知道李汉光曾去卖血以维持拮据的生活后，便想方设法从自己的牙缝里挤出一些钱粮常常接济他；烈属林梅侠独自带着个孩子，有一段时间很困难，幺姐又是慷慨解囊相助……她用自己的行动，言传身教地抚育着两个儿子，让这兄弟俩从小就懂得什么叫真正的无私奉献。

1954年，7岁多的小彭云终于上学了，炳忠也上了高中。这年的"一一·二七"歌乐山死难烈士纪念日，幺姐特地拿出彭咏梧、江竹筠抱着彭云在千秋照相馆照的那张合影，动情地指着相片对小彭云说："这是你爸爸彭咏梧，这是你亲妈妈江竹筠，这中间的就是你啊！你爸爸妈妈是人人都敬重的英雄、个个都牢记的烈士，你可要好好地记住，好好地读书，好好地做人，千万不能玷污了爸爸妈妈的好名声啊！"

随着两个儿子一天天长大，幺姐一次又一次地苦口婆心地向他俩摆谈爸爸彭咏梧、江妈妈的事迹，让两个孩子从小就从英雄爸妈的革命经历中受到人生的启迪。后来，文化不高的她还亲自把彭咏梧的事迹写成了近千行的《教子篇》，让两个孩子认真地背诵：

....
东拉西扯凑足款，身负重债进校门；
沙子霉米做成饭，吃的盐水老菜根。
为了求学不计论，忍气吞声求学问；
立志学得真知识，扫尽乌云见光明。
....
等到人们齐睡尽，披起衣衫往外行；
站在一根电杆下，路灯下面把课温。
寒风刺骨浑身冷，冻疮腐烂痛在心；
夜以继日勤发备，期末总在前三名。
....
为了人民得解放，不惧枪弹钢刀杀；
虽然牺牲屠刀下，终于推翻蒋王八。
要知幸福哪里来，千万烈士躺地下。
....
亲爱的孩子记心上，社会主义要栋梁；
风里雨里去磨炼，刻苦学习不虚晃；
主席著作要常学，艰苦朴素切莫忘；
终生革命不动摇，要把人类全解放！

难为了幺姐的一颗赤诚之心啊！为写成这《教子篇》，她翻了无数遍字典，请教了无数的人。为让两个孩子继承烈士的遗志，她含辛茹苦，费尽心血。

小彭云尽管依然调皮，但妈妈的教诲使他变得听话了，刚一上学就特别用功。哥哥炳忠周末一回家，他就拿着书本问个没完。看到这小兄弟俩亲情融融的两颗小脑袋挤在一起看书学习的样子，幺姐谭正伦欣慰得禁不住抹着流泪的双眼。

但是，小彭云认识了一些字后，居然看起小说来了。幺姐开始还不知内情，只见小彭云这么爱看书就打心眼里高兴。后来，彭云完全迷上了小说，成了学校的"小说迷"，学习成绩下降了，教师向幺姐一反映，幺姐这才大吃一惊，焦急起来。

一天夜里，幺姐把彭云叫到身边，拿出珍藏着的江竹筠的那封《狱中致谭竹安书》，铺在桌上，语重心长地对彭云说："小云，你仔细读读你亲妈妈的这封信吧，这是你亲妈妈从牢里托人带出来的啊！"

彭云慢慢地读着，读着，便愧疚地低下了头。知道彭云后悔了，幺姐这才严肃地说："小云，你亲妈妈和那么多烈士在牢里时，不管特务啷个监视，仍然这么顽强地坚持学习，这是为了啥子？还不是为了出牢后能更好地干革命，建设新中国？小云，比一比，你只迷着小说看，啷个对得住你亲妈妈？你可要晓得，好好读书不只是为了个人，是为了继承先烈的遗志，是为了革命啊……"

彭云听着，再也抑制不住内心的难过，悔悟的泪水扑簌簌地流了下来。从这以后，小彭云不再迷小说了，集中精神认真读书，成绩很快赶上了别的同学。

在幺姐妈妈苦口婆心的教育和哥哥炳忠的影响下，10岁的彭云终于开始懂事了。在他的心目中，品学兼优的哥哥炳忠就是榜样，他因此啥事都要征求哥哥的意见。对妈妈，他更加感激敬畏，学着哥哥的样子体贴妈妈，放了学、做完了作业，就和哥哥争着帮妈妈做事，年仅10岁就学哥哥的样子自己动手洗起了衣服……看着两个孩子这样健康地成长着，幺姐谭正伦疲倦的脸上常常流露出幸福而满足的笑容。

1956年，幺姐从工农速成干校毕业后，被重新分配到重庆市卫生教育馆，后来又调到红十字会，从事人事工作。两个孩子都那么听话，那么爱学习，进了机关的幺姐少了从前对孩子的后顾之忧，工作起来就更加不知疲倦，连年被评为先进工作者和优秀党员。人们只要一提起"谭大姐"、"幺姐"就无不敬佩。

次年秋天，彭炳忠以优异的成绩考上了江妈妈生前的母校——四川大学。人们纷纷来祝贺，都说："幺姐，你儿子真是争气，一考就考上了这么好的大学！"小彭云在一旁听着，抢着信誓旦旦地说："我也是妈妈的儿子，我到时也会像哥哥一样考上大学，考上更好的大学，为我妈妈争气！"人们听得哈哈笑，幺姐更是乐不可支。

幺姐以为彭云只是争强地说说而已，没料想哥哥炳忠考上大学真的给彭云这做弟弟的提供了具体明确的榜样。她惊喜地看到，小彭云果然学习更加自觉，完全用不着她这做妈妈的再督促了。从这一年开始，彭云的学习成绩突飞猛进，一直保持着优异的成绩，不仅考入了著名的巴蜀中学初中部，还被选为团支部书记。

5

彭炳忠离开妈妈谭正伦上成都读四川大学后，进步很神速：1959年还在读大学二年级时，他就成了学生党员；1960年5月，四川大学新建无线电系，成绩特优的他又提前毕业，留校当了边学边教的教师，而且还担任了系材料教研室副主任，成了川大无人不晓的优秀青年……

幺姐谭正伦看到炳忠这么自觉这么争气，自己的一片良苦用心有了收获，真是喜不能抑。身边又只有彭云了，她琢磨着怎么使彭云也像炳忠一样早日成熟起来，以不负江竹筠生前的嘱托。虽然彭云也称得上自觉，像与哥哥炳忠比着劲似的刻苦学习，但做妈妈的她还是望子成龙心切，觉得彭云只是学习优秀还远远不够，尤其重要的是要培养和提高彭云的优秀品格和自身素质，让彭云懂得怎么做人，怎么胸怀仁爱和远大的志向。毕竟，10多岁的彭云人生观还较狭隘，待人待事还很幼稚，有时还很偏激呢。

幺姐觉得，许多具体的事情最能体现一个人的品格，光以过去的老办法，用先烈的英雄事迹教育，用炳忠的进步激励彭云已经远远不够了。她看到彭云这孩子特别聪慧，对啥子都喜欢较真，喜欢想一想，对自己这做妈妈的特别尊重，她便更多地以言传身教引导彭云。那是在三年自然灾害时期，除了像过去一样默默地辛勤工作，幺姐开始带着彭云一起帮助别人，娘儿俩自己平时粗茶淡饭，节省下钱粮慷慨接济困难的人，尽管她自己的身体特别不好尤其需要调养，可她还是把政府照顾配给她的牛奶让了出去……以此潜移默化地影响彭云拥有一颗仁爱之心。

有一天夜里，幺姐一边收拾着出门的行李，一边对彭云说："云儿，明后天你到舅妈（李熙明）那里过一过吧。妈妈和你竹安舅要到云阳老家去还债。"

彭云很是不解："还债？我们家在那里还欠了哪个的债呀？"

幺姐笑了笑回答说："说起来话很长哩，债是你还没出世时，我和你爸爸向人借的。"

彭云更是惊讶："那是哪百年的事情啰？没准别个早忘了，你还记着去还呀？"

幺姐的脸色变得严肃起来，语重心长地对彭云说："云儿，可不能这么想啊！别个哪怕真的忘了，我们也该记着！想当年，我和你爸爸正难时，别个借给了我们钱粮，救了急哩！现而今，我们难，乡下的人更难啊！古话说得好，'滴水之恩当涌泉相报'、'吃水不忘送水人'。别个现在正难时，我们哪能不去回报？就算妈妈我现在还不了这债，你和哥哥以后也该记着替爸爸妈妈去还啊！你晓得这道理不？"

彭云听着，望着妈妈的双眼一眨不眨，仿佛领悟似的连忙点头。

第二天，幺姐就和弟弟谭竹安一起回了老家云阳，去还当年办家庭作坊给彭咏梧筹措革命经费时积下的债务。这是幺姐到重庆来以后少有的一次"走亲戚"。这些年来，她和炳忠、彭云在重庆的亲戚往来，几乎只限于弟弟竹安家和江竹筠的三舅李义铭的二女儿李秀清家，其他地方因为这样那样的原因几乎鲜有走动。

在重庆，对于彭云来说，还有两个血缘特亲的亲戚：一个是江竹筠的亲弟弟江正之，一个是江竹筠的亲三舅李义铭。

新中国成立前，李义铭在重庆开办了孤儿院、敬善小学、义林医院等不少慈善机构，还与冯玉祥将军一起成立了进步的"利他社"，本来属于进步的民主人士，曾经对江竹筠等革命志士有过帮助和保护，重庆解放前夕为营救狱中的外甥女江竹筠还被国民党抓去蹲过一段时间的拘留所。但是，他并没有得到人们的理解和尊重。人们都当他是资本家，连他那被江竹筠引导参加了革命的二女儿和二女婿都把他视为反动对象揭发、斗争、划清界限。新中国成立后他一度被投进监狱，虽然后来不久就给他平了反，但他终究在1954年忧郁而殁。

他三儿三女也都不同程度地受到不公正的对待，不是被打成右派，就是被打成"反革命"，就连新中国成立前那么积极投身革命的二女儿李秀清也都一直没能实现加入中国共产党的愿望。

而江正之呢，新中国成立前没有听从姐姐江竹筠的教育和引导，长时间在国民党军队中工作，虽然没有做过什么危害革命的坏事，新中国成立前夕还从台湾逃回了大陆，但终究历史上有了污点。从台湾跑回重庆后，他先是被三舅李义铭接纳照顾留在义林医院做助理，刚解放时李义铭出具借据将义林医院"长期无偿借给"新政府开办为重庆市第二人民医院，他也一起被接纳在卫生系统工作，后来在重庆市传染病医院做一般工作。他虽然曾以"揭发"三舅李义铭表达向新政府靠拢的"积极性"，但人们并没因他有一个英雄姐姐而接纳他，运动一来他便被先后打成"右派"和"反革命"了……幺姐谭正伦在抚育彭云和炳忠这一双孩子的艰难岁月里，曾经与李义铭和江正之有过很多的接触，得到过他们的接济和掩护，很了解这两家到底是什么样的人，总觉得这样对待这两家人有些过"左"、不大公正，但在特殊的政治历史背景下她也不好公开地说什么。而彭云呢，在特殊的政治教育、影响下，对自己的烈士子弟身份尤其珍视，已经完全爱憎分明地羞于承认有亲舅舅江正之和三舅公李义铭这样的亲人了。

幺姐觉得，这样长此以往，会让彭云的人生观变得偏激、狭隘甚至畸形。该怎么让彭云正确对待这样的血缘亲戚呢？幺姐一直暗暗地困惑和苦恼，不知以什么样的方式、选择什么样的时机与彭云这孩子谈谈这样的话题。

随着彭云一天天地长大，潜移默化中渐渐领悟了仁爱并不是什么洪水猛兽，而且开始习惯思考问题了，幺姐觉得时机成熟了。

从去云阳老家"还债"到回重庆后不久，幺姐选了一个机会，与彭云谈起了他的亲舅舅和三舅公。她先是试探性地问彭云："云儿，你还记不记得你的亲舅舅江正之和三舅公李义铭？想没想过去看看他们？"

"一个是国民党反革命，一个是大资本家，哼！我没有这样的舅舅和舅公！"彭云很干脆且不屑地说："我只有一个舅舅——竹安舅舅！"

"云儿，话可不能这样说，亲舅舅总归是亲舅舅，亲舅公总归是亲舅公，你亲妈妈再伟大，你再怎么革命，这个事实都是改变不了的。孩子，不管是现在还是以后，你可都要正确对待这样的事实，老是回避并不好哩。"幺姐语重心长地说，"依妈妈看呀，他们其实也并不是什么大坏蛋。你亲舅舅虽然走错了路，历史不太清白，但他其实也没做过大坏事，他也特别喜欢你，你亲妈妈牺牲了,他只有你这么一个亲人了,你记不记得他在你小时候送过钱呀米呀好玩的东西呀?那时候,我们正难呢,正到处东躲西藏呢,他要真是死心塌地地反革命,哪个没出卖我们呀?你三舅公呢,办那么多慈善事,思想很开明,心地也很善良。你亲妈妈搞革命那么多年,你三舅公也不是不知道,他哪个没有去告密,还允许你秀清二姨妈跟着你亲妈妈搞革命呢?你亲妈妈被捕入狱后,他急得像什么似的,到处托人营救,还想用10根金条把你亲妈妈保释出来,结果没有救出你亲妈妈,他自个儿反倒被国民党警备司令部抓去坐了好多天的班房哩!云儿,你说他要真是反动,哪个政府后来又给他平反呢?云儿呀,你说这些事该不该好好想一想,有自己的一个头脑?"

彭云从来还没有听人这么说过关于亲舅舅和三舅公的这些事,乍一听很是吃惊,他有些茫然地问:"妈妈,你说的这些事是真的吗?难道对他们的处理错了不成?"

"云儿,这话可不要乱说,现在呀,我们娘儿俩也只有关着门说说,是不是处理错了,以后政府总会有个说法的,我们要相信党和政府最终不会冤枉人的。"幺姐趁势开导着彭云,说:"妈妈对你说这些,是想叫你正确对待。就算他们真的是反革命,我们也回避不了。不管哪个样,他们是他们,你是你。出身不由人,道路可选择,不是有人这样说了的吗?云儿,无论做啥子事,都要襟怀坦白,对党要忠诚不欺,对人要宽容以待,明白吗?"

"妈妈,你是不是说,以后我要是填啥子表,不能隐瞒我有这样一个亲舅舅?我还应该去看看这个舅舅?可是,妈妈,我……"

"云儿,现在时兴跟地富反坏右划清界限,你暂时不和这个舅舅来往,也没啥子错的。"幺姐见彭云听进了一些道理,心里暗暗欣慰,便说:"妈妈向你这么说,是想让你明白一些事理,正确对待自己复杂的社会关系,既不要因为有英雄爸爸妈妈而骄傲自得,也不要因为有历史不太清白的亲戚而自卑隐瞒,堂堂正正地做人。如果你明白了这个道理,现在去不去认这个舅舅和三舅公家,并不重要,晓得吗?"

彭云点了点头。经过了这样的深谈,他郁郁寡欢了一阵子,终日皱着眉头一副沉思的模样。但是,突然有一天,他对谭正伦说:"妈妈,你那天跟我说的道理,我想通了。看人不能带偏见,待人不能只为自己,做人不能虚伪,是不是这样呀?要是哪个舅舅以后改造好了,我就去认他看他,可以吧?"

才上初中的彭云能有这样的悟性,幺姐已经非常欣慰了,她高兴地拍拍彭云的头,连声说:"是的,是的,乖儿子!"

这以后，彭云突然变得成熟起来了，说话做事都像个大人一般。在学校，他不光成绩优秀，而且开始自觉地帮助成绩差的同学；在路上，看到有人拉板车上坡，他伸手去推；得表扬了，他懂得了谦虚，学会了主动解剖自己的不足；回到家里，他知道如何体贴妈妈谭正伦，见事做事。幺姐暗暗高兴：彭云知道该怎么做人了！

这一年冬天，幺姐谭正伦久病成疾，躺倒在家里。十五六岁的彭云像个小大人似的，苦口婆心地劝着、逼着、搀着妈妈上医院。他说："妈妈，你哪能身体有病不去治疗，老是硬撑着工作？身体是革命的本钱，你不爱惜，就不只是自己受损失的事了，你凭啥子长期为党为革命作贡献呀？"谭正伦听得既辛酸又欣慰。长子炳忠不在身边，这幼子彭云学会当家做主了啰！她答应去医院了。

碰巧，表姨妈杨蜀翘从成都出差到重庆，这天顺便来看望表侄彭云和嫂子幺姐。刚一进门迈进房里，杨蜀翘就看见彭云正守在病床边痴痴地看护着刚刚入睡的妈妈谭正伦。她张口想问你妈妈怎么了，彭云连忙扬手示意别出声，轻声对她耳语："妈妈病了，好不容易才睡着，姨妈你能不能先等一会儿，让妈妈多睡睡？"他那焦急的乞求般的眼神和恳切的低语，刹那间让杨蜀翘怦然心动：幺姐你可真不容易呀，把云儿都带到这个份上了！

6

1962年，从白公馆、渣滓洞越狱出来的江竹筠的战友罗广斌、杨益言、刘德彬共同创作的长篇小说《红岩》正式出版发行了，不仅风行全国，而且漂洋过海。一时间，江雪琴、彭松涛——江竹筠、彭咏梧这对英雄夫妇的名字传遍大江南北，尽人皆知，将"江姐热"推向高潮，就连彭云这个江竹筠、彭咏梧的遗子也备受世人关注。来自全国乃至其他国家的信件，像雪片一样飞向彭云，平均每天都有几十封，有时多达一两百封。这些信件，既表达着对江姐的崇高敬意，也充满着对烈士后代的深切关怀。即便彭云走上街头，也时常像今天的大明星一样，一旦被认出，就会造成轰动。当年11月14日，是江姐等烈士遇难13周年纪念日，彭云所在的巴蜀中学组织学生前往渣滓洞举行纪念活动，彭云戴着一副"缺腿"的眼镜——一根掉了的眼镜架一直用棉线绑着套在耳朵上——一同参加时，居然被参观者们认出。顿时，参观者们竟相挤过来，"牢房"上下很快就挤得水泄不通。同班的一个男同学见状，机智地赶紧换上彭云的衣服，又戴上彭云的眼镜，与他调了个"包"；其他几个比彭云高大的男同学，则架着他往外"突围"，好不容易才"越狱"成功，摆脱"追兵"。

然而，幺姐谭正伦这个彭咏梧的原配夫人却依然鲜为人知。新中国成立以来，人们为了维护江竹筠、彭咏梧这对烈士夫妇的纯洁形象，一直讳莫如深地回避或淡化乃至淡忘着江竹筠、彭咏梧、谭正伦三人间这"说不清楚"也"说不得"的姻缘关系；即便偶尔因为彭云的抚育问题避免不了提到谭正伦，也抹去了谭正伦与彭咏梧的婚姻事实，而只谓之以"亲戚"一笔带过。幺姐谭正伦虽然内心苦闷喟叹，但她早已理解了这种宣传的需要。

彭云却很是打抱不平，对谭正伦说："妈妈，这很不公平！你又不是坏人，那么早就支持爸爸闹革命，啷个提都不提你？你和爸爸、亲妈妈的事，是革命需要和组织上安排才这样子的，处理得这么好，对爸爸、亲妈妈的形象哪有啥子损伤吗？这样不行，我得向外面公开，妈妈你不是我家的啥子亲戚，你是我的好妈妈！"

谭正伦连忙劝阻彭云，说："云儿，你不要乱来！革命又不是图个名声，妈妈我不计较。你能这么想，妈妈已经很满足了……"

幺姐没有允许彭云去向外界披露真相，也从来没向组织上反映过把她视为"亲戚"的委屈，一直默默地做着一个丝毫不沾彭咏梧和江竹筠光的普通女人。然而，彭云是"彭咏梧和江竹筠的唯一儿子"的宣传越传越广，他不时被邀请参加各种各样的社会活动，全国各地给他所写的关怀和鼓励的信件继续纷至沓来，越来越多。对于这些信件，彭云开始时都一封一封地仔细阅读，认认真真地回信。但是，随着信件的继续增多，他渐渐回复不过来了；而且这些信件都很少提及他格外爱戴的妈妈谭正伦，他内心里的不平一天天地强烈。

幺姐察觉了彭云的这种变化。这可不是个好苗头呢！于是，这一天傍晚，彭云放学一回家，她就拿出一沓未拆开的信件，严肃地语重心长地说："云儿，这些信。是全国人民的心意啊！你是不是以为大家只是冲你写的？错啦！大家可是主要出于对你爸爸和亲妈妈的爱戴，出于对烈士后代的关心！你只能把这些信当做鞭策、鼓励自己进步的动力，啷个能怠慢关心你的人？啷个能骄傲自满？"

"我没有骄傲自满，妈妈。"彭云嘟哝着，"信太多了，我看不过来回不过来嘛！再说，啷个都只关心我，都不关心你……"

"你哪个还这样想？哪个还带着嫌弃的情绪？妈妈不是早跟你说了，革命不是为了落个啥子名声，妈妈不计较吗？你这样想，都不对，这是辜负全国人民对你的期望呢！"幺姐焦急地批评着彭云，"你看看，这些信你连拆都还没拆，大家要是晓得你嫌弃这些信，嫌麻烦，会哪个看你？会说妈妈没有教好你！你爸爸和亲妈妈在九泉之下也会说我没完成他们的嘱托！云儿呀，革命首先要学会做人、做明事理的好人，做人就要守得住身子哩。这些信，你学习忙，不说每封都回，可你至少也得一封封地好好读读呀！要不然，你哪个做得了你爸爸和亲妈妈那样受人尊敬的人呢？"幺姐说着诉着，禁不住泪流满面："你爸爸牺牲至今，连尸骨都还没找到啊！他在天之灵要是晓得你这样子，该多伤心啊……"

彭云听着，低下了头。他知道自己错了。妈妈真是用心良苦，自己背负着继承先烈遗志的重责，妈妈的教导哪能不听？懂事了的彭云，由衷地敬佩这样的好妈妈，感激妈妈总是这样及时地教育、提醒、开导自己。他开始继续认认真真地回信，怕妈妈不放心，他还把写好的信念给妈妈听，直到妈妈满意地点头……

彭云在妈妈谭正伦如此呕心沥血的言传身教下，健康的成长着，在中学加入了共青团。他动手缝补衣服的大照片，还上了《中国青年》杂志，成了那个时期全国中学生效仿的榜样。

那几年，幺姐一家不断喜事盈门。先是1962年，彭炳忠考取了教育部统一招考的出国留学研究生（四川大学当时只考中两人），次年进入上海外语学院留学生预备部补习外语，准备出国深造。1965年，彭云以优异成绩考取了蜚声中外的全国重点名校哈尔滨军事工程学院。随后，幺姐谭正伦自己也光荣地当选为重庆市第六届人民代表大会代表。母子三人的传奇故事被广为传颂，成为佳话。

也就在1965年，彭咏梧烈士的遗骸寻到并确认了。

其实，找到彭咏梧遗骸的过程可谓一波三折。早在1950年10月，大难未死的原川东游击纵队政治部主任，与彭咏梧有着生死之交的陈汉书回到奉节，担任奉节县城关区指导员。当得知彭咏梧的身首仍分两处葬于深山野林，以及云阳18壮士被集体枪杀在奉节县城大水井下，尸体也是草草埋葬时，他异常悲痛，便向当时的奉节县委请示，要求重新埋葬彭咏梧和18位壮士。哪知，由于过去国民党对川东游击纵队极端仇视，大肆造谣、诽谤这支队伍是"土匪"，以致新中国成立后此流毒在部分地区群众的印象中仍未得到澄清。解放初期，当地政府不仅没对川东游击纵队的性质和功绩作出结论，有些人还认为这是一支"流氓队伍"、"成分复杂"，把一些游击队员与"土匪"、"恶霸"相提并论，在随后的"清匪反霸"和"三反"运动中，原川东游击纵队幸存的指战员受到极不公正的待遇与处理：以"土匪"、"恶霸"、"反坏分子"等罪名判刑的有一百多人，其中被判处死刑的有40多人，142人被开除党籍，460人被开除公职。更叫人痛心疾首的是，原奉大巫支队司令员陈代侯在1951年"清匪反霸"中被人诬告为"土匪"、"反革命分子"，竟不由他申诉，便被押回老家枪决，当众宣布他是"土匪"、"恶霸"。在这种政治氛围下，陈汉书要求找到和重新安葬彭咏梧的遗骸、并为彭咏梧恢复烈士称号一事的结局就可想而知。当时的奉节县委竟明确表示："彭咏梧是不是烈士，还要经过调查。"后来，原川东游击纵队司令员、彭咏梧牺牲后又兼任纵队政委的赵唯，竟也在"反右"期间被打成"大右派"，被监督劳动改造。

尽管如此，陈汉书仍然继续申诉。1965年，担任奉节师范学校校长的陈汉书等人，找到奉节县竹园区区委书记陈祝南，请陈祝南作证人为彭咏梧恢复烈士称号，并重新安葬彭咏梧的遗骸。因为，陈汉书知道，陈祝南是彭咏梧当年亲自发展的地下党员、川东游击纵队队员，曾亲眼目睹了彭咏梧牺牲的过程。但陈汉书不知道并令他惊喜的是，早在1953年，已担任奉节县竹园区区委书记的陈祝南和区长沈凯在寻访老领导彭咏梧遗骸的过程中，就巧遇了当年的知情人，得知当年几位当地群众自发地凑钱请一位姓黎的老人，将悬挂在中拱桥卡门上示众的彭咏梧等三位烈士的头颅悄悄掩埋在红岩山上。但是，烈士的身躯呢？陈祝南此后又多次到巫溪鞍子山调查。1962年冬天，陈祝南再次到毗邻的巫溪县金盆乡黑沟淌寻访，终于在一座荒梁上找到了当年掩埋彭咏梧烈士和另一位烈士刘景太遗体的农民胡福太，确认了彭咏梧烈士身躯的掩埋地。如今，陈汉书的请求自然与陈祝南长期以来的想法不谋而合。于是，他们一同向奉节县委再次提出请求。县委终于同意将彭咏梧烈士身首迁葬一处，并派彭月阳、杨奎两同志与陈祝南、沈凯等人一起前往办理。他们赶到一百公里外的金盆乡黑沟淌，找到了两具遗骸，随即又到竹园区对面的宝塔山上取出三个头骨，却一时分辨不出到底哪个是彭咏梧烈士的。后来，根据当事人回忆和对有关资料分析，终于确认两具遗骨中个子较高的和三个头骨中曾镶金牙且稍大一点的正符合彭咏梧烈士生前的特征，便把彭咏梧的头骨、尸骨取回县城。然而，奉节县委不同意正式安葬，依然认为："要经过调查，才能确立他（彭咏梧）到底是不是烈士。"无奈，彭咏梧的头骨、尸骨只好暂时放置在县委收发室收发员陈瑞之的床下。后来，陈祝南、沈凯、陈汉书等人将彭咏梧的头骨、尸骨转到奉节县城后一个名叫卧龙岗的乱坟场，用一些石头先埋葬了。

峰回路转的是，1966年"文化大革命"刚爆发，红卫兵这个特殊产物竟为彭咏梧遗骸的安葬做了件好事。奉节县的红卫兵押着当时的县委书记和几个县委常委进行批斗，逼着县委一班人拨出专款2万元作为修建彭咏梧墓的经费，并当即在奉节城广场北侧抢修了一座高大雄伟的水泥坟墓，建成彭咏梧烈士陵园，把彭咏梧的头骨、尸骨从卧龙岗迁出，并做了一口上等棺木，将彭咏梧烈士遗骸正式移到陵园重新安葬。

陵园落成并移葬那天，幺姐和彭咏梧烈士生前的许多战友，应邀前往奉节城。面对着烈士的遗骸，人们庄严肃穆，沉痛地追思。幺姐悲痛欲绝，泣不成声："庆邦呀，我好不容易又看到了你哟！我把我们的……两个孩子都拉扯大了，他们……兄弟俩都很争气，你……你在九泉之下放心吧，你的事业……后继有人啊……"

丈夫的遗骸找到、确认并安葬在一起了，幺姐在悲痛中也有了莫大的安慰；丈夫受到了党组织和人们如此的敬重，幺姐内心由衷地感叹；而两个孩子如此争气，幺姐更是满心慰藉。她觉得这世界上苍天终究有眼，好人终有好报。

然而，幺姐的这感叹还余音未绝，突然间，一场巨大的阴阳颠倒的政治风暴，把他们母子三人从备受敬重的空间猝然卷入了不可理喻的劫难之中！

第二十五章 | 劫难过后有悲终有喜

天理不公,幺姐没受到烈属荣耀的惠泽,反倒横遭诬陷;祸福倒错,弟弟惹出重案侥幸躲过大劫,却牵连哥哥长期受难……苦尽甘来,两子成家立业结婚生子了,幺姐却猝然长辞人世。苍天终究开眼,让英烈的传人有了自豪无悔的今天。

1

　　幺姐一家的劫难，几乎可以说是因为江青的一句话带来的。

　　1966年"文化大革命"开始后，江青不知哪根神经被绊动了，诬蔑说，川东游击纵队没有一个好人，全都是一些土匪！

　　江青是"中央文革领导小组"的要人，这一句话无异于给曾经牺牲了那么多革命烈士的川东游击纵队定了性。于是，众多川东游击纵队里幸存下来的同志再次被屈辱地打倒了，连彭咏梧烈士这位深受世人尊敬的川东游击纵队开创者、领导人，也被批判为"开始的妄动分子、后来的逃跑分子"。烈士的功绩被抹杀了，英雄的壮举被颠倒了，彭咏梧的原配妻子谭正伦自然也受到了无情的冲击。新中国成立后十多年里，谭正伦在彭咏梧的英雄事迹人人传颂时，没有也没想过要受到什么惠泽，此时却横遭牵连、诬陷、批斗。

　　她清贫的家被抄了。没有抄出什么有用的东西，造反派很是失望，便把一身病痛的她一次又一次地押进批斗会场。

　　有一次，造反派批斗她时，按着她的头，喝令道："你这个逃跑分子、土匪头子、大叛徒的大老婆！老实交待！说，彭咏梧这个川东大土匪还干了啥子危害革命的事？你这个帮凶做了哪些不耻于人民的事？"

　　"你们批斗我没啥子，不能诬蔑烈士！彭咏梧不是土匪，更谈不上是叛徒，他出生入死，对党忠诚，最后是为掩护战友壮烈牺牲的！他的头颅被敌人砍下挂着示众，身首异处，去年才找到啊！你们哪能这样颠倒黑白？"谭正伦平常总是逆来顺受，这时却异乎寻常地反驳起来："你们要斗就斗我，不要侮辱烈士的英魂！"

　　"你这土匪婆子、资本家还嘴硬呀！"造反派凶狠地骂道，将谭正伦按着跪下，随之喊起了口号："打倒土匪头子彭咏梧！打倒彭咏梧的大老婆、资本家谭正伦！"

　　一起被批斗的重庆市卫生教育馆、红十字会、爱卫会、医学会联合党支部书记何韵华看不过眼了，对造反派说："你们不能这样对待她，连江姐都称她是'不能忘怀的人物'呢！她是市人大代表，你们不能这样折磨她啊！"

"你这个走资派有啥子资格说话？你敢诬蔑英雄江姐？啥子'不能忘怀的人物'，她谭正伦是我们不能忘怀的土匪婆子和资本家！"造反派头子吼道："她是哪个当上人民代表的？就是你这个走资派推荐的！你们是惺惺相惜、沆瀣一气、一丘之貉！打倒土匪婆子！打倒资本家！打倒走资派！"

于是，何韵华也被按下与谭正伦跪在一起（何韵华接受作者采访时讲到这里，喟叹不已）。

一天天地受着批斗，谭正伦委屈不已，病情也一天天加重，风湿关节炎患了近20年的她常常在遭批斗后，回到孤寂的家里便浑身酸痛得直不起腰。

没想到，有一天，老家云阳的造反派也跑到重庆来批斗他了。

"谭正伦，你这个开工厂剥削穷苦人民的资本家，你以为你改了名字，就可以逃脱人民的天罗地网？白日做梦！"造反派批斗说，"资本家谭正伦，你老实交待，你在云阳是哪个开纱厂的？是哪个剥削工人的？是哪个改名字想逃脱人民的严惩的？"

"我不是啥子资本家，开的也不是啥子工厂，那不过是个家庭作坊，而且是借钱开的，请来帮忙的也都是几个亲戚，再说开这作坊也是为了给革命筹措经费……"跪在会场台前的谭正伦委屈地分辩。

"谭正伦，你不要狡辩！啥子家庭作坊？开工厂就是开工厂！啥子请亲戚帮忙？剥削劳动人民就不能答应！"造反派强词夺理地批斗着，"你这个资本家别想逃脱劳动人民的审判！你放老实点！你不老实交待，我们革命造反派决不轻饶！说，你改名字是不是想逃脱罪责？"

"不是，"谭正伦跪久了，腰痛得使她大汗直冒，说话的声调都颤抖了，"我到重庆来带江姐的孩子彭云，特务们到处追捕，我不改名字不行啊，是迫不得已啊……"

造反派不知再批判什么了，冷场了一会儿，才煽动性地高喊："同志们，革命造反派同志们，反动的资本家谭正伦还在狡辩，大家说哪个办？"

会场上响起一片"打倒"声……

斗得多了，批得久了，谭正伦被批斗得有经验了。在这黑白颠倒的运动中，有理哪里说得清呢？善良的她学会了逆来顺受，再被批斗时，她便一声不吭了。

终于，造反派们对谭正伦斗得厌烦了，以后再批斗时只让她作为陪衬。

谭正伦内心里却没有因此而轻松。她一直在担心：炳忠和彭云这两个孩子是不是像自己一样也受到了这样的牵连？他们挨斗挨整了吗？他们能像我一样挺过来吗？

2

远在哈尔滨军事工程学院上学的彭云的确受到了牵连，而且更加残酷的打击正悄悄地降临。只是，灾难暗中逼近时，彭云还蒙在鼓里，浑然没有察觉。

灾难是彭云自己惹上身的。

虽然父亲彭咏梧烈士受到了诬陷，带大他的妈妈谭正伦正挨着批斗，但他是人人都敬重的有着公论的红岩女英雄江竹筠的亲儿子，运动初期他因此没有受到造反派的冲击。大串联开始时，彭云甚至还一起随行回过重庆，当时因为舅舅谭竹安找到了他亲舅舅江正之的下落，他还按妈妈从前的劝导，宽仁地悄悄地冒着风险到北碚第一次相认过这位落实政策刚解除劳教的亲舅舅。

然而，这时的彭云已经有了分析事情对错的能力，正是这种善于分析的能力为他惹下灾祸埋下了伏笔。看到那么多的老革命通通被打成"走资派"，他对这场"文化大革命"运动有了怀疑。尤其是川东游击纵队被说成"全是土匪"、"没有一个好人"，连父亲彭咏梧这样英勇牺牲的烈士也横遭诬陷，他更加困惑、不平。在串联到达成都时，他向西南财大的一位要好的中学同学说出了自己对"文化大革命"的看法。

没料到，西南财大这位与他有同感的同学把与他交谈的内容写进了日记，而成都的造反派偏偏又发现了这日记本。反对"文化大革命"，这还得了！一审问，一排查，成都造反派认定：这是一个以彭云为首的反革命组织！

你彭云是江姐的儿子又怎么样？反对"文化大革命"、攻击江青就是反革命，就要抓捕你！于是，成都造反派组织开出了逮捕证，带着手铐，径直前往哈尔滨抓捕彭云。

哈尔滨军事工程学院的造反派，见成都造反派这么兴师动众地来自己的学院抓捕大家都知道的彭云，大吃一惊。也许是哈军工的造反派属于头脑比较清醒的保皇派，也许是他们有"现官现管"的本位主义，他们对成都来抓彭云的造反派说："彭云是我们学院的学生，他有再大的问题，也应由我们来审查！"

强龙压不过地头蛇。成都造反派没有顺利地抓捕到彭云，只得留下带来的黑材料，打道回府，退而求其次地去搜捕"彭云反党反社会主义集团"的其他成员。但是，临走，他们还是强硬地对哈军工方面留下一句话："你们必须对彭云严格审查，严肃处理，我们等着答复！"

哈尔滨军事工程学院方面当然不能怠慢。他们组成了专案调查组，根据成都造反派留下的黑材料，立即展开了认真的内查外调。

彭云此时全然不知灾祸已悄然染身。在学院里，他隐忍着自己对"文化大革命"的疑惑乃至不满，潜心地学着知识，参加着训练，还"忙里偷闲"地谈着恋爱——与女同学易小冶相爱了。

易小冶的父母都是在北京工作的老干部，外公是杨开慧烈士的舅舅，看到那么多老干部挨整，江青那么专横跋扈，杨开慧姑姑的名字说都说不得，易小冶感到非常困惑。两个年轻人，一个是名门俏女，一个是英烈后俊，相同的背景，相同的认知，相同的环境，使他俩相互吸引爱慕起来。

常思使人明理，热恋却使人忘忧。彭云哪里想到，此时"组织上"正对他的"反革命问题"进行着紧锣密鼓的审查呢？

幸运！哈军工方面根据成都方面提供的黑材料，跑遍了大半个中国，经过长时间的认真核查，最后得出的结论是：不存在什么"以彭云为首的反党反社会主义集团"，这不过是别有用心者蓄意编造的冤情！

彭云侥幸地躲过了一场劫难。那一天，当校方向他说明这件事时，一直蒙在鼓里的他大吃一惊！

"彭云，你没事。不过，"校方负责通知这件事的人对彭云说，"这件事牵连上了你的哥哥彭炳忠。我们虽然公正地对待了这件事，四川成都方面可能就不会这样了。这个时候，你哥哥可能正在代你受过呢！"

刚刚还在暗暗窃喜的彭云，一听这话不由惊心焦虑：好哥哥炳忠真的会因为我这件事在受难吗？

3

历史在这里真的开了一个有眼无珠的乖张的玩笑，被诬陷的彭云没有受难，而他的哥哥彭炳忠倒因此被株连，灾祸缠身了。

"文化大革命"开始时，彭炳忠并没有因为父亲彭咏梧、母亲谭正伦的"问题"遭受大的冲击。但是，弟弟彭云的"反革命集团"问题一出，四川的造反派组织就盯上了彭炳忠，开始对他不由分说地"修理"，被关进了严格隔离的"牛棚"！

成熟起来的彭炳忠，面对这飞来的灾祸和不公平的株连，竟然能够表现得那么洒脱。他对人自嘲地说："关起来也好，我能趁机好好读读毛主席著作了。平常，我哪有这么系统的时间？"

果然，在关进"牛棚"的头三个月里，彭炳忠就把《毛泽东选集》一至四卷又精心通读了一遍，还通读了一遍《列宁选集》一至四卷。因此明白了许多东西，提高了自己的政治素养，为多年以后从事政治工作打下了坚实的理论基础。

然而，彭炳忠受到的伤害并不仅仅是政治和业务方面，他的爱情也因此夭折了。

彭炳忠正在"牛棚"里经受着"改造"时，他那在川大相恋了多年、被分配到国防科工委新疆某基地工作的女友这时回成都探亲了。得知彭炳忠进了"牛棚"，而且是因为"反革命集团问题"，敏感的她便当即与彭炳忠划清了界限，连看都没去看彭炳忠。鉴于她工作单位的特殊性质，她大概也别无选择。

弟弟闯的祸落在了哥哥身上，弟弟的爱情丰收了，哥哥的爱情却夭折了，世事真是无常，鬼使神差，阴差阳错！

彭炳忠从"牛棚"出来后，同学向他说起了他女友的行为。他一听先是很生气，随之解嘲地说："她是个军人，还是个搞原子弹的军人，对象成了'反革命'，她能怎么办？"

彭炳忠被女友抛弃的事，开始时还一直瞒着他在重庆的妈妈谭正伦。那时，妈妈也正身处遭批挨斗的磨难之中，做儿子的哪能再忍心给妈妈的伤口上抹盐呢？从小至今，妈妈对他们这两个儿子的进步、平安看得比啥子都重要啊！

但是，1968年底，谭正伦终究知道了儿子炳忠的遭遇。她含辛茹苦把儿子拉扯大，一直盼望着马上就30岁的儿子早日结婚生子啊！她早就知道炳忠的女朋友是大学同学，听说感情很不错的，哪料到会出这样的变故？临近春节时，解放初期托儿所的同事、眼下在重庆市望江机器厂子弟小学当校长的胡泳屏来看她，说起这事，她不免长吁短叹。胡泳屏一听，对她说："幺姐，那样的女朋友吹了就吹了，没得啥子遗憾的！你还怕炳忠这么好的人找不到个好媳妇？我们学校就有一个很不错的姑娘，我把她介绍给炳忠！"

"是哪一个？人啷个样？靠不靠得住？般配不般配？"幺姐一听就急切地

连声问。

"靠得住！般配！人品好，又标致！"胡泳屏笑着答道，"幺姐，你放心，保证我一介绍就是个准！"

胡泳屏介绍的姑娘名叫梁素英，比炳忠小5岁，毕业于重庆中等专业师范学校，分配在胡泳屏负责的小学当教师。家在重庆，父母是重庆棉纺六厂的工人。幺姐到子弟学校去偷偷地相了相这姑娘，很是满意，立即就写信给炳忠，催促炳忠回重庆来相亲。

1969年春节，彭炳忠回重庆看妈妈。就在家里，胡泳屏阿姨领着梁素英来相亲了。真是有缘，两个年轻人竟然一见倾心，开始了成都与重庆间的频繁的鸿雁传书。相识不到半年，这年的6月，两人就结婚了。

两年后，彭炳忠和梁素英生了一个可爱的女孩，取名叫良瑜。做了奶奶，有了弄瓦之喜，幺姐谭正伦高兴得合不拢嘴。虽然身体还是不好，虽然自己和炳忠的境遇还没有完全改变，但谭正伦已完全忘了忧愁和委屈，终日乐呵呵的，在红十字会里工作得很是惬意。儿媳妇素英对她特别地敬重和体贴，往常她承担的家务几乎都被素英接了过去，人们都对她说："幺姐，你乐哈哈的，是不是得意你儿子炳忠给你找了个好媳妇呀？"幺姐则掩饰不住快乐地连声答："是哩！是哩！不过，是我给炳忠找的！"

不再是孤寂地一个人生活了，家里添了儿媳和孙女，幺姐在动乱岁月里的生活有了新的乐趣。但幺姐终究习惯替他人着想，虽然舍不得儿媳和孙女离开，可她总觉得儿子儿媳这样长期分居两地不是个事，要是儿子儿媳能团聚，两个人相帮着"进步"才会快呢。幺姐便催促着炳忠快些设法把素英调到成都去。

炳忠和素英都极有孝心，不忍把还没有到退休年龄的妈妈留在重庆，再去过孤独的生活。幺姐见儿子儿媳许久没有调动的动静，居然急了，对儿子儿媳少有地发起了脾气。直到这样，彭炳忠才试着替妻子梁素英向组织上写了请调报告。1972年，谭正伦55岁了。虽然在重庆有媳妇可以照顾一下她，但媳妇工作的望江机器厂远在郭家沱，坐船还要一个小时才能到，也只能周末回来看一看。有了女儿，就更难于照顾婆婆了。炳忠放心不下生活在市中区的母亲，催促妈妈办理了退休手续，把妈妈接到了成都自己身边。没想到，梁素英的调动也有了喜讯，虽然彭炳忠在川大还只是一个普通教师，他也从没向组织上提过什么要求，事情一试居然就成了。

1972年，梁素英被调到成都劳动路小学任教，小夫妻团聚了，恩爱有加。

谭正伦有孝顺的儿子媳妇在身边，又有特别逗人喜欢的小孙女陪着，总算在晚年过上了几天开心的日子。

4

这个时候，彭云和易小冶的爱情正随着冤屈的遭遇承受着分离的考验。

1970年，他俩大学毕业后，彭云被分配在沈阳飞机场工作，而易小冶则被分配到北京空军政治部。两个人本来已经承受着相思两地的痛苦，没料想易小冶在事业上又运交华盖。

"九一三"事件后，因为空军是林立果经营的地方，刚来这里工作不久的易小冶也无一例外地受到怀疑和隔离审查；接着，又因为她与杨开慧烈士沾亲带故，江青极为妒忌，她又受牵连被关进"牛棚"，连家都不能回，更不用说与恋人彭云写信联系了。了解彭云和易小冶相恋的人，都以为这两个人的关系靠不住了。

然而，彭云岂是个见利忘情的人？哥哥炳忠从前的那次失恋的痛苦他深知，骨子里刚硬的他最痛恨那种见风使舵的无异于叛徒一样的人。他太了解易小冶，他不相信在"文化大革命"初期就那么有主见的小冶会跟着林彪父子那样的人搞阴谋、反对毛主席。磨难虽然继续着，他和易小冶的爱却愈磨愈坚贞。

磨难的岁月里，彭云思念着恋人，更思念着妈妈和哥哥。妈妈和哥哥为自己吃了那么多苦，为自己的成长费尽了心力，至今还因为自己受着冤枉，遭着冲击啊！彭云内心里因为这一点痛苦不已。"妈妈和哥哥的恩情，我这一辈子报答得完吗？"他常常扪心自问。

感恩和孝心在彭云的血脉里始终流淌着。参加工作的第一个月，他就把工资全部悉数寄给了妈妈。随后增加工资，他每次都把增加的部分寄给妈妈，钱虽不多，但这是他表达自己感情最质朴的方式。那时，全国的副食品很紧张，在飞机场工作的他便把自己的白糖、猪油、罐头等食品留下来，或者设法买到，邮寄或托人带到四川的妈妈和哥哥手中。妈妈身患严重的风湿病、高血压、哮喘，他在沈阳又想方设法买到东北人参等药品补品带回。千里送鸿毛，深情在其中啊！

易小冶知道彭云是个孝子。以前在哈军工读书时，她听惯了彭云对谭正伦妈妈和炳忠哥哥的恩情的念叨，内心里最看重彭云这一点，也一直对谭正伦妈妈和炳忠哥哥心存敬佩。从与彭云相恋的时候起，她就渴盼着有一天能随彭云一起去晋见，想要像彭云一样孝敬谭正伦妈妈和炳忠哥。身在这家都不能回的"牛棚"里，她觉得彭云的责任就是自己的责任，彭云的爱也就是自己的爱。听说炳忠哥哥有了女儿，她便在隔离的"牛棚"里替谭正伦妈妈和小良瑜分别编织了又漂亮又密实的帽子和围巾。还没有正式成为彭家的儿媳妇，她就自觉自愿地把自己的命运与彭家连在一起、把自己视为彭家的人了。

1973年春，易小冶的冤案终于得到澄清和平反。彭云立即前往北京，与易小冶结了婚。在北京刚一拿结婚证，他俩就赶紧坐火车回四川看望妈妈和哥哥、嫂子、侄女以及舅舅谭竹安一家。

1973年5月，彭云、易小冶结婚时回川探亲所照的全家福。前排左起：彭云、彭良瑜、谭正伦、彭炳忠；后排左起：易小冶、梁素英

一家人终于在动乱年代里团聚了。看到彭云终于也成家了，而且带回的是如此漂亮、殷勤的一个女"解放军媳妇"，幺姐高兴得合不拢嘴。按照古老的习俗，她坚持为彭云和易小冶请了一次客，算是补办喜事。夜里，她把彭云和易小冶拉到身边，并肩站在面前，仔仔细细地看呀看，热泪盈眶地说："瞧你们两个，都继承了你爸爸的遗志。云儿，你爸爸和亲妈妈要是还活着，看到你们这模样，该多好啊！"她边说边抹着泪，继之长吁一口气，说："唉，你们都长大了，你们江妈妈的嘱托我算是完成了，以后就看你们自己自觉了，妈妈

我就是现在死了，也放心了……

彭云和易小冶、彭炳忠和梁素英，听着妈妈的这番话，眼睛都湿润起来，不知对辛劳一辈子的妈妈说什么好。还是梁素英能够自持，对妈妈说："妈妈，这大喜的日子，你高兴过头啰！啷个说啥子不吉利的话呀？你不是一直盼着抱孙子么？小云和小冶会很快满足你的心愿的，让你的晚年乐个够的，是不是呀，小云，小冶？"

彭云咧着嘴巴笑，易小冶羞红了脸，彭炳忠在一边乐呵呵地瞧着，倒是谭正伦自己忙不迭地含泪答着："是的！是的！"

第二天一大早，一家6口人到照相馆照了张全家福。

彭云和易小冶在成都的家里，一直住到假期满了还舍不得走。临在成都坐火车回北京时，新娘子易小冶搂着谭正伦妈妈的肩，深情地说："妈妈，我和小云先走一步，到北京把家安顿好就打电话给哥哥，让哥哥送您去北京，保证让您住得舒舒服服的。哥哥、嫂子，请你们准备好啰！"

彭云和易小冶在一家人深情的目光中上了返京的火车，远远地，相互还在扬手呼喊。他俩渴盼着尽早把妈妈接到北京住上一段时间，带妈妈游故宫、上长城，好好地孝敬妈妈。然而，岂料，这竟然是他俩与妈妈谭正伦相见的最后一面！

5

彭云夫妇返京后，环境依然恶劣，又生了儿子壮壮，接妈妈到京居住尽孝心的心愿3年都没能实现。到了1976年5月，彭云和易小冶再也耐不住了，就给哥哥彭炳忠和嫂子梁素英写信，催促着哥嫂无论如何送妈妈去北京。做妈妈的谭正伦好不高兴，天天都对弟弟谭竹安和弟媳李熙明念叨："云儿和小冶好孝心啰，他们说叫竹安你和我一块去呢！"

彭炳忠和妻子梁素英把要携带的东西早准备好了。舅舅谭竹安因为在重庆日报社脱不了身，暂时不能同行，但月底谭正伦临行前，他还是兴冲冲地从重庆赶到成都送行。

临动身前一天的5月30日，在成都工作的老朋友林向北把幺姐接到家里，约来了好几个老朋友相聚，替幺姐设宴饯行。忆往谈今，大家都对幺姐说："幺姐，你养彭云吃了那么多苦，现在是苦尽甘来啰！"

幺姐兴奋不已。晚上回到儿子彭炳忠在四川大学的家里，幺姐仍然欣慰地说个不停，没有一点睡意。谁知乐极生悲啊！到了深夜11点钟，兴奋过度的幺姐突然叫了一声"头痛"，脑溢血猝然突发，当即就歪倒了。

彭炳忠赶紧去叫来了救护车，全家人急急忙忙地把谭正伦送到四川医学院附属医院抢救。一家老小焦急地守护着，盼着她能快快苏醒过来。然而，她却始终昏迷不醒。

病危通知书无情地下达了。医生听着这家人的苦苦哭求，深表同情，却又无可奈何地摇头。彭炳忠知道大事不好了，哭泣着紧急通知远在北京翘盼着谭正伦妈妈的弟弟和弟媳。

彭云和易小冶一听，惊呆了。他俩星夜乘火车赶往成都。可是，车到成都，他俩已经只能悲痛欲绝地瞻仰妈妈的遗容了。

1976年5月31日下午4时，年仅59岁的优秀共产党员谭正伦，一生"革命第一、工作第一、他人第一"的幺姐，溘然辞世！

追悼会开得非常隆重。重庆市革命委员会、成都市革命委员会、四川大学革命委员会、重庆市卫生局等单位送来了一百多个花圈，整个成都市殡仪馆悼念大厅摆得满满的。彭咏梧、江竹筠的老战友和幺姐在重庆市第一托儿所带大的晚辈们纷纷发来电、来函吊唁。许许多多的人赶来参加追悼会，无不为失去了这么一位党的忠诚女儿而悲痛惋惜。谭正伦的亲人们更是不堪经受这悲痛欲绝的场面。

谭正伦生前所在单位的党支书何韵华从重庆过来了，她在追悼大会上痛哭流涕地说："谭大姐毕生以革命第一、工作第一、他人第一，在处理个人与国家的关系、自己和他人的关系以及特殊家庭内部关系时，处处表现出'毫不利己，专门利人'的奉献精神……她所做的虽然都是一些平凡的小事，但却是最不容易做到的啊……"

国家文化部副部长仲秋元，这位江竹筠和彭咏梧生前的战友、江竹筠生前挚友何理立的丈夫、渣滓洞监狱的幸存者，由衷感念地说："幺姐这个彭咏梧烈士的第一夫人不简单，是个无名英雄！"

人们对谭正伦的追思就像对彭咏梧、江竹筠的追思一样沉痛，人们对谭正伦的评价就像对英雄的评价一样崇高。幺姐谭正伦，带着一双儿子成才了的慰藉，带着完成了江竹筠烈士生前嘱托的欣喜，在最快乐的这一天魂飞天国与好丈夫彭咏梧、好妹妹江竹筠相逢相知去了，但她也永远活在世人的心中！

1976年5月31日谭正伦病逝时，亲人们赶往成都为她送葬。前排左起：易小冶、彭云、彭炳忠、梁素英、彭良瑜；后排：左二为谭正伦的弟弟谭竹安，右二为彭咏梧的堂侄彭松亭

6

共同的引以为豪的爸爸妈妈都永远地走了，再也不能回来了。这永久的悲痛和无尽的哀思，使彭炳忠、彭云这对特殊的同父异母兄弟的手足亲情更加深厚，兄弟俩除了生活上相互关爱，还相互勉励，竞赛般地要在事业上做出突出的成就，慰藉父母的在天之灵。

妈妈谭正伦去世后，彭云就把对妈妈的感恩和孝心全部转移到了兄嫂身上。每次调整工资，他都要把第一个月增加的工资部分寄给哥哥。这钱虽不多，却表达着他的"家孝"，蕴含的深情不言而喻。

粉碎"四人帮"后，彭云从沈阳调入了北京电子工业部六所，1977年又考入了中国科学院计算机研究所研究生，两年后又考上了我国首批公派赴美留学生，先后在美国密歇根韦恩州立大学和马里兰大学攻读计算机专业硕士和博士。当时的公派赴美留学生一个月的"工资"很少，可他仍然不忘惯例，头一个月就给哥哥买了一块70多美元的手表，给嫂子买了一个20多美元的皮包，给自己的妻子小冶和儿子彭壮壮却什么也没买，他自己也是勒紧裤带才度过这头一个月的"饥荒"……

彭炳忠为拥有这样一个弟弟感到骄傲，他哪里不明白弟弟的深情呢？他去信请弟弟不要惦记家里，要一门心思学到有用的知识，报效祖国。

彭云牢记着哥哥的嘱咐和妈妈生前的教诲，在学业上不敢有半点懈怠。苦读之中，1984年他获得了硕士学位，两年后又获博士学位，并受聘在马里兰大学担任访问教授，从事计算机"博士后"研究。

彭云赴美留学，一直计划学成后就回国，因此并未让妻子易小冶和儿子彭壮壮同行。易小冶从部队转业后，分配在中国大百科全书出版社工作。彭云出国后，她悉心独自抚养着儿子彭壮壮，照顾着年迈的父母；直到1984年，她才把彭壮壮托付给父母照顾，自己也赴美国马里兰大学一边攻读社会学、信息传播学硕士，一边照顾彭云的生活。

身在美国，彭云夫妇特别想念国内的亲人，尤其是年幼的儿子。1986年，当儿子彭壮壮要考初中时，本可以选择北京名牌重点中学，但彭云夫妇与壮壮的外公外婆商量后，却让壮壮报考了普通中学北京22中大循环数学实验班，希望该班德高望重的名师孙维刚老师，能够让壮壮的各项素质得到全方位的提高。几年之中，得知经过孙维刚老师的精心调教，以前最不喜欢体育、身体条件差的壮壮不仅担任了体育委员，第一个学期就自己跑下了1500米，带领全班同学夺得了全校体操比赛第一名，还养成了爱思考、挑战难题、甚至给老师挑错的好素质，成了孙维刚老师最得意的学生之一，彭云夫妇备感欣慰之余，思乡情绪不禁一天比一天浓郁了。

1988年，在异国他乡刚刚学成，思乡和报效祖国心切的彭云夫妇便双双回国了。彭云被中科院计算机软件所聘为副研究员，易小冶仍回大百科全书出版社。到了北京还没有喘过气，彭云就急急地携着妻儿回川探亲——屈指一算，兄弟俩一别已经整整8年了。

这8年当中，彭炳忠也在不断地进步着。1978年，四川大学党委任命他为无线电系总支副书记；书记一职几次缺职，组织上一次次动员他"顶上去"，他却一次次地动员别人来做他的顶头上司。他埋头搞教学和科研，主持研究的高频压电材料及滤波器填补了国内空白，解决了运载火箭、人造卫星等

1988年,彭云、易小冶夫妇在美国学成归国后,在哥哥彭炳忠陪同下,前往重庆探望舅舅和舅妈。左起:彭炳忠、李熙明、谭竹安、彭云、易小冶

高新技术的急需;80年代初,他在微型计算机应用研究方面主持研究的《MAAS金相自动分析系统》等成果,处于国内领先水平。这样,最没有当官欲望的他却偏偏被组织上认准了,1985年他被评定为副教授后,组织上没有一点商量,就把他推上了系总支书记的岗位,两年后又将他这个既有学识又有组织才能的年轻副教授提拔为校党委副书记。

1988年重逢之际,兄弟俩都已在各自的领域里取得了令人称道的成就。提起妈妈谭正伦,兄弟俩都庆幸没有辜负妈妈的一片苦心。

这次彭云回川探亲时,彭炳忠刚刚在这年年初的1月18日——父亲彭咏梧牺牲40周年之际,在廖正才等同志陪同下,去巫溪县金盆乡松涛村黑沟淌暗洞包父亲牺牲之地祭拜了父亲;而且彭炳忠和舅舅谭竹安替彭云又找到了他的亲舅舅江正之的下落。

这些年,江正之因为历史问题而境遇悲惨,先是劳动改造,继而回到重庆一家医院病房洗衣、扫地、打杂、拉菜,落实政策后在药房工作了几年就退休了,离婚又再婚,对彭云这个亲外甥特别思念却又不敢打听、相认。彭云对竹安舅舅和哥哥炳忠替他寻找亲舅舅江正之的这份苦心深深地感激,便趁应邀到重庆高校讲学之机,与妻子易小冶一道去看望了江正之。

彭炳忠（时为四川联合大学党副书记、教授）在办公室

1997年，江正之的续妻张永芳女士接受作者采访时介绍说，当时舅甥相见，前嫌尽释，想起共同的亲人江竹筠，想起幺姐生前的仁爱之心，物是人非，竟都不知如何表达各自潜藏心底多年的复杂心情。临别时，彭云对江正之说："过去的事就不提了。我有两个舅舅，一个是你，一个是竹安舅。等我在北京安顿好了，就把你们两个舅舅都接到北京去住一段时间，好吧？"

江正之很高兴地等待着。可是，彭云夫妇回京不久，美国一家知名出版社看中了彭云的博士论文，邀请他担任第一作者，与导师合作在其博士论文的基础上，写作出版一部关于人工智能中溯因推理的学术专著。于是，彭云夫妇应邀带着儿子壮壮再度赴美了。彭云先是专门创作编纂专著，后受聘华盛顿马里兰大学教授，易小冶攻读博士，彭壮壮则在那里上中学。没能接舅舅谭竹安、江正之同住以寄托对亲妈妈江竹筠的追思和对谭正伦妈妈的教诲的感激，竟从此成了彭云的遗憾。

彭炳忠却记着弥补了弟弟的这种遗憾。他知道弟弟对江正之的承诺，与其说是出于复杂的亲情，不如说是出于对江妈妈的无尽追思和敬意。于是，1989年5月，炳忠夫妇专门把两个舅舅和两个舅妈接到成都家里小住，让他们高高兴兴地玩耍了3天。夫妇俩工作都很忙，女儿良瑜正准备高考，但他俩还是执意把两对大人安排在家里吃住，每餐都亲自下厨，把可口的饭菜捧到舅舅、舅妈的手边。江正之回重庆后逢人便说："彭云有个好哥哥啊，待我这样的人好

1988年，谭正伦的弟弟谭竹安（右一）、江竹筠的弟弟江正之（左一）前往重庆烈士墓悼念姐夫彭咏梧、姐姐江竹筠

得都没话说哩！"直到这年12月因脑溢血在第三军医大学第一附属医院病逝前，他总是一直念叨个没完。

进入90年代后，彭炳忠虽然担任着四川大学党委副书记，但在繁忙的党务和行政工作之余，他依然坚持科研工作，其中在图形学的研究上，用于电视台的"字幕机"、"非线性编辑机"等成果都已推广使用；因科研成绩突出（曾先后获全国科技大会奖及部、省级重大科技成果二、三、四等奖多项），他于1992年获国务院颁发的政府特殊津贴，1993年晋升教授，1995年又兼任学校校董会秘书长，1996年又兼任学校校友会秘书长。1997年，他从四川大学党委副书记的职位上退到二线，重返教学、科研第一线。他和陶德元、何小海等人与相关研究单位专家共同研制的一套测量系统，完成了包括科学探测和技术实验卫星及"神舟三号"、"神舟四号"、"神舟五号"的大量辐射环境测量；他还先后获得《自动跟踪太阳的太阳能装置》、《用同步电机自动跟踪太阳的太阳能装置》、《压水型船舶推进器》、《浮标型光电摄像机瞭望平台》、《遥控浮标型无线通信中继装置》等国家专利，并把《电报终端B-Z抗干扰系统》用于雷达的《频谱压缩抗干扰系统》研究方面，取得成功，通过了由教育部组织的科技成果鉴定。

80年代的江竹筠弟弟江正之、张永芳夫妇

1999年6月,已成为美国马里兰大学巴尔的摩分校计算机系终身教授的彭云,在亲妈妈江竹筠牺牲50周年前夕,偕妻子易小冶从美国回国纪念了。他们在哥哥彭炳忠的陪同下,首次回到了故乡自贡,冒雨来到自贡市烈士陵园,在母亲江竹筠的塑像前献了花篮,随后又参观了有江竹筠事迹的自贡革命烈士陈列馆,3人一起郑重地在留言簿上写道:

永远缅怀母亲江竹筠烈士,向自贡烈士陵园的同志致敬、学习!

——彭云、易小冶、彭炳忠

1999年6月13日

虽然母亲江竹筠烈士的故居当时还尚未修缮,去故乡大山铺江家湾的道路泥泞(2006年11月开始,自贡市大安区委和区政府修复了江姐故居,并新修了从国家级试点小城镇大山铺至江家湾的5000米旅游公路),但彭云当时依然难抑心中激动之情,他对时任自贡烈士陵园管理所所长的谷孝秋说:"我们时刻忘不了英雄的母亲,忘不了盐都这块热土。"

彭家这两兄弟不仅如此感情深厚,对自己要求严格,而且还像妈妈谭正伦当年教育培养他俩一样去培养自己的子女。

彭炳忠的女儿彭良瑜向来学习成绩优异,1989年高考时,身为分管学生

1998年，彭炳忠、梁素英夫妇在四川大学校园内

工作的校党委副书记，彭炳忠没日没夜地要处理学校工作，不但不能辅导女儿备考，反而严重地影响了女儿，致使良瑜高考时考分不是很理想，只可以委培的方式读本科。彭云在美国听说后，比兄嫂还着急，赶紧又是写信又是打越洋电话："哥哥、嫂子，无论如何要让良瑜读本科，以后再读硕士、出国攻读博士！我晓得你们两个太清廉太清贫，付不起委培学费，放心，良瑜以后的所有学费，我和小冶都包了！再怎么着，不能让我们的孩子学不到好的知识！"炳忠依弟弟之意，送良瑜读了委培的川大本科班。良瑜大学一毕业，彭云便要接她去美国深造。这次，炳忠拒绝了，他始终牢记着妈妈的话：孩子多吃点苦有好处。他不想女儿过早地过上太舒适的生活，认为孩子走父母一手铺设的路对孩子的真正成才未必是好事。于是，他让良瑜先去北京一家石化公司打了半年工，之后又去浙江宁波大榭岛开发区谋职。经历了一番风雨后，良瑜考取了四川联合大学的在职研究生班，再续学业。到1999年，良瑜大学毕业5年了，国内服务期满了，彭炳忠又支持良瑜考取了新加坡大学的工商管理硕士研究生（MBA）。彭云知道后，比哥哥还高兴，立即寄来了良瑜的学费……

彭云和易小冶的儿子壮壮也十分出色。爸爸是"博士后"教授，妈妈是博士，做儿子的也不甘落后，他随父母到美国上中学时，就因数学成绩优异而引人注目，1991年在全美中学生数学奥林匹克竞赛中进入前10名，并获得具有少年诺贝尔奖称号的美国中学生"西屋奖"，成为中国内陆学生获此殊荣的第一人。中学毕业后，他考入哈佛大学数学系读完本科，后又考入普林斯顿大学攻读博士。博士毕业后，他于2001年回到北京工作，并且找到了爱情的归宿，而这段姻缘竟也是因为托了奶奶江竹筠的福。

江姐孙子彭壮壮

彭壮壮的外婆不仅是位老革命，而且外婆的父亲就是毛泽东主席第一位夫人杨开慧烈士的舅舅。彭壮壮从小就由外婆带大，这样的外婆自然对他要求特别严。小时候，彭壮壮还觉得很委屈，心想：别人的爷爷奶奶、外公外婆对隔辈人都特别疼爱，我的外婆为什么对我这么严？长大后，他明白了这是外婆对他的一种责任，也是对他奶奶（江竹筠）嘱托的一种责任。明白这些以后，他不再有压力，反而把压力变成努力学习和奋斗的动力。因为奶奶（江竹筠）的缘故，彭壮壮从小就认识了奶奶（江竹筠）的中学同学和好友何理立，自然也认识了何理立奶奶的孙女仲琦；而何理立的丈夫、仲琦的爷爷仲秋元（原文化部副部长）也是江竹筠在渣滓洞狱中的难友，两家人可以说是世交。

彭壮壮回北京发展后，与两小无猜的仲琦自然而然地产生了感情，并顺理成章地结成了夫妻。如今，彭壮壮已成为麦肯锡全球董事合伙人及大中华区电

彭云全家福（彭云、易小冶夫妇及儿子彭壮壮、儿媳仲琦）

信及高科技行业的核心成员，令父母彭云、易小冶和现任国家商务部副部长的舅舅易小准感到十分欣慰。

商务部副部长易小准（右）高兴地在京会见已是麦肯锡公司全球董事合伙人的外甥彭壮壮

这是一个一代接一代的前仆后继地秉承着先辈壮志和优秀品格的家庭。有子如此出色，有后如此才俊，彭咏梧、江竹筠、谭正伦的在天之灵足以欣慰！西西福斯的推石精神感动着世人，不同的只是，彭咏梧、江竹筠、谭正伦的精神激励着他们的传人把为国争光的石头成功地推上了山头——一个又一个！

后记　重要的是学习做人

　　40多年前,"文化大革命"闹腾得正猛,我的都是共产党干部的父母正遭受着残酷的批斗,我的红领巾被收缴了,我的红色卫生衣被剥下了,我的家被抄得连灶前的硬土都翻了背。某一天,我偶然地在门前废纸坑里拾拣到一本没了封皮的小说《红岩》。这是我有生命以来接触到的第一本小说。我背着人到山上去偷偷地啃着看,小说里的江姐和彭政委等先烈的英豪之气折服着我,却又让我仿佛看到生活中的无情现实似乎就是书里场景的翻版。从那时起,我渴望做江姐那样人们普遍说好的人。我有了许许多多的愿望,其中的两个就是:长大以后做《红岩》作者那样传播英雄事迹的作家,当一名江姐那样受人尊敬的共产党人!

　　40多年后的今天,我依然没有实现成为一个共产党人的夙愿,但我侥幸地成了一个写作者,而且,幸逢了连我自己都感到惊奇的缘——我所写的这第一部英雄传记的主人公,居然就是从小就梦萦魂绕地景仰着的江姐、彭政委及他俩最亲的人幺姐谭正伦。

　　命运是不是对许多事情一开始就布置了一种称得上决定性的安排呢?我不知道。但是,我相信命运给世间想做某种事情的人从来预备着某种机缘。

　　我写这部英雄传记的机缘,是在我成为文字写作者和《知音》杂志的编辑记者之后偶然邂逅的。那是1987年的秋天,我参加四川省作家协会在大巴山召开的一次笔会,偶然听说江姐不是彭政委的第一位妻子。这让我非常惊讶,产生了一种想要把此事写成一篇文章的欲望。1990年夏天,我接到了四川的作者王健先生所写的一篇题为《谭正伦》的万字左右的稿件。王先生的文章确切地告诉我:江姐不是彭政委的原配妻子,彭政委其实早有一个很善良的名叫谭正伦、人称幺姐的糟糠之妻,他俩有一个名叫彭炳忠的长子,而且幺姐实际上是江姐之子彭云真正的养身之母。为什么媒体这么多年来掩饰着事情的本来面目呢?为什么极鲜见地偶尔提到"幺姐"也只称她是江姐和彭政委的"亲戚",连名字也不公开呢?我的惊诧和困惑可想而知。

　　疑问和好奇像两颗孪生种子埋在心中。后来,我有机会在成都见到了英雄之子彭炳忠教授，他所讲述的爸爸和两个妈妈以及弟弟彭云的故事让我怦然心动，肃然起敬。在一种骤发的冲动之下，我贸然脱口问了一句能允许我写他们的传记吗？彭教授当即就写了授权委托书。我兀然感动，不知是欣喜还是惶恐。我其实没有足够的心理准备。而且，彭教授所提供的父母亲友的采访调查线索很少且模糊。我那一刻就明白，采访将是极为艰难的。

1997年，彭炳忠与本书作者丁少颖在川大望江楼前合影

君子一言，驷马难追。何况，我潜意识中不是一直想成为一个英雄事迹的传播者吗？拿着委托书，我已经背负了一种还信于人、完成心愿的责任感。《红岩》毕竟是一部艺术的小说，不是生活的真实。我的任务是客观真实地写出江姐、彭咏梧、幺姐的故事，撩开一直笼罩在他们身上的人们始终"说不得"的复杂迷雾，还历史以真相，启迪世人。凭借这样的动机，我开始了寻访他们健在的亲友们的漫长旅程。

寻访的艰难远远超出了我预料的程度。我几上北京，几入四川，再下南方……一次又一次，累病了，住进了医院，一出院就又背起行囊再次出门。然而，人海茫茫，仿佛是在寻找已失踪半个世纪的没有了线索的人，幸运获得的知情者地址单位绝大多数只是"好像在那儿"而已。我常常失望得动起半途而废的念头。时至今日，我都惊异到底是怎么坚持下来的。

我还是要说我相信命运的机缘。许多次，在走了很多冤枉路程也没有能够寻访到计划中的人踪，正绝望、正痛苦、正欲缩手放弃时，突然间上苍像是吊足了胃口，老天爷心软了，峰回路转，柳暗花明了。西上成都时，失望得要离开了，看到了宾馆里的一个电话簿，胡乱翻着打了一个电话，居然意外地打听到了江姐的入党介绍人戴克宇和李培根；二入重庆时，去看望忘年交老诗翁梁上泉，竟然偶遇遍寻不着的江姐幼时孤儿院小学的同学之一刘既明；南下长沙时，没寻访到江姐的女友王珍如，正要打道回汉，一念之中打电话到电信局试着查询，居然打探到了王珍如刚刚才装两天的住宅电话，令王老都惊奇不已……就这样，抱着病，我先后寻访调查了江姐、彭咏梧、幺姐的现都已是高龄的散布全国各地的数十位老亲友。

  真诚使年龄相差悬殊的他们和我之间有了共同的心愿。他们之中的许多人从来都没有被人采访过，一谈起江姐、彭咏梧、幺姐，他们对儿时或年轻时的回忆便变得格外的清晰，思维显得格外的敏捷。他们都有相同的善良品格，得知我因病不得不中断采访调查或写作，不少人就打来长途电话问候，有时候三更半夜打来的电话也仅仅只是向我提供某种治病的方法而已。他们虽然都已年逾古稀，但他们在地下工作岁月里磨砺出的革命意志依然那么坚强，有的居然仍在奔波着工作，每天清晨从几十里外的城那边挤着公共汽车到城这边，日未升已出，月已起方归。他们不服老的依旧忘我的奉献余热的精神和惠泽仁爱的品格，深深地感动着我，激励着我。我这个后辈有什么理由因病因困难就放弃写成这部传记呢？

  我感到我应该写出这些革命老人——江姐、彭咏梧、幺姐的依然健在的亲友们的名字：戴克宇、李培根、李熙明、何理立、仲秋元、王珍如、林向北、林梅侠、杨蜀翘、牛小吾、杨建成、冉隆娴、陈为珍、赵锡骅、黄芳、黄芬、庞佑宗、黄仲实、李秀清、刘既明、卜毅、李思礼、李维礼、何韵华、周西平、张永芳、胡振兴、张坤碧、刘德彬、刘本德、董世芝、董绛云、冉正芳、陈家俊、易克俊、向自冶、李新礼、李秀异、李秀君、王文中、况淑华、曹贞干、陈伯纯、张岚星、颜绍寅、陈为智、陈德云、陈曦、邱衍伦、陈恒之、黄茂才、刘兆丰、刘忠亮、汪庭刚……以及彭炳忠、彭云的家人和已经辞世的谭竹安、曾紫霞、卢光特、皮晓云、胡春甫、李玉钿、陈为敏等。他们中的大多数人接受了我的寻访调查，为我提供了非常宝贵的相关文章、著作、资料和历史照片，如：何理立的《我所知道的江姐》，赵锡骅的《江姐在四川大学》，史红军的《巴山英魂》，曾紫霞的《刘国鋕》、《战斗在女牢》和卢光特、谭重威的《江竹筠传》等。尤其是戴克宇、李培根、王珍如、杨蜀翘、谭竹安、牛小吾、李思礼、杨建成等老人还把他们所珍藏的从来没有披露过的绝版历史照片，放心地提供给我。有些文章、资料的作者或亲属我一时无法寻访到，不敢贸然参考、引用，他们却坦诚地对我说："这些人不是你熟就是我了解，你只管大胆参考、甄别、引用，莫缩手缩脚地顾虑。你写的是江姐、彭咏梧、幺姐的传记，这不是件容易的事，更是我们都一直盼望有人早日做成的事。这么多人，哪里能每一个都采访调查到？不然，要拖到猴年马月？有些人的意见不能征求到，我们会帮你询问、转告，他们知道了也会理解的。只要你觉得成熟了，就放手开始写吧！我们这些人相信你，都希望早日看到传记，了却共同的心愿。"

我由衷地感激他们，是他们的这种共同心愿和信任，给了我真正动笔写这部传记的动力和勇气。他们自己的经历与遭遇同样的曲折动人，可他们都没想宣传自己，都仅存着把共同敬佩的江姐、彭咏梧、幺姐的事迹留传世人的迫切愿望。写到这里，我突然想，写完了这部英雄的传记，我还是要争取写写他们，书名就叫做《寻访江姐的亲友们》吧！

我开始着手写这部英雄传记了。但是构思写作的过程竟然比寻访的过程更为艰难。采访调查到的素材众多，收集的资料厚重，他们的回忆和记录千差万别，我该如何取舍、甄别？我不是个研究者，但我必须对每一件事进行考证；我不是个鉴别家，但我必须对每一个故事的发生全过程以及时间进行核实；我不是个历史学家，但我必须对已有的回忆资料与记载中的讹传、错漏之处进行趋于客观准确的修正；我所写的不是艺术升华的小说，而是严格意义上的传记，我得为历史的真实负责。诸如江姐与彭咏梧相识以及结婚、领导筹办《挺进报》、他俩最后的分别、川东游击纵队正式暴动、王珍如领养彭云、江姐给黄茂才打毛衣、幺姐带着两个孩子逃避追捕等故事发生的过程与时间，回忆记录和已有的资料中不是有讹误就是相互矛盾……就连时间这样细小的事，我都必须分析、甄别并修正到符合事实。尤其是对江姐、彭咏梧、幺姐三人的复杂的姻缘与感情关系，我该如何把握？我该如何真实地摹写？我深为感激的是，我所寻访的这些革命老人都是那么诚恳而坦率，不厌其烦地与我进行回忆、分析、商榷。尤其是林向北老人，与我一起商量如何写这部英雄传记时，提出了那么中肯的看法。他说：

"你选择了这样一个很难写的题材，突破了长期以来的禁区，的确需要勇气。能不能成功，关键是你怎么写他们三个人之间的关系。幺姐有封建观念，这约束了她一辈子。那时，她肯定有痛苦，有想法，有思想斗争。她是怎么处理的？由失掉自己的爱人的痛苦到大度地接受下来、承受下来，把痛苦留给自己，把幸福留给别人，这是少见的高尚。彭咏梧呢，在这个问题上也有斗争，也有矛盾，也有不安，一边是感情上的需要，一边是革命工作上的需要，他迫不得已要作出抉择。江姐也有斗争，有苦楚，有犹豫，最后是用革命理想主义的热情把内心斗争的不安统一到革命需要上来，最后与幺姐结成姐妹式的关系。这三个人的关系写不好，这传记就不能成功，就会不真实。其他方面也是一样的道理……"

林向北的提醒，正是我所思虑的，让我触类旁通。

小说已有《红岩》，它的故事情节有艺术的升华，它的人物形象有精心的雕琢，允许虚构的艺术的功能使它脍炙人口，感人落泪。但它不是真正的历史事实。我写的不是小说，而是传记。我觉得，传记的真实性永远是第一位的，不允许有想当然的添油加醋、艺术拔高、升华塑造、张冠李戴，它的使命是最大限度还原历史的真相。忘乎把握这一点，它就不能称其为传记，而只能称之为历史小说。

江姐、彭咏梧、幺姐不是虚构的人物，而是现实历史上真实的英杰，也是普通实际的有血有肉有普通人情感的生活人。小说、电影、戏剧中的英杰形象和故事，就像一杯烈酒，经过艺术处理、塑造、升华，一品就能热血沸腾；我所写的英雄传记中的主人公形象和经历，却只能像是一瓶低度酒，原质原汁，不事勾兑，不事虚夸，只有慢慢地品完才能心热心动。他们的革命经历和情感生活，没有叱咤风云的轰轰烈烈的渲染效果，有的只是与平常人一般无二的言行举止。但是他们确实伟大，而这伟大正是在平凡的普通故事中一点一滴一砖一瓦般地集合而成的。他（它）们真实，他（它）们可信，是在我们鼻底眼下可以看到可以触摸的生活，是我们可以效仿的人物，是我们可以做的事情，却也是我们肃然起敬的感人肺腑的鲜活的壮举。我想我只能写作为普通生活人一面的实实在在的他们。

现今，江姐的事迹宣传了这么多年，人们对她的认识依然停留在小说、电影、戏剧塑造的故事里，依然对她真实的经历知之甚少，依然觉得她是可望不可及的人物。

因此，这部英雄传记我想应该让它的读者看到真实英雄的真实生活，看到他们像我们一样地工作，一样地吃饭穿衣，一样地欢乐，一样地痛苦，一样地笑，一样地哭，一样地品尝着爱情的酸甜苦辣，一样地承受着婚变的撕肝裂肺，一样地生儿育女，一样地被家事亲情所困所累……不同的是，他们在信仰与大局面前常能舍己忘私，在安危生死面前能保持凛然正气，在伦理人际中显得仁慈博爱，在天欲地欲里牢记他人第一，在平凡普通中体现超群伟岸！他们是英杰，他们更是我们生活中的一员。他们能够做到那样，我们难道就不能吗？

我渴望这部英雄传记能在读者心里产生这样的共鸣：它的情节按照生活的本来真相发展，它的故事不像小说那样人为烘托得起伏跌宕，但它的真实令人信服，它所描述的英杰形象令人激越，它所显现的英杰们的美好情操和高尚人格可歌可泣，启迪人心。

我这样尝试着写作了。我的工作单位——知音传媒集团和出版社、湖北省作家协会、武汉市文联，以及陈美兰、於可训、王先霈、刘益善等老师和关心这部英杰传记的单位领导、朋友们，都对我给予了极大的帮助、鼓励和期望。但是，真正动起笔来，第一次写这样的传记，我深感自己的思想有限，学识谫陋，笔力不济，错漏难免，虽然有待英杰的亲友们和广大读者校正，可我还是深恐辜负了人们的期望。带着这样的忐忑不安，我认认真真老老实实地一章一章地白描式地写下来。我总是想起幺姐谭正伦教导彭云怎么做人的那段话的意蕴，觉得怎么写作的过程实际上也就是怎么做人的过程。真诚地做人，真诚地写作，除此之外难道还有其他的选择吗？

终于杀青斯竟，真诚地捧奉在读者面前，等待着人们的教正。

这部传记最初完成后，曾得到社会各界的好评。尤其是彭炳忠、何理立、仲秋元、庞佑宗等江姐的亲友们，以及曾紫霞、李承林、曾琼英等老一辈革命家的后人们，给了我莫大和长久的鼓励，并且对书中个别错漏的地方认真地提出意见，希望以后能够进行必要的修正。如今，我的母校武汉大学出版社提供了这样一个修正出版的机会，我在万分感激出版社的同时，依然忐忑地等待着读者的教正。

我又想起了儿时第一次读到小说《红岩》后所产生的心愿。我是一个成功的传播英杰事迹的写作者了吗？我真诚写完的这部传记，能得到英杰的亲友和读者们的认同吗？我这样忐忑不安地问着我自己。

丁少颖

二〇一〇年六月十六日端午节修订于武汉南苑村

跋　文学传记创作的突破性启示

陈美兰

（武汉大学教授、博士生导师、中国当代文学研究会副会长）

丁少颖同志的《江姐真实家族史》是一部内容丰富、角度新颖、具有较强思想深度和艺术感染力的文学传记。

作品以革命先烈江竹筠的个人生活历程和情感世界为叙述主线，展示了20世纪40年代末解放战争节节胜利的形势下，大西南敌后地区革命者们艰苦卓绝的斗争，揭示了共产党人坚贞的气节和高尚而丰富的精神世界。这部传记的创作，我认为有几个突出的特点：

首先，它从革命英雄的婚恋和家庭生活的独特视角切入，但又注意将个人感情生活的叙写与革命烽烟的变幻紧密结合。这部传记文学作品固然是以江姐与彭咏梧的爱情、婚姻以及与彭的原配妻子谭正伦之间的不寻常关系作为描写的重点，使它有别于《在烈火中永生》、《红岩》等革命回忆录、小说所表现的内容，为人们认识这批英勇的共产党人曲折的人生遭际和丰富的精神内涵提供了一个重要的渠道。作品可贵之处正在于，它没有为了追求个人"隐私"的奇异性而孤立地去写江竹筠、彭咏梧、谭正伦三人之间的感情纠葛，而是把他们的命运变化和感情波澜与他们所经历的既轰轰烈烈又极为复杂、险恶的革命斗争紧密地交融，从而使个人情感世界的展示获得了阔大的空间，增添了壮丽神奇的色彩。

其次，作为一部传记，它具有较强的史实性。作者在写作过程中实地采访了数十位当年我党地下斗争的幸存者和历史见证人，获得了大量珍贵的、鲜为人知的历史材料和生动故事，使作品无论在斗争来龙去脉的勾勒、敌我双方以及革命内部人际关系的描写，人物对信念的坚守和行为的个性化处理等方面，都被表现得合情合理，具有很强的可信性。它使人们对过去那种艰辛险恶的革命环境的真实氛围和敌我斗争的复杂性、残酷性获得了真实具体的感受，由此更加深了对英雄们义无反顾的选择和无畏精神的深刻理解。

最后，传记对所表现的事件与人物的评价上，具有客观性和分寸感。作者满怀对革命英雄景仰之情进行采访和写作，这是无疑的，但并不停留在情绪化的层次上，他对一些复杂的历史事件、历史行动，对一些曾受到误解或非议的历史人物，能够采取一种审慎的、客观的、符合当时具体历史环境的认识态度，在避免人为的"神化"与"丑化"中写出正义与邪恶、崇高与卑下。在这方面，作者所作的努力也是值得称道的。

《江姐真实家族史》为我们记叙了江姐等一代共产党人丰富的情感世界和革命风采，它不仅对于传记写作，而且对于文学创作如何把握生活素材、表现历史真实，如何多侧面写出英雄人物丰富的个性和揭示他们独特的情感世界等方面提供了许多宝贵的启示。对这样的创作成果，我认为无论是思想文化界或文学艺术界都应给予它以重视和鼓励。